»Wann immer die Sonne untergeht,
geht sie an einem anderen Ort gerade auf.«

Für meinen größten Fan …

Dieses Buch ist meinem Vater
Dieter Strauß
gewidmet, der uns am 20. Dezember 2013 nach kurzer, schwerer Krankheit verlassen hat.
Danke, dass du immer an mich geglaubt hast.
Danke für alles.

PROLOG

ALBERTA, 1784

Es war der Winter der Bestie.

Ein Winter so eiskalt und gnadenlos, dass selbst jene Alten, die bereits unzählige Winter erlebt hatten, ängstlich am Feuer saßen und befürchteten, den Frühling nicht mehr zu erleben.

In den Wäldern lauerte der Tod nicht nur in Gestalt des tiefen Schnees und des unerbittlichen Frostes, sondern vor allem im tödlichsten aller Wesen, das wie ein unsichtbarer und unhörbarer Geist aus dem Gebirge in die Täler gekommen war und nach Opfern suchte.

Die alte Hurit aber kämpfte sich furchtlos durch den Schnee. Von Tag zu Tag wurde der Weg für ihre morschen Knochen beschwerlicher, das Herz stolperte in ihrer Brust wie ein verwundetes Tier. Unermüdlich ging sie weiter, Schritt für Schritt. So viele Male war sie in ihrem Leben diesen Pfad gegangen, an Fichten und Espen vorbei zum Fluss, der sich wie eine mächtige Schlange durch das Tal wand.

Das letzte Sonnenlicht des Tages schimmerte blassrot auf der Schicht frisch gefallenen Schnees. Hurit sah die schnurgerade Spur eines Fuchses, und dort drüben, bei den Büschen nahe dem Ufer, hatte ein aus dem Winterschlaf erwachtes Eichhörnchen mit seinen Krallen feine Spuren hinterlassen.

Nur noch fünf Schritte, nur noch vier.

Hurit keuchte vor Erschöpfung.

Drei, zwei, eins.

Endlich hatte sie es geschafft. Kraftlos lehnte sie sich gegen einen der Felsen und rang nach Atem, was die eisige Luft mit einem brennenden Schmerz im Brustkorb bestrafte. Blinzelnd versuchte sie, die Welt in ihrer einstigen Schärfe wahrzunehmen. Vergeblich.

Das Alter hatte ihr vieles genommen. Die Schönheit, die Jugend, das Augenlicht und den Mann, den sie liebte. Gegeben hatte es ihr im Gegenzug Schmerzen. Aber auch Frieden und das Wissen, dass alles so gekommen war, wie es für sie vorherbestimmt war.

Hurit ging in die Knie, tauchte die Büffelblase in das Wasser und überließ es dem Strom, sie zu füllen. Raschelnd unterhielten sich die

Bäume im Eiswind und schüttelten das dünne Kleid aus Frost von ihren Zweigen. Seit ihr bewusst geworden war, dass ihr Ende nahte, erschienen ihr die Gipfel der himmelhohen Berge erhabener, der Wald heiliger und der Lauf des Flusses tröstlicher. Bald würde auch sie dem Strom aller Dinge folgen und ewige Ruhe finden. Wie die Blätter, die von den Zweigen fielen und vom Wasser fortgetragen wurden. Sie hatte ihre naturgegebenen Pflichten erfüllt, all ihre Kinder waren erwachsen und gaben ihr Wissen an eigene Sprösslinge weiter. Zwei tapferen Kriegern und einer klugen Frau hatte sie das Leben geschenkt. Es gab elf Enkel, denen sie am Feuer Geschichten erzählen konnte, und viele Jahre voller Freude und Leid, auf die sie zurückblicken konnte.

Das war genug. Oh ja, mehr als genug.

Hurit seufzte, als die Erinnerungen über sie kamen. Je älter sie wurde, umso mehr verblasste das, was gestern geschehen war, und umso schärfer traten längst vergangene Zeiten hervor. Wie sehr sehnte sie sich nach ihrem Mann. Sicher würde er sie in der anderen Welt willkommen heißen und glücklich in seine Arme schließen. Nach all den Jahren hatte Hurit noch immer den Duft seiner Haut in der Nase und fühlte, wenn sie nachts unter den Fellen lag, seine Finger auf ihrem Körper.

Lächelnd hielt sie das Gesicht in die Sonnenstrahlen und lauschte. Bis auf das Rauschen der Bäume und das Strömen des Wassers war es still. Keine Hunde kläfften, keine Kinder lachten. Der Winter hatte alles in einen tiefen Schlaf fallen lassen. Selbst die drohende Gefahr, die sich unaufhörlich ihrem Dorf näherte, änderte nichts an der Ruhe, die sich über die Zelte gelegt hatte.

Als die erste Blase gefüllt war, verschloss Hurit die Öffnung und tauchte die zweite ein. Ihre Augenlider wurden schwer und verlangten danach, einfach zuzufallen. Sobald sie das Wasser in ihr Zelt gebracht und den Eintopf vorbereitet hatte, würde sie bis zum Abend schlafen. Dann war das Fleisch im Kessel zart genug, um es mit ihren übrig gebliebenen Zähnen zu kauen.

Als Hurit das nächste Mal aufblickte, flossen Ströme aus Nebel von den Berghängen herunter und begannen, die Stämme der Bäume einzuhüllen. Im Westen stand der Vollmond über den Gipfeln, bleich vor dem Blau des Nachmittagshimmels. Ehe die Dunkelheit kam, würde er hinter den Bergen verschwunden sein. Eine finstere Nacht stand bevor. Nur Sternenlicht und Feuerschein würden sie erhellen und den

Kreaturen vielleicht schon heute den Weg zum Dorf weisen. Mit ihren schrecklichen Rufen würden die Kocodjo ihre Forderung stellen, noch ehe sich ihre gewaltigen Körper aus der Dunkelheit formten:

Gebt uns Fleisch.

Gebt uns zwei Opfer.

Hurit würde eines dieser Opfer sein, aber sie fürchtete sich nicht. Weder vor dem Tod noch vor dem Schmerz. Die Gier der Bestien verschlang alles, übrig blieben nur dampfender roter Schnee und ein paar Reste von Fleisch und Knochen. Nichts Bedeutendes. Was war schon diese verwelkende Hülle? Nicht viel mehr als ein zu eng gewordener Kokon, aus dem sie herausschlüpfte, um endlich frei zu sein. Besser, die Kreaturen fraßen ihr Fleisch, als dass sie ihren Hunger an einem jungen Menschen stillten.

Gestaltlose Geister kamen mit dem Nebel, nur wahrzunehmen von denen, die dem Tod näher waren als dem Leben. Hurit spürte sie in der frostigen Luft, im Ächzen der Bäume unter ihrer Schneelast und im Knacken des Eises. Geister aus vielen, unendlich vielen Generationen, die sie immer lauter riefen und ihre Nebelfinger nach ihr ausstreckten. Ein letzter Sonnenstrahl brach sich in den Eiszapfen, die die Felsen am Fluss schmückten, dann verschwand das Licht hinter den Gipfeln und überließ der Dunkelheit die Herrschaft.

Während Hurit am Ufer hockte und Kraft für den Rückweg sammelte, fiel ihr etwas Sonderbares ins Auge. Ein dunkler Fleck zwischen den weißen Birkenstämmen am gegenüberliegenden Ufer.

Ein Tier? Nein.

Ein Mensch? Vielleicht.

Unsicher blickte Hurit in den dunkler werdenden Himmel hinauf. Es würde nicht mehr lange dauern, bis die Nacht hereinbrach, und kam erst die Finsternis, war niemand mehr sicher, der sich außerhalb des Ringes aus Feuern und wachsamen Jägern befand.

Als ihr die Unsinnigkeit ihrer Gedanken auffiel, stieß Hurit ein Schnauben aus. Was machte es schon, wenn einer der Kocodjo sie fand? Es war ohnehin beschlossen, dass sie den Winter nicht überlebte.

Ihre Knochen schmerzten, als sie sich aufrichtete. Knie und Hüften knackten laut und straften jede Bewegung mit Qual, doch Hurit kämpfte sich am Ufer entlang, bis sie jene flache Stelle erreichte, an der der Fluss bis auf ein Rinnsal gefroren war. Das Eis krachte gefährlich unter ihren

Schritten, aber es hielt stand. Je näher sie dem dunklen Etwas kam, umso deutlicher erkannte sie, dass es tatsächlich ein Mensch war. Sie sah eine blutverschmierte Hand, die etwas umklammert hielt. Hinter langen, schneebedeckten Haaren schimmerte ein Gesicht.

Der Kleidung nach war es ein Mann vom Stamm der Siksika. Nein, wohl eher noch ein Junge. Hurit begann zu rennen, als sie den Pelz erkannte, der um seine Schultern lag: tiefschwarz, mit zwei hellen Streifen, deren bläuliches Silber nur die Haarspitzen färbte.

Nein! Unmöglich!

Aber sie sah es, und sie roch es. Dieser scharfe, tödliche Geruch, den sie einmal im Leben wahrgenommen hatte. Brennend und wild, furchterregend und heiß wie ein den Körper verzehrendes Fieber. Sie hatte dasselbe gerochen, als ein Kocodjo einem Mann, der nur wenige Schritte neben ihr gegangen war, mit einem Schlag seiner Klauen die Eingeweide aus dem Leib gerissen hatte.

Stöhnend ging sie neben dem Jungen in die Knie.

Überall war Blut! Es klebte in seinen Haaren, an jedem freien Stück Haut, an seiner zerfetzten Hirschlederkleidung und in seinem Gesicht. Hurit berührte es sanft mit ihren Fingerspitzen. Auch ihr ältester Sohn war einmal so jung und schön gewesen, und durch ihren Schrecken sickerte die Nostalgie einer alten Frau.

Warum trug der Junge den Pelz des tödlichsten aller Wesen? War er ein Geist, der sie narrte? Behutsam bog Hurit die Finger des Verletzten auf und warf einen Blick auf das, was er so entschlossen umklammert hielt. Es war eine Kralle des Monsters. Bluttriefend, noch mit einem Stück Fleisch daran, aus dem der zersplitterte Knochen ragte.

Unvermittelt öffnete der Junge die Augen. Ihr war, als starrte sie in einen Abgrund aus eiskalt brennendem Hass. Silber sprenkelte den schwarzen Blick, und darin glühte die Raserei eines Menschen, der alles verloren hatte. Hurits Herz quoll über vor Mitleid. Sie musste ihm helfen. Koste es, was es wolle.

»Was ist dir geschehen?«, fragte sie sanft. »Woher hast du diese Klaue?«

Der Geisterjunge entzog seine Finger ihrem Griff und funkelte sie wütend an. Ein Beben ging durch seinen Körper, dem ein unterdrückter Schmerzenslaut folgte. Er musste schnell ins Warme, brauchte Medizin und einen guten Schlaf, sonst würden ihn das Fieber und der Röchelhusten dahinraffen, wenn die Wunden ihm nicht schon den Garaus machten.

»Sie haben alle getötet«, flüsterte der Geisterjunge. »Jeden Einzelnen. Sie wollten mich an die Kocodjo verfüttern, aber am Ende waren sie es, die starben.« Sein Atem ging schnell und flach, Schweißtropfen gefroren auf seiner Stirn. Die Hand mit der Klaue presste er fest an seine Brust, als wollte er sie sich ins Herz stoßen. »Ich habe einen von ihnen getötet. Es ist seine Klaue. Ich habe sie ihm abgeschnitten. Und ich habe mir sein Fell genommen.«

Hurit schüttelte den Kopf. Einerseits aus Entsetzen, weil sie nicht begriff, weshalb man einen jungen, starken Menschen freiwillig den Kocodjo überließ. Andererseits, weil kein Krieger in der Lage war, eine dieser Kreaturen zu töten. Nicht einmal der Stärkste, und nicht einmal eine ganze Schar von ihnen. Wie konnte es einem Jungen gelingen, der kaum zwölf Winter zählte?

»Sie zu töten, liegt nicht in unserer Macht«, sagte sie sanft. »Ebenso wenig können wir einen Geist oder ein Gottwesen töten.«

Der Junge bleckte angriffslustig die Zähne. »Ich habe ihn getötet. Es ist die Wahrheit.«

»Dann will ich es glauben. Aber warum wollte man dich opfern? Du bist jung und stark. Man bindet doch nur Alte und Schwache an die Bäume.«

»Sie hatten Angst vor mir. Sie hassten mich.« Die Augen des Jungen rollten nach hinten. Er kippte gegen ihre Schulter und begann zu zittern, als sie ihn umarmte.

»Auch deine Eltern? Wie konnten sie das zulassen? Und warum haben die Kocodjo so viele getötet? Sie vernichten kein ganzes Dorf. Sie nehmen zwei Leben und verschwinden wieder.«

»Ich weiß es nicht.« Der Geisterjunge zitterte und schwitzte immer heftiger. Trotz der Kälte glühte seine Haut. Hurit drückte ihn fest an sich und summte beruhigend in sein Ohr. Sie wusste in ihrem Alter, wann ein Mensch log, und so unglaublich die Geschichte auch war, sie entsprach der Wahrheit. Wenn dieser Junge die Kreatur getötet hatte, dann konnte er kein Mensch sein. Sein Schicksal musste größer sein als das eines Sterblichen. Um so vieles größer.

Behutsam zog sie den Pelz von seinen Schultern und stöhnte auf. Schreckliche Wunden bedeckten die linke Schulter und den Arm des

Jungen, und die Ränder der klaffenden Löcher waren schwarz verätzt vom Gift des Kocodjo.

Selbst ein oberflächlicher Biss der Kreatur tötete einen Menschen innerhalb kurzer Zeit. Noch ehe die Wundränder schwarz wurden, war das Herz des Unglücklichen bereits stehengeblieben. Verbrannt vom Gift der Kreatur. Niemand überlebte solche Wunden.

Nur dieser Junge.

»Wie hast du es getan?«, fragte Hurit, doch er antwortete nicht mehr. Voller Staunen betrachtete sie sein Gesicht, strich ihm die blutverkrusteten Haare von den Wangen und küsste seine Stirn. Legenden besagten, dass die Erschaffer der Welt, die zeitlosen Wanderer des silbernen Pfades, manchmal in menschlicher Gestalt auf die Erde kamen, um eine Aufgabe zu erfüllen. Sie schlüpften in den Körper eines Neugeborenen und gingen den Weg ihres Schicksals. Wieder und wieder. In einem endlosen Kreislauf aus Tod und Wiederkehr.

Vielleicht lag vor ihr solch ein göttliches Wesen, und ihre Aufgabe vermischte sich nun mit seiner.

»Wie ist dein Name?«, fragte sie flüsternd. »Sag mir deinen Namen.«

Die Antwort kam wie das kaum hörbare Flüstern eines kraftlosen Windes. So sacht, dass sie ihr Ohr an seine Lippen legen musste.

»Kainah.«

1

FORT MANNERS, HANDELSPOSTEN DER HUDSON BAY COMPANY, ALBERTA, 1795

Kate zog sich ganz in das zurück, was sie tat. Sie nutzte die flüchtige Auszeit von ihren Gedanken und klammerte die Wirklichkeit aus, solange es ging. Als sich die Dochte mit Wachs vollgesogen hatten, legte sie sie auf das Fettpapier und zog behutsam daran, bis sie gerade waren. In einem großen Gefäß, das neben ihr auf dem Tisch stand, schmolzen derweil die letzten Klumpen Walrat.

Jedes Mal, wenn Kate zwischendurch einen Blick auf ihre schlafende Schwester warf, wartete sie auf den Schmerz, der hätte kommen sollen. Doch er kam nicht. In ihrer Brust ruhte ein kaltes, gefühlloses Herz, das nicht einmal von Margrets jämmerlichem Anblick berührt wurde. Während sie drei Dochte an einem Holzstab befestigte und in das Kerzengefäß hängte, wurde der Schneefall vor dem Bleiglasfenster dichter. Er war wie eine Wand. Nein, wie ein Grabtuch. Er rieselte und flüsterte und erstickte die ganze Welt.

Margret würde es nicht schaffen. Sie sah es an dem fahlen, gelben Dreieck, das sich um Nase und Mund ihrer Schwester gebildet hatte. Das Todesmal.

Warum konnte sie nicht mehr weinen? War das, was sie fühlte, etwa Stärke? War sie zu dem geworden, was sie sein musste, um all das hier zu ertragen?

Kate summte vor sich hin, während sie die Dochte zum Trocknen aufhängte und jene von der Leine nahm, die bereit waren für die nächste

Schicht Walrat. Falls Margret sie hörte, würde das Summen sie vielleicht beruhigen. Es war ein Schlaflied ohne Worte, nur bestehend aus einer sanften Melodie. Eine tröstende Erinnerung an ihre Kindheit.

Bis alle Kerzen die richtige Dicke besaßen, würde es tiefe Nacht sein. Sei es drum. Schlaf war ihr ohnehin nicht vergönnt, seit Margret im Sterben lag. Bald würde sie die letzte Frau im Fort sein. Ein unwirklicher Gedanke. Allein in der Wildnis, Dutzenden von Männern ausgeliefert, die sich nur deshalb nicht an sie heranwagten, weil sie die Nichte des gefürchteten Captain Williams war.

Lange stand sie einfach nur da und starrte auf die baumelnden Dochte. Sie würden feine, weiße Kerzen abgeben. Der einzige Luxus hier draußen, denn von Licht und Wärme hing alles ab. Beides war Trost und Hoffnung, ein winziger Schimmer in nicht enden wollender Finsternis.

In diesem Augenblick erhob sich aus dem Behandlungsraum im Stockwerk unter ihr ein markerschütternder Schrei. In ihm lag soviel Qual, dass er selbst Margrets Dämmerschlaf durchbrach. Das Mädchen wachte auf, um von einem Grauen in das nächste zu wechseln.

»Bitte, Herr«, flüsterte Kate mit geschlossenen Augen, »erlöse ihre armen Seelen. Lass sie nicht länger leiden.«

Sie sackte gegen den Tisch, ballte die Hände zu Fäusten und presste sie auf ihre Schläfen. Wo waren die Güte und die Gerechtigkeit, um die sie in zahllosen Gebeten gefleht hatte? Wo war der Gott, für dessen Beistand und Trost sie alles gegeben hätte?

Klage nicht!, mahnte eine innere Stimme. Jeder geht den Weg, der ihm vorbestimmt wurde. Und wenn Gott entschieden hat, dass ihr leiden sollt, dann tragt euer Schicksal mit Demut. Zweifle nicht! Zweifle nicht!

»Peter«, wisperte Margret. »Wo bist du?«

»Schlaf weiter, Schwester. Dein Verlobter wird bald bei dir sein.«

»Ich will ihn sehen!«

»Bald, kleiner Vogel.«

Die verlorengeglaubten Tränen kehrten plötzlich mit aller Gewalt zurück. Kate wandte sich ab, damit Margret nicht sah, wie sie über ihre Wangen strömten. Es dauerte lange, ehe sie versiegten, und als ihre Augen wieder trocken waren, trat sie vor den halbblinden Spiegel. Mager war sie geworden. Ihre einst üppigen Rundungen, die in New

York so manchen Mann dazu bewogen hatten, bei ihrem Vater um ihre Hand anzuhalten, waren fast gänzlich verschwunden. Nur ihr Gesicht war noch immer rund wie ein Vollmond und genauso bleich. Was das anging, kam sie ganz nach ihrem Vater. Blassgraue Augen mit dunklen Sprenkeln, schwarze Locken, die stumpf geworden waren, und bleiche Haut, die nicht Margrets makelloses Elfenbeinweiß besaß, sondern sich ständig mit roten Flecken überzog. Als Schönheit hätte sie sich selbst nie bezeichnet. Wenn jemand um ihre Hand angehalten hatte, dann vermutlich nur, weil sie die Tochter eines reichen Bankiers war. Kate fuhr sich mit beiden Händen durch die ungekämmten Locken. In diesem dunkelbraunen Kleid sah sie wahrhaft wie ein Gespenst aus. Wie passend. Sie alle waren Gespenster hier draußen. In diesem weiten, wilden Land, das sich jeder Zähmung widersetzte.

Kate warf einen Blick aus dem von Eisblumen überzogenen Fenster. Der Schnee draußen dampfte noch immer und stank nach Blut, hier im Zimmer war es kaum besser. Das letzte Schwein war ausgerechnet unterhalb ihres Fensters abgestochen worden, bei der Jagd verwundete Männer wurden gerade ein Stockwerk tiefer zusammengeflickt. Und so kam es ihr vor, als sei das ganze Fort in Blut getaucht.

Dabei war all das nur der Anfang eines viel größeren Problems. Zuerst hatten sintflutartige Regenfälle das Land heimgesucht und die Ernte auf den Feldern verdorben. Dann waren die Wege durch den heftigen Schneefall, der weit vor seiner Zeit eingesetzt hatte, unpassierbar geworden. Der Fluss hatte sich in ein reißendes Monster verwandelt und die Männer, die die angesammelten Waren des Handelspostens in die nächste Stadt transportiert hatten und sich mit Kanus voller Proviant auf den Rückweg gemacht hatten, würden es kaum schaffen, bis hierher durchzudringen. Falls sie nicht längst tot waren.

Kate verfluchte die Gedankenlosigkeit, die im Fort herrschte. Nicht nur, dass die Männer ihr verdientes Geld oft noch am selben Tag im Laden des Handelspostens auf den Kopf schlugen, sie hatten auch noch das Tauschfest im letzten Monat in eine regelrechte Verschwendungsorgie ausarten lassen. Sie verfluchte ihren Onkel, der es als Leiter dieses Postens nicht für nötig erachtet hatte, etwas daran zu ändern, und der jetzt, da die Vorratskammern geplündert waren, seine schlechte Laune an anderen ausließ. Als krönendes Übel kamen hinzu, dass die Jäger kein Wild mehr fanden und die Indianer dem Fort fernblieben.

Alles, aber auch alles, hatte sich gegen sie verschworen.

Margret seufzte, als Kate sich auf die Bettkante setzte und eine Hand auf die Wange ihrer Schwester legte. Nachdem sie viele Tage lang vor Fieber geglüht hatte, war sie nun eiskalt. Margrets feurig rotes Haar war ausgeblichen, ihre einst alabasterfarbene Haut wächsern und grau.

Sie verlosch vor ihren Augen. Genauso wie Mutter vor sechzehn Jahren. Und wie Vater im letzten Frühling. Der Fluch der Schwindsucht klebte wie Pech an ihrer Familie.

»Peter«, krächzte Margret, als ein neuerliches Brüllen durch das Haus hallte. »Was ist mit ihm? Warum schreit er so?«

»Es geht ihm gut«, murmelte Kate. »Mach dir keine Sorgen.«

Ja, es ging ihm gut. So gut, wie es jemandem gehen konnte, dem gerade bei vollem Bewusstsein ein Arm abgeschnitten wurde. Ebenizer besaß keinen Mohn mehr. Kein Bilsenkraut und keine Alraunen. Nichts, was es erträglicher hätte machen können. Warum war Peter nur so dumm gewesen? Einem Rudel hungriger Wölfe nahm man nicht ungestraft seine frisch geschlagene Beute weg. Nicht in einem solchen Winter. Gott hatte entschieden, diesen Raubtieren mehr Glück angedeihen zu lassen als seinen treuen Kindern, die nie ohne ein Gebet schlafengingen und ihn Tag für Tag lobpreisten.

Kate schloss ihre brennenden Augen. Bald würde sie genauso kalt sein wie das Land. Dieser Ort hatte sie unwiderruflich verwandelt, und manchmal, wenn der Schmerz wirkungslos an ihrer neuen Haut abprallte, war sie sogar froh darüber.

Wenigstens verlangte Ebenizer nicht, dass sie bei der Amputation assistierte. Dem tatterigen Alten dabei zuzusehen, wie er Peter mit seiner rostigen Säge den Arm abtrennte, wäre selbst für die abgebrühte Frau, die sie geworden war, zu viel gewesen. Schreckliche Wunden und fließendes Blut hatten ihr noch nie etwas ausgemacht, aber dem Verlobten ihrer Schwester beim Verbluten zusehen? Niemals!

Ein bitter schmeckendes Lächeln hob ihre Mundwinkel. Sie dachte an Mia und Dorothea, ihre Freundinnen drüben im Osten, und daran, wie sie reagieren würden, wenn Kate ihnen berichtete, was sie hier bisweilen tat.

»Sticken und häkeln? Oh nein. Morgens amputiere ich Finger und Zehen, nachmittags richte ich gebrochene Knochen und Sonntags stopfe ich Eingeweide in die Bauchhöhle zurück. Ebenizer sagt, ich sei ein Geschenk des Himmels. Weil ich nicht in Ohnmacht falle, wenn ein Knochen aus der Haut herausragt oder jemand mit einem Ohr ankommt und sagt, ich soll es wieder annähen.«

Im Nachhinein wunderte es sie noch immer, dass Williams ihrer Bitte, für den alten Ebenizer arbeiten zu dürfen, zugestimmt hatte. Hier draußen galten offenbar andere Regeln als in der Zivilisation. In New York wäre ihr Wunsch mit großer Empörung abgeschmettert worden, hier schien es niemanden zu stören, dass sie vom Pfad der üblichen, weiblichen Pflichten abwich. Wenigstens störte es niemanden, solange ein Mann über ihr stand, der jeden ihrer Handgriffe überwachte. Und wenn es ein zitternder Greis war, der kaum noch die Hand vor Augen sah.

»Schwester?«, flüsterte Margret kaum hörbar.

Kate blinzelte. »Ja, kleiner Vogel?«

»Hörst du das?«

Sie lauschte. Es war still. So eigenartig still, als wäre alles Lebendige in diesem Haus erstarrt. Das, was Kate zuerst empfand, war Erleichterung. Peter fühlte keine Schmerzen mehr. Weder das Reißen seines zerfetzten Fleisches noch die schartigen Zähne der Säge. Endlich hatte er es überstanden.

»Schschsch …«, flüsterte sie. »Alles ist gut. Dein Liebster ist jetzt im Himmel. Der Herr wird ihn trösten.«

Margret lächelte selig. Nach wenigen Atemzügen schloss sie die Augen und schlief ein. Ob Peter sie rief oder gar die Hand nach ihr ausstreckte, um mit ihr gemeinsam weiterzugehen?

Kate versuchte sich vorzustellen, dass sein Geist bei ihnen war und auf sie herablächelte. Sie streichelte die Stirn ihrer Schwester, summte die Melodie des Schlafliedes vor sich hin und blieb bei ihr, bis kein Atem mehr die magere Brust hob und senkte. Dann flüsterte sie ihr Lebewohl, und küsste Margret ein letztes Mal auf das Haar.

Mit einem Mal wurde der niedergezwungene Schmerz unerträglich. Es war vorbei. Für immer vorbei.

Sie musste raus!

Raus diesem Totenhaus!

Kate riss den Winterumhang vom Stuhl, warf ihn um ihre Schultern und rannte los.

Aus dem Haus hinaus, durch den blutigen Schnee und hin zum Tor, das die Wächter für sie öffneten. Sie taten es, ohne ein Wort zu sagen, als ahnten sie, was geschehen war.

Weinend kämpfte sie sich durch den Schnee und hasste die Welt dafür, dass sie so rein und schneeweiß leuchtete. Flecken hellen Blaus blitzten durch aufreißende Wolken, ein paar verirrte Sonnenstrahlen brachten den gefrorenen Wald zum Funkeln. Zum ersten Mal seit vielen Tagen hatte der Schneefall aufgehört.

Gleichgültig.

Obwohl ihr Herz wie besessen raste, spürte sie nichts als leere Kälte in der Brust. Ihre Seele fühlte sich an wie ein gehäutetes Tier, jeder Gedanke war eine gefrorene Blase, eingeschlossen im Eis.

Das Wollkleid und der pelzverbrämte Umhang hingen schwer an ihrem Körper, Frost biss in ihre nackten Hände. Egal.

Kate stapfte den Hang hinauf, kletterte und stolperte, keuchte und weinte und wischte sich mit tauben Fingern die gefrorenen Tropfen von den Wangen. Weit über dem Fort, wo die Fichten nur noch licht standen und Felsgrate wie abgebrochene Zähne in den Himmel ragten, wandte sie sich um.

Unter ihr lag das Fort, klein und verletzlich inmitten der endlosen Weiten des Landes. Im Westen wuchsen die Bergmassive der Rocky Mountains empor, von der Ferne ausgebleichte Zacken vor dem eisigen Himmel, so gewaltig, dass sie im Dämmerlicht des Abends wie Trugbilder aus einer legendären Welt wirkten. In ihrem Schatten waren Menschenleben nichts weiter als windverwehter Schnee.

Im Osten blickte man auf die sanften Geschwister des Gebirges: verschneite Bergkuppen, zu deren Füßen sich der silbern schimmernde Saskatchewan dem Horizont entgegenschlängelte.

Und vor ihr lagen die Wälder. Ein wildes Labyrinth, in dem der Mensch nichts verloren hatte, und doch eroberten sie sich jeden Tag aufs Neue das Recht, in dieser Wildnis existieren zu dürfen. Sie bezahlten mit Blut und Schmerz und bekamen nichts dafür zurück. Nur die schreckliche Pracht dieses Landes und den Triumph am Abend, den Tag überlebt zu haben.

Kate sah den Wolken ihres Atems nach, die sich im Himmel verloren. Langsam, ganz langsam, sickerte die Grenzenlosigkeit des Landes in ihre Seele und linderte den Schmerz. Es tat weh, in diese Weite hinauszublicken. Sie fühlte sich so winzig klein, und doch war es ein tröstliches Gefühl. Jetzt, da es keinen Menschen mehr gab, der ihr nahestand, war sie frei. Auf grausame Weise frei, ja. Aber dennoch frei.

Reglos stand sie da und blickte ins Leere, bis die Dämmerung kam. Wenn sie jetzt nicht zurückging, würde man sie suchen. Zumindest, bis die Dunkelheit hereinbrach. Denn die wenigsten wagten sich bei Nacht in die Wälder. Nur eine Handvoll Trapper und Waldläufer waren mutig genug, der Natur dieses Lands zu trotzen. Männer, die keine Menschen waren, sondern ebenso wie die Wölfe und die Indianer ein verrohter Teil dieses Landes.

»Peter, Margret.«

Sie flüsterte die Namen zum Abschied. Der Eiswind riss sie von ihren Lippen und wehte sie fort. Hätte der Tod sie nicht schlimmer treffen müssen? Akzeptierte sie ihn, weil er hierher gehörte und alltäglich geworden war? Oder war sie ein schlechter Mensch geworden?

Fröstelnd, die Arme um ihren Oberkörper geschlungen, blickte Kate noch einmal in die Wolken hinauf. Der letzte blaue Fleck verschwand, neuer Schneefall kündigte sich an.

Und dann hörte sie das Brüllen.

Zuerst war es ein fernes Grollen. Wie der erste Donner eines nahenden Gewitters. Doch schnell wurde es lauter und machtvoller, bis es als schauerliches Dröhnen über das Land hallte, durch das Tal rollte und sein Echo an den schroffen Klippen des Gebirges fand.

Kate erstarrte.

Das war kein Unwetter. Es war kein Felssturz, keine Lawine. Es war der Laut eines Tieres. Nie zuvor hatte sie einen solchen Schrei gehört. Kein Bär und kein Wolf vermochte es, die Erde in ihren Grundfesten zu erschüttern, doch dieser Ruf tat es. Er klang wie eine Warnung. Wie ein Versprechen.

Heiße Panik raste durch ihr Blut.

Nach Hause! Schnell!

Kate rannte los. Das lange Kleid behinderte sie beim Laufen, schlang sich um ihre Beine und brachte sie im hohen Schnee fast zu Fall. Warum war es schon so dunkel? Gerade eben war doch erst die Dämmerung hereingebrochen.

Kurzerhand raffte sie den Stoff mit beiden Händen und stürmte weiter, hin zum geöffneten Tor. Mit einem Mal erschien es ihr unendlich weit entfernt. Im Augenwinkel glaubte sie, zwischen den Bäumen des Waldes eine Bewegung wahrzunehmen. Etwas Großes, etwas sehr Großes schob sich durch den Schnee. Doch als sie den Blick auf die Stelle heftete, war nichts mehr zu sehen außer schneebeladene Äste, die sich bis zum Boden durchbogen. Die Dämmerung wurde tiefer. Der letzte Schimmer des Tages erlosch.

»Schneller!«, hörte sie Williams schreien. »Beeil dich!«

Wieder dröhnte das Brüllen vom Wald her. Näher diesmal. So nah, dass sie die Vibrationen des Schreis in ihrem Körper fühlte. Schnee rieselte von den Zweigen, der Boden erzitterte. Dann, als sie das Tor fast erreicht hatte, knickten die Beine unter ihr weg.

Kate spürte einen unwirklichen Moment des Fallens, dann landete sie der Länge nach im Schnee. Ihre Brust glühte vor Schmerz, gefüllt mit der eiskalten Luft, die sie zu hektisch in sein hineingesogen hatte. Japsend rang sie nach Atem, als ein unbarmherziges Gewicht ihre Rippen zusammenquetschte. Wieder schrie die Kreatur, diesmal in unmittelbarer Nähe. Es war, als breche der Himmel entzwei und stürzte über ihrem Kopf zusammen.

»Mein Gott!«, schrie Williams. »Macht schnell, es kommt!«

Arme packten sie, zerrten sie auf die Beine und schleiften sie vorwärts. Williams redete auf sie ein, doch Kate verstand kein Wort. Krachend schlossen sich die Tore, gerade in dem Moment, in dem sich ein neuerliches Brüllen erhob. Diesmal klang es, als befände sich das Tier unmittelbar vor den Palisaden.

»Rein mit ihr!«, brüllte Williams. »Macht schon. Und bringt heißes Wasser.«

Für kurze Momente schwanden ihr die Sinne. Als sie zurückkehrten, warf jemand ein Tuch über ihren Kopf, packte sie am Nacken und drückte sie nach vorne. Unwillkürlich begann Kate zu zappeln.

»Sei ruhig!«, befahl Williams. »Alles ist in Ordnung. Halt still.«

Einen Augenblick lang wusste sie kaum, was geschehen war, dann wurde ihr klar, dass sie auf einem Stuhl saß, gebeugt über eine Schüssel, aus dem nach Salbei duftender Dampf aufstieg. Zwei Hände hielten sie rechts und links an den Schultern. War ihr zuvor eiskalt gewesen, kochte sie plötzlich vor Hitze.

»Was zum Teufel war das?«, zischte Williams. »Habt ihr so etwas schon mal gehört?«

»N-n-n-nein«, wisperte eine maushohe Stimme. »Vielleicht war es ein B-b-b-b-bär? Ein alter Grizzly?«

Seamus. Der stotternde Lieblings-Buchhalter ihres Onkels. Ein schmächtiger Bursche mit dem weißblonden Haar der Schweden, dessen spitzes Gesicht zu seiner Stimme passte, weshalb die meisten ihn nur Maus nannten. Seamus, auch vom Charakter her eine Maus, hätte sich vermutlich nicht einmal aus dem Haupthaus herausgewagt, wenn es in Flammen stand. Er blieb nur an diesem Ort, weil er gegenüber ihrem Onkel horrende Schulden abzuzahlen hatte. Und jetzt war er dabei, vor Angst fast den Verstand zu verlieren.

»Die W-w-wachmänner müssen etwas gesehen haben«, schluchzte er. »Es war g-g-g-ganz nah.«

»Sie sagen, sie hätten so gut wie nichts gesehen«, kam es brummend zur Antwort. Daniel, der alte Trapper, besaß eine Stimme, die wie dunkler Honig auf einem Reibeisen klang. »Diese blinden Maulwürfe fuchteln nur mit den Armen herum, als wären sie Dreschflegel, und übertreffen sich gegenseitig mit ihrem Geschrei. Ein Kocodjo war es, bei meinem Barte. Eine Kreatur direkt aus der Hölle, wenn man an die Hölle glauben will.«

»Kocodjo?«, spottete Williams. »Hebe dir dein Geschwätz für die Wilden auf, aber verschone uns mit diesen Märchen.«

»Du wirst noch an dieses Geschwätz denken. Nämlich dann, wenn der Kocodjo anfängt, dich von den Beinen her aufzufressen.«

Daniel begann, knurrend und brummend im Kreis herumzulaufen. Seit ihm ein Bär vor Jahren den halben Schädel weggerissen hatte, begnügte er sich damit, als rechte Hand ihres Onkels zu fungieren. Genauso wie sie selbst war er unfreiwillig hier gelandet, wenn auch aus anderen Gründen.

»Das war kein Bär, zum Donnerwetter.« Daniel stampfte mit dem Fuß auf. »Ich wünschte, es wäre so. Du hast es doch auch gesehen.«

»Was habe ich denn gesehen?«, erwiderte Williams. »Es war fast schon dunkel. Alles, was ich gesehen habe, war der Schatten eines Tieres.«

»Herrgott, hat man euch denn alle mit Blindheit geschlagen, oder was?«

Williams holte tief Atem, um Daniels Respektlosigkeit zu rügen, als Seamus schüchtern dazwischenquiekte: »Was war es d-d-d-dann? Habt ihr g-g-g-gehört, wie es klang? Als ob es d-d-d-direkt aus den Abgründen der Hölle gek-k-krochen wäre.«

»Ein Kocodjo war es«, blaffte der Trapper. »Bei meinem Barte! Diese Kreaturen existieren, ob es euch gefällt oder nicht. Was ich dort draußen gesehen habe, war kein Wolf und kein Bär. Es war etwas Riesiges. Etwas Schreckliches. Und Seamus, bei Gott, glotze meinen Schädel nicht so an!«

Die Buchhalter winselte. »I-i-i-ich kann nicht anders.«

»Natürlich kannst du anders. Hat Gott dir keinen freien Willen eingepflanzt? Williams, erbarme dich und schicke diesen Hasenfuß nach draußen, sonst pinkelt er sich noch in seinen feinen Zwirn.«

»Seamus«, seufzte ihr Onkel. »Verschwinde.«

»D-d-d-danke. Verz-z-z-zeihung, Sir.«

Hektische Schritte erklangen, gefolgt vom Knallen einer zugeschlagenen Tür. Kate atmete den warmen Salbeidampf ein, was ihren rasenden Herzschlag beruhigte, aber kaum gegen die nagende Kälte in ihrer Brust half. Margret und Peter waren tot. Sie waren fort. Für immer.

Und dort draußen lauerte eine unbekannte Kreatur. Beinahe wäre sie ihrer Schwester und Peter gefolgt, zerrissen von den Klauen dieses Biestes. Daniel hatte Recht. Es war riesig gewesen. So kurz der Moment auch gewesen war, in dem sie es im Augenwinkel erblickt hatte, er hatte genügt, um zu erkennen, dass es weder ein Wolf noch ein Bär gewesen war. Ebenso wenig ein Puma oder ein Luchs.

»Wird es wiederkommen?«, fragte sie leise.

»Ich nehme es an«, antwortete Daniel. »Wenn es uns als Störenfriede ansieht, wird es uns schlecht ergehen. Ich habe gesehen, was diese Biester anrichten. Sie sind nichts anderes als eine Naturgewalt. Stellt euch das schlimmste Unwetter vor, das ihr je erlebt habt. Und dann stellt euch vor, dieses Unwetter hätte Fell, scharfe Zähne und einen gewaltigen Appetit auf Menschenfleisch.«

»Es reicht!«, polterte Williams. »Hör nicht auf ihn, Kate. Er saß zu lange an den Feuern der Wilden und hat zu viel von ihren Kräutern geraucht. Ihre Schauermärchen sind ihm zu Kopf gestiegen.«

»Ganz wie du meinst«, murmelte der Trapper. »Ganz wie du meinst.«

In ihren Ohren rauschte und summte es. Sie wollte weinen, wollte alles herauslassen und sich in Daniels Arme werfen, aber dann würde Williams sie für ein verweichlichtes Weibsstück halten und den Entschluss fassen, sie im Frühling in den Osten zu schicken. Dieser Ort mochte gefährlich sein – jederzeit konnte Williams die Kontrolle über seine Männer verlieren und sie damit einem ungewissen Schicksal ausliefern. Die Wälder vor den Palisaden wimmelten vor gefährlichen Tieren und noch gefährlicheren Menschen. Und doch wurde ihr übel bei dem Gedanken, in ein Zuhause zurückzukehren, in dem das Arbeitszimmer ihres Vaters leer war. In dem all die Erinnerungen auf sie einstürzten und jedes Detail an den Verlust erinnerte, während man zugleich von ihr erwartete, standhaft und schicklich zu sein. Man würde ihr keine Zeit zum Trauern geben. Ein fremder Mann würde binnen kurzer Zeit die Herrschaft über das Reich ihrer Kindheit übernehmen, über ihren Besitz und über ihren Körper verfügen und sie in das erstickende Korsett einer Hausfrau und Mutter zwängen. Kate war noch nicht bereit dafür. Vielleicht würde sie es niemals sein.

»Wir müssen mehr Wachen für die Nacht aufstellen.« Williams Absätze schlugen in einem harten Stakkato auf den Holzboden, während er hin- und hertigerte. »Schicke ein paar Männer in den Wald, sobald es hell wird. Es müssen Spuren zu finden sein.«

»Ja«, grunzte Daniel. »Und ich werde sie anführen.«

»Nein! Du bist zu alt, um zu jagen.«

Daniel stieß ein fassungsloses Schnauben aus. »Sage mir nicht, wofür ich zu alt bin. Ich mag nur noch einen halben Kopf besitzen, aber damit weiß ich sehr viel mehr anzustellen, als die meisten mit einem ganzen Schädel.«

»Daniel, bitte!«

»Nein, Williams. Gibt es eine Spur dort draußen, werde ich sie finden. Gibt es ein Tier da draußen, das Blut geleckt hat, werde ich es finden. Gib mir deine besten Jäger, heute ruhen wir uns nicht in warmen Betten aus.«

»Die Schwindsucht hat meine Nichte und dieses Land viele gute Männer dahingerafft.« Williams Stimme nahm jenen harten Befehlston an, dem man sich besser nicht widersetzte. »Ich lasse dich nicht gehen. Wenn auch nur das geringste Risiko besteht, dass ich dich verliere, werde ich es nicht eingehen. Wähle die Männer aus und weise sie an, aber du bleibst im Fort. Niemandem vertraue ich so wie dir. Niemanden außer dir würde ich die Verantwortung für Kates Leben in die Hand legen. Ich werde dich nicht unnötig in Gefahr bringen.«

Daniel kapitulierte mit einem Stoßseufzer. Williams erstaunlich rührselige Worte verfehlten ihre Wirkung nicht. »Also gut. Ich werde diesen Haufen Nichtsnutze auf Vordermann bringen, so gut es geht. Wir finden die Bestie, so wahr ich die Hälfte meines Schädels an einen Bären verloren habe.«

Nach diesen Worten wurde es still. Kate hörte das schwere Atmen der beiden Männer, dann einen Laut, der verdächtig nach unterdrücktem Weinen klang.

»Was habe ich nur getan, Daniel?«, hörte sie ihren Onkel flüstern. »Welchen Fluch habe ich auf mich geladen, dass Gott mich so bestraft? Zuerst Margret, dann der frühe Wintereinbruch. Wie sollen wir es bis zum Frühjahr schaffen?«

»So schwer mich dein Schmerz auch trifft«, antwortete der Trapper kaltschnäuzig, »du kannst diese Frage selbst am besten beantworten.«

»Ja, ich habe Fehler gemacht. Und davon nicht wenige. Es gab eine Zeit, in der ich zu schwach war, um mich gegen das Teuflische zu wehren.«

Daniel schnaufte spöttisch. Jeden anderen Mann hätte Williams nach einer solchen Reaktion am nächsten Balken aufgeknüpft oder erschießen lassen.

»In schwachen Zeiten ist man einfach nur schwach«, knurrte der Trapper. »Weder hat Gott noch der Teufel damit zu tun. Allein du entscheidest. Allein du wählst deinen Weg. Rede dich nicht mit den Fantasiegestalten deines Glaubens heraus, sondern übernimm Verantwortung für dich und dein Tun.«

»Dein Glaube ist nicht meiner, Daniel.«

»Ja. Aber ich bin hier wegen meiner Fähigkeiten, nicht wegen meines Glaubens.«

»Ganz recht. Aber ich warne dich. Reize deine Narrenfreiheit nicht aus. So ungern du das auch hörst, in diesem Fort habe ich das Sagen. Als du hier Zuflucht gesucht hast, wusstest du, worauf du dich einlässt.«

»Papperlapapp, irgendjemand muss dir auf die Nase binden, worum es wirklich geht. Hör zu, Williams! Es war diese Hand, die das Messer gegen den Bären führte. Es waren meine Beine, die schnell genug rannten. Es war mein Wille, der mich überleben ließ. Ich war es, Williams! Ich allein! Also schlage es dir verdammt nochmal in den Schädel: Es ist deine Stärke oder deine Schwäche. Du bist dein eigener Herr. Der einzige, der am Ende ein Urteil über dich fällt, bist du selbst. Also überlege gut, ob du der Mann sein willst, der du geworden bist.«

Williams schnaufte. »Das sagt jemand, der niemals Gefahr lief, wegen Befehlsverweigerung erschossen zu werden.«

»Oh ja«, spielte Daniel den Ball zurück. »Weil ich mich dafür entschieden habe, frei zu sein. Glaube nicht, dass es eine einfache Entscheidung war. Auch für mich stand viel auf dem Spiel. Ich gehorche niemandem mehr. Wenn dir das nicht gefällt, kann ich jederzeit von hier verschwinden. Ich mag alt sein, aber meine Fähigkeiten werden auch woanders hoch geschätzt.«

Wieder blieb es eine Zeitlang still. Kate spürte nur den dumpfen Schlag ihres Herzens und eine bleierne Müdigkeit, die sie überwältigen wollte.

»Geh, Daniel«, bat ihr Onkel schließlich. »Lass uns allein.«

Die Nacht war erfüllt vom Fallen des Schnees.

Sie schlief kaum, und wenn ihr Geist in der Schwärze versank, dann war es, als stürzte sie aus großer Höhe hinab. Aber sie fiel langsam, schien auf einer Brise zu schweben wie eine Feder, und als sie aufschlug, fühlte es sich wie ein Berg aus Schlangen an, auf dem sie landete. Die Tiere zogen sich augenblicklich um ihren Körper zusammen und fesselten ihn. Von Ekel erfüllt, spürte Kate, dass sie ganz und gar nackt war, und dass die biegsamen Leiber überall auf ihrer Haut herumkrochen und sich an ihr rieben. Gespaltene Zungen berührten sie, und während Kate tiefer und tiefer in dem heißen Gewühl versank, vernahm sie ein bedrohliches Knurren, das irgendwoher aus der Finsternis zu ihr drang. Sie kämpfte gegen die Schlangen an, doch je mehr sie sich wehrte, umso fester zogen sie sich um ihre Taille, um Schenkel und Arme zusammen, um sie dem, was da in der Finsternis lauerte, hilflos auszuliefern.

Zuerst empfand sie Angst. Doch dann kroch hinterhältig und unaufhaltsam ein Gefühl von Hingabe durch ihren Geist. Plötzlich mochte sie das Gefühl der warmen, schuppigen Leiber, die sich um sie schlossen. Sie mochte das heiße, flatternde Gefühl der Zungen und die Bedrohung des heiseren Knurrens. Es kam näher. Immer näher. Bis die Schwärze noch finsterer wurde und sich zu einer Gestalt zusammenzog. Keine Bestie. Kein Tier.

Sondern ein Mensch.

Schlaftrunken stand Kate im ersten Sonnenlicht an Peters und Margrets Grab, das man unter großer Mühsal der gefrorenen Erde abgerungen hatte. Im Gedanken an die Schlangen, die ihren nackten Körper so lüstern umschlungen und sie dieser Kreatur ausgeliefert hatten, fühlte sie sich schändlich und boshaft. So mühelos hatte dieser teuflische Traum sie umgarnt. Oh ja, sie war schlecht. Fragte sie sich wirklich noch, warum Gott sie bestrafte?

Niemand sah sie an, obwohl Kate glaubte, die unzüchtigen Gedanken stünden für jeden sichtbar in ihrem Gesicht geschrieben. Stattdessen war es, als sei sie durchsichtig.

Atemwolken dampften aus Nasen und Mündern, die dunkel gekleideten Menschen waren starr wie Figuren aus Ebenholz. Williams war wie immer von seinen treuesten Männern umringt, und diese Männer waren die einzigen Bewohner des Forts, deren Namen Kate kannte.

Wie immer blieb ihr Blick zuerst an Liam hängen, dem jungen Waldläufer. Williams schätzte ihn für seine ruhige, zurückhaltende Art, und Kate erging es nicht anders. Unter dem Gestrüpp seiner Kopf- und Barthaare verbarg sich ein ausgesprochen hübsches Gesicht, von dem man inzwischen nur noch die klaren, grünen Augen erkannte. Ihre Farbe erinnerte Kate an einen Bergsee im Sommer. Jedes Mal, wenn sie ihn sah, wünschte sie sich, eine Schere zu nehmen und sein Gesicht wieder freizulegen. Aber was hätte es genützt? Tagtäglich zu sehen, wie gut Liam aussah, hätte alles nur schwerer gemacht. Williams würde sie zweifellos lieber im Wald aussetzen oder dem armen Mann eine Kugel verpassen, als es zu dulden, dass er ihr den Hof machte.

Ein warmes Gefühl erwachte in ihrem Magen, als der Waldläufer ihr zunickte. Sein Blick war weich und traurig, sein Mitgefühl echt. Sie mochte es, wie die bleiche Wintersonne auf seinem Haar schimmerte. Es war struppig, aber von einem hellen, sanften Braun, das ihr ausnehmend gut gefiel. Es erinnerte sie an das Karamellkonfekt, dass ihre Haushälterin früher oft zubereitet hatte. Sahnig, süß und köstlich.

Schnell wandte sie den Blick von Liam ab, ehe Williams auffiel, wen sie da viel zu lange anstarrte. Noch vor kurzem hätte Kate ihm niemals zugetraut, einen Mann nur auf einen Verdacht hin zu bestrafen. Jetzt wusste sie es besser. Der edelmütige Kämpfer und treu ergebene große Bruder, auf den ihr Vater so große Stücke gehalten hatte, verwandelte sich hier in der Wildnis regelmäßig in einen Tyrannen.

Rechts neben ihrem Onkel standen Daniel und Seamus, steifbeinig wie zwei Streithähne, die gezwungen waren, sich für kurze Zeit zusammenzuraufen.

Zu seiner Linken befand sich Logan, ein Söldner aus dem Süden. Seine Gestalt war furchterregend, er überragte selbst den größten Mann des Forts noch um einen ganzen Kopf und besaß die wuchtige Statur eines Grizzlys. Kopf- und Barthaar scherte er sich so gewissenhaft, dass seine Haut glatt war wie die einer Frau, und doch wirkte er in keiner Weise weich. Seine Züge waren die einer grob geschnitzten Holzfigur, seine kleinen Augen besaßen ein stechendes Hellgrau. Unzählige Narben bedeckten sein Gesicht, aber es handelte sich nicht um Pockenmale, wie Daniel ihr erzählt hatte. Sondern um bleibende Erinnerungen an zwölf Monate Gefangenschaft in den Verliesen des Feindes. Während dieser Gefangenschaft hatte er zudem seine Zunge verloren, weshalb er gelernt hatte, sein fehlendes Sprachvermögen mit einem äußerst beweglichen Mienenspiel zu ersetzen.

Neben Logan stand Gunter, ebenfalls ein Söldner, der aus dem fernen Deutschland gekommen war und hier sein Glück gesucht hatte. Gunter zählte gerade fünfundzwanzig Jahre, aber seine gedrungene Gestalt und das vorzeitig ergraute Haar, das ihm in langen Zotteln über die Schulter fiel, ließen ihn gut zwanzig Jahre älter wirken. Seit jeher war ihr dieser Mann unheimlich. Sein Blick zeigte niemals ein Gefühl, sein Mund niemals ein Lächeln. War Logans Miene ein offenes Buch, so glich Gunters Gesicht einem fest verschlossenen Gefäß. Meist zog er es vor zu schweigen, und wenn er sprach, erinnerte seine Stimme an das gefährliche Knurren eines Hundes. Margret hatte es geliebt, über Gunters Schnauzbart herzuziehen. Dieser Bart, ohnehin von riesigen Ausmaßen, wurde umso mehr betont, da er sein Kinn stets glattrasierte.

»Als würde ein grauer Biber über seiner Oberlippe kleben«, hatte Margret gekichert. »Vielleicht ist es gar kein Bart, sondern etwas anderes. Ein Tier. Etwas Lebendiges.«

Ihr Blick glitt weiter zu Harry und Alfie, die beiden Brüder aus New York, die zu den besten Trappern gehörten, die der Westen zu bieten hatte. Beide waren ausgesprochen hässlich, schielten wie betrunkene Eulen und besaßen riesige Nasen, die schrumpeligen Kartoffeln gleich unter ihrem pechschwarzen Haarwust hervorragten. Vermutlich war ihr Aussehen der ausschlaggebende Grund dafür gewesen, dass sie ihr

Heil in der menschenleeren Natur gesucht hatten und nur während des Winters im Fort blieben.

In der zweiten Reihe standen Ethan und Samuel, zwei ehemalige Soldaten, die gemeinsam mit Williams Dutzende Kämpfe bestritten hatten und in seinen Augen höchste Wertschätzung genossen. Ihre Bärte wucherten so dicht, dass unmöglich zu sagen war, was für Gesichter sich darunter verbargen. Ethan und Samuel hatten bereits so ausgesehen, als sie auf halber Strecke der Reise zu ihnen gestoßen waren, und da beide braune Augen besaßen und über dieselbe Gestalt verfügten, konnte man sie nur anhand der Haarfarbe unterscheiden. Ethan war dunkelblond, Samuel rotbraun.

Während Reverend Marsh mit gesenktem Kopf betete, klammerte sich Kate an all die schönen Erinnerungen, die sie mit Margret und Peter teilte. Während der langen Reise in die Wildnis waren sie zu einem unzertrennlichen Dreiergespann zusammengewachsen. Wie sehr hatte sie ihre Schwester um Peter beneidet. Stets war er sanft zu ihr gewesen, freundlich und ehrlich. Er hatte sie sogar als gleichberechtigten Gesprächspartner angesehen, ganz so, als hätte er keine Frau, sondern einen Mann vor sich. Gewiss, er war keine Schönheit gewesen, aber was tat das schon zur Sache, wenn er sein teigiges Gesicht und seine kurzen, pummeligen Gliedmaßen mit soviel Freundlichkeit ausglich?

Zweifellos hätten die beiden eine glückliche Ehe geführt. Stattdessen lagen sie dort in der kalten Erde. Für immer zusammen, und doch um ein gemeinsames Leben betrogen.

Reverend Marshs Worte drehten sich um Seelenqualen und Sünden, um Strafe und Sühne, doch es lag keine Kraft in ihnen. Nur Verzweiflung, geboren aus dem Wissen, dass in diesem Land kein Glaube weiterhalf. Es war, als wolle man Wölfe mit einem Kinderlied zähmen. Die Wildnis verschluckte alle Gebete und spottete darüber, denn hier war kein Menschenwort von Bedeutung. Sie alle waren Schneeflocken im Wind, die einfach hin- und hergetrieben wurden.

»Amen«, schloss Reverend Marsh seine Gebete.

»Amen«, echote es aus kaum drei Dutzend Kehlen. Erst jetzt, da sich alle versammelt hatten, wurde klar, wie wenig sie geworden waren. Fast die Hälfte der Männer war ausgezogen, um die angesammelten Pelze zu Geld zu machen.

Ob sie jemals zurückkehren würden?

Die Männer zitterten vor Kälte und schienen es kaum erwarten zu können, sich durch Arbeit warmzuhalten. In der Nacht hatte der Schneefall aufgehört, jetzt wölbte sich der Himmel wie milchblaues Glas über das Fort und brachte klirrenden Frost mit sich.

Zwei Männer schaufelten hastig das flache Grab zu, die anderen bekreuzigten sich, murmelten flüchtige Abschiedsworte und wandten sich zum Gehen.

Nur einer war nicht gekommen, um Peter und Margret zu verabschieden. Andrew. Williams persönlicher Bluthund, und zugleich das unheimlichste Geschöpf, das ihr jemals begegnet war. In all den Monaten, die sie bereits hier lebte, hatte sie Andrew nur zweimal erblickt. Er zog es vor, für sich zu bleiben. Wie eine dressierte Ratte, die nur dann hervorkroch, wenn ihr Herr sie rief. Sie wusste, dass dieser Mann krank war. Auf eine so abscheuliche Art krank, dass Kate nicht begreifen konnte, warum Williams ihn hier duldete. Sie wusste nur, dass er manchmal am späten Abend zu ihm ging, und einmal hatte sie erlebt, wie nach der Entwendung mehrerer Münzen aus Williams' Arbeitszimmer vier Männer in einen leer stehenden Schuppen gezerrt wurden. Kurz darauf waren Andrew und ihr Onkel darin verschwunden. Die ganze Nacht lang hatte Kate die Schreie gehört. Schreckliche Schreie voll entsetzlicher Qualen, die sie niemals vergessen würde. Und dann, kurz nach Sonnenaufgang, hatte sie gesehen, wie Andrew den Schuppen verließ. Zufrieden wie eine Katze, die einen Sahnetopf ausgeleckt hatte, und mit einem Lächeln, das vor Wollust troff.

Noch am selben Tag waren zwei Gräber ausgehoben worden. Die beiden Männer, die überlebt hatten, blieben ganze zwei Wochen in Ebenizers Obhut. Während dieser zwei Wochen hatte Williams es ihr ausdrücklich verboten, dem Alten zur Hand zu gehen. Man hatte sie ausgeschlossen, sie nicht einmal in die Nähe des Behandlungszimmers gelassen, bis die beiden Männer eines Tages das Haupthaus verließen. Hinkend, mit gesenkten Köpfen. An Körper und Seele gebrochen.

Starr blickte Kate auf die Grube, in der Margret und Peter lagen, eingewickelt in Lagen aus grobem Leinen. Schaufel für Schaufel verschwanden sie unter der Erde. Es war gut, dass Andrew nicht dabei gewesen war. Seine Anwesenheit hätte diesen Abschied nur besudelt.

Unbewusst griff sie nach ihrem Schultertuch und schnupperte an der feinen, mit Fransen gesäumten Wolle. Das letzte Geschenk ihres

Vaters. Vermutlich hatte er gehofft, das Lieblingstuch ihrer Mutter würde sie nach seinem Tod trösten. Ja, manchmal tat es das, denn noch immer war ein Hauch von Parfüm darin eingefangen und weckte Erinnerungen an eine glückliche Zeit. Aber zugleich riss es kaum verheilte Wunden wieder auf und verwandelte den Trost in eine schreckliche Gewissheit. Wenn sie in spätestens zwei Jahren in den Osten zurückkehrte, würde niemand sie willkommen heißen. Nicht ihr Vater, nicht Margret und nicht Susy, die alte Köchin. Vermutlich lebte kein einziger Dienstbote mehr im Haus ihrer Familie. Sicher hatte man auch die Hunde verkauft, an denen sie alle so gehangen hatten, und die Vögel in der riesigen Voliere waren im besten Falle freigelassen worden.

Alles, was ihr noch geblieben war, bestand aus einem Schultertuch, ein paar Kleidern und einem Amulett, in dem sich zwei Miniaturbilder ihrer Eltern befanden. Vermutlich berührte dieses Land deshalb ihre Seele.

Weil es einsam war. Genauso wie sie.

Kate sah Liam nach, wie er gemeinsam mit Harry, Alfie und zwei Helfern das Fort verließ. Williams hatte ihnen den Auftrag gegeben, dem Fluss in Richtung Osten zu folgen und Ausschau nach den Kanus zu halten. Daniel, der neben ihnen auf der Veranda stand, schüttelte fassungslos den Kopf.

»Beruhige dich«, knurrte Williams. »Das Land hier ist so weit, dass du dich auf einen Berg stellen und ein fliehendes Pferd sehen kannst, das vor einer Woche losgelaufen ist. Wir brauchen gute Nachrichten. Der Weg bis zu den östlichen Bergen ist nicht weit, in ein paar Tagen sind sie wieder zurück.«

»Die Bestie wird sie töten«, polterte Daniel. »Wie konntest du sie gehen lassen, wo wir doch wissen, dass dieses Biest da draußen herumläuft?«

Williams Stimme wurde zunehmend gereizter. »Das Wetter wird bald wieder schlechter. Wenn ich sie jetzt nicht losgeschickt hätte, wäre es für eine Suche zu spät gewesen. Nicht weit von hier gibt es einige Canyons, vielleicht haben die Männer darin Schutz gesucht und warten auf Hilfe.«

»Die Bestie wird sie töten«, wiederholte Daniel. »Haben wir nicht schon genug Männer verloren?«

»Ich habe ihnen so viele Waffen mitgegeben, wie sie tragen können«, zischte Williams. »Und jetzt gehe mir aus den Augen.«

Nach diesem Streit blieb Daniel den gemeinsamen Abendessen für mehrere Tage fern. Tatsächlich verschlechterte sich das Wetter erneut und brachte noch mehr Schnee.

Liam und seine Gefährten aber blieben verschwunden.

Am siebten Tag, nachdem sie ausgezogen waren, ging Kate noch vor Sonnenaufgang aus dem Haus, behangen mit zwei Eimern und einem Beil, mit dem sie das Eis auf dem Fluss zerschlagen wollte.

Dann sah sie Daniel auf der untersten Stufe der Treppe sitzen.

Gedankenverloren rieb er sich die intakte Seite seines halben Schädels, als könnte er sich nicht recht entscheiden, welcher Arbeit er nachgehen sollte. Anscheinend war ihm nostalgisch zumute, denn er trug nach langer Zeit wieder die abgenutzte, fransenverzierte Lederkleidung, die ihm seine verstorbene indianische Frau genäht hatte. So sehr hatte er sein Weib geliebt, dass sie gemeinsam durch die Wildnis gezogen waren. Nie wäre es Daniel in den Sinn gekommen, sie an irgendeinem vermeintlich sicheren Ort zurückzulassen.

Was für ein schöner Gedanke. Gemeinsam mit einem Mann, den man liebte, unbekannte Wälder und Gebirge zu erkunden, ziellos umherzuziehen und den Winter in einer selbst gebauten Hütte zu verschlafen.

Sie betrachtete die klobigen Stiefel aus Pelz und das obligatorische braune Tuch, das er sich um den Kopf gewickelt hatte. Auf der unversehrten Seite seines Schädels quoll graues Zottelhaar darunter hervor und ging nahtlos in einen buschigen Vollbart über. Kate hatte noch nie einen Blick auf die schreckliche Verletzung werfen können. Sie wusste nur, dass irgendein junger Arzt an Daniel das Kunststück seines Lebens vollbracht hatte.

Als Kate die Eimer abstellte, fuhr der Trapper zu ihr herum. Sein Gesicht hellte sich auf. Wie weiß und ebenmäßig seine Zähne waren, und das trotz seines Alters.

»Zum Glück war ich mal fett wie ein gemästeter Grizzly«, grunzte Daniel. »Ich ging in die Wildnis und wurde ein magerer Hase. Fortan hing die Haut an mir runter wie die Schürze eines Waschweibs. Als die Sache mit dem Bären passierte, schnitt mir der Arzt ein Stück davon weg und nähte es über mein Gehirn. Und jetzt?« Er warf den Kopf zurück und lachte. »Jetzt trage ich meinen Wanst auf dem Kopf spazieren. Das wolltest du doch wissen, oder?«

Kate lächelte freudlos und setzte sich neben ihn. Sie mochte diesen sonderbaren Kauz. Er war wie ein Felsen. Hart, verwittert und unmöglich zu zerstören. Außerdem schaffte er es, den feigen Seamus allein durch seinen Anblick zum Weinen zu bringen.

»Ich mache mir Sorgen«, sagte sie leise. »Warum bleiben sie so lange fort? Sie sollten doch nur Ausschau halten.«

Ihr Blick ging zu den Bergen im Osten, von deren Gipfeln aus man scheinbar endlos weit sehen konnte.

»Wird schon«, murmelte der Trapper. »Wird schon, mein Kind. Mach dir mal keinen Kopf. Alles kommt und geht, ob wir es wollen oder nicht. Aber eines will ich dir mal sagen. Dein Onkel ist ein sturer Dummkopf.«

»Das ist er.« Sie beobachtete eine Gruppe Männer, die schlaftrunken von einer Hütte zur anderen schlurften und an die Türen klopften, um ihre Gefährten zu wecken. »Und es wird nicht besser.«

Es wurde Zeit, sich eine Aufgabe zu suchen. Vielleicht stolperte bald der erste Verwundete in Ebenizers Behandlungszimmer. Höchstwahrscheinlich würde es ein Axthieb sein, ein Nagel im Fleisch oder ein Pferdetritt. Nur in der warmen Jahreszeit gab es hin und wieder eine Abwechslung. Zum Beispiel eine Schlange, die sich im Hintern eines Unglückseligen festgebissen hatte, weil der eine heilige Regel nicht befolgt hatte: Schau dir den Abort an, bevor du deine Notdurft verrichtest.

Und doch blieb sie sitzen und tat dasselbe, was Daniel tat. Sie beobachtete das Wippen der Fichtenspitzen im frostigen Wind, die scharrenden Pferde in ihrem Gatter und das Funkeln des Schnees, wenn eine fauchende Böe ihn aufwirbelte. Es tat gut, einfach hier zu sitzen und nichts zu tun. Es tat gut, bei Daniel zu sein. Er erinnerte sie so sehr an ihren Vater, dass der Drang, sich in seine Arme zu werfen, unwiderstehlich wurde.

»Alles wird gut«, murmelte er, als sie ihren Kopf auf seine Schulter legte. »Ich passe schon auf dich auf. Machst dir Sorgen um Liam, hm?«

Sie konnte ein Nicken nicht unterdrücken.

»Er ist ein feiner Junge. Wirklich ein feiner Junge. Nur leider Gottes nicht die Sorte Mann, die Williams für dich sucht.«

Wieder nickte sie. Kate wollte weinen. Sie wollte es so sehr, und doch blieben ihre Augen trocken. Erst, als sich seine Hand auf ihren Kopf legte und begann, ihr Haar zu streicheln, spürte Kate, wie das Brennen kam. Der Druck in ihrem Inneren wurde größer und größer. Ihr Körper begann zu zittern.

»Schschsch«, raunte Daniel. »Lass es raus. Es ist nicht gut, alles in sich reinzufressen.«

Und dann erklang ein lautes Rumpeln.

Kate fuhr auf.

Das Tor! Liam!

»Da brat mir doch einer'n Buchhalter!« Daniel zwinkerte ihr zu. »Jemand hat sich zu uns durchgekämpft, wenn ich mich nicht irre.«

Die Wachen entfernten den großen Holzbalken, der das Tor sicherte. Zwei Jungen schaufelten emsig den Schnee beiseite, bis das Tor weit genug geöffnet werden konnte, um Pferde und Schlitten hindurchzulassen. Kates Herz vollführte einen Sprung der Freude. Die Gruppe wurde angeführt von Harry und Alfie.

»Wer sagt's denn!« Daniel rieb sich in Erwartung eines guten Essens den Wanst. »Die Vorräte haben sie auch gleich mitgebracht. Teufelsburschen! Sieht so aus, als hätten sie unsere verlorenen Seelen wiedergefunden.«

Kate eilte auf die Neuankömmlinge zu, verharrte jedoch abrupt, als der zweite Schlitten durch das Tor gezogen wurde. Ein Mann lag darauf. Blutüberströmt. Die eisige Kälte hatte seine Haare mit Raureif überzogen und jeden Tropfen Nässe gefrieren lassen. Ein Büffelfell war über den Verwundeten gebreitet, doch Kate erkannte auf den ersten Blick, dass der wärmende Pelz nichts mehr nützte.

»Großer Gott, Liam!«

Mit ein paar schnellen Schritten war sie bei dem Schlitten und schlug das Fell über dem Toten beiseite. Nicht Liam! Doch nach der ersten Erleichterung kam der Schrecken.

Der Körper des Mannes war auf schreckliche Weise zerfetzt. Kaum mehr als ein Brei aus Fleisch und Knochensplittern unter zerrissener Kleidung. Die schrecklichen Wunden zogen sich vom Schlüsselbein bis zu den Hüften.

»Er lebte noch, als wir ihn fanden.« Zuerst glaubte sie, Alfie spräche mit jemand anderen, denn sein Silberblick ging weit an ihr vorbei.

Doch dann wurde ihr klar, dass sie nur zu zweit bei dem Toten standen. Daniel redete mit Harry, die anderen herbeigeeilten Männer interessierten sich mehr für die Vorräte als für das offensichtliche Unglück. »Ich gab ihm den Gnadenschuss.«

Kate nickte. So war es Sitte bei den Waldläufern und inzwischen auch Sitte im Fort. Lieber einen schnellen Tod, als ein langsames Sterben.

»Wo ist Liam?«

Alfie deutete auf die Trage, die an einem der Packpferde befestigt war. Das, was sie für Vorratssäcke gehalten hatte, entpuppte sich bei näherem Hinsehen als ein Körper, der mit einer Lage Felle bedeckt war.

»Allmächtiger!«

Sie rannte zu ihm, schlug die Pelze beiseite und blickte in Liams blaue Augen. Sein Blick war stumpf vor Entsetzen und Schmerz, aber er lebte.

»Was ist geschehen?« In letzter Sekunde widerstand sie dem Drang, ihrer Erleichterung mit einer Umarmung Ausdruck zu verleihen. »War es die Bestie?«

Liam starrte sie nur aus großen Augen an. Als Harry und Daniel sich zu ihnen gesellten, bedachten sie den Verwundeten mit einem mitleidigen Blick.

»Zuerst haben wir die Spuren gefunden«, erzählte Alfie. »Riesige Spuren. Kein Wolf. Kein Bär. Dann entdeckten wir zwei gestrandete Kanus unten bei den Canyons. Von den Männern gab es nirgendwo eine Spur. Vielleicht wurden sie überfallen, und nur diese beiden Boote blieben übrig und trieben den Fluss runter, bis sie im Eis festfroren. Wir rafften zusammen, was wir tragen konnten, und in der darauffolgenden Nacht verschwanden Liam und der arme Tropf dort. Sie wollten in den Canyons nach Treibholz für ein Feuer suchen. Am nächsten Morgen fanden wir sie in der größten Blutlache, die ich je gesehen habe. Nicht auszudenken, was sie durchgemacht haben.« Alfie bekreuzigte sich. »Dabei war ich mir sicher, dass diese Kreaturen nicht existieren.«

»Nicht existieren?« Daniel kniff die Augen zusammen. »Was meinst du?«

»Es gibt Geschichten. Legenden.«

»Kocodjo?«

Alfie riss die Augen auf. Dann nickte er zögernd.

»Ich habe auch davon gehört«, flüsterte Daniel. »Aber Williams hält mich für einen Idioten, der zu lange unter Wilden gelebt hat. Er ist der Wilde, wenn du mich fragst. Dieser törichte Dummkopf!«

Alfie überzeugte sich davon, dass Williams noch nicht anwesend war, dann nickte er. »Ich wollte es auch nicht glauben. Aber ich habe die Spuren gesehen. Und ich sehe das da.« Er nickte zu dem Toten hinüber. »Sowas tut kein gewöhnliches Tier.«

Kate fühlte Übelkeit in sich aufsteigen. Selbst, wenn der Mann noch geatmet hätte, wäre eine Rettung aussichtslos gewesen. Solche Wunden heilte nicht einmal ein Wunder. Ihr Verstand scheiterte an der Vorstellung, welche Schmerzen diese arme Seele hatte ertragen müssen.

»Helft mir«, herrschte Kate die gaffenden Männer an. »Bringt Liam zu Ebenizer.«

Die nächsten Momente hüllten sich in einen alles dämpfenden Nebel. Kate schnappte sich die zwei Eimer, die noch immer auf der Veranda standen, füllte sie am Fluss und hastete in den Behandlungsraum.

Inzwischen hatte man Liam hineingebracht und von Mantel, Wams und Hemd befreit. Vier messerscharfe Klauen hatten ihm die Seite aufgeschlitzt. Die Schnitte waren tief, aber so gerade und glatt, als stammten sie von einem Skalpell. Nichts war gebrochen, kein wichtiges Organ verletzt. Er würde es schaffen.

Kate blendete alles aus, was sie umgab. Sie nahm einen Schwamm, wusch die Wunden mit frischem Wasser aus, knüpfte eine Sehne an eine Nadel und begann zu nähen.

Ebenizer schickte alle hinaus, auch Williams, der mit merkwürdig glasigen Augen im Behandlungszimmer aufgetaucht war. Dann bereitete er auf der Anrichte neben dem Behandlungstisch seine spezielle Medizin vor. Als das Wasser in dem Kessel kochte, füllte Ebenizer einen Teil der Kräutermischung in ein Schälchen und fügte getrockneten Sonnenhut hinzu. Heidnischer Zauber, wie der Reverend es genannt hätte. Verdorbener Teufelsdreck. Es war besser, wenn niemand wusste, was sie hier zusammenbrauten. Kate und Ebenizer war es gleich, woher die Mischung stammte. Sie half, und nur darum ging es. Seit ihnen einer der Waldläufer einen Sack mit diesen Kräutern überreicht hatte, zusammen mit der Anweisung, wie sie zu nutzen waren, war niemand mehr vom Wundbrand dahingerafft worden.

Kate setzte gerade den letzten Stich, als es an der Tür klopfte.

»Einen Augenblick.« Ebenizer reichte ihr das Schälchen mit dem angemischten Brei. »Wir sind gleich fertig.«

Behutsam wusch sie das Blut von Liams Haut, um zuletzt die Medizin auf die genähten Wunden aufzutragen.

»Komischer Geruch«, nuschelte er. »Was ist das?«

»Gute englische Medizin. Ein altes Rezept meiner Großmutter.«

Liam nickte beruhigt, doch der Ausdruck in seinen Augen gefiel ihr nicht. Sein Geist war nur halb zurückgekehrt, während sich die andere Hälfte an einem Ort befand, an dem ihn kein Schmerz erreichte.

»Sie sind gut, Miss Blackfrair«, flüsterte er mit matter Stimme. »Wirklich gut. Noch keiner hat mich so zartfühlend zusammengeflickt.«

Kate rang sich ein dürftiges Lächeln ab. »Vielen Dank.«

»Wer immer Sie nicht an sich heranlässt, nur weil sie eine Frau sind, ist ein Dummkopf.«

Sie lachte leise. Das warme Gefühl in ihrem Bauch wurde unvermittelt stärker. »Wie fühlen Sie sich? Erinnern Sie sich an das, was geschehen ist?«

Liam versteifte sich und schwieg.

»Tut es sehr weh?«, fragte sie als nächstes.

»Ja. Aber das Zeug tut gut. Sagen Sie Ihrer Großmutter, dass ich ihr auf Knien dafür danke.«

»Ich werde ihr in meinen Gebeten davon erzählen.«

Während Ebenizer den Verwundeten mit beherztem Griff aufrichtete, legte Kate den Verband an. Erst, als alles fertig verknotet war, ging sie zur Tür und öffnete sie.

»Wurde auch Zeit, verflucht nochmal.« Daniel schob sich an ihr vorbei und hielt mit ruppigem Schritt auf Liam zu. »Ich hätte vor Wut fast einen Kürbis geschissen.«

»Nicht in Gegenwart einer Dame«, brummte Ebenizer. »Wenn ich bitten dürfte.«

»Diese Dame wird es schon überleben.« Unsanft drückte er Liam ein Blatt Papier und einen Kohlestift in die Hand. »Zeichne auf, was du gesehen hast.«

Die Augen des Verwundeten weiteten sich ungläubig. »Nein!«

»Tu es!«, herrschte Daniel ihn an.

»Nein!«

»Los jetzt, Teufel noch mal!«

»Daniel!« Jetzt war sie wirklich wütend. Vergeblich versuchte sie, den Trapper beiseite zu schieben. Ebenso gut hätte sie sich gegen einen Berg stemmen können. »Siehst du nicht, dass er kaum bei Bewusstsein ist? Hör auf, ihn zu bedrängen.«

»Mir scheint er völlig klar im Kopf zu sein. Zeig mir das Tier, das dir das angetan hat. Mach schon. Ich habe nicht ewig Zeit. Ich muss wissen, ob ich recht habe.«

Liam biss sich so fest auf die Zähne, dass ein hässliches Knirschen erklang. Eine Weile starrte er zitternd ins Leere, dann begann er unter Daniels forderndem Blick, etwas zu zeichnen. Zuerst zögernd, doch bald flog der Stift mit solch wütender Inbrunst über das Papier, dass Kate befürchtete, Liams Herz könnte stehenbleiben. Seine Haut glühte. Ein wahnhaftes Glitzern erfüllte seine Augen, während er immer wilder kritzelte und das Blatt malträtierte. Er keuchte, wimmerte und stöhnte, japste nach Luft und stieß ein jämmerliches Wimmern aus, als er die fertige Zeichnung zusammenknüllte und sie Daniel vor die Füße warf. Dann begann er zu weinen. Wie ein Kind warf er sich in Kates Umarmung, und wie einem Kind strich sie ihm über das Haar.

Der Trapper hob das Blatt auf und faltete es auseinander. Eine Zeitlang war es totenstill. Daniel starrte auf das Abbild des Angreifers. Sein Blick wurde starr. Dann, als er die Augen schloss, sagte er nur ein einziges Wort: »Kocodjo.«

Daniel war außer sich vor Zorn.

Harry und Alfie schielten sich gegenseitig an, Seamus wimmerte vor sich hin, Logan spielte mit seinem Messer, Samuel und Ethan verschränkten die Arme vor der Brust und sahen beunruhigt aus. Nur Gunters Miene drückte nichts als Spott aus. Er und Williams waren einer Meinung: Kocodjo existierten nicht.

In der dunkelsten Ecke des Zimmers saß Kate auf einem der Holzstühle, hielt das Amulett mit den Miniaturgemälden an ihre Lippen und beobachtete Williams, der am Ende des langen Versammlungstisches stand und beschwichtigend die Arme hob.

Wie dünn und alt er geworden war. Die grauen Strähnen in seinem schwarzen, mit einem Seidenband zusammengebundenen Haar und in seinem sorgfältig gestutzten Bart schienen innerhalb weniger Tage an

Zahl zugenommen zu haben. Seine Augen waren glasig, seine Wangen eingefallen wie die eines Greises. Die Uniform, die ihn sonst in einen respekteinflößenden Mann verwandelte, bildete an diesem Abend nur die schlecht sitzende Hülle einer ausgemergelten Gestalt. Das einzig Makellose an ihm waren die silbernen Schnallen an seinen Schuhen. Wie eh und je blitzten und funkelten sie, als verbrächte er die Nächte nicht mit Schlafen, sondern damit, sie zu polieren. Ungeachtet seiner sichtbaren Erschöpfung blickten die Männer in ungebrochener Demut zu ihm auf. Aber wie lange noch? Der Kreis jener Auserwählten, denen Williams absolutes Vertrauen entgegenbrachte, war klein geworden.

»Glaubt ihr, ein Mann in Todesangst fände Spaß daran, Lügen zu erzählen?«, fauchte Daniel. »Glaubt ihr das wirklich? Wo liegt das Problem? Als wir in dieses Land kamen, entdeckten wir fast jeden Tag ein unbekanntes Tier.«

»Unbekannte Tiere, ja«, antwortete Williams. »Aber keine Monster. In seiner Todesangst sah Liam nicht wirkliche Dinge. Panik, Blutverlust und Kälte. Das passiert den Besten von uns.«

Daniel knallte das Blatt Papier auf den Tisch. »Seht euch diese verdammte Zeichnung an! Wollt ihr mir ernsthaft erzählen, das sei ein gewöhnlicher Wolf?«

Kate reckte sich, um das Bild in Augenschein zu nehmen. Viel war nicht zu erkennen, aber das geifernde, aufgerissene Maul im Chaos tiefschwarzer Linien schien aus dem Papier herauszuragen und entblößte gewaltige Hauer. Liams Angreifer war ein Alptraum aus Zähnen, Klauen und schwarzem, am Hals und an den Beinen gestreiftem Fell, das die vordere Hälfte der Kreatur wie bei einer Hyäne üppiger bedeckte als die hintere. Auch schien sie mehrere lange Stachel zu besitzen, die aus ihrem Nacken ragten. Erschreckend menschlich balancierte das Untier auf seinen Hinterbeinen und schlug mit den klauenbewehrten Vorderläufen aus.

»Sieht das aus wie ein Hirngespinst?«, fragte Daniel erbost. »Ich sage euch, Liam lügt nicht. An Blutverlust und Kälte ist er gewöhnt. Es ist nicht das erste Mal, dass er da draußen fast draufgegangen ist. Will jemand ernsthaft behaupten, er sei kein Kämpfer, der mehr einsteckt als zehn gewöhnliche Männer zusammen?«

»Mag sein«, knurrte Gunter, wobei sein gewaltiger Schnauzbart zuckte wie ein kleines, pelziges Tier. »Trotzdem gehen wir von einem kranken Wolf aus. Ein besonders Großer von mir aus, dreist und furchtlos. Vielleicht steigt ihm die Tollwut zu Kopf. Als ihr das Mädchen durch das Tor getragen habt, sah ich einen Schatten zwischen den Bäumen. Von meiner Warte aus war es ein Wolf. Eine wahre Bestie, freilich, aber gewiss kein Ungeheuer.«

»Habt ihr keine Augen im Kopf, ihr Hundsfötter?« Daniel schüttelte seine Arme gen Decke. Langsam, aber sicher verlor er die Beherrschung. »Seht genau hin, Teufel nochmal. Ihr mögt noch nichts von den Kocodjo gehört haben, aber ich habe viele Monate lang bei denen gelebt, die ihnen begegnet sind. Man sagt den Blackfoot vieles nach, aber zum lügen oder übertreiben neigen sie nicht. Die Wahrheit ist ihnen so heilig wie kaum etwas anderes.«

»Heidnische M-m-m-märchen«, stotterte Seamus. »T-t-t-teufelszeug. Was wissen diese dreckigen T-t-t-tiere schon von Lüge oder Wahrheit? Es ist ein Wolf. Ein lausiger, k-k-k-kranker Wolf. Lockt ihn an und jagt ihm ein paar K-k-k-kugeln rein.«

Der Buchhalter riss die Augen auf, denn plötzlich stürmte Daniel auf ihn zu. Er packte Seamus am Schopf und hielt ihn wie ein Karnickel im Fanggriff.

»Wenn du dieses Tier für einen gewöhnlichen Wolf hältst«, Daniel ruckte so grob an Seamus Hals, dass dessen strohblonde Haare nur so flogen, »dann geh vor das Tor, lade eine gewöhnliche Flinte mit einer gewöhnlichen Kugel und schau, was passiert, wenn du sie dem Vieh in den Arsch schießt. Aber dafür reicht dein Mut nicht aus, was? Er ist gerade mal groß genug, um an einer festgebundenen Milchziege ein paar aufgestaute Triebe loszuwerden.«

Seamus klappte der Mund auf.

»Genug!« Williams schlug auf den Tisch. Jeder Einzelne zuckte unter dem Knall zusammen, selbst Daniel. »Zügele vor meiner Nichte dein Mundwerk!«

Der Trapper bleckte kurz die Zähne, ehe er Seamus erneut schüttelte. »Hast du dir die Leiche des armen Mannes angesehen? Nein, natürlich nicht. Das wäre zu viel für einen Nichtsnutz wie dich. Der kranke Wolf, wie ihr ihn nennt, hat den armen Mann mit einem einzigen Schlag seiner Klauen von oben bis unten aufgeschlitzt. Geh raus und sieh dir seine Leiche an. Dann sage mir noch einmal, dass du es für das Werk eines gewöhnlichen Wolfes hältst. Dasselbe empfehle ich den anderen Hundsfötten in diesem Zimmer, die einen Dachs nicht einmal von einem Grizzly unterscheiden können, wenn man ihnen beide auf den Rücken bindet.«

Daniel ließ den kreideweißen Seamus los, durchquerte mit raumgreifenden Schritten das Zimmer und nahm vor Kate Aufstellung. Sie schluckte. Was kam jetzt? Was wollte er von ihr?

Der eigenwillige Geruch des Mannes umgab ihn wie eine pulsierende Wolke. Eine Mischung aus Schweiß, Biberöl, Kräuter und Pferd. Es gab schlimmere Gerüche in diesem Fort, denn im Gegensatz zum Rest der Bewohner gönnte sich Daniel einmal pro Woche ein Bad im Fluss, das er wie ein heiliges Ritual und mit allerlei Zutaten zelebrierte. Vermutlich ein Mitbringsel aus seiner Zeit bei den Wilden.

In ihrem Kopf pochte es unangenehm, während er sie forschend betrachtete.

»Alles in Ordnung?«, fragte er sanft. »Geht es dir nicht gut?«

Kate steckte das Amulett wieder unter ihr Kleid und zuckte die Schultern. Zahllose Nächte, in denen sie überhaupt nicht oder kaum geschlafen hatte, verwandelten ihren Kopf in eine Wüste und ihre Glieder in Blei.

»Es geht mir gut. Ich brauche nur Schlaf.«

»Dann nimm ihn dir. Du bist mehr auf den Beinen als jeder andere von uns. Sag mir nur eins, Kind. Du hast schon viele Bisse geflickt. War das, was du gesehen hast, das Werk eines gewöhnlichen Tieres? Eines Wolfes?«

Kate blickte in die schweigende Runde. Die Männer saßen da wie Trauervögel. Unter anderen Umständen hätte sie sich über Harry und Alfie amüsiert, die vor lauter Aufregung noch viel mehr schielten als sonst. All die Aufmerksamkeit machte sie nervös, aber sie war kein eingeschüchtertes Ding mehr, das seine Meinung lieber herunterschluckte, anstatt sie kundzutun.

»Nein«, antwortete Kate. »Es war auf keinen Fall das Werk eines Wolfes. Auch nicht das eines Bären. Kein Raubtier, das ich kenne, hat Krallen, die scharf genug sind, um solche Wunden zu reißen.«

»Seht ihr?« Der Trapper fuhr herum und sah die Männer eindringlich an. »Dieses Mädchen hat mehr Verstand als ihr alle zusammen.«

Mürrisches Murmeln und Brummen ging durch den Raum, zusammen mit ein paar Bemerkungen, die ihr die Röte in das Gesicht schießen ließen. Sie hatte gelernt, unter Männern zu leben, diesen undankbaren und schwitzenden Kreaturen, die ihr kaum genug Verstand zutrauten, um Nadel und Faden zu halten. Trotzdem verging kein Tag, an dem sie sich nicht ärgerte. Wie viele dieser Dummköpfe hatte sie bereits zusammengeflickt? Kate dachte kurz nach. Abgesehen von Logan jeden Einzelnen.

»Was immer es ist«, befand Williams, »wir werden es finden und es erlegen. Ich will seinen Kopf über meinem Kamin.«

Zustimmendes Rufen hallte durch den Raum. Fäuste reckten sich in die Luft. Harry und Alfie hatten ihre Flinten bereits vor sich auf dem Tisch liegen und schlugen mit der flachen Hand auf die Schäfte. Entschlossenheit blitzte in ihren Augen.

Nur Daniel gab ein spöttisches Schnaufen von sich. »Versucht es nur. Geht den Kocodjo jagen. Er wird keinen von euch am Leben lassen. Ich habe gesehen, wie er Krieger zugerichtet hat, die sich bereits als Halbwüchsige ausgewachsenen Grizzlys nur mit einem Messer entgegenstellten.«

»Was soll uns das sagen?«, fauchte Samuel. »Dass wir nicht mehr draufhaben als ein dahergelaufener Wilder?«

»Das will ich damit sagen.« Daniel lächelte, als genösse er es, die Männer zu provozieren. »Die Krieger, die damals zerfleischt wurden, fürchteten weder Tod noch Schmerz. Sie waren die besten Kämpfer, die diese Wälder je gesehen haben, weil es die Wälder waren, aus denen sie entsprungen sind. Wir sind Eindringlinge. Dieses Land ist unser Feind. Aber die Wilden gehören hierher. Sie sind mit allem verwachsen, wie das Herz mit unserem Körper verwachsen ist. Jedem dieser Männer würde ich in der Wildnis mein Leben anvertrauen, was bei keinem von euch der Fall ist.«

Die Männer gafften mit offenen Mündern. Nach kurzen Momenten der Fassungslosigkeit erhob sich wildes Geschrei. Daniel hörte sich die Flüche, die über ihn ausgeschüttet worden, seelenruhig an. Gelassen rieb er sich den halben Schädel, bis die Meute ihre gröbste Wut hinausgeschrien hatte und langsam ruhiger wurde.

»Reißt euch zusammen!« Williams verdrehte die Augen. »Schluss jetzt! Seid ihr Männer oder dahergelaufene Straßenjungen? Und Daniel, ich warne dich zum letzten Mal! Pass auf, was du sagst.«

»Ja ja«, brummte der Trapper.

»Ich meine es ernst. Sag mir lieber, ob du diese Bestie je mit eigenen Augen gesehen hast? Hast du sie wirklich gesehen?«

»Nein«, gab Daniel zu. »Aber ihr habt den Gott, an den ihr so fest glaubt, auch noch nie gesehen.«

Die Männer brodelten vor Wut, wagten es unter Williams' drohendem Blick jedoch nicht, ihr freien Lauf zu lassen. Stattdessen gehörte alle Aufmerksamkeit plötzlich ganz und gar ihren Flinten, Messern oder Fingernägeln.

»Als ich in das Dorf kam«, fuhr Daniel fort, »waren die Kocodjo bereits verschwunden. Ich sah nur noch das, was sie hinterlassen hatten, und ich sah ihre Spuren. Kate hat Recht. Die Tatzen dieser Monster sind gewaltig.«

Kate entfuhr ein Glucksen.

»Was?«, knurrte Williams. »Gibt es hier etwas, das dich amüsiert?«

»Nein.« Sie errötete und blickte zu Boden. »Es tut mir leid. Ich fand nur, dass …«

»Ja?«

»Er sagte Tatzen. Das klingt, als wäre die Bestie eine Katze. Oder ein Schoßhund.«

Daniel blinzelte irritiert.

»Pranken wäre wohl das passendere Wort«, fügte sie hinzu. »Die Pranken sind doppelt so groß wie Daniels Hände, und Daniel hat verdammt große Hände.«

»Fluche nicht!«, schoss Williams zurück. »Was bringt dir dieser verlauste Wilde von einem Waldläufer für Wörter bei?«

»Das Zeug bringt sie sich ganz allein bei«, blaffte der Trapper. »Kein Wunder. Immerhin hast du sie in ein Fort voller Dummköpfe gesteckt. Sei froh, dass Kate von all den Wörtern, die sie sich tagtäglich um die dreckigen Ohren werfen, nur die harmlosesten benutzt.«

Williams erwiderte nichts darauf. Sein Blick jedoch sprach Bände und schien diesmal sogar Daniel einzuschüchtern. Der Trapper räusperte sich, kratzte sich am Kopf und nickte. »Gut, wie auch immer. Zurück zum Thema. Die Legenden über die Kocodjo sind uralt. Für die Blackfoot gehören sie zu den Wäldern wie die Wölfe oder die Geister. Sie leben seit jeher mit ihrer Existenz.«

»G-g-g-geister«, schnaufte Seamus. »Heidnischer Unsinn. D-d-d-diese Wilden glauben gar, in Steinen st-st-stecke eine Seele.«

Ein zweites Mal kam Daniel auf Seamus zu, rührte ihn diesmal jedoch nicht an. Stattdessen ließ er seine Hände mit wuchtigem Knall auf die Tischplatte krachen. »Die Kocodjo«, fuhr er trügerisch sanft fort, »sind bekannt für ihre Grausamkeit. Sie lieben es, ihre Beute zu quälen. Manche Stämme glauben, dass jeder, der Menschenfleisch verzehrt, ebenfalls zu einem solchen Wesen wird und fortan von unstillbarem Hunger getrieben wird. Man sagt, sie fallen im Mond des Jägers über die Wälder her, fordern ihre Opfer und verschwinden wieder in das ewige Eis des Gebirges. Es gibt sogar einige Stämme, die vor dem Eintreffen der Kocodjo zwei Opfer auswählen und sie den Bestien zum Fraß vorwerfen. Manchmal lassen sich Kranke und Alte auch freiwillig an die Bäume fesseln, damit alle anderen verschont bleiben.«

Williams runzelte die Stirn. Es war offensichtlich, dass er Daniels Worten keinen Glauben schenkte. »Willst du damit sagen, diese Kreaturen töten gezielt?«

»Das tun sie. Zwei Menschen pro Dorf, es sei denn, man greift sie an. Gibt man ihnen aber aus freien Stücken zwei Opfer, so verspeisen sie diese und lassen die restlichen Bewohner in Ruhe. Ich bin dafür, dass wir ihnen diesen Jammerlappen hier vorwerfen.« Daniel zauste Seamus das Haar. »Zusammen mit einem Halsabschneider aus unserem Gefängnis. Sie werden dein Gehirn fressen, Maus. So wie der Bär meines gefressen hat. Aber zuerst reißen sie dir die Leber raus, damit du zusehen kannst, wie gut sie ihnen schmeckt.«

Seamus wurde kalkweiß. Wie hypnotisiert hing sein Blick an Daniels halbem Schädel fest. Das Gesicht des Trappers verzerrte sich vor Abscheu. »Ein Feigling wie du ist mir wahrlich noch nie untergekommen. Du hast hier nichts verloren. Geh zurück in dein Büro und verstecke dich hinter deinen Papierstapeln, anstatt mir die Ohren vollzuwinseln.«

»Lass Seamus in Ruhe«, knurrte Williams. Dann seufzte er, rang die Arme und ließ sie resigniert wieder fallen. »Also gut, angenommen, ich glaube dir. Angenommen, dort draußen laufen tatsächlich Monster herum. Wie oft kommen die Bestien in diese Wälder? Und wie viele von ihnen gibt es?«

»Wie viele es sind, weiß ich nicht. Mal tauchen sie jedes Jahr auf, manchmal verschwinden sie für lange Zeit. Aber wenn sie kommen, dann während des Oktobervollmonds.«

»Wie kann man sie töten?«

»Gar nicht.«

Williams stieß ein spöttisches Lachen aus. »Gar nicht? Tatsächlich? Nun, für Märchenkreaturen gehört sich das vermutlich so.«

»Die Indianer behaupten, die Haut der Bestie sei für Waffen undurchdringlich.« Daniel fuhr so seelenruhig fort, als wäre ihm Williams Hohn entgangen. »Pfeile, Messer und Speere prallen an ihr ab. Es scheint, als besitze sie eine Art Knochenpanzer unter ihrem Fell. Einige glauben, der Kocodjo sei ein Geist und deshalb nicht zu töten, aber das halte ich für unwahrscheinlich. Seht ihr die hellen Streifen auf seinem Pelz? Im Licht der Dämmerung oder bei Nacht tarnt ihn sein dunkles Fell. Alles, was man sieht, sind die Streifen. Deshalb beschreiben manche Geschichten die Kocodjo als lebende Skelette. In Wirklichkeit gaukelt die die Musterung des Fells ein Knochengeschöpf vor. Auch halte ich das Gerücht für Unsinn, ein Kocodjo sei nur zu töten, indem man ihm heißen Talg einflößt. Der Legende nach bringt der Talg sein Herz aus Eis zum Schmelzen. Aber schaut euch die Zeichnung an. Nehmen wir einmal an, das Märchen stimmt, wie sollte man einer solchen Kreatur Talg in den Schlund schütten?«

Harry und Alfie schnaubten, Logan schüttelte geringschätzig den Kopf. Inzwischen war das Feuer fast heruntergebrannt und richtete kaum mehr etwas gegen den eisigen Windzug aus, der durch die Fensterläden drang. Kate stand auf, legte ein paar Holzscheite nach und lauschte den Gesprächen der Männer. Der Nebel ihrer Müdigkeit wurde dichter. Erschöpft lehnte sie sich gegen den Kaminsims und schloss die Augen, während die Wärme der Flammen ihren Körper umhüllte.

»Ich glaube dir, dass ein monströses Tier dort draußen sein Unwesen treibt«, sagte Williams. »Aber ich glaube dir nicht, dass es übersinnlich oder unverwundbar ist. Man kann es töten.«

»Was macht dich da so sicher?«

»Die Musterung des Fells, das Liam gezeichnet hat, kam mir sehr bekannt vor. Ich habe einen Mann gesehen, der einen solchen Pelz und eine ungewöhnlich lange Klaue getragen hat. Folglich muss er eine dieser Kreaturen erlegt haben.«

»Es gibt eine Geschichte.« Daniel rieb sich mit Daumen und Zeigefinger das Kinn. »Über einen Jäger, dem es gelungen ist, mehrere Kocodjo zu töten. Aber es ist nur eine Geschichte. Alles, was ich über diese

Kreaturen weiß, stammt aus Geschichten. Wir werden früh genug herausfinden, ob Kugeln die Haut der Kocodjo durchdringen.«

»Dieser Jäger ...« Williams Stimme klang plötzlich anders. Als wäre er in Gedanken weit fort. »War sein Name Kainah?«

Daniel nickte. »Woher weißt du das?«

»Ich kämpfte einmal gegen einen Krieger mit diesem Namen.«

»Das halte ich für unwahrscheinlich. Kainah ist ein Märchen. Eine Legende für das Lagerfeuer. Ich muss korrigieren, was ich vorhin gesagt habe. Die Blackfoot neigen normalerweise nicht zum Übertreiben, das stimmt. Aber was das Legendenspinnen um große Kämpfer angeht, entwickeln sie eine beeindruckende Fantasie. Solche Geschichten werden nicht ohne Grund aufgebauscht. Gerüchte über unbesiegbare Krieger und beschützende Geister haben schon oft dabei geholfen, den einen oder anderen Feind einzuschüchtern. Ich glaube an vieles, aber nicht an einen lebenden Schatten. Denn so nannten sie ihn. Den lebenden Schatten. Oder auch den Geisterkrieger. Er soll es angeblich allein mit einer ganzen Armee aufgenommen haben. Kam in der Nacht und tötete sie alle im Schlaf.«

Williams wurde starr. Endlose Momente lang sah er Daniel an, ehe er leise sagte: »Dieser Krieger, gegen den ich gekämpft habe, trug um seine Schultern einen schwarzen, silbern gestreiften Pelz mit ungewöhnlich langem Haar, der dem auf der Zeichnung sehr ähnlich sieht. Und um seinen Hals hing eine Klaue des Biestes.«

»Dürftige Beweise«, gab Daniel zurück. »Der Pelz könnte von einem Schwarzfuchs mit weißen Grannenhaaren stammen, die Klaue von einem Bären.«

»Vielleicht.« Williams' Gesicht verzerrte sich, als überwältigten ihn furchtbare Erinnerungen. Seine ineinander verschränkten Finger zitterten. Als er Kates Blick bemerkte, erhob sich vom Stuhl und gesellte sich zu ihr. Dabei kam er ihr so nahe, dass ihre Schultern sich sacht berührten. Endlose Momente lang starrte er ins Feuer.

Schließlich sagte er leise: »Kainah existiert. Und die Geschichten sind wahr.«

Jetzt war es Daniel, in dessen Gesicht spöttische Belustigung trat. »Du glaubst nicht an die Kocodjo, aber du glaubst an den Geisterkrieger?«

Williams antwortete nicht. Er starrte nur weiter in das Feuer.

»Was halten wir hier Maulaffen feil?«, brach Gunter das Schweigen. »Lasst uns endlich die Bestie jagen. Mein Hintern tut weh vom vielen Sitzen.«

Williams zuckte zusammen, als sei er aus einem Traum erwacht. Einen kurzen Moment lang verwandelte er sich wieder in den Mann, den sie einst wie einen Vater geliebt hatte. In diesem Moment wollte Kate ihn berühren, ihm eine Hand auf die Schulter legen und vermitteln, dass sie für ihn da war.

Aber sie rührte sich nicht. Denn diese Erinnerungen waren nur Lügen. Er war kein Mann von Ehre. Ein guter Mensch leistete sich keinen persönlichen Folterknecht und stellte keine Galgen auf, um seinen Untertanen damit zu zeigen, welche Folgen Ungehorsam nach sich zog.

»Der Schnee ist zu tief«, antwortete Williams. »Bindet einen Köder ans Tor und schickt die besten Schützen auf die Wachtürme! Sofort.«

»Einen Köder?«, brummte Daniel. »Was für einen Köder? Die Schweine und Rinder sind alle geschlachtet, und wage es nicht, von mir zu verlangen, eines der Pferde zu opfern.«

»Unser Gefängnis ist voll. Nehmt einen der Insassen.«

»Was?« Kate glaubte, sich verhört zu haben. »Ihr wollt nicht ernsthaft einen Menschen dort hinauswerfen?«

»Es sitzt keiner in den Käfigen, der es nicht verdient hat«, erwiderte Williams. »Also beruhige dich.«

»Mich beruhigen? Niemand hat es verdient, einer Bestie zum Fraß vorgeworfen zu werden. Was haben die Gefangenen denn getan? Versucht, sich mit einer Ladung Pelzen aus dem Staub zu machen, weil du ihnen einen solchen Hungerlohn zahlst, dass sie nach ihrer Pflichtzeit noch mehr Schulden haben als vorher?«

»Selig sind die Unschuldigen.« Williams seufzte. »Du musst noch viel von der Welt lernen.«

Plötzlich schien Daniel eine Idee zu kommen. »Nehmt Jenson. Wenn es jemand verdient, gefressen zu werden, dann er.«

Kate starrte ungläubig zu dem Trapper auf. »Daniel! Du darfst das nicht zulassen.«

»Glaube mir, es ist ein Segen für die Welt, wenn Jenson aus dem Weg geräumt wird. Erinnerst du dich an den Aufruhr beim letzten Tauschfest?«

»Ja. Niemand hat mir gesagt, worum sich die ganze Aufregung drehte.«

»Da hast du es«, herrschte Daniel ihren Onkel an. »Wie soll das Mädchen eine Ahnung von dieser Welt haben, wenn man alles von ihr fernhält?«

»Daniel«, zischte Williams. »Wage es ja nicht!«

Doch Daniel wagte es: »Jenson und zwei andere Nichtsnutze schleppten eine der Indianerfrauen in ihre Hütte. Dort fielen sie nacheinander über sie her. Jeder dieser Männer lud in dieser Nacht eine große Schuld auf sich, aber Jenson übertraf sie alle. Er prügelte mit einem Brett auf sie ein, schlitzte sie mit seinem Messer auf und brach ihr alle Zähne aus, damit sie ihn nicht beißen konnte, wenn er seinen ...«

»Genug!« Williams versetzte Daniel einen Schlag vor die Brust. »Geh mir aus den Augen.«

Doch Daniel ließ sich nicht beirren. »Kate soll wissen, dass es Menschen gibt, die sehr wohl ein solches Ende verdient haben. Nach jener Nacht wäre es fast zum Krieg gekommen. Nur indem Williams alle drei Verbrecher vor den Augen der Indianer erschoss, konnte Schlimmeres verhindert werden.«

»Aber Jenson lebt«, warf sie ein.

»Ja. Weil es ihn wie durch ein Wunder nicht dahingerafft hat. Als wir hörten, dass er noch röchelte, warfen wir ihn in den Gefängnisschuppen, um seine Leiche am nächsten Morgen zu verscharren. Aber am nächsten Morgen atmete dieses Stück Dreck immer noch. Also entschied Williams, ihn als Lehre für alle anderen weiterschmoren zu lassen. Zeit seines Lebens sollte er in einem kalten und stinkenden Schuppen eingesperrt sein. Aber jetzt ist er doch noch zu was nütze. Ich hoffe, die Bestie genießt sein Sterben genauso, wie Jenson das Sterben des Mädchens genossen hat.«

Ruhelos lief sie in ihrem Zimmer auf und ab. Das Gebrüll des ans Tor gebundenen Mannes zerfetzte ihre Ohren, bis sie sich in eine Ecke kauerte und darum betete, dass es endlich aufhörte.

So oft sie sich auch sagte, dass er es verdient hatte, wuchs ihr Entsetzen über das, was geschah, mit jedem Schrei. Sicher hatte auch das Mädchen geschrien.

Und Jenson war es gleichgültig gewesen.

Dicke Schneeflocken wirbelten durch das Grau und ließen Tag und Nacht zu einem monotonen Einerlei verschwimmen. Wie spät mochte es sein? Vielleicht Mitternacht? Sie hatte keine Uhr in die Wildnis mitgenommen, weil Zeit hier draußen unbedeutend war. Früher hatte sie ihr so unfassbar viel Bedeutung beigemessen. Aber das Mädchen aus dem Osten, das sich nach Uhren richtete, mit zierlichen Gesten Tee trank und stundenlang über den Büchern ihres Vaters hockte, war verschwunden. Die Wälder hatten es ausgelöscht. Die Rauheit der Menschen und der eigentümliche Rhythmus des Lebens in dieser kleinen Blase menschlicher Hartnäckigkeit, die den Naturgewalten trotzte. Was aus dem Kokon ihres alten Lebens geschlüpft war, war stark. So viel stärker und so viel kälter als das Mädchen, das sie hinter sich gelassen hatte. Kate hielt sich an diesem Gedanken fest, während Jensons Schreie durch die Nacht hallten.

Als ihr der Rücken vom harten Boden wehtat, trat sie an das Fenster und pustete die Eisblumen von einem der bleiverstrebten gläsernen Rechtecke. Auf den Wachtürmen sah sie die Silhouetten der Jäger, beschienen vom Licht der Fackeln. Flinten ragten kreuz und quer aus den Ausgucken, was den Türmen das Aussehen eigentümlicher Bäume verlieh. Der Schneefall wurde zu einem feinen, silbernen Rieseln.

Vielleicht würde es einfach immer weiter schneien.

Vielleicht würden sie alle darin versinken und für immer einschlafen.

»Kainah«, flüsterte sie leise in die Dunkelheit.

Kate wusste nicht, weshalb sie den Namen aussprach. War es, weil er zugleich wild und melodisch klang? Oder war es, weil sie sich fragte, welch ein Mensch hinter den Legenden steckte? Kainah hatte gegen Williams gekämpft, und die Erinnerung daran quälte ihren Onkel. Was war damals geschehen? Welche Geheimnisse schleppte er mit sich herum?

Das Schreien des Unglückseligen schwang sich zu einem panischen Brüllen auf, in dem nacktes Entsetzen lag. Kate schlug ihre Stirn gegen die Scheibe und fühlte sich selbst wie der Köder, der halbnackt in der Kälte ausharren musste. Festgebunden wie ein schlachtreifes Tier.

Wieder klappte sie das Amulett auf. Zum hundertsten Mal in dieser Nacht. Ihre Eltern ähnelten einander wie Geschwister. Beide besaßen dunkles Haar, helle Augen und feine Gesichtszüge. Kate wusste, dass sie sich entgegen aller Regeln geliebt hatten. Ein reicher Bankier und die Tochter eines einfachen Kaufmannes. Jeder war gegen diese Verbindung gewesen, und doch hatten sie gemeinsam ihr Glück gefunden.

Gerade als Kate die Augen schloss und an Liam dachte, veränderte sich Jensons Schreien erneut. Jetzt klang es nach Wahnsinn.

Schüsse krachten, Rauch stieg aus zwei Dutzend Flinten auf. Das Kreischen des Köders wurde zu einem entsetzlichen Gurgeln.

Kate öffnete das Fenster und lehnte sich nach draußen. Während die Jäger ihre Flinten nachluden, mischten sich andere Geräusche in das Jammern des Sterbenden. Schmatzende, reißende Geräusche. Das ruckhafte Zerfetzen von Fleisch. Als zerlege der Schlachter ein frisch getötetes Tier. Bei Gott, das Ungeheuer fraß den Mann bei lebendigem Leib!

Endlich übertönten Schüsse das schreckliche Lärmen. Wachtürme und Palisaden wurden vom Rauch in wabernde Schlieren gehüllt, vielfacher Donner mischte sich mit losbrechendem Gebrüll.

Kate schloss das Fenster und hielt sich die Ohren zu. Dieses grauenhafte Röhren und Geifern ließ ihr Blut gefrieren, lähmte jeden Gedanken und ließ sie zitternd auf das Bett sinken. Endlich verstummten die Schreie des Köders, aber das Reißen und Krachen ging weiter. Warum hörte sie es immer noch so deutlich? Das Fenster war doch verschlossen!

Eine dritte Salve Schüsse krachte los. Dann eine vierte. Etwas donnerte mit ohrenbetäubender Wucht gegen das Tor. Zweimal, dreimal. Die Baumstämme ächzten und knarzten. Männer kreischten wie Kinder.

Kate sprang wieder auf, rannte zum Fenster und legte beide Hände auf das Glas. Ihr Herz raste wie wild. Daniel hatte ihr das Schießen beigebracht. Sie konnte helfen!

Wenn die Bestie es schaffte, die Palisaden zu überwinden, waren sie alle dem Tod geweiht. Kate hörte die Flinten ein weiteres Mal krachen, doch das Geifern des Ungeheuers nahm nur noch an Kraft zu. Es war so, wie die Legenden berichteten. Die Haut des Kocodjo war undurchdringlich.

Erneut warf sich das Biest gegen die Baumstämme. Diesmal klang es, als zerberste das Holz. Ein markerschütterndes Krachen und Splittern löste Kates Lähmung und ließ sie rennen, aus dem Zimmer hinaus und die Treppe hinunter. Durch den Gang und das Vestibül und hinüber zur Tür.

Verschlossen!

Sie hämmerte, rüttelte und zog. Niemand scherte sich darum.

»Haltet das Tor!«, brüllte es von draußen. »Um Himmels willen, haltet das Tor!«

Dutzende Stimmen schrien und kreischten durcheinander, zerfetzt vom Toben der Bestie, die sich in wilder Raserei gegen die Palisaden warf, als sei sie kein Wesen aus Fleisch und Blut, sondern ein stählerner Rammbock. Ihr Brüllen schraubte sich zu einem abscheulichen Heulen hinauf. Sie alle würden sterben. All die Geschichten über die Dämonenscharen des Teufels, all die Gruselgeschichten des Reverends hatten sich in diesem Geschöpf vereint.

»Onkel!«, schrie sie aus voller Kehle. »Lass mich raus!«

Wieder schlug sie auf die Tür ein. Vergeblich. Jedes Gebäude im Fort war auf die Schnelle erbaut worden, aber der rauen Wildnis angepasst und nur schwer zerstörbar. Die dicken Eichenplanken, aus denen Türen und Fensterläden bestanden, waren darauf ausgelegt, Angriffen jeder Art zu trotzen. Selbst mit einer Axt würde sie ewig brauchen, um nach draußen zu gelangen.

Williams hatte sie eingeschlossen, während draußen die Männer um ihr Leben kämpften. Selbst der feige Seamus und die hasenfüßigen Kontoren, selbst der knochendürre Reverend und sein geistig umnachteter Knecht waren für die Schlacht unentbehrlich.

Nur sie verdammte man zum Zusehen.

Was, wenn die Bestie alle tötete, und sie blieb allein übrig? Ganz allein in diesem unendlichen, wilden Land? Und was, wenn ihr Onkel zerfetzt wurde, die Bestie verschwand und sie den Männern des Forts ausgeliefert war? Falls das geschah, war sie nicht mehr die Nichte des Captains, sondern nur noch eine Frau. Allein mit Dutzenden von Männern, die in der Wildnis festsaßen.

Kate wankte zum Kamin hinüber und fiel auf einen der Stühle. Endlich kehrte sie zurück, die Gleichgültigkeit, die sie sanft einlullte. Alles, was Gott vorherbestimmt hatte, würde geschehen.

Unweigerlich.

Wenn Williams starb, würde sie sich selbst töten. Und falls sie allein zurückblieb, würde sie Proviant zusammenraffen, das kräftigste Pferd nehmen und versuchen, sich zum südlichen Fort durchzukämpfen.

Mehr als eintausend Meilen durch die Wildnis.

Was für ein dummer Gedanke.

Draußen endete das Lärmen. Noch einmal erhob sich das Heulen wie ein höhnischer Abschiedsgruß, dann war der Spuk vorbei. Hatte man das Wesen in die Flucht geschlagen? War es aus freien Stücken verschwunden?

Schritte erklangen, Stufen knarrten. Kate erhob sich, als verhaltene Stimmen zu reden begannen. Wenn ihr Onkel tot war, würde noch heute Nacht der Kampf um seine Nachfolge ausbrechen. Bebend stand sie da, die Unterlippe zwischen die Zähne geklemmt, hörte das Klacken, Schaben und Quietschen der Riegel und des Schlüssels. Wenn es nicht Williams war, der hereinkam, musste sie in die Küche des Haupthauses laufen und sich dort einschließen. Sie war schnell, trotz ihrer Röcke. Es war zu schaffen.

Kate spannte sich an. Bereit, im Fall der Fälle sofort loszulaufen.

Die Tür schwang auf.

Williams kam hereingetaumelt, schwitzend und keuchend wie ein zuschanden gerittenes Pferd. Die Erleichterung ließ sie aufstöhnen.

»Mein Gott, Kind.« Er kam direkt auf sie zu und schloss sie in seine Arme. »Geht es dir gut?«

»Es geht mir gut.« Jetzt, da sie ihn wohlauf wusste, kehrte die Wut zurück. Mit beiden Fäusten schlug sie ihm vor die Brust. »Schließe mich nie wieder ein, hast du gehört? Nie wieder!«

»Ach Kate. Ich kenne dich und deinen törichten Mut.«

»Schließe mich nie wieder ein!« Sie holte tief Luft. »Habt ihr es vertrieben?«

»Ich glaube schon.«

Zwei Männer stolperten mit einem Verwundeten herein, Daniel folgte dichtauf. Zuerst glaubte Kate, es seien blutige Stofffetzen, die von der Schulter des Unglückseligen herabbaumelten. Doch beim zweiten Blick sah sie, dass es sich um die Überreste eines abgerissenen Armes handelte. Trotz der schrecklichen Wunde gab der Soldat keinen Laut von sich. Seine aufgerissenen Augen glotzten fassungslos ins Leere.

Kate reagierte, ohne nachzudenken. Sie entwand sich den Armen ihres Onkels, taumelte in den Behandlungsraum und bereitete wie im Halbschlaf alles Nötige vor. Als Ebenizer auftauchte, war er über und über besudelt.

»Nicht mein Blut«, kommentierte er trocken. »Drück ihm die Ader zu. So, wie ich es dir gezeigt habe. Wir müssen uns beeilen.«

Während der Arzt dem Soldaten behutsam Jacke und Hemd auszog, griff Kate routiniert in das strömende Blut, fand die zerfetzte Ader und presste sie zusammen. Der Mund des Mannes klappte auf, aber er schwieg. Sein Atem ging schnell und flach, sein Gesicht war grau.

Er würde es nicht schaffen.

Ebenizer holte ein Band, schlang es um den Armstumpf des Mannes und zog fest zu. Kate legte den Daumen ihrer freien Hand auf den Knoten und ließ erst los, als der Alte den Stumpf abgebunden hatte. Als sich für einen Augenblick der Druck ihres Fingers auf die Ader lockerte, schoss trotz des fest zugezogenen Bandes ein heißer Schwall hervor und besudelte ihr Kleid. Alles war vergebens. Sie konnten ihn nicht retten.

Der Mann begann zu krampfen. Kalter Schweiß glänzte auf seiner Haut, während das Blut vom Tisch auf die Dielen tropfte. Mit einem matten Kopfschütteln löste Ebenizer das Band, warf es in den bereitstehenden Eimer und trat mit gesenktem Kopf zurück. Unaufhaltsam strömte das Leben aus dem Stumpf, bis es nach kaum einer halben Minute zu versiegen begann.

»Keine Angst.« Kate strich über das Haar des Sterbenden. »Mach die Augen zu und schlafe. Wir sind bei dir. Wir passen auf dich auf. Schlafe einfach.« Erst jetzt bemerkte sie, dass Williams und seine Männer mit ihnen im Raum standen. In der Art, wie sie sich zusammendrängt hatten, erinnerten sie an eine Herde verängstigter Tiere. Selbst in Gunters sonst so leblosem Gesicht stand die Todesangst geschrieben.

Kate tauschte einen fragenden Blick mit ihrem Onkel. Er reagierte nicht. Alles war totenstill. Erst, als der Verwundete sein letztes Stöhnen von sich gab, erhob Williams seine Stimme: »Möge Gott sich seiner Seele erbarmen. Er hat sein Bestes gegeben, um dieses Fort und unser aller Leben zu verteidigen. Jetzt müssen wir zusehen, dass wir die Schäden repariert bekommen. Bis zum Morgengrauen wird jeder einzelne Mann dabei helfen, die Palisaden auszubessern und zu verstärken. Geht die Sonne auf, werden ein Dutzend von euch in den Wald gehen und Fallen bauen. Daniel, du leitest sie an. Ihr habt die Bestie gesehen. Ihr wisst, welche Art Falle wir brauchen. Versteckt sie sich tagsüber? Oder treibt sie auch im Licht ihr Unwesen?«

»Ich weiß es nicht«, brummte der Trapper. »Aber da zumindest dieser eine Kocodjo in der ersten Dämmerung verschwunden ist, scheinen sie die Nacht zu bevorzugen.«

»Beten wir dafür, dass du recht hast. Und jetzt los. Machen wir uns an die Arbeit.«

»Sieht die Bestie so aus wie auf Liams Bild?«, wagte Kate zu fragen. »Ist sie wirklich so schrecklich?«

Williams nickte mit gesenktem Blick.

»Und ist sie unverwundbar, wie die Indianer sagen?«

Wieder ein Nicken.

»Meiner Treu!«, stöhnte Harry. »Wir haben es wahrlich mit einem Dämon zu tun.«

Alfie deutete auf den Toten. Die Angst ließ ihn am ganzen Leib schlottern. »Dieser arme Tropf hackte auf die Klaue der Bestie ein, als sie durch die Palisaden brechen wollte. Er schaffte es, sie zu verwunden, aber das Ungeheuer schlug die Krallen in seinen Arm und zerrte ihn nach draußen. Also nur den Arm, ohne Mann daran. Und dann ...«

»Von einem anderen ist gar nichts mehr übrig«, rief Harry dazwischen. »Er fiel vor lauter Panik vom Wachturm und wurde von dem Biest zerrissen, als sei sein Körper aus Papier. «

»Das ist nichts für die Ohren meiner Nichte«, herrschte Williams die beiden Fährtensucher an. »Ängstigt sie nicht unnötig.«

»Mit Verlaub«, warf Daniel ein, »aber Kate ist kein Kind mehr. Sie versteht, was vor sich geht. Erst schleppst du sie ans Ende der Welt, und dann willst du sie mit Samthandschuhen anfassen? Wie passt das zusammen? Aber zu etwas anderem: unsere Flinten richten nichts aus. Warum glaubst du, dass Fallen besser wirken? Angenommen, wir fangen das Biest. Was sollen wir mit ihm tun, wenn wir es nicht töten können? Es verschnüren wie einen Braten? Gerne, aber du fängst an.«

»Hast du eine bessere Idee?«, brauste Williams auf. »Dann her damit!«

»Ich hatte eine Idee. Aber die hat leider auch nicht gewirkt.«

»Was meinst du?«

»Ich hatte noch einige Giftpfeile. Es genügt normalerweise, wenn sie die Haut nur ritzen. Fünf davon habe ich auf dieses Monster abgeschossen, alle haben getroffen. Aber es wurde nichtmal schläfrig.«

Williams stöhnte auf. »Wir müssen einen Weg finden. Dieses Ungeheuer ist nur verschwunden, um uns eine Weile schmoren zu lassen. Es wird zurückkommen. Vermutlich schon in ein paar Stunden. Also los. An die Arbeit. Wir bauen die Fallen, und wenn es nur ist, um irgendetwas zu tun. Vielleicht finden wir eine verwundbare Stelle, wenn das Biest erst einmal festsitzt.«

Daniel nickte. Sein Blick heftete sich auf Kate. »Die Kocodjo wissen, dass wir nicht hierher gehören«, sagte er leise. »Wir zahlen keine zwei Seelen wie die Wilden. Ich befürchte, für uns ist der Preis höher.«

Kein Augenblick der Ruhe wollte zu ihr kommen. Während draußen die Männer arbeiteten, sägten und hämmerten, ihre Angst mal in Flüchen, mal in Klagen herausließen, kümmerte sich Kate zuerst um die Leiche, wusch sie und entkleidete sie, holte sauberes Leinen und versuchte, den Körper so gut es ging darin einzuwickeln. Ein lächerliches Unterfangen, denn der Tote war bei Weitem zu schwer, um von ihr angehoben zu werden. Nach unzähligen verzweifelten Anstrengungen warf sie eine Decke über den Leichnam, holte Eimer, Lappen und den Rest Wasser aus der Küche und putzte den blutbesudelten Boden.

Als Nächstes kochte sie Leinen ab, um Liam neu zu verbinden, brühte eine Kanne von Ebenizers Kräutertee auf und brachte alles ins Krankenzimmer.

Der Waldläufer, inzwischen aus seinem tiefen Schlaf erwacht, starrte sie an, als wüsste er nicht, wo er sich befand. Wie blau seine Augen waren. Himmelblau wie die eines Babys. Ordentlich rasiert, gewaschen und gekleidet, musste er eine wahre Augenweide abgeben.

Schweigend wickelte sie die alten Verbände ab, reinigte die Wunden und wickelte neues Leinen um seinen Oberkörper. Obwohl sie so behutsam wie möglich vorging, stöhnte Liam vor Schmerz. Schwer lag sein Gewicht auf ihr, wenn sie ihn stützen musste, und der Gestank seines seit Monaten ungewaschenen Körpers biss in ihre Nase. Gewisse Dinge waren einfach nicht zu ignorieren, ganz gleich, wie gut ihr der Mann hinter diesen Gerüchen gefiel.

»Miss Blackfrair«, ächzte Liam, »könnten Sie sich wohl vorstellen … ich wollte Sie schon immer fragen, ob Sie … Sie sind so eine wunderbare Frau.«

»Nein, Liam.« Ihr Herz begann zu klopfen. Hatte er das wirklich gerade zu ihr gesagt? Oh, dieser Dummkopf. »Aber danke für Ihr Interesse.«

»Sie haben es nicht verdient, hier zu sein. Sagen Sie ja, und ich schwöre Ihnen, dass ich Sie von hier wegbringe. Ich wäre Ihnen ein guter Mann. Vielleicht nicht der reichste, aber ich werde im Schweiße meines Angesichts dafür sorgen, dass es Ihnen an nichts mangelt.«

Kate lächelte. Liam war hier, weil ihm das Leben keine Alternativen bot. Er stand bei Williams in der Schuld, und diese Schuld war so hoch und sein Lohn so niedrig, dass er sein Leben lang würde schuften müssen. Der Mut dieses Mannes rührte sie. Selbst wenn sie in sein Angebot eingewilligt hätte, wie konnte Liam auch nur den Hauch einer Chance sehen, eine gemeinsame Zukunft mit ihr zu anzufangen?

»Es ist unmöglich.« Behutsam verknotete sie die neuen Verbände. »Und das wissen Sie genau.«

Trotz funkelte in seinen Augen. »Ich schaffe das schon. Das können Sie mir glauben, Miss.«

»Und wie? Wollen Sie mich packen und fliehen? Mein Onkel würde Sie niemals freigeben.«

Liam wurde rot vor Zorn. Er klappte seinen Mund auf und wieder zu, setzte ein paar Mal zu einer Erwiderung an und sank schließlich stumm auf seine Bettstatt zurück.

Kate fühlte sich bis in die Knochen erschöpft. Was gäbe sie für ein heißes Bad. Für leises Geigenspiel aus dem Musikzimmer, für den Duft von Flieder und das Rascheln der Karten, die ihr Vater entfaltete, um ihr von der großen weiten Welt zu erzählen.

Fern, so fern. Niemals, niemals wieder.

»Für mich gibt es kein normales Leben mehr.« Sie streckte sich, rollte mit den Schultern und dehnte ihren steifen Nacken. »Ich wusste es schon immer.«

»Wollen Sie keine Familie?«

»Nein.«

»Aber ist das nicht die wichtigste und natürlichste Bestimmung einer Frau?«

Sie lächelte und deutete auf das Tablett, ehe sie das Zimmer verließ. »Ich habe Ihnen Tee gekocht. Er wird Sie stärken.«

Während des Restes des Vormittages bereitete sie aus dem, was sie in der Vorratskammer fand, ein reichhaltiges Mittagessen zu. Die Männer hatten neue Kraft bitter nötig, und jetzt, da wenigstens ein paar der Vorräte wiederaufgetaucht waren, hatte sich ihre Situation zumindest im Hinblick auf die Nahrung etwas entschärft.

Als die Mittagsglocke läutete, war es, als nähmen Geister am Tisch Platz. Wie Schlafwandler hockten die müde gearbeiteten Männer am Tisch, sagten kein Wort und unterhielten sich lediglich mit Blicken, in denen die nackte Angst lag.

Nach dem Essen schafften sie hastig die Leiche hinaus und ließen Kate erneut allein. Von ihrem Zimmer aus beobachtete sie, wie ein Dutzend Jäger zusammen mit Daniel in den Wald gingen, die Schlitten beladen mit Holz, Werkzeug und Seilen.

Kurz darauf hastete die schwarze Gestalt des Reverends hinüber zum Friedhof, verharrte für wenige Augenblicke am frisch ausgehobenen Grab und kehrte wieder zu den Männern zurück, wo er sein Gewand über den nächstbesten Pfosten hing und nach einem Hammer griff. Gemeinsam mühten sie sich aus Leibeskräften ab, die zerstörten und geschwächten Teile der Palisaden zu erneuern. Ein schwieriges Unterfangen in den wenigen hellen Stunden, die der Winter dem Land gönnte, aber die Männer arbeiteten zügig und geschickt.

Viel zu schnell senkte sich die Dunkelheit über das Land, floss wie zähes Pech vom Himmel und brachte neuen Schnee mit sich. Die Flocken fielen dichter und dichter und hüllten die Wälder in eine neue Schicht frischer, reinweißer Weichheit. Sämtliche Schwachstellen der Palisaden waren gestopft. Falls die Bestie zurückkehrte, würden sie hoffentlich ein weiteres Mal standhalten.

Kate überließ sich dem Strom ihrer Gedanken und malte im Geiste ein undeutliches Bild des Kocodjo, bis die Erschöpfung sie übermannte. In ihrem Kopf summte ein Bienenschwarm. Sie fühlte sich schwerelos, als sei sie ein Gespenst, das einsam in der Dunkelheit des Winters umherirrte. Eine Hand flach auf das Fensterglas gelegt, spürte sie, wie sich ihr Körper auflöste. Zuerst träumte sie von lodernden Feuern und tanzenden Schatten, die sie in ihren Taumel hineinziehen wollten. Dann überkam sie wieder das schwebende Gefühl des Fallens, das in einem Gewühl schuppiger Schlangen endete. Kaum lag ihr Körper in dieser vor Hitze schwärenden Finsternis, wickelten sich die Schlangen um ihre Gliedmaßen, schmeckten sie mit ihren gespaltenen Zungen und bedeckten ihren nackten Körper. Das Herz raste in ihrer Brust, als sie erneut das dunkle Knurren vernahm. Es näherte sich, schlich heimtückisch auf sie zu. Sie konnte fast schon seinen Atem spüren.

Heiß auf ihrem Körper.

Sündhaft. Teuflisch. Brennend.

Kate erwachte von ihrem eigenen Keuchen, kurz darauf folgte ein lauter Knall, der sie im Bett hochfahren ließ. Die Finsternis hinter dem Fenster war vom Schein zahlloser Fackeln erfüllt. Männer schrien, ein erster Schuss krachte, gefolgt von einer donnernden Salve.

Alles wiederholte sich.

Wieder die Schreie, wieder das Geifern und Brüllen. Diesmal klang es anders. Erschöpfter und zorniger. Wie das irrsinnige Toben eines verwundeten Tieres. Sie presste ihre Hände auf die Ohren, als sich die Kreatur erneut mit infernalischer Wucht gegen die Palisaden warf.

Wieder kämpften die Männer eine ganze Nacht lang, ehe der Kocodjo im Morgengrauen verschwand. Kate und Ebenizer verarzteten vier Verletzte, wovon ihnen zwei unter den Händen wegstarben.

Als die Sonne aufging, versorgte sie Liam, kochte danach das Essen, säuberte das Haus und hockte, als die frühe Dämmerung hereinbrach, wie am Tag zuvor hinter ihrem Fenster und starrte in den Schneefall hinaus.

Auch in der dritten Nacht kam die Bestie zurück. Ebenso in der vierten. Die Palisaden hielten, aber die wenigen Stunden der Helligkeit reichten kaum aus, um alle Schäden zu reparieren. Jedes Mal fiel es den Männern schwerer, die Bestie am Durchbrechen zu hindern, und der harten Erde Gräber abzuringen, wurde alltäglich.

Ebenizers Behandlungszimmer schwamm regelmäßig in Blut, die drei kleinen Krankenzimmer waren hoffnungslos überfüllt.

In der fünften Nacht saß Kate erneut am Fenster, machte sich kleiner und kleiner und stellte sich vor, wie ein Samen in einer beschützenden Hülle zu liegen. Umgeben von warmer Dunkelheit.

Das Gebrüll der Bestie nahm in dieser Nacht kein Ende. Die Kreatur zeigte ihnen auf, was sie wirklich waren: hilflose Eindringlinge in einem Land, dessen Wildheit sie auffraß und ungerührt wieder ausspuckte.

Plötzlich erklang das Knallen einer Tür. Schritte hetzten durch das Vestibül und endeten genau unter ihrem Zimmer.

Im Versammlungsraum.

Noch ehe sie die Stimmen hörte, wusste Kate, wer dort unten ruhelose Kreise zog. Williams und Daniel. Zuerst flüsterten sie leise miteinander, doch bald verloren sie jede Kontrolle über die Lautstärke ihrer Worte. Durch die Dielenritzen schimmerte nicht nur das Flackern des Kaminfeuers, der undichte Boden ermöglichte ihr zudem, dem Gespräch mühelos zu lauschen. Leise legte sich Kate auf den Boden und schmiegte ihr Ohr an die Dielen.

»Wir schaffen es nicht!« Die Stimme ihres Onkels überschlug sich. »Uns bleibt kaum genug Zeit, die Schäden auszubessern. Heilige Mutter Gottes, welche Schuld haben wir auf uns geladen, dass der Herr uns so bestraft?«

»Warum hast du mich gerufen?«, knurrte Daniel. »Wir sollten dort draußen sein und kämpfen.«

»Ja, ja, lass mich nachdenken.«

»Dann denke schnell. Jede Flinte wird dort draußen gebraucht.«

»Die Flinten nützen gar nichts«, brauste Williams auf. »Wir vergeuden nur Munition und Pulver. Und deine Fallen haben genauso versagt. Nichts waren sie wert. Gar nichts.«

»Sie versagten nicht«, brüllte Daniel. »Die Bestie war nur zu schlau, um darauf hereinzufallen. Meine Fallen hätten tadellos funktioniert, wenn dieses Vieh ein gewöhnliches Tier wäre. Aber es denkt und handelt, als stecke unter seinem Fell ein Mensch.«

Unheilvolle Stille kehrte ein. Wieder hörte sie die ruhelosen Schritte. Auf und ab klackerten sie, auf und ab. Hin und her. Hin und her. Bis es irgendwann aufhörte. Ein gequältes Schnaufen erklang.

»Ich muss zu ihm«, entschied Williams. »Mir bleibt keine Wahl. Er ist der Einzige, der weiß, wie die Bestien zu töten sind.«

»Du redest von Kainah?«

Die Schritte ihres Onkels begannen wieder zu klackern. »Er lebt hier, ganz in der Nähe. Das Schicksal scheint uns aneinandergekettet zu haben. Er weiß, dass ich hier bin. Er weiß es schon längst. Daniel, wirst du mich begleiten? Ich brauche dich. Dir vertrauen sie. Du hast ihren Respekt gewonnen.«

Kate hörte das verächtliche Prusten des Trappers. »Du hast gegen Kainah gekämpft, sagtest du. Du hast Krieg gegen sein Volk geführt. Wie kommst du auf die Idee, dass er dir helfen wird?«

Ihr Onkel blieb stumm. Draußen hatte der Lärm aufgehört, offenbar graute inzwischen der Morgen und hatte die Bestie fürs Erste vertrieben.

»Sag es mir«, forderte Daniel. »Ich werde dich nur begleiten, wenn ich die Wahrheit kenne. Ich bin ein Freund vieler Stämme, aber den

Mörder ihrer Familien zu begleiten, wäre auch für mich ein Todesurteil.«

»Ich habe nicht gegen Kainahs Stamm gekämpft. Unser Auftrag bestand darin, eine Gruppe rebellischer Krieger ausfindig zu machen und sie auszulöschen. Nachdem uns das gelang, rauften sich mehrere Stämme zusammen und schlugen uns zurück. Kainah war einer der Männer, die kamen, um Rache zu üben.«

»Meine Frage bleibt dieselbe: Wie kommst du auf die Idee, dass er dir helfen wird?«

»Er hat mich schon einmal verschont. Da ist etwas, das ich nicht verstehe. Er hätte mich töten können, aber er tat es nicht. Es war, als ... verdammt, ich weiß es nicht. Als hätte er irgendetwas in mir gesehen. Und dann komme ich hierher, um meinen Befehl zu befolgen. Ich übernehme die Leitung dieses Postens, und finde heraus, dass Kainahs Dorf sich ganz in der Nähe befindet. Dieses Land ist riesig. Wie groß ist die Chance, dass so etwas passiert? All die Zeit hat er mich beobachtete. Warum hat er nie versucht, uns anzugreifen? Warum hat er mich damals nicht getötet? Und dann diese Bestie. Ausgerechnet diese Kreatur, deren Fell und deren Klaue er getragen hat. Es ist, als hinge all das zusammen. Als geschähe es zu irgendeinem Zweck. Ich kenne diesen Mann nicht, Daniel, aber ich bin mit ihm verbunden.«

»Deswegen also die ungewöhnlich starken Palisaden. Deswegen die vielen Wachen. Du hast gedacht, dass er uns angreift.«

»Ja. Und hier wird es wieder seltsam. Denn hätte ich nicht befohlen, die Palisaden zu verstärken, wären wir längst tot. Eins greift ins andere. Als sollte es so und nicht anders geschehen.«

Daniel brummte ein paar Mal. »Dann stimmen die Geschichten, dass Kainah eine ganze Armee ausgerottet hat?«, fragte er schließlich. »War es etwa deine Armee?«

»Genug geredet!«, wich Williams aus. »Die Bestie konzentriert sich auf das Fort. Wenn wir bei Sonnenaufgang losreiten und uns beeilen, sind wir bei Dunkelheit vielleicht weit genug weg. Wir reiten nur zu dritt. Du, ich und Logan.«

»Warum ausgerechnet Logan?«

»Zuerst dachte ich an Harry und Alfie, aber sie sind zu unbeherrscht, wenn es um Menschen geht. Sie mögen ausgezeichnete Trapper abgeben, aber ihr Geist geht nicht über den eines halbwüchsigen Jungen hinaus. Wenn wir das Dorf aufsuchen, müssen wir auf jedes Wort und auf jede Geste achten. Ich kann bei Harry und Alfie für nichts garantieren.«

»Was ist mit Ethan und Samuel?«

»Sie haben ihre Erfahrungen mit den Blackfoot gemacht, und es waren keine guten. Beide verloren ihre Familien bei einem Racheakt. Seamus kommt erst recht nicht in Frage, also bleibt nur Logan. Noch dazu müssen wir nicht befürchten, dass er das Falsche sagt.«

»Hmm«, machte Daniel. »Mal angenommen, mir fliegen kleine Einhörner aus dem Hintern, die verkünden, dass Kainah bereit ist, dir zu helfen. Wie soll ein Mensch ein Tier erlegen, das unverwundbar ist? Weder Äxte noch Kugeln dringen durch die Haut dieser Bestie.«

»Ich habe ihn kämpfen gesehen.«

»Ja und? Was ist an diesem Mann so besonders? Was unterscheidet ihn von einem gewöhnlichen Krieger? Alle sind erbitterte Kämpfer, wenn es um das Leben ihrer Familien geht.«

»Er bewegt sich nicht wie ein Mensch, er tötet nicht wie ein Mensch. Wenn die Legenden von einem Schatten erzählen, der zum Leben erwacht, dann sagen sie die Wahrheit. Ich habe es selbst gesehen. Jeden meiner Männer hat er abgeschlachtet. Jeden einzelnen. Er kam in der Nacht, und ehe wir überhaupt merkten, dass er da war, hatte er fast zwei Dutzend Soldaten die Kehle durchgeschnitten.«

Daniel lachte rau. »Dann frage ich mich tatsächlich, warum du noch lebst. Aber gut, lass es uns tun. Tot sind wir sowieso. Ob wir nun durch Kainahs Hand sterben oder durch die Klauen dieser Kreatur. Hoffen wir, dass die Blackfoot noch immer so viel auf Mut geben. Wenn wir Glück haben, sind sie von unserer Todesverachtung so beeindruckt, dass sie uns nur die halbe Leber rausschneiden.«

»Wenn er mich tot sehen wollte, wäre ich längst tot. Bereite alles vor, um mehrere Tage unterwegs zu sein. Der Weg in Kainahs Dorf ist nicht weit, aber er ist schwierig. Wir müssen einen gefrorenen See überqueren. Man wird uns schon von weitem sehen und entscheiden, was mit uns geschieht. Packe deine Sachen und sage Logan Bescheid. Wir reiten so bald wie möglich los.«

»Was ist mit deiner Nichte?«

»Was soll mit ihr sein?«

»Willst du sie etwa hierlassen? Ohne deinen Schutz?«

»Was soll ich tun? Sie vielleicht mitnehmen?«

»Genau das solltest du tun.«

»Du bist verrückt.«

»Nein, du bist blind. Was glaubst du, was man mit ihr anstellen wird, wenn du verschwunden bist?«

»Die Männer stehen hinter mir. Sie respektieren mich.«

»Ein paar von ihnen, Williams. Ein paar. Die anderen sind nur hier, weil du sie bezahlst. Wedel mit einem saftigen Braten vor der Schnauze eines ausgehungerten Hundes herum, und er wird zubeißen.«

»Nein!« Williams Schritte beschleunigten sich wieder. »Nein!«

»Denke doch nach. Ich sehe, wie die Männer sie anstarren. Lass Kate alleine hier, und du beschwörst eine Katastrophe herauf. Abgesehen davon tun wir auch aus anderen Gründen gut daran, sie mitzunehmen. Deine Nichte könnte uns das Leben retten. Niemand nimmt eine Frau mit, wenn er die Absicht hat, zu kämpfen. So zeigst du den Blackfoot, dass du dich ihrem Willen auslieferst. Waffenlose Männer zu besiegen, bringt ihnen keine Ehre. Schon gar nicht der Angriff gegen eine Frau.«

»Mein Gott, Daniel. Was verlangst du von mir?«

»Ich sage dir, was du tust. Nimm Kate mit. Erkläre den Männern unsere Absicht und mache ihnen Hoffnung. Versprich ihnen ein Festessen, wenn wir zurückkommen. Versprich ihnen die Freiheit und eine gute Entlohnung für jeden, der das Fort im Frühling verlassen will. Willst du einen wütenden Hund besänftigen, dann streichele und füttere ihn.«

Kate hielt nichts länger in ihrem Zimmer. Sie sprang auf, rannte zur Tür hinaus, hastete die Treppe hinunter und platzte ohne Vorwarnung in das Zimmer.

»Nehmt mich mit! Ich will es so! Bitte, Onkel!«

»Kate?« Er blinzelte überrumpelt. Seine Augen waren verquollen, die dunklen Ränder darunter gaben ihm das Aussehen einer lebendigen Leiche. »Hast du gelauscht?«

»Ich habe alles gehört. Nimm mich mit, Onkel. Ich will nicht alleine hier bleiben. Daniel hat recht. Die Männer machen mir Angst.«

Williams rieb sich mit beiden Händen das Gesicht. Er drehte ihr den Rücken zu und stöhnte auf.

»Bitte«, drängte sie weiter. »Was glaubst du, was geschieht, wenn du nicht zurückkommst? Ich bin hier nicht sicher.«

Williams fuhr zu ihr herum. Tränen glänzten in seinen Augen. »Du bist auch dort draußen nicht sicher. Ich habe deinem Vater geschworen, auf dich achtzugeben. Er wird es mir nie verzeihen, wenn ich dich in Gefahr bringe. Es war ein Fehler, dass ich euch hierher gebracht habe. Margret würde noch leben, wärt ihr im Osten geblieben.«

»Du hast uns die Wahl gelassen«, antwortete Kate. »Hast du das schon vergessen? Es war unsere Entscheidung.«

»Das ist mir neu.« Daniel runzelte die Stirn. »Es war eure Entscheidung? Ihr wolltet hierher kommen?«

Kate nickte. »Der Befehl, die Leitung des Postens zu übernehmen, kam kurz nach dem Tod meines Vaters. Man ließ Williams kaum eine Woche Zeit, alles in die Wege zu leiten. Er hätte auf die Schnelle einen Vormund für uns bestimmen können, der uns so schnell wie möglich unter die Haube gebracht hätte. Wir hätten im Osten bleiben können, aber alles dort « Sie seufzte. »Es war so, dass wir einfach fort wollten. Unser Vater war gerade gestorben, uns stand nicht der Sinn nach einer überstürzten Hochzeit mit einem fremden Mann.«

»Was ist mit Peter? Deine Schwester war doch so gut wie verheiratet.«

»Nein. Sie haben sich erst auf der ersten Zwischenstation unserer Reise kennengelernt.«

»Peter war einer meiner besten Lehrlinge«, erklärte Williams. »Er war ehrgeizig und ausnehmend klug. Außerdem gehört seinem Vater eine gut laufende Bandweberei. Deswegen habe ich der Verlobung zugestimmt.«

»Ach? Und was ist mit dem Rest deiner Familie? Hätte euch keiner aufnehmen können?«

Kate schüttelte den Kopf. »Sie haben schon vor langer Zeit den Kontakt zu uns abgebrochen. Die Verbindung zwischen meinem Vater und meiner Mutter war ihnen ein Dorn im Auge, um es höflich auszudrücken. Als mein Vater sich ein gewaltiges Vermögen erarbeitet und sogar den erfolgreichsten Bankier unserer Familie übertroffen hatte, kamen sie wieder angekrochen. Aber diesmal war es mein Vater, der sie zum Teufel jagte. Deswegen sind wir hier. Wir wollten bei Williams bleiben. Wir wollten Zeit gewinnen.«

»Nun.« Daniel nickte ein paar Mal. »Das klingt einleuchtend. Trotzdem war es keine gute Wahl, hierherzukommen. Williams hätte euch daran hindern müssen. Aber alles kommt, wie es kommen soll. Fakt ist, Williams, du bist Kates einzige Garantie auf Sicherheit. Verlierst du deinen Posten oder stirbst, ist sie den Männern ausgeliefert. Ihr Stand wird niemanden mehr interessieren. Das Fort wird im Chaos versinken, ehe ein neuer Anführer feststeht, und du weißt, was das für sie bedeuten würde. Tu ausnahmsweise, was ich dir gesagt habe. Beruhige die Männer, mache ihnen Mut und Hoffnung und erinnere sie daran, dass Loyalität Früchte trägt. Vielleicht reicht das, um sie für die Dauer unserer Abwesenheit auf deiner Seite zu halten.«

Williams starrte ins Leere. Eine Ewigkeit lang, wie ihr schien. Schließlich nickte er. »Unser Schicksal steht und fällt, wie es dem Herrn beliebt. Lass dir von Daniel passende Kleidung geben, Kate. Wir brechen noch heute Morgen auf.«

2

Die Erleichterung, der Enge und dem Schmutz des Forts entkommen zu sein, ging bald in quälenden Schmerz über.

Die Reitstunden, die Daniel ihr während der Reise gegeben hatte, stellten sich als völlig nutzlos heraus. Jeder Muskel ihres Körpers schien aus einem einzigen Krampf zu bestehen. Während Daniel und Williams elegant dem Rhythmus ihrer galoppierenden Pferde folgten und sich kaum im Sattel bewegten, wurde sie wie ein schlaffer Sack herumgeschleudert. War das Gelände ohne Hindernisse und erlaubte einen schnellen Galopp, verging ihr Hören und Sehen. Warum in aller Welt hatte sie auf ein eigenes Pferd bestanden? Und warum war sie zu stur, Williams oder Daniel auf ihre Lage aufmerksam zu machen?

Kate biss die Zähne zusammen und begann zu beten. Sie mussten so schnell wie möglich so weit wie möglich reiten. Nur das zählte.

Doch dann tauchte ein Abhang vor ihnen auf. Sie presste einen Fluch hervor, klammerte ihre Beine mit aller Kraft um den Pferdeleib und lehnte sich zurück, während die Stute mit fast ungeminderter Geschwindigkeit abwärts trabte. Gleich würde sie herunterfallen. Gleich!

Aber als das Pferd unten angekommen war, hockte sie noch immer auf seinem Rücken. Das Herz hüpfte ihr bis zum Hals. Ihre Muskeln zitterten vor Erschöpfung.

»Geht es dir gut?« Daniel lenkte seinen Wallach neben ihre Stute. Sie hasste die Art, wie er locker und entspannt im Sattel saß, als sei es das Einfachste der Welt. »Du siehst aus, als würdest du gleich tot vom Pferd fallen.«

»Nein«, brummte sie. »Alles bestens.«

Vor ihr trieben Williams und Logan ihre Tiere erneut zum Galopp an. Kate knurrte einen unflätigen Fluch.

»Meiner Treu, auf den Mund bist du nicht gefallen.« Der Trapper grinste breit. »Wir ruhen uns bald aus. Kannst du noch ein Stück weiterreiten oder willst du dich hinter mich setzen?«

»Es geht schon.«

»Sicher?«

Allmächtiger, konnte er sie nicht einfach in Ruhe lassen? »Tut mir leid, dass ich nicht über eure Erfahrung verfüge. Ihr reitet fast jeden Tag, aber ich bin eine Frau. Für mich gehört es sich nicht, auf einem Pferd zu sitzen. Schon gar nicht breitbeinig. Das Einzige, was sich für mich gehört, ist sticken und häkeln und zu allem ja sagen.«

»Da ist aber jemandem eine Laus über die Leber gelaufen.«

»Wundert dich das?«

»Dann gefällt es dir also nicht, Männerkleidung zu tragen und wie ein Mann zu reiten?«

»Lass mich in Ruhe. Ich komme schon zurecht.«

»Stütze dich mehr in den Steigbügeln ab.« Sein Lächeln war so freundlich, dass sie nicht umhin konnte, es zu erwidern. »Ja, so ist es gut. Halte dich am Sattelknauf fest und lehne dich weiter nach vorn. Dann kommt der Rhythmus von ganz allein.«

Kate versuchte es. Und tatsächlich, nach einer Weile begann sich ihr Körper, geschmeidiger zu bewegen. Sie wurde nicht mehr durchgeschüttelt wie ein Mehlsack auf einem durchgehenden Maultier, ihre Muskeln entspannten sich.

»Besser?«, fragte Daniel.

»Danke. Viel besser.«

»Na bitte. Wenn wir wieder zurückkommen, lassen deine Reitfähigkeiten selbst uns blass aussehen.«

Kate zog eine Grimasse. Bildete sie es sich nur ein, oder ließen die Schmerzen langsam nach? Vielleicht hatte auch nur die Kälte ihren Körper betäubt. Keine Bestie hatte sie bisher verfolgt. Der Wald lag friedlich im Licht eines klaren Wintertages vor ihnen, als sei die Bedrohung der vergangenen Nacht nichts weiter als ein böser Traum.

»Alles wird gut«, rief Daniel ihr zu. »Daran musst du immer glauben.«

Ja, vielleicht hatte er recht. Als Williams den Männern Schuldenfreiheit versprochen hatte, waren alle in Jubel ausgebrochen. Die Aussicht auf vorzeitige Freiheit hatte die Laune der Männer erheblich verbessert, durften doch gerade die niederen Arbeiter unter normalen Umständen kaum darauf hoffen, mit ihrem kargen Lohn auch nur die Hälfte ihrer Schulden begleichen zu können.

Die Verantwortung, die nun auf ihren Schultern lag, lastete schwer. Sie mussten einen Weg finden, die Bestie zu besiegen. Kehrten sie ohne eine gute Nachricht oder gar nicht zurück, lag die Vernichtung des Forts in ihrer Schuld.

Daniel hatte seinen ausufernden Bart sauber gestutzt, denn zu viel Haarwuchs im Gesicht war den Indianern nicht geheuer. Ihr Onkel hatte auf seine Uniform verzichtete und trug stattdessen die Kleidung eines gewöhnlichen Arbeiters. Nur der furchteinflößende Logan schien ihr denkbar wenig dazu geeignet, Vertrauen aufzubauen. Der Blick seiner kleinen Schweinsaugen schien in der Lage zu sein, einem Mann die Haut vom Leib zu ätzen. Selbst wenn sie ein gutes Stück vor dem Dorf ihre Waffen ablegten, würde allein Logans Anblick für Angst und Schrecken sorgen. Andererseits war der Söldner kein Fähnchen im Wind. Er war kein nach Eigennutz sinnender, schwacher Charakter, sondern ein loyaler Gefährte, der schon seit vielen Jahren an Williams' Seite stand.

Allzu schnell verging der sonnige Tag, und in seinem letzten Licht durchquerten sie ein von gewaltigen Fichten umgebenes Tal, in dem der Schnee den Pferden bis zur Brust reichte. Kate stieß einen Seufzer der Wohltat aus, als der anstrengende Galopp endete und in einen sanften Schritt überging. Wie schnaufende Schiffe pflügten die Pferde durch die weißen Massen, während ihr Fell in der Kälte dampfte.

Kate ließ ihre müden Gedanken wie Wolken fliegen. Sie verlor sich im schwerelosen Gefühl der Schläfrigkeit, bis ein schrilles Wiehern sie aufschreckte. Ihre Stute warf den Kopf zurück und begann zu bocken. Panisch krallte Kate sich in der Mähne fest.

»Ruhig!« Daniel war sofort an ihrer Seite und griff nach dem Zügel. »Ganz ruhig. Da drüben, Kate. Siehst du sie?«

Ihr Blick ging in die Richtung, in die er wies. Heißkalter Schrecken ließ sie erstarren.

Wölfe! Ein ganzes Rudel, das knurrend und geifernd einen frisch geschlagenen Wapiti zerriss.

Zähne, Klauen und Blut.

Ihre Stute rollte panisch mit den Augen. Vor ihr zerrten Williams und Logan an den Zügeln ihrer steigenden Hengste.

»Lass dich nicht einschüchtern. Alles ist gut. Komm schon, Mädchen. Alles gut.« Daniels ruhige Stimme tat seine Wirkung. Besänftigt nahm die Stute ihren Weg wieder auf. »Die Wölfe haben nur Angst, dass wir ihnen die Beute streitig machen könnten.«

»Sie werden uns nicht angreifen?«

»Warum sollten sie? Der Hirsch wird sie ein paar Tage lang satt machen.«

Tatsächlich taten die Raubtiere nicht mehr, als ihnen bedrohliche Blicke zuzuwerfen. Blut tropfte von ihren gefletschten Fängen. Einen Moment lang glaubte Kate einen Schatten zu erkennen, der sich hinter dem schneebedeckten Gebüsch bewegte. Hoffentlich nur ein weiterer Wolf.

Der Schnee rund um den toten Hirsch troff vor Blut. Fleischfetzen hingen von den Zähnen der Raubtiere, während sie wie besessen rissen, schlangen, zerfetzten und geiferten.

Daniel hielt die Zügel ihrer Stute fest, bis die Tiere außer Sichtweite waren. Seit seiner verhängnisvollen Begegnung mit dem Bären mochte er schlecht sehen, schlecht hören und nur noch selten durch die Wälder streifen, und doch fühlte sie sich in seiner Nähe so gut aufgehoben wie bei niemandem sonst. Seine ruhige, unerschütterliche Art flößte ihr den Trost ein, den sie brauchte. Er kannte dieses Land und schien mit den Wäldern zu sprechen. Solange er bei ihr war und solange dieses schelmische Lächeln unter seinem Bart sie aufmunterte, würde alles gut werden.

Immer häufiger verharrte Daniel, sah sich um und schien Zwiesprache mit irgendetwas zu halten, ehe er schließlich weiterritt. Die Sonne versank hinter den Bergen und überließ das Land einem blauen Dämmerlicht, das die Stille des Waldes zu einer dicken Masse gerinnen ließ. Ihre Finger waren trotz der Handschuhe steif gefroren, von den Bärten der Männer hingen Eiszapfen.

»Wir rasten bald.« Daniel reckte sich im Sattel und gähnte. »Aber es ist besser, wenn wir noch ein Stück weiterreiten. Der Mond scheint hell. Wir werden genug erkennen.«

Williams murrte etwas und rückte sich im Sattel zurecht. Jetzt, da die Pferde sich im Schritt ihren Weg suchten, wiegte der sanfte Rhythmus ihrer Stute Kate in einen unwirklichen Halbschlaf. Durch diese schneefunkelnden Wälder zu reiten, in die sich der Mondschein wie eine sanfte Flut ergoss, flößte ihr Frieden ein. Obwohl sie vor Kälte kaum mehr etwas spürte und ihre Kiefer verkrampften, wollte sie weiterreiten.

Immer weiter.

Der Himmel blieb klar, unzählige Sterne sprenkelten seine Schwärze und fanden ihr Spiegelbild im Glitzern des Schnees. Immer wieder blickten sie sich um und suchten nach einer Bewegung. Nach Schatten und Spuren. Aber der Wald hüllte sich in vollkommenes Schweigen.

Als die Nacht weit fortgeschritten war, deutete der Trapper auf eine gewaltige Fichte, deren Wipfel alle anderen Bäume überragte. »Es wird Zeit, dass wir uns ausruhen. Unter ihren Ästen ist es trocken und geschützt. Dort übernachten wir.«

Kate murmelte etwas, an das sie sich im Nachhinein nicht mehr erinnerte. Als sie die Augen das nächste Mal aufschlug, fand sie sich unter jenem mächtigen Baum wieder, gebettet auf ein Lager aus trockenen Nadeln und dicken Schlaffellen. Ihr Gesäß schmerzte höllisch, ganz egal, auf welche Seite sie sich drehte. Unmöglich, morgen weiterzureiten.

Aber ihr würde keine Wahl bleiben.

Und plötzlich tat Williams etwas, was er seit Jahren nicht mehr getan hatte. Er nahm ihr Gesicht in beide Hände und küsste sie auf die Stirn.

»Gute Nacht, Kate.«

Sie schluckte schwer, unvermittelt schossen Tränen in ihre Augen. Plötzlich waren die alten Zeiten ganz nah. All die Nächte, in denen Williams und ihr Vater endlose, faszinierende Gespräche geführt hatten. Sie hatte länger als sonst aufbleiben dürfen, um aufregenden Abenteuern zu lauschen, ehe beide Männer sie zu Bett gebracht und mit einem Kuss auf die Stirn verabschiedet hatten. So lange war es her. Eine Ewigkeit, und doch nur fünf Jahre.

»Gute Nacht, Onkel«, antwortete sie leise.

Kaum hatten sich Williams und Logan unter ihren Decken vergraben, schliefen sie ein. Daniel übernahm den ersten Teil der Wache, umklammerte seine Flinte und starrte in die Nacht hinaus.

Die Stille des Waldes glich einem unwirklichen Traum. Während sie im Halbschlaf in die Wipfel hinaufblickte, zogen schneegraue Wolken vor den Sternenhimmel. Immer wieder fielen ihr die Augen zu, und einmal glaubte Kate, leisen Atem dicht an ihrem Ohr zu hören. Aber die Müdigkeit hielt sie so fest umklammert, dass sie nicht einmal Angst empfinden konnte. Und dann kam die Schwärze.

Erlösend. Alles auslöschend. Friedlich und warm.

Sonnenstrahlen gleißten auf einer Decke aus frisch gefallenem Schnee. Die Bäume knarrten und ächzten unter ihrer Last.

»Aufstehen. Alle aufstehen.« Daniel klatschte in die Hände. »Wir haben keine Zeit für Faulheit.«

Murrend reckten und streckten sie sich, klopften ihre Kleidung sauber und rieben sich die Gesichter mit Schnee ab. Williams schien von der Tatsache, dass sie noch lebten, völlig überrascht zu sein.

»Elende Schlafmützen«, beschwerte sich der Trapper. »Die ganze Nacht lang habe ich Wache geschoben.«

Er reichte jedem von ihnen ein Stück Trockenfleisch und einen Klumpen gekochten und mit Talg vermischten Mais. Lustlos kaute Kate darauf herum, während sie vergeblich versuchte, wach zu werden. Ihr Körper war ein einziger Schmerz, weshalb sie es vorzog, im Stehen zu frühstücken. Allein beim Gedanken an den harten Sattel verknotete sich ihre Kehle.

»In der nächsten Nacht übernehmt ihr die Wache«, grollte Daniel. »Und zwar die ganze. Ich bin ein alter Mann, falls euch das bisher entgangen ist.«

Noch während Williams, Logan und sie schlaftrunken ihr Frühstück hinunterwürgten, befestigte der Trapper seine Flinte am Sattel, rollte Felle und Decke zusammen und verstaute sie mit der Flinkheit eines Wiesels. Als er fertig war, wandte er sich mit einem Ausdruck spöttischen Tadels zu ihnen um. »Immer noch nicht fertig?«

»Ich warne dich«, knurrte Williams.

»Was? Wir haben es eilig, oder etwa nicht?« Daniel verlagerte sein Gewicht von einem Bein auf das andere und stemmte die Fäuste in die

Hüften. »Was glaubst du, Kate?«, fragte er dann. »Weshalb hat man entschieden, das Fort schon im übernächsten Jahr aufzugeben?«

Sie blinzelte verwirrt und schluckte ihren Mais hinunter. Was sollte diese Frage? »Es wirft nicht genug Erträge ab?«

»So ist es. Und warum tut es das nicht?«

»Das Land ist nicht so reich an Bibern, wie wir dachten?«

»Das auch. Aber vor allem verlassen wir es, weil es Unruhen unter den Stämmen in dieser Gegend gibt. Nicht wenige haben ihre Handelsbeziehungen zu uns eingestellt, ein paar sind uns offen feindselig gesinnt. Biberfallen werden zerstört oder gestohlen, Trapper werden nicht mehr als Gäste aufgenommen, sondern angegriffen. Bisher lässt man uns nur spüren, dass wir nicht erwünscht sind, aber das könnte sich bald ändern. Du solltest in den Osten zurückkehren, sobald die Wege wieder passierbar sind.«

Kate würgte den letzten Bissen Mais hinunter. Warum griff er hier und jetzt dieses Thema auf? Seine Worte ließen den eisigen Klumpen in ihren Eingeweiden wieder wachsen, zugleich fühlte sie sich dumm und egoistisch, denn es gab weiß Gott größere Probleme als ihre Angst vor einem geordneten Leben. Kate ließ dem Mais das Stück Trockenfleisch folgen. Es war völlig ungesalzen und schmeckte widerwärtig.

»Du willst nicht zurück, ist es das?« Daniel musterte sie mit gerunzelter Stirn an. »Meiner Treu, warum das denn nicht? Warme Bäder, weiche Betten, gutes Essen. Nicht zu vergessen die Sicherheit eines schönen Heimes. Kann dich nichts davon locken?«

Kate warf einen Blick auf Williams. Er unterhielt sich gerade mit Logan und versuchte, aus dessen Gesten und Mienenspielen schlau zu werden. Zumindest für kurze Zeit war er abgelenkt.

»Warum hast du es getan?«, fragte sie leise zurück. »Warum hast du alles aufgegeben, um hier draußen zu leben?«

»Verstehe.« Der Trapper steckte die Axt in seinen Gürtel und nickte. »Verstehe schon.«

Damit war für ihn das Gespräch beendet. Er zog sich auf den Rücken seines Pferdes, stieß einen gellenden Pfiff und wedelte, als Williams zu ihm aufblickte, unwirsch mit den Armen. »Es wird Zeit. Du reitest vor. Marsch, marsch.«

»Wärst du nicht so alt«, knirschte ihr Onkel, »würde ich dich auf der Stelle erschießen.«

Daniel schnaubte und winkte ab. Als Kate sich in den Sattel zog, spotteten die Schmerzen jeder Beschreibung. Ihr Gesäß fühlte sich an, als hätte man sie windelweich geprügelt. Egal wie sich drehte und wendete, es wurde nicht besser.

»Du gehst zurück in den Osten«, zischte es plötzlich neben ihr. Sie fuhr herum und blickte in Williams harte, graue Augen. »Du wirst den Mann heiraten, den ich für dich aussuche, und du wirst mit ihm eine Familie gründen. So wahr mir Gott helfe. Mein Bruder hat euch viel zu sehr verzärtelt. Er hat euch Flausen in den Kopf gesetzt, die ich jetzt ausbügeln darf.«

Kate antwortete nichts. Sie trieb ihre Stute an, schloss zu Daniel auf und versuchte, sich durch den Anblick der morgendlichen Landschaft zu beruhigen. Die Luft war so kalt und klar, dass alles wie aus Kristallglas geschnitten war. An den fernen Gipfeln der Berge verfingen sich die Wolken, das Schnaufen der Pferde und das Knirschen des Schnees unter ihren Hufen hallten weit durch das schweigende Land.

»Williams hat Recht«, brummte Daniel irgendwann. »Du träumst zu viel. Und wer zu viel träumt, den kann die Wirklichkeit nur enttäuschen.«

»Was bleibt mir anderes übrig? Ich stecke im Körper einer Frau fest. Das Einzige, was ich vom Leben erwarten darf, ist eine Ehe, in der meine Meinung nichts mehr zählt.«

»Du siehst nur das Schlechte. Denke an die Kinder, die du aufwachsen sehen wirst. Denke an die Familie, die du zusammenhalten wirst.«

Ihre Augen begannen zu brennen. Selbst in diesem grenzenlos weiten Land fühlte sie sich wie ein Vogel in einem viel zu kleinen Käfig. Ein Vogel, der nur vom Fliegen träumen durfte, obwohl er Flügel besaß. »Ich würde so gerne sehen, was hinter diesen Bergen ist«, flüsterte sie Daniel zu. »Ich will am Morgen nicht wissen, was der Tag bringt. Ich will Freiheit, verstehst du? Die Freiheit, dorthin zu gehen, wohin es mich zieht. Ich weiß, dass es unmöglich ist. Aber lass mich wenigstens davon träumen.«

Etwas Düsteres huschte durch Daniels Blick, als er sie ansah. »Der Mensch trägt den Fluch in sich, immer das zu wollen, was er gerade nicht hat. Die Freiheit schmeckt nicht so süß, wie du glaubst. Denke nur daran, dass wir gerade auf dem Weg zu unseren Feinden sind. Die Chancen, dass es schlimm ausgeht, stehen nicht schlecht.«

»Erzähle mir von den Blackfoot. Ich will wissen, wer sie sind. Noch nie habe ich einen von ihnen bei uns im Fort gesehen. Sind sie so, wie man sagt?«

»Hast du denn gar keine Angst?«

»Erzähle mir von ihnen«, wiederholte sie.

»Was soll ich dir erzählen?«

»Woher stammt ihr Name?«

»Von der Schwarzfärbung ihrer Mokkassins durch Asche.«

»Sind die Geschichten über sie wahr?«

»Viele sind es, andere nicht.«

Kate seufzte. »Muss ich dir alles aus der Nase ziehen? Wie leben sie? Wie denken sie?«

»Also gut.« Daniel kapitulierte. »Ihre Stämme teilen sich in verschiedene Unterstämme, die jeweils von einem Häuptling und einem Mina Maska, dem Sonnenpriester, angeführt werden. Einmal im Jahr findet eine Art Hauptversammlung statt, in der über alles Mögliche beschlossen und verhandelt wird.«

»Das klingt nicht nach einem Haufen planloser Wilder.«

»Keineswegs. Nach meiner Rückkehr aus den Wäldern erschien es mir sogar oft so, als bestünde mein Volk aus den wahren Wilden.«

»Erzähle mir mehr.«

»Also gut. Die Männer der Blackfoot werden in sieben Bünden zusammengefasst, je nachdem, wie hoch ihr Rang ist. Allerdings hat Ranghöhe bei ihnen nichts mit Reichtum zu tun. Nicht in dem Sinne, wie wir ihn verstehen.«

»Wie wird entschieden, welchen Rang jemand verdient?«

»Zunächst einmal muss ein Krieger vier Jahre in einem Rang gedient haben, um sich mit seinen Taten und Fähigkeiten einen Platz im Nächsthöheren zu sichern. Im Gegensatz zu der Hierarchie in unserer Welt steigen bei ihnen also nur die auf, die es sich auch redlich verdient haben.«

Kate dachte eine Weile nach. Wie wenig sie doch wusste. Und wie wenig wussten jene Männer, die abends am Tisch ihre Schauermärchen erzählten und sich damit brüsteten, über alles ganz genau Bescheid zu wissen.

»Stimmt es, dass die Blackfoot schon Pferde hielten, als die ersten Pelzhändler zu ihnen kamen?«

Daniel nickte. »Ungefähr ab dem Jahr 1730 hielten einige Stämme ihre ersten Pferde und begannen mit dem Züchten. Als sie den Wert der Tiere erkannten, galt Pferdediebstahl bald als höchste aller Tugenden. Der Status eines Mannes richtet sich zu einem wesentlichen Teil danach, wie viele Elchhunde er besitzt.«

»Elchhunde?«

»Für die Blackfoot sieht ein Pferd eben aus wie ein Hund, der groß ist wie eine Elchkuh. Ein Mann, der vierzig Pferde besitzt, gilt als reich und zugleich als guter Kämpfer, denn Pferde kann er nur in der Schlacht oder durch Diebstahl ergattern. Es gibt aber auch die Möglichkeit, gegen eine Pachtgebühr Tiere auszuleihen. Zum Beispiel, wenn ein Mann Pech im Kampf und beim Diebstahl hat, aber eine große Familie ernähren muss. Am Rang und Status ihres Oberhauptes entscheidet sich nämlich, wie viel Anteil an der Jagdbeute einer Familie zusteht.«

Kates Zuversicht wuchs. Die Menschen, von denen er erzählte, schienen nicht die barbarischen und blutrünstigen Ungeheuer zu sein, von denen mancher Waldläufer theatralisch berichtete. Doch kaum war diese Hoffnung in ihr aufgekeimt, ließ Daniel sie wieder zerplatzen. »Was allerdings ihre kämpferische Ader betrifft, behalten die Märchenerzähler recht. Die Blackfoot besitzen nicht nur mehr Waffen und Pferde als die meisten ihrer Feinde, sondern legen auch ein bemerkenswertes taktisches Geschick an den Tag. Ich habe gehört, dass ihre Raubzüge sie bis an die mexikanische Grenze geführt haben. Zu den friedlichsten Stämmen zählen sie nicht, da dürfte Williams ein Lied von singen können. Ständig liegen sie im Krieg mit ihren Nachbarn. Mit den Assiniboin, den Cree, den Cheyenne, den Crow, den Ojibwa, den Schoschonen, den Sioux und den Flatheads. Sie lehren die Engländern, Franzosen, Trapper und Pelzgesellschaften gleichermaßen das Fürchten. Nur zwei englische Handelsgesellschaften, darunter die Hudson Bay Company, erhielten die Erlaubnis, auf dem Gebiet der Blackfoot Handelsposten zu errichten. Das dürfte sich aber bald ändern, wenn ich mich nicht irre.«

Daniel schwieg und gab Kate Gelegenheit, in Ruhe über seine Worte nachzudenken. Die Sonne stieg höher, wanderte über einen Himmel aus blassblauem Glas und ließ die Eiszapfen im Bart des Trappers schmelzen.

»Denkst du, sie werden uns am Leben lassen?«, fragte sie schließlich.

Als Daniel nickte, wurde die Last auf ihren Schultern ein wenig leichter. »Ich glaube nicht, dass sie uns angreifen. Wir sind nur zu viert, und wir werden unsere Waffen rechtzeitig ablegen. Die Blackfoot ziehen faire Kämpfe Mann gegen Mann vor. Alles andere bedeutet für sie mehr Schande als Ehre.«

Langsam kamen sie den Gipfeln näher und erreichten gegen Mittag einen zugefrorenen Fluss, unter dessen Eisschicht die noch immer fließenden Strömungen gespenstisch flüsterten. Williams gab die Anweisung, dem Lauf des Stromes eine Zeitlang zu folgen, also stiegen sie ab und führten ihre Pferde über den rutschigen Untergrund. Kates schmerzende Muskeln machten jeden Schritt zur Qual. »Es wird bald besser«, versprach Daniel. »Noch zwei, drei Ritte, und du hast dich daran gewöhnst. Dein Hintern wird sozusagen zu Sattelleder.«

»Zwei, drei Ritte?«, stöhnte sie. »Allmächtiger.«

In eigenwilligen Windungen schlängelte sich der Fluss durch gewaltige Granitfelsen hindurch und führte sie an einem gefrorenen Wasserfall vorbei, der Kate an unzählige, übereinandergelegte Schichten aus zarter Spitze erinnerte. Immer wieder rutschte sie auf dem tückischen Grund aus, und als ihre Stiefel endlich wieder Erde unter dem Schnee ertasteten, war sie um mehrere blaue Flecken reicher. Inzwischen fühlte sie sich, als bestünde sie aus einem zusammengeballten, fleischgewordenen Klumpen aus Schmerz.

Wieder versank die Sonne blassrot hinter den Bergen und überließ einer eisblauen Dämmerung den Platz. Diesmal suchten sie Zuflucht in einer Höhle, die kaum größer war als eine Felsspalte. Kate wurde eingekeilt zwischen warmen, stinkenden Männerkörpern, fiel jedoch nichtsdestotrotz in einen tiefen Schlaf.

Als sie am nächsten Tag noch vor dem Morgengrauen ihren Weg fortsetzten, waren die Schmerzen erträglicher geworden. Stattdessen dröhnte ihr Schädel, als hätte jemand einen Holzscheit über ihren Hinterkopf gezogen.

»Hast du Kainah jemals gesehen?«, fragte sie Daniel, als sie am frühen Nachmittag ein enges Tal passierten, das kaum breit genug war, um zu zweit nebeneinander hindurchzureiten.

»Nein«, antwortete er. »Ich kenne das Lager am See, aber ich habe nie einen Mann namens Kainah gesehen. Hoffen wir, dass Williams sich nicht irrt.«

Bei diesem Gedanken fraß sich eine eisige Kälte durch ihre Eingeweide. »Vielleicht lebt er nicht mehr dort. Oder er ist doch nur eine Geschichte.«

»Er könnte aber auch ein Ausgestoßener sein.«

»Ein Ausgestoßener?«

»Jemand, der zwar beim Stamm lebt, aber nicht gänzlich von ihm akzeptiert wird. Das passiert zum Beispiel, wenn Häuptling und Sonnenpriester darin übereingekommen sind, dass in demjenigen ein böser Geist lebt. Entweder wird dieser Jemand dann verstoßen, oder er darf, falls er irgendwie von Nutzen ist, als Ausgestoßener beim Stamm bleiben. Er besitzt keinerlei Rechte, gehört demzufolge auch keinem der Bünde an und muss für sich selbst sorgen. Williams' Schilderungen brachten mich darauf. Gut möglich, dass nicht nur er der Meinung war, Kainah sei kein gewöhnlicher Mensch.«

Sie schluckte. Ihre Angst wuchs gemeinsam mit ihrer Neugier, und kein Gefühl gewann die Oberhand.

»Kopf hoch, Mädchen. Wir haben es fast geschafft. Diesen Hang da vorne müssen wir noch hinauf, dann ist der See nur noch einen Steinwurf weit entfernt.« Er zeigte sein verschmitztes Lächeln. »Schon heute Abend können wir uns getrost an den Marterpfählen der Blackfoot ausruhen. Oder ein warmes Bad in ihren großen Kesseln nehmen. Ich wette, mit ein paar wilden Zwiebeln und Bergsalz schmecken wir hervorragend.«

Hinter ihr stöhnte Williams missbilligend auf. »Hör auf, Kate Angst zu machen.«

»Ich habe keine Angst«, gab sie zurück, ohne sich umzudrehen. »Es geht mir gut.«

Unwillkürlich tastete sie nach dem Amulett unter ihrer Reisekleidung, doch die war so dick, dass sie kaum etwas davon spürte. Trotzdem erschien es Kate so, als seien die tröstenden Geister ihrer Eltern um sie, ritten mit ihr durch dieses stille Land, lauschten jedem ihrer Worte und lächelten ihr aufmunternd zu: Sei mutig. Alles wird gut.

In einem endlosen Strudel kreisten ihre Gedanken. Was würde geschehen, wenn die Blackfoot ihnen feindlich gesinnt war? Würden die Indianer die Männer töten und sie versklaven? Oder würden sie sie fortjagen und dem Tod in der Wildnis überlassen? Und was, wenn sie allein überlebte und es irgendwie schaffte, sich zum Fort im Süden durchzuschlagen? Die Tatsache, dass sie die Nichte des Captains und Tochter eines Bankiers war, würde ihr kaum helfen, wenn beide tot waren. Nicht nur, dass das Haus in New York solange unter fremder Verwaltung stand, bis sie heiraten und es in den Besitz ihres Ehemannes übergehen würde. Noch dazu besaß Williams alle Dokumente und Urkunden ihrer Familie und hielt sie an einem ihr unbekannten Ort unter Verschluss.

Düstere Prophezeiungen geisterten in ihrem Kopf herum. Sie sah sich als ausgemergelte Gestalt in der Gosse kauern, darauf wartend, für ein Stück Brot ihren Körper an den nächstbesten Mann zu verkaufen. Als Frau ohne Vergangenheit würde ihr kaum ein anderer Weg offenbleiben.

»Mach dir keine Sorgen.« Mit einem Mal ritt Williams direkt neben ihr. »Wenn Kainah mich damals nicht getötet hat, warum sollte er es heute tun? Wir gehen unbewaffnet in das Dorf und werden niemandem einen Grund geben, uns anzugreifen.«

»Hm«, machte Kate nur, ohne ihn anzusehen. Sie hatte endgültig genug von seiner Launenhaftigkeit. Wenn er glaubte, seine flüchtigen Anfälle von Freundlichkeit könnten alles ausbügeln, dann hatte er sich getäuscht.

Vorsichtig suchten sich die Pferde ihren Weg über die endlos scheinende weiß leuchtende Fläche. Kate klopfte das Herz bis zum Hals. Ihr war warm trotz der Kälte, und je weiter sie in das gleißende Weiß hinausritten, umso mehr stieg ihr die Hitze in den Kopf. Unter den Hufen der Tiere knackte und knirschte das Eis. Der See war von solcher Größe, dass das gegenüberliegende Ufer in unwirklichen Nebelschwaden verschwand. Alles, was sie noch vom Ufer sahen, waren gewaltige Berge, die im Westen wie steinerne Wächter in den Himmel hinaufragten.

Abrupt zügelte Williams sein Pferd. Um ein Haar wäre Kate in ihn hineingeritten. Daniel stieß ein leises Fluchen aus, Logan brummte unwirsch.

»Vielleicht ist es besser, wenn du am anderen Ufer auf uns wartest.« Die Miene ihres Onkels verriet seinen quälenden Zwiespalt. »Ich kann es nicht verantworten, dich mitzunehmen.«

»Nein.« Kate straffte sich. Sie war so oft zurückgeblieben, aber nicht diesmal. »Ich komme mit euch.«

»Kate, bitte!«

»Ich kann meine eigenen Entscheidungen treffen. Vater hat das immer akzeptiert. Für ihn war ich kein hilfloses Ding, das man nach Belieben einsperren und beiseiteschieben kann. Ich komme mit euch.«

»Warum tust du das?«, zischte Williams. »Glaubst du, ich will sehen, wie sie dich umbringen? Oder Schlimmeres?«

»Ich weiß, dass du mich nur beschützen willst. Aber ist es dir wirklich lieber, wenn ich weit weg von dir sterbe? Allein in der Wildnis oder durch die Männer im Fort? Du hast gehört, was Daniel sagte. Ich erhöhe unsere Überlebenschancen. Also komme ich mit euch.«

Die Augen ihres Onkels verwandelten sich in blitzende Eissplitter.

»Hast du eine Ahnung, was uns bevorsteht, wenn man uns als Feinde ansieht? Diese Tiere werden Daniel, Logan und mich fesseln und uns alle dabei zusehen lassen, wie sie dich auf alle nur erdenklichen Arten und Weisen quälen. Und wenn sie dich zu Tode vergewaltigt haben, schneiden sie uns Hände und Füße ab, häuten uns und kochen unser aller Fleisch.«

Logan riss die Augen auf, als schwante ihm zum ersten Mal, auf was er sich eingelassen hatte.

Daniel hingegen stieß ein genervtes Schnauben aus: »Herrgott, Williams. Womit verbringst du deine Nächte? Damit, die abscheulichsten Schundromane zu lesen? Abgesehen davon kommen deine Bedenken reichlich spät.«

»Es ist wahr«, erwiderte Williams. »Alles ist wahr. Manches sah ich gar mit eigenen Augen.«

Daniel blieb unbeeindruckt. »Im Krieg werden alle Menschen früher oder später zu Monstern. Es mag sein, dass du im Verlauf deiner Schlachten unvorstellbare Grausamkeiten gesehen hast, aber wir befinden uns nicht im Krieg und wir kommen nicht mit Drohungen, sondern mit einer Bitte. Ich war unzählige Male in diesem und in anderen Dörfern, jedes Mal wurde ich wie ein Freund empfangen. Man war nicht immer bereit, mit mir zu handeln, aber ich habe stets ihre Gastfreundschaft genossen. Gegenseitiger Respekt ist das Geheimnis. Solange wir uns zu benehmen wissen und nicht provozieren, werden sie nicht auf die Idee kommen, unsere Fußsohlen zu braten oder unsere Lebern zu essen. Jedenfalls dann nicht, wenn du mir die Wahrheit gesagt hast. Falls du mir also noch irgendwas verschweigst, solltest du damit rausrücken.

Und zwar jetzt. Denn falls es uns übel ergeht, will ich wissen, warum ich sterbe.«

Williams schüttelte stumm den Kopf.

»Gut«, grunzte Daniel. »Wie du meinst.«

Schweigend nahmen sie ihren Weg wieder auf. Die Gipfel im Westen verblassten zu fernen Schemen und lösten sich schließlich ganz im Nebel auf, bis es nur noch endloses Weiß gab, über dem ein hellgrauer Himmel wie eine Kuppel aus Silber hing. Alles schien sich in diesem gefrorenen Reich der Leere zu verlieren, selbst ihre Sorgen und Fantasiegespinste. Das Ächzen des Eises hallte gespenstisch durch eine Stille, die wie ein Eisenband um Kates Brust lag.

»Da vorne.« Der Trapper zügelte sein Pferd und beschattete die Augen mit der flachen Hand. »Sie haben uns entdeckt. Steigt ab, legt eure Waffen auf den Boden und setzt eure freundlichsten Gesichter auf.«

Der Nebel schien sich in jenem Augenblick zu lichten, in dem Kate vom Pferd gestiegen war und in die Ferne blinzelte. Zelte und Baumsilhouetten schälten sich wie Traumgebilde aus dem Dunst, davor ritt eine Gruppe von sechs Männern auf sie zu. Zuerst waren sie kaum mehr als dunkle Punkte auf der gleißenden Fläche, doch je näher sie kamen, umso heftiger klopfte Kates Herz bei ihrem Anblick. Ihre Lippen formten ein lautloses Gebet, während die Männer ihre Waffen in den Schnee niederlegten. Ob Kainah unter diesen Männern war?

Ihr Empfangskommitee war weit schlichter gekleidet als jene furchteinflößenden Blackfoot-Krieger, die sie auf Zeichnungen gesehen hatte. Sie wirkten kaum bedrohlicher als die Händler, die in regelmäßigen Abständen ihr Fort aufsuchten. Drei von ihnen trugen einen schlichten Federschmuck auf ihren Häuptern. Die weit geschnittene Wildlederkleidung war, bis auf die langen Fransen und einige einfache Symbolzeichnungen, nahezu schmucklos. Vier der Männer trugen Umhänge aus Hirschfellen über ihren langen Hemden, verziert mit Büscheln aus schwarzen Haaren, bei denen es sich höchstwahrscheinlich nicht um Pferdehaar handelte. Jeder Krieger war mit Pfeil und Bogen bewaffnet, zwei trugen zusätzlich prächtig geschmückte Lanzen und mit scharfen Steinen präparierte Keulen bei sich.

Die ganze Welt schien auf den Schlag ihres Herzens zusammenzuschrumpfen. Jeden Augenblick konnte alles vorbei sein. Falls man sie töten wollte, würde es gewiss nicht schnell geschehen. Im besten

Fall erschossen oder erschlugen die Männer sie hier auf dem Eis, im schlimmsten Fall wurden sie in das Dorf geschleppt und tagelang gefoltert. Wie wirkte man respektvoll? War es besser, den Blick zu senken? Oder sollte sie lächeln? Hilfesuchend sah Kate zu Daniel hinüber, der nichts anderes tat, als den Ankömmlingen mit freundlicher Miene entgegenzusehen.

Williams und Logan gelang das weit weniger erfolgreich als dem Trapper. Ihre Hände, die sich offenbar nach den Flinten sehnten, ballten und öffneten sich in schneller Abfolge.

»Bleibt ruhig«, befahl Daniel leise. »Das ist das Wichtigste. Wir kommen als Freunde, also benehmt euch auch so.«

Während die Krieger näher rückten, fühlte sich Kate schutzlos wie ein Blatt auf einem reißenden Fluss. Dennoch, oder vielleicht gerade deshalb, verflog plötzlich ihre Angst. Mit einem Mal sah sie gelassen dabei zu, wie die Indianer sie umzingelten.

Daniel nickte ihr lächelnd zu. Anscheinend tat sie genau das Richtige.

Dutzende Menschen hatten sich derweil am Rande des Sees versammelt, um zu verfolgen, was geschah. Erwarteten sie Kämpfe und Blut? Oder hofften sie auf unterhaltsame Gäste und neue Geschichten? Während die Krieger sie wortlos umkreisten, versuchte Kate, in ihren Mienen zu lesen. Da war Neugier, aber kein Hass. Die Tatsache, dass sie Männerkleidung trug, schien die Indianer brennend zu interessieren, denn ihre Aufmerksamkeit richtete sich fast ausschließlich auf sie. Zwei der Krieger grinsten breit, einer blickte mürrisch drein, die restlichen schienen sich lediglich zu wundern.

»Ist Kainah unter ihnen?«, flüsterte Kate.

»Nein«, gab Williams ebenso leise zurück.

Nachdem die Indianer endlich des Umkreisens müde wurden, brachten sie ihre Pferde zum Stehen. Der Mann, dessen Kleidung und Waffen den kostbarsten Eindruck machten, verharrte unmittelbar vor ihr. Schwarze Augen musterten sie durchdringend von Kopf bis Fuß. Es war unmöglich zu erkennen, was er dachte. Sein hageres Gesicht war bedeckt von alten Pockennarben, das Haar zeigte erste graue Strähnen. Die Nase des Mannes erinnerte frappierend an einen Adlerschnabel, während sein Mund unmöglich breit war. Vermutlich konnte er mit diesem Mund einen Kürbis im Ganzen essen.

Kate wand sich unter dem Blick des Kriegers, dem ihre Nervosität zu gefallen schien. Sein Lächeln schien von einem Ohr bis zum anderen zu reichen.

Endlich begann Daniel mit ruhiger Stimme ein Gespräch. Die Worte, die hin- und hergeworfen wurden, klangen wie verhaltenes Knurren und Bellen, schienen jedoch nicht unfreundlich zu sein. Zu Kates Überraschung führte jedoch nicht der Mann vor ihr das Gespräch, sondern der jüngere Krieger zu dessen Linken.

»Ihr könnt eure nassen Hosen wechseln«, verkündete Daniel schließlich. »Sie wissen, dass wir in friedlicher Absicht kommen. Wir wurden soeben in ihr Dorf eingeladen.«

»Prächtig«, knurrte Williams. »Ganz prächtig.«

»Was?«, zischte Daniel. »Das wolltest du doch, oder nicht? Jetzt setzt verdammt nochmal freundlichere Gesichter auf. Sonst sorgen eure Grabesmienen dafür, dass sie sich doch noch dafür entscheiden, eure Lebern zu essen. Nur um eure schlechte Laune nicht mehr mitansehen zu müssen. Also übt schon mal ein bisschen, ich muss nämlich noch was klären.«

Daniel zwinkerte ihr zu und begann erneut ein Gespräch mit dem jungen Krieger. Er deutete auf Williams und Logan und sagte etwas, woraufhin sich die Indianer vor Lachen schüttelten.

»Ich bringe ihn um«, brodelte ihr Onkel. »Ich werde ihn … bei Gott, ich werde ihn …«

»Er rettet unser Leben«, flüsterte Kate zurück. »Lass ihn gewähren.«

»Er macht mich zum Gespött.«

»Er sorgt nur dafür, dass wir willkommen sind.«

Jetzt veränderte sich das Gespräch. Der ältere Blackfoot, der sie nach wie vor anstarrte wie ein Hund den saftigen Knochen, warf dem jungen Krieger ein paar Worte zu, die dieser in eine Frage an Daniel umwandelte. Der Trapper spitzte nachdenklich die Lippen, warf Kate einen prüfenden Blick zu und schüttelte schließlich den Kopf, was dem älteren Krieger nicht zu gefallen schien.

Wieder stellte Daniel ein paar Fragen, woraufhin sein Gesprächspartner mit plötzlichem Ernst zu lauschen begann. Der Indianer nickte ein paar Mal, setzte eine betretene Miene auf und wandte sich schließlich dem Dorf zu. Zeitgleich gefroren die Mienen der restlichen Krieger. Vermutlich hatte Daniel das Gespräch auf die Kocodjo gebracht. Neues

Misstrauen keimte in den Augen der Männer auf. Obwohl Kate kein Wort der wilden Sprache verstand, die Daniel benutzte, war doch am Klang seiner Stimme zu hören, wie er bat und flehte und zuletzt mit Demut versuchte, die Männer um den Finger zu wickeln. Mehrmals hörte sie den Namen Kainah heraus.

War der freundliche Empfang soeben in etwas anderes umgeschlagen? Warum begann Daniel, derart verzweifelt die Arme zu ringen?

Als das Gespräch endlich endete, erwartete Kate, eine der Keulen oder Lanzen zu spüren bekommen, doch die Blackfoot wendeten ihre Pferde und bedeuteten ihnen mit winkenden Gesten, ihnen zu folgen.

»Meiner Treu.« Daniel sackte mit einem Seufzer der Erleichterung in sich zusammen. »Das waren schwer zu knackende Nüsse. Es stößt ihnen sauer auf, dass wir zu Kainah wollen, aber sie bringen uns zu ihm. Ich hatte Recht mit meiner Idee, dass er ein Ausgestoßener ist. Wenn auch einer, der selbst dem Häuptling einen Heidenrespekt einjagt.«

»Welcher war der Häuptling?«, fragte Kate. »Der, mit dem du gesprochen hast?«

»Nein. Der, der dich mit Blicken gefressen hat. Du hast ihm gut gefallen.« Als sie erschrocken den Mund aufklappte, fügte er mit schiefem Grinsen hinzu: »Keine Sorge. Er wird dich nicht anrühren. Ich habe seinem Sohn erklärt, dass du nicht zu verkaufen bist.«

»Danke«, brummte Kate. »Wie viel hat er denn geboten?«

»Zehn Pferde. Du solltest dich geschmeichelt fühlen. Das ist eine stattliche Summe. Ihm gefielen deine Augen. Und deine Haut sei wie Schnee, hat er gesagt.«

Kate lächelte kläglich. »Danke, dass ihr bei dem guten Angebot nicht schwach geworden seid.«

Daniel neigte den Kopf und tippte sich an den Hut.

Als sie sich dem Dorf näherten und all die wartenden Menschen auf sie zuströmten, gewann ihre Faszination schließlich überhand. Viele hielten sich zurück, andere scheuten sich nicht, sie zu berühren. Williams brummte Flüche in seinen Bart, während eine Schar Frauen und Kinder an ihm herumzupfte, hütete sich jedoch davor, vor ihnen zurückzuweichen.

Um Logan hingegen machten alle einen großen Bogen. Seine Größe und sein finsteres Gesicht schien den Indianern nicht zu behagen, auch wenn sich die Augen einiger Frauen voller Bewunderung weiteten.

Daniel schien seine helle Freude daran zu haben, mit der munteren Schar zu scherzen. Selten hatte sie ihn so fröhlich erlebt, nicht einmal für alberne Fratzen und Gesten war er sich zu schade, die von den Kindern begeistert imitiert wurden. Mehrmals gab er, seinen Gesten und Geräuschen nach zu urteilen, die Geschichte hinter seinem halben Schädel zum Besten, was für schockierte und ehrfurchtsvolle Mienen sorgte. Nichts war so, wie sie es erwartet hatte.

Kate streckte ihren Arm aus und strich über bronzefarbene Haut, ergriff Hände, streichelte über weiches Haar. Keiner der Blackfoot trug Kleidung aus ihrer Welt. Es gab keine Metallkessel, keine Flinten, keine Glasperlen und keine Mehlsäcke. Die Kinder spielten nicht mit all den Dingen, die man mit Pelzen kaufen konnte, und keine der Frauen trug einen der billigen, bunten Stoffe, um die sich ihresgleichen sonst während der Tauschfeste erbittert balgten.

Hunde liefen schwanzwedelnd um sie herum, Pferde in allen Farben scharrten unweit des Dorfes zwischen den Fichten nach Nahrung. Und über allem thronten himmelhohe Gipfel, die so nah wirkten, als könnte man sie in einem kurzen Fußmarsch erreichen.

Auf einem leeren Platz, der von den bunten Zelten umrahmt wurde, befahl man ihnen, abzusteigen. Ihre Reittiere wurden von drei Jungen fortgeführt, sie selbst ließ man in der Kälte stehen.

Williams blickte den Pferden mürrisch hinterher. »Was, wenn wir sie nicht zurückbekommen?«

»Habt Vertrauen«, erwiderte Daniel. »Wir bekommen sie schon wieder.«

»Was hast du über den Pferdediebstahl gesagt?«, raunte Kate. »Dass er die höchste Ehre darstellt?«

»Noch über der Ehre, viele Pferde zu besitzen, kommt die Ehre der Gastfreundschaft. Bleibt ganz ruhig, es ist alles in Ordnung.«

Entgegen seinen Worten wurde sein Blick plötzlich düster. Irgendetwas schien ihm nicht zu gefallen.

»Daniel?« Frierend trat Kate von einem Bein auf das andere. »Was ist los?«

»Nichts von Bedeutung. Hoffe ich jedenfalls.«

»Was meinst du?«

»Dieses Dorf kommt mir sehr leer vor. Wo sind all die Menschen hin?«

Kate sah sich um. Die Massen, die zu ihrer Begrüßung erschienen waren, hatten darüber hinweggetäuscht, aber jetzt wurde deutlich, dass Daniel recht hatte. Die Zahl der Bewohner war für die Größe des Lagers zu gering. Jetzt, da sich die meisten wieder verstreut hatten, wirkte es beinahe verlassen.

»Vielleicht eine Krankheit?«, fragte Kate. »Oder die Bestien?«

»Ich weiß es nicht.« Daniels Augen verengten sich. Wenn dieser Mann sich sorgte, dann aus gutem Grund.

Kate spürte, wie ihre Knie weich wurden. »Es kann gut sein, dass sie uns deswegen nicht angegriffen haben. Sie konnten sich schlichtweg keinen Krieg leisten.«

Williams Blick war ausgesprochen mürrisch. Er erwiderte nichts, doch sein Zittern wurde unvermittelt heftiger. Inzwischen waren die Bärte und Augenbrauen der Männer über und über mit Eis verkrustet. Dort, wo ihre Haut nackt war, hatte sie sich feuerrot verfärbt. Es fehlte nicht mehr viel, und die ersten Erfrierungen würden eintreten. Sie mussten dringend ins Warme.

»Oh ja, welch eine Gastfreundschaft.« Williams warf einen giftigen Blick auf drei Frauen, die ganz in der Nähe standen und Logan mit Blicken verschlangen. »Wie lange wollen sie uns hier stehen lassen? Bis wir tot umfallen? Das dürfte nicht mehr lange dauern.«

»Was haben sie über Kainah gesagt?«, wollte Kate wissen. »Warum gefällt es ihnen nicht, dass wir zu ihm wollen?«

»Weil sie Angst vor ihm haben. Er lebt dort hinten.« Daniel deutete auf ein Zelt, das abseits der anderen dicht am Waldrand stand. Kringel bleichen Rauches stiegen aus seiner Spitze empor. »Gemeinsam mit Sokanon. Einer Frau, die wie er ausgestoßen ist.«

»Er ist verheiratet?«

»Nein. Zwei Menschen mit demselben Schicksal haben sich nur zusammengetan. Kainah kam vor einigen Jahren in das Dorf, seine Fähigkeiten erschienen dem Stamm zuerst wie ein Geschenk. Bis zwei Kocodjo hierherkamen und ihre Opfer forderten. Unser Geisterkrieger zauderte nicht lange, nahm seine Äxte und tötete alle beide.«

Kate klappte der Mund auf. »Er tötete zwei auf einmal?«

»Wohl eher nacheinander.«

»Und deshalb stießen sie ihn aus ihrer Gemeinschaft aus? Warum? Hätten sie ihn nicht feiern müssen?«

»Ja und nein. Die Kocodjo gelten als heilig. Einerseits fürchtet man sie, andererseits werden sie verehrt. Als Kainah sie auslöschte, glaubten manche, er hätte den Zorn der Götter auf sich geladen. Sie wollten ihn vertreiben, hatten aber zugleich Angst vor der Rache der Bestien. Also ließen sie ihn bleiben, schlossen ihn aber aus der Gemeinschaft aus. Einige Dorfbewohner sind trotzdem davon überzeugt, dass Kainah ihr großer Retter sei. Nicht alle sehen die Kocodjo als unantastbare Geschöpfe. Zum Beispiel die, deren Söhne und Töchter den Biestern zum Opfer gefallen sind. Wie auch immer, als die Kreaturen zurückkehrten, war es nur Kainah zu verdanken, dass nicht sämtliche Bewohner zerfleischt wurden. Diesmal kamen drei Bestien aus den Bergen, um Rache zu nehmen.«

»Hat er etwa alle drei getötet?«

»Man weiß nur, dass er für mehrere Tage in den Wald verschwand und mit einem Schädel zurückkehrte. Was aus den anderen beiden Monstern geworden ist, blieb ungeklärt. Kainah hat nie ein Wort darüber verloren. Die eine Hälfte des Dorfes preist ihn seitdem als größten aller Jäger. Die andere Hälfte, zu der auch der Häuptling und sein Sonnenpriester gehören, will ihn am liebsten tot sehen. Da Kainah aber nach wie vor der Einzige ist, dem es je gelungen ist, diese Biester zu töten, rühren sie ihn nicht an.«

»Und wissen sie, wie man die Kreaturen tötet?«

»Sie sagten, dass sie es wüssten, aber dass es uns nichts nutzen würde.«

»Wie meinen sie das?«

»Ich habe keine Ahnung. Hier schwiegen sie sich aus.«

Kate schlang die Arme um ihren Oberkörper, trat schneller auf der Stelle und betrachtete das abseits stehende Zelt. »Ich frage mich, warum Kainah hierbleibt. Er riskiert sein Leben für diese Menschen und muss trotzdem als Ausgestoßener leben.«

»Von meiner Warte aus kann ich es verstehen. Er mag keinen Rang besitzen, aber er hat alles, was er braucht. Ein warmes Feuer, eine Frau und einen gefüllten Kessel. Er muss für sich selbst sorgen, aber das dürfte bei einem Jäger wie ihm kein Problem darstellen. Außerhalb der Gesetze zu stehen, bringt auch gewisse Vorteile mit sich.«

Kate nickte mit klappernden Zähnen. Inzwischen war ihr so kalt, dass sie kaum mehr klar denken konnte.

Warum dauerte es so lange?

Ließ man sie mit Absicht hier draußen in der Kälte darben? Das Interesse der Dorfbewohner an den Neuankömmlingen war schnell abgeebbt. Nur die drei Frauen waren übriggeblieben, dazu eine Handvoll Kinder, die nicht genug von Daniels Grimassen bekamen.

Endlich kam ein kaum sechsjähriges Mädchen aus Kainahs Zelt geschlüpft, rannte flink wie ein Wiesel zu ihnen hinüber und starrte aus pechschwarzen Augen zu ihnen auf. Wie hübsch die Kleine war. Ihre geflochtenen Zöpfe reichten bis zu den Oberschenkeln und schimmerten in einem wunderschönen Blau.

Das Kind deutete auf das Zelt, vollführte eine einladende Geste und sprang so schnell wieder davon, wie es aufgetaucht war. Kichernd tauchte sie zwischen den Zelten unter, wo sie von einer Bande gleichaltriger Mädchen und Jungen erwartet wurde.

Kate sah ihr verblüfft nach. »War das etwa seine Tochter?«

»Gut möglich.« Daniel holte tief Luft und rieb sich die Hände. »Also gut, es wird ernst. Williams und Logan, ihr geht rechts herum, wenn ihr im Zelt seid. Kate, du gehst nach links.«

Sie blinzelte verwirrt. »Warum?«

»Es ist Tradition. Und nehmt eure Hüte ab.«

Am Zelt angekommen schlug Daniel das Fell vor dem Eingang beiseite und wies Williams an, als Erster hineinzugehen. Kate war als Vorletzte an der Reihe. Sie duckte sich, schlüpfte in die warme Dunkelheit und tat, was Daniel von ihr verlangt hatte. Ohne aufzublicken, ging sie ein paar zögernde Schritte nach links. Hitze schlug ihr entgegen, vermischt mit dem Geruch nach etwas Scharfem und Bedrohlichem, das ihr augenblicklich das Blut in den Adern gefrieren ließ.

Der Geruch der Bestie. Zum Schneiden dick.

»Allmächtiger«, hörte sie Williams krächzen.

Anfangs erkannte Kate nur den Schein des Feuers und wirre Schatten. Doch dann schälte sich der mächtige Schädel heraus, der auf einer Art fellbedecktem Podest stand und sie aus klaffenden Augenhöhlen anglotzte. Er war groß wie der eines Bisonbullen, die spitzen Fänge länger als ihre Handspanne. Ein schwarzsilbern gestreifter Kocodjo-Pelz lag daneben, auf ihm saß eine Gestalt. Eine zweite erhob sich in diesem Augenblick und zog die Decke, die um ihren Körper geschlungen war, fester um sich. Es war eine Frau. Jung und gertenschlank, mit schwarzem Haar, das ihr bis auf die Hüften herabfiel. Den Männern fielen fast die Augen aus dem Kopf, als sie an ihnen vorbeihuschte, denn es war offensichtlich, dass sie unter der Decke vollkommen nackt war.

Einen Atemzug lang traf Kate ihr Blick, ehe die Frau das Fell vor dem Eingang zurückschlug und hinausschlüpfte.

Sie waren allein.

Allein mit Kainah.

Er hatte sich gerade so weit in den Schatten zurückgezogen, den der Schädel warf, dass sein Gesicht nicht zu erkennen war. Die Hitze im Zelt schien ihr die Luft aus den Lungen zu saugen. Dampf stieg von großen Steinen auf, die rings um die Flammen gelegt und mit irgendetwas bestreut worden waren. Er trug nichts weiter als eine Decke, die er sich um die Hüfte geschlungen hatte. Feuerschein fing sich in den Schweißtropfen auf seiner nackten Brust, floss über seine Schulter und ließ sein Gesicht im Dunkeln.

Kainah sagte kein Wort.

Sein Körper bestand nur aus Muskeln und Sehnen, die sich geschmeidig unter seiner bronzenen Haut bewegten, als er ein Bein anzog und seinen Arm auf dem Knie abstützte. Wen starrte er an? Williams? Oder Logan, der in der Enge des Zeltes noch bedrohlicher aussah?

Vielleicht gar sie?

Das Schweigen verdichtete sich zu einer erstickenden Masse. Die Hitze, der Geruch des Bestienpelzes, der Anblick des Schädels und das Wissen, dass sie vor Kainah stand, dem Mann, der diese gewaltigen Kreaturen getötet hatte, ließen sie wanken vor Benommenheit.

Sie hörte ihn atmen. Und plötzlich erklang seine Stimme. Sie war dunkel und überraschend weich. »Warum bist du nicht allein gekommen, Captain Williams?«

Fast makelloses Englisch, leicht eingefärbt von der Härte seiner angestammten Sprache. Ein Schauer durchlief ihren Körper. Etwas Seltsames hatte in diesen Worten mitgeklungen, als läge unter der Weichheit ihres Klanges etwas Boshaftes verborgen. Eine unverhohlene Drohung. Wie Gift, das tückisch langsam wirkt.

»Kate, bitte gehe hinaus.« Williams packte sie bei den Schultern und wollte sie zum Ausgang schieben, doch kaum hatte er sie berührt, erhob Kainah erneut das Wort: »Lass sie los. Das Mädchen bleibt hier.«

Seine Stimme glich einer scharfen Klinge, und zugleich einer Berührung. Als läge seine Hand bereits auf ihrer Kehle.

»Schick sie hinaus, und ich gebe den Männern das Zeichen, dass sie nicht länger unter dem Schutz des Gastes steht.«

»Das wagst du nicht!«

»Du hast keine Ahnung, was ich wage.« Die Stimme des Jägers senkte sich zu einem Raunen, das über ihre Haut kroch und jedes einzelne Härchen aufstellte. »Warum bist du hier? Denkst du, ich töte dich nicht, nur weil ich dich damals verschont habe?«

Williams schluckte hörbar. Dann presste er hervor: »Ich komme mit einer Bitte zu dir.«

»Einer Bitte?« Kainah erhob sich in einer solch anmutigen Bewegung, als sei sein Körper leicht wie ein Windhauch. Kate starrte auf das Spiel der Sehnen und Muskeln, auf das Glänzen des Schweißes und die feuchten Haare, die in wirren Strähnen auf seiner dunklen Haut klebten und bis zu seiner Taille reichten. Noch immer blieb sein Gesicht im Schatten.

»Ich bin gespannt, welche Bitte dich hierhertreibt. Was bedeutet dir so viel, dass du dafür sterben willst? Wobei … ich kann es mir fast denken.«

Williams, der so viele Kriege angeführt hatte und von dem ganze Armeen in furchtsamem Respekt sprachen, senkte den Kopf und drückte mit zitternden Händen seinen Hut.

Die Steine am Feuer dampften nicht mehr, und doch schien die Hitze immer feuchter und immer drückender zu werden. Der letzte Rest Kälte wurde aus ihren Knochen gesogen, ihre auftauenden Gliedmaßen schmerzten. Der zuvor unangenehme Geruch des Bestienpelzes veränderte sich und erinnerte mit einem Mal an schwarze Ambra und Zibeth, vermischt mit dem Moschusgeruch des nassgeschwitzten Körpers, der so dicht vor ihr stand. Hatten Kainah und die Frau sich etwa gerade geliebt? Allmächtiger, welch ein ungeheuerlicher Gedanke.

Sie durfte ihn nicht anstarren. Und doch war der Drang unwiderstehlich. Dass Williams sie nicht zurechtwies, verriet, wie viel Angst er hatte.

»Hat es dir die Sprache verschlagen?« Kainah trat einen Schritt auf sie zu, und jetzt erhellte der Feuerschein sein Gesicht.

Das Erste, was Kate sah, war der lodernde Zorn in seinen Augen. Augen so schwarz wie Kohle. So schwarz, das keine Pupille zu erkennen war.

Alles ist wahr!, schoss es ihr bei seinem Anblick durch den Kopf. Alle Legenden. Alle Gerüchte.

Ein Lächeln hob seine Lippen, als sein Blick sie traf. Er spießte sie auf, erstickte ihren Atem und ließ ihr Herz wie besessen rasen. Als er den Kopf neigte und tief die Luft einsog, war es, als wittere er wie ein Tier nach dem Geruch ihres Körpers.

Kate wagte es nicht länger, ihn anzusehen. Sie starrte auf den Boden, doch sein Gesicht hatte sich in ihre Augen eingebrannt. Züge, die weder weich noch kantig waren, und deren Makellosigkeit nicht zu dem brennenden, wilden Blick passen wollte, der vielmehr einem Tier als einem Menschen zugestanden hätte.

»Sag schon«, drängte Kainah. »Was ist die Bitte, die dich hierher führt? Soll ich dir etwa verraten, wie ihr die Bestien besiegen könnt?«

Williams räusperte sich. Endlich fand er seine Sprache wieder. »Das ist meine Bitte, ja.«

Kate konnte nicht widerstehen, erneut aufzublicken. Sie sah, wie Kainah hochmütig den Kopf zurücklegte und die Nasenflügel weitete. Sein Blick war voller Verachtung. »Dann seid ihr umsonst gekommen. Denn meine Antwort lautet: gar nicht.«

»Gar nicht? Was ist mit dem Schädel dort? Was ist mit dem Pelz? Es gibt einen Weg.«

»Das stimmt. Es gibt einen.« Kainahs Blick traf sie ein weiteres Mal. Er sah sie an, unendlich lange, dann gab er einen Laut von sich, der an ein genüssliches Schnurren erinnerte. Obwohl Kate versuchte, nichts als den Boden zu sehen, erkannte sie im Augenwinkel noch immer das Schimmern seiner Haut im Feuerschein. Nackte Haut. Zu viel nackte Haut. Kannte er denn gar keine Scham? Sie wünschte sich fort. Weit fort. Hinaus in die Kälte. Allein.

»Ist sie deine Tochter?«, fragte Kainah schließlich.

»Nein.« Williams Stimme begann zu zittern. »Sie ist meine Nichte. Ich schwor ihrem Vater am Sterbebett, sie mit meinem Leben zu beschützen.«

»Warum bringst du sie dann hierher? Ein Schwur scheint dir wenig zu bedeuten, wenn du sie einer solchen Gefahr aussetzt. Wie kann jemand, der keine Gnade kennt, sie umgekehrt von anderen erwarten?«

Daniel räusperte sich. »Wenn es mir erlaubt ist, das zu sagen: Er ist gekommen, um deine Vergebung zu erflehen. Er brachte Kate mit, um dir seine Demut zu zeigen. Wir tragen keine Waffen bei uns, unser Leben liegt allein in deiner Hand.«

Kainah stieß ein spöttisches Schnaufen aus. Während er die drei Männer abwechselnd musterte, konnte Kate nicht widerstehen, ihren Blick wieder zu heben. Die Brust des Jägers hob und senkte sich unter schweren Atemzügen. Sie war vollkommen haarlos. Selbst weiter unten, wo die Decke begann und nur das Nötigste verbarg, war seine bronzefarbene Haut vollkommen glatt. »Meine Vergebung?«, flüsterte Kainah. »Die einzige Vergebung, die ich dir geben werde, ist die meines Beils. Oder die Vergebung meiner Pfeile.«

»Bitte.« Williams Stimme wurde zu einem eindringlichen Flehen. Es war, als würde er jeden Augenblick unter Kainahs stechendem Blick zusammensinken. »Willst du, dass ich vor dir knie?«

»Du würdest vor mir knien? Dann tue es.«

In Williams Blick loderten Angst und Hass. Er begann zu wanken, beugte sich vor und wollte tun, was er nie zuvor getan hatte, als in Logans reglose Gestalt plötzlich Leben kam.

Er stürzte auf Kainah zu und holte zu einem gewaltigen Faustschlag aus, doch ehe er wusste, wie ihm geschah, fand er sich auf dem Boden kauernd wieder. Ein Arm drückte ihm die Kehle zu, der andere hielt seinen Oberkörper umklammert. Obwohl Logan sich aus Leibeskräften wehrte, schien es Kainah nicht die geringste Mühe zu bereiten, ihn im Zaum zu halten.

»Willst du um sein Leben flehen?«, zischte der Jäger. »Soll ich dieselbe Gnade zeigen, die du gezeigt hast, als Kinder und Frauen um ihr Leben flehten?«

Er verstärkte den Griff seines Armes, bis sich Logans Gesicht rot verfärbte und ihm die Augen aus dem Kopf quollen. Dann stieß er ihn wie ein Bündel Lumpen beiseite, und der unbesiegbare Hüne krachte gegen eine der Zeltstangen und blieb hustend auf der Seite liegen.

»Niemals helfe ich Männern, die Wehrlose abschlachten.« Kainah bleckte wütend die Zähne. »Die ihre Opfer in Stücke hacken und ihnen die Haut abziehen, um sie zu trocknen und an ihre Satteltaschen zu hängen.«

»So etwas habe ich nie getan!«, rief Williams. »Ich führe Befehle aus, ich bin ein Kämpfer wie du. Aber eine solche Schuld habe ich nie auf mich geladen.«

»Dann hast du niemals gewartet, bis alle Männer auf der Jagd waren, um ein Dorf voller Frauen und Kinder anzugreifen? Du hast niemals unehrenhaft gekämpft, nur weil es so am einfachsten war, uns auszulöschen?«

Als Williams schwieg und den Kopf senkte, hoben sich Kainahs Lippen zu einem Lächeln voller Verachtung. »Das dachte ich mir. Hör zu, Captain Williams. Ich hatte einmal ein Zuhause. Ein besseres Zuhause als das hier. Ich liebte und wurde geliebt. Aber deinesgleichen hat all das in einen Haufen aus Leichen verwandelt. Die Soldaten haben Kindern die Köpfe abgeschlagen, die noch nicht einmal laufen konnten. Als ich in der Nacht kam, um die Mörder zu töten, habe ich gehört, wie sie darüber scherzten. Sie sagten, es sei besser, die Brut mitsamt ihrer Wurzeln zu vernichten. Sonst wachsen sie schneller nach als Unkraut.«

Williams Miene war starr. Kate erkannte die Wahrheit in der Art, wie er Kainah ansah. In der Art, wie seine Lippen sich zusammenpressten und wie sich seine Hände zu Fäusten verkrampften. Tränen schimmerten in seinen Augen. Sein Leiden war fast greifbar.

»Du hast all das getan?«, wagte sie zu flüstern. »Du hast Frauen und Kinder töten lassen?«

»Sei still, Kate.«

»Ist es wahr?«

»Du warst nie im Krieg. Du hast keine Ahnung. All das ist so weit entfernt von dem, was du kennst und was du verstehst. Frage nicht! Bitte!«

Ihr Magen krampfte sich zusammen. Das also hatte ihn zerstört. Der Krieg selbst. Und das Monster, das aus jahrelanger Abstumpfung geschlüpft war wie ein hässliches Insekt aus einem Kokon.

»Der Kocodjo tötet all meine Männer.« Williams Stimme klang erschöpft, als hätte er in diesem Moment alle Hoffnung verloren. »Ich habe geschworen, ihnen ein besseres Leben zu bieten. Ein freies Leben. Einen Neuanfang. Sie haben es nicht verdient, zu sterben. Ich bin bereit, für all meine Schuld zu büßen.«

»Hat Hurit es verdient zu sterben?« Kainah spannte sich an wie ein Tier vor dem Sprung. Jeden Augenblick würde er zu einer seiner Waffen greifen. Kate sah im Flackern des Feuers einen mächtigen Bogen und zwei scharfe Äxte, eine Lanze und einen Schädelbrecher. »Sie hat mehr als achtzig Winter erlebt, ehe die Soldaten sie aufgeschlitzt haben. Sie war so schwach, dass sie nicht einmal mehr laufen konnte, aber trotzdem wollte Hurit unbedingt leben. Sie war wie eine Mutter für mich. Nein, sie war mehr als das. Sie hat mir in jeder Hinsicht das Leben gerettet. Seit jenem Tag, an dem ich sie gefunden habe, von einem Säbel fast in zwei Hälften gehackt, habe ich nie aufgehört, euresgleichen zu hassen.«

Williams schüttelte müde den Kopf. »Der Krieg macht aus uns allen Monster. Ich weiß, was ich getan habe. Und ich werde dafür bezahlen. Sage uns, wie wir die Bestien töten können, dann soll mein Leben dir gehören.«

Kainah tat einen weiteren Schritt und war jetzt so nah bei Williams, dass sie sich beinahe berührten. Und damit war er ebenso nahe bei ihr. Kate atmete den Geruch seines Körpers ein. Schwarze Ambra. Zibeth. Ein dunkler Geruch, der tief hinein in die Abgründe ihrer Seele sickerte, wo er etwas Fremdes und Sündiges berührte.

Die Muskeln des Jägers bebten vor Anspannung, bereit, blitzschnell zu töten. Reglos stand Kate da und tat nichts, außer zu atmen. Heiße, stickige, moschusgetränkte Luft füllte ihren Kopf mit Nebel.

Sie würden sterben. Hier und jetzt.

»Wir sind unbewaffnet«, wagte Daniel einen letzten Versuch. »Wir legen unser Leben in deine Hand. Tu, was du für richtig hältst.«

Kainahs Blick schweifte zur Seite. Erneut glaubte Kate, vom Brennen seiner kohlschwarzen Augen verschlungen zu werden. Und als seine Lippen sich zu einem kaum merklichen Lächeln hoben, glaubte sie, es keinen Atemzug länger in diesem Zelt auszuhalten.

Töte uns doch endlich!

Mach schon! Beende es!

Doch er tat es nicht. Stattdessen wich er zwei Schritte zurück und holte tief Atem. »Es gibt einen Ehrenkodex bei meinem Volk. Und an den halte ich mich. Ich lasse deine Nichte gehen, und ich lasse Daniel gehen. Aber du bleibst hier.«

»Wenn es dein Wille ist.« Williams senkte den Kopf. »Aber die Bestien werden sie töten. Sie werden niemals lebend ankommen, wenn sie schutzlos den Wald durchqueren.«

»Dann werde ich sie zum Fort bringen und während der Dauer des Weges für ihren Schutz einstehen. Danach entscheiden allein die Götter, ob sie den Winter überleben.«

Tränen rannen über Williams Wangen. Es war das erste Mal, dass Kate ihn weinen sah. »Ich habe dir gesagt, ich werde bezahlen. Dieses Versprechen halte ich. Tu mit mir, was du willst. Aber ich flehe dich an, verrate uns, wie wir die Bestien besiegen können. Ich flehe dich an.«

»Ihr könnt die Kreatur nicht besiegen«, erwiderte Kainah. »Kein Mensch kann es.«

»Aber du hast sie getötet.«

»Das ist wahr. Aber nur, weil ich kein Mensch bin. Nicht mehr.«

Kate starrte ihn an. Sie hasste sich dafür, dass sie das unbändige Verlangen empfand, ihn anzusehen. Sie hasste die Tatsache, dass ihr niemals ein Mensch begegnet war, der ihr derart den Atem verschlug. Vielleicht hatte er recht. Vielleicht war er kein Mensch, sondern etwas Teuflisches. Etwas wie die Schlangen in ihrem Traum, die ihren Willen aufgefressen hatten.

»Der Biss des Kocodjo besitzt ein starkes Gift«, fuhr Kainah fort. »Es tötet jeden Menschen innerhalb kurzer Zeit. Nur mich nicht. Ich will dir sagen, wie ich sie erlegt habe. Es gibt nur eine verwundbare Stelle am Körper dieser Bestien. Eine schmale Lücke zwischen dicken Knochenplatten in ihrem Nacken. Aus sicherer Entfernung kannst du ihnen nichts anhaben. Ein Pfeil, eine Kugel oder eine geworfene Lanze dringen nicht tief genug. Nein, du musst den Kocodjo berühren. Du musst ihm so nah sein, dass du seinen Atem, seine Zähne und seine Klauen spürst. Du musst dein Leben opfern, um ihm die Klinge bis zum Heft in den Nacken zu stoßen, genau in den dünnen Spalt hinein. Kein Mensch kann sie töten. Denn keinem Menschen gelingt es, nahe genug an sie heranzukommen und lange genug zu leben.«

Daniel und Williams tauschten schweigend Blicke aus. Tischte Kainah ihnen Lügen auf? Spielte er mit ihnen?

»Was meinst du damit, dass du kein Mensch bist?« Kate nahm all ihren Mut zusammen, doch kaum heftete sich Kainahs Blick wieder auf sie, drohten ihre Beine nachzugeben. Er sah sie nicht einfach nur an. Er blickte direkt in sie hinein. Tief in sie hinein, bis sie sich nackt und entsetzlich verwundbar fühlte. »Für was hältst du dich dann?«

»Ich weiß es nicht«, erwiderte er überraschend sanft. »Ich weiß nur, dass ich nicht sterben kann. Ich komme zurück, jedes Mal. Ich gebe mein Leben, um ihres zu nehmen. Deswegen bin ich der Einzige, der sie töten kann. Aber diesmal werde ich sie nicht aufhalten. Die Kocodjo wissen, dass ihr nicht hierher gehört. Warum sollte ich auch nur einen Finger rühren, um euch zu retten? Ihr vergiftet unser Denken, ihr plündert das Land. Ihr macht uns verrückt mit unnützem Plunder, bis wir uns gegenseitig umbringen.«

»Ich gebe dir alles, was du willst«, rief Williams verzweifelt. »Ich gebe dir alles, wenn du uns hilfst.«

»Alles, was ich will?«

Kate keuchte auf. Diesmal war das Brennen seines Blicks unerträglich. Ihr war, als schälte er genüsslich und langsam die Haut von ihren Knochen, während jeder ihrer Gedanken zu Staub zerbröckelte. Sie starrte an Kainah vorbei in das flackernde Feuer, sah die Funken, wie sie emportanzten und unterhalb des Rauchfangs erloschen.

»Warum hast du mich damals verschont?«, flüsterte Williams. »Warum hast du mich nicht gleich getötet?«

Kainah schwieg.

Es gab keinen Ausweg mehr. So oder so erwartete sie der Tod. Ob er sie nun gehen ließ oder nicht.

Jemand warf das Fell über dem Eingang zurück.

Eine kleine Gestalt stolperte herein und gab einen überraschten Laut von sich, als sie gegen Daniel prallte. Es war das Mädchen, das ihnen zuvor den Weg zum Zelt gewiesen hatte. Offenbar hatte jemand das Kind hineingestoßen, denn es blickte verwirrt in die Runde und wollte die Flucht ergreifen.

Doch Daniel war schneller. Er zog von irgendwoher ein Messer, packte das Mädchen und drückte ihm die Klinge an die Kehle.

Kainah stieß ein scharfes Zischen aus. Seine Augen weiteten sich zuerst vor Überraschung, dann wurden sie schmal vor Zorn. »Verletze sie, und ich werde euch allen die Haut abziehen.«

»Sie ist deine Tochter, nehme ich an?« Fassungslos sah Kate den kalten Triumph in Daniels Gesicht. »Sie ist dir wie aus dem Gesicht geschnitten. Jetzt mach schnell. Der Schwur.«

Williams starrte den Trapper einen Moment lang ungläubig an. Dann schien er zu begreifen. Vorsichtig bewegte er sich auf jene Ecke des Zeltes zu, in der die Waffen lagen.

Als Kainah sich anspannte, drückte Daniel die Klinge fester an die Kehle des Mädchens. Die Kleine schluchzte auf. »Eine Bewegung, und sie ist tot. Rühre dich nicht vom Fleck.«

Williams wankte wie ein Betrunkener, als er aus einer der an Haken aufgehängten Lederscheiden ein Messer zog. Kate hielt den Atem an. Scharf und tödlich funkelte die Klinge im Feuerschein, als er zu ihr zurückkam, sich neben sie stellte und Kainah die Waffe entgegenhielt. Mit dem Griff nach vorn.

»Schwöre«, presste Williams hervor. »Oder er wird deiner Tochter die Kehle durchschneiden.«

In den Augen des Jägers brannte pure Mordlust. Seine Brust hob und senkte sich immer schneller.

»Tu es!«, zischte Daniel, ruckte mit seiner Hand und entlockte dem Mädchen ein klägliches Wimmern. Ein dünner Blutfaden lief an ihrem Hals hinab. Kainah bebte vor Zorn, doch darunter erkannte Kate Hilflosigkeit. Daniel hatte ihn in der Hand.

Während all der Monate hatte sie gelernt, den alten Trapper wie einen Vater zu lieben. Doch jetzt musste sie begreifen, dass sie sich auch in ihm bitter getäuscht hatte. Die Tränen des Mädchens schienen ihn nicht zu berühren. Sein Blick blieb hart und kalt.

»Du hast keine Ahnung, was du damit auslöst.« Kainah nahm das Messer, heftete seinen Blick auf Kate und legte die Klinge an seinen Unterarm. Zähes, dunkles Blut tropfte aus dem Schnitt, den er sich mit unbewegter Miene zufügte. Dann wollte er das Messer zurückgeben, doch Williams schüttelte den Kopf.

»Du wirst den Schwur bei dem Blut meiner Nichte leisten.«

Kate stieß erschrocken die Luft aus. »Was? Das kann unmöglich dein Ernst sein.«

»Tu es, Kate.« Sein Blick war so unbarmherzig wie seine Stimme. »Sonst sind wir alle des Todes.«

»Er hat recht«, kam es von Daniel, der das weinende Mädchen unerbittlich umklammert hielt. »Tu, was er verlangt.«

»Das wird sie nicht.« Kainah hielt Williams erneut das Messer entgegen, während das Blut von seinem Arm auf den Boden tropfte. »Du trägst die Verantwortung. Du hast sie hierhergeführt. Deswegen wirst du auch den Schwur leisten.«

»Ich sage es dir zum letzten Mal.« Williams warf einen Blick auf Daniel, der das Mädchen noch fester packte. Als es gequält aufstöhnte, schloss Kainah in ohnmächtiger Wut die Augen. »Schwöre bei dem Blut meiner Nichte, oder deine Tochter ist tot.«

Als sich die Augen des Jägers wieder öffneten, lag darin ein Ausdruck, den sie nicht zu deuten wusste. Etwas tauchte hinter seinem Zorn auf, das fast an Bedauern erinnerte. Doch als er ihr das Messer entgegenhielt, wurde sein Blick wieder eisig. »Wie du willst. Aber denke an meine Worte, wenn sie den Preis an deiner statt bezahlen muss.«

Gleichgültigkeit hüllte Kate ein. Als wäre sie vom Geist eines Fremden beherrscht, zog sie den Mantel aus, knöpfte die Manschette des Hemdes auf und entblößte ihren Unterarm. Dann nahm sie das Messer, setzte es eine Handbreit unter ihrer Ellenbeuge an und drückte die Klinge in ihre Haut. Der Schmerz war lächerlich. Weit weniger stark, als sie erwartet hatte, obwohl sie tief schnitt.

Das Messer fiel ihr aus der Hand.

Als der Jäger nach ihrem Arm griff, tat er es mit überraschender Sanftheit. Kate schluchzte auf. Er kam ganz nah an sie heran, und dann spürte sie seinen Atem auf ihrem Gesicht. Haut schmiegte sich an Haut, Fleisch an Fleisch. Blut an Blut.

Seine Finger umfassten ihren Ellbogen, sie tat es ihm gleich. Warm und weich war seine Haut. Wie unpassend und wie dumm, dass sie ausgerechnet diese Berührung als angenehm empfand.

Leise klang das Weinen des Mädchens durch die Stille.

Es tut mir leid!, wollte sie flüstern. Ich wollte nicht, dass das passiert.

Doch ihre Kehle war wie zugeschnürt.

Sie bildete sich ein, das Brennen seines Blutes zu spüren, das sich mit ihrem mischte. Es war heiß. Fast sengend. Zäh kroch es durch ihren Arm wie ein glühendes Wurzelgeflecht.

Kainahs Blick durchdrang sie, als warte er gebannt auf etwas, und plötzlich weiteten sich seine Augen in stummem Verblüffen. Etwas schien ihn zutiefst zu überraschen. Vielleicht, dass sie aufrecht stehen blieb, anstatt in Ohnmacht zu fallen?

Kate schloss die Augen und spürte, wie Tränen über ihre Wangen rannen. Sie hörte Kainahs schweres Atmen, roch den Moschusgeruch seiner nackten Haut und das kupferne Aroma des Blutes.

»Schwöre, dass du mit uns kommst«, erklang von weit her Williams Stimme. »Schwöre, dass du die Bestien töten wirst, und dass du bei uns bleibst, bis der Frühling kommt. Schwöre, dass du meiner Nichte gehorchst und dass du ihr Leben mit deinem beschützt. Schwöre, dass du es niemals wagen wirst, sie zu berühren. Von nun an bist du an ihr

Wort gebunden, und ihr Wort wird meines sein. Solange, bis dein Eid erfüllt ist. Schwöre es bei deinem Blut und bei ihrem Blut. Und bei allem, was in deiner gottlosen Welt heilig ist.«

Eine Zeitlang war es still. Das Brennen in ihrem Arm wurde heißer, bis sie sich unter dem Schmerz verkrampfte. Kainahs Griff wurde eine Spur fester. Es fühlte sich wie ermunternde Geste an. Als wollte er ihr vermitteln, dass es gleich vorbei sein würde. Dass sie nur noch einen Moment lang stark sein musste.

Noch immer wagte Kate es nicht, die Augen zu öffnen.

Schließlich antwortete Kainah mit leiser Stimme: »Ich schwöre es. Bei meinem Blut und bei ihrem Blut. Bei allen heiligen Dingen, die auf unserer Mutter wachsen, und bei allen meinen Verwandten, seien es Menschen, Tiere, Pflanzen oder Steine. Ich töte die Bestien für deine Nichte und ich beschütze ihr Leben mit meinem. Solange, bis mein Eid erfüllt ist und du mich freigibst.«

3

Sie warteten in einiger Entfernung auf dem Eis des Sees, während Kainah sich verabschiedete.

Ein großer Tumult entstand im Dorf, als sich eine große Schar Männer und Frauen um ihn versammelte, mit den Armen fuchtelte und lautstark stritt. Worum es ging, war offensichtlich. Viele mochten den Jäger hassen und fürchten, aber noch mehr fürchteten sie die Kocodjo.

»Es gibt nichts Heiligeres als einen Blutschwur.« Daniels Miene drückte Besorgnis aus. »Sie müssen ihn gehenlassen. Wird ein Schwur gebrochen, bringt das Unheil über das ganze Dorf. Unfug, wenn ihr mich fragt. Aber für uns sehr praktisch.«

Kate warf ihm einen verächtlichen Blick zu. Wie hatte er einem kaum sechsjährigen Mädchen eine Klinge an die Kehle halten können? Und vor allem: Warum war er dabei so kalt geblieben? So vollkommen unberührt vom Weinen und Flehen des Kindes?

»War es dein Messer?«, zischte sie. »Hattest du es vielleicht im Stiefel versteckt?«

»Nein«, antwortete er, ohne sie dabei anzusehen. »Das wäre zu gefährlich gewesen. Es lag neben dem Feuer. Das war kein Messer für einen Kampf. Seine Schneide war nicht sehr scharf.«

»Sie war scharf genug.«

»Ich habe es getan, um unser Leben zu retten.« Noch immer sah er sie nicht an. »Ich hatte keine Wahl. Glaubst du wirklich, ich hätte dieses Mädchen töten können?«

»Ich weiß nicht mehr, was ich glauben soll.«

Kate fühlte sich elend, als sie auf all diese Menschen blickte. Lieferten sie sie nicht den Bestien aus, wenn Kainah das Dorf verließ?

Es sind nur Wilde, würde Williams sagen. Gottlose Kreaturen. Nicht mehr wert als Tiere.

Aber sie dachte an all die fröhlichen Mienen. An die freundlichen Berührungen und die Scherze, die die Dorfbewohner mit Daniel getrieben hatten. Es war ihr Blut, mit dem der Schwur geleistet worden war. Ihr Blut, das Kainah an sie band und das ihn von denen trennte, zu denen er gehörte.

Kate berührte ihren Arm, den Sokanon mit einem Streifen weichen Leders verbunden hatte. Der sauber genähte Schnitt schmerzte, als fräße sich Säure durch ihr Fleisch. Es war zu früh für Wundbrand, auch zu früh für eine Entzündung. Trotzdem spürte Kate, dass etwas mit dieser Wunde nicht stimmte.

Mit Schaudern dachte sie an Sokanons Gesicht, das nicht, wie sie geglaubt hatte, von makelloser Schönheit war. Nur eine Hälfte war unversehrt, sah man einmal von dem abgeschnittenen Ohr ab. Die andere, die sie bei der ersten Begegnung nicht erblickt hatte, bestand aus schrecklich zerfurchtem Narbengewebe, das sich bis zum Hals hinunterzog. Ihre langen Haare hatten viel davon entdeckt, und doch hatte Kate der Anblick dieses zerstörten Gesichts so sehr erschreckt, dass es ihr schwergefallen war, während der Behandlung stillzuhalten. Was war dieser Frau nur geschehen? War ihr die Schönheit zum Verhängnis geworden? Dass Kainah sie trotz der Entstellung zur Gefährtin genommen hatte, beeindruckte sie. Die meisten Männer hätten eine derart verstümmelte Frau nicht angerührt.

Nach einer endlosen Debatte löste sich der Jäger aus der Menge und ging zu Sokanon, die bereits mit dem Mädchen und einem gesattelten Pferd auf ihn wartete.

Das Kind wollte sich an ihn werfen, doch Kainah hielt es mit einer abwehrenden Geste auf Abstand. Stattdessen umarmte er flüchtig die Frau, schwang sich auf das Pferd und kam ihnen entgegengeritten.

Vielleicht würde er seine Familie nie wiedersehen. Vielleicht hatte er es deswegen nicht ertragen, das Kind noch einmal zu umarmen. Kate konnte das Weinen des Mädchens bis hierher hören, und es zerriss ihr das Herz.

Zwischen den Zelten tauchte ein großer Schatten auf und schloss zu Kainah auf. Es war ein Hund von den Ausmaßen eines Bären. Der größte Hund, den sie jemals erblickt hatte. Vermutlich eines jener furchteinflößenden Ungetüme, die zwielichtige Gestalten in dunklen Hinterhöfen aufeinanderhetzten. Sein Fell war dicht und schwarzsilbern, sein Schädel wuchtig wie der eines Ochsen. Doch so riesig er sein mochte, waren die Ungeheuer, auf die er höchstwahrscheinlich abgerichtet worden war, immer noch mehr als doppelt so groß.

Ohne sie eines Blickes zu würdigen, ritt Kainah an ihnen vorbei und nahm die Spitze ein, was Kate Gelegenheit gab, ihn unauffällig zu beobachten. Sein Haar war zu einem mit Lederstreifen umwickelten Zopf zusammengefasst, der wie dunkler Lapislazuli schimmerte, wenn die Sonne darauffiel. Genau wie das Haar seiner Tochter. Er trug einen Wolfspelz als Umhang, sein Lederköcher war mit Dutzenden schwarz befiederten Pfeilen gefüllt, zwei Kriegsäxte mit frisch geschärften Schneiden waren über Kreuz an seinem Rücken befestigt. An einem Hüftriemen baumelten zwei Messer, geschützt von aufwendig mit Fransen verzierten Lederscheiden. Ein kurzes und ein langes. Beide Klingen hatten vermutlich ihren Anteil an den Haarlocken, die nicht nur als barbarischer Schmuck an der Lanze hingen, die Kainah neben all den anderen Waffen trug, sondern auch die aus Gras geflochtenen Zügel seines Pferdes zierten.

Dieses Pferd, ein hochbeiniger Rapphengst mit einem unübersehbaren Brandzeichen auf der Flanke, besaß eine überaus seltsame Fellmusterung. An den Flanken und auf seiner Kruppe bildeten weiße Stichelhaare ein schneeflockenartiges Muster. Vielleicht bestanden diese Zeichen auch nur aus Farbe. Sie hatte gehört, dass die Wilden es liebten, ihre Tiere vor einem Kampf zu bemalen.

Der Sattel des Hengstes bestand lediglich aus einem ledernen Polster, das vermutlich mit Gras oder Büffelwolle gefüllt war. Daran waren nicht nur mehrere Beutel befestigt, sondern auch eine mit schlichten, schwarzen Symbolen bemalte Ledertasche, in der der mächtige Bogen steckte.

Kates Gedanken kreisten verwirrt umher.

Daniel hatte einem Kind sein Messer an die Kehle gehalten. Williams war für unvorstellbare Gräueltaten verantwortlich. Und Kainah hatte in einer einzigen Nacht Dutzende Männer getötet. Als wäre das nicht schon genug, war sie auch noch von ihrem eigenen Onkel zu einem Blutschwur gezwungen worden. Ein Schwur, der sie an einen Wilden band.

Gab es die Güte, an die sie so lange geglaubt hatte, nirgendwo auf dieser Welt? Existierte überall dort, wo Menschen aufeinandertrafen, nur Hass und Zorn?

Sie erkannte diese beiden Gefühle in Williams starrem Blick, der auf Kainahs Rücken gerichtet war. Und sie sah sie in Logans versteinerter Miene, der niemals darüber hinwegkommen würde, dass eine Rothaut ihn gebändigt hatte, als sei er ein schwächliches Kind.

»Für dieses Pferd könnte ich ihn hängen lassen«, brummte Williams. »Siehst du das Brandzeichen? Er macht sich nichtmal die Mühe, es zu verstecken. Auf Pferdediebstahl steht der Tod am Galgen.«

Kate erwiderte nichts. Sie wollte nicht mit ihm reden, nicht jetzt und niemals wieder. Schon gar nicht über das, was die Köpfe aller Männer auszufüllen schien: Kampf und Rache und Tod.

Sie verabscheute Williams, wie sie Daniel verabscheute. Beide hatten sie getäuscht und belogen. Selbst die Gutmütigkeit des Trappers war nichts als eine Maske gewesen.

»Solange er seinen Eid nicht erfüllt hat, steht er unter meinem Schutz.« Williams straffte sich und reckte das Kinn vor. »Aber sind die Bestien tot, wird er für seine Taten bezahlen.«

Sie hielt es nicht mehr aus. Es war genug!

»Sei still! Halt endlich den Mund!«

Sein Kopf ruckte zu ihr herum. »Pass auf, was du sagst!«

»Ich sagte: Sei still!« Die Wunde an ihrem Arm brannte so heftig, dass ihr die Tränen in die Augen schossen. »Ich habe genug von euch. Genug von euch allen!«

Hinter ihr räusperte sich Daniel. Kainah ritt stur vorneweg, ohne sich auch nur einmal umzudrehen.

»Dein Herz ist weich.« Williams Stimme wurde unerwartet milde. »Das soll auch so sein, denn was wäre eine Frau ohne Mitgefühl? Es ist meine Schuld. Ich hätte dich nie hierherbringen dürfen. Das ist kein Ort für dich.«

Kate lächelte bitter. »Wusste Vater, wer du wirklich bist? Der gefürchtete Captain, der ganze Dörfer niedergemacht hat?« Jedes Wort zerging wie Gift auf ihrer Zunge. »Der Mann von Ehre, für den mein Vater alles getan hatte, war nur eine Lüge. Der große Bruder, der strahlende Held.« Ihr wurde übel. Sie sah die Mischung aus Wut und Scham in Williams' Augen, die ihre Worte verursachen.

»Gotttlob ist er gestorben, ehe er herausgefunden hat, wer du wirklich bist.«

»Kate!« Williams Beherrschung hing an seidenen Fäden. »Ich warne dich.«

»Du willst ihn also aufhängen lassen? Als Dank dafür, dass er uns das Leben rettet und unseren Schutz sogar über den Schutz seiner Familie stellt, weil du ihm den Heiligsten aller Schwüre aufgezwungen hast? Mit meinem Blut?«

»Ich hatte keine Wahl.«

»Ach nein?«

»Verstehe doch! Nur so kann ich sicher sein, dass er dir niemals etwas antut. Selbst wenn sein Eid erfüllt ist, ist euer Blut noch immer vermischt. Sein heidnischer Glaube bindet ihn damit an dich, weit über einen Schwur hinaus. Es ist seine Pflicht, für den Rest seines Lebens für dich einzustehen und dich um jeden Preis zu beschützen. Er mag ein schändlicher Mörder sein, aber falls ich sterben sollte, ist er der beste Schutz, den ich dir geben kann. Kainah ist an dein Wort gebunden. Sollte mir etwas geschehen, musst du ihm befehlen, dich in den Osten zurückzubringen.«

Kate nickte. »Es sei denn, du bleibst am Leben und hängst ihn auf.«

Williams stöhnte. »Er hat meine Männer getötet. Dutzende guter Männer. Eine solche Tat muss bestraft werden.«

»Und was ist mit deinem Befehl, Frauen und Kinder zu massakrieren? Wird so eine Tat auch bestraft?«

»Ich habe es dir schon gesagt, Kate.« Er sah aus, als empfände er nicht übel Lust, ihr eine Ohrfeige zu verpassen. Sollte er doch! Es war ihr gleich. »Und ich sage es dir nochmal: Wir befanden uns im Krieg.«

»Im Krieg? Wirklich? War es nicht vielmehr so, dass der Stamm, den ihr ausgelöscht habt, nicht mit euch handeln wollte?«

Williams öffnete den Mund zu einer zornigen Erwiderung, klappte ihn jedoch unverrichteter Dinge wieder zu. Ein weiteres Mal war sie auf eine unbequeme Wahrheit gestoßen.

»War das der Grund?«, hakte sie nach.

Er rieb sich die Stirn und rutschte im Sattel hin und her. »Sie verweigerten sich nicht nur dem Handel,« presste er schließlich hervor. »Sie sabotierten ihn, wo sie nur konnten. Ich bekam den Befehl, für Ruhe zu sorgen. Nur so konnten wir friedliche Handelsbeziehungen zu den

Stämmen aufbauen, die uns wohlgesonnen waren, und Handelsposten in diesem reichen Land errichten.«

Oh ja, sie hatte einiges über diese Handelsbeziehungen gelesen. Das Land war überaus reich, doch das änderte sich schnell. In einigen Flussabschnitten waren die Biber bereits ausgerottet. Ihre Gier nach Profit trieb weiße wie eingeborene Jäger dazu, mehr und mehr Pelze in die Handelsposten zu schleppen. Auch wenn Williams sie von den Tauschfesten fernhielt, hatte sie doch so manche hitzige Diskussionen belauscht. Die Fronten verhärteten sich. Stämme, die in regen Handel mit der Hudson Bay Company getreten waren, zogen sich zunehmend den Hass jener Wilden zu, die sich weigerten, den Reichtum ihres Landes zu verkaufen. Gewalt säte Gewalt. Und der Kreislauf breitete sich aus wie ein ansteckendes Fieber.

Vor ihnen hatte Kainah sein Pferd gezügelt und wandte den Kopf in Richtung der Berge. Wie anmutig die Linien seines Profils waren. Eine leicht gebogene Nase, hohe Wangenknochen und Züge, aus denen Kälte und Hochmut sprach. Wäre seine Haut weiß, stünden einem solchen Gesicht viele Türen offen. Kate erkannte erst, wie unverschämt sie ihn angestarrt hatte, als er sich abwandte und das Pferd wieder antrieb. Schnell huschte ihr Blick zu Williams hinüber, doch der hatte sich tief in seine Gedanken zurückgezogen.

Ganz gleich, was Kainah getan hatte, sie wollte ihn nicht sterben sehen. Es hatte genug Tod in ihrem Leben gegeben.

»Eines frage ich mich.«

Williams zuckte kaum merklich zusammen. Er schien zu ahnen, dass die Worte, die ihr auf der Zunge lagen, unbequem sein würden. Starr blickte er geradeaus, wo sich der Dunst der gewaltigen Eisfläche lichtete und den Wald enthüllte.

»Warum verdient der eine Mörder den Tod, während man den anderen als Helden feiert und ihm Ehrenmedaillen ansteckt?«

Seine Augen weiteten sich, doch er sah Kate nicht an. »Du bist eine Frau«, gab er konsterniert zurück. »Euresgleichen hat seltsame Vorstellungen von Gerechtigkeit.«

»Du nennst es also Gerechtigkeit, wenn schutzlose Frauen und Kinder getötet werden? Ihr geht her und rottet ganze Dörfer auf, aber schlagen eure Gegner zurück, schreit ihr nach Rache und sprecht von barbarischem Gemetzel.«

»Hör auf, Kate!«

Sie holte tief Luft und wollte herauslassen, was so quälend auf ihrer Zunge brannte. So viel brodelte in ihr, doch im letzten Augenblick wurde ihr klar, dass sie damit alles nur schlimmer machen würde.

»Töte ihn nicht«, sagte sie stattdessen so ruhig, wie es ihr Zorn zuließ. »Bitte! Erfüllt er seinen Eid, dann schenke ihm die Freiheit.«

Williams zog eine geringschätzige Grimasse. »Ich gebe nichts auf einen heidnischen Schwur. Kainah mag sich daran gebunden fühlen, ich tue es nicht.«

»Ein Schwur bleibt ein Schwur. Wenn er die Bestien tötet, verdanken wir ihm unser Leben. Wenn wir immer nur Tod säen, können wir auch nur Tod ernten.«

»Du klingst schon wie Reverend Marsh. Eine gute Tat, die noch dazu unter Zwang geschah, wiegt nicht hundert schlechte auf.«

»Zwang? Oh ja. Du meinst das Messer, mit dem Daniel die Kehle des Mädchens aufschlitzen wollte.«

»Unsinn. Er hätte es niemals getötet. Nicht Daniel. Wir können von Glück reden, dass Kainah darauf hereingefallen ist.«

»Bist du dir sicher?«

»Daniels Herz ist so weich geworden wie deines. Er hätte es niemals fertiggebracht. Aber eines muss man ihm lassen: Er ist ein begnadeter Schauspieler.«

Williams Blick heftete sich wieder auf Kainahs Rücken. Die Abscheu in seinen Augen flößte ihr eine hässliche Gewissheit ein. Es würde keine Gnade geben. Niemals. Von keiner Seite. Um weder den Jäger noch Williams ansehen zu müssen, beobachtete sie den neben ihnen herlaufenden Hund. Die rosafarbene Zunge hing ihm weit aus dem offenstehenden Maul. So furchteinflößend das Tier auch war, hatte es seine guten Tage schon lange hinter sich gebracht haben. Die Schnauze war fast völlig ergraut, und unter dem dicken Fell stachen die Knochen aus der Haut.

Plötzlich erklang wieder Williams Stimme: »Wenn du gesehen hättest, was er getan hat, würdest du nicht auf die Idee kommen, ihn zu verteidigen.«

Kate seufzte. »Ich verteidige ihn nicht, ich habe nur das Töten satt.«

»Was weißt du denn schon? Du warst niemals im Krieg. Keiner, der nicht dabei war, kann es begreifen. Am Anfang steht immer ein Befehl.

Ich tue das, was man mir aufträgt. Soweit meine Erinnerung zurückreicht, war es niemals anders. Zuerst gehorchte ich meinem Vater, dann gehorchte ich meinen Vorgesetzten. Man hat mir beigebracht, dass ein Befehl wichtiger ist als der eigene Wille.«

Oh ja, damit kannte sie sich aus, seit ihr Vater gestorben war. Lass andere für dich denken und reden. Tue nur das, was man dir sagt. Halte dich an die Regeln. Treffe keine eigenen Entscheidungen. Sei ein Geist, der durch die Wünsche und Befehle anderer bewegt wird.

»Zuerst lag es nicht in unserer Absicht, den Stämmen zu schaden. Das musst du mir glauben, Kate. Wir handelten mit ihnen, wir nutzten ihr Wissen über das Land und ließen sie für uns Wege im Unwegsamen finden. So, wie wir es noch heute tun. Es war ein Geben und Nehmen, jedenfalls bei den meisten.«

»In einer Welt des Gebens und Nehmens wären Männer wie du überflüssig.«

»Du hast recht. Diese Welt war niemals gerecht und wenn Gott sich unserer nicht erbarmt, wird sie es niemals sein. Aber hör zu, wenn du es unbedingt wissen willst. Dieser eine Stamm, den ich damals beseitigen sollte, verweigerte sich dem Handel und erschlug Engländer genauso wie Franzosen, sobald sie einen Fuß in ihr Gebiet setzten. Sie zerstörten Fallen, gingen auf Raubzug und überfielen Handelsposten. Aber sie töteten nicht einfach nur. Sie hinterlassen unvorstellbare Schlachtfelder, sie folterten, entführten und vergewaltigten. Von allen Kriegern dieses Stammes war Kainah der Schlimmste. Er ist grausamer als ein Tier. Nichts unterscheidet ihn von den Bestien, die er tötet. Vielleicht hat er die Wahrheit gesagt. Vielleicht kann er sie nur besiegen, weil er so ist wie sie.«

Inzwischen ritt der Jäger gut fünf Pferdelängen vor ihnen. Immer wieder musterte er den Boden oder ließ seinen Blick schweifen, als könnte er das Schweigen der Wildnis durchdringen und Botschaften darin lesen, die für einen Menschen nicht bestimmt waren. Getötet hatte er, daran zweifelte sie nicht. Aber hatte er auch gefoltert und vergewaltigt?

»Ein Racheakt nach dem anderen«, knurrte sie. »Auslöschung und Sieg. Erobern und vernichten. Kommt das dabei heraus, wenn Gott uns freien Willen schenkt?«

»Ich hatte nie einen freien Willen«, flüstere Williams. »Niemals.«

»Man gab dir also den Befehl, die Dörfer dieses Stammes zu vernichten?«, fragte sie weiter. »Und zwar restlos.«

»Das war meine Aufgabe. Ich schickte Späher aus, um sie ausfindig zu machen. Mein Befehl lautete zu warten, bis sich sämtliche Krieger auf der Jagd befanden. So sollte sichergestellt werden, dass möglichst wenig Verluste entstanden.«

»Auf eurer Seite.«

»Es war unfair, das bestreite ich nicht. Aber Krieg ist niemals fair. Ich verlor nicht einen meiner Männer. Der Befehl sollte so schnell und so sauber wie möglich erledigt werden. Und das ist mir gelungen.«

»Sauber? Das heißt, es hat niemand überlebt?«

Wieder nickte Williams.

»Kein Kind, kein Greis? Nicht einmal Babies?«

»Ich sollte keinen am Leben zu lassen. Und Befehle sind dazu da, um befolgt zu werden.«

»Selbst dann, wenn sie dich zu einem Monster machen?«

Williams Miene verzog sich, als empfände er Abscheu gegen sich selbst. »Selbst dann«, antwortete er verbittert. »Ich hatte keine Wahl.«

»Was geschah mit den Kriegern?«

»Sie kehrten noch am selben Abend zurück. Wir nutzten ihre Überraschung und erledigten sie. Auch diesmal verlor ich keinen meiner Männer. Allerdings verbreiten sich Nachrichten unter diesen Wilden schneller als ein Lauffeuer, deswegen dauerte es nicht lange, bis sie ihn losschickten. Einen einzigen Mann.« Williams lachte freudlos. »Ein Mann für eine ganze Armee. Mehr war nicht nötig.«

Kate heftete ihren Blick auf Kainahs Rücken. In gelassener Anmut saß er leicht zurückgelehnt im Sattel, bewaffnet mit all den scharfen Klingen und spitzen Pfeilen. Wenn er entschied, sie zu töten, würde es schnell gehen. Lautlos und präzise. Vielleicht nachts, wenn sie schliefen.

»Wie hat er das geschafft?«, flüsterte Kate. »Ihr ward Dutzende. Schwer bewaffnet und erfahren. Wie konnte er euch im Alleingang auslöschen?«

»Er kam in der fünften Nacht nach dem Überfall in unser Lager und tötete all meine Männer. Wir hatten zwei Hunde dabei, die darauf abgerichtet waren, nahende Feinde zu wittern. Und wir hatten Wachen aufgestellt. Aber als er kam und zu töten begann, warnte uns niemand. Es geschah so lautlos, dass jeder Einzelne mit durchgeschnittener Kehle im Schlaf gestorben wäre, wenn die Pferde nicht das Blut gerochen und gescheut hätten. Was dann geschah, war ein Massaker. Keine Kugel, kein Säbel, kein Bajonett konnte ihn verletzen. Er bewegte sich wie ein Schatten, verschwand spurlos im Dunkeln und tauchte hinter meinen Männern auf, um ihnen den Hals aufzuschlitzen. Er war wie ein Geist. Nur ich und die beiden nichtsnutzigen Hunde blieben am Leben. Die Pferde nahm er allesamt mit, zusammen mit ein paar blonden Skalps.«

»Warum lebst du dann noch? Warum hat er dich verschont?«

»Bei jedem anderen hätte ich gesagt: um die Geschichte weiterzuerzählen. Aber Kainah ging es nicht darum. Sein Messer lag schon an meinem Hals, er hätte mich mühelos töten können. Und er wollte es. Daran habe ich nie gezweifelt. Stattdessen starrte er mich an, als wäre ich der Geist, stand auf und verschwand.«

Vor ihnen brachte der Jäger sein Pferd zum Stehen. Bewegungslos, als sei sein Körper und der seines Reittieres aus Stein gehauen, blickte er in den Wald hinaus. Es war unmöglich, dass er sie gehört hatte. Unmöglich! Der Abstand zwischen ihnen und dem Jäger war zu groß, um einem Gespräch folgen zu können, zumal sie flüsternd miteinander gesprochen hatten. Aber was, wenn seine Sinne wirklich die eines Tieres waren? Wenn er sie gehört hatte, weil seine Sinne darin geschult waren, die Stille des Waldes zu durchdringen und all das zu hören, was gewöhnlichen Ohren verborgen blieb?

Kate fröstelte. Ein Bild von atemberaubender Heftigkeit schoss durch ihren Geist. Kainahs Hände, die sich um das Gesicht ihres Onkels legten und zudrückten. Fester, immer fester, bis Haut platzte und Knochen brachen. Blut tropfte aus Williams' zerstörten Kiefer, schoss in seine Augen und lief aus seiner Nase, während Kainah mit dem Lächeln einer Schlange auf ihn hinabblickte und sein Sterben voller Genugtuung betrachtete.

Kate schlug die Hände vor die Augen. Schwindel ließ sie im Sattel schwanken, die Welt rückte in dumpfe Ferne.

Falsch! Falsch!

Dann ein Wispern in ihrem Kopf: Glaubst du, dir wird es anders ergehen? Glaubst du, er wird dich nicht töten wie alle anderen? Oh doch, das wird er. Für den falschen Schwur. Für das Messer an der Kehle seiner Tochter.

Für das, was du bist.

»Kate?« Mehrmals erklang ihr Name, ehe ihr Geist sich wieder klärte. »Kate? Was ist mit dir?«

»Nichts.« Das Sprechen fiel ihr so schwer, als wäre ihre Zunge mit dem Gaumen verwachsen. »Ich bin nur müde.«

Schwarze Augen, kalt wie frostüberzogener Onyx. Augen, die genüsslich den Tod in sich aufsaugten und sie aufspießten wie ein Insekt.

Das Brennen ihrer Wunde flammte auf wie Feuer, in das Öl geflossen war. Ihr wurde heiß und kalt. Immer wieder heiß und kalt, bis es sich anfühlte, als verwandelte sich ihr Körper in hartes Glas, das sich mit feinen Sprüngen durchzog.

Den Rest des Tages sagte niemand mehr ein Wort. Nebelhaft strichen die Stunden an ihr vorbei, während der Schneefall dichter wurde. Kate fühlte sich, als sei ihre Seele eine dieser zarten, wirbelnden Flocken, die hin- und hertanzten, vom Wind getrieben, federleicht und hilflos dem Willen der Elemente ausgesetzt.

Bald senkte sich Dunkelheit auf den Wald hinab. Eine Felswand tauchte vor ihnen im Schneegestöber auf, darin klaffte eine Höhle, die gerade tief genug in den Stein führte, um vier Menschen Schutz zu bieten.

Nachdem Kainah sein Pferd nahe bei der Höhle angepflockt und eine Decke über seinen Rücken gelegt hatte, verschwand er zusammen mit dem Hund wortlos in der Nacht. Williams hatte recht. Er bewegte sich wie ein Geist. Als öffne die Dunkelheit allein für ihn ein unsichtbares Tor, das ihn spurlos verschluckte.

Wie ein Sinnbild stummer Warnung steckte die Lanze neben dem Pferd im Schnee. Die an ihr befestigten Haarlocken, zwei blond, eine hellbraun, flatterten spöttisch im Wind.

Als Daniel das Feuer entfacht hatte, kauerte sie sich zitternd in die Wärme der Flammen. Die Fieberschübe waren zusammen mit dem Brennen der Wunde verschwunden, jetzt bestand Kate nur noch aus Glas. Frostigem, brüchigem Glas, das sich anfühlte, als zerbräche es unter der kleinsten Berührung.

Der Trapper kochte eine fette Brühe aus in heißem Wasser aufgelöstem Pemmikan, was anfangs gewöhnungsbedürftig schmeckte, aber bald so angenehm von innen wärmte, dass Kate sich eine zweite Schale füllen ließ. Ein Meer aus Sternen funkelte zwischen den aufreißenden Schneewolken, jeder davon so blank und kristallklar, als wäre er poliert worden. Schläfrig beobachtete Kate die Wipfel der Fichten, die sich gleichmäßig hin- und herwiegten, als folgten sie einer geheimen Harmonie.

Satt, aufgewärmt und in zwei Decken gehüllt, wartete sie auf den Schlaf. Doch er kam nicht. Als Kate sah, wie verzweifelt Daniel gegen seine Erschöpfung ankämpfte, rangen zwei Gefühle in ihr um die Vorherrschaft. Die stumme Verzweiflung in seinem Blick und seine offensichtliche Schwäche rührten sie. Zugleich hatte sich das Bild, wie er sein Messer gegen das Mädchen wendete, tief in ihre Erinnerung geätzt.

Kate dachte an die Worte, die sie mit Williams getauscht hatte. Eine Welt voller Hass und Rache, Vergeltung und Zorn. Wie konnte all das jemals besser werden, wenn nicht irgendjemand begann, es anders zu machen? Sanft tippte sie ihm auf die Schulter.

»Ruh dich aus, ich bin ohnehin wach.«

»Wirklich?« Seine Augen weiteten sich, als konnte er nicht fassen, dass sie mit ihm redete. »Du willst Wache halten?«

»Ja.«

Daniel wand sich hin und her. »Du weißt, dass ich sie nicht getötet hätte?«, fragte er dann. »Du weißt es doch, nicht wahr? Es war unser letzter Ausweg. Ich wusste, dass wir alle gestorben wären, wenn ich nicht irgendetwas getan hätte. Und als dieses Kind in das Zelt gestoßen wurde, wollte ich nur noch eins: uns retten.«

Kate ging nicht weiter darauf ein. Ihr Vertrauen in ihn war erschüttert, nichts konnte daran etwas ändern. »Denkst du«, fragte sie stattdessen, »dass irgendjemand wollte, dass du genau das tust? Einen Blutschwur erzwingen?«

»Gut möglich. Ich weiß nur, dass ich mich dafür hasse. Dass ich mich für den Rest meines Lebens dafür hassen werde.«

Kate seufzte. »Ruhe dich aus. Ich passe auf.«

»Unsinn. Wecke einen der beiden Faulpelze, du hast Ruhe bitter nötig.«

»Ich werde Wache halten«, beharrte sie. »Schlafen kann ich sowieso nicht, also lass mich etwas tun.«

Daniel seufzte und reichte ihr die Flinte. Als er sich in eines der Schlaffelle einwickelte, knirschten und knackten seine Knochen wie berstendes Holz. »Bist ein gutes Kind. Du weißt, dass es mir leidtut. Das weißt du doch, ja?«

»Ich weiß, dass du unser Leben retten wolltest«, antwortete sie nur.

Daniel nickte, drehte sich zur Wand hin und zog das Fell bis zur Nase hoch. »Wecke mich, wenn du irgendetwas siehst oder hörst. In zwei Stunden wechseln wir. Sollte Kainah zurückkommen, wecke mich auch dann, wenn die zwei Stunden noch nicht vorbei sind. Ich traue ihm nicht. Schwur hin oder her. Du weißt, wie man mit der Flinte umgeht?«

»Du hast es mir beigebracht. Auf unserer Reise. Weißt du nicht mehr?«

»Ja, oh ja. Also dann. Gute Nacht.«

Fast augenblicklich fielen ihm die Augen zu. Den Rücken an die Höhlenwand gelehnt und die Flinte im Schoss, dämmerte Kate vor sich hin, während sie dem rieselnden Glitzern winziger Schneekristalle zusah.

Die Pferde ließen ihre Köpfe hängen und dösten, während die Flocken langsam ihr Fell und die schützenden Decken verhüllten. Eine immer stärkere Unruhe wuchs in ihr heran, ließ ihr Herz heftig klopfen und kribbelte unerträglich in ihren Beinen.

Schließlich hielt Kate es nicht mehr aus.

Sie stellte die Flinte ab, legte die Decken um ihre Schultern und marschierte zu dem schwarzen Pferd mit den geheimnisvollen weißen Tupfen. Dabei achtete sie darauf, der skalpgeschmückten Lanze nicht zu nahe zu kommen.

Als sie das Tier erreicht hatte, schlug sie die Decke über der Kruppe zurück. Tatsächlich. Es sah aus, als hätten sich kleine, weiße Sterne auf dem schwarzen Fell verteilt. Die Ohren des Tieres zuckten aufmerksam, während sie das Muster neugierig untersuchte. Sahen die Tupfen nicht doch mehr wie der fallende Schnee aus? Wie Flocken, die bis zu den Fesseln der Hinterbeine hinabfielen? Aus Farbe bestanden sie jedenfalls nicht. Was für eine außergewöhnliche …

»Sein Name ist Aranck.«

Ihr Herz vollführte zwei so heftige Schläge, dass sie sich erschrocken an die Brust griff. Auf der anderen Seite des Pferdes, dort, wo die Lanze im Schnee steckte, stand Kainah. Seine Haare waren schneebedeckt, seine Miene vollkommen reglos. Undurchschaubar. Finster. Warum hatte sie die Flinte nicht mitgenommen? Keine fünf Schritte entfernt lehnte die Waffe am Felsen. So nah, und doch zu weit entfernt.

Närrin! Dumme Gans!

Schnell legte Kate die Decke wieder über die Kruppe des Pferdes. War es ihr nicht erlaubt, das Tier zu berühren? Würde er gleich nach der Lanze greifen und sie aufspießen?

»Ich wollte nicht   es tut mir leid, wenn «

Er sah sie wortlos an.

»Wir wollten das alles nicht.« Zitternd knetete sie den Wollstoff der beiden Decken zwischen ihren Händen. »Daniel ist kein schlechter Mensch. Er hätte ihr nie etwas getan. Er war nur verzweifelt. Das musst du uns glauben. Das alles   es hätte nicht passieren dürfen.«

Kainah schwieg noch immer, während sein Blick über sie wanderte. Die Tatsache, dass sie nichts in seinen Augen lesen konnte, dass diese schwarzen Abgründe wie unauslotbare Tiefen waren, brachte sie einer Ohnmacht nahe.

Sag etwas!, flehte sie. Sag doch irgendetwas!

»Aranck bedeutet Sterne.« Seine Hand strich über den Hals des Hengstes. »Willst du seine Geschichte hören?«

Kate nickte. Das Pferd war nur eine klägliche Grenze, die zwischen ihnen stand. Er konnte sie mühelos töten. Schnell und lautlos. Nicht einmal Daniel würde es bemerken, und wenn die Männer am Morgen erwachten, würden sie nur noch ihren kalten, toten Körper inmitten von rotem Schnee finden. Durchbohrt von einer Lanze, einem Messer oder Pfeil. Warum stand sie noch immer hier? Warum nahm sie sich nicht die Flinte und ging zurück an ihren Platz?

»Er gehörte einem Trapper, der zusammen mit fünf Gefährten unser Dorf besuchte.« Während Kainah erzählte, glitt seine Hand in langsamen Kreisen über Arancks Hals. Das Pferd ließ den Kopf hängen, hielt die Augen halb geschlossen und genoss die Berührungen seines Herrn. Williams musste sich in ihm täuschen. Vielleicht beruhte alles, was dieser Mann getan hatte, auf Schmerz und nicht auf Grausamkeit. Hätte er seine Tochter nicht geliebt, wäre er jetzt nicht hier. Sein Blut würde nicht durch ihre Adern fließen, und ihres nicht durch seine. Ein Mensch, der liebte, konnte nicht schlecht sein.

Langsam entspannte sie sich wieder. Kainah würde ihr nichts zuleide tun. Warum auch? Sie hatte ihm nichts getan.

»Wir nahmen die Männer als Gäste bei uns auf«, erzählte er weiter. »Wir handelten und kamen zu einem für beide Seiten einträglichen

Geschäft. Ein brennendes Getränk machte die Runde, das keiner von uns kannte und das den Geist vernebelte, ohne dass man es merkte. Während fast jeder Krieger in dieser Nacht den ersten Rausch seines Lebens ausschlief, rafften die Trapper alles zusammen, was ihre Pferde tragen konnten. Noch dazu entführten sie eines unserer Mädchen. Sie war fast noch ein Kind, kaum dreizehn Sommer alt. Als die Männer am Morgen darauf die Verfolgung aufnehmen wollten, fand niemand eine Fährte. Die Trapper hatten gut von unserem Volk gelernt und ihre Spuren verwischt. Aber ich roch den Gestank, den sie hinterließen, und ich roch die Angst ihrer Beute. Drei Nächte, nachdem die Trapper uns betrogen hatten, fand ich sie schlafend an einem Fluss. Ihr Opfer hatten sie an einen Baum gebunden. Sie hatten das Mädchen, das gerade erst zur Frau gereift war, fast zu Tode vergewaltigt. Ich schnitt ihre Fesseln durch und tötete zwei der Männer. Den Dritten band ich an einen Baum und überließ ihn dem Mädchen.« Seine Hand kämmte durch Arancks Mähne. Langsam und behutsam, während ein grausames Lächeln seine Lippen hob. »Sie ließ sich viel Zeit mit ihm. Ein Mensch, der gebrochen wurde, kennt keine Gnade mehr. Er ergötzt sich am Schmerz und liebt die Grausamkeit. Ich gab ihr mein Messer, setzte mich ans Feuer und sah zu, wie sie Rache nahm.«

Kainah blickte auf. Seine schwarzen Augen waren voll höhnischer Kälte. »Es dauerte lange, bis er zu schreien aufhörte. Im Morgengrauen kehrten wir in unser Dorf zurück, mit sechs Pferden als Beute. Aranck behielt ich für mich, weil mir die Sterne auf seinem Fell gefielen. Die anderen fünf gab ich dem Mädchen.«

Kate versuchte, seinem Blick auszuweichen. Sie sah, wie die Schneeflocken auf seinen Wolfspelz fielen. Dann sah sie, wie sie sein Haar berührten. Reines Weiß auf tiefem Schwarz.

»Warum erzählst du mir das?«, fragte sie. »Willst du mir Angst machen?«

»Hast du denn welche?«

»Nein.«

Ihre Stimme klang weit weniger fest, als sie beabsichtigt hatte. Seine Hand fuhr damit fort, über den Hals des Pferdes zu streichen. Langsam, immer im Kreis. Es machte sie schläfrig, dabei zuzusehen. Sie wollte sich abwenden und zum Feuer zurückgehen, doch ihre Füße schienen im Schnee festgewachsen zu sein.

»Wie geht es dir?« Mit einem Mal klang seine Stimme sanft. Beinahe freundlich. »Tut es weh?«

Kate blinzelte. »Nein. Es geht mir gut.«

»Das ist seltsam.«

»Warum?«

Er antwortete nicht. Endlich wagte sie es, seinem Blick zu begegnen, und es war, als verschwände für einen kurzen Augenblick alles um sie herum. Der Wald, Williams, Logan und Daniel. Selbst die allgegenwärtige Angst. Sie sahen sich an, und etwas geschah mit ihr. Kate spürte nicht einmal mehr das Schlagen ihres Herzens. Alles, was existierte, war sein Blick. Dieser frostige, kalte und fremdartige Abgrund, in dem etwas lag, das ihr vertraut war. Das sie wiedererkannte.

»Hast du getan, was sie sagen?«, fragte sie flüsternd.

»Was soll ich denn getan haben?«, raunte er zurück.

»Foltern, vergewaltigen, entführen.«

Sein Gesicht blieb unbeweglich. Ein kaum merkliches Zucken bewegte seine Lippen. »Ich töte niemanden, der es nicht verdient hat«, sagte er nach einer Weile. »Es gab Menschen, deren Schmerz ich genossen habe. Jeder Einzelne davon war ein Monster.«

»Dann hast du niemals …«

»Was? Frauen vergewaltigt? Kinder getötet? Greisen den Kopf abgeschlagen? Nein. Ein Mann, der so etwas tut, ist kein Mann.«

Sie sah ihn an und versuchte, die Wahrheit in seinen Augen zu lesen. Kainah wich ihrem Blick nicht aus, er schien sich ihm sogar zu öffnen. Fieber kroch durch ihre Adern. Ihr Gesicht und ihre Hände wurden warm. Nein, heiß. Sie stellte sich vor, um das Pferd herumzugehen und Kainah zu berühren. Sie wollte wissen, wie sich der Wolfspelz anfühlte. Wie das weich schimmernde Leder seines Hemdes. Wie sein Haar.

Als Kate sich ihrer Gedanken bewusst wurde, trat sie erschrocken einen Schritt zurück. Was tat sie da nur? Er war ein Fremder, noch dazu ein Wilder. Gottlos und gefährlich.

Sie war eine solche Närrin.

»Kate!«

Williams' Stimme. Ein heißer Schlag fuhr durch ihre Brust, kaum dass sie den Blick von Kainah abgewandt hatte. Als hätte er ihr Herz am Schlagen gehindert.

»Kate, komm her! Sofort!«

Schlafwandlerisch wankte sie zum Feuer zurück, kauerte sich an die Felswand und hörte kaum Williams Zurechtweisung.

»Ich will nicht … reden … mit ihm … allein … hörst du mich?«

Kate nickte, um ihre Ruhe zu haben. Ihre Gedanken kreisten allein um Kainahs Worte. Das Erschreckende war nicht einmal die Tatsache, dass er sich an den betrügerischen Männern gerächt hatte. Auch nicht, dass er dem Mädchen sein Messer gegeben hatte, um sie Vergeltung üben zu lassen. Es war die Art, wie er von all dem erzählt hatte. Als bereite ihm Tod und Schmerz eine hässliche Freude.

Als der Jäger zum Feuer kam und sich setzte, floss eine Welle aus Hitze und Kälte durch ihren Körper. Seine Nähe wischte jede Müdigkeit fort. Sie fühlte sich wie eine Bogensehne, die zu fest gespannt war. So fest, dass sie zu zittern begann.

Er würdigte sie keines Blickes. Stattdessen begann er an etwas zu knabbern, das aussah wie die rohe, abgezogene Keule eines hasengroßen Tieres. Hatte er es etwa frisch erlegt? Gerade eben dort im Wald? Was immer es war, er nagte es bis auf den blanken Knochen ab, stand wieder auf und zog sich an den Rand der Höhle zurück, wo er sich mit dem Rücken gegen die Felswand lehnte, die Beine anzog und ins Leere starrte. Kurz darauf kam aus dem Dunkeln der Hund angetrabt. Schnaufend ließ er sich neben seinem Herrn nieder und legte den Kopf auf Kainahs angezogene Knie. Versonnen streichelte der Jäger den Kopf des Tieres, ebenso sanft, wie er Aranck berührt hatte, und Kate wunderte sich über diese Behutsamkeit, weil sie nicht schlau daraus wurde.

Williams und Daniel hatten Masken getragen. Warum nicht auch er? Oh nein, sie würde niemandem mehr trauen.

Niemandem. Niemals!

Die Decken bis zu ihrer Nase hochgezogen, beobachtete sie Kainahs starre Miene und seinen Blick, der sich in weiter Ferne zu verlieren schien. Manchmal wirkte er beinahe verletzlich, als empfände er unter seiner zur Schau getragenen Kälte eine verzehrende Sehnsucht, und dann wurde sein Gesicht weich und berührte etwas tief in ihr. Liams Anblick hatte ihr gefallen, es war angenehm gewesen, ihn anzusehen. Doch diesen Menschen anzustarren, glich einem Bann. Einem unwiderstehlichen Zwang, der sie wie ein Fieber gefangen hielt.

Erst, als ihr klar wurde, dass Williams sie beobachtete, wandte Kate sich ab und heftete ihren Blick auf die Felswand.

Der Schnitt an ihrem Arm begann erneut zu pochen. Er fühlte sich heiß und entzündet an, doch als sie den Verband lockerte und nachsah, war da nur eine sauber vernähte, nicht einmal gerötete Wunde. Dennoch stimmte etwas nicht. Ihr Herz klopfte zu stark und zu schnell. Das Prickeln in ihren Gliedmaßen nahm zu und kroch bis in ihr Gehirn, wo es sich anfühlte wie ein Heer giftiger Ameisen.

Kate rollte sich zusammen, so fest es ging. Eine Weile lag sie so da, starrte die Felswand an und konzentrierte sich auf die Wärme des Feuers in ihrem Rücken. Dann, ohne es bewusst entschieden zu haben, drehte sie sich erneut um und beobachtete, wie die Flammen warme Lichtspiele auf die Gestalt des Jägers warfen und sich in den Flocken fingen, die ihn mehr und mehr bedeckten. Williams hatte die Augen geschlossen. Ob er tatsächlich schlief oder nur so tat, war nicht auszumachen.

Der kupferne Schimmer des Feuers verlieh Kainahs Gesicht eine jugendliche Weichheit und zerschmolz die frostige Hülle, die er um sich herum errichtet hatte. Darunter lag etwas Verwundbares. Etwas, das ruhelos und verzweifelt war. Wie ein eingesperrtes Tier.

Plötzlich wandte er den Kopf und sah zu ihr hinüber. Er lächelte nicht, blinzelte nicht einmal. Stattdessen blickte er sie einfach nur an. Als könne er durch ihre Haut und ihr Fleisch hindurch ihre Gedanken sehen. In ihr erwachte das Bedürfnis, der Wärme des Feuers den Rücken zu kehren und sich zu ihm zu setzen. Nur damit sie gemeinsam allein sein konnten.

»Närrin«, flüsterte sie zu sich selbst, drehte ihm den Rücken zu und schloss die Augen. Was geisterten nur für dumme Gedanken durch ihren Kopf. Es durfte nicht sein.

Niemals. Unter keinen Umständen.

Am Morgen waren ihr Magen und ihre Kehle so zugeschnürt, dass sie nichts weiter als Daniels Kräutertee herunterbrachte. Obwohl ihr schlecht war vor Hunger, verursachte der Anblick des Essens, das vor ihr auf einem Stück Leder lag, nur noch mehr Übelkeit.

Daniel beobachtete sie eine Weile stumm, dann rutschte er zu ihr herüber, schnappte sich ihren Arm und warf einen Blick unter den Verband. Seine Augenbrauen zogen sich zusammen. »Es heilt schnell. Keine Entzündung, kein Brand. Die Wunde könnte nicht besser aussehen.«

»Aber sie hat die ganze Nacht gejuckt.«

»Nur, weil sie heilt.« Sichtlich erleichtert, nahm er seinen ursprünglichen Platz wieder ein und widmete sich der Schale dampfender Brühe. Neben ihm hockte Logan und umgab sich mit einer fast greifbaren Wolke aus Hass. Er hatte Kainah den Rücken zugedreht, der ein wenig abseits saß und mit beiden Händen eine Schale mit dampfendem Tee festhielt. Doch Kate spürte, dass sich die Gedanken des Söldners allein um den Jäger drehten. Um die Schmach, die er ihm bereitet hatte, und um die schändliche Niederlage. Dass es jemandem gab, dem er trotz seiner Größe und Masse nichts entgegenzusetzen hatte, schien ihn innerlich aufzufressen.

Während sie lustlos an dem schnell abkühlenden Tee nippte, beobachtete sie, wie Kainah die Schale an seine Lippen hielt und von der Suppe trank, die Augenlider halb gesenkt und das Haar noch feucht von geschmolzenem Schnee.

Seine Gedanken weilten nur scheinbar in weiter Ferne. Sie wusste, dass er jedes Wort aufmerksam belauschte. Wie ein Raubvogel, dem nicht die kleinste Regung entgeht. Wer ihm wohl ihre Sprache beigebracht hatte? Nur jahrelange Übung erzeugte die fast perfekte Aussprache, die der Jäger so mühelos benutzte.

Neben ihm thronte würdevoll der Hund auf den Hinterbeinen, das Wolfsgesicht so geheimnisvoll und ausdruckslos wie das einer Sphinx. Nach wenigen Schlucken hielt Kainah ihm die Schale hin. Begeistert machte sich das Tier darüber her.

»Iss etwas«, knurrte Williams barsch. »Du bist sowieso schon viel zu dünn.«

Und reiche Männer mögen keine dünnen Frauen, fügte sie in Gedanken hinzu. Es verringert meinen Wert. Das ist alles, was dich interessiert.

»Er hat recht.« Daniel stellte seine Schale ab, füllte eine zweite und reichte sie ihr mit drohend zusammengezogenen Augenbrauen. »Du musst etwas essen. Der Weg ist anstrengend, du musst bei Kräften bleiben. Sofort! Oder ich zwinge dich dazu.«

»Wie willst du das tun?«

»Ich binde dich an einen Baum, schnitze eine Maulsperre und kippe die Suppe in dich hinein.«

Ein leises Lachen erklang. Kate war überrascht, als ihr klar wurde, dass Kainah diesen Laut von sich gegeben hatte. Doch so schnell das

Lächeln in seinem Gesicht aufgetaucht war, so schnell verschwand es auch wieder und hinterließ eine umso mürrischere Miene.

»Das würdest du tun?« Kate fühlte sich mit einem Mal angriffslustig. »Dann versuch es doch.«

»Komm schon.« Daniel verdrehte die Augen und schwenkte die Schale hin und her. »Tu es für mich. Stell dir vor, die Bestie greift uns an, und sie frisst dich nur, weil du vor Erschöpfung vom Pferd fällst. Vielleicht rettet die Suppe dein Leben. Hm? Könnte doch sein, oder? Na, jetzt komm schon.«

Ein unfreiwilliges Lächeln hob ihre Mundwinkel. Sie nahm die Schale entgegen und leerte die Suppe bis zur Hälfte, auch wenn sie bei jedem Schluck das Gefühl übermannte, gleich wieder alles ausspucken zu müssen.

Eine Weile saßen sie schweigsam um das Feuer und starrten den schnell vorbeiziehenden Wolken hinterher. Williams wachte mit Argusaugen über sie, als wüsste er, wie sehr es sie danach verlangte, Kainah mehr als nur einen flüchtigen Blick zuzuwerfen.

Schließlich erhob sich der Jäger als Erster, rollte seine Decken zusammen, verstaute sie auf Arancks Rücken und forderte zum Weiterreiten auf, indem er schweigend dastand und ihnen eisige Blicke zuwarf.

Nebel kroch in dichten Schwaden durch den Wald. Träge waberte er um die Stämme und erschuf eine totenstille Zwischenwelt, die sie zu verschlucken schien.

Müdigkeit umhüllte Kate wie zäher Teer. Selbst ohne den Nebel wäre alles um sie herum wie ein Tanz aus Schatten an ihr vorübergeflossen. Ihr Körper wankte im ewig gleichen Rhythmus der Stute vor und zurück. Fetzen eisblauen Himmels blitzten zwischen tief hängenden Wolken auf.

Ihre Gedanken kreisten um die Sommer, die sie im verwilderten Garten ihres Familienanwesens verbracht hatten, aber alles blieb fern und blass. Wie hatten die kandierten Früchte geschmeckt? Wie das orientalische Konfekt, das ihr Vater für teures Geld von einem Marokkaner gekauft hatte? Sie versuchte, sich an den Duft des Jasmintees zu erinnern, forschte nach dem hellen Klirren der Kandisstücke, wenn sie mit dem Silberlöffel in der Tasse herumgerührt hatte, und erinnerte sich an das Singen der Vögel in der Voliere unter den alten Bäumen. Margret und ihr Vater saßen an dem verschnörkelten weißen Tisch, der mitten auf der Wiese stand. Mit endloser Geduld brachte er ihr das Lesen bei, wozu er ein altes, in Leder gebundenes Buch benutzte, das voller Abenteuer steckte.

»Wenn du wissen willst, wie es weitergeht«, sagte er mit verschwörerischer Miene, »dann lies selbst.«

»Aber ich kann es nicht.«

»Versuch es.«

Ein gezischter Warnlaut ließ sie zusammenfahren. Das zarte Glasgebilde ihrer Vergangenheit zerschellte und ließ schmerzende Splitter zurück. Vor ihr hob Kainah gebieterisch einen Arm. Die erstickende Last vollkommener Stille senkte sich auf sie herab, als sie ihre Pferde zügelten.

»Was ist?«, knurrte Williams. »Warum halten wir an?«

Der Jäger antwortete nicht. Sein Raubvogelblick durchmaß die nebelige Traumwelt des Waldes, huschte hierhin und dorthin, bis er sich umdrehte und Kate ansah. Ein fröstelndes Gefühl, das nichts mit Schnee und Wind zu tun hatte, ließ sie in ihrer Haut zusammenschrumpfen. Doch zugleich glomm Wärme in ihrem Magen auf. Als sie seinem Blick auswich und stattdessen auf die zuckenden Ohren ihrer Stute starrte, spürte sie, wie diese Wärme höher stieg. Bis hinauf in ihr Gesicht, das zu glühen begann.

»Spürst du etwas?«, raunte Daniel.

»Kocodjo«, erwiderte Kainah. »Zwei von ihnen.«

»Aber es ist Tag.«

»Sie mögen die Nacht. Das bedeutet aber nicht, dass sie nicht auch am Tag jagen.«

Daniels Augen weiteten sich. »Warum griff das Monster unser Fort dann nur nachts an?«

»Weil es mit euch spielt.« Kainah lächelte kalt. »Ihr seid keine Gegner für ihn. Er lässt sich Zeit. Er genießt eure Angst.«

Ihr Herz tat einen erschrockenen Schlag. Nichts war zu sehen, nur Nebel und düster aufragende Baumstämme, deren Äste wie verkrüppelte Finger in den Dunst ragten.

»Unsinn.« Williams drehte sich hektisch im Sattel hin und her. »Da ist nichts. Die Pferde wären viel nervöser. Sie würden es spüren, wenn …«

Eine Böe wehte heran. Im gleichen Augenblick warf Daniels Hengst den Kopf zurück und wieherte schrill. Kates Tier begann zu tänzeln, Williams und Logans Pferde drehten sich mit rollenden Augen um ihre eigene Achse.

Noch immer regte sich nichts im Wald.

Der Nebel war dicht, waberte über weiche Schneeskulpturen, kroch um die borkigen Stämme und verwirrte jeden Blick, der ihn zu durchdringen suchte. Ihr Herzschlag wurde lauter. Schneller. Heißer. Er raste und hämmerte. Stolperte vor Angst.

Kainah wusste, wie die Bestien zu töten waren. Solange er bei ihnen war, konnte ihnen nichts geschehen. Er jagte sie seit Jahren. Er wusste, was zu tun war.

Williams riss an den Zügeln seines Pferdes, das sich kaum mehr bändigen ließ. Das Wiehern der Tiere wurde schriller, sie stiegen und drehten sich und bockten. Nur Kainahs Rappe und der Hund regten sich nicht, als hielten sie stumme Zwiesprache mit ihrem Herrn.

»Was halten wir hier Maulaffen feil?«, fauchte Williams. »Wir müssen ein Versteck suchen. Du kennst diesen Wald, du musst wissen, wo wir Schutz finden.«

»Ich wüsste es.« Kainah rammte die Lanze in den Boden, zog die beiden Kriegsäxte aus ihrer Halterung und glitt vom Pferd. Den Bogen und den Köcher voller Pfeile ließ er unangetastet. »Aber wir können nicht mehr fliehen, sie sind zu nah.«

»Wo?«, hauchte Daniel.

Kainah antwortete nicht. Mit konzentrierter Anmut ließ er die tödlichen Waffen um seine Handgelenke wirbeln, ehe er sie fest am Griff packte, Williams einen spöttischen Blick zuwarf und in den Nebel hinausmarschierte. Der Hund winselte und wollte ihm hinterherstürmen, doch sein Herr befahl ihm mit einer herrischen Geste, zurückzubleiben. Dann war der Jäger verschwunden.

Verzweifelt versuchte Kate, ihr Pferd zu beruhigen. Doch ihre Panik übertrug sich auf die Stute und machte sie nur wilder.

»Alles wird gut!« Daniel tauchte an ihrer Seite auf und packte das Tier am Halfter. »Bleib ruhig.«

»Ich will nicht sterben!«

»Das wollen wir alle nicht. Kainah hat diese Bestien schon oft getötet. Er wird auch diese beiden erledigen.«

Kate nickte, doch die Angst schnürte ihr die Kehle zu. Sie war schwach, sie war jämmerlich. Sie war genauso, wie man es von einer Frau erwartete. Diesmal gab es keine Palisaden zwischen ihr und den Bestien. Alles, was sie an Schutz besaßen, war ein einzelner Mann, der den monströsen Kreaturen die Stirn bot.

Nein! Entschlossen presste sie die Lippen zusammen. Sie würde sich keine Blöße geben. Sie würde stark sein, sie würde ruhig bleiben. Kate atmete ein. Tief und langsam. Atmete ein, atmete aus.

Das Herz in ihrer Brust raste nur umso schneller.

Wie feindselige Riesen schienen die Bäume sie einzukesseln. Williams und Logan hatten ihre Pferde endlich unter Kontrolle gebracht und hielten die Gewehre im Anschlag, die zitternden Finger verkrampft, die Gesichter hart und wütend. Sie wussten, dass ihre Kugeln nichts ausrichten konnten, und doch waren sie entschlossen, nicht kampflos aufzugeben.

Kate tastete nach dem Amulett unter ihrer Kleidung, fühlte seine glatte Erhebung und begann mit geschlossenen Augen zu beten: »Heilige Maria, Mutter Gottes, bitte für uns Sünder jetzt und in der Stunde unseres Todes.«

Ihre Stimme brach und endete in einem Schluchzen.

»Schschsch«, flüsterte Daniel. »Sei leise.«

Die Stille im Wald hielt an, schien noch tiefer zu werden. Bis sie zerfetzt wurde von einem markerschütternden Brüllen. Gleich dem Hall eines Gewitters rollte dieser Ton wilder Raserei hin und her, fand sein Echo an fernen Gipfeln und endete in einem Stöhnen, das so tief klang, als winde sich die Erde selbst im Todeskampf.

»Es tut nicht weh, Kate«, raunte Daniel. »Überhaupt nicht.«

»Was meinst du?«

»Wenn du in den Fängen eines wilden Tieres bist, spürst du nichts mehr. Es ist, als wäre mit einem Mal alles gleichgültig. Dein Körper wird leicht wie eine Feder, jeder Gedanke an Gegenwehr ist verschwunden. So, wie deine Angst verschwindet, verschwindet auch der Schmerz.«

Sie starrte ihn fassungslos an. »Warum erzählst du mir das?«

»Nur falls … falls das hier …«

Sein Kopf ruckte herum. Aus dem Wald drang ein dumpfes Geräusch. Dann ein Heulen und Knurren, gefolgt von einem Krachen, als ramme ein schwerer Körper gegen einen Baum. Krallen schienen

Borke wie Pergament zu zerfetzen. Schnee knirschte unter schweren Galoppsprüngen, etwas grollte röchelnd, gefolgt von einem menschlichen Schrei. Kein Schmerz, sondern Triumph.

Ein weiterer dumpfer Schlag. Erneut begann Schnee zu knirschen, diesmal so, als wälze sich ein schwerer Körper in Agonie hin und her.

»Er tötet sie«, flüsterte Daniel. »Hört ihr? Die Bestien sterben.«

Schmerzerfülltes Knurren und Geifern. Ein letzter Schlag.

Dann Stille, die nach wenigen Augenblicken von feuchtem Knacken beendet wurde. Wabernd vermischte sich der Nebel mit den tiefhängenden Wolken, die sich in den Baumwipfeln verfingen. Er wurde noch dichter, verhüllte wie ein undurchdringlicher Vorhang das, was dort draußen im Wald geschah, um schließlich, nachdem die Stille zurückgekehrt war, eine Gestalt aus seinem erstickenden Dunst zu entlassen.

»Allmächtiger.« Williams ließ das Gewehr sinken. Reglos starrte er dem Jäger entgegen, der auf ihn zukam. Von Kopf bis Fuß in Blut gebadet, den abgetrennten Schädel eines Kocodjo hinter sich herschleifend.

»Logan!«, zischte Williams. »Nimm es runter.«

Doch der Söldner hielt weiterhin das Gewehr im Anschlag. Gerichtet auf Kainah.

»Logan! Ich sage es nicht noch einmal!«

Der Hüne bleckte die Zähne. Langsam, das Gesicht zu einer Maske wilden Hasses verzerrt, ließ er die Waffe sinken.

Mit Schwung warf Kainah die triefende Trophäe vor Williams Pferd. Das Tier bäumte sich kreischend auf, taumelte auf der Hinterhand rückwärts und begann, sich wie ein wildgewordener Kreisel zu gebärden. Mit harter Hand zwang er es wieder unter seinen Willen, bis es schnaubend und mit aufgerissenen Augen auf der Stelle tänzelte.

Die Luft war erfüllt vom scharfen Gestank der toten Bestie.

Noch immer hielt Daniel Kates Stute am Zaumzeug. Der Pferdekörper unter ihren Schenkeln zitterte und bebte, als wäre er kurz davor, zu explodieren. So fest sie konnte, presste Kate ihre Beine um den Rumpf des Tieres.

Kainah sah sie an. Blutbesudelt, die Haare tropfend und die Augen voll wildem Triumph, glich er einem fleischgewordenen Rachegott. »Der zweite Kocodjo ist noch in der Nähe. Seid vorsichtig.«

Verwirrt legte er die Stirn in Falten und blickte auf seinen Arm hinab. Ein langgezogener Fleck, heller als das Bestienblut, war durch das Wildleder gesickert und befand sich an genau jener Stelle, an der er den Schnitt gesetzt hatte. Als Kainah erneut aufblickte, trat tiefe Verwunderung in seine Augen. Diesmal gelang es Kate nicht, beiseite zu sehen. In einem endlosen, warmen und zugleich eiskalten Moment, in dem sie zu spüren glaubte, wie das Blut des Jägers durch ihren Körper sickerte, sahen sie sich an. Das Brennen schien bis in den letzten Winkel ihres Körpers vorzudringen. Sie sah nur noch das Schwarz seiner Augen. Die Wärme darin. Das Unergründliche.

»Such lieber nach der Bestie, anstatt meine Nichte anzustarren.« Williams Stimme zerschnitt den Moment wie eine scharfe Klinge. »Du weißt, was auf den Bruch eines Heiligen Schwures steht. Ich dulde nicht die kleinste Überschreitung.«

Als Kainah sich von ihr abwandte, schien eine Fessel von ihrem Körper abzufallen. Was geschah nur mit ihr? Was war es, das sie fühlte? Was vernebelte ihre Gedanken und ließ ihre Haut glühen, als litte sie unter einem Fieber? Neugier? Faszination? Angst? Oder war es das, was durch ihre Adern floss?

»Die zweite Bestie hat sich zurückgezogen«, gab Kainah ruhig zurück. »Aber sie wird wiederkommen.«

»Woher willst du wissen, dass sie verschwunden ist?«, grollte Williams. »Dieser verdammte Nebel verschluckt den ganzen Wald.«

»Ihr Geruch ist nicht mehr da.« Damit nahm Kainah ein zusammengerolltes Seil von seinem Sattel und knotete ein Ende um den Oberkiefer des Schädels. Das andere befestigte er an seinem Sattel. Kate schloss die Augen, denn nichts anderes half gegen den Drang, ihn zu beobachten. Williams' Zorn würde alles nur schlimmer machen. Seit ihrer Kindheit übte das Neue und Fremdartige eine große Anziehungskraft auf sie aus, mehr, als ihrem Vater lieb gewesen war. Gewiss war es nur das. Kainah war anders. Er war fremd und rätselhaft und goss Öl in das Feuer ihrer Fantasie. Wie ein unbekanntes, wildes Tier, unter dessen Anmut sich scharfe Zähne und Klauen verbargen.

»Ihr Geruch?«, spottete Williams. »Du kannst riechen, dass sie verschwunden ist?«

Kainah warf ihm einen kurzen Blick zu. Ohne zu antworten, zog er die Knoten um Sattel und Kiefer fester zusammen.

»Wird das die Bestie nicht erst recht anlocken?« Daniel beäugte die Trophäe argwöhnisch. »Ich halte das für keine gute Idee.«

Der Jäger zuckte die Schultern. »Sie verfolgt uns ohnehin. Das wird ihr zeigen, dass wir keine leichte Beute sind. Ich frage mich nur, warum sie erst jetzt angegriffen haben.«

»Heißt das, sie verfolgen uns schon länger?«

»Seit wir losgeritten sind.«

Kate riss die Augen auf. »Seit wir losgeritten sind? Sie waren die ganze Zeit in der Nähe?«

Kainah nickte nur.

»Wie viele von ihnen sind dort draußen?«, fragte Williams. »Wie viele Kocodjo gibt es?«

»Viele«, antwortete der Jäger. »Heute waren es nur zwei. Morgen kommt vielleicht ein ganzes Dutzend von den Bergen herunter. Sie haben es auf euch abgesehen.«

Williams begann zu lachen. Es war ein hässliches Lachen, in dem all seine Verzweiflung mitklang. »Was machen wir hier eigentlich? Wahrscheinlich ist im Fort keiner mehr am Leben. Wir hielten kaum dem Angriff einer Bestie stand. Wie sollen wir uns wehren, wenn uns ein ganzes Rudel angreift?«

Kainah warf ihm einen gleichmütigen Blick zu, als wollte er sagen: Was kümmert es mich, wenn ihr alle sterbt? Dann legte er den Kopf in den Nacken und rollte ein paar Mal mit den Schultern. Es war eine seltsam unbekümmerte Geste. Als hätte er keine Bestie erlegt, sondern eine Fuhre Holz gehackt. Und dann begann er, vor ihren Augen die blutige Kleidung von seinem Körper zu schälen.

»Hör auf damit!«, zischte Williams.

»Was?«, gab Kainah ungerührt zurück. »Habe ich dir etwa auch geschworen, meine Kleidung nicht zu wechseln?«

»Nicht vor meiner Nichte.«

»Dann hindere mich daran.«

Er warf Williams ein herausforderndes Lächeln zu und fuhr damit fort, sich zu entkleiden. Als wäre ihm die Kälte vollkommen gleichgültig, zog er sich bis auf den Schurz aus, holte neue Kleidung aus einer der Satteltaschen und streifte sie in aller Seelenruhe über.

Gebannt von seiner Nacktheit inmitten des eiskalten Nebels und seiner provozierenden Unbekümmertheit, wandte Kate nicht einmal den Blick ab. Alles an diesem Mann war von einer atemberaubenden Anmut. Hatte sie wirklich jemals Liam für schön gehalten? Neben

Kainah musste er wirken wie ein zahmer Schoßhund neben einem Berglöwen.

»Wie kannst du es wagen?«, fauchte Williams. »Starre ihn nicht an wie eine dahergelaufene Dirne.«

Trotz und Wut drückten sich ihre Kehle hinauf. »Ich lebe in einem Fort voller Männer«, gab sie ungerührt zurück. »Glaubst du, ich habe nicht schon alles gesehen?«

»Mag sein. Mir geht es um die Art, wie du ihn ansiehst.«

»Und wie sehe ich ihn an?«

»Wie eine läufige Hündin, die …«

Weiter kam er nicht. Ehe Kate wusste, wie ihr geschah, hatte sie ausgeholt und ihm eine schallende Ohrfeige verpasst. »Wage es nicht noch einmal!«, zischte sie zwischen zusammengebissenen Zähnen. »Wage es nie wieder!«

Williams war zu überrumpelt, um zu reagieren. Er starrte sie an wie vom Donner gerührt, dann verengten sich seine Augen zu Schlitzen.

Etwas lag in seinem Blick, dass sie frösteln ließ. Etwas Schlimmeres als boshafte Worte.

»Es tut mir leid.« Sie musste sich beherrschen. Nicht nur um ihretwillen. Wenn Williams wütend wurde, ließ er stets andere darunter leiden. »Es muss die Angst sein. Ich habe seit Tagen ununterbrochen Angst. Wirklich, es tut mir leid.«

Er antwortete nichts. Stattdessen holte er tief Luft, wandte sich ab und beobachtete Kainah, der gerade den blutbespritzten Wolfspelz um seine Schultern legte und die Vorderläufe über seiner Brust zusammenknotete. Nachdem er das Ledergeschirr für die Äxte umgelegt und die Waffen hineingesteckt hatte, wandte er sich zu Williams um.

»Ich habe einen heiligen Schwur geleistet, und diesen Schwur werde ich erfüllen. Dein Plan ist aufgegangen. Das Leben deiner Nichte steht fortan über meinem eigenen. Aber falls du mich freigeben und zurück zu meiner Familie schicken willst, nehme ich das Angebot gerne an.«

Williams brodelte vor Zorn. Weder er noch seine Männer waren in der Lage, das zu tun, was Kainah soeben getan hatte.

Und für diese Tatsache, das spürte Kate, hasste er den Jäger nur umso mehr.

»Denke nur an meine Worte«, sagte er leise. »Das ist das Einzige, was ich zu sagen habe.«

Kainah warf ihm einen letzten Blick zu, in dem pure Verachtung lag, dann griff er in Arancks Mähne und wollte sich auf den Rücken des Tieres ziehen.

Doch etwas stimmte nicht. Er verharrte, schloss die Augen und begann, leicht zu wanken.

»Was ist?«, fragte Daniel. »Bist du verletzt?«

Kainah antwortete nicht. Er öffnete die Augen wieder, wich vor dem Pferd zurück und starrte auf den Blutfleck auf seinem Arm, der deutlich größer geworden war. Hatte Sokanon nicht auch seinen Schnitt versorgt? War die Naht wieder aufgerissen? Er presste eine Hand auf den Fleck und warf Kate einen seltsamen Blick zu.

»Ich kann mir das ansehen«, bot sie an. »Wenn du es erlaubst.«

»Wenn ich es erlaube«, verbesserte Williams. »Und nein, ich erlaube es nicht.«

»Er ist unsere einzige Hoffnung auf Rettung. Ohne ihn sind wir tot.«

»Es ist nichts.« Kainah packte Arancks Mähne und zog sich mit einer fließenden Bewegung auf seinen Rücken. Der Moment der Schwäche schien so schnell verschwunden zu sein, wie er gekommen war. »Wir müssen weiter.«

Plötzlich ruckte sein Kopf zur Seite. In einem Augenblick verlangsamter Zeit, in dem alles zu erstarren schien, fuhr er zu ihnen herum und öffnete den Mund zu einem warnenden Ruf.

Zu spät.

Kate sah einen springenden Schatten, groß wie ein Ochse. Sie sah Fell, Zähne und Klauen. Ein weit aufgerissenes Maul schoss auf sie zu. Triefend vor Geifer. Ihr Pferd stieg, und plötzlich war alles, was sie spürte, der rasende Galopp des Tieres.

Kate riss an den Zügeln, hieb ihm die Hacken in die Flanken, schrie und zerrte. Schneller, immer schneller raste der Wald an ihr vorbei. Wind pfiff in ihren Ohren, die Hufe ihrer Stute trommelten in irrsinniger Geschwindigkeit auf den harten Boden. Jeder Galoppsprung entfernte sie weiter von Williams, Daniel und Kainah. Und die Bestie war ihr auf den Fersen.

Die Stute preschte einen Hang hinab, blieb fast in einer tiefen Schneewehe stecken und befreite sich mit panischen Sprüngen, die Kate beinahe aus dem Sattel geworfen hätten. Mit aller Kraft klammerte sie sich am Hals des Pferdes fest. Hart klatschte ihr die Mähne ins Gesicht.

Mit jedem seiner ausholenden Sprünge kam der Kocodjo näher. Mit jedem Stolpern ihres Pferdes, mit jeder Schneewehe, durch die es sich kämpfen musste.

Vor ihr tauchten Felsen in den Nebelschwaden auf, dahinter eine steile, schroffe Wand, überzogen von zwei gefrorenen Wasserfällen. Die Stute brach nach links aus, geriet ins Rutschen und stürzte.

Unwirklich langsam kippte sie zur Seite, das Maul zu einem panischen Wiehern aufgerissen, und Kate begriff, dass sie sterben würde. Dumpf dröhnte der Herzschlag in ihren Ohren. Zweimal hämmerte er, ehe der Körper der Stute schwer zu Boden krachte und der Aufprall sie aus dem Sattel schleuderte.

Kate erinnerte sich nicht daran, wie sie aufgesprungen und losgelaufen war. Sie kam rennend zu sich, keuchend und japsend, mit vereisenden Lungen und zitternden Beinen, die bis zu den Knien im Schnee steckten. Die Felsen! Sie musste dort hinauf.

Irgendwie.

Zweimal rutschte sie auf vereisten Stellen aus, doch sie sah sich nicht um. Die Felsen als Ziel, kämpfte sie sich durch den Schnee, bis ihre Sinne zu schwinden drohten. Noch ein Schritt, noch einen!

Sie schaffte es! Sie musste es schaffen!

Plötzlich tasteten ihre Finger über vereisten Fels, suchten panisch nach Spalten und Vorsprüngen, an denen sie sich hochziehen konnte. Explodierende Sterne tanzten vor ihren Augen, jeder Atemzug ließ ihren Brustkorb vor Schmerz brennen.

Nichts! Nichts! Nichts!

Dort, wo ihre Finger Halt hätten finden können, quoll dickes Eis aus den Rissen. Tränen gefroren in ihren Augen. Halbblind stolperte sie weiter, schlug sich die Knie auf, blieb an einer aus dem Stein ragenden Wurzel hängen.

Weiter! Gib nicht auf!

Weiter!

Ein kreischendes Wiehern erklang. Sie hörte ein Pferd durch den Schnee galoppieren. Ihre Stute? Egal. Es war zu spät. Kate stolperte weiter, ertastete einen klaffenden Spalt und versuchte, Halt zu finden. Ihre Finger bekamen schroffen Stein zu packen, doch als sie versuchte, sich hochzuziehen, rutschten ihre Hände kraftlos ab.

Unmöglich! Sie schaffte es nicht.

Ein zweiter Versuch. Wieder landete sie im Schnee. Unter den zerfetzten Handschuhen waren ihre Finger blau vor Kälte.

Als etwas sie an den Schultern packte und mit einem brutalen Ruck hochzerrte, war sie sogar zu schwach zum Schreien. Sie wurde in den Spalt hineingezerrt, an einen warmen Körper gedrückt und von Armen umfangen.

Kainah!

Die Erleichterung, die sie fühlte, ließ sie in sich zusammensinken. Erst ein scharfer Gestank klärte ihre benebelten Sinne. Hände berührten sie, überall an ihrem Körper. Sie strichen mit schnellen Bewegungen über ihre Beine, ihre Hüften, glitten an ihrer Taille aufwärts und rieben gar über ihren Hintern. Der Gestank wurde unerträglich. Womit schmierte er sie ein? Doch nicht etwa mit Bestienkot?

»Sei still.« Sein Atem war dicht an seinem Ohr. »So kann er uns nicht riechen.«

Als die Hände über ihre Brüste strichen, japste Kate atemlos nach Luft.

»Still!«, wiederholte Kainah. Diesmal spürte sie die Bewegung seiner Lippen an ihrem Ohr. Flüchtig und sacht. Seine Arme schlangen sich um sie und drückte sie fest an seinen Körper.

Wärme. Schutz.

Sie spürte das Auf und Ab seines Brustkorbs an ihrem Rücken, sein Kinn schmiegte sich an ihre Schläfe.

»Schschsch.« Er flüsterte es. Wieder und wieder. Wie eine Beschwörung, die ihren rasenden Herzschlag und ihren keuchenden Atem beruhigte. »Schschsch.«

Je leiser sein Flüstern wurde, umso deutlicher spürte sie die Ruhe und Kraft, die von seinem Körper in ihren sickerte. Das eiserne Band um ihren Brustkorb löste sich, Luft strömte in ihre Lungen. Ihr Körper wurde weich. Zerfloss wie Wasser. Er musste sie nicht mehr an sich drücken, sie schmiegte sich von selbst an ihn. Hungernd nach der Hoffnung auf Rettung, die sie alles andere vergessen ließ.

»Er ist gleich genau über uns«, raunte Kainah. »Sei ganz still. Das kleinste Geräusch kann uns verraten.«

Sie hörte das Ungeheuer. Schwere, ungeschickte Schritte, die kleine Stein- und Schneelawinen auslösten. Hätte sie es dort hinaufgeschafft, wäre sie dennoch gestorben.

Kate spürte, wie der Jäger den Kopf hob. Die Arme schlossen sich fester um ihren Körper. Gemeinsam hielten sie den Atem an.

Grollen, Knurren, Schnüffeln.

Krallen, die über Fels scharrten. Knirschendes Eis.

Wieder gurgelndes Schnüffeln. Direkt über ihnen.

Ein leiser, kaum hörbarer Schreckenslaut entkam ihrer Kehle.

Allmächtiger!

Keinen Atemzug später traf sie ein gewaltiger Stoß. In jenem Augenblick, da die Welt in einem Chaos aus Krallen, Zähnen und struppigem Fell explodierte, warf Kainah sie aus dem Spalt.

Der Länge nach schlug sie im Schnee auf und rutschte durch die Wucht seines Stoßes noch ein Stück weiter, ehe sie sich instinktiv herumrollte und auf die Knie stemmte.

Das Monstrum galoppierte wie eine lebendig gewordene Höllenkreatur auf sie zu. Kate kroch auf allen Vieren rückwärts, bis der unbegreifliche Anblick sie gänzlich lähmte.

Ich sterbe! Ich sterbe!

Ein Schatten rannte aus dem Wald auf sie zu, sprang ab und prallte gegen den Kopf des Monsters. Kainahs Hund! Er verbiss sich in der Schnauze des Kocodjo, schüttelte mit wütendem Knurren seinen Kopf hin und her und zerriss die Haut über dem undurchdringlichen Knochen. Blut tränkte das Fell der Bestie. Sie stolperte seitwärts, warf ihren Schädel zurück und brüllte markerschütternd. Nur knapp entging der Hund dem Schicksal, von einem der scharfen Nackenstachel aufgespießt zu werden. Furchtlos suchte er neuen Halt und biss ein zweites Mal zu. Diesmal schlug er seine Fänge direkt in das Auge der Bestie. Als ein gewaltiger Ruck ihn beiseiteschleuderte, riss er ein großes Stück Haut und Fleisch von ihrem Kopf, prallte gegen einen Baum und blieb im Schnee liegen. Die Bestie tobte vor Schmerz. Ihr Kopf zuckte herum, das unversehrte Auge starrte mit irrsinnigem Zorn auf Kate herab.

Dann setzte sich der Kocodjo wieder in Bewegung.

Ein schwerfälliger Galoppsprung. Zwei. Direkt auf sie zu.

Etwas surrte. Ein dumpfes Krachen erklang. Kainahs Beil traf den Nacken der Bestie mit vernichtender Wucht. Es schlitzte die Haut auf, schabte nutzlos über den Knochen und fiel in den Schnee.

Die Bestie fuhr herum. Kainah stand vor dem Spalt, beide Arme ausgebreitet, in der rechten Hand das zweite Beil. Er rief der Kreatur etwas zu. Wilde, fremde Worte, die ihren Zorn schürten. Den mächtigen Schädel wie einen Rammbock hin- und herschwingend, setzte die Bestie sich in Bewegung. Der erste Sprung war träge, fast schwerfällig, doch der zweite und dritte ließ den massigen Körper schier fliegen. Nichts und niemand konnte eine Macht von solchem Ausmaß aufhalten.

Doch in jenem Moment, da die Kiefer der Bestie zuschnappten, griff Kainah in den Fels, zog sich hoch und entwischte den Fängen um Haaresbreite. Mit gewaltigem Krachen donnerte der Schädel der Kreatur gegen den Stein, während sich Kainah mit müheloser Leichtigkeit auf ihren Rücken fallenließ, sich rittlings auf sie setzte und mit den Schenkeln ihren Hals umschloss, knapp hinter den aufgerichteten Stacheln. Für die Dauer eines quälend langen Augenblicks hielt er den Kocodjo in seinem Griff gefangen, beide Hände rechts und links in den Fels gekrallt, während das Monster unter ihm zuckte und buckelte wie ein Wildpferd.

Er konnte eine solche Urgewalt nicht festhalten. Er konnte es nicht, und doch tat er es. Als Kainah die Arme sinken ließ, war der Kocodjo für einen Moment verwirrt. Taumelnd vollführte er einen Schritt zurück, als könnte er nicht begreifen, dass ein Mensch ihn in diesem Spalt festgehalten hatte.

Dann schlug die Klinge des Beiles in seinen Nacken ein.

Das schauerliche Geheul der Kreatur löste weitere Lawinen aus, die prasselnd von den Felsen stürzten. Geifernd drehte sich der Kocodjo im Kreis, schnappte nach den Beinen seines Reiters und schüttelte seinen riesigen Schädel.

Vergeblich.

Mit ganzer Kraft stützte sich Kainah auf das Beil und trieb die Klinge bis zum Anschlag in den Nacken.

Kate rechnete damit, einer der Stachel würde ihn aufspießen, doch mit schier unmöglichem Geschick wich er ihnen aus und hielt das Gleichgewicht. Schließlich knickten die Beine der Kreatur ein, ehe sie mit weit aufgerissenem Maul zur Seite kippte.

Kainah glitt noch im Fall von ihrem Rücken, zog die Waffe aus dem Fleisch und trat einige Schritte zurück. Reglos und stumm betrachtete er die letzten Zuckungen der Kreatur, ehe ihre stämmigen Beine starr in die Luft ragten und die Zunge weit aus ihrem Maul hing.

Als das Biest endgültig tot war, hieb er sein Beil ein zweites Mal in den Nacken. Zuerst vorsichtig, dann mit aller Kraft, begann er die Klinge als Hebel zu benutzen.

Das darauffolgende Knacken drehte Kate den Magen um. Würgend erbrach sie sich in den Schnee, hustete und spuckte, bis ihr schwarz vor Augen wurde. Als dem Knacken dumpfe Schläge folgten, fühlte sie plötzlich einen großen, warmen Körper neben sich. Der Hund.

Winselnd schmiegte sich das Tier an sie. Seine Schnauze war blutverklebt, doch er schien unverletzt zu sein.

»Danke.« Kate grub ihre Hände in den dicken, weichen Pelz. »Du hast mir das Leben gerettet.«

Eine nasse Zunge leckte über ihre Wange. Sie schlang die Arme um den Körper des Hundes, ließ sich von seiner Wärme trösten und weinte in sein Fell, bis sie das feuchte Knacken und Reißen nicht mehr ertrug.

Das treue Tier folgte ihr, als sie sich aufrappelte und von den scheußlichen Geräuschen forttaumelte. Ein Baum tauchte vor ihr auf, fast wäre sie dagegen gelaufen, halbblind, wie sie war.

Keuchend lehnte sich Kate an den Stamm, füllte ihre brennenden Lungen mit Luft und kämpfte dagegen an, in die Knie sinken zu müssen. Fest drückte sie ihre Stirn gegen die kalte, harte Borke und starrte auf den funkelnden Schnee. Nur langsam begann sich ihr Blick zu klären. Dort, unweit der Felsen! Ein großer, dunkler Körper im Schnee, umrandet von Rot.

Ihre Stute.

Zwei Schritte taumelte sie darauf zu, dann ging sie schluchzend in die Knie. Nein, sie wollte es nicht sehen. Nicht noch mehr Blut und Tod. Wieder drückte sich der Hund an ihre Seite, als wollte er ihr seinen Trost anbieten. Sie nahm ihn an, klammerte sich an ihm fest und durchlebte wieder und wieder ihre panische Flucht. Der rasende Galopp, der Sturz, das aus den Spalten dringende Eis, an dem ihre Finger abrutschten. Alles beherrschende Todesangst. Ihr ohnmächtiger Kampf gegen etwas, das unausweichlich schien, bis Kainah sie in den Spalt gezogen und an sich gedrückt hatte.

Kate blickte auf ihre Kleidung hinunter. Etwas Dunkles, Schmieriges klebte darauf. Überall hatte er es auf ihrem Körper verrieben. Es schien weder Blut noch Kot zu sein, sondern fühlte sich, als sie es zwischen Daumen und Zeigefinger verrieb, wie Öl an.

Sie lebte!

Wie ein Rausch kroch diese Tatsache durch ihren Körper, ließ sie abwechselnd weinen und lachen, bis sie schlotterte wie Espenlaub und jeder vernünftige Gedanke ihr entglitt. Sie hörte leise Schritte im Schnee, dann spürte sie Kainah hinter sich. Nach einem Moment der Stille griff er nach ihren Schultern, zog sie hoch und drückte sie an sich. Ihre Stirn schmiegte sich gegen sein Kinn. Sie wagte es nicht, aufzublicken. Zu fühlen, wie sein Atem über ihren Scheitel strich, war genug, um sie zu lähmen.

»Geht es dir gut? Bist du verletzt?«

Kate rang nach Atem.

»Rede mit mir!«

Sie brachte es kaum fertig, den Kopf zu schütteln. Diese Umarmung fühlte sich gut an. Sie war tröstend und doch falsch. Matt drückte sie ihre Hände gegen seine Brust und wollte sich befreien, doch als sich ihre Finger in den weichen Wolfspelz gruben, klaffte ein gewaltiger Schmerz in ihr auf. Sie lebte – aber wofür?

Um als leere, nutzlose Hülle zu existieren, die von einem fremden Willen gelenkt wurde? Es gab nur zwei Schicksale, die auf sie warteten. Der Tod durch die Kocodjo, oder ein Leben voller Befehle, die sie befolgen musste, bis man sie zu Grabe trug.

Kainah tat nichts, außer sie schweigend festzuhalten. Sie hörte das ruhige Geräusch seines Atems und spürte die Wärme seines Körpers.

»Wie hast du das gemacht?« Ihr Blick war auf den weichen Schatten unterhalb seines Halses geheftet, wo das Blut unter der Haut pulsierte.

»Was gemacht?«, fragte er leise.

»Du hast die Bestie festgehalten. Niemand kann sie festhalten.«

»Du hast es doch gesehen.«

»Du hast gesagt, du bist kein Mensch. Was bist du dann?«

Teufel? Dämon? Ausgeburt jener Abgründe, vor denen sie ihre Gebete beschützen sollten?

»Ich habe es dir schon gesagt.« Während er sprach, strich sein Atem über ihre Stirn. Sie fühlte, wie er über ihre Haut wehte, ihre Augenlider streifte und sogar als kaum mehr wahrnehmbarer Hauch ihre Lippen berührte. »Ich weiß es nicht.«

»Was hast du da auf mich geschmiert?«

»Das willst du nicht wissen.«

»Doch.« Sein Gesicht war so nah. Sie durfte nicht aufblicken. Sie durfte nicht! Williams, Logan und Daniel waren weit weg, und doch hatte Kate das Gefühl, von ihnen beobachtet zu werden. Wenn man sie so sah, würde das eine Katastrophe in Gang setzen. Für sie, für Kainah, für alle. »Ich will es wissen.«

»Der große Kocodjo sondert es ab. Er markiert damit sein Revier.«

»Der große Kocodjo?«

»Die uns angegriffen haben, waren die kleineren. Es gibt zwei schwarze Bestien, die noch größer und stärker sind als die gestreiften. Und nur sie sondern das ab, was unseren Geruch verdeckt hat.«

»Wie bist du an dieses Zeug gelangt?«

»Mir ist es nur einmal gelungen, eine der großen Bestien zu überwältigen. Ein Felssturz begrub sie unter sich. Sie lebte noch, konnte mich aber nicht daran hindern, ihr das hier abzujagen, ehe ich sie tötete.« Er tippte auf eine kleine, aus einem Kürbis gefertigte Flasche, die unscheinbar an seinem Hüftriemen baumelte. »Ich benutze es nur, wenn mir keine andere Wahl bleibt. Ihre Augen sind sehr schlecht. Tarne ich meinen Geruch damit und bleibe still, bin ich für sie so gut wie unsichtbar. Aber es funktioniert nur mit diesem Öl. Ein Pelz allein ist nicht genug, deswegen trage ich ihn nicht mehr.«

»Und jetzt ist die Flasche leer?«

»Beinahe.«

Kainahs Hände glitten von ihr ab. Er wandte sich um und stieß einen leisen Pfiff aus. Aranck kam angetrabt, den Schädel des zweiten Kocodjo an einem Seil hinter sich herschleifend. Offenbar hatte Kainah den anderen abgeschnitten und bei den Männern zurückgelassen, als er ihrer flüchtenden Stute hinterhergejagt war.

Kate wurde erneut übel. Diese Zähne, die abscheulich spitz und lang aus dem Maul der Kreatur ragten, hätten sie beinahe zerrissen.

»Numees hat dir das Leben gerettet.« Kainah ging in die Hocke, umfasste den Kopf des Hundes mit beiden Händen und drückte ihm einen Kuss auf die Stirn. »Sie erkennt einen guten Menschen, wenn ihr einer begegnet.«

»Numees?«

»Es bedeutet Schwester. Denn das ist sie für mich. Seit neun Jahren.« Er stand wieder auf und deutete auf Aranck. »Komm, ich helfe dir hoch. Wir müssen zurück.«

Seine Hände umfassten ihre Taille, und ehe sie es sich versah, saß sie oben im Sattel. Ihr war danach zumute, in Tränen auszubrechen. Hier und jetzt. Vor seinen Augen.

»Geht es dir wirklich gut?«, hakte er nach.

Kate konnte nur ins Leere starren. Nein, es ging ihr nicht gut. Es war, als hätte ihr knappes Überleben etwas bloßgelegt. Alles war plötzlich in all seiner Hässlichkeit vor ihr ausgebreitet. Fragen drängten sich in den Vordergrund, deren Antwort sie kannte und doch nicht wissen wollte.

Du lebst, und was jetzt?

Wer bist du?

Was willst du? Was erwartet dich?

Und die quälendste Frage überhaupt: Wer willst du sein?

Als Kainahs Blick sie durchbohrte und die Wahrheit zu erkennen drohte, stellte sie ihm eine weitere Frage: »Wenn diese Biester durch undurchdringliche Knochen geschützt sind, warum können sie sich dann überhaupt bewegen? Müssten sie nicht steif sein? Wie in einen Panzer gezwängt?«

Die Frage schien ihn zu überraschen. »Sie können sich bewegen, weil ihre Knochenplatten übereinanderliegen.« Er demonstrierte es mit seinen Händen. »Und diese Platten sind ein Stück weit beweglich, weil sie nicht fest miteinander verbunden sind. Wie der Panzer eines Gürteltiers.«

Sie nickte. Dann fiel ihr eine weitere Frage ein. »Warum hast du den Angriff des Kocodjo nicht vorausgesehen, wenn du sie angeblich riechen kannst?«

»Die Antwort wird dir nicht gefallen.«

»Sage es.«

Kainah atmete hörbar aus. Er schwang sich hinter ihr auf den Rücken des Pferdes, legte eine Hand auf ihre Taille und ergriff mit der anderen den Zügel.

»Du warst der Grund«, sagte er schließlich.

»Ich? Warum ich?«

Kainah trieb den Hengst an. In leichtem Trab folgten sie ihren eigenen Spuren zurück in die Richtung, aus der sie gekommen waren. Gewaltige Prankenabdrücke klafften im Schnee. Daneben sah sie die Spuren ihrer Stute.

»Ich hätte den Kocodjo wahrnehmen müssen«, antwortete er ausweichend. »Ich hätte aufmerksam sein müssen. Es ist nicht gut, was du machst.«

Kate stieß einen verwirrten Laut aus. »Was mache ich denn?«

»Das wüsste ich auch gerne. Und jetzt hör auf zu fragen. Deinetwegen habe ich an einem Tag mehr geredet als sonst in einem ganzen Jahr.«

4

Williams starrte den schlotternden Seamus mit gerunzelter Stirn an. »Was sagst du? Kein Angriff? Nicht, seit wir losgeritten sind?«

»S-s-s-s-so ist es, Sir.«

Der Blick des Buchhalters huschte von Kainah zu dessen Hund und wieder zurück. In seiner furchtsamen Unterwürfigkeit erinnerte er Kate an ein kleines Beutetier, das winselnd auf die Gnade des Räubers hofft. »N-n-n-nichts. G-g-g-gar nichts.«

Die Miene des Jägers blieb unbeweglich. Blicke voller Abneigung und argwöhnischer Neugier prallten wirkungslos an seiner Mauer aus Überlegenheit ab, bis die Aufmerksamkeit der Männer von Kainah zu den beiden Schädeln wanderte.

Zuerst misstrauisch, dann staunend, begafften sie die beeindruckenden Trophäen, rückten zögernd näher und scharten sich schließlich wie aufgeregte Hühner um die Schädel.

»Keiner rührt sie an.« Die Stimme des Jägers war so leise wie drohend. »Habt ihr verstanden?«

Die Männer knurrten Flüche, wagten es jedoch nicht, sich dem Befehl zu widersetzen. Stattdessen durchbohrten sie Kainah mit tödlichen Blicken.

»Das Blut der Biester wirkt wie ein starkes Gift«, warf Williams ein. »Ihr solltet auf ihn hören. Kommt es auch nur mit der kleinsten Wunde in Berührung, sterbt ihr binnen kürzester Zeit.«

»Ist das wahr?«, knurrte Gunter. »Diese Viecher sollen giftig sein?«

Williams zuckte gleichmütig die Schultern. »Möchte jemand den Wahrheitsgehalt dieser Behauptung herausfinden? Nur zu.«

Niemand regte sich. Liam blickte zu ihr auf und schien auf ein Lächeln zu warten, doch Kate brachte es nicht über sich. Sein Blick wurde zuerst enttäuscht, dann zornig, bis er sich schließlich auf Kainah richtete, als wüsste er, wer schuld an ihrer Zurückhaltung war. Immerhin schienen seine Wunden gut verheilt zu sein, auch wenn er sichtlich Mühe hatte, aufrecht stehenzubleiben.

Harry und Alfie schielten besonders düster unter ihrem schwarzen Haargestrüpp hervor und ließen vielsagend die Hände auf den Knäufen ihrer Messer ruhen.

»Geh zum Koch, Seamus«, befahl Williams. »Sage ihm, er soll ein gutes Abendessen auftischen. Anschließend möchte ich, dass du Andrew holst. Er wird mit uns speisen.«

»A-a-a-andrew?«, echote Seamus ungläubig.

»Es gibt im Fort nur diesen einen. Also tue, was ich dir gesagt habe.«

»Natürlich, S-s-sir.«

Zwei Knechte kamen herbei, warteten, bis sie von den Pferden gestiegen waren, und führten die Tiere in den Stall.

»Kümmert euch um die Schädel«, erteilte Williams einen weiteren Befehl, diesmal gerichtet an Harry und Alfie. »Ich will, dass ihr sie draußen auf die Pfähle spießt. Die Bestien sollen sehen, was ihnen blüht, wenn sie sich mit uns anlegen.«

Kate streckte und reckte sich, um ihre schmerzenden Muskeln zu lockern. Warum lud er Andrew in den Speiseraum des Haupthauses ein? Was führte er im Schilde? Allein an diesen Abschaum zu denken, bereitete ihr Übelkeit. Heute Abend würde sie keinen Bissen herunterbringen.

Seamus wollte ins Haupthaus eilen und seinen Befehl umsetzen, doch Williams pfiff ihn zurück. »Warte. Richte unserem Gast zuerst eine Ecke im Pferdestall her. Und gib ihm alles, was er braucht.«

Die Augen des Buchhalters weiteten sich erschrocken. »Er weiß, wie die B-b-b-bestie zu töten ist?«

Williams blickte kommentarlos zu den Schädeln hinüber, woraufhin Seamus geflissentlich nickte und eine Grimasse zog, als erfülle ihn die Tatsache, dass sich ein Mensch freiwillig einer solchen Kreatur entgegenstellte, mit völliger Fassungslosigkeit.

»W-w-w-wie hat er das geschafft?«

»Frag ihn selbst«, knurrte Williams.

Als Seamus seine Frage an Kainah gerichtet wiederholte, geriet er derart ins Stottern, dass kaum ein Wort zu verstehen war.

Der Jäger antwortete mit einer ausdruckslosen Miene. Nichts in seinem Gesicht bewegte sich, geschweige denn, dass er sich zu einer Erwiderung herabließ. Mit jämmerlichem Blick fuhr Seamus zu Williams herum, als wollte er sagen: Tu doch etwas. Er will nicht mit mir reden.

»Geh schon«, knurrte ihr Onkel. »Bring Kainah in den Stall und zeig ihm, wo er bleiben kann.«

Seamus nickte, vollführte eine zittrige Geste der Einladung und stakste steifbeinig neben dem Jäger her. Der Buchhalter wusste kaum, wen er zuerst panisch anstarren sollte: Den furchterregenden Wilden oder dessen ebenso furchterregenden Hund.

»Denkst du, er wird den Stall lebend erreichen?« Williams schien sich königlich zu amüsieren. »Oder wird sein Herz vorher stehenbleiben?«

»Du hättest jemand anderen nehmen können.«

»Seamus muss lernen, sich durchzusetzen.«

Kate warf einen Blick zurück, doch Kainah und der Buchhalter waren bereits im Stall verschwunden. Als sie an Williams Seite die Treppe zur Veranda hochstieg, zitterten ihre Beine vor Schwäche. Sie brauchte dringend ein Bett. Ein weiches, warmes Bett.

Gefolgt von Daniel und Logan, traten sie in das Haus. Jemand hatte die Kamine im Vestibül und im Speiseraum befeuert, sodass sie von angenehmer Wärme empfangen wurden.

»Warum soll Andrew mit uns speisen?«, fragte sie geradeheraus. »Was hast du vor?«

»Andrew hat mir viele Jahre lang gute Dienste erwiesen.« Williams reichte Mantel und Hut einem der Knechte, die sofort herbeigeeilt kamen. Daniel und Logan schwenkten sofort nach links, ohne irgendetwas abzulegen. Sie konnten es offenbar kaum erwarten, es sich im

Speiseraum vor dem Kamin gemütlich zu machen. »Hin und wieder möchte ich mich erkenntlich zeigen.«

»Erkenntlich? Indem du ihn das tun lässt, was er am besten kann?«

»Stell dich nicht so an. Er ist ein ehrbarer Mann, der seine Talente für einen guten Zweck einsetzt. Ohne ihn wäre ich nie so weit gekommen. Was weißt du denn schon von ihm?«

»Genug, um zu wissen, dass er ein Monster ist. Willst du ihm sein nächstes Opfer zeigen? Sinnst du so sehr nach Rache?«

»Davon verstehst du nichts. Geh auf den Zimmer und ruhe dich aus. Du hast es nötig.«

Kate warf ihm einen wütenden Blick zu und gehorchte. Ebenso gut konnte sie mit einer Wand reden, es hatte ohnehin keinen Zweck. Immer stärker wurde ihr Gefühl, nicht in diese Welt zu gehören. Niemals hierher gehört zu haben. Alles, an das sie glaubte, wurde an einem Tag gepredigt und am anderen in den Boden gestampft. Sie sehnte sich nach etwas Sanftem und Gnädigem. Sie sehnte sich nach jemandem, der war wie ihr Vater. Freundlich, verschroben und ausgefüllt von den schönen Dingen des Lebens. Kate begriff, dass sie den Großteil ihres Lebens in einer Blase gelebt hatte. In einem schillernden, unwirklichen Refugium, das sie von der wahren Welt abgeschnitten hatte.

In ihrem Zimmer tauschte sie ihre Reisekleidung gegen das gewohnte Kleid samt Schürze, doch sie ruhte sich nicht aus, sondern begab sich hinunter in die Küche und ging dem Koch zur Hand. In den nächsten beiden Stunden fanden ihre Gedanken zu tröstlicher Normalität zurück, auch wenn sie wusste, dass dieser Trost nur flüchtig war. Nichts würde mehr so sein wie früher. Auch dann nicht, wenn sie den Winter überlebten. Kate beschloss, Kainah zu warnen, ganz gleich, ob Williams sie dafür bestrafte oder nicht. Sie würde nicht zulassen, dass er für den heimtückisch erzwungenen Schwur mit seinem Leben bezahlte. Konnte es denn Gottes Wille sein, all diesen Tod zu säen? Gebete sprachen von Gnade und Vergebung, vom Glauben an die Unschuld des Unwissenden und dem Gebot der Nächstenliebe. Aber Williams war in dieses Land gekommen, um zu töten. Selbst Neugeborene, die reinsten aller Seelen. Wut brodelte in ihren Eingeweiden, während sie gemeinsam mit dem Koch einen verschwenderisch großen Braten und gewürzten Getreidebrei zubereitete, mehrere Gläser mit eingelegten Äpfeln aus dem Vorratsraum holte und ein Dutzend Fladen aus Maismehl buk.

Zuletzt füllten sie zwei Krüge mit saurem Bier, trugen das Mahl auf und läuteten die Essensglocke.

Seamus, Logan und Daniel erschienen als Erste, der Rest folgte schnell. Nur Liam fehlte. Vermutlich war seine Heilung noch nicht so weit fortgeschritten, um es ihm zu erlauben, dem Bett länger fernzubleiben.

Kate hoffte, Andrew hätte die Einladung womöglich ausgeschlagen, doch kaum war diese Hoffnung in ihr aufgekeimt, öffnete sich die Tür und spuckte einen kleinen, drahtigen Mann in das Zimmer. Andrew lächelte. Freundlich, wie es schien, doch Kate wusste, dass seine Zufriedenheit sich nicht auf das üppige Mahl bezog.

Seit längerem hatte Williams Bluthund seiner Aufgabe nicht mehr nachkommen dürfen. Er war ausgehungert, gierte nach lebendigem Fleisch und einem starken Willen, den er brechen konnte. Sein schwächlicher Körperbau und der unstete, umherhuschende Blick erinnerten an ein krankes Wiesel. Vermutlich hatte dieser Mann noch niemals einen fairen Kampf bestritten. Sein Wesen war durch und durch feige. Sie hatte die Ketten in dem leeren Schuppen gesehen, in den die vier Männer damals verschleppt worden waren. Vermutlich kam Andrew erst hinzu, wenn seine Beute wehrlos gemacht worden war.

Kates Magen krempelte sich um. Nicht einmal der Duft des gebratenen Maises und des Brotes lösten den Krampf in ihrem Inneren.

Dann ging ein weiteres Mal die Tür auf.

Kainah betrat das Zimmer, sah sich flüchtig um und hielt mit selbstverständlicher Gelassenheit auf den leeren Stuhl ihr gegenüber zu. Seine schlichte Jagdkleidung war sauber und ohne jeden Blutfleck, die Haare mit einem Lederband locker im Nacken zusammengebunden. Obwohl er keinerlei Waffen bei sich trug, bestand kein Zweifel daran, dass er weder Messer noch Pfeile brauchte, um zu töten.

Im Raum wurde es totenstill.

Durch Andrews Körper ging ein Schauer zittriger Anspannung, als er Kainah mit starrem Blick in Augenschein nahm. Was er sah, schien ihm zu gefallen.

»Speisen wir jetzt schon mit Tieren?« Ethan warf Williams einen herausfordernden Blick zu. »Was sucht er an unserem Tisch?«

»Schweig!« Die Stimme ihres Onkels knallte scharf wie eine Peitsche. »Kainah ist mein Gast. Wir tun gut daran, ihn bei uns zu haben.

Deshalb werdet ihr ihm Respekt zollen. Es sei denn, einer von euch will seine Aufgabe übernehmen.«

»Es ging darum, zu erfahren, wie wir die Bestie töten können«, knurrte Samuel. »Oder etwa nicht? Warum bringt ihr ihn her?«

»Weil er im Gegensatz zu uns bereits Dutzende dieser Kreaturen getötet hat. Ihr habt gesehen, was sie anrichten. Will sich einer von euch ihnen entgegenstellen?«

Die Männer schwiegen. Nur Gunter stieß ein abfälliges Schnauben aus. »Jetzt kneifen wir schon wie geprügelte Hunde die Schwänze ein und lassen uns von einer dreckigen Rothaut beschützen. So weit ist es schon gekommen.«

Williams strafte ihn mit einem unbarmherzigen Blick. »Ich stelle es dir anheim, heute Nacht in den Wald zu gehen und mir den Kopf einer Bestie zu bringen. So wie Kainah es getan hat.«

Gunter schwieg und starrte auf seinen Teller.

»Haltet von diesem Mann, was ihr wollt«, ergriff Daniel das Wort. »Aber ich habe mit eigenen Augen gesehen, wie er die Kocodjo tötete und ihnen die hässlichen Köpfe abschlug. Wir verdanken ihm unser Leben. Jeder, der ihn beleidigt, beleidigt auch mich.«

»Er hat recht.« Williams blickte gebieterisch in die Runde. »Kainah steht unter meinem persönlichen Schutz. Er wird die Aufgabe erledigen, für die ich ihn hierhergebracht habe. Jeder von euch wird ihn mit Achtung und Respekt behandeln, so wie ihr mich mit Achtung und Respekt behandelt. Ich habe in letzter Zeit zu viel Milde walten lassen. Damit ist es jetzt vorbei. Jeglicher Ungehorsam wird fortan bestraft werden. Das sollte jedem klar sein, der darauf sinnt, sich gegen mich und meine Entscheidung zu stellen.«

Gunter schien diese Drohung wenig zu beeindrucken. Sein mächtiger Schnauzbart zuckte vor Aufregung. »Was kann diese Rothaut, was wir nicht können? Er soll im Alleingang etwas schaffen, was nicht einmal drei Dutzend Männer zuwege bringen?«

»So ist es«, stimmte Williams zu. »Geht raus und überzeugt euch. Die Trophäen stecken auf den Pfählen vor dem Tor. Dort bleiben sie im Übrigen, bis der Winter vorbei ist. Als Erinnerung daran, warum ich Kainah hierhergeholt habe.«

Gunter schnaubte, knallte seinen Löffel auf den Tisch und lehnte sich mit vor der Brust verschränkten Armen im Stuhl zurück. Sein Blick heftete sich auf den Jäger und durchbohrte ihn, entlockte ihm jedoch nicht die kleinste Reaktion. »Warum verrätst du uns nicht einfach, wie wir das Monster töten? Sag, wohin ich schießen muss, dann schaffe ich uns diese Kreaturen vom Hals.«

»Man kann sie nicht erschießen.« Kainahs Stimme war leise, aber in ihr vibrierte eine Macht, die jeden in diesem Raum schaudern ließ. »Ihr Knochenpanzer ist hart wie Stein.«

»Ach? Und wie erlegst du sie dann?«, fragte Alfie. »Starrst du sie zu Tode? Oder vollführst du einen Regentanz um sie herum, bis sie sich totgelacht haben?«

Harry, Ethan und Samuel gackerten. Alle anderen tauschten finstere Blicke aus.

»Es gibt nur eine verletzliche Stelle im Nacken der Kocodjo.« Die Köpfe der Männer zuckten in ihre Richtung. Erst jetzt wurde Kate klar, dass sie das Wort ergriffen hatte. »So sieht es aus.«

»Was sagst du da?«, säuselte Alfie mit einer Miene, als hätte sie ihm ins Gesicht geschlagen. »Was weißt du denn schon davon?«

»Ich war dabei«, gab sie kühl zurück. »Es ist eine Lücke zwischen zwei Knochenplatten, die zu klein ist, um sie durch einen Schuss aus der Entfernung zu treffen. Um eine dieser Kreaturen zu töten, müsst ihr auf ihren Rücken springen und die Klinge eures Messers aus eigener Kraft tief unter die Knochenplatten des Monsters stechen. Wenn ihr es versuchen wollt: viel Glück!«

Die Blicke der Männer trafen sie wie Pfeile. Stille, zum Schneiden dick, erfüllte den Raum. Kainah beobachtete die Szenerie eine Zeitlang, dann stieß er ein leises Seufzen aus. »Also gut. Will mich heute Nacht jemand begleiten? Möchte jemand seinen Mut unter Beweis stellen?«

Räuspern und Brummen durchbrach das Schweigen. Verhalten begannen die ersten Messer und Löffel zu klappern. Kate fühlte einen Anflug von Triumph in sich aufsteigen. Jene Männer, die sie für schwach und mutlos hielten, duckten sich in Kainahs Anwesenheit wie ängstliche Tiere. Sie hingegen war dort draußen gewesen, in einer Nacht voller hungriger Kreaturen. Sie hatte eine Reise überlebt, die viele dieser Männer nicht einmal gewagt hätten.

Versuchsweise schluckte Kate einen Löffel voll Getreidebrei, schob die Schale jedoch beiseite, als sie spürte, wie er felsenschwer in ihren Magen plumpste. Selbst das eingelegte Obst erschien ihr ungenießbar.

Die Männer hingegen waren anderer Meinung. Als niemand mehr etwas sagte, begannen sie damit, aus Leibeskräften zu schlingen und zu schlucken. Fleischsaft tropfte aus ihren Bärten, Maiskolben verschwanden unter viel Geschmatze und Gerülpse in gierigen Schlünden, Obst und Brotstücke wurden mit den Fingern nachgestopft. Logan fiel dank seiner fehlenden Zunge die Hälfte des Essens wieder aus dem Mund, was ihn nur noch gieriger machte.

Kainah schien als Einziger nicht allzu viel von dem Mahl zu halten. Er begnügte sich mit einem kleinen Stück Fleisch und einem Häufchen Getreidebrei, das er ohne großen Genuss verspeiste. Zuletzt kostete er vom Bier, zog eine angewiderte Grimasse und schob den Becher von sich. Logan, der soeben das heruntergefallene Essen vom Tisch und vom Boden gekratzt und es sich in den Mund gestopft hatte, grunzte geringschätzig, schnappte sich den Krug und kippte dessen Inhalt in sich hinein.

Kate zog eine angewiderte Grimasse. Selbst, wenn das Essen köstlich gewesen wäre, hätte sie angesichts Andrews ekelerregender Blicke nichts herunterbekommen. Versonnen leckte sich Williams' Bluthund über die Lippen, zeigte sein heuchlerisches Grinsen und schob sich ein fetttriefendes Stück Fleisch in den Mund.

»Darf ich mich für heute empfehlen?« Kate stand auf und strich ihre Schürze glatt. »Der lange Ritt hat mich ermüdet.«

Gönnerhaft neigte ihr Onkel den Kopf. »Geh nur, Kind. Und denke daran, die Tür abzuschließen.«

»Natürlich.«

Blicke klebten in ihrem Nacken, als sie aufstand, ihren Stuhl an den Tisch schob und sich mit einem angedeuteten Knicks verabschiedete. Sie wusste, dass Kainah sie beobachtete. Auf andere Weise beobachtete als der Rest der Männer. In ihren Adern spürte sie wieder dieses zähfließendes Brennen, als ließe seine Nähe das, was darin floss, zum Leben erwachen. Die Treppenstufen knarzten unter jedem ihrer Schritte. In ihrem Kopf summte es, während sich der Treppenaufgang endlos in die Länge zu ziehen schien. Wieder tastete Kate nach dem Amulett auf ihrer Brust und ertappte sich bei einem Gebet.

Wozu war es denn nütze? Nicht ein einziges Mal hatte sie eine Antwort auf ihre Bitten erhalten. Nie ein Zeichen, das sie erhört worden waren. Weder hatte die Gnade des Herrn ihren Vater gerettet, noch war sie ihrer Schwester geschenkt worden. Stattdessen wurde sie mit Gefühlen bestraft, die sie nicht verstand, und alles, an das sie je geglaubt hatte, wurde zerstört.

Gottlob fühlte sie sich müde, als sie sich in ihrem Zimmer ihrer Kleidung entledigte und in ein langes Nachtgewand schlüpfte. Vielleicht würde sie endlich den ersehnten Schlaf bekommen.

Erschöpft stand Kate vor dem Spiegel, blickte sich selbst tief in die Augen und versuchte, irgendeine Wahrheit darin zu erkennen. Währenddessen kämmte sie sich das Haar mit dem alten Schildpatt-Kamm ihrer Mutter. Langsam. Strähne für Strähne.

Lass los, schien ihr Ebenbild zu wispern. Lass doch einfach los.

Kopfschüttelnd legte sie den Kamm beiseite und setzte sich an das Fenster. Eisblumen bedeckten das Glas mit zarten Mustern und waren bis in den letzten Winkel der bleiverkleideten Rechtecke gewachsen. Kate hauchte zweimal gegen eines davon, rieb mit dem Ärmel den Nebel weg und sah hinaus.

Eine wunderschöne Nacht öffnete sich ihrem Blick. Blausilbern funkelte sie unter der unermesslichen Weite des sternengesprenkelten Himmels. Die Fackeln auf den Palisaden verströmten eine trügerische Heimeligkeit, während sich die Wachmänner auf ihren Türmen zitternd in ihre dicken Mäntel kauerten und ihre Gebete zusammen mit weißen Atemwolken in die Dunkelheit schickten.

Kate dämmerte vor sich hin, die Arme auf dem Fensterbrett verschränkt, den Kopf darauf abgestützt. Zu müde, um Angst zu empfinden, und zu müde, um über das Leben oder den Glauben nachzudenken. Sie meinte das Pech der Fackeln und das selbstgebrannte Gift zu riechen, das die Arbeiter nach Anbruch der Dunkelheit in sich hineinkippten, bis ihre Furcht vor den Bestien betäubt war.

Als Kate sich zur Seite beugte, ganz in die äußerste Ecke des Fensters, um besseren Halt zu finden, sah sie einen Teil des Pferdestalls. Gerade so viel, um das schwache Licht zu sehen, das durch die Bretter drang. Was tat Kainah in diesem Augenblick? Die Jagd vorbereiten? Seine Heidengebete mit Hilfe von Rauch in den Himmel hinaufschicken, so wie Daniel es ihr erzählt hatte, um anschließend seinen Körper mit düsteren Symbolen zu zeichnen?

Ihre Finger strichen selbstvergessen über den Verband an ihrem Arm. Haut an Haut, Blut an Blut. Zibeth, Moschus und Ambra.

Was hatte er gemeint, als er sagte: »Ich hätte den Kocodjo wahrnehmen müssen. Ich hätte aufmerksam sein müssen. Es ist nicht gut, was du machst.«

Vor Müdigkeit wurde ihr Kopf immer schwerer, bis er auf ihre verschränkten Arme sank. Ein kurzes Gefühl des Fallens ließ sie zusammenzucken, dann hüllte der Schlaf sie endgültig ein.

»Was tust du hier?«, raunte eine weiche Stimme.

Kate blinzelte. Sie roch den Geruch der Pferde und des Heus, ehe sie die Lider aufschlug und ihn vor sich sah. Haarsträhnen klebte auf seiner feuchten Haut, er trug nichts als eine Decke um die Hüften. Genauso wie bei ihrer ersten Begegnung. Die Dunkelheit im Stall ließ sie nicht viel erkennen, aber sie sah, wie sich seine Brust unter schweren Atemzügen hob und senkte, und sie sah das Pulsieren einer Ader an seiner Schläfe.

Als Kate die Hände hob, tropfte schwarze Farbe von ihren Fingern. Kühl und seidig floss sie über ihre Haut, rann an ihren Armen hinab und tränkte den Stoff des Schlafkleides.

Die Farbe der Nacht. Der Dunkelheit. So würden sie ihn nicht sehen und nicht finden. Furchtlos ging sie auf Kainah zu und legte ihre Hände auf seine Stirn. Staunen glomm in seinen Augen. Er rührte sich nicht, als sie ihre Hände langsam abwärts bewegte, über seine Wangen, sein Kinn und seinen Hals, dann über den weichen Bogen der Schlüsselbeine bis hinunter zu seiner Brust. Sie strich über die dunklen Spitzen und spürte, wie sie unter ihren Handflächen hart wurden. Er atmete schneller. Seine Augen waren geschlossen, als ertrüge er ihren Anblick nicht. Kate beugte sich vor. Kam ihm näher und näher, neigte den Kopf und berührte mit den Lippen seinen Hals, dort, wo die schwarze Farbe endete. Sein Moschusgeruch war betäubend. Sie wusste, wie er schmecken würde. Ihre Zungenspitze berührte die glatte, weiche Haut, und dann …

»Er lügt!«, keifte eine Stimme. »Begreift ihr das denn nicht? Er lügt uns mitten ins Gesicht.«

Kate fuhr zusammen. Da war keine nackte Haut unter ihren Fingern, sondern das Holz des Fensterbrettes. Sie saß am Fenster, während der Wind dicke Flocken gegen das Glas trieb.

Nur ein Traum!

Allmächtiger!

Sie legte eine Hand auf ihre Brust, rang nach Atem und spürte, wie das Herz gegen ihre Finger hämmerte. Da war sein Geruch in ihrer Nase, und sein Geschmack auf ihrer Zunge. Herr im Himmel! Ihr ganzer Körper zog und pochte, die Spitzen ihrer Brüste waren so hart, das es wehtat.

Was war nur in sie gefahren?

»Ich habe es gesehen«, gab Williams zurück. »Mit eigenen Augen. Ich verstehe nicht, wie er es fertigbringt. Seit Jahren schon tötet er diese Kreaturen.«

»Aber wie schafft er es?«, fragte Gunter. »Springt er auf diese Bestien, als wären sie Pferde, und rammt ihnen sein Messer in den Nacken? Dass ich nicht lache. Ihr habt doch die Stacheln gesehen!«

»Abscheuliches entsteht aus Abscheulichem!« Reverent Marsh befand sich in höchster Aufregung. »Du hast den Teufel eingelassen. Du lässt ihn in unsere Mitte und gibst uns der Verdammnis preis.«

»Vielleicht ist er mit dem Teufel im Bunde«, fauchte Williams. »Ja, vielleicht. Manchmal kann man eine Bestie nur mit Hilfe einer anderen Bestie besiegen. Seid euch gewiss, dass er seine gerechte Strafe bekommen wird.«

»Und bis dahin gewähren wir dem Bösen Unterschlupf? Wir lassen es mit uns speisen und legen uns in seiner Nähe schlafen?« Der Reverend schaffte es kaum, seine Stimme im Zaum zu halten. »Er wird uns an diese Ausgeburten der Hölle verraten. Er wird ihnen in der Nacht Tür und Tor öffnen, damit sie unsere Seelen fressen.«

Ein dumpfes Ächzen und Stöhnen erhob sich. Vermutlich war es der zungenlose Logan, der nur zu gerne seine Meinung kundgetan hätte.

»Schweig still!«, befahl Williams. »Kainah untersteht allein meinem Willen. Er wird seinem Schwur Folge leisten. Ihn zu brechen, ist seinem Glauben nach der schändlichste aller Frevel.«

»Glauben«, spottete Reverend Marsh. »Was bedeutet wilden Tieren der Glaube? Woran glauben sie denn? An dämonische Fratzen und Teufeleien. Ich sage dir, du begehst einen großen Fehler.«

»Nein, ich rette uns!« Williams' Zischen war eine letzte Warnung. »Ich habe den einzigen Mann zu uns gebracht, der in der Lage ist, diese Kreaturen zu töten. Es ist mir gleich, aus welchem Grund er es vermag. Mir geht es nur darum, dass er sie auslöscht. Danach werde ich für seinen gerechten Lohn sorgen.«

»Hast du Andrew deswegen an den Tisch gesetzt?«, fragte Gunter. »Wird er sich darum kümmern?«

»Das wird er.«

Zufriedenes Brummen erhob sich. Reverend Marsh stapfte davon, gestikulierte entrüstet und knurrte düstere Prophezeiungen vor sich hin. Dann hörte sie wieder Williams' Stimme: »Tausend Mal lieber riskiere ich das Leben dieses Wilden, als dass ich noch einen einzigen meiner Männer opfere. Sehen wir, wie er sich schlägt. Was schadet es, wenn er für uns diese Biester erlegt? Und sollte er nicht der Jäger sein, für den ihn seinesgleichen hält, dann wird er da draußen sterben. So oder so bekommt er seinen gerechten Lohn.«

Wie zur Antwort auf diese abscheulichen Worte rollte ein Brüllen durch die Nacht und ließ die Scheiben klirren. Als es verklang, schien die Erde und der Himmel selbst den Atem anzuhalten.

Kocodjo!

Angsterfüllte Stille senkte sich herab, dauerte an und entließ nur zögernd die ersten Geräusche aus ihrer Umklammerung. Befehle, das Klappern von Gewehren, das Knallen von Türen. Dumpfe Schritte auf knarrendem Holzfußboden. Ein Poltern und Schleifen, Seamus ängstliches Gewinsel, das Daniel mit einem geknurrten Fluch erwiderte.

Ein weiteres Mal erhob sich das Brüllen. Diesmal war es ein dreifacher Ruf. Drei Bestien, die aus den Wäldern kamen.

Es hatte in den letzten Tagen und Nächten so viele Gelegenheiten gegeben, so viele verletzliche Momente, in denen die Kocodjo sie mühelos hätten zerfleischen können. Warum lebten sie noch?

Es steckte ein Sinn dahinter. Irgendeine abscheuliche Absicht.

Kate öffnete das Fenster und blickte hinaus. Im Fort herrschte kopfloses Treiben. Menschen rannten wie panische Tiere durcheinander und rafften in ihrer Verzweiflung alles zusammen, das auf irgendeine Weise als Waffe dienen konnte. Kate wusste, dass die Pulvervorräte zu Ende gingen, aber was nützten Gewehre, wenn die Kreaturen durch Kugeln nicht zu töten waren?

Als der dreistimmige Ruf zum vierten Mal ertönte, wurde das Tor des Pferdestalles aufgeschoben. Kate zuckte erschrocken zurück, als sie Kainah erblickte. Die schwarze Farbe! Sein Gesicht und sein Hals waren über und über damit bedeckt. Wie war das möglich? Wie hatte ihr Traum wahr werden können? War all das nur ein seltsamer Zufall?

Natürlich. Sie hatte an Daniels Erzählungen gedacht und davon geträumt. Dass Kainah für die Jagd bei Nacht schwarze Farbe benutzte, war ebenso naheliegend.

Inmitten der panisch umherstolpernden Menschen fiel seine Ruhe und Furchtlosigkeit umso mehr auf, als er zielstrebig dem Tor entgegenritt, gefolgt von seinem riesenhaften Hund. Die Äxte waren über seinem Rücken gekreuzt, am Gürtel hing das lange Messer. In der rechten Hand hielt er die Lanze, deren Haarlockenschmuck im eisigen Wind flatterte.

Sie hatte so deutlich die Farbe auf ihren Fingern gespürt. Sie hatte seine Haut gespürt. Sie gerochen und geschmeckt. Mit klopfendem Herzen umklammerte Kate ihren Arm, wo der Schnitt zu brennen begann. War es Teufelswerk? Spürte sie die dämonische Kraft, die durch Kainahs Blut in sie übergegangen war?

Oh heilige Mutter Gottes, was geschah mit ihr?

Die Männer gestikulierten aufgebracht, als der Jäger befahl, das Tor zu öffnen. Ein Streit entbrannte, den Kainah letztlich gewann, denn die Wachposten gehorchten widerwillig und hievten in panischer Hektik den Baumstamm beiseite. Kaum war er durch den schmalen Spalt geritten, den die Männer zu öffnen wagten, drückten sie das Tor wieder zu und verriegelten es hastig.

Der Flockenwirbel wurde dichter. Als er begann, alles zu verhüllen, schloss Kate das Fenster, kroch ins Bett und zog die Decke bis über ihre Nase. Wenn nur der Schlaf käme! Sie wollte vergessen, sie wollte nichts weiter als Schwärze und Stille.

Beides wurde ihr geschenkt.

Doch als die Dunkelheit sie endlich in sich aufnahm, war sie nicht von Dauer. Denn sie sah ihn erneut. Kainah, ein schwarz bemalter Geist in der Nacht, der Aranck einen flachen Hang hinuntertrieb. Die Leere des Waldes öffnete sich und spuckte riesenhafte Schatten aus, die zwischen den Stämmen erschienen. Stinkend und geifernd, die Mäuler aufgerissen. Der Hund sträubte sein Nackenfell und zog die Lefzen zurück. Einer der Kocodjo, die mit behäbigem Trab näherkamen, war noch gewaltiger als seine Gefährten. Gegen seinen wuchtigen, muskelbepackten Körper, dessen nachtschwarzem Fell jegliche Streifen fehlten, nahmen sich die beiden anderen Bestien schlank und feingliedrig aus. Der Nacken des Riesen war wulstig wie der eines gewaltigen

Stieres. Scharfe Stacheln wuchsen daraus empor, stellten sich wie die Rückenflosse eines Raubfisches auf und drückten sich wieder in das pechschwarze Fell.

Kainah trieb sein Pferd an, das den Bestien furchtlos entgegentrat und schließlich, im gleichen Moment wie die Kocodjo, reglos verharrte. Endlose Momente lang standen sie sich gegenüber. Jäger und Beute. Mensch und Ungeheuer. Sie belauerten einander wie alte Feinde, maßen sich mit tödlichen Blicken.

Dann, in einem Aufbäumen urtümlicher Kraft, warf Aranck sich herum und galoppierte den Hang hinauf.

Die beiden kleineren Bestien nahmen seine Verfolgung auf. Die dritte, jene grausige Kreatur von abscheulichen Ausmaßen, sah ihnen nur hinterher. In ihrem Blick lag etwas, das sich in Kates Seele einbrannte.

Selbst als sie im Bett auffuhr und keuchend nach Atem rang, sah sie ihn noch immer vor sich: diesen ruhigen, wissenden Ausdruck in den Augen des Ungeheuers. Messerscharfe Intelligenz.

Blasser Sonnenschein fiel durch einen Schleier aus Eisblumen. Kate blinzelte in die Helligkeit hinaus. Hatte sie so lange geschlafen? War es tatsächlich schon wieder Tag? Ihr erster klarer Gedanke galt Kainah.

Lebte er noch?

Und was waren das für seltsame Geräusche dort draußen? Es klang, es hätte jemand etwas zu feiern. Waren das nicht Jubelrufe und Gelächter?

Kate schlug die Bettdecke zurück und sprang zum Fenster. Schwindel bestrafte ihr zu schnelles Aufstehen, ihre Finger schafften es kaum, den Knauf zu drehen. Endlich schwang das Fenster auf, und sie wurde Zeuge, wie ein halbes Dutzend Männer den Kadaver einer Bestie durch das Tor schleiften.

Es war der schwarze Kocodjo aus ihrem Traum.

Stacheln ragten aus seinem wulstigen Nacken, und seine Läufe, mächtig wie Baumstämme, ragten steif in die Luft.

Kate schlug beide Hände vor ihr Gesicht. Unmöglich! Unmöglich! Aber dort draußen lag das Geschöpf, das sie gesehen hatte. Sein langes Fell war nicht verfilzt und struppig, sondern glänzte kostbar wie der Pelz eines Zobels, als hätte die dämonische Schöpfung, aus der diese Kreatur entsprungen war, ihrer Scheußlichkeit etwas Schönes entgegenstellen wollen. Die Kiefer der Bestie waren zu einem letzten Wutschrei aufgerissen. Fangzähne, länger als eine große Männerhand, leuchteten weiß in ihrem blutroten Schlund.

Sie musste dieses Wesen aus der Nähe sehen.

Kate zog einen Mantel über ihr Nachtkleid, schlüpfte in Stiefel und Handschuhe und legte das Wolltuch um ihre Schultern. Als sie die Treppe hinunter eilte, kam ihr bereits Daniel entgegen. Seine Augen leuchteten vor Aufregung.

»Teufelskerl! Er hat es geschafft. Er hat drei auf einmal in die Hölle geschickt. Einer davon ist ein Brocken, der jeder Beschreibung spottet. Sieh ihn dir an, Kate, sonst glaubst du es nicht.«

»Wie hat er das geschafft?«

»Teufel noch eins, ich weiß es nicht.« Daniel klatschte wie ein Kind in seine schwieligen Hände. »Es ist mir auch herzlich egal. Ein Teufelskerl ist dieser Bursche, bei meinem Barte. Jemand sollte dem nichtsnutzigen Reverend begreiflich machen, wem er es verdankt, dass er sein dummes Gewäsch noch weiterverbreiten darf.«

Als Daniel ihre erschrockene Miene bemerkte, tätschelte er väterlich ihre Schulter. »Schau nicht wie eine Eule. Ich sehe es dir doch an. Du begreifst, dass sich niemand um uns kümmert, nur wir selbst. Ich könnte den Herrgott einen schwachsinnigen Hanswurst nennen, und kein Blitz würde mich treffen. Siehst du?« Er klopfte sich auf die Brust. »Kein Blitz. Sollte der alte Herr tatsächlich da oben auf seiner Wolke sitzen, dann ist es ihm herzlich egal, was wir hier unten treiben. Jetzt komm. Sieh dir die prächtige Beute an.«

»Wie geht es Kainah?«

»Keine Ahnung. Hat gesagt, wo wir die Bestien finden, und ist in den Stall verschwunden. Teufelskerl! Erlegt drei Monster und schlendert ins Fort, als käme er von einer Kaninchenjagd. Aber los jetzt, komm! Sie hängen das große Biest gerade auf.«

Kaum öffnete Daniel die Tür, schlug ihnen der beißende Gestank der Kreaturen entgegen. Die beiden gestreiften Kocodjo lagen mitten auf dem freien Platz, der sich um den Brunnen herum erstreckte. Dem dritten, der schwarzen Bestie, wickelten zwei Männer gerade ein Seil um die Hinterläufe. Ein anderer Knecht befestigte das andere Ende an einem Flaschenzug, mit dessen Hilfe normalerweise große Jagdbeute kopfüber an einem Gestell aufgehängt wurde, um sie zu häuten und auszuweiden. Die Vorrichtung, wuchtig genug, um Grizzlys und Wapitis zu tragen, knirschte gefährlich unter dem Gewicht der Bestie.

»Mein Gott.« Kates Atem stockte, als sie die Kreatur von Nahem sah. »Sie ist wirklich riesig.«

Aus einem Kampf mit solch einem Geschöpf als Sieger hervorzugehen, erschien ihr unmöglich. Mächte mussten mit im Spiel sein, die keinen irdischen Gefilden entstammten. Teuflische oder himmlische Mächte. Der Kocodjo war so riesenhaft, dass sein Kopf und seine Vorderbeine trotz des hohen Gerüstes auf der Erde schleiften. Die dünnsten Stellen seiner Läufe besaßen den Umfang von Logans Oberschenkel. Klauen von der Länge eines Schlachtermessers ragten aus Pranken, die kaum kleiner waren als jene Pfannen, in denen sie das Essen für ein Dutzend Männer zubereitete.

Logan und Andrew traten vor, packten jeweils einen der Stachel, die aus dem Nacken des Biestes ragten, und schnitten sie mit brutaler Gewalt aus dem Fleisch. Das Gerüst ächzte unter dem Gewicht des hin- und herschaukelnden Kadavers. Stolz hielten die Männer ihre Trophäen empor, die so lang waren wie ihre Arme und glatt wie polierter Obsidian.

»Schau her.« Daniel deutete auf den Kopf des Kocodjo. »Sieht aus, als hätte er ihn geblendet.«

Tatsächlich. Die Augen des Ungeheuers bestanden nur noch aus blutigen Höhlen. Wenn Kainah zusätzlich das Öl benutzt hatte, musste es dem Kocodjo schwergefallen sein, seinen Gegner wahrzunehmen. Zahllose Wunden bedeckten den Körper, dank des Knochenpanzers war keine davon tödlich, aber die Menge der Verletzungen musste dazu geführt haben, dass das Monster schwächer und schwächer geworden war.

Daniel fuhr mit seiner Untersuchung fort, entdeckte die klaffende Wunde im Nacken des Kocodjo und steckte kurzerhand seine Hand hinein. »Teufel noch eins. Sogar die verletzlichste Stelle dieses Monsters ist hart wie ein Lederpanzer. Wie hat er es bloß geschafft, ihr den Garaus zu machen?«

»Ich werde nach ihm sehen«, entschied Kate. »Einen solchen Kampf überstand man nicht unverletzt.«

Sie wollte sich die Gunst der Stunde zunutze machen und zum Pferdestall schleichen, solange sich alle in heller Aufregung um den Kadaver versammelt hatten. Doch gerade, als sie sich davonmachen wollte, tauchte Williams neben ihr auf. Kate unterdrückte einen ärgerlichen Laut.

»Guten Morgen«, knirschte sie.

»Was machst du hier?« Seine Augen weiteten sich angesichts des gewaltigen Kadavers. »Das ist nichts für die Augen einer Frau.«

»Ich war neugierig.« Kate beschloss sie, die Flucht nach vorne anzutreten. »Erlaubst du, dass ich nach Kainah sehe und mich davon überzeuge, dass es ihm gut geht?«

In Williams Augen funkelte Widerwillen. Sie erwartete ein Verbot, doch zu ihrer großen Verblüffung nickte er. Die drei toten Bestien schienen ihn nachhaltig zu beeindrucken. »Sieh nach ihm. Aber sei vorsichtig. Dein Ruf ist das Kostbarste, das du besitzt.«

»Es ist das Einzige, das ich besitze.«

»Gräme dich nicht.« Williams' Blick wurde merkwürdig sanft. Als plagte ihn nach einem bösen Traum das schlechte Gewissen. »Kainah macht seine Aufgabe gut. Drei auf einmal, das hätte ich mir niemals träumen lassen. Alles wird gut werden, Kate. Wir werden schon eine gute Partie für dich finden. Im kommenden Sommer wirst du verheiratet und Herrin eures Familiensitzes sein. Gebe Gott, dass er mir meinen Fehler verzeiht, dich und Margret hierhergebracht zu haben. Dieser Ort verändert die Menschen. Er verändert mich, und er verändert alle, für die ich einst meine Hand ins Feuer gelegt hätte.«

Kate wusste, was seine Worte bedeuteten: Williams konnte nicht mehr für ihre Sicherheit garantieren. Der Mann, der einst ganze Armeen angeführt hatte, fürchtete inzwischen jeden Tag, wie ein alter Wolf ausgestoßen oder getötet zu werden. Noch gelang es ihm, durch Zuckerbrot und Peitsche die Kontrolle zu behalten. Aber der Winter hatte gerade erst begonnen und die Gemüter der Männer brodelten. Großzügige Versprechen hin oder her.

»Kannst du dir vorstellen, wieder feine Kleider zu tragen?« Williams' Blick konnte sich kaum von dem Kadaver lösen. »Kannst du dir vorstellen, aus Porzellantässchen Tee zu trinken, einen vortrefflichen Gentleman zu heiraten und ihm Kinder zu schenken? Stell dir vor, wie ihr euch Sonntags in lackglänzenden Kutschen in den Park fahren lasst, um im Sonnenschein auf einem gepflegten englischen Rasen zu picknicken.«

Kate senkte den Blick und schwieg.

»Siehst du?« Williams lächelte bitter. »Dieses Land verändert uns. Dein Vater wollte dich glücklich und in Sicherheit wissen, aber ich zweifle mit jedem Tag mehr daran, dass ich ihm diesen Wunsch erfüllen kann. Wäre mein Befehl nur eine Woche später gekommen, hätte ich für Margret und dich einen geeigneten Ehemann gefunden. New York wimmelt nur so vor trefflichen Junggesellen Aber so sollte es wohl nicht sein. Stattdessen musst du das hier ansehen.«

Kate starrte auf den blutigen Schnee zu ihren Füßen. »Dann wirst du Kainah verschonen? Du gibst ihn frei, wenn er seinen Schwur erfüllt hat?«

»Wir werden sehen.« Williams strich ihr flüchtig über das Haar. »Mach schon, sieh nach ihm. Aber halte dich nicht auf. Und gehe vorher zu Ebenizer. Er soll dich begleiten. Und ihr da, hackt der Bestie den Kopf ab und hängt ihn an die Veranda.«

Ebenizer war nicht aufzufinden, weder im Haupthaus noch unter der Menge der Gaffer, also beschloss Kate, sich über Williams Befehl hinwegzusetzen und allein nach Kainah zu sehen. Sämtliche Bewohner des Forts, ausgenommen der alte Arzt, hatten sich um die Bestie geschart und feierten ihren Tod. Niemand nahm Notiz von ihr.

Als Kate das Tor aufschob, roch sie bereits das Blut in der Luft.

Entschlossen presste sie die Lippen zusammen, schlüpfte in die Dämmerung des Stalles und schritt die Boxen ab. Aranck blickte ihr entgegen, groß und schwarz und furchtlos. Die anderen Pferde, vom Winter geplagt wie die Menschen, dösten schwermütig vor sich hin und nahmen kaum Notiz von ihr, als spürten sie, dass mit jedem Tag, an dem die Männer keine Jagdbeute mit nach Hause brachten, ihr Leben wortwörtlich immer mehr auf Messers Schneide stand.

Die Angst vor dem, was sie vielleicht finden würde, schnürte Kate den Atem ab und verlangte danach, sofort umzudrehen. Doch sie straffte sich, setzte einen Schritt vor den anderen und schritt an den Boxen entlang bis in die hinterste Ecke des Stalles, in der das Futter aufbewahrt wurde.

Dort, zwischen zwei Heuballen, sah sie eine zusammengesunkene Gestalt an der Bretterwand lehnen. Neben ihr zeichnete sich Numees große Silhouette ab. Der Hund, der ihr so heldenhaft das Leben gerettet hatte.

»Schsch«, flüsterte Kate. »Sei still! Ich will nur helfen!«

Der Blutgeruch wurde zum Schneiden dick. In ihrem Nacken stellten sich die Härchen auf. Das wenige Tageslicht, das durch die Bretterritzen drang, nützte ihren Augen nur wenig. Trotzdem sog sie neugierig das Wenige auf, was sie erkennen konnte.

Über den Heuballen war eine Leine aufgespannt, auf der mehrere Kleidungsstücke aus Wildleder hingen. Auf den Ballen selbst lagen ein weiterer Stapel Kleidung, in dem sie einige helle Leinenhemden entdeckte, daneben mehrere Decken, ein Fell und zwei große Ledertaschen samt dem Sattel, an dem sie gehangen hatten. Auch entdeckte sie ein kostbar verziertes Bündel, das über und über mit Stickereien, Muscheln und aufgemalten Symbolen bedeckt war. Über diesem Bündel baumelten die beiden Äxte in ihrer Lederhalterung an einem Nagel, ebenso die beiden Messer.

»Kate?«, fragte eine matte Stimme aus dem Dunkeln. »Was machst du hier?«

»Nachsehen, ob es dir gut geht. Bist du in Ordnung?«

»Ich komme zurecht.«

Sie trat zwei Schritte näher. Ihr Traum war noch immer viel zu präsent. Sie erinnerte sich an jedes Detail, und während sie auf Kainahs Schatten starrte, schoss sengend heiß die Erinnerung daran durch den Kopf, wie er sich angefühlt hatte. Nach einigen weiteren Schritten konnte sie endlich mehr erkennen. Noch immer trug er die Kleidung, mit der er gejagt hatte. Blutverklebtes Leder, das von der rechten Schulter bis zum Ellbogen aufgerissen war und etwas entblößte, das nach einem tiefen Biss aussah. Die Decke, auf der er saß, war über und über mit Blut besudelt.

Heilige Mutter Gottes!

»Lass mich das ansehen. Bitte!«

Kainah lehnte den Kopf gegen die Bretterwand, sodass ein blasser Strahl Tageslicht auf sein Gesicht fiel. Von der schwarzen Farbe waren nur noch abbröckelnde Reste vorhanden. Zu Kates Verblüffung lächelte er. Hitze züngelte vom Bauch aus durch ihren Körper und verwirrte ihre Sinne. Welche Macht besaß dieser Mann? Was löste er in ihr aus? Wie hatte sie von der Farbe wissen können, und wie von der Bestie, die er erlegt hatte? Sie fürchtete sich und trat zugleich noch näher an ihn heran, als stünde sie unter einem Bann. Kainah versuchte sich aufzurichten, doch mit einem erschöpften Keuchen sank er zurück gegen die Wand und verzog das Gesicht. Winselnd wollte Numees die Wange ihres Herrn lecken, doch der drückte ihren Kopf zur Seite.

»Ich kann mir selbst am besten helfen«, knurrte er. »Erinnerst du dich noch an das, was ich gesagt habe? Es braucht mehr als den Biss eines Kocodjo, um mich zu töten. Also geh, bevor sie entdecken, dass du mit mir allein bist. Schließlich könnte ich weiß Gott was mit dir anstellen.«

Kate rang mit einer Entscheidung. Er hatte seine Ablehnung unmissverständlich ausgedrückt, und doch sträubte sich alles in ihr dagegen, ihn allein zu lassen. Jede Stelle unbedeckter Haut war nass vor Schweiß. Sein Atem ging mühsam wie der eines Fiebernden, während er kaum die Kraft aufbrachte, seinen Kopf aufrecht zu halten. Als er eine Hand hob, um die Wunden damit zu bedecken, zitterte sein ganzer Arm.

»Unsinn!« Kurzerhand trat sie zu ihm, ging in die Knie und legte in einer herrischen Geste die Hand auf seine unversehrte Schulter. Kainah weitete überrascht die Augen. Wie jeden Mann überrumpelte es ihn, dass sich eine Frau über seinen Willen hinwegsetzte.

»Ich werde mir das jetzt ansehen, ob du willst oder nicht. Du hast geschworen, meinem Wort zu gehorchen. Gut. Dann befehle ich dir jetzt, stillzuhalten.«

Sie erwartete eine spöttische oder zornige Erwiderung, doch Kainah schwieg. Ob aus Ärger oder Überraschung, vermochte sie nicht zu sagen.

»Zeig es mir!« Sie deutete auf seine Hand, die über dem Biss lag. Bereitwillig zog er sie zurück, während er sie mit durchdringenden Blicken musterte. Verbissen versuchte Kate, es zu ignorieren. Sie hatte unzählige Male Männer versorgt und weit mehr nackte Haut gesehen, als es sich für eine unverheiratete Frau geziemte. Warum waren ihre Hände diesmal so unruhig, als erblicke sie zum ersten Mal eine hässliche Wunde? Das Herz in ihrer Brust raste, ihre Gedanken zerflossen zu einem hitzigen Chaos. Selbst bei Liam war sie vollkommen ruhig gewesen. Sie hatte mit keiner Wimper gezuckt, selbst dann nicht, als er halbnackt vor ihr gelegen hatte. Jetzt hingegen fühlte sie wie ein hilfloses, verschrecktes Kind.

Ruhig!

Bleib um Himmels willen ruhig!

Kate atmete tief ein und zog vorsichtig die Lederfetzen beiseite, die einmal sein Hemd gewesen waren. Gebe Gott, dass die Löcher nicht so groß waren, wie sie im Dunkeln aussahen.

»Dreh dich zum Fenster hin«, bat sie leise. »Ja, genau so. Noch ein wenig. Gut! Herr im Himmel!«

In Erinnerung an die messerscharfen Klauen und Zähne der Kreatur hatte sie sich auf einen schlimmen Anblick gefasst gemacht, doch die beiden hässlichen, schwarz umrandeten und schwärenden Löcher ließen sie erschrocken aufkeuchen. Ohne Zweifel ein Werk der Fangzähne. Kleine Blasen wuchsen an den verätzten Wundrändern, nässten und bluteten und breiteten sich aus. Das Gift des Kocodjo.

Schleichend und unaufhaltsam fraß es an seinem Fleisch.

Kate spürte unter ihren Händen, wie Kainah auskühlte und jede Kraft verlor. »Ich habe dir die Wahrheit gesagt«, flüsterte er. »Ich kann nicht sterben.«

Sie legte eine Hand auf seine Stirn. Mit einem Keuchen zuckte sie zurück. Er fühlte sich genauso an wie Margret, kurz bevor der Herrgott sie zu sich geholt hatte. Der Blick seiner Augen wurde glasig, Schweißtropfen liefen an seinen Schläfen hinab. Und das schwarze Fleisch wuchs. Es kroch wie ein widerwärtiges Pilzgeflecht höher und höher, erreichte seinen Hals und ließ sein Bewusstsein schwinden.

Nein! Bitte nicht! Nicht auch noch er!

Sie würde nicht tatenlos herumsitzen und ihm beim Sterben zusehen.

»Ich werde Medizin holen! Ebenizer hat ein paar Mittel, die …«

»Nein!« Kainah wollte nach ihrem Arm greifen, doch seine Finger rutschten kraftlos an ihrer Haut ab. »Ich brauche nichts.«

»Oh doch. Ich werde dich nicht einfach hier liegen lassen.«

»Lass mich allein.«

»Das werde ich nicht!«

»Warum?«

»Weil ich nicht zulassen werde, dass du stirbst. Hast du gehört? Ich lasse das nicht zu.«

»Du kennst mich doch gar nicht. Oder hast du nur Angst, dass ich euch nicht mehr beschützen kann?« Kainah gelang es kaum mehr, die Augen offenzuhalten. Er blinzelte, dann gab er einen resignierten Laut von sich. »Also gut. Der Beutel mit den schwarzen Streifen. Dort beim

Sattel. Nimm die Schale heraus und streue die Hälfte von dem hinein, was du in dem kleinen, schwarzen Säckchen findest. Vermische es mit Wasser.«

Die letzten Worte waren so leise, dass sie ihr Ohr an seinen Mund halten musste, um sie zu verstehen.

»Gut!«, antwortete sie. »Gut! Und dann? Musst du es trinken? Oder kommt es auf die Haut?«

Er antwortete nicht mehr. Sein Kopf sackte gegen den Heuballen, seine Arme fielen schlaff zur Seite. Der Hund winselte, drückte sich an die Seite seines Herrn und leckte über sein Gesicht.

In atemloser Hektik tat Kate, was er ihr aufgetragen hatte, goss zuletzt Wasser aus einem Tonkrug auf die getrockneten Kräuter und fand in dem Beutel auch einen Stößel, mit dem sie alles zu einem Brei verrührte. Als sie das kleinere Messer auf einem der Heuballen liegen sah, zog sie es aus der Scheide und begann behutsam, das zerfetzte Hemd von seinem Körper zu schneiden. Es war voller Ölschlieren, deren scharfer Geruch schnell zu verfliegen schien, denn sie nahm nur noch eine Ahnung des Bestiengestanks wahr.

Als sie das blutgetränkte Leder endlich beiseitewerfen konnte, nahm sie eine großzügige Menge des Breis in ihre Hand und strich ihn vorsichtig auf das größte der beiden Löcher, in der Hoffnung, das Richtige zu tun. »Lass uns jetzt nicht alleine«, murmelte sie beschwörend. »Wir brauchen dich. Ohne dich sind wir tot. Bitte.«

Ihre Berührung und die kühle Medizin schienen ihm gutzutun. Während Kate den Brei auf das zweite Loch tupfte, öffneten sich blinzelnd seine Augen.

»Warum?«, flüsterte er ein zweites Mal.

»Weil du dein Leben für uns riskierst. Und weil ich dazu erzogen wurde, zu helfen.«

In Kainahs fiebrigem Blick lag etwas, das wie Erstaunen aussah. Seine Stirn glättete sich, sein Atem wurde kräftiger. Zuerst glaubte Kate, ihre Sinne würden ihr einen Streich spielen, doch als sie sich die Wunden genauer ansah, bestand kein Zweifel mehr: Die schwarzen Verätzungen gingen zurück. Sie verblassten und veränderten ihre hässliche Farbe in ein dunkles Rot, das unfassbar schnell in den gesunden Ton bronzener Haut überging. Kein Blut floss mehr aus den Löchern, die Leere des nahenden Todes verschwand aus seinen Augen.

Ein Wunder! Kate sackte fassungslos zurück.

Nichts anderes konnte es sein.

Der Hund brummte zufrieden. Er wollte über seinen von den Toten auferstandenen Herrn herfallen, doch Kainah drückte eine Hand gegen seine Brust und hielt ihn ein weiteres Mal auf Abstand.

»Ich verstehe das nicht. Wie ist das ... wie kannst du ... warum?«

Ungläubig berührte sie den Rand der größeren Wunde, die sich vor ihren Augen zu schließen begann. Seine Haut fühlte sich warm an. Weich und glatt wie in ihrem Traum. Langsam glitten ihre Finger höher, strichen über seine Schulter und den Hals hinauf.

Kate ächzte erschrocken. Schnell zog sie ihre Hand zurück und wand sich unter Kainahs Blick wie ein Fisch. Was tat sie da nur? Verlor sie jetzt völlig den Verstand? Sie waren umringt von Dutzenden neugieriger Männer. Was geschehen würde, wenn einer davon sie so sah, war ihr nur allzu bewusst.

»Du wärst auch ohne die Medizin geheilt, nicht wahr?«

»Ja. Aber sie hat gutgetan.« Kainah nahm eine aufrechte Haltung an und ließ erst jetzt zu, dass der Hund sich an ihn warf. Winselnd leckte das Tier den Schweiß von seiner Haut. »Numees ist genauso hartnäckig wie du. Und genauso wie du zwingt sie mir ihren Willen auf. Jetzt geh schon, Kate. Ich will allein sein.«

Wie eigenartig und angenehm es klang, wenn er ihren Namen aussprach. Obwohl seine Aussprache nahezu perfekt war, färbte eine exotische Rauheit jedes Wort ein.

Von draußen her erklang Gelächter. Offenbar zog die tote Kreatur noch immer alle Aufmerksamkeit auf sich.

»Wie hast du das geschafft?« Kate stand auf und wischte ihre mit Blut und Kräuterbrei verklebten Hände an der Schürze ab. Es konnte nicht mehr lange dauern, bis Williams nach ihr sah oder jemanden schickte, der es für ihn tat. »Allein gegen drei dieser Kreaturen? Wie ist das möglich?«

»Die beiden Kleineren tötete ich in einer engen Schlucht, den Großen blendete ich, nachdem ich mich für ihn unsichtbar gemacht habe. Ich musste das letzte Öl dafür opfern, aber jetzt ist die Flasche wieder voll. Ihr habt mir Glück gebracht.« Sein Lächeln war bitter. »Seit Jahren ist mir keiner von den Schwarzen mehr begegnet.« Kainah neigte den Kopf und schloss die Augen. Selbst im Dämmerlicht des Stalles und selbst aus zwei Schritten Entfernung sah Kate, wie sich die Löcher in seiner Schulter mehr und mehr mit gesundem Fleisch füllten, bis sie kaum noch zu erkennen waren. War nicht auch der Retter der Menschheit von den Toten wiederauferstanden? Waren es nicht die Legenden über Heilige, deren Schicksal mächtiger war als die Sterblichkeit aller Dinge, die alle Zeiten überdauerten?

»Ein Wunder«, flüsterte sie ehrfürchtig.

»Ein Fluch«, verbesserte Kainah.

Kate verspürte eine plötzliche Wut. Sie wollte vor ihm niederknien und ihn bei den Schultern packen, um ihm die Wahrheit begreiflich zu machen, die plötzlich mit überwältigender Macht über sie herfiel. Doch sie stand da wie festgewachsen.

»Es ist kein Fluch! Du bist auserwählt! Du bist dazu bestimmt, dieses Land von den Kocodjo zu befreien. Gott hat dir die Macht dazu gegeben. Dir, nur dir allein.«

Kainah öffnete die Augen, blickte zu ihr auf und schnaufte geringschätzig. »Du weißt nicht, wovon du redest. Die Kocodjo verfolgen einen Plan. Ich kenne ihn noch nicht, aber ich weiß, dass er mit mir zu tun hat. Nichts an all dem ist gut. Ich kämpfe nicht gegen die Bestien, Kate. Ich kämpfe gegen mich selbst.«

»Gegen dich selbst? Du glaubst, du bist wie sie?«

Kainah schwieg. Es war ein Schweigen, das sie nicht würde brechen können, und so deutete sie schließlich auf den Haufen blutiger Kleidung. »Ich kann sie waschen.«

Er hob die Augenbrauen. »Du willst meine Kleider waschen?«

»Ja, warum nicht?«

Kainah stemmte sich auf die Füße, wandte ihr den Rücken zu und zog eine Tunika von der aufgespannten Leine. Jetzt, da er ihren Blick nicht sehen konnte, beobachtete sie das Spiel der Muskeln und die Art, wie der Zopf darüber strich, wenn er sich bewegte. Zum ersten Mal empfand sie wirkliches Gefallen an dem Körper eines Mannes und verspürte weit mehr als den Wunsch, ihn nur anzusehen. Er hatte vor ihren Augen ein Wunder gewirkt. Eine Macht, die über allem Irdischen stand, hatte ihn auserwählt. Und sein Blut floss in ihren Adern.

Viel zu schnell hatte er das Kleidungsstück über seinen Kopf gestreift und wandte sich ihr wieder zu. Gebe Gott, dass ihm die geschenkten Kräfte nicht auch ermöglichten, ihre Gedanken zu lesen.

»Hör zu, ich muss dir etwas sagen.« Sie kratzte all den kläglichen Mut zusammen, den sie in seiner Gegenwart besaß. »Es geht um Williams.«

Kainahs Blick wurde lauernd. »Was willst du mir sagen?«

»Er hat nicht vor, dich gehen zu lassen. Er will dich töten, sobald der Frühling kommt und die Wege in den Osten frei sind.«

»Ich weiß«, erwiderte er nur.

Kate blinzelte. »Du weißt es?«

»Williams ist kein Mann, der seinen Feinden die Freiheit schenkt. Er kennt keine Gnade, ganz gleich, was er dir erzählt hat. Ich habe gesehen, wozu er fähig ist. Noch dazu kommen ihm Lügen so leicht über die Lippen, dass jeder sie für die Wahrheit hält.«

Kate nickte und holte tief Atem. Was sie jetzt tun musste, tat ihr mehr weh, als es sein durfte. Doch sie hatte keine Wahl. »Dann gebe ich dich hiermit frei. Sieh deinen Schwur als erfüllt an und gehe, wohin du willst.«

Kainahs Lächeln wirkte gerührt. »Deine Absicht in Ehren, aber du erinnerst dich an Williams' Worte?«

»Was?«, flüsterte sie verwirrt.

»Von nun an bist du an ihr Wort gebunden«, zitierte Kainah. »Und ihr Wort wird meines sein.«

»Oh.« Kate fühlte sich wie ein einfältiges Kind.

Natürlich. Wie hatte sie glauben können, Williams hätte ihr die Macht über diesen Schwur überlassen. »Dann kann nur er dich vom Schwur entbinden.«

»Du musst mich freigeben, und er muss mich freigeben.«

»Das wird er nicht tun. Niemals. Und was, wenn du einfach gehst? Es sind nur Worte, weiter nichts. Nichts wird geschehen, wenn du zurück zu denen gehst, zu denen du gehörst. Schütze deine Familie, nicht einen Mann, der dich verraten und töten wird.«

»Es ist ein heiliger Schwur.« Kainah bückte sich, hob das Bündel schmutziger Kleidung auf und betrachtete die Blutflecken darauf. »Wenn ich ihn breche, lade ich damit große Schuld auf mich. Du verstehst das nicht. In eurer Welt scheinen Versprechen nichts wert zu sein. Williams bestimmt mein Schicksal, ob ich es will oder nicht. Ich wusste es in dem Moment, in dem ich ihn zum ersten Mal sah. Einer von uns wird sterben. Darauf läuft alles hinaus.«

»Wie willst du ihn töten? Dutzende Männer unterstehen seinem Befehl. Er wird dich foltern und hängen lassen.«

Kainah runzelte nachdenklich die Stirn. »Ob ein Galgen mich wohl töten würde? Falls nicht, wird Williams es früher oder später mit einem Scheiterhaufen versuchen. Feuer könnte mich möglicherweise umbringen.«

»Wie kannst du darüber scherzen?« Kate nahm die Kleidung an und warf ihm einen wütenden Blick zu. »Ist dir dein Tod völlig egal?«

Kainah dachte eine Weile nach. Dann legte er eine Hand auf jene Stelle seines Armes, an der der Schnitt noch immer mit einem Streifen Leder verbunden war.

»Die Kleidung eines Mannes zu waschen, ist Aufgabe seiner Ehefrau«, sagte er dann. »Hat er keine, lässt er sie von seiner Mutter oder Schwester waschen. Hat er weder Mutter noch Schwester noch Ehefrau, dann wäscht er sie selbst.«

»Die Frau im Zelt war nicht deine Ehefrau, nicht wahr?« Kate fühlte die samtige Weichheit des Leders. Jedes einzelne Stück war ein Meisterwerk der Gerbkunst. »Ihr helft euch nur gegenseitig?«

»Ich jage für sie und gebe ihr Schutz, sonst nichts.«

»Und das Mädchen?«

Durch Kainahs Augen huschte ein Leuchten. »Kimi ist meine Tochter. Vor sechs Jahren kam sie im Sommer zur Welt.«

»Du wirst Daniel nie verzeihen, nicht wahr?«

»Niemals«, erwiderte er kalt. Seine Miene verhärtete sich, dann deutete er auf die Kleidung. »Sokanon hat viele Tage und Nächte an den Sachen gearbeitet. Sie sind sehr kostbar.«

»Bedeutet es irgendetwas, wenn ich es für dich wasche?« Kate biss sich auf die Zunge. Hatte sie gerade wirklich diese Frage gestellt? »Ich meine, ist es für dich …«

»Mach nur. Es bedeutet gar nichts.«

Sie deutete auf seinen Arm, den er umfasst hielt. »Wie geht es der Wunde? Warum heilt sie nicht wie die anderen?«

Er sah sie auf eine Weise an, die kaum zu ertragen war. Sein Blick glitt an ihrem Körper auf und ab, während wieder dieser verwirrte Ausdruck in seine Augen trat. »Ich weiß es nicht. Aber es ist besser geworden.« Plötzlich ruckte sein Kopf hoch. »Geh, Kate. Sofort. Es kommt jemand.«

Schnell warf sie sich herum, rannte zum Tor, öffnete es und prallte gegen Liams Brust. Gerade war er dabei gewesen, es seinerseits aufzuschieben. Ein scharfer Schmerz explodierte in ihrer Nase und trieb ihr die Tränen in die Augen. Schwankend sackte sie gegen die Bretterwand.

»Oh Verzeihung.« Liam schnappte erschrocken nach Luft. »Ich bitte vielmals um Verzeihung, Miss. Geht es Ihnen gut?«

»Ja ja.« Ihr wurde übel vor Schmerz. Mit zitternden Händen schob sie das Tor zu. »Es geht mir gut.«

»Ihr Onkel schickt mich. Ich soll nachsehen, wo Sie bleiben.«

Kate verdrehte die Augen. »Williams wusste, wo ich war.«

Liams Blick zeigte offene Missbilligung. »Oh ja. Bei diesem Wilden. Alleine.«

»Ich konnte Ebenizer nicht finden, und die Zeit drängte.« Ohne weitere Erklärung hielt sie ihm die blutbefleckte Kleidung unter die Nase. »Außer mir hielt es niemand für nötig, nach Kainah zu sehen.«

Zum ersten Mal sah sie Strenge in Liams Gesicht. »Ich will nicht, dass Sie alleine mit ihm sind. Ihnen könnte weiß Gott was geschehen.«

Kate seufzte und schob sich an ihm vorbei. »Sie sind nicht mein Ehemann. Es steht Ihnen nicht zu, mir irgendetwas zu befehlen.«

Sie erwartete, dass Liam nach ihrem Arm griff oder etwas Gereiztes entgegnete, doch nichts dergleichen geschah. Unbehelligt erreichte sie das Haupthaus, schauderte beim Anblick des an der Veranda hängenden Kopfes und ging zum Hintereingang. Gerade, als die Tür zum Waschraum aufschließen wollte, bog Daniel um die Ecke.

»Alles in Ordnung, Kind?« Er deutete auf das Bündel in ihren Armen. »Ist das Kainahs Kleidung?«

»Falls du wissen willst, ob es ihm gut geht: die Bestie hat ihn gebissen, aber er wird es überleben.«

»Dann wird er bis auf Weiteres nicht mehr jagen können?«

»Ist das alles, was dich interessiert? Während ihr den Tod der Bestie bejubelt habt, wäre er fast verblutet.«

Daniels Mund klappte auf. »Hat es ihn so schlimm erwischt?«

»Keine Angst. Er wird bald wieder eure Haut retten. Das Kind, dem du dein Messer an die Kehle gehalten hast, heißt übrigens Kimi. Sie ist gerade sechs Jahre alt.«

Daniel schloss die Augen. Als er sie wieder öffnete, war sein Blick resigniert. »Weißt du, wie du mit dieser Art Kleidung umzugehen hast?«

»Wie schon? Ich wasche es so wie jede andere schmutzige Wäsche auch.«

»Allein in diesem Hemd steckt mehr Arbeit, als du dir vorstellen kannst. Es ist sehr kostbar.«

»Das ist mir klar. Was muss ich tun?«

»Wasche es kalt, damit das Leder nicht brüchig wird. Ich bringe dir nachher etwas Seifenkraut, das ist am besten dafür geeignet. Nach dem Waschen knetest du es kräftig durch und legst es glatt zum Trocknen aus. Aber sieh zu, dass es langsam trocknet. Wenn du es in die Nähe eines Feuers hängst, trocknet es zu schnell und wird spröde. Um das Leder weich zu halten, musst du es zudem mehrfach durchwalken.«

Kate nickte und murmelte ein gepresstes: »Danke.«

»Gern geschehen.« Er zwinkerte ihr zu. »Wenn du es machst, wie ich es dir gesagt habe, wird er sehr zufrieden mit dir sein.«

Über diese spitze Bemerkung begann ihr Gesicht zu glühen. Sie wollte sich in den Waschraum zurückziehen, doch Daniel griff sanft nach ihrem Arm.

»Ich erkenne jemanden, dessen Herz furchtlos ist«, sagte er. »Alles, was man sich über Kainah erzählt, entspricht der Wahrheit. Er ist unsere einzige Hoffnung. Ich habe in meinem Leben viele Fehler begangen, einige davon kann ich mir nie verzeihen. Die Art, wie ich Kainah hintergangen habe, gehört dazu. Aber was wäre geschehen, wenn ich es nicht getan hätte? Hätte er uns wirklich gehen lassen? Wären wir jemals lebend im Fort angekommen? Würden die Kocodjo uns alle miteinander ausrotten? Womit hätte ich besser leben können? Damit, euch beim Sterben zuzusehen? Oder mit meinem Hinterhalt? Ich werde es nie erfahren, weil ich meine Entscheidung getroffen habe.«

Kate blinzelte unschlüssig zu ihm auf. Plötzlich empfand sie den schier unbezwingbaren Drang, mit jemandem über das Wunder zu sprechen, das sie erblickt hatte. Wem außer Daniel hätte sie sich anvertrauen können? Es gab niemanden sonst, der ihr zuhörte.

»Ich weiß nur«, begann sie zögernd, »dass es sein Schicksal ist, gegen die Bestien zu kämpfen.«

Daniel kniff die Augen zusammen. »Ach ja?«

»Ich habe etwas gesehen.« Sie holte tief Luft. »Etwas, das nur ein Zeichen sein kann. Ein Wunder. Kainah hätte sterben müssen. Aber seine Verletzungen heilten. So schnell, dass ich dabei zusehen konnte.

Mein Weg hat mich an das Ende der Welt geführt, um mir zu beweisen, dass Wunder wirklich existieren.«

Daniel nickte und grunzte. Er grunzte und nickte noch eine ganze Weile, bis Kate es nicht mehr aushielt. »Warum hat Gott ihn auserwählt, Daniel? Warum straft er uns mit Hilflosigkeit und lässt uns sterben, während er einen Ungläubigen dazu auserwählt, gegen das Böse zu kämpfen? Ich verstehe das alles nicht.«

»Gott liebt die Unschuldigen und Unwissenden.« Er begann, nachdenklich seinen Bart zu kraulen. »Glaubst du, wir bedeuten ihm mehr, nur weil wir artig in die Kirchen rennen und unser Leben lang Buße tun? Ich habe meinen Glauben nicht verloren, ich habe ihn wiedergefunden. Ich sehe Gott in der Großartigkeit dieses Landes und in all seinen Geschöpfen. So, wie es sein ursprünglicher Wille war, ehe wir sein Wort umschrieben und verdrehten. Unser falscher Glaube ist ein Glaube der Angst und der Gier. Deswegen hört er uns nicht mehr zu.«

Kate dachte eine Weile über diese Worte nach. Wie verwirrte Vögel flatterten sie in ihrem Kopf umher und ließen sich nirgendwo nieder. »Willst du damit sagen«, fragte sie dann, »dass wir die wahren Heiden sind?«

»Ich will damit sagen, dass es möglicherweise gar keine Rolle spielt. Beten wir nicht alle dasselbe an? Die Großartigkeit der Schöpfung? Aber genug davon. Reden wir ein anderes Mal weiter. Du hast zu tun. Und ich werde dafür beten, dass der verdammte Brunnen bald wieder auftaut.«

Daniel zauste ihr Haar, wandte sich ab und schritt davon. Verblüfft starrte sie ihm hinterher. Hätte er nicht erstaunter sein müssen über das, was sie berichtet hatte? Was mochte er dort draußen auf seinen Wanderungen erlebt haben, wenn selbst ein offensichtliches Wunder ihn nicht überwältigte?

Kate schloss die Tür auf, legte die Kleidung neben einer der Kupferwannen ab und machte sich daran, sie mit Wasser aus dem Fluss zu füllte. Unaufhörlich kreisten ihre Gedanken. Gut und böse, richtig und falsch verwirbelten in einem verwirrenden Chaos, bis ihr der Schädel schmerzte und sie aus reiner Hilflosigkeit beschloss, an gar nichts mehr zu denken.

Eimer um Eimer schleppte sie in den Waschraum, doch die monotone Arbeit begann nur langsam, sie zu beruhigen. Viele Male trug Kate an ihrer schweren Last, bis die Wanne gefüllt war und ihre Schultern unerträglich schmerzten. Als sie den letzten Eimer hinzu gab, begann das Wasser zu schäumen und verströmte einen kaum merklichen, frischen Duft. Offenbar war Daniel inzwischen hier gewesen und hatte das Seifenkraut abgeliefert.

Kate warf dem Berg schmutziger Männerkleidung, die die Bewohner des Forts einfach in den Waschraum zu werfen pflegten, einen frustrierten Blick zu. Ehe ein Kleidungsstück hier landete, sah es aus, als hätte man es aus einer Kloake gefischt. Und es roch genauso. Daneben türmten sich Laken, Decken, Bettbezüge und sonstige, kaum zu identifizierende Lumpen. Alte, eingefahrene Vorstellungen wichen nur langsam modernerem Denken. Das Gerücht, dass Wasser die Haut aufweiche und durchlässig mache für alle erdenklichen Krankheiten, hielt sich noch immer hartnäckig und machte die monatliche Wäsche zu einem Alptraum. Daniel war der einzige Mann im Fort, von dem sie wusste, dass er der Körperpflege eine gewisse Bedeutung beimaß. Williams ließ sich immerhin breitschlagen, einmal im Monat zu baden. Der Rest der Bewohner begnügte sich damit, die Dreckkrusten am Abend vor Weihnachten vom Körper zu schrubben.

Spätestens übermorgen musste sie den Berg in Angriff nehmen. Es wurde Zeit, Williams darum bitten, die Helfer für diese ungeliebte Aufgabe zu bestimmen.

Behutsam tauchte sie das blutbefleckte Jagdhemd in das Wasser und schwenkte es hin und her. Ein Aroma nach Kupfer, Moschus und Rauch stieg in ihre Nase. Kainahs Geruch.

Gedankenverloren wusch sie Stück für Stück aus, roch manchmal an dem Leder, ehe sie es eintauchte, und legte die saubere Wäsche in einen Weidenkorb. Als ihre Arbeit erledigt war, brachte sie alles hinauf in ihr Zimmer. Dort würde das empfindliche Leder am besten trocknen. Zwar besaß sie keinen Kamin, aber der unmittelbar unter ihrem Zimmer liegende, gut geheizte Versammlungsraum gab seine Wärme durch die Dielenritzen ab.

Als jedes Kleidungsstück säuberlich auf den Leinen hing, die sie für ihre Kerzenherstellung benutzt hatte, ließ Kate sich auf das Bett fallen und rieb sich die vom kalten Wasser taub gewordenen Hände. Erschöpfung übermannte sie, und ehe sie wusste, wie ihr geschah, waren ihre Augen zugefallen.

Nur wenige Momente waren vergangen, ehe sie sie wieder öffnete.

So glaubte Kate wenigstens, bis das ungeduldige Rufen des Koches erklang. Überrascht fuhr sie hoch. Konnte es wirklich schon Abend sein? Tatsächlich. Wie Pech klebte die Dunkelheit an ihrem Fenster.

Eine Zeitlang starrte Kate verwirrt ins Leere, ehe sich ihr Geist wieder klärte. Etwas Unheilvolles lag in der Luft, als hielte die Nacht in Erwartung eines widernatürlichen Schreckens den Atem an. Die Finsternis schien schwärzer zu sein als sonst.

Dichter, bedrohlicher.

Sie musste Kainah davon überzeugen, heute nicht vor das Tor zu gehen. Mochte er auch über eine wundersame Macht verfügen, so konnten die wenigen Stunden des Tages kaum ausgereicht haben, ihn wieder zu Kräften kommen zu lassen.

Ihr Zimmer war erfüllt von seinem Geruch. Kate schnupperte danach, während sie versonnen die Kleidung auf den Leinen betrachtete und daran dachte, was im Stall geschehen war.

Ein zweiter Ruf erklang. Diesmal hörbar ungeduldig. Anscheinend schien der Koch ihre Hilfe dringend zu benötigen.

Fröstelnd stieg sie die Treppe hinunter, bog um die Ecke und wollte den schmalen Gang in Richtung Küche folgen, als sie Kainah vor dem Kamin im Vestibül entdeckte. Kate erstarrte.

Wie er dort saß, auf dem Boden sitzend, die Beine unterschlagen und das Haar tropfend nass, überrumpelte sie sein Anblick völlig. Zum dritten Mal rief der Koch ihren Namen.

»Du solltest zu ihm gehen.« Er hielt den Kopf schief und kämmte mit beiden Händen durch sein Haar. Trotz der Wärme der Flammen tropfte es vor Nässe. »Seit einer Stunde ist er nur am fluchen.«

Kate suchte nach Worten. Sie klappte den Mund auf und wieder zu und sah gebannt dabei zu, wie seine Finger durch die nassen Strähnen glitten. Williams würde es nicht gefallen, wenn er das hier sah. Aber Kainah war diese Tatsache vermutlich gleichgültig.

»Brauchst du …« Sie schluckte mühsam. »Brauchst du neues Wasser? Soll ich dir welches in den Stall bringen.«

»Nein, ich war im Fluss.«

Sie weitete die Augen. »Im Fluss? Aber es ist viel zu kalt.«

»Nicht für mich«, gab er zurück. »Ich gehe immer in den Fluss. Solange ich denken kann.«

Der Koch schrie zum vierten Mal. Diesmal war seine Stimme schrill vor Wut.

»Ich muss gehen.« Kate atmete tief durch. »Wir sehen uns zum Abendessen? Wie geht es dir?«

»Gut. Und jetzt beeil dich. Da drüben hängt alles voller Messer und Beile.« Kainah lächelte zu ihr auf.

Selbst als sie in der Küche stand, mit ihren Arbeiten begann und sich nebenbei die wütende Predigt des Koches anhörte, dachte Kate nur an eines: jenes Lächeln. Es war freundlich gewesen. Nichts als freundlich.

Als sie eine gute Stunde später die Bierkrüge in den Speiseraum schleppte, warteten die Männer bereits ungeduldig. Daniel nickte ihr freundlich zu, Logan brütete düster vor sich hin, Williams und der Rest der Mannschaft begrüßten sie mit einer gebrummten Floskel. Auch Andrew leistete ihnen wieder Gesellschaft. Sein Lächeln traf sie wie ein frostiger Stich. Nur Kainah fehlte.

»Onkel?« Kate beschloss, die Gelegenheit zu ergreifen. Sie stellte die Krüge ab, beugte sich zu ihm und flüsterte in sein Ohr: »Wir können nicht zulassen, dass Kainah heute Nacht das Fort verlässt. Die Bestie hat ihm schwer zugesetzt.«

Niemand beachtete sie, ausgenommen Andrew.

»Ich hoffe, er hat keinen ernsthaften Schaden erlitten?« Ein widerwärtiges Funkeln in Andrews Augen, als genüge allein die Erwähnung von Blut und Schmerz, ihm einen Schauer der Verzückung zu bescheren. Was für Ohren besaß dieser Mann? Die eines Luchses? »Das wäre höchst bedauerlich.«

Ohne ihm weiter Beachtung zu schenken, drängte sie weiter auf Williams ein: »Wir dürfen ihn nicht gehen lassen, sonst überlebt er diese Nacht nicht.«

»Es ist seine Entscheidung«, gab ihr Onkel milde zurück. »Ich zwinge ihn nicht zu gehen. Sofern du versprichst, mir fortan zu gehorchen.«

»Bitte?«

»Du wirst nicht mehr alleine zu Kainah gehen. Ich hatte es dir nur unter der Bedingung erlaubt, Ebenizer mitzunehmen. Was du, wie ich vom Arzt persönlich hörte, unterlassen hast.«

»Wäre der Arzt auffindbar gewesen, hätte ich ihn mitgenommen. Mir blieb keine Zeit, auf Ebenizer zu warten oder ihn im ganzen Fort zu suchen.«

»Es bleibt dabei«, beharrte Williams. »Du gehst nicht mehr alleine zu ihm. Das ist mein letztes Wort. Ich habe dir genug durchgehen lassen. Deine Zeit im Fort läuft ab, ich dulde es nicht mehr, dass du dich benimmst wie ein verwildertes Kind.«

Kate verschlug es die Sprache. Williams, der sich furchtbare Gräueltaten hatte zuschulden kommen lassen und über eine Bande ungehobelter Kerle herrschte, die ihm in nichts nachstanden, bezeichnete sie als verwildertes Kind? Sie wollte ihm etwas Wütendes entgegenschleudern, irgendetwas Verletzendes, das ihn an einem wunden Punkt treffen würde. Doch dann gehorchte sie ihrem Instinkt und nahm ihren Platz ein, ohne ein weiteres Wort zu verlieren.

Kochend vor Wut klatschte sie eine Portion Brei in ihre Schale. Gerade würgte sie lustlos den zweiten Bissen herunter, als sich die Tür öffnete. Kainah trat herein.

Ihr verschlug es den Atem. Er hatte sich umgezogen, trug jetzt eines der hellen Leinenhemden und eine Hose aus Wildleder, genäht nach englischem Schnitt. Jeglichen Schmuck hatte er abgelegt. Seine Haare waren getrocknet und fielen offen über seinen Rücken. Wie weich sie aussahen. Wie das Haar einer Frau.

Kate wusste nicht, ob es die ungewohnte Kleidung war, die ihn so veränderte, oder seine noch immer sichtbare Erschöpfung. Was immer es war, es ließ ihn so jung und verletzlich wirken, dass sich ihr Herz mit Zuneigung füllte. Sie dachte daran, dass ihre Finger erst vor wenigen Stunden seine nackte Haut berührt hatten und sie sich nah gewesen waren wie zwei Liebende. In jenen furchtbaren Momenten, in denen sie gedacht hatte, dass er unter ihren Händen sterben würde.

Andrews Miene glich der einer ausgehungerten Schlange. Falls Kainah sein Starren bemerkte, so ignorierte er es, nahm einen der gekochten und mit Fett übergossenen Maiskolben und biss hinein. Als er das zweite Mal schluckte, sah er auf und blickte Kate in die Augen. Ihr Herz schlug schneller, ihr Blut wurde heiß. Ein Lächeln tauchte auf ihren Lippen auf, noch ehe sie es unterdrücken konnte. Erschrocken wandte sie den Blick ab. Hatte jemand etwas gesehen? Unauffällig nahm sie die Runde in Augenschein. Jeder Einzelne war mit seinen Maiskolben und mit seinem Fleisch beschäftigt. Das üppige Mahl nahm die Männer völlig gefangen, selbst Andrew hatte seine Aufmerksamkeit inzwischen dem übervollen Teller zugewendet.

Kate wagte einen erneuten Blick auf Kainah. Und dann entdeckte sie den frischen Verband an seinem Arm. Eine feine, rote Linie sickerte durch das helle Leder, noch während sie darauf starrte. Als er ihren Blick bemerkte, rollte er hastig den Ärmel darüber und vermied es, sie anzusehen. Dem Maiskolben ließ er eine Schale voll Brei und eine dicke Scheibe gepökelten Schinken folgen, beides verschlang er mit unübersehbarem Appetit. Zuletzt aß er einen ganzen Maisfladen und trank sogar den Bierkrug leer, obwohl ihm der Geschmack des sauren Gebräus eine angewiderte Grimasse entlockte.

Kate schob ihr Fleisch auf dem Teller hin und her. Weshalb heilten tiefe Löcher innerhalb kurzer Zeit, während ein oberflächlicher Schnitt selbst nach Tagen noch blutete? Was hatte das zu bedeuten?

»Meine Nichte erzählte mir, du seist verletzt?« Williams Stimme ließ sie zusammenzucken. »Wie schlimm ist es? Wirst du jagen gehen können?«

Kainah nickte, füllte seine Schale ein zweites Mal mit Brei und begann sie auszulöffeln. Noch immer vermied er ihren Blick.

»Sage mir die Wahrheit«, bohrte Williams nach. »Ich will nicht, dass du unnötige Gefahren eingehst. Die Palisaden wurden verstärkt, sie werden vorerst standhalten. Wir haben Pfähle angespitzt und sie rund um das Fort in den Boden gerammt.«

Kate runzelte überrascht die Stirn. Lag Williams tatsächlich soviel an Kainahs Wohlergehen? Natürlich, er hatte drei Bestien auf einmal erlegt. Das nötigte selbst ihm Respekt ab.

»Ich kann«, erwiderte der Jäger. »Und ich werde.«

Als seine Schale leer war, stand er ohne Abschiedswort auf und verließ das Zimmer mit ungewohnter Hast. Kate bemerkte die kaum wahrnehmbare Unsicherheit seines Ganges. Es ging ihm noch nicht gut, keinesfalls. Er durfte nicht in den Wald. Nicht schon heute Nacht.

Kaum war die Tür geschlossen, stand die Hälfte der Männer auf und quetschte sich an die beiden Fenster. Williams beobachtete ihr Gerempel und Getuschel mit missbilligendem Blick, sagte jedoch nichts.

»Er darf nicht gehen!« Kate verspürte eine wütende Entschlossenheit. »Ich werde das nicht zulassen. Wenn er heute in den Wald geht, verlieren wir ihn.«

Ohne Williams Reaktion abzuwarten, lief sie aus dem Zimmer, warf die Haustür zu und eilte zum Pferdestall hinüber. Mochte ihr

Onkel toben, wie er wollte, sie musste Kainah aufhalten. Entschlossen schob Kate das Tor beiseite, trat in den Schein der Öllampe und sah, wie Kainah gerade eines der Jagdhemden überzog. Neben ihm hockte Numees und starrte ihr mit heraushängender Zunge entgegen.

»Geh nicht«, bat sie leise.

Ein kurzes Stirnrunzeln, ein undurchschaubarer Blick, dann zog er das Wolfsfell von der Leine, legte es um seine Schultern und band die Vorderpfoten zusammen.

»Du musst dich ausruhen. Es ist noch zu früh. Wenn du jetzt gehst, werden sie dich töten.«

»Das werden sie nicht.«

»Ach ja? Du hast nur überlebt, weil du es ins Fort geschafft hast. Angenommen, die Bestien verwunden dich erneut, du verlierst im Wald das Bewusstsein und sie fressen dich mit Haut und Haaren. Kommst du dann auch wieder zurück?«

»Das will ich nicht hoffen.«

Kate holte tief Atem. Ganz gleich, aus welchem Land und aus welchem Volk sie stammten, Männer waren überall gleich.

»Warum verheilt der Schnitt an deinem Arm nicht?«

Kainah reagierte nicht. Er nahm ein Lederband aus einem der kleinen Beutel, fasste sein Haar zusammen und wickelte das Band mit schnellen, geschickten Bewegungen um den Zopf. Anschließend legte das Ledergeschirr um, in das er die beiden Beile steckte, schnürte den Gürtel um seine Hüfte und befestigte die beiden Messer daran.

Zuletzt nahm er eine Webdecke vom Heuballen, ging zu Aranck und warf sie dem Hengst über den Rücken. Jeden Augenblick würde Williams durch das Tor stürmen und seiner Wut freien Lauf lassen. Möglicherweise hielten die Männer sie schon jetzt für eine Hure, die sich dem nächstbesten Wilden an den Hals warf. Einfältige Dummköpfe! Jeder einzelne von ihnen ließ keine Gelegenheit aus, sich mit einer Indianerfrau zu vergnügen. Manche kauften sich gar welche, um während ihrer einsamen Zeit in den Wäldern ein wenig Unterhaltung genießen zu können. Aber kam irgendwer auf die Idee, die Männer deshalb zu verurteilen? Natürlich nicht. Sie hingegen konnte jede unbedachte Kleinigkeit den Kopf kosten.

Als Kainah sich zu ihr umwandte, seufzte er auf und betrachtete sie mit einem sonderbaren Ausdruck in den Augen. Kate glaubte, er würde jeden Moment auf den Rücken seines Pferdes springen und in die Nacht hinausreiten, stattdessen kam er auf sie zu.

»Hör auf damit«, flüsterte er, und plötzlich stand er so dicht vor ihr, dass sie nur die Hand heben musste, um ihn zu berühren. Das Licht der Öllampe fing sich in seinem Haar und ließ es so blau schimmern wie Lapislazuli.

»Womit?«, flüsterte sie zurück.

»Warum hast du keine Angst?«, wich er aus.

»Angst? Wovor? Ich habe nichts mehr zu verlieren.«

»Nichts mehr? Niemanden mehr?«

Sie schüttelte den Kopf. Er kam noch ein wenig näher, bis sie seinen Atem auf ihrem Gesicht spürte und sein Geruch sie umhüllte. Kate starrte auf den silbergrauen Wolfspelz. Dann glitt ihr Blick höher. Und blieb an seinen Lippen hängen.

»Was ist mit deinem Glauben, Kate?«

Sie schauderte. Wie sich die weiche Haut kräuselte, wenn er sprach. »Mein Glauben tröstet mich nicht mehr.«

Kainah gab einen abschätzigen Laut von sich. »Ich kenne euren Glauben. Er tröstet dich nicht, weil du mutig bist. Weil du deinen eigenen Weg gehen willst. Sei froh, dass es so ist. Denn es ist der Trost eines Käfigs, in den du gesteckt wurdest, damit du dich nicht mehr bewegen kannst.«

Sie nickte. Ein Käfig. Ja, er hatte recht. Genauso fühlte sie sich. »Was meintest du, als du sagtest …«

»Hör damit auf?«, beendete er ihren Satz.

»Das auch. Aber nachdem du mich vor der Bestie gerettet hast, hast du noch etwas gesagt. Dass ich schuld daran wäre, dass du den Angriff nicht kommen gesehen hast.«

Kainah nickte. Sie erwartete, dass er antworten würde, stattdessen sah er sie nur an. Das Schweigen wurde unerträglich, denn es wurde zu einem Sog, dem sie nichts entgegensetzten konnte. Etwas würde geschehen. Etwas Schlimmes. Etwas, das nicht sein durfte.

Es gelang ihr nicht, beiseitezublicken. Sie sah, wie er nach ihr griff, und dann spürte sie die Hand auf ihrer Taille.

»Nicht«, gelang es ihr zu flüstern.

»Ich hätte dich fast getötet, Kate.« In seinen Blick trat ein Schmerz, der sie vollkommen verblüffte. »Du hättest sterben müssen.«

»Ich verstehe nicht. Du hast mich gerettet.«

»Nein.« Er presste das Wort wie ein gequältes Seufzen hervor. »Ich habe dich nicht gerettet. Ich habe dich verflucht.«

Er packte sie, zog sie an sich und legte eine Hand um ihren Hinterkopf. Ihr Herz schien auszusetzen. Sie waren sich so nah wie im Wald, als er sie in die Felsnische gezogen hatte, doch jetzt war es anders. Sie fühlte keine Todesangst. Kein Entsetzen. Nur den Pelz unter ihren Fingern, die Wärme seines Körpers und den Griff seiner Hände. Wehrlos erschlaffte ihr Körper. Williams und seine Männer … sie durften nicht … sie mussten … oh, Herr im Himmel.

»Ich meinte deinen Geruch.« Er sprach so dicht an ihren Lippen, dass sich jedes Wort wie ein Kuss anfühlte.

Kate glaubte zu sterben. Und doch wollte sie mehr.

»Du bist etwas Besonderes. Ich kann es riechen. Hast du schon mal jemanden getroffen, der dir den Verstand geraubt hat? Jemand, dessen Nähe sich wie Folter anfühlt, aber gleichzeitig bekommst du nicht genug davon? Jemand, den du um jeden Preis berühren willst, egal, was es für dich bedeutet?«

Ihr Mund öffnete sich. Ja!, wollte sie hauchen. Ja! Doch in diesem Augenblick überbrückte er den letzten Abstand zwischen ihnen und presste seine Lippen auf ihre.

Allmächtiger!

Kates Finger krallten sich in den Pelz, ihr Körper schien in einer kochenden Hitze zu schmelzen und floss gegen seinen. Alles war anders, als sie es sich vorgestellt hatte. Wilder, herrlicher, berauschender. Sein Geschmack in ihrem Mund, seine Zunge, die ihre Lippen berührte, die heiße Nässe, die ihre Knie schmelzen ließ.

Sie konnte nichts dagegen tun.

Wollte nicht. Konnte nicht.

»Sie kommen!«, hauchte er an ihren Lippen, und plötzlich war da nur noch Kälte. Sie fühlte Kainah nicht mehr, denn er ließ sie los und wankte rückwärts. Alles begann sich zu drehen. Mit den Fingerspitzen berührte sie ihre geschwollenen Lippen.

»Was?«, wisperte sie atemlos.

Kainahs Gesicht war eine Maske aus Staunen und Schmerz. »Es hätte nie passieren dürfen. Ich hätte nicht zulassen dürfen, dass du für ihn den Preis bezahlst.«

Damit schwang er sich auf Arancks Rücken, ritt durch das offen stehende Tor und verschwand in der Nacht. Etwas Warmes streifte ihre Beine: Numees, die ihrem Herrn in die Nacht hinaus folgte.

Kate taumelte zurück und sank gegen die Wand. Ihr Herz schlug rasend schnell. Sie musste sich beruhigen, sie musste diese Gedanken loswerden, diese Bilder in ihrem Kopf. Dieses ... Verlangen. Es war verboten. Nein, es war mehr als das. Es konnte ihr beider Leben zerstören. Erfuhr Williams davon, würde er Kainah an Ort und Stelle zum Tode verurteilen. Und sie endgültig einsperren. Für den Rest ihres Daseins.

Was in aller Welt hatte er ihr sagen wollen? Welchen Preis hatte sie für wen bezahlt? Meinte er den Schwur, den sie hatte leisten müssen? Kate glaubte, ohnmächtig zu werden, und vielleicht wurde sie es auch für einen kurzen Moment, denn als sie die Augen wieder öffnete, stand Williams vor ihr. Er starrte sie an, den Blick voller Verachtung. Dann hob er die Hand und verpasste ihr eine schallende Ohrfeige.

5

Die schillernden Leiber der Schlangen glitten über ihren Körper. Kate verspürte keinen Ekel, denn während sie in diesem Meer aus sich windenden Wesen lag, fühlte sie sich sicher und stark. Gebadet in ein kaltes, blaues Licht, das dem des Mondes glich, blickte sie in das wabernde Nichts hinaus. Doch es war kein Mond zu sehen. Nur der milde Schimmer, der von überall her zu kommen schien und die schuppigen Leiber der Reptilien mit einem Glanz überzog, der in allen Farben des Regenbogens schimmerte.

Kate wusste, dass die Tiere ihrem Willen gehorchten. Geschmeidig rieben sie sich an ihrer Haut und berührten mit kalten Schlangenküssen ihre Lippen. Als sie sich aufrichtete, spannten die Reptilien ihre Körper an und reckten die Köpfe, bereit, jederzeit anzugreifen. Kein Feind konnte ihr wehtun. Jeder, der sie angriff, würde das Gift der Fangzähne zu spüren bekommen.

Als ein Schatten aus dem schimmernden Nichts auftauchte, monströs wie ein Geschöpf der absoluten Finsternis, empfand Kate keine Angst. Stattdessen überwältigte sie das Gefühl, den Kocodjo berühren zu wollen. Ihn fühlen zu wollen.

Mit geschmeidigen Schritten kam die Kreatur näher, senkte den mächtigen Kopf und stellte die Nackenstacheln auf. Welch eine abscheuliche Schönheit.

»Komm«, raunte Kate, und die Bestie schritt mit majestätischer Kraft auf sie zu. Furchtlos streckte sie die Hand aus, als sie an ihr vorbeischritt, und ließ ihre Finger durch das nachtschwarze Fell streichen. Es war weich wie Zobel.

Als der Kocodjo ihre Berührung spürte, verharrte er, stieß ein vibrierendes Grollen aus und legte sich neben sie nieder, um wie ein atmender Berg aus lebendiger Schwärze zu ihren Füßen zu ruhen. Den Kopf demütig gesenkt, die Augen geschlossen.

Kate wollte sich an ihn schmiegen und seinen tödlichen Atem spüren, als eine der Schlangen die Zähne in ihr Fleisch bohrte. Genau in die Narbe der verheilten Wunde. Blut floss aus der aufreißenden Haut. Die Schlange drückte ihren spitzen Kopf in den geöffneten Schnitt und zwängte sich hinein.

Schmerzen. Sengend. Unerträglich.

Die restlichen Schlangen umschlossen ihren Körper plötzlich so fest, dass es war, als hielten Eisenbänder sie gefangen. Schuppige Leiber fesselten ihre Arme und Beine und zogen sich, sobald sie einatmete, noch enger zusammen.

Kate sackte zu Boden, während sich die Schlange mit wildem Zucken und Winden tiefer in ihren Arm bohrte, Zoll für Zoll, bis sie ganz in ihr verschwunden war. Eine weitere folgte, fraß und wand sich in ihr Fleisch, dann eine dritte und vierte, bis Kate sich in ohnmächtiger Qual auf dem Boden wälzte, erstickt von dem mörderischen Druck der um sie gewundenen Leiber und vergiftet von den Zähnen, die sich von innen her in sie bohrten.

Ein heftiger Ruck, ein Sturz in die Schwärze, und sie riss die Augen in der Wirklichkeit auf. Über ihr war die Decke ihres Zimmers. Am Fenster klebte noch immer die Nacht. Das Blut in ihren Adern stand in Flammen, ließ ihr Inneres vom Scheitel bis zu den Zehenspitzen glühen und presste ihr den Atem aus den Lungen. Unkontrollierbar wand sich ihr Körper in den nassgeschwitzten Laken. Welle um Welle jagte das Brennen durch ihren Körper, bis es sich anfühlte, als zerrissen unsichtbare Klauen sie von innen nach außen. Kate konnte nicht mehr denken, nicht mehr atmen. Ihr Herz vollführte mehrere dröhnende Schläge, dann stand es still. Schwärze senkte sich auf sie herab. Die Qual ebbte ab.

Endlich.

Es wurde still. Sie schwebte wunderbar schwerelos und frei, doch dann stürzte sie erneut, wurde wie ein Blatt von einem heftigen Sturm hochgewirbelt und fand sich erneut in ihrem Bett wieder, zusammengekrümmt und nass vor Schweiß. Still lag sie da und dachte an eine

Muschel, die alles, was ihr Schmerzen bereitet, mit Perlmutt umhüllt. Alles war nur ein Traum gewesen. Nur ein Traum, nichts weiter.

Schwitzend und zu Tode erschöpft hörte sie unter sich aus dem Versammlungsraum zwei erregte Stimmen heraufschallen. Williams und Daniel.

»Bilde dir nicht ein, mich zu kennen«, fauchte ihr Onkel. »Denn das tust du nicht. Das tut niemand.«

»Nein, ich kenne dich nicht«, erwiderte der Trapper. »Nicht mehr. Herrgott, sieh dich doch an. Du weißt selber nicht mehr, wer du bist. In der einen Minute leidest du unter dir selbst und jammerst mir die Ohren mit deiner Reue voll. In der anderen aalst du dich in Selbstgerechtigkeit, verurteilst einen Mann zum Tode und schlägst deine Nichte. Erst willst du dein Leben opfern, um uns zu schützen, anschließend beweihräucherst du dich selbst mit einer Arroganz, die mich krank macht. Wie kannst du erwarten, dass irgendjemand dich respektiert, wenn du heute den Männern Schuldenfreiheit zusagst und morgen alle Versprechen vergisst? Wenn du mich fragst, Williams, verlierst du langsam den Verstand. Und erzähl mir nicht, ich soll den Mund halten. Irgendjemand muss dir klarmachen, dass du dir dein eigenes Grab schaufelst.«

»Du weißt nicht, wovon du sprichst. Aber ich weiß, dass ich deinen Ton nicht länger dulde.«

»Ach nein?«

»Nein, Daniel! Hast du jemals auch nur halb so viel Verantwortung auf deinen Schultern getragen, wie ich es tue? Hast du deinem Bruder am Sterbebett einen Schwur geleistet, den du nicht erfüllen kannst, weil deine Nichte sich wie eine läufige Hündin an den Hals eines Wilden wirft?«

Kate riss die Augen. Bitte was? Wie konnte er es wagen?

»Mach die Augen auf, Williams«, warf Daniel zurück. »Sie hat ihm nur geholfen. So, wie Ebenizer es ihr beigebracht hat. Was ist daran verwerflich?«

»Verwerflich?« Williams Stimme wurde schrill vor Empörung. »Du fragst mich, was daran verwerflich ist, wenn sich eine unverheiratete Frau mit einem Wilden abgibt, allein in einem Pferdestall? Ist dir klar, was die Männer hinter meinem Rücken reden? Sie halten Kate für eine Hure, die nur darauf wartet, für Kainah die Beine breitzumachen. Muss ich dir erläutern, was das für sie bedeutet?«

Nichts hielt sie mehr in ihrem Bett. Sie warf sich Mantel und Schultertuch um, rannte in den Versammlungsraum hinunter und riss mit Schwung die Tür auf. Zorn machte ihren Körper federleicht. Ein Schwall wütender Worte brannte auf ihrer Zunge, doch als sie in den Raum stürmte und alles herauslassen wollte, war er leer.

Kate erstarrte mitten in der Bewegung. Wie konnte das sein? Noch immer waren die Stimmen zu hören, vermischt mit dem Raunen, Murmeln und Flüstern unzähliger anderer, das zunehmend lauter wurde.

»Ich werde nicht länger erlauben, dass sie dem Arzt zur Hand geht«, entschied Williams. »Ihr Ruf ist das Einzige, was sie von Wert besitzt. Wird er durch ihre kindische Vernarrtheit beschmutzt, ist jede Hoffnung dahin, ihr eine gute Partie zu verschaffen. Dann kann sie sich mit einem schwindsüchtigen Kesselflicker zufriedengeben.«

»Schieb nur immer die Schuld auf andere«, knurrte Daniel. »Du trägst für alles die Verantwortung, falls dir das entgangen ist. Kate hat ihren Vater verloren, keine Woche später schaffst du sie in die Wildnis und wirfst sie unter einen Haufen ungehobelter Kerle, die ihr nachhecheln wie notgeile Köter. Ihre Schwester stirbt nur wenige Monate später, Bestien fallen über das Fort her, jeden Tag muss das Mädchen um sein Leben bangen. Deine Nichte ist ausgestoßen und einsam. So wie Kainah. Kannst du es ihr verübeln, dass sie in ihm sich selbst sieht?«

Ein Moment des Schweigens entstand, als dächte Williams über diese Worte nach. Dann hörte sie ihn zischen: »Geh mir aus den Augen! Ich habe keine Zeit für dein Gewäsch.«

Kate wankte zum Fenster hinüber und blickte hinaus. Dort standen sie. Daniel und Williams. Genau in der Mitte zwischen Haupthaus und Pferdestall, fünfzehn große Schritte von ihr entfernt. Und doch vernahm sie ihre Stimmen, als stünden sie neben ihr.

»Du wirst bald deinen gerechten Lohn bekommen«, prophezeite Daniel. »Schon jetzt bist du dabei, alles zu verlieren. Ich würde es dir mit Freuden gönnen, wenn Kates Leben nicht davon abhängen würde, dass du deine Herrschaft behältst.«

»Bedenke eines, alter Freund«, ätzte Williams. »Du genießt den Schutz des Forts, weil ich dich hier dulde. Ich kann dich jederzeit rauswerfen lassen, wenn mir deine Respektlosigkeit zuwider wird.«

Der Trapper winkte ab und wandte sich zum Gehen, ohne darauf zu antworten.

Kate sackte gegen die Wand, kämpfte einen kläglichen Moment lang gegen ihr Schluchzen und ließ es schließlich hervorbrechen. Ihr Herzschlag dröhnte wie eine gewaltige Trommel. Die Stimmen verebbten, mit ihnen verflog das ziehende Brennen in ihren Eingeweiden und wich dem tauben Gefühl absoluter Hilflosigkeit. Zitternd schob sie den Ärmel des Mantels hoch.

Keine frische Wunde, kein klaffender Schnitt. Nur eine rot schimmernde Narbe, die zu verblassen begann.

Kainah kehrte an jenem Tag nicht zurück, auch nicht am nächsten und übernächsten. Einige behaupteten, er hätte die Bestien in das zerklüftete Gebirge gelockt, um sie dort besser töten zu können. Andere sahen ihre Erwartungen erfüllt und glaubten, er hätte seinen Schwur gebrochen und sei in sein Dorf zurückgekehrt. Doch wenn in den Nächten das ferne Brüllen der Kocodjo aus den Bergen in das Tal rollte, ahnte jeder, was dort draußen geschah: ein titanischer Kampf zwischen Mensch und Monster.

»Es gibt für die Blackfoot nichts Heiligeres als das Band des Blutes«, sagte Daniel beim dritten Abendessen nach Kainahs Verschwinden. »Er würde den Schwur niemals brechen. Nicht einmal, wenn es seinen Tod bedeutet. Die Fesseln des Glaubens können fester sein als die aus Eisen.«

Williams nickte und setzte eine verblüffend sanftmütige Miene auf. Der Streit mit dem Trapper schien unter den Teppich gekehrt worden zu sein, denn er legte ihm gegenüber eine solche Freundlichkeit an den Tag, als hätte er eingesehen, dass Daniel die Wahrheit gesprochen hatte. War es tatsächlich so? Kamen ihre Gefühle für Kainah nur daher, weil sie sich selbst in ihm sah? Unsinn. Er mochte ausgestoßen sein, aber er war nicht einsam. Es gab eine Frau, die auf ihn wartete. Und eine Tochter, die ihn liebte.

Liam, der heute zum ersten Mal wieder am Abendessen teilnahm, warf ihr angewiderte Blicke zu, als sei sie für ihn nichts weiter als ein beschmutztes Ding, das keinerlei Achtung mehr verdiente. Verschwunden war sein sanfter Blick und sein Lächeln. Stattdessen schaute er noch verächtlicher drein als Gunter und Logan.

Kate vergrub sich in ihrem Schweigen, verbrachte sämtliche Zeit zwischen den Mahlzeiten auf ihrem Zimmer und ging weder Ebenizer noch dem Koch zu Hand. Zum zehnten oder elften Mal las sie ihre mitgenommenen Bücher, stellte aus dem letzten Walrat-Vorrat neue Kerzen her oder hockte auf dem Fensterbrett und wartete bang darauf, dass Unerklärliches geschah. Monster, Wunderheilungen oder Dinge, die sie wahrnahm, obwohl sie sie nicht hätte wahrnehmen dürfen.

Hin und wieder brannte die Narbe an ihrem Arm, und manchmal nahmen ihre Sinne eine beunruhigende Schärfe an, die ihr ferne Geräusche und Gerüche zutrug. Doch während Tag um Tag verging, begann Kate, diese Tatsachen nicht mehr als beunruhigend zu empfinden, sondern sie nahm sie zur Kenntnis, beobachtete ihren Verlauf und nutzte sie manchmal sogar aus, um Gespräche zu belauschen. Die Wogen im Fort schienen sich zu glätten. Williams kehrte eine mildtätige Freundlichkeit nach außen, die seinen Männern gefiel. Er nahm sogar seine stundenlangen Gespräche mit Daniel wieder auf, die sich um Schicksal und Glauben drehten und sie nachts in den Schlaf wiegten. Mehrmals forderte der Trapper Williams auf, Andrew zum Teufel zu jagen, doch so einsichtig und milde er sich auch zeigen mochte, diesen Vorschlag blockte er ein ums andere Mal energisch ab.

»Er mischt sich zum ersten Mal unter die Männer«, warnte Daniel. »Logan hat er schon auf seine Seite gezogen. Das gefällt mir nicht.«

»Mach dir keine Gedanken. Ich weiß, dass er einer krankhaften Neigung nachhängt. Aber ich habe ihn unter Kontrolle.«

»Er hängt nicht nur einer nach, wenn ich mich nicht irre.«

»Da gebe ich dir Recht. Aber die Kette, an die ich ihn gelegt habe, ist kurz. Ich habe seine Gefährlichkeit nie unterschätzt.«

»Wirklich? Ich kann nicht verstehen, warum du dich seit Jahren mit einem Monster abgibst.«

»Wie ich schon sagte: Er hat mir viele gute Dienste erwiesen.«

»Oh ja, die Art dieser Dienste ist mir geläufig.« In Daniels Stimme lag unüberhörbarer Ekel. »Ich kann dir nur dringend ans Herz legen, ihn nicht aus den Augen zu lassen. Und egal wie kurz die Kette ist, mach sie noch kürzer.«

Am sechsten Tag, nachdem Kainah in den Wald gegangen war, begab sich Kate kurz nach Sonnenaufgang in den Waschraum und stellte die Inventarliste für die anstehende Wäsche auf. Als sie damit fertig war und Williams darum bat, die Helfer zu bestimmen, folgte er ihrem Wunsch ohne Zögern und Murren. Es dauerte keine halbe Stunde, bis vier Männer zu ihr ins Waschhaus kamen. Zuerst überprüften sie die Zuber auf ihren Zustand und wässerten sie, damit das eingeschrumpfte Holz wieder aufquoll und dichtzog. Am zweiten Tag weichten sie die feinere und gefärbte Wäsche in lauwarmem Wasser ein und gaben die Gröbere in das vorbereitete Laugenwasser. Sämtliche Vorräte waren knapp geworden, Seife hingegen gab es noch immer in Hülle und Fülle. Es sprach nichts dagegen, die gröbsten Flecken großzügig damit einzureiben.

Keiner der Helfer gab das übliche Gefluche von sich, stattdessen schienen sie in ihrer monotonen Tätigkeit eine lang vermisste Ruhe zu finden und gingen eifrig ihrer Arbeit nach. Niemand verwünschte Williams oder beschwerte sich darüber, Frauenarbeit verrichten zu müssen. Wenn man über etwas tuschelte, dann drehten sich die verstohlenen Flüstereien um den Jäger, der irgendwo dort draußen in Eis und Schnee den Bestien nachstellte. Oder man bedachte Kate mit zweideutigen Blicken, aus denen herauszulesen war, was die Männer von ihrem Verhalten Kainah gegenüber hielten.

Am dritten Morgen, an dem Kate die feine Wäsche in kaltem, sauberem Wasser ausspülte, hatte sie endgültig genug von dem Getuschel der Männer. Entrüstet warf sie das Hemd zu Boden, das sie soeben hatte spülen wollen, holte tief Luft und ließ ihrem Ärger freien Lauf: »Man hat mir beigebracht zu helfen, wo Hilfe gebraucht wird. Ich habe nichts getan, außer seine Wunden zu versorgen. Bei jedem von euch habe ich mindestens einmal dasselbe getan. War daran irgendetwas Verwerfliches? Bin ich lasterhaft, weil ich Kranken und Verletzten helfe?«

Die Männer tauschten ratlose Blicke aus. Niemand antwortete auf ihre Fragen, stattdessen setzten sie schweigend ihre Arbeit fort.

Weitere Tage und Nächte vergingen, ohne dass Kainah zurückkehrte. Sofern Kate Schlaf fand, war er tief und traumlos. Den gesamten Rest der Woche verbrachte sie damit, gemeinsam mit ihren Helfern Wäsche zu spülen, aufzuhängen, zu besprengen und zu bügeln. Mehrere Stücke versengten unter den schweren, auf der Ofenplatte erhitzten Eisen, glücklicherweise fast ausschließlich minderwertige. Als der letzte Waschtag anbrach, gab es zehn gefühllose, rissige und wunde Hände, mehrere Verbrennungen und einen durch ein heruntergefallenes Eisen gequetschten Zeh.

Mehrmals überwältigte Kate das Gefühl, von einem Fieber befallen zu sein, doch da sie sich zwar heiß und unruhig fühlte, aber zugleich voller Kraft war, zeigte sich Ebenizer nicht allzu besorgt. Zu dem seltsamen Fieber gesellte sich ein unangenehmes Stolpern ihres Herzens, das manchmal so heftig war, dass sie wie unter einem Schlag zusammenzuckte und nach Luft schnappte. Hin und wieder wachte sie nachts auf, gebadet in Schweiß und voller Panik, konnte sich jedoch an keinen Traum erinnern. In solchen Phasen raste ihr Herz derart, dass blanke Todesangst sie befiel, doch auch zu diesem Leiden konnte Ebenizer nur feststellen, dass sie rein körperlich bei bester Gesundheit war.

Erschöpft verrichteten die Männer die letzten Arbeiten der großen Wäsche, während Kate von einer schier grenzenlosen Kraft beseelt war, die sie kaum zur Ruhe kommen ließ. Als die letzten Wäschestücke gebügelt und in Schränken und Truhen verstaut waren, machte sie die plötzliche Tatenlosigkeit fast wahnsinnig. Der Koch war nicht aufzufinden, in Ebenizers Zimmer wartete niemand auf eine Behandlung.

Also schaffte Kate einen Stuhl auf die Veranda, setzte sich und steckte die Nase in ein Buch aus Williams' Arbeitszimmer. Medizinische Anatomie. Vermutlich würde man es ihr aus den Händen reißen, sobald man es erblickte, ihr einen Vortrag über Literatur halten, die sich für Damen schickte, und es an einem sicheren Ort wegschließen.

Die Lektüre, gleichwohl spannend, vermochte es kaum, ihre innere Unruhe zu besänftigen. Trotz der Kälte glühte ihr Körper, befeuert vom fiebrigen Klopfen ihres Herzens. Frustriert schloss Kate die Augen und konzentrierte sich auf das Gefühl des Sonnenscheins auf ihrem Gesicht, atmete langsam und tief, ließ ihre Gedanken vorbeiziehen wie Wolken. Dann, als sie die Augen nach einer ganzen Weile wieder öffnete, begann ihr gerade mühsam beruhigtes Herz wieder heftig zu klopfen.

Auf der Bank neben dem Pferdestall, die ausgestreckte Numees zu seinen Füßen, saß Kainah. Er trug wieder jenes helle Leinenhemd und die nach englischem Schnitt genähte Wildlederhose, sein Haar jedoch war noch immer wie während der Jagd zusammengebunden und mit Leder umwickelt. In aller Seelenruhe flickte er eine Tunika.

Kate starrte ihn an.

Überwältigt von seinem Anblick und von der Art, wie er völlig entspannt in der Sonne saß, vertieft in seine Arbeit. So, als er habe er gerade ein entspannendes Nickerchen hinter sich gebracht.

Es dauerte nicht lange, bis Kainah aufsah. Augenblicklich ließ er Nadel und Faden sinken. So sah kein Mann aus, der von einem kräftezehrenden Kampf zurückgekehrt war, und doch bezeugten die Blutflecken auf der zerfetzten Tunika, was dort oben in den Bergen geschehen war.

Sie wollte zu ihm laufen. Ihn von Nahem sehen, seine Stimme hören, ihm unzählige Fragen stellen. Doch das gute Dutzend Männer, das sich innerhalb ihres Blickfeldes bewegte, behielt sowohl sie als auch Kainah argwöhnisch im Auge, als hätte jeder Einzelne den Befehl erhalten, auf ihre Schicklichkeit zu achten.

Plappernd und mit schweren Kisten beladen liefen zwei Kontoristen an der Veranda vorbei. »Der Reverend hat recht«, zischte der Kleinere. »Das geht nicht mit rechten Dingen zu.«

»Er hat den Teufel zu uns eingeladen«, pflichtete ihm der Größere bei. »Das wird nicht gut enden. Für keinen von uns.«

»Frag mich nur, mit wem wir besser dran sind. Mit diesen Bestien oder mit ihm.«

Die Männer marschierten an ihr vorbei, ohne sie eines Blickes zu würdigen. Unter Kainahs Musterung beschleunigte sich ihr Herzschlag, bis ihre Brust schmerzte und ihr schwindelig wurde. Mit weichen Knien stand sie auf, ging zurück in das Haus und wollte in ihr Zimmer flüchten, doch der Koch fing sie vor der Treppe ab und drückte ihr wutschnaubend zwei leere Eimer in die Hand.

»Du gehst mir keinen Tag länger aus dem Weg!«, tobte er. »Los jetzt. Die Wäsche ist vorbei, es gibt keine Ausrede mehr. Ich muss Abendessen machen. Bring mir Wasser.«

»Ich habe dich vorhin gesucht«, fauchte sie zurück. »Aber du warst nicht aufzufinden.«

»Ja, ja. Jetzt geh schon.« Er wedelte mit dem Arm, als wollte er eine Fliege verscheuchen. »Und beeil dich.«

Kate sparte sich eine Erwiderung, nahm die Eimer entgegen und verließ das Haus.

»Der Brunnen ist übrigens wieder aufgetaut«, warf ihr der Koch eine Spur versöhnlicher hinterher. »Daniel hat irgendwas damit angestellt. Du musst also nicht bis zum Fluss.«

Kaum betrat sie die erste Stufe der Treppe, traf sie erneut Kainahs Blick. Er schien sich durch ihre Haut zu schmelzen und sie anzuziehen wie Licht eine Motte. Er erhitzte ihre Gedanken, ließ ihre Beherrschung bröckeln und höhlte ihren Willen aus, bis es alle Kraft erforderte, nicht einfach zu ihm zu gehen.

Williams würde toben. Vermutlich erntete sie bei erneutem Ungehorsam nicht nur eine Ohrfeige, sondern auch Gefangenschaft in ihrem Zimmer, mit Wachen vor ihrer Tür und ihrem Fenster.

Unpassenderweise amüsierte Kate dieser Gedanke. Während sie die Abdeckung des Brunnens entfernte und den Eimer hinabsenkte, dachte sie an das überwältigende Gefühl der Macht, das die Schlangen ihr im Traum verliehen hatten. Und als ein Hauch dieses Gefühls erneut in ihr aufstieg, strich Kainahs Blick wie eine Berührung über ihren Rücken und wollte sie dazu verführen, sich ihm zuzuwenden. Diesem Verlangen zu widerstehen, bereitete ihr einen eigentümlichen Genuss. Heißkalte Schauer rieselten über ihren Rücken. Mit zitternden Händen zog sie den vollen Eimer nach oben, wuchtete ihn vom Brunnenrand, rieb sich die klammen Finger und hängte den zweiten an den Haken. Ohrenbetäubend quietschte die Winde, als Kate ihn hinabkurbelte, mit Wasser volllaufen ließ und wieder emporzog.

Schweißtropfen kitzelten ihre Schläfen. Den Frost, der die Gesichter aller anderen rot färbte und ihre Haut einreißen ließ, spürte sie kaum. Stattdessen erschien ihr das Licht der bleichen Sonnenscheibe warm wie das eines Sommertages.

Kate stellte den zweiten Eimer ab, stützte die Hände an ihren Hüften ab und bog sich ein paar Mal hin und her, um ihren schmerzenden Rücken zu lockern. Als sie nach den Henkeln der Eimer greifen wollte, waren keine Eimer mehr da.

Kate fuhr herum.

»Erlaubst du, dir zu helfen?«

Kainah stand so dicht hinter ihr, dass sie erschrocken zurückzuckte. Sie starrte auf den kleinen, weißen Vogelschädel, den er um seinen Hals trug. Wald, Erde, Zibet und Ambra. Warum roch er nur so gut? Und warum entglitt ihr erneut jeder klare Gedanke, als wäre seine Nähe ein betäubendes Gift für ihr Gehirn?

Die Blicke der Männer trafen sie wie Nadelstiche. Nicht einer von ihnen hatte ihr jemals dabei geholfen, die schweren Eimer zu tragen. Was bedeutete es, dass Kainah es tun wollte? Was bezweckte er damit? War es tatsächlich reine Höflichkeit? Es war unmöglich, seine Absichten zu durchschauen, sein Denken unterschied sich so sehr von allem, was ihr vertraut war, dass sie ihn nicht einmal ansatzweise hätte durchschauen können.

Kates Gedanken arbeiteten. Williams hatte ihr befohlen, nicht alleine Kainahs Nähe aufzusuchen. Aber weder hatte sie ihn aufgesucht, noch war sie allein mit ihm.

»Gerne«, erwiderte sie kurzerhand.

»Wohin?«

»In die Küche des Haupthauses.«

Es war ihr unangenehm, ohne jede Last neben ihm herzugehen, während er zwei volle Wassereimer schleppte. Doch Kainah trug sie mit solch stoischer Gelassenheit, als spüre er ihr Gewicht kaum. Schweigend stapften sie Seite an Seite durch den Schnee, verfolgt von finsteren Blicken.

»Geht es dir gut?«, wagte sie schließlich zu fragen.

»Ja.«

»Warum warst du so lange fort?«

»Ich habe sie in die Berge gelockt.«

»Konntest du einen von ihnen töten?«

»Zwei. Williams hat ihre Köpfe neben den anderen auf die Pfähle spießen lassen. Er wollte mir nicht glauben, dass es nutzlos ist.«

»Williams glaubt niemandem, nur sich selbst. Menschen, die mehr wissen als er, existieren in seiner Welt nicht.«

Kate öffnete die Tür, ließ Kainah eintreten und ging voran, bis sie die Küche erreichten. Niemand war hier. Vermutlich hatte sich der Koch in der Vorratskammer vergraben.

Kainah stellte die Eimer ab und wollte sich wieder zum Gehen wenden, doch dann hielt er inne, drehte sich um und ließ seinen Blick über sie gleiten. Schamlos studierte er jeden Zoll ihres Körpers, als sei etwas an ihr, das ihn zutiefst verwirrte.

»Danke«, murmelte sie betreten. »Ich komme jetzt allein zurecht.«

Jeden Augenblick würden sich neugierige Gesichter an die Fenster drücken. Die Aussicht, bis zum Frühling in ihrem Zimmer eingesperrt zu werden, gewann an Wahrscheinlichkeit.

»Du kannst jetzt gehen.« Sie lächelte kläglich. »Bitte.«

Sein Blick wurde nur noch intensiver. Kate glaubte, unter seiner Hitze den Verstand zu verlieren. Obwohl er sich nicht rührte, schien er ihr doch immer näher zu kommen, so als sei seine Präsenz wie ein Netz, das sich um sie wickelte. Oder wie ein immer stärker loderndes Feuer, das begann, ihre Haut zu versengen. Sie fühlte sich wie ein kleiner Vogel in einer zupackenden Hand. Ihre Lippen begannen zu brennen. Sie wollte es noch einmal fühlen … die Berührung ihrer Münder … seinen Geschmack. Sie wollte es so sehr, dass sie sich vor selbst zu fürchten begann. »Geh!« Diesmal war ihre Stimme nicht mehr höflich. Sie durfte nicht so fühlen. Sie durfte nicht einmal daran denken. »Jetzt!«

»Fühlst du dich anders?«, fragte er leise. »Verändert?«

Kate holte überrascht Luft. Er sah sie an, als wüsste er von ihren sonderbaren Empfindungen.

»Nein«, log sie ihm ins Gesicht. »Wieso sollte ich mich anders fühlen?«

Kainah nickte, doch seine Miene zeigte, dass er ihr nicht glaubte. »Wenn du etwas fühlst, das dir fremd vorkommt, dann rede mit mir. Ganz egal, wie verrückt es dir erscheint.«

»Warum sollte ich das tun?«

»Weil ich der Einzige bin, der dir helfen kann.«

Dann war es deine Schuld?, lag ihr auf der Zunge. Du hast das mit mir gemacht? Dein Blut? Dein Schwur?

Doch ehe sie den Mut fand, diese Worte auszusprechen, erklang von draußen Gelächter und Gejohle. Kainah fuhr herum, ballte die Hände zu Fäusten und lauschte. Irgendetwas versetzte das Fort in Aufregung, aber es lag keine Angst darin. Vielmehr schienen die gelangweilten Männer etwas gefunden zu haben, was sie trefflich unterhielt.

Ein gepeinigtes Jaulen erklang.

Unvermittelt stürmte Kainah aus dem Haus, so schnell, dass sie seinen Bewegungen kaum folgen konnte. Wieder erklang das Jaulen, gefolgt von grölendem Gelächter.

Kate folgte ihm nach draußen, wo wilder Tumult losgebrochen war. Sie sah eine Gruppe Männer, die sich um etwas scharten, das sich knurrend hin- und herwand. Numees.

Einer der Männer hielt eine brennende Fackel, der andere goss irgendeine Flüssigkeit über den Schwanz der Hündin, während ein Dritter sie an einem Seil festhielt, das um ihren Hals geschlungen war. Kaum berührte die Fackel das triefende Fell, schlugen lodernde Flammen empor.

Kainah zersprengte die Menge mit solcher Wucht, dass mehrere Männer zu Boden geworfen wurden. Er packte einen von ihnen, riss ihm mit einem brutalen Ruck das Hemd vom Körper und drückte den Stoff auf Numees brennenden Schwanz. Mit erbärmlichem Jaulen warf sich die Hündin hin und her, bis Kainah sie mit seinem eigenen Gewicht niederdrückte und die letzten, züngelnden Flammen erstickte.

Schnell rappelten sich die gestürzten Männer wieder auf. Es mochte eine Schar von fast zwei Dutzend sein, die sich um Kainah und Numees drängelten. Als der Jäger aufsprang, stolperte ein Großteil von ihnen mehrere Schritte zurück.

Der Mann mit der Fackel war nicht schnell genug.

Kainah entriss sie ihm, verpasste ihm einen so mächtigen Faustschlag, dass er sich im Fall zweimal um die eigene Achse drehte, und drückte ihm, kaum dass er auf dem Boden aufgeschlagen war, das lodernde Pech zwischen die Beine.

Ein markerschütternder Schrei hallte durch das Fort. Er reichte gar bis zu den Bergen, die sein Echo mehrfach zurückwarfen.

Sofort warfen sich mehrere Männer auf den Jäger, doch der reagierte schnell wie eine Schlange, wirbelte herum, schwang die brennende Fackel und ließ sie gegen die Köpfe mehrerer Angreifer krachen. Ein Regen aus Funken ergoss sich auf Schnee und Kleider, schmolz und sengte in beides Löcher hinein.

Benommen sackten drei Männer zu Boden, doch den anderen gelang es, Kainah durch ihre schiere Masse zu Boden zu drücken.

»Hört auf!« Kate sah ein einziges Chaos aus prügelnden Gliedmaßen. »Hört sofort auf!«

Einer der Männer taumelte mit einem gutturalen Aufschrei zurück und presste eine Hand auf seinen blutenden Hals. Ein weiterer wurde wie ein Lumpenbündel weggeschleudert, ein dritter rollte sich plötzlich schreiend hin und her, das Gesicht blutüberströmt.

Doch die Masse der Angreifer war zu groß. Unaufhaltsam traten und schlugen sie auf Kainah ein, dessen Gegenwehr immer matter wurde. Panisch sah Kate sich um. Wo war Williams? Nur er konnte das Unglück aufhalten. Gerade wollte sie loslaufen, um ihn zu suchen, als er hochrot und keuchend aus dem Haus stürzte.

»Weg da! Weg da!« Sein glasiger Blick und die lallende Stimme sprachen Bände. »Ich sage es nicht noch einmal!«

Ein Teil der Angreifer wich unter dem lauten Befehl zurück, die anderen zerrten Kainah auf die Füße und hielten ihn zwischen sich. Blut rann aus der Nase des Jägers, in seinem glühenden Blick brannte pure Mordlust. Es war noch nicht vorbei.

Mit einem gewaltigen Aufbäumen stieß er zwei der Männer, die ihn festhielten, beiseite. Einem dritten ging er wie ein Tier an die Kehle. Kate glaubte aufglühende Augen zu sehen, scharfe Klauen und gefletschte Zähne. Wieder schloss sie sich die Menge um den Jäger. Sie zerrten und schlugen und traten auf Kainah ein, dessen Wutschreie nicht mehr menschlich klangen. Der Mann, dem er an die Kehle gegangen war, lag zitternd am Boden. Kate sah selbst aus der Entfernung die halbmondförmigen Male tiefer Bisse, die sich in seine Haut gegraben hatten.

»Auseinander!« Williams zückte seine Pistole. »Das ist meine letzte Warnung!«

Plötzlich entdeckte Kate Daniel, der hinter dem Haupthaus auftauchte, eine Art dünnes Rohr an seine Lippen hielt und damit auf die Menge zielte. In dem Moment, in dem sich Kainah ein weiteres Mal freigekämpft hatte und einen Mann mit einem Kinnhaken niederstreckte, bohrte sich etwas in seinen Hals. Ein dünner Stachel oder Dorn. Kainah griff danach, zog ihn heraus und betrachtete ihn verwirrt, als könne er nicht begreifen, warum jemand ein solch lächerlich kleines Ding auf ihn abgeschossen hatte. Es gelang ihm noch, aufzublicken und nach dem Schützen zu suchen, dann sackte er in die Knie. Kampflustig wollten sich die Männer auf ihn stürzen, doch Williams feuerte seine Pistole ab. Der Knall ließ die Männer innehalten. Wutschnaubend blickten sie zur Veranda hoch.

»Der nächste, der Unruhe stiftet, bekommt eine Kugel in den Kopf.« Williams war außer sich vor Zorn. Hinter ihm tauchte Ethan auf und reichte ihm eine neue, geladene Waffe. »Habt ihr das verstanden? Wer ist für diesen Tumult verantwortlich?«

Die Blicke wanderten zu dem jammernden Bündel, dass sich im Schnee hin- und herwarf und sich mit beiden Händen den verbrannten Schritt hielt. Williams nickte. Dann hastete er die Treppe hinunter, eilte auf den Mann zu und zielte mit seiner Waffe auf ihn. Ein erschrockenes Raunen ging durch die Menge.

Kate musste sich am Geländer festhalten, denn ein heftiger Schwindel nahm ihr fast die Besinnung.

»Harry und Alfie«, schrie Williams, »bringt Kainah in den Arrest-Käfig. Und ihr anderen sagt mir, wer noch für diese Idee verantwortlich war.«

Die Männer tauschten verunsicherte Blicke aus. Niemand sagte ein Wort.

»Keiner?«, fauchte Williams. »Ist das so? Gut. Dann wird der Laden ab heute für jedermann geschlossen sein. Keine Vorräte. Kein Tabak. Für niemanden. Ich werde Wachen aufstellen, die dafür sorgen, dass jeder Dieb seine gerechte Strafe bekommt.«

Ungläubiges Gemurmel erhob sich. Es währte nicht lange, bis aus dem Raunen ein paar Namen herausstachen.

»Edward!«, rief einer. »Er kam zuerst drauf.«

»Willie«, kam es von weiter hinten. »Und Thomas und Jeremiah.«

»Fein.« Williams Kiefer mahlten. Ihm war anzusehen, wie mühsam er sich an am letzten Rest seiner Beherrschung festklammerte. »Bringt Edward, Willie, Thomas und Jeremiah in den Gefängnisschuppen. Dort werden sie fürs Erste bleiben, und zwar ohne Decken, ohne Nahrung und Wasser. Ebenizer, du versorgst ihre Wunden.« Williams' Blick fiel auf Numees, die winselnd auf der Seite lag. »Den Hund bringt vor das Tor und erschießt ihn.«

Kainah wand sich halb bewusstlos im Griff der Männer, doch Daniels vergifteter Dorn ließ sein Bewusstsein zunehmend schwinden. Ohnmächtiger Hass glühte in seinen Augen, ehe er ganz in sich zusammensank und von den beiden Trappern davongeschleift wurde. Andrew, der am Fuße der Verandatreppe stand, blickte ihnen sehnsüchtig hinterher.

»Ich dulde so etwas nicht noch einmal!« Williams kehrte dem Verwundeten den Rücken zu und kam wieder an Kates Seite. »Der Nächste, der sich solch ein Verhalten erlaubt, landet am Galgen oder wird als Futter für die Bestien an einen der Pfähle dort draußen gebunden. Ist das klar?«

Zustimmendes Brummen ging durch die Menge. Ein paar der Verwundeten versuchten schwankend, wieder auf die Beine zu kommen. Ihre Gesichter waren verzerrt vor Hass.

»Onkel!« Kate holte tief Luft. »Es war nicht Kainahs Schuld. Sie steckten seinen Hund in Brand. Er hat sich nur gewehrt.«

»Jede Dummheit und Undiszipliniertheit wird bestraft werden. Es ist mir egal, aus welchem Grund sie begangen wurde.«

»Und wie sieht diese Strafe aus?«

»Jeder dieser Trottel wird ein paar Tage in einem Käfig verbringen.«

»Aber …«

»Still!«, herrschte er sie an. »Ich will kein Wort mehr hören.«

»Bitte überlass mir wenigstens den Hund. Ich flehe dich an! Wenn du ihn erschießt, wird Kainah dir das nie verzeihen.«

»Was schert er sich um ihn? Es ist nur ein alter Köter.«

»Überlasse ihn mir.« Kate setzte ihren flehendsten Blick auf, zwang ihre Abscheu nieder und legte die Hände auf Williams' Brust. »Bitte, Onkel. Tu mir diesen einen Gefallen. Wir alle wollen doch dasselbe: den Frühling erleben und in den Osten zurückkehren.«

Williams' Miene wurde resigniert. »Dein Vater hat dich viel zu sehr verzärtelt. Aber gut, meinetwegen.«

»Danke«, flüsterte sie.

Unvermittelt verschwand die Weichheit aus Williams' Blick, als wäre sie von der Flüchtigkeit eines Sonnenstrahls an einem dunklen Tag. An ihre Stelle trat etwas Abfälliges, das Kate zurückzucken ließ. Er sah sie an wie ein lästiges Insekt, als wäre ihm ihre Nähe zuwider. Der Mann, der ihr einst zum Einschlafen Geschichten erzählt hatte, existierte nicht mehr. Falls Williams jemals echte Zuneigung für sie empfunden hatte, war dieses Gefühl restlos verdorrt.

»Mir ist eins klar geworden«, sagte er schließlich eisig. »Ich habe Besseres zu tun, als mich um ein widerspenstiges Kind zu sorgen, das sich einbildet, erwachsen zu sein. Der Herr weiß, dass ich mich redlich um die Erfüllung meines Versprechens bemüht habe. Doch reichen weder mein guter Wille noch meine Befehle aus, dir Verstand einzutrichtern. Tu also, was du willst. Dein Leben liegt fortan in deinen eigenen Händen.«

Kate starrte ihn an. Sie wusste, was das bedeutete. Er würde ihr nicht länger Unterstützung gewähren. Andererseits kannte sie Williams' Launen. Was er heute verkündete, war am nächsten Tag wieder vergessen.

Galt das auch für diese Entscheidung?

Kate nickte und straffte ihre Haltung. »Sofern du mir vor unserer Rückkehr meine Urkunden und Unterlagen aushändigst, nehme ich die Herausforderung an.«

»Gewiss«, brummte Williams.

»Versprich es mir! Schwöre es mir! Ohne die Urkunden bin ich mittellos. Ohne sie besitze ich nicht einmal eine Vergangenheit. Alles hängt davon ab.«

»Das ist mir durchaus klar.« Williams wedelte mürrisch mit einer Hand. »Jetzt suche dir Arbeit und halte nicht länger Maulaffen feil.«

»Was wirst du mit Kainah tun?«

»Was schon? Ich behandele ihn wie einen meiner Männer, was bedeutet, dass für ihn dieselben Gesetze wie für alle anderen gelten. Er wird bestraft. Genauso wie die anderen einfältigen Dummköpfe, die meinen, sich wie Gossenkinder prügeln zu müssen. Ich habe zu lange mit zu lockerer Hand über dieses Fort geherrscht. Jeder weitere Unruhestifter wird zukünftig hart bestraft werden, und dazu zähle ich jeden, der den normalen Ablauf auch nur im Geringsten stört.«

»Dann wirst du ihn vorerst nicht auf die Jagd schicken?«

»Nein. Ein paar Tage wird das Fort schon standhalten.«

Damit wandte er sich um und stapfte mit klappernden Stiefelschnallen in das Haupthaus zurück. Kate zögerte nicht lange, eilte zu Numees hinüber und besah sich ihre Wunde. Ein paar der Männer zischten abfällige Bemerkungen, doch sie reagierte nicht darauf. Nur Kainahs schneller Reaktion war es zu verdanken, dass die Flammen lediglich den Schwanz versengt hatten. Dennoch war die Hündin nicht außer Gefahr, denn sie war alt und ihre Kräfte begrenzt.

»Ganz ruhig.« Kate streichelte über Numees' bärengroßen Schädel. »Ich will dir helfen, das weißt du doch, nicht wahr? Du hast mir das Leben gerettet, ich rette deins.«

Die verständnislose Angst im Blick der Hündin war unerträglich. Wieder und wieder strich Kate besänftigend über ihren Kopf, ganz langsam, bis der schnelle Atem des Tieres ruhiger wurde.

»Da nennt er uns einfältige Tölpel und ist selbst der größte Dummkopf.« Daniel war plötzlich neben ihr und ging in die Hocke. »Kainahs Geduld ist nicht unendlich. Das Band eines heiligen Schwures mag stark sein, aber es ist nicht unzerstörbar. Wenn dein Onkel so weitermacht, wird er demnächst mit einem Messer in der Brust aufwachen.«

Kate antwortete nicht. Sie schob ihre Arme unter Numees' Körper und wollte sie gerade hochheben, als Daniel ihr zuvorkam.

»Nichts da. Lass mich das machen. Diesen Brocken schaffst du nicht alleine.«

Kurzerhand schob er sie beiseite, hievte Numees auf seine Arme und fragte: »Wohin?«

»Auf den Tisch in den Speisesaal.«

Inzwischen waren mehrere Männer dabei, die Verwundeten in das Haupthaus zu schleppen. Ebenizer würde alle Hände voll zu tun haben. Als der Arzt ihr mittels eines hilfesuchenden Blickes seine Bedürfnisse nach Unterstützung deutlich machte, antwortete sie mit einem Nicken.

»Danke«, krächzte Ebenizer. »Bist ein gutes Kind.«

Im Speiseraum angekommen, legte Daniel die Hündin behutsam auf dem Tisch ab. »Williams wird einen Anfall kriegen«, brummte der Trapper. »Ein Köter auf seinem schönen, polierten Eichenholz.«

»Numees ist kein Köter. Sie hat mir das Leben gerettet, verstanden? Außerdem ist es Williams fortan egal, was ich tue. Also werde ich mich im Gegenzug auch nicht mehr darum kümmern, was ihm gefällt oder nicht.«

»Ach was, du kennst doch seine Wankelmütigkeit. Morgen erinnert er sich schon nicht mehr dran.«

»Vielleicht«, murmelte sie nur, hastete in den Behandlungsraum und suchte alles zusammen, was sie brauchte. Dann versprach sie Ebenizer ihre baldige Hilfe und eilte zu Daniel und Numees zurück.

»Womit hast du auf Kainah geschossen?« Der Hund winselte, als sie die kühlende Kräutersalbe auf seine verbrannte Haut strich. »Geht es ihm gut?«

»Mach dir keine Sorgen. Er wird nur eine Weile schlafen. Danach geht es ihm so gut, wie es jemandem geht, der eine Nacht lang zu tief in eine Ginflasche geschaut hat. Ich dachte, es wäre besser, das zu beenden. Nicht, dass ich es den Idioten nicht gegönnt hätte. Aber wer weiß, wie das geendet wäre. Ich hätte schwören können, dass Kainah … er sah aus, als wäre er in eine Art Blutrausch geraten. Hast du seine Augen gesehen?«

Kate zuckte mit den Schultern. »Nein, habe ich nicht. Ich hoffe nur, dass der Schwanz des Mistkerls, der Numees angezündet hat, noch schlimmer aussieht als der hier.«

»Mädchen, dein Mundwerk bringt Williams nochmal ins Grab.«

»Sei es drum. Was war das für ein Dorn?«

»Er stammt von einem seltenen Strauch, der tief im Süden wächst, und ist mit dem Gift einer Käferlarve getränkt. Schon in geringen

Mengen wirkt dieses Gift tödlich. Aber auf spezielle Weise verdünnt und vermischt mit anderen Zutaten schickt es den Geist für mehrere Stunden schlafen. Ein Jäger aus den Sümpfen hat mir vor vielen Jahren das Blasrohr geschenkt, zusammen mit einigen Dornen. Man kann sie gute zwei Dutzend Male benutzten, ehe man das Gift erst erneuern muss. Bei der Bestie wirkt es allerdings nicht, wie ich leider feststellen musste.«

Schnell wickelte Kate die Binden um den Schwanz der Hündin, befestigte sie mit einer Klammer und trat zurück. »Bring sie zu Kainah. Ich komme gleich nach.«

Daniel nickte, hob Numees vorsichtig auf seine Arme und verschwand. Kate wiederum eilte zu Ebenizer, erfasste mit einem kurzen Blick, wo welche Art von Hilfe benötigt wurde, und ging dem Alten zur Hand. Sie säuberten, verbanden und nähten, während der Arzt immer wieder nach nebenan huschte und sich um den Mann mit der Brandverletzung kümmerte. Selbstredend durfte Kate bei einer solchen Wundversorgung nicht zugegen sein, aber es gab genug zu tun. Als das Nötigste erledigt war und die Verletzten nach nebenan verfrachtet worden waren, raffte Kate alles für Kainahs Versorgung zusammen und rannte zum Arrest-Schuppen. Für gewöhnlich landeten Männer dort, die sich leichtere Vergehen hatten zuschulden kommen lassen. Ein oder zwei Nächte ließ Williams sie wie ein gefangenes Tier in dem zweckentfremdeten Bärenkäfig schmoren, ohne Nahrung und Wasser.

Daniel hockte vor jenem Käfig, als sie eintrat, die Arme auf den Knien abgestützt. Kainah und Numees lagen reglos nebeneinander und schliefen. Beruhigt erkannte Kate, dass ihre Atemzüge gleichmäßig und kräftig waren. Das Gesicht des Jägers war zugeschwollen, über seine Unterlippe verlief eine Platzwunde. Angesichts der Menge der Angreifer hatte sie mit deutlich schlimmeren Verletzungen gerechnet.

»Wie hast du den Hund da reinbekommen?«

»Ersatzschlüssel«, brummte Daniel. »Harry hat ihn mir gegeben. Er ist übrigens der neue Kerkermeister. Der alte sitzt nämlich gerade selber ein.«

»Was hat er getan? Essen gestohlen?«

»Er machte sich nachts über die Tabakfelder her, wenn ich mich nicht irre. Zweigte sich eine nicht unbeachtliche Menge ab, trocknete sie und verkaufte das Zeug heimlich unter der Hand weiter. Als Williams es rausfand, hat er getobt. Wie auch immer, die Tür ist noch offen.« Daniel griff zu und zog sie auf. »Kümmere dich um ihn.«

Kate bemühte sich um ruhigen Atem und um Hände, die nicht zitterten. Vermutlich konnte sie dem Trapper ohnehin nichts vormachen, doch wenn ihr Schauspiel einmal scheiterte, würde es sicher wieder geschehen.

Sie kniete sich neben Kainah, füllte warmes Wasser aus der mitgebrachten Kanne in die Schüssel, tauchte den Schwamm darin ein und begann, das Blut von seinem Gesicht zu wischen. Während sie ihrer Arbeit nachging, versuchte sie krampfhaft, an nichts zu denken, doch sie war sich der sanften Berührungen nur allzu bewusst. Sie hörte Kainahs langsamen Atem und spürte die zornige Hitze seiner Haut. Daniel rührte sich nicht. Er hatte die Tür geschlossen und blockierte sie, den Blick starr ins Leere gerichtet.

»Nur zu«, ermunterte er sie. »Ich schweige wie ein Grab.«

Kate schoss die Röte ins Gesicht. Was wollte er ihr damit sagen? Dieser ungehobelte Kerl! Nahm er denn nie ein Blatt vor den Mund? Ihre Bewegungen wurden hastiger, sie wischte den letzten Rest Blut ab, nahm den Tiegel mit der Salbe und strich sie auf die Schwellungen. Spätestens heute Abend würde nichts mehr von all dem zu sehen sein. Jetzt blieb nur zu hoffen, dass niemand Zeuge dieser Heilung wurde. Zweifellos würden die Männer zur Freude des Reverends mitten auf dem Platz einen Scheiterhaufen errichten und Kainah aus dem Weg schaffen.

Als Kate das Hemd hochschob und seine Rippen abtastete, biss sie sich so heftig auf die Zunge, dass der Geschmack nach Blut ihren Mund füllte. Nicht nachdenken! Nur nicht darüber nachdenken! Schnell beendete sie ihre Untersuchung und schob zuletzt den Ärmel des Hemdes hoch, um nach dem Schnitt zu sehen. Ein frischer Verband war darum gewickelt, kein Blut war zu sehen. Beruhigt schob Kate den Stoff wieder zurück.

»Alles in Ordnung.« In gebückter Haltung kroch sie aus dem Käfig. »Er hat viel weniger abbekommen, als ich dachte. Nicht mal eine Rippe ist gebrochen.«

»Warum wundert mich das nicht?« Daniel schloss ab, trat zurück und lehnte sich gegen Wand. »Teufelskerl. Gar keine Frage. Hat vermutlich Knochen so hart wie die der Kocodjo.«

Etwas Kaltes ballte sich in ihren Eingeweiden zusammen. Schnell lenkte sie das Thema auf andere Dinge: »Wenn Williams den Gefangenen keine Decken gibt, werden sie erfrieren.«

»Mach dir mal keine Sorgen. Ich werde schon dafür sorgen, dass sie welche bekommen. Es kann nicht in seinem Interesse sein, noch mehr Männer zu verlieren.«

»Warum sagt er dann so was?«

»Er ist betrunken.« Daniel spuckte aus. »Dieser unverbesserliche, sture Dummkopf säuft sich den letzten Rest Verstand weg.«

Im Käfig begann sich Kainah zu regen. Er tastete nach den Stäben, umfasste sie und versuchte, sich an ihnen hochzuziehen.

»Meiner Treu.« Daniel blinzelte verblüfft. »Er müsste die ganze Nacht durchschlafen. Er kann nicht wach werden.«

Doch Kainahs Lider hoben sich, sein Blick huschte orientierungslos umher. Als er erkannte, dass er sich in einem Käfig befand, weiteten sich seine Augen in flüchtigem Schrecken, als zöge der Schatten düsterer Erinnerungen an ihm vorbei. Dann entdeckte er Numees.

Mit einem heiseren Laut der Überraschung beugte er sich über sie, betastete ihren verbundenen Schwanz und umfasste ihren Kopf, um seine Stirn gegen ihre zu drücken. Noch war jede Bewegung ungeschickt und zitternd vor Schwäche, aber Kate sah, dass er schnell seine gewohnte Kraft zurückgewann.

»Meiner Treu!«, wiederholte Daniel. »Das Zeug hat gerade mal eine Stunde gereicht.«

Kate ging vor dem Käfig in die Hocke, legte ihre Hand auf die Stäbe und fasste all ihren Mut zusammen: »Williams hat jeden Einzelnen bestraft. Die, die Numees das angetan haben, sitzen genauso in einem Käfig wie du. Er sagt, er duldet keine Unruhestifter mehr. Und weil er dich gleichberechtigt zu seinen Männern behandelt, hat er dir dieselbe Strafe zukommen lassen. Es tut mir leid. Ich weiß, es war nicht deine Schuld.«

Als Kainah zu ihr aufblickte, glomm eisige Kälte in seinem Blick. Da war nichts Warmes mehr, nichts Vertrautes. Seine Augen waren die eines Tieres. Er richtete sich wieder auf, lehnte sich gegen die Stäbe und zog vorsichtig Numees' Kopf auf seinen Schoß.

»Wie könnte ich euch je respektieren?«, fragte er zwischen zusammengebissenen Zähnen. »Zwei Dutzend von euch messen sich mit einem alten Hund. Ihr überschüttet Männer mit Ehre, die eine Armee gegen ein Dorf voller Frauen und Kinder hetzen. Ihr versteckt euch hinter euren Palisaden, während ihr darauf hofft, dass ich euch die Haut rette. Ihr seid nichts als jämmerliche Feiglinge.«

Daniel nickte. »Du hast Recht. Niemand von uns hat sich Respekt verdient. Ich werde dich auf deiner nächsten Jagd begleiten.«

»Nicht du«, gab Kainah zurück. »Deinen Mut stelle ich nicht in Frage. Frage einen der tapferen Männer, die sich über Numees hergemacht haben. Sie scheinen nach einer Herausforderung zu suchen. Ein Kocodjo würde ihnen mehr Unterhaltung bieten als ein altersschwacher Hund.«

Mit diesen Worten schloss Kainah wieder die Augen. Ein geringschätziges Lächeln umspielte seine Lippen, vielleicht in dem Wissen, dass keiner der Männer ihn begleiten würde. Es sei denn, Williams zwang sie mit vorgehaltener Waffe dazu. Oder in der Gewissheit, dass das Leben aller im Fort von ihm abhing.

»Komm.« Daniel rempelte Kate sanft mit der Schulter an. »Lassen wir ihn besser allein. Außerdem haben wir zu tun.«

In der Nacht, die Kate ruhelos und fiebernd verbrachte, spürte sie eine sonderbare Kraft in der Luft, die sich über alles zu legen schien und selbst den Himmel mit brodelnden Schlieren durchzog. Die Ahnung von etwas Gewaltigem fuhr ihr in die Knochen, und als am nächsten Tag schwarze, bauschige Wolken bereits den frühen Nachmittag in finstere Nacht verwandelten, brach das Unwetter ihres Lebens los.

Stürme und Regengüsse trieben jeden Mann in einen schützenden Unterschlupf, bogen die Fichten und Espen und verwandelten das Land in einen brüllenden Mahlstrom. Eine Nacht und einen Tag lang tobte der Himmel, entwurzelten Bäume und flogen Schindeln wie Geschosse durch das Fort. Als der Sturm schließlich seine Kraft verlor, kehrten laue Winde ein, die die letzten Schneereste wegschmolzen und noch mehr Regen mit sich brachten.

Jeden Tag brachte sie Kainah Wasser und Essen.

Jeden Tag tat er dasselbe. Zuerst ließ er Numees aus seinen zu Schalen geformten Händen trinken, dann gab er ihr die Hälfte seiner Mahlzeit. Erst danach aß er selbst, und während er das tat, ruhte sein unergründlicher Blick auf Kate, als sei ihre Seele aus Glas. Sie fühlte sich entblößt in seiner Gegenwart, verwundbar und zugleich auf nie empfundene Art lebendig. Niemandem war es aufgefallen, dass seine Wunden zu schnell heilten. Denn niemand außer ihr war bei ihm gewesen.

Während der kurzen Zeit, die sie es wagte, bei Kainah zu bleiben, wechselten sie kein Wort miteinander. Ihre Gespräche bestanden allein aus Blicken. Durch die Stäbe wechselte sie Numees' Verbände und benutzte Kainahs Medizin, als Ebenizer sich weigerte, noch mehr seiner kostbaren Tinkturen für einen Hund herzugeben. Der Schwanz des Tieres heilte gut, auch der Schnitt an Kainahs Arm schien sich endlich geschlossen zu haben, doch als sie am folgenden Abend das Essen brachte, durchfuhr sie ein ungläubiger Schrecken: Etwas hatte den Verband an seinem Arm regelrecht verätzt und aufgelöst, der Schnitt war feuerrot verfärbt und klaffte weit auf.

Wortlos hastete sie in Ebenizers Behandlungszimmer, holte neues Verbandszeug und eine Schere, füllte eine Schale mit warmem Wasser und steckte zuletzt einen kleinen Tiegel Salbe ein.

Als sie im Schuppen vorsichtig nach Kainahs Arm griff, öffnete er nicht einmal die Augen. Behutsam schnitt sie den verätzten Stoff ab, legte seinen Arm frei und wusch das schwarze, schwärende Blut ab.

»Es sieht aus wie Kocodjo-Gift«, sagte sie leise. »Wie kann das sein?«

Kainah antwortete nicht, seine Augen blieben geschlossen. Während sie mit dem weichen Schwamm über die Wunde strich und seine heiße Haut unter ihren Fingern spürte, bemerkte sie im Augenwinkel, dass eine Träne über seine Wange lief. Verstohlen wischte er sie fort. Noch immer war sein Gesicht reglos, doch Kate spürte, dass er mit einem gewaltigen Schmerz kämpfte.

»Tut es sehr weh?« Sie ging noch sanfter vor, obwohl Kainah kaum merklich den Kopf schüttelte. »Was ist mit dir? Warum sieht der Schnitt plötzlich wieder schlimmer aus?«

»Ich weiß es nicht«, flüsterte er leise. »So etwas ist noch nie passiert.«

Als Kate den Schwamm auswrang und etwas von dem schwarzen Blut über ihre Hand lief, begann die Haut sofort zu brennen. Der Weg, den der Tropfen genommen hatten, färbte sich feuerrot.

»Dein Blut«, hauchte sie. »Es brennt.«

Noch immer waren seine Augen geschlossen. Dazwischen grub sich eine tiefe Falte in seine Haut. »Es hätte dich töten müssen, Kate. In meinen Adern fließt ihr Gift.«

»Was?« Sie legte den Schwamm beiseite und tauchte Zeige- und Mittelfinger in den Salbentiegel. »Ich verstehe nicht.«

»Der Schwur. Ich habe deinen Tod in Kauf genommen. Du hättest sterben müssen. So, wie das Blut der Kocodjo einen Menschen umbringt, tut es auch meines.«

Kate wusste nicht, was sie erwidern sollte. Ihre Hände zitterten, als sie die Salbe auf die Wundränder auftrug. »Ich muss den Schnitt nähen. Sonst wächst er niemals zu.«

»Mein Blut würde die Fäden zu schnell auflösen. Es würde nichts nützen.«

Sie nickte, legte alles beiseite und starrte ihn an. »In dir fließt also das Blut der Kocodjo?«

»Sie haben mich gebissen. Vor langer Zeit.«

»Wirst du wie sie?«

»Ich weiß es nicht.«

»Warum lebe ich noch?«

»Warum lebe ich noch?«, wiederholte er düster. »Das alles ist für mich genauso rätselhaft wie für dich. Als Williams mich zwang, mit dir den Schwur einzugehen, habe ich nur an eines gedacht: Ich musste Kimi retten. Ich brauchte einen Moment der Überraschung, und es war mir egal, ob Williams oder du ihn mir liefern würde. Es war mir egal, Kate.«

Ihr fiel nichts weiter ein, als erneut zu nicken. Wie er da mit geschlossenen Augen saß, den Rücken an die Stäbe gelehnt und vergraben in seinem Schmerz, wirkte er überaus verletzlich. Hätte sie zornig sein sollen? Weswegen? Weil er das getan hatte, was jeder Vater getan hätte? Weil sie ihn nicht verstand? Weil er sie hilflos machte und sie verwirrte? Kate beobachtete, wie er Numees streichelte, und dann, wie er den Kopf zur Seite neigte und das spärliche Licht, das durch die Bretterritzen des Schuppens auf seinen Hals fiel, die weichen Linien von Wange und Kiefer streifte.

Nach einer Weile ging sie, ohne etwas zu sagen. Auch am nächsten Tag schwieg Kate, ebenso am übernächsten. Ihre Besuche flochten ein sonderbares Band der Nähe zwischen ihnen, bestehend aus Schweigen und stillen Rätseln. Manchmal, wenn sie gemeinsam reglos dasaßen und sich ansahen, keimte das Gefühl in ihr auf, ihn zu kennen. Je unbegreiflicher ihr alles erschien und je mehr ihre Gedanken umherwirbelten, umso mehr sehnte sie sich nach den kurzen Momenten in Kainahs Nähe, denn nur dann hatte sie das Gefühl, nicht durchzudrehen.

Nachts und in jenen Stunden des Tages, in denen sie Ebenizer zur Hand ging oder dem Koch half, kostete es all ihre Kraft, ihre Maske aufrecht zu erhalten.

So oft packte Kate das Verlangen, Kainah von den Träumen und den Visionen zu erzählen, doch sie tat es nicht. Selbst dann nicht, als die Schlangen erneut ihren Schlaf heimsuchten und sie mehrmals in der Nacht im Bett hochfuhr, gepeinigt von glühender Hitze und dem Gefühl zuckender Leiber, die in ihrem Körper herumkrochen und Gift in ihre Adern pumpten.

Warum sie schwieg, wusste Kate nicht. Vielleicht, weil alles unwirklich blieb, solange sie nicht darüber redete. Oder weil sie sich selbst nicht eingestehen wollte, dass Kainah recht hatte: Sie veränderte sich.

Aber in was? Wie sollte er ihr helfen können, wenn er seine eigenen Rätsel nicht einmal verstand?

Weitere drei Tage vergingen, ausgefüllt mit den kurzen, entrückten Phasen ihres schweigenden Beisammenseins, mit forschenden Blicken und dem Trommeln stetigen Regens, der den Fluss ein zweites Mal in diesem Winter zu einem reißenden Monstrum anschwellen ließ. Die Unwetter hatten jedoch auch neue Hoffnung mit sich gebracht: Seit dem Sturm waren die Kocodjo verschwunden. Kein Brüllen durchdrang die laue Stille des Waldes, keine Palisaden barsten unter rasender Wut. Es war, als sei die Zeit der Bestien vorüber.

Doch selbst nach einer ganzen Woche war Williams nicht bereit, auch nur einen seiner Gefangenen freizulassen. Kainah saß seit mehreren Tagen still und in sich gekehrt in seinem Käfig, als hätte er beschlossen, sich niemals mehr zu bewegen. Alles, was sie ihm an Nahrung brachte, verschlang Numees, lediglich wenige Schlucke Wasser pro Tag nahm er zu sich. Er schien ganz und gar in einer seltsamen Zwischenwelt zu ruhen, die tief in den Abgründen seiner Seele verborgen lag, und doch beschlich Kate der Eindruck, dass er auf merkwürdige Art zugleich hellwach war. Dass er wartete.

Mehrmals reinigte sie den Schnitt an seinem Arm und verband ihn neu, bis die Wunde endlich begann, besser auszusehen. Mit jedem Tag wurde sie kleiner, zog sich zusammen und schloss sich schließlich ganz. Kainah jedoch blieb so reglos wie zuvor.

Eines Nachmittags, als sie ungewohnt müde ihr Zimmer aufsuchen wollte, fing Daniel sie ab und zog sie in den leeren Speiseraum. Das Feuer im Kamin loderte bereits, dicke Regentropfen schlugen prasselnd gegen die Scheiben.

»Williams ist endgültig wahnsinnig geworden!«, polterte er los. »Er hat gerade verkündet, die Kocodjo seien besiegt. Und er will Kainah nur noch so lange am Leben lassen, bis er sich absolut sicher sein kann, dass die Biester nicht mehr zurückkommen. Andrew sitzt schon auf glühenden Kohlen, diese widerliche Kröte.«

Es war, als schlüge ihr jemand mitten in das Gesicht. »Das kann er nicht tun!«

»Und ob! Er lechzt danach, seinen Bluthund zu füttern. Kainah ist nur noch am Leben, weil Williams sich seiner Haut noch nicht ganz sicher ist. Aber lass noch ein paar ruhige Nächte vergehen, und er ist davon überzeugt.«

Kate packte ihn bei den Schultern. Ein Gefühl abgrundtiefer Hilflosigkeit trieb ihr die Tränen in die Augen. »Das kannst du nicht zulassen! Du musst ihn umstimmen!«

»Wie denn? Jegliche Vernunft trifft bei ihm auf taube Ohren. Gestern hat er einen Mann halbtot geprügelt, weil er seine Stiefel nicht richtig geputzt hat. Und wenn ich die Männer gegen ihn aufhetze, wird alles noch schlimmer. Das sind keine Menschen mehr, das sind verwilderte Hunde. Du weißt, was sie dir antun werden, wenn alles hier im Chaos versinkt.«

»Moment. Er hat was getan?«

»Irgendeinen armen Wicht halbtot geschlagen«, wiederholte Daniel. »Dein Onkel will so seinen Ruf als gefürchteter Captain wiederaufbauen. Alle sollen strammstehen und in Ehrfurcht erstarren, wenn er in der Nähe ist. Dafür geht er über Leichen. Er schläft kaum noch, weil er denkt, der nächste Aufmüpfige schneidet ihm die Kehle durch. Sogar seine Flinte und ein Messer nimmt er mit ins Bett« Daniel wandte sich ab und begann, im Speiseraum auf- und abzuwandern. »Er hätte euch nie herbringen dürfen. Warum war er nur so dumm? Welcher Teufel hat ihn geritten, euch einer solchen Gefahr auszusetzen?«

Ihre Beine zitterten. Kraftlos sank sie auf einen der Stühle.

»Vielleicht war es ihm nicht klar.«

»Nicht klar? Wie kann einem das nicht klar sein?«

»Er war es immer gewohnt, alles zu bekommen, was er wollte. Er war reich, mächtig und gefürchtet. Seine Befehle wurden ohne Widerworte befolgt, alle buckelten vor ihm. Vielleicht lebte er immer in seiner eigenen Welt. Der Gedanke, dass er irgendwann verlieren könnte, ist ihm wahrscheinlich niemals gekommen. Vielleicht dachte er, sein Wort würde für immer und ewig Gesetz sein.«

Daniel grollte und dachte nach.

»Gottverdammt«, fluchte er schließlich. »Zeit seines Lebens hat er immer andere ins Feuer geschickt. Jetzt verbrennt er sich das erste Mal selbst. Ich würde es ihm gönnen, wenn sein Scheitern nicht deinen Tod bedeuten würde. Die Wege in den Osten sind unpassierbar, alles ist überschwemmt. In spätestens zwei Tagen kommt der Schnee wieder. Es wird noch schlimmer werden, Kate. Viel schlimmer. Nicht einmal fünfzig Trapper vom härtesten Schlag brächten es fertig, dir sicheres Geleit in den Osten zu geben.«

Er starrte sie eine Weile nachdenklich an, das zerfurchte Gesicht düster vor Sorge. »Ich glaube«, murmelte er dann, »du bist die Einzige, die Williams zur Vernunft bringen kann.«

»Ich?«

»Ja, du! Er wird weich, wenn du ihn anflehst. Wenn du dich hilflos und schwach gibst und er das Gefühl bekommt, dich beschützen zu müssen. Du bist seine einzige Schwachstelle.«

»Nein.« Kate schüttelte müde den Kopf und erhob sich. »Das bin ich nicht. Nicht mehr.«

»Oh doch, wenn du es richtig anpackst. Du kannst sein Verantwortungsgefühl wachkitzeln. Schmiere ihm Honig ums Maul, zeige ihm deine Angst, vergieß ein paar Tränen. Und wenn du ihn aufgeweicht hast, trichtere ihm Vernunft ein. Aber nicht heute. Er hat sich in seinem Arbeitszimmer eingeschlossen und trinkt wie ein Bürstenbinder. Da sollte ihm besser keiner zu nahe kommen.«

Kate nickte. »Ich werde es versuchen.«

»Bist ein gutes Mädchen. Wirst sehen, wir kriegen das hin. Also dann, gute Nacht.«

»Gute Nacht, Daniel.« Sie schloss die Tür hinter sich und fühlte sich, als kröche das Gift des betäubenden Dornes durch ihren Körper. Benommen ging sie in ihr Zimmer hinauf, setzte sich auf die Fensterbank und drückte ihre Stirn gegen das Glas. Gerade legte sie sich im

Kopf die ersten Sätze ihrer Bittrede zurecht, als ein Brüllen das Rauschen des Regens durchdrang. Es war fern, kaum lauter als das Rumoren eines Unwetters, das sich über dem Gebirge entlud. Doch seine Botschaft war eindeutig: Die Kocodjo waren zurückgekehrt.

Es währte keine fünf Minuten, bis Kate von ihrem Fenster aus sah, wie Gunter in Williams Begleitung durch die rauschenden Wasserkaskaden in Richtung des Arrest-Schuppens hetzte.

Eine gute halbe Stunde später ritt Kainah auf Aranck in die Nacht hinaus, diesmal ohne Numees Begleitung. Selbst aus der Entfernung spürte sie seinen schwärenden Hass. Er wartete auf den richtigen Moment, und Kate wusste, dass er kommen würde. Bald.

Sie erwachte weinend, ohne zu wissen, weshalb.

Still lag Kate da, tränkte das Kissen mit ihren Tränen und zitterte. Das Holz des Hauses knackte unter der klirrenden Kälte. Als sie aufstand, sich an das Fenster setzte und die Eisblumen fortwischte, strahlten die Sterne hell wie Diamanten an einem tiefschwarzen Firmament. Vor zwei Tagen waren die Wolken und der Regen verschwunden. Was folgte, war eine dicke Schicht aus Eis, die das ganze Land überzog. Es war so kalt, dass sich ihr Atem selbst inmitten des Zimmers in eine weiße Wolke verwandelte und ihre Zähne trotz mehrerer Decken und dicker Kleidung unaufhörlich klapperten.

Nach dem Ende des Regens waren die Jäger in den kurzen, hellen Stunden des Tages ausgezogen, um Beute zu machen, doch nicht einmal ein Schneehase oder eine Krähe waren ihnen begegnet. Der Wald lag wie ausgestorben da. Still, tot und leer.

Nacht für Nacht trotzte Kainah der Kälte und ging auf die Jagd.

Nacht für Nacht verstrich in tiefem, frostigem Schweigen.

Schlaflos starrte Kate in die Weite der funkelnden Wälder hinaus, und je länger sich ihr Blick darin verlor, umso heftiger wurde das Gefühl, das etwas dort draußen auf sie wartete. Es war keine Angst, die sie spürte. Keine Sorgen oder keine dunklen Vorahnungen. Nein, die glimmende Nacht erfüllte sie mit einer immer stärker werdenden Sehnsucht, die Kate nicht zu deuten wusste. Verführte etwas Teuflisches sie mit Träumen und Sehnsüchten? Falls ja, dann fand sie keine Kraft, ihm etwas entgegenzusetzen. Sie war müde und sehnte sich nach Kainahs Anblick. Sie sehnte sich danach, auf dem Rücken eines Pferdes durch die froststille Nacht zu reiten, furchtlos und stark, um dem Tod gleichmütig entgegenzublicken und frei zu sein. Frei und losgelöst von allem.

Als sich das Tor des Pferdestalles öffnete und Kainah herauskam, seinen Hengst am Zügel führend und die gekreuzten Äxte auf dem Rücken, empfand Kate eine Welle von Neid. Wie immer schwang er sich mit einer Bewegung von fließender Anmut auf Arancks Rücken, lenkte ihn an ihrem Fenster vorbei und sah zu ihr hinauf, den Blick dunkel und kalt. Und wie immer war ihr elend zumute, als er das schützende Fort verließ und in die Nacht hinausritt. Allein und furchtlos.

Sie wusste, dass sein Mut keine Maske war. Der Tod bedeutete ihm nichts. Schmerz bedeutete ihm nichts. Wie viele Bestien trennten den Jäger noch davon, seinen Schwur zu erfüllen? Falls es ihm gelang, Williams zu einem Freispruch zu zwingen, dann würde ihr Onkel sterben, und mit ihm all jene, die Kainahs Hass auf sich gezogen hatten. War aber Williams der Sieger, so bestand der Lohn für den erfüllten Schwur aus Folter und Tod.

Wie ein düsterer Strom flossen die Tage und Nächte dahin, während der Frost immer beißender wurde und den Brunnen erneut einfrieren ließ. Selbst das Eis auf dem Fluss wurde so dick, dass sie es nicht mehr zerschlagen konnte.

Unermüdlich brach Kate Eiszapfen ab oder schaufelte Schnee in Kupferkessel, den sie anschließend über dem Herdfeuer schmolz. Immer tiefer kroch ihr die Kälte in die Knochen und machte ihre Gedanken wirr und müde.

Kainah erblickte sie nur selten, und wenn sie sich begegneten, machte er keinerlei Anstalten, ihr nahe zu kommen. Warum hielt er sich plötzlich fern von ihr? Warum war keine Wärme mehr in seinem Blick, wenn sie sich ansahen?

So, wie das Land unter dem Frost erstarrte, gefror auch das Leben im Fort. Nahezu alle Arbeiten wurden eingestellt, es sei denn, man konnte sie vor einem warmen Kaminfeuer erledigen. Eingehüllt in Decken, Umhänge und Felle dämmerten die Menschen vor sich hin und bewegten sich nur dann, wenn ein Bedürfnis sie plagte oder die Essensglocke läutete.

An jenem Morgen, an dem einer der Knechte auf dem Weg zwischen dem Brunnen und seiner Hütte erfror, hielt eine besonders trostlose Müdigkeit Kate umfangen. Sie aß und trank nichts, sondern blieb in ihrem Bett und ließ sich in dem traumgleichen Zustand tiefer Erschöpfung treiben. Immer wieder sank ihr Bewusstsein in den Schlaf, tauchte daraus auf wie aus schwarzem Wasser und glitt, kaum dass es eine Ahnung von der Wirklichkeit erblickt hatte, wieder in die Tiefe.

Bis eine lähmende Kälte ihren Körper umschloss. Ein Traum? Eine Vision? Sie spürte Schnee. Ihre Finger gruben sich hinein, ihre Wange lag darauf. Wind zerzauste ihre Haare. Ein Wind so eisig, dass er alles, was er berührte, erstarren ließ. Sie konnte sich nicht bewegen. Nur ihre Lider hoben sich mühsam über einem sternenübersäten Himmel und den reglosen Wipfel der Fichten.

Es musste ein Traum sein. Denn sie lag im Schnee und starrte in den Nachthimmel hinauf, stumm vor Schmerz und zu Eis gefroren. Sterne, so viele funkelnde Sterne. Ihre Kiefer verkrampften sich, bis es sich anfühlte, als müssten ihre Zähne zersplittern.

Nein, kein Traum!

Kate begriff mit der Wucht eines Fausthiebes, dass sie draußen war. Vor den Palisaden, inmitten der angespitzten Pflöcke und unterhalb eines unbesetzten Wachturms. War sie etwa von dort oben heruntergesprungen? Warum? Was war geschehen?

Ihre Fragen verloren sich in rasendem Schmerz, alles wurde zu einem peinigenden Strudel, der sie mit sich riss. Plötzlich war jemand bei ihr und schüttete wütende Flüche über ihr aus, rüttelte an ihr und hob ihren steifen Körper hoch.

Wenn es nur endlich aufhörte! Es tat weh, so schrecklich weh.

Jemand strich über ihr Haar, flößte ihr heiße Suppe ein und redete auf sie ein. Kate spürte, dass ihre Augen offen standen, aber sie erkannte nichts. Nur nebelhafte Leere, in der sich manchmal undeutliche Schemen wie Geister bewegten.

Flüchtig glaubte sie, Kainahs Stimme zu hören. Kraftlos flüsterte sie seinen Namen. Zweimal, ehe ihr Bewusstsein wieder schwand.

Als sie das nächste Mal erwachte, erkannte sie in dem geisterhaften Schemen neben ihr ein Gesicht. Daniel. Sein anklagender Blick war von Sorge verdunkelt, das ohnehin runzlige Gesicht noch faltiger und geriffelt wie die Borke einer alten Eiche.

»Was hast du dir bloß dabei gedacht?«, knurrte er. »Das hätte böse enden können.«

»Hm?«, brachte sie hervor.

»Du wärst fast gestorben, Mädchen. Einer der Knechte hat gesehen, wie du mitten in der Nacht von einem der Wachtürme gesprungen bist, und du hattest nicht mal Stiefel an. Noch ein bisschen länger, und Ebenizer hätte dir die Füße abschneiden müssen.«

Sie blinzelte. Ihre Erinnerung erwachte nur schleppend. Ja, sie war draußen gewesen. Im Schnee. Über ihr hatten die Sterne gefunkelt. Sie war allein da draußen in der eiskalten Nacht gewesen.

Warum? Wieso?

Stöhnend legte sie die Fingerspitzen an ihre pochenden Schläfen.

Daniel stand aus seinem Stuhl auf, setzte sich stattdessen auf die Bettkante und blickte mit sorgenvollem Lächeln auf sie hinab. Manchmal kam es ihr vor, als sei die Seele ihres Vaters in diesen Mann geschlüpft, um ihr beizustehen.

»Ich bin ja da, Mädchen. Alles wird gut. Kannst du dich an nichts erinnern? Was hat dich da rausgetrieben?«

»Ich weiß es nicht.«

»Schlafwandelst du?«

»Nein.« Dann erinnerte sie sich an Kainahs Stimme. Daniel weitete die Augen, als sie unwillkürlich seinen Namen flüsterte.

»Schschsch!«, zischte er. »Sei still!«

»Wo ist er?«

»Ich weiß es nicht. Vermutlich noch im Wald. Williams wäre fast durchgedreht, weil du ständig nach ihm gerufen hast.«

»Was?« Sie hatte nach ihm gerufen? Ständig?

»Gib auf deine Worte acht, Mädchen. Du bringst euch beide in Gefahr. Dein Onkel verliert gerade den letzten Rest seines Verstandes und sucht die Verantwortung für jedes Unglück bei anderen. Vor allem bei Kainah.«

Kate versuchte, ihre Augen offenzuhalten. Aber ihr Bewusstsein wurde von einer überwältigenden Erschöpfung fortgetrieben.

»Er hat mich freigegeben«, flüsterte sie. »Ich kann tun, was ich will.«

»Was er sagt, hat kein Gewicht mehr«, knurrte der Trapper. »Vorhin war er kurz davor, Kainah festnehmen zu lassen und ihn an Andrew zu übergeben, nur weil es ihn wahnsinnig gemacht hat, dass du in deinem Delirium nach ihm gerufen hast.«

Unvermittelt flogen ihre Lider auf. Schmerzen zerrissen ihren Schädel und tobten in ihren Füßen und Händen, als hätte jemand den

Schleier warmer Betäubung mit einem brutalen Ruck fortgerissen. Stöhnend schlug Kate ihre Hände vor das Gesicht.

»Du darfst ihm nicht mehr vertrauen«, drang Daniel auf sie ein. »Hast du verstanden? In keiner Hinsicht.«

»Er darf ihn nicht töten! Lass das nicht zu!«

»Wenn das nur so einfach wäre. Für heute habe ich ihn davon abgebracht, aber inzwischen muss jeder um sein Leben bangen, wenn Williams wütend wird. Dein Onkel bringt uns noch alle ins Grab. Seit er jede Kleinigkeit drakonisch bestraft, traut sich keiner mehr, gegen ihn anzugehen.« Daniel raufte sich die Haare. »Bei Gott. Ich habe damals geschworen, ihm treu zur Seite zu stehen. Damals, als er noch ein Mann war, den ich ehren konnte. Fast wünsche ich mir, dass Kainahs Schwur endlich erfüllt ist und er Williams den Hals umdreht. Aber dafür muss er ihn vorher freigeben, und das wird er nie tun.«

»Kainah sagte, er würde ihn notfalls zwingen.«

»Wie will er das schaffen? Die Männer dienen Williams nicht mehr aus Loyalität, sondern aus Angst. Verrückt, wenn man bedenkt, dass eine ganze Horde vor der Tyrannei eines Einzelnen buckelt.«

Daniel schüttelte den Kopf, erhob sich und verschwand mit gesenktem Kopf aus ihrem Zimmer. Der gnädige Strom des Schlafes zog an ihr, kaum dass sie die Augen schloss, ließ Entsetzen und Hilflosigkeit verblassen und löschte all ihre Gedanken aus.

Schlafen. Sie wollte nur noch schlafen. Für den Rest ihres Lebens.

Doch nach einem kurzen Moment der Schwärze wehte Kainahs Stimme durch ihre Wahrnehmung. Sie war ganz nah. Nicht zornig, wie sie es erwartet hatte, nach allem, was geschehen war. Sondern weich und ein wenig verwirrt.

»Die Kreaturen sind deinetwegen gekommen«, sagte er. »Was wollen sie von dir?«

Kate blinzelte. Was sagte er da? Träumte sie oder war sie wach? Schläfrig wandte sie sich um und stieß ein ungläubiges Keuchen aus. Er stand mitten in ihrem Zimmer. Das Hirschlederhemd war zerrissen und blutverschmiert, die Haare offen und wirr. Seine Augen schienen in einem dunklen Gold zu glühen, vermutlich, weil sich das Kerzenlicht darin spiegelte.

»Was wollen sie von dir?«, wiederholte er. »Sag es mir!«

»Wen meinst du?«

»Die Kocodjo.«

»Ich verstehe nicht.«

Er runzelte ungeduldig die Stirn. »Ich hatte eine Vision, Kate. Die Bestien wollen dich. Sie wollen dich mehr als alles andere. Warum?«

Entsetzen wischte die Betäubung ihrer Erschöpfung fort. »Das kann nicht sein. Während unserer Reise durch den Wald hätten sie mich jederzeit töten können.«

»Ich weiß. Und ich verstehe es so wenig wie du. Vielleicht spielen sie mit uns. Verwirren uns. Stellen uns auf die Probe.«

»Können die Bestien Traum und Wirklichkeit verschmelzen lassen?«

Kainah stand reglos da, verwirrt, die Stirn noch immer gerunzelt. Dann öffnete er in einer bittenden Geste die Arme. »Komm her.«

»Aber Williams. Wenn er …«

»Komm her«, wiederholte er leise. »Er hat sich in seinem Zimmer eingeschlossen und ist so betrunken, dass er keinen Schritt mehr tun kann.«

»Woher weißt du das?«

»Ich rieche es.«

Zögernd schlug sie die Decke beiseite, stand auf und wartete darauf, dass die Beine kraftlos unter ihr zusammenknickten. Doch der Schlaf schien ihr neue Kräfte eingeflößt zu haben. Mit vorsichtigen Schritten ging sie auf ihn zu, spürte das Reiben des Stoffes auf ihrer Haut und wurde sich der Zartheit ihres Nachthemdes bewusst.

»Warum bist du mir aus dem Weg gegangen?«, flüsterte sie. »Warum warst du so abweisend?«

Kainah antwortete nicht. Er starrte sie nur an, den Blick von Begehren verdunkelt. Es fühlte sich wie eine Berührung an, die über ihre Haut strich. So als sei kein Stoff mehr da, der sie verhüllte.

Kate verharrte, blickte an sich herab und sah, wie sich die harten Spitzen ihrer Brüste durch ihr Gewand drückten. Als sie wieder aufblickte, wirkte sein Blick gequält.

»Komm endlich«, flüsterte er ein drittes Mal.

In Fetzen gerissen hing das Hemd an seinem Oberkörper. Er musste gerade erst von der Jagd gekommen sein, das Blut auf seiner Haut war noch nicht einmal trocken. Er hatte wieder getötet.

Sei vorsichtig, flüsterte ihre Vernunft. Du kennst ihn nicht. Du weißt nicht, wer er ist. Was er ist.

Doch eine plötzliche Furchtlosigkeit ließ sie die letzten beiden Schritte überbrücken, die sie noch von ihm trennten. Kate griff nach dem zerrissenen Hirschleder und schob es hoch. Keine Wunde. Nicht einmal eine Schramme.

Gar nichts.

Alles Blut stammte von einem der Ungeheuer.

In einer stummen Aufforderung hob er die Arme. Leises Verblüffen erfüllte Kate, als sie ohne jedes Zögern nach seinem Hemd griff und es über seinen Kopf streifte. Sie waren sich so nah, dass ihre Brustspitzen seine Haut berührten, als sie sich durchbog und streckte. Mit einem leisen Zischen sog er die Luft zwischen den Zähnen ein, ließ seine Arme wieder sinken und betrachtete Kate. Lange, schweigend und unerträglich intensiv.

Immer schwerer und schneller ging sein Atem. Der Moschusgeruch, der seiner nackten Haut entströmte, steigerte ihr Fieber bis zur Unerträglichkeit. Leise raschelnd fiel das Hemd zu Boden.

Sag etwas! Tu etwas!

Nach schier endlosen Momenten der Reglosigkeit hob Kainah eine Hand, wölbte sie und legte sie auf ihre rechte Brust. Kate erstarrte. Ein Empfinden von atemberaubender Heftigkeit ließ sie nach Atem ringen. Als sie den Druck seiner Finger spürte, schoss ein pochendes, heißes Ziehen durch ihren Körper und erfüllte sie mit einer unbeschreiblichen Sehnsucht.

Geschah das hier wirklich?

Berührten sie sich endlich wieder, atmeten sie den Atem des anderen?

Heilige Mutter Gottes, nie hatte sich etwas so richtig angefühlt. Ihr war, als fände ein lebenslanger Hunger erst jetzt die Nahrung, die ihn stillte. Keine Angst konnte sie mehr erreichen. Es war ihr Schicksal, hier zu stehen. Bei ihm. Ihn zu spüren und zu berühren.

»Vielleicht war deine Vision nur ein Traum«, flüsterte sie. »Ich weiß nicht mehr, was wirklich ist und was nicht. Alles verschwimmt. Ich sehe Dinge. Ich höre, was ich nicht hören dürfte. Alles verändert sich.«

»Ich weiß«, sagte er nur.

Seine freie Hand legte sich auf ihren Hinterkopf, Finger gruben sich in ihr Haar und drückten sie nach vorn. Kainahs Atem strich über ihre Wange, dann berührten sich ihre Lippen. Scharfe Hitze explodierte in ihrem Mund, berauschte sie und verwandelte sie in ein Tier, das keine Vernunft mehr kannte.

Ihre Hände tasteten über seine Brust, erfühlten die warme Glätte seiner Haut, wanderten über den flachen Bauch und tiefer, so tief, bis Kainah sich ihrem Kuss entzog und staunend auf sie hinabblickte, als könnte er nicht glauben, dass sie all das tat.

Nein, es gab keine Angst mehr. Das Feuer in ihrem Körper übernahm ihren Willen. Ließ sie Verzweiflung spüren, Lust und Gier. Zart ließ sie ihre Fingerspitzen über seinen Oberkörper gleiten, beobachtete genüsslich, wie er unter ihren Berührungen schauderte und die Augen schloss.

Als sie eine der langen Haarsträhnen nach hinten strich, fing er ihre Hand ein, drückte mit der anderen gegen ihre Brust und drängte sie gegen die Wand. Kate stöhnte auf, als sein Körper sie gegen die harten Bretter presste. Wieder küsste er sie, und diesmal war der Kuss von besinnungslosem Hunger. Grob umfasste er ihre Brüste und verschlang ihre Lippen, bis sie weinte vor Begehren.

»Hast du sie gerufen?« Er hauchte die Worte an ihren Lippen. »Bist du mehr, als du vorgibst zu sein? Hast du mich zu dir gelockt, um mich zu vernichten?«

Kate kratzte mit ihren Nägeln über seine Brust, bis er schmerzerfüllt zischte. Sie wollte ihn! Sie wollte sich nackt und schwitzend mit ihm verschlingen und in dieser köstlichen Glut verbrennen. Ein Knurren stieg in ihrer Kehle auf, wild wie das eines Tieres. Sie stieß sich ab, schlang ihre Beine um seine Hüften und drückte ihren Schoß gegen seinen Unterleib. Kainah ächzte heiser. Seine Hände glitten an ihrem Körper auf und ab, haltlos und hungrig.

»Vielleicht«, gab sie zurück. »Und was, wenn es so wäre?«

Seine Hände packten den dünnen Stoff ihres Nachthemdes und zerrissen ihn, als bestünde er aus Spinnenseide.

»Ich bin deinetwegen hier, Kate. Ich jage für dich. Ich töte für dich. Du hast mich für den Rest meines Lebens an dich gebunden. Egal, wer oder was du bist.«

Die Hingabe in diesen Worten gefiel ihr. »Dann gehörst du mir?«

»Ja«, raunte er nur.

Ihre Hände krallten sich in die zuckenden Muskeln seiner Schultern. Schweißtropfen rannen über ihre Brüste und wurden von seiner

Zunge aufgefangen. Dann, als sich seine Lippen um die harten Spitzen schlossen und zu saugen begannen, war sie vollkommen verloren. Sie würde nicht aufhören. Selbst, wenn das ganze Fort hinter ihnen stand, selbst wenn Williams drohte, sie auf der Stelle zu erschießen. Sie musste Kainah schmecken, ihn berühren, sich an ihm reiben und seine Härte spüren, noch verdeckt vom Leder der Hose, aber sie zerrte daran, wütend und ungeduldig, wollte ihn befreien und endlich in sich spüren. Wie würde es sein? Wie? Oh, sie wollte es wissen. Hier. Jetzt. Sofort.

Doch dann zog sich ein schwarzer Schleier vor ihre Augen. Jedes Gefühl wich aus ihren Händen, ihr Herz begann zu stolpern.

»Kate?« Kainah umfasste mit beiden Händen ihr Gesicht. »Was ist mit dir? Kate? Hörst du mich?«

Sie wollte ihm antworten, doch die Schwärze begann sie wie Pech einzuhüllen. Sie fiel, kippte zur Seite und wurde von seinen Armen aufgefangen.

»Kate?«, rief es noch einmal weit entfernt am Rande ihres Bewusstseins, dann verschwand die Wirklichkeit.

Ein Gefühl bitterer Einsamkeit schlug über ihr zusammen. Sie lag auf etwas Kaltem und Hartem. Schnee, Eis, Steine. Wo war sie? Was war passiert?

Sie spürte, dass ihre Füße in Stiefeln steckten und dass sie das Schultertuch ihrer Mutter trug. Darunter ein Nachthemd. Nicht das, was sie zuvor getragen hatte. Nicht jenes Nachthemd, das Kainah zerfetzt hatte.

Allmächtiger!

Kate stemmte sich hoch und sah die Nacht um sich herum. Sterne, reifüberzogene Fichten, Mondschein. Der Wald funkelte und strahlte.

Kein Traum!

Es war erneut geschehen. Doch diesmal war es schlimmer. Denn sie lag nicht vor den Palisaden, sondern unter den Bäumen des Waldes.

Zitternd blickte Kate sich um. Sie sah die Spuren ihrer Stiefel, die sich durch die dünne Schneeschicht zogen, hin zu der Tür, die sich gegenüber dem Haupttor am anderen Ende des Forts befand und nur selten geöffnet wurde.

Vierzig Schritte entfernt.

Sie würde es nicht schaffen. Kate wusste es, noch ehe das Knurren der Bestien erklang.

Drei gestreifte Kocodjo.

Ohne Hast schoben sich ihre großen Körper durch das Labyrinth aus schwarzen Stämmen.

Kate war sich jedes Atemzuges und jedes Herzschlages bewusst. Es würde das Letzte sein, was sie von ihrem lebendigen Körper wahrnahm. So endete es also.

Mit messerscharfer Deutlichkeit sah sie die Lichtspiele, die die tanzenden Flammen der Fackeln auf den Schnee warfen. Wie verletzlich das Fort aussah, trotz seiner Palisaden und der angespitzten Stämme, die wie riesige Lanzen ein verwundbares Fleckchen Zivilisation zu beschützen versuchten. Wie ein zum Sterben zurückgelassenes Kind.

War Kainah nur im Traum zu ihr gekommen? Oh nein, es war echt gewesen. Sie fühlte das Brennen auf ihren Lippen, die Spur seiner Finger auf ihrer Haut. Sie erinnerte sich in aller Deutlichkeit daran.

Mein Gott, was hatte sie getan? Sie hatte sich an ihn geworfen und ihn ohne jede Scheu berührt, sie hatte gar ihre Beine um seine Hüften geschlungen und unverfroren nach mehr verlangt. Was für eine Frau war sie geworden?

Eine Frau, die sterben wird!, antwortete eine boshafte Stimme. Nimm es als schöne Erinnerung. Als etwas, das den Schmerz erträglicher machen wird.

Kate fühlte ihren Körper kaum mehr. Vielleicht würde sie es auch nicht spüren, wenn die Kocodjo sie zerrissen. Gerade wollte sie die Augen schließen und den Tod erwarten, als ein dunkler Schatten aus der Hintertür huschte.

Nicht Kainah. Sondern Daniel.

Der Trapper brüllte ihren Namen. Schüsse donnerten von den Wachtürmen her, schlugen vor den Pranken der Kocodjo ein oder trafen ihre gepanzerten Körper, ohne mehr zu durchdringen als Pelz und Haut. Die Männer luden nach, Daniel holte noch im Laufen aus und schleuderte ein Messer auf eine der Bestien.

Vergeblich.

Die tödliche Schneide prallte am Schädel ab und entlockte dem Kocodjo ein wütendes Knurren. Schwerfällig warf er sich herum, plump wie ein fett gefressener Bär.

»Komm her!« Daniel fuchtelte mit den Armen. »Komm her, du hässliches Biest!«

Er zog ein zweites Messer, während der Kocodjo gewaltige Galoppsprünge vollführte und seinen Kopf wie ein monströses Pendel hin und her schwenkte. Geifer hing von seinen Fängen und triefte in den Schnee.

»Nein!« Ihre Lippen waren taub vor Kälte. »Bitte, Daniel! Nicht!«

Kurz bevor der Kocodjo ihn erreicht hatte und wie ein angreifender Stier den Kopf senkte, sprang der Trapper zur Seite, stieß das Messer hinab und rammte es dem Monster in den Nacken.

Ein winziger Augenblick des Triumphs.

Ehe sich die Wahrheit zeigte.

Nutzlos glitt die Klinge an den Knochenplatten des Kocodjo ab und bohrte sich durch den Schwung des Stiches in Daniels Oberschenkel. Der Trapper schrie auf, taumelte mehrere Schritte zurück und sackte in die Knie. Ungläubig starrte er auf das aus seinem Bein ragende Messer, während der Kocodjo mit unerwarteter Schnelligkeit herumfuhr.

Geifernd fiel er über Daniel her.

Seine Fänge schnappten zu, bohrten sich in den Oberkörper seiner Beute und schüttelte den schlaffen Körper hin und her.

Kate krümmte sich in einem lautlosen Schrei zusammen. Hässliche, knackende Geräusche erklangen, vermischt mit heiserem Röcheln und Stöhnen. Immer wieder biss das Monster zu, ehe es den Körper des Trappers beiseiteschleuderte.

Aber Daniel lebte noch.

Seine Augen waren weit aufgerissen, seine Brust hob und senkte sich unter panischen Atemzügen.

Hilf ihm! Steh auf und hilf ihm!

Kate kämpfte gegen die Lähmung ihres halb erfrorenen Körpers. Jämmerlich zappelte sie im Schnee, während Daniel in seinem eigenen Blut lag und zusehen musste, wie die Bestie mit gefletschten Zähnen auf ihn zutrottete.

Ein Knurren erklang hinter ihr.

Kate wandte den Kopf und sah zwei weitere gestreifte Kocodjo, die nur wenige Schritte von ihr entfernt standen und sie aus bösen, kalten Augen anstarrten. Ihr Blick wirkte menschlich. Triumph glomm darin, und etwas wie höhnischer Spott. Sie sahen sie an wie Menschen, die ihr Ziel in greifbarer Nähe wussten. Gemächlich setzte sich einer der Kocodjo in Bewegung, doch nicht, um sie anzugreifen. Stattdessen marschierte er an ihr vorbei und hielt auf Daniel zu.

Wieder zerfetzte das Donnern unnützer Schüsse die Nacht. Kleine, dunkle Gestalten wuselten auf den Wachtürmen herum und stopften hektisch ihre Flinten.

Genüsslich beugten sich die beiden Bestien über Daniel. Der Trapper stieß sein Messer nach ihnen, fuchtelte und schrie mit wütender Verzweiflung, ehe ihm die Waffe mit einem mächtigen Prankenhieb aus der Hand geschlagen wurde.

Schnee knirschte unter den trommelnden Hufen eines Pferdes. In mörderischem Galopp jagte ein Reiter aus der Leere des Waldes auf sie zu, spannte seinen Bogen und verschoss einen Pfeil.

Doch er traf nicht den Nacken einer Bestie.

Er durchbohrte das Herz des Trappers.

Daniel tat einen letzten, keuchenden Atemzug, kurz bevor die Klauen der Bestien seinen Bauch aufrissen und ihn ausweideten wie ein erlegtes Wild.

Kainah hatte den Trapper getötet. Den Mann, der all die Zeit wie ein Vater für sie gewesen war. Den Mann, der ihr die Kraft gegeben hatte, weiterzuleben. Sprachlos starrte Kate auf die unbegreifliche Szene.

Nein!, flüsterte die Vernunft in ihr. Er hat ihn vor dem Schlimmsten bewahrt. Er wäre niemals schnell genug gewesen, um ihn zu retten. Niemals. Ganz gleich, ob er menschenunmögliche Kräfte besitzt oder nicht.

Ein zweiter Pfeil flog. Dick wie ihr Daumen, bohrte sich das mächtige Geschoss in den Nacken der kleineren Bestie, die soeben darin begriffen war, einen abgerissenen Arm zu verschlingen. Aranck bäumte sich vor dem geifernden Monster auf, wieherte schrill und sprang in jenem Moment auf die Bestie zu, in dem Kainah seine Lanze hinabstieß.

Mit furchtbarer Wucht bohrte sich die Klinge zwischen die Knochenplatten. Der Kocodjo schnappte in ohnmächtiger Wut nach seinem Angreifer, doch Aranck entwischte seinen Zähnen mit einem tänzerischen Sprung zur Seite.

Wenige Schritte taumelte die verwundete Bestie hinter ihm her, ehe ihre Beine einknickten und sie zur Seite kippte. Träge wippte die Lanze in ihrem Nacken auf und ab.

Kainah zog ein Beil von seinem Rücken und preschte der zweiten Bestie entgegen. Der Kocodjo, kaum kleiner als das Pferd, empfing ihn mit weit aufgerissenem Maul und wollte seine Fänge in Kainahs Bein graben, doch der Hengst schien den Angriff vorausgesehen zu haben, wendete mit halsbrecherischer Schnelligkeit und ließ die Kiefer ins Leere schnappen.

Mit mörderischer Wucht traf das Beil die verwundbare Stelle im Nacken des Monsters. Augenblicklich riss Kainah den Hengst herum, lenkte ihn dicht an der Bestie vorbei und trieb die Klinge des Beiles mit einem brutalen Tritt bis zum Anschlag in das Fleisch.

Mühelos wich Aranck dem letzten Angriff des sterbenden Kocodjo aus. Der Hengst bewegte sich, als läse er die Gedanken seines Reiters, agierte mit anmutiger Präzision und schien das Monster mit seinen spielerischen Bewegungen zu verspotten.

Ein weiteres Mal sprang Aranck vor und wagte es sich so nah an die Bestie heran, dass Kainah die Axt aus deren Nacken ziehen konnte.

Stöhnend sackte der Kocodjo in den Schnee und tat seinen letzten Atemzug. Aber es war noch nicht vorbei.

Denn zu der dritten Bestie, die sich aus unerfindlichen Gründen noch immer nicht gerührt hatte, gesellte sich von Norden her eine vierte.

Kainah zögerte keinen Augenblick lang. Er entdeckte den neu hinzugekommenen Feind, griff nach der zweiten Axt auf seinem Rücken und schleuderte sie auf das Biest. Die Waffe verfehlte die verletzliche Stelle um die Breite eines Fingers, prallte am Panzer ab und fiel zu Boden. Während der Kocodjo ein markerschütterndes Brüllen ausstieß und in Galopp verfiel, stieß Kainah seinem Hengst die Hacken in die Flanken und jagte der Kreatur entgegen.

Als Kate glaubte, Monster und Pferd würden mit tödlicher Wucht zusammenprallen, warf Kainah sich von Arancks Rücken und landete rittlings auf dem Nacken des Kocodjo, während der Hengst einen blitzschnellen Haken schlug und zur Seite ausbrach.

Geifernd bäumte sich die Bestie auf und versuchte, ihren Reiter abzuschütteln. Sie schnappte nach Kainahs Beinen, warf sich in den Schnee, buckelte und zappelte mit solch wilder Raserei, dass kein sterblicher Mensch auf ihrem Rücken geblieben wäre. Doch der Jäger hielt sich mit unmöglicher Kraft und Zähigkeit an ihr fest, bis die Bestie vor Erschöpfung innehielt.

Jetzt zog Kainah das Messer und rammte es dem Kocodjo zwischen die Knochenplatten. Im gleichen Augenblick ließ er sich von dessen

Rücken fallen und entwischte den zuschnappenden Kiefern mit mehreren schnellen Drehungen.

Jaulend brach das Biest zusammen, strampelte und lag still.

Erst jetzt kam Bewegung in das letzte der Monster. Mit verblüffender Schnelligkeit raste es auf Kainah zu. Hastig riss der Jäger das Messer aus dem Nacken der toten Kreatur, wirbelte in einer fließenden Drehung herum und erwartete den nächsten Angriff.

Doch der Kocodjo überlegte es sich anders. Mit boshaft funkelnden Augen wandte er sich wieder Kate zu. Ein winziger Moment der Anspannung, dann sprang er vorwärts und rannte auf sie zu.

Bewege dich! Bewege dich!

Ihre gefühllosen Arme knickten unter ihrem Gewicht ein. Verzweifelt versuchte sie, rückwärts zu robben, doch ihre Beine glichen leblosen Stümpfen. Wie ein hilfloses Insekt lag sie auf dem Rücken und brachte kaum mehr als nutzloses Zappeln zustande, während die harsch gefrorene Erde unter den wuchtigen Galoppsprüngen des Monsters bebte.

Kainah rannte hinter der Bestie her.

Er war zu langsam, viel zu langsam.

Gleich hatte der Kocodjo sie erreicht.

Kate stammelte ein Gebet, schloss die Augen und wartete auf den Biss. Sie stellte sich vor, wie Daniel seine Arme nach ihr ausstreckte und ihr zulächelte.

Keine Angst, Mädchen. Ich bin ja bei dir.

Tränen gefroren auf ihren Wangen. Sie würde sterben. Hier und jetzt. Ungläubig lauschte sie dem Schnaufen und Geifern des Kocodjo, hörte seine schweren Sprünge, roch den Gestank. Frost biss bei jedem Atemzug in ihren Lungen. Gleich würde es vorbei sein. Noch einmal atmen, und noch einmal.

Gleich!

Fürchterliches Wutgebrüll erklang. Kate riss die Augen auf, sah eine funkelnde Wolke aus Schnee auf sich zufliegen und wurde von ihr eingehüllt. Blinzelnd versuchte sie, etwas zu erkennen, und erblickte ein wirbelndes Chaos aus Pranken, Klauen und Fell, das sich wie toll geworden hin- und herwarf.

Ein Messer blitzte auf. Zweimal, dreimal.

Der Kocodjo wirbelte wie ein panisches Pferd um seine eigene Achse, schnappte nach der Gestalt, die an seiner Seite hing, und erwischte ihr

Bein. Ein schwungvoller Ruck mit dem Kopf, und Kainah wurde durch die Luft geschleudert.

Ein Dutzend Schritte weiter krachte er schwer zu Boden, rutschte einen Hügel hinunter und landete in kahlem Gestrüpp. Schnee löste sich von dem Geäst und rieselte auf ihn hinunter, ehe er sich wieder aufrappelte und benommen das Gleichgewicht ausbalancierte.

Der nächste Angriff des Kocodjo geschah so schnell, dass dem Jäger kaum Zeit blieb, zu reagieren. Die Bestie schloss ihre Kiefer um seinen Oberkörper, warf ihn zu Boden und biss ein zweites Mal zu. Ein Berg aus Fell verbarg, was geschah, doch Kate wusste, dass es kein Entkommen für Kainah gab.

Nicht diesmal.

Der Kopf des Biestes ruckte und zuckte, stieß vor und zog sich wieder zurück. Zerfetzte es ihn, so wie Daniel zerfetzt worden war? Riss es seinen Körper in kleine Stücke?

Ein Aufblitzen, ein gurgelndes Knurren.

Die Bestie schüttelte ihren hässlichen Schädel, schwang ihn hin und her, torkelte zwei Schritte seitwärts und stieß gegen einen Baumstamm. Unter wildem Wutgeheul rutschte sie an der Fichte entlang zu Boden.

Kate verlor die Besinnung.

Endlich kam die Wärme. Eine Wärme, die sie mitnehmen und in die andere Welt leiten würde. Dort, wohin auch Daniel und Kainah gegangen waren. Aber kaum spürte sie den sanften Sog des Jenseits, wurde ihr Körper von einem herben Schlag in die Wirklichkeit zurückgeschleudert. Jemand hievte sie unsanft auf ein Pferd. Kurz wankte sie ohne jeden Halt im Sattel, dann schloss sich ein Arm um sie und drückte sie an einen Körper.

Kainah?

Er lebte?

Eine Windböe erfasste sein Haar und wehte es über ihr Gesicht. Moschus und Ambra. Zuerst wollte sie seinen Duft in sich hineinsaugen und den Trost darin spüren, dann erinnerte sie sich an den Pfeil, der Daniels Herz durchbohrt hatte.

»Du hast ihn getötet.« Kate wusste nicht, ob sie die Worte laut aussprach, oder ob sie sie nur dachte. »Du hast ihn getötet.«

»Ich hatte keine Wahl. Einen hätte ich erledigen können, aber nicht zwei. Ich habe Daniel den schlimmsten Schmerz erspart.«

Kate schluchzte. Ja, sie wusste, dass es so war. Und doch sah sie immer wieder diesen dicken, schwarzen Pfeil, der mit brachialer Wucht in den Oberkörper des Trappers schlug. Kainah hatte nicht einen Augenblick gezögert.

Närrin!, erwiderte die Stimme ihrer Vernunft. Hätte er gezögert, wäre Daniel bei Bewusstsein gewesen, als die Biester ihn aufgerissen hatten.

Und dann füllte die nächste Frage ihren Kopf aus: Wie hatte Kainah überleben können? Das Biest hatte mehrfach mit aller Kraft zugebissen. Zu fest. Zu oft.

In wildem Zickzack jagten sie durch den nächtlichen Wald. Über dem verschwommenen Boden sah sie ihren nackten, ungeschützten Fuß hängen. Wo waren ihre Stiefel? Die Haut färbte sich bereits blau, ihre Zehen würden kaum mehr zu retten sein. Kate hob eine Hand empor. Auch ihre Finger waren erfroren. Doch das Entsetzen fühlte sich dumpf und fern an.

Kainah trieb sein Pferd zu noch schnellerem Lauf an. Warum ritt er nicht zurück zum Fort? Warum flohen sie in den Wald, wo noch mehr der Bestien lauern mochten?

Als Kate zur Seite blickte, sah sie es: Eine der gewaltigen, schwarzen Bestien hatte ihre Verfolgung aufgenommen. Trotz ihrer Masse bewegte sie sich schnell und mit der Gewandtheit einer Naturgewalt, die, einmal in Bewegung geraten, durch nichts und niemanden mehr aufzuhalten war.

Aranck bot all seine Kräfte auf, doch das Monster rückte näher. Mehr und mehr schrumpfte der Abstand zwischen ihnen.

Kainahs Arm hielt sie fest umfangen. In fliegendem Rhythmus streckte sich der Pferdehals, während der Hengst durch den Wald preschte. Furchtlos galoppierte er einen Abhang hinunter, wand sich um schneebedeckte Felsen herum, überwand Hügel um Hügel.

Vor ihnen tauchte eine Wand aus Stein auf, silbrig schimmernd im Licht des Mondes. Wieder schwanden ihre Sinne. Wärme sickerte in ihre erfrorenen Glieder, und sie konnte spüren, wie ihr Geist langsam ihrem Körper entglitt.

Hufschläge fanden ein vielfaches Echo, während das Geifern der Bestie von überall her zu kommen schien.

Eine Schlucht.

Kate spürte, wie das Pferd zuerst nach links, dann nach rechts schwenkte. Mal klapperten seine Hufe auf Eis, dann wieder knirschte Schnee oder gefrorene Erde.

Noch immer hielt Kainah sie fest und sprach mit ihr. Leise, warme Worte in seiner fremdartigen Sprache, die auf wundersame Weise ihren Geist in dieser Welt zu halten schienen. Durch einen trüben Schleier sah Kate glitzernden, bis in den Himmel ragenden Fels, überzogen von kleinen, gefrorenen Wasserfällen.

»Bleib wach.« Ein Kuss berührte ihre Stirn. »Hast du nicht gehört, was ich vergangene Nacht zu dir gesagt habe? Ich gehöre dir. Alles, was ich tue, tue ich deinetwegen.«

Kate lächelte.

Dann riss sie die Dunkelheit endgültig fort.

6

Totenschädel gafften sie aus leeren Augenhöhlen an.

Einen kurzen Moment lang glaubte Kate, sie würden vor ihr tanzen. Hin und her hüpften die Schädel wie die Fratzen alter Geister, doch nachdem sie den Schleier von ihren Augen geblinzelt hatte, erkannte sie, dass es nur das Flackern eines großen Feuers war.

Die Schädel aber blieben. Starr und hässlich glotzten sie sie aus ihren Löchern in der Felswand an. Manche waren so alt, dass sie wie bröckeliges Lavagestein auseinandergefallen waren. Andere ähnelten dunkelbraunem Leder oder erinnerten an die poröse Oberfläche versteinerter Muscheln. Sie erkannte ausgeblichene Symbole, die mit roter Farbe auf ihre Stirnen gemalt waren, erinnernd an die Keilschrift uralter Völker, wie sie auf Tontafeln verewigt worden waren.

Was war geschehen?

Nach und nach klärte sich Kates Bewusstsein, nahm zuerst das Büffelfell wahr, in dem sie eingewickelt war und dessen weiche Haare ihre nackte Haut streichelten. Dann begriff sie, dass sie in einer Höhle lag.

Licht und Schatten tanzten über Felswände und hauchten den schwarzen Tieren, die über und unter den Schädellöchern prangten, gespenstisches Leben ein. Hirsche, Büffel, Wölfe. Dazwischen Spiralen, gezackte Linien, jene keilschriftartigen Symbole und Wesen, die Menschen glichen, aber Tierköpfe besaßen.

Die absonderliche Szenerie erinnerte sie an jenen Raum hinter dem Arbeitszimmer ihres Vaters, in dem er seine interessantesten Fundstücke aufbewahrt hatte. Befremdliche Mumien, die den Überresten vertrockneter Fabelwesen ähnelten. Uralte Knochen, größer als die eines Elefanten. Schädel schrecklicher Raubtiere, in Gläsern eingelegte, bizarre Meereskreaturen und zähnestarrende Haikiefer.

Keine Sekunde hätte ihr Vater mit Angst vergeudet. Er wäre einfach aufgestanden, hätte einen der Schädel aus seinem Loch genommen und ihn studiert.

Kate tastete nach ihrem Amulett, aber es war verschwunden.

Nein, erinnerte sie sich nach einem Moment des Schreckens, es lag in der Schublade im Schränkchen neben ihrem Bett. Dort, wo es sich immer befand, wenn sie es nicht gerade trug.

In ihrem Rücken spürte sie die Wärme der Flammen. Fröstelnd wandte sie sich von dem Anblick der Schädel ab und rutschte so nah an das Feuer, dass die Hitze auf ihrem Gesicht brannte.

Gerüche nach Pelz, Kräutern, Rauch und verbranntem Fleisch stiegen ihr in die Nase. Dazu eine Spur Salbei und das scharfe Aroma der Bestie. Hinter sich in der Höhle, die offenbar tief in den Berg hineinführte, erkannte sie die Silhouette eines Pferdes, gerade noch sichtbar im Schein der Flammen. Aranck.

Reglos stand er da, die Augen groß und glänzend und mit leuchtenden Schneeflocken auf seinen Flanken.

»Ich bin hier«, sagte eine leise Stimme. »Du bist in Sicherheit.«

Aus dem Augenwinkel erhaschte Kate eine Bewegung in der Dunkelheit. Im gleichen Augenblick berührten Finger ihre Füße.

Kainahs Anblick löste eine Flut an Gefühlen in ihr aus, die sich zuerst warm anfühlten, dann kalt. Erleichterung, Freude, Angst, Entsetzen.

Seine Miene war starr, sein Blick gesenkt. Behutsam begann er, ihren linken Fuß zu massieren und zu kneten.

Weitere Erinnerungen huschten durch ihren Geist. Erfrorene Gliedmaßen. Blaue, an manchen Stellen ins Schwarze übergehende Haut. Erfrorenes Fleisch war taub wie Stein, aber ihre Hände und Füße taten weh.

»Daniel«, krächzte sie. «Ist er wirklich tot?«

»Ja«, antwortete er nur, ohne sie anzusehen. Sein Blick blieb auf ihren Fuß geheftet, den er mit kreisenden Bewegungen bearbeitete. Ihr fiel auf, dass er neue, saubere Kleidung trug: ein Hemd aus dickem, weichem Leder, darüber ein kunstvoll gearbeitetes Wams mit Pelzfütterung. Keine Blutflecken, kein Zeichen eines Kampfes. Offenbar kam er häufiger in diese Höhle und hatte hier einige Vorräte aufbewahrt.

Ihre Gedanken klammerten sich an Kleinigkeiten und unwichtige Dinge, nur um den Erinnerungen zu entkommen. Was mochten die Schriftzeichen auf den Wänden bedeuten? Handelte es sich überhaupt um eine Art von Schrift? War diese Höhle ein Bestattungsort gewesen, oder warum waren all diese Schädeln hier?

Mit der naiven Verzweiflung eines Kindes wünschte sich Kate, alles sei nur ein Traum gewesen. Doch die Erinnerungen drängten sich mehr und mehr in den Vordergrund, bis sie wie ein Felssturz auf sie einprasselten: Draußen im Wald. Umringt von Bestien. Daniels aufgerissene Augen. Seine verzweifelte Gegenwehr. Der schwarze Pfeil. Kainahs Kampf.

Eine gewaltige Trauer schnürte ihr die Luft ab. Kate rang nach Atem und krümmte sich zusammen. Nein! Nein! Nein!

Ein Schluchzen stieg in ihrer Kehle auf, verhakte sich wie eine Distel und kämpfte darum, freigelassen zu werden. Kainah flüsterte leise Worte vor sich hin und fuhr damit fort, ihren Fuß zu kneten. Wärme strömte von seinen Fingern in ihre Haut, erreichte jedoch nicht die betäubende Kälte, die sich in ihrer Seele einnistete.

»Er hat es nicht verdient«, presste sie hervor. »Er hätte nicht so sterben dürfen.«

»Daniel ist im Kampf gefallen«, erwiderte Kainah. »Als tapferer Mann. Seine Ahnen werden ihn voller Stolz empfangen und an ihr Feuer einladen. Es geht ihm gut, Kate. Der Tod ist kein Ende, nur ein Weitergehen.«

Zornig blickte sie zu ihm auf. Waren seine Augen nicht ebenso schwarz und kalt wie die der Bestien? War er nicht doch nur ein Dämon, der nichts als Lügen erzählte und sie in die Irre leiten wollte? Heilige Mutter Gottes, warum wehrte sie sich nicht gegen ihn? Sie wollte es, wollte es so sehr, aber als Kainahs Lider sich wieder senkten und sein Gesicht sanft wurde, konnte sie den Blick nicht von ihm abwenden.

Wieder begann er, ihren Fuß zu kneten, und seine Berührungen waren überaus sanft. Sie löschten den Schmerz aus und entlockten ihr unfreiwillige Seufzer, so sehr sie auch versuchte, stumm zu bleiben.

Als ihr linker Fuß nicht mehr wehtat, widmete er sich dem rechten. Wie war es ihm nur gelungen, ihre erfrorenen Gliedmaßen zu retten?

Ebenizer hätte längst amputiert. Sobald das Fleisch schwarz wurde, war nichts mehr zu retten.

Wie zur Antwort auf diese Frage zuckten plötzlich Bilder durch ihren Kopf. Sie sah sich selbst, wie sie sich hin- und herwarf. Wie sie unter unerträglicher Qual schrie und um sich schlug. Ein heißer Geruch nach Fett und Kräutern begleitete diese Bilder. Dazu beruhigendes Summen wie ein dunkles, fernes Lied.

Kate legte beide Hände über ihr Gesicht und konzentrierte sich auf das Gefühl seiner Berührungen, die Brennen und Stechen in Wärme verwandelten.

»Was für eine Medizin rettet erfrorene Finger und Zehen? Wie hast du das geschafft?«

Er warf ihr einen kurzen Blick zu. »Das war nicht ich.«

»Hm?«

»Du hast dich selbst geheilt. Ich habe dir nur geholfen, die Schmerzen besser zu ertragen.«

Kate stützte sich auf den Ellenbogen ab und sah zu, wie er eine grüne Paste in ihre Haut einmassierte. »Ich habe mich selbst geheilt? Unsinn. Das ist unmöglich.«

»Du solltest es besser wissen.«

»Ja. Bei dir.« Sie schluckte schwer. »Weil du …«

Wieder blickte er auf. Diesmal spielte ein Lächeln um seine Lippen. »Weil ich was?«

»Weil du anders bist.«

Er lächelte schwach. »Genauso wie du.«

»Nein!« Kate schüttelte den Kopf. »Nein! Unsinn. Es ist unmöglich.«

»Ihr benutzt viel zu oft dieses Wort. Hast du nicht zu mir gesagt, du hättest dich verändert?«

»Ich … ja … aber das …«

Plötzlich wurde seine Stimme barsch: »Hör auf, die Unschuldige zu spielen!«

»Ich habe keine Ahnung, wovon du …«

Unvermittelt wurde sie von seinem Gewicht gegen den Boden gepresst. Eine fest zupackende Hand umfasste ihre Kehle, sodass sich ihr überraschter Schrei in ein Krächzen verwandelte. Kainahs Bewegung war so schnell geschehen, dass ihre Augen sie nur als Schatten wahrgenommen hatten. Lange Haare fielen über ihr Gesicht, heißer

Atem brannte auf ihren Lippen. Wie ein Tier fletschte er die Zähne, presste seine Hand noch ein wenig fester zusammen und entlockte ihr ein ängstliches Japsen.

»Sage mir die Wahrheit, Kate.« Ihre Münder berührten sich fast, als er sich zu ihr hinabbeugte. Schmerzhaft drückte sein Knie gegen die Innenseite ihres Oberschenkels. »Was bist du?«

»Ich weiß nicht, was du meinst.« Entrüstet stemmte sie sich gegen ihn, obwohl der Schmerz seines Würgegriffs und das Gewicht seines Körpers ihr die Tränen in die Augen trieben. »Ich habe keine Ahnung, was mit mir passiert. Denkst du, ich lüge dich an? Geh runter von mir! Sofort!«

»Wenn du lügst, dann lügst du gut«, zischte er gefährlich leise. »Dein Geruch ist anders. Sehr viel anders als alles, was ich je in meinem Leben gerochen habe. Du hättest längst tot sein müssen.« Sein Griff lockerte sich, sein Blick wurde verwirrt. »Oh nein, Kate, du bist nicht die, die du vorgibst zu sein. Ich dachte immer, ich sei stark, aber in deiner Nähe bin ich schwach und schutzlos. Ich fühle mich wie ein Insekt in einem Spinnennetz. Ein Netz, das du gesponnen hast. Was machst du mit mir?«

»Ich mit dir? Was redest du da? Was soll der Unsinn?«

»Was hat sich verändert, Kate? Was ist anders geworden?«

Kainahs Blick bohrte sich in ihren, als könnte er die Gedanken aus ihrer Seele zerren. Er würde ihr Schweigen nicht akzeptieren. Diesmal gab es keinen anderen Weg. Sie musste es aussprechen, und damit Wirklichkeit werden lassen.

»Ich habe in einem Traum gesehen, wie du dir die schwarze Farbe auf die Haut gemalt hast«, warf sie ihm wütend entgegen. »Kurz darauf kamst du aus dem Schuppen und hast genauso ausgesehen, wie ich dich gesehen habe. Ich höre Stimmen, die ich nicht hören dürfte. Meine Sinne spielen verrückt. Ich habe hohes Fieber, aber ich fühle mich trotzdem stark und hellwach. Mein Herz stolpert und rast, als würde es jeden Moment stehenbleiben. Ich hatte immer Angst vor den Wäldern und der Nacht, aber jetzt erscheinen sie mir als die größte Verlockung. Ich sitze an meinem Fenster und will nur noch … ich will einfach nur …«

»Wie ein Tier durch die Wälder rennen?« Kainahs Blick verlor mit einem Mal alle Schärfe. »Dich in deinen Sinnen verlieren? Atmen und rennen und jagen? Den Wind und die Kälte spüren, dich selbst vergessen?«

Ihre Augen begannen zu brennen. Ja!, wollte sie rufen. Ja, genau so! Stattdessen flüsterte sie heiser: »Woher weißt du das?«

Kainah lockerte seinen Griff und senkte den Kopf, bis seine Nase ihren Hals berührte. Tief atmete er ihren Geruch ein. Kate spürte das Schaudern, das durch seinen Körper floss.

»Weil ich selbst so gefühlt habe.« Er stemmte sich hoch und starrte ins Leere. »Bevor ich ...«

»Bevor du was?«

»Nein!« Er schüttelte den Kopf und sah wieder auf sie hinunter. »Unmöglich. Es kann nicht sein. Mein Blut zu überleben ist eine Sache, aber das?«

»Was ist unmöglich?«

Sein Knie verlagerte sich, drückte nicht mehr schmerzhaft auf ihren Oberschenkel, sondern glitt zwischen ihre Beine. Kate schnappte nach Luft und rührte sich nicht mehr. Alles, was ihn von ihrem nackten Körper trennte, war ein Fell. Er musste es nur beiseite reißen, um sie zu entblößen. Sein Blick wurde wieder hart, fast zornig, und er klebte an ihren Lippen. Dieser Mann konnte sie zerdrücken. Ihr Schmerz zufügen. Sie brechen. Und das ohne jede Mühe.

»Erkläre es mir.« Kate drängte ihre Angst beiseite und hielt seinem Blick stand. »Wovon hast du geredet? Ich will es wissen!«

Ein Knurren grollte in seinem Brustkorb. Sein Knie drückte sich fester gegen ihren Schoss. Nur, indem sie sich fest auf die Unterlippe biss, konnte sie das Wimmern zurückhalten.

»Erkläre du mir zuerst«, verlangte Kainah, »warum du zweimal mitten in der Nacht in den Wald hinausgelaufen bist. Was hast du dir dabei gedacht?«

»Ich erinnere mich an nichts.«

»Wirklich nicht? Ich war in deinem Zimmer. Du wurdest ohnmächtig. Ich legte dich ins Bett und holte Ebenizer, aber er stellte nur fest, dass du tief und fest schläfst. Also habe ich dich alleingelassen und bin auf die Jagd gegangen. Du hattest Glück, dass ich noch nicht weit gekommen war. Sonst wärst du jetzt tot.«

Eine Träne löste sich aus ihrem Augenwinkel und rann an der Schläfe hinab. Sie war schuld an Daniels Tod. Ihretwegen hatte er gelitten und war von den Kocodjo zerfleischt worden. Kate spürte, wie ihr die Kontrolle entglitt. Sie wollte nicht weinen. Nicht vor Kainah!

»Was ist deine letzte Erinnerung?«, herrschte er sie an. »Mach schon, Kate! Streng dich an!«

»Ich …« Hitze schoss in ihren Kopf, die Höhle begann sich zu drehen. »Ich …«

»Was?«, knurrte er ungeduldig. »Ist es dir entfallen? Deinetwegen ist Daniel gestorben. Deinetwegen sitzen wir hier fest. Wenn diese feigen Dummköpfe Numees umbringen, während ich in dieser Höhle sitze, wird auch das deine Schuld sein. Also antworte mir!« Wieder schlossen sich seine Finger um ihre Kehle, als er ihr ins Gesicht schrie: »Antworte mir!«

Ihr letzter Schutzwall brach in sich zusammen. Schluchzend und weinend bebte sie unter Kainahs Gewicht, stieß einen verzweifelten Schrei aus und hieb mit ihren Fäusten gegen seine Schultern.

»Nichts weiß ich. Gar nichts! Hast du keine Ohren im Kopf? Ich weiß nur, dass ich im Wald lag, als ich aufgewacht bin. Alles andere ist weg, verstanden? Einfach weg!«

Als ihre Schläge keine Wirkung zeigten, zerrte sie mit aller Kraft an seiner Hand, die um ihren Hals lag. Alle Verzweiflung und Schuld entlud sich in wutentbrannter Raserei. Ihr schwanden die Sinne, während sie erbittert kämpfte, bis Kainah ihre Arme packte und sie zu Boden drückte.

»Sei still!« Kurzerhand wälzte er sich ganz auf sie und lag plötzlich zwischen ihren Beinen. »Schschsch. Beruhige dich.«

»Geh runter von mir!«

»Nein! Was hast du geträumt, ehe das passiert ist?«

Kate japste unter seinem Gewicht, doch zugleich drängte sich etwas anderes zwischen Angst und Schuld. Etwas, das sie verfluchte und auslöschen wollte, aber es sickerte wie ein heimtückisches Gift durch ihre Adern. Sie roch ihn, spürte ihn, schmeckte ihn. Schweißtropfen glänzten auf seiner Stirn, sein Atem berührte ihre Lippen.

»Nichts.« Kate presste die Lider zusammen, als ein scharfer Schmerz durch ihren Schädel zuckte. »Ich erinnere mich an keinen Traum.«

Er schnaubte spöttisch. »Warum lässt du mir keine Ruhe? Warum saugst du mir jede Kraft aus?«

Kainah war ihr so nah gekommen, dass seine Lippen ihren Mund streiften. Sie war sich jeder Stelle ihres Körpers bewusst, die sich gegen seinen presste. Sie spürte sein Gewicht zwischen ihren Beinen und seinen Brustkorb an ihrem. Und plötzlich kam ihr ein Gedanke, der sie all das für die Dauer eines Herzschlages vergessen ließ.

»Ist deswegen der Schnitt an deinem Arm nicht verheilt?«

Kaum war die Frage aus ihr herausgeplatzt, verschwand die Hand von ihrem Hals. Kainah richtete sich wortlos auf, zog sich von ihr zurück und setzte sich in einiger Entfernung an das Feuer. Dabei sah Kate, dass er kaum merklich hinkte und sein rechtes Bein schonte.

»Der Kocodjo hat dich gebissen. Ist es schlimm?«

»Nicht der Rede wert«, wehrte er ab.

»Aber …«

»Sei still!«

»Wie du willst.« Kate drehte sich auf die Seite und beobachtete ihn aus dem Augenwinkel. Sie hatte sich geirrt, als sie angenommen hatte, alles sei ihm gleichgültig. In seinem Gesicht lagen Angst und Sorge.

»Als der Kocodjo über mich herfiel«, sagte Kainah irgendwann, »war ich mir sicher, sterben zu müssen. Ich habe mich verletzlich gefühlt. Schwach. Ausgeliefert.«

»Schwach?« Kate erinnerte sich an den fürchterlichen Kampf, den er gegen die Bestien bestritten hatte. »Das sah mir nicht danach aus.«

Er zog die Beine an, schlang die Arme um seine Knie und wand sich ein paar Mal hin und her. Etwas Verwundbares und Schutz suchendes ging von seiner Haltung aus.

»Ich war schwach«, beharrte er. »In den meisten Fällen greifen die Kocodjo immer nacheinander an, als gäbe es unter ihnen denselben Ehrenkodex wie in meinem Stamm, der bestimmt, dass nur ein Kampf Mann gegen Mann Ehre einbringt. Entweder ein fairer Sieg oder gar kein Sieg. Ich bin mir sicher, dass sie sich mit mir messen, so wie sich menschliche Krieger miteinander messen, und dass die Kämpfe mit mir eine Art Wettstreit sind. Manchmal greifen aber auch zwei oder drei gleichzeitig an. Das sind die Kämpfe, die ich nicht überlebe. Ich war mir sicher, dass es diesmal auch so sein würde. Sie hatten uns dort, wo sie uns haben wollte. Es wäre ein Leichtes für sie gewesen, uns beide auszulöschen.«

»Ich habe gesehen, wie die Bestie dich gebissen hast. Viele Male.«

»Nein, das hat sie nicht. Im letzten Moment konnte ich einen abgebrochenen Ast zwischen ihre Kiefer schieben. Sie hat nicht in mein Fleisch gebissen, sondern in Holz. Dass ich es geschafft habe, sie zu töten, kann nur den Geistern zu verdanken sein. Ich bin verwundbar geworden, Kate.« Er umfasste das Bein, das der Kocodjo erwischt hatte. »Die Löcher sind noch immer offen. Sie wachsen zusammen, aber nur langsam. Ich kann das Gift viel stärker spüren als sonst. Würden sie uns jetzt angreifen, könnte ich uns nicht retten.«

Kate schluckte. »Und du denkst, dass ich daran schuld bin?«

Er nickte, ohne sie anzusehen. »Als unser Blut sich vermischt hat, haben wir beide uns verändert. Du wurdest stärker, ich schwächer. Deine Wunde heilte binnen kurzer Zeit, meine war viele Tage lang entzündet und riss immer wieder auf. Während ich im Käfig saß, wurde mir klar, dass du der Grund für meine Krankheit bist. Dein Blut in meinem Körper. Deine Nähe. Als ich sagte, dass du mir die Kraft aussaugst, meinte ich es wortwörtlich.«

»Aber warum? Wie kann das sein?«

»Ich dachte, du könntest es mir sagen.«

»Tut mir leid. Ich weiß es wirklich nicht. Wird es schlimmer werden? Werde ich dich … früher oder später umbringen?«

»Nein.« Er warf ihr einen kurzen, argwöhnischen Blick zu. »Ich glaube, es hört langsam auf. Ich fühle mich wieder besser.«

Kate rieb sich ihren schmerzenden Hals und schüttelte den Kopf. »Das ist doch Unsinn. Wie soll ich dir allein durch meine Nähe die Kraft aussagen? So etwas ist unmöglich.«

»Schon wieder dieses Wort.«

»Aber es ist so. Ich verstehe das alles nicht. Nur, weil wir diesen Schwur miteinander eingegangen sind, versagen deine Selbstheilungskräfte und du wirst schwächer? Vielleicht warst du einfach nur krank. Jeder wird mal krank. Es muss nicht an mir liegen. Es kann nicht an mir liegen!«

Ein leises Schnauben ließ Kate zusammenfahren, aber es war nur Aranck, der in sich zusammensackte und den Kopf nach Hundeart auf dem Felsboden ablegte. Ein fast menschlich klingendes Seufzen ging durch seinen großen, schwarzen Pferdekörper. Als Kate einen Blick auf die Schädel in der Wand warf, erschien ihr das Starren der leeren Augenhöhlen mit einem Mal lebendig. Ihr war, als lebten in den Knochen noch immer die Seelen ihrer Besitzer und strahlten ein kaum merkliches Leuchten aus.

»Seltsam«, murmelte sie vor sich hin.

»Was meinst du?«, fragte Kainah.

»Manche von diesen Schädeln, sie schimmern. Als wären sie lebendig. Als wäre das Licht lebendig.« Ein eiskaltes Schaudern ergriff sie. »Sind das etwa … Seelen?«

»Ja«, antwortete Kainah nur. Und weiter nichts. Als gäbe es nicht mehr darüber zu sagen. Kate hätte beinahe laut aufgelacht, obwohl ihr nicht danach zumute war. Sie war gefangen in einem verrückten Traum. Einem nicht endenden Traum, in dem sie die absonderlichsten Dinge erlebte.

»Seelen, also gut.« Sie seufzte und zog das Fell ein wenig höher. »Sind sie hier gefangen?«

»Vielleicht. Ich weiß es nicht. Sie sind einfach da.«

Kate musterte ihn neugierig. Ihr Blut hatte sich vermischt und veränderte sie beide. Bedeutete das, dass sie so wurde wie er? Oder gab sie ihm ihre Menschlichkeit? Aber was war er überhaupt?

»Eines verstehe ich nicht«, sagte sie. »Warum haben dich die Bestien nie endgültig getötet? Warum ließen sie zu, dass du von den Toten auferstehst und weiter auf die Jagd gehst?«

Er warf ihr einen überraschten Blick zu und zog die Augenbrauen zusammen. »Ich weiß es nicht. Die Frage habe ich mir oft gestellt. Ich weiß nur, dass alles miteinander zusammenhängt.«

»Was hängt zusammen?«

»Dass ihr in mein Dorf gekommen seid. Dass es euch gelungen ist, mich zu einem Schwur zu zwingen. Dass ich Williams damals verschont habe. Ich habe gelernt, auf die Zeichen der Geister zu achten. Als mein Messer an seiner Kehle lag, wusste ich, dass es falsch war. Ich hasste ihn, ich wollte ihn umbringen, aber zugleich war da die Gewissheit, dass es nicht sein durfte. Eine Aufgabe wartete auf ihn. Und diese Aufgabe hing mit meinem Schicksal zusammen.«

»Wenn du ihn getötet hättest, wäre ich niemals hierhergekommen.«

»So ist es.«

Die Haare auf ihren Armen sträubten sich. Sie erkannte hinter allem plötzlich einen glasklaren, präzisen Plan. Einem Räderwerk ähnelnd, das unerbittlich und unabänderlich auf ein bestimmtes Ziel zulief.

»Wenn die Kocodjo uns hätten töten wollen«, sagte Kainah, »wären wir längst tot.«

»Was wollen sie dann?«

»Vielleicht, dass wir werden wir sie?«

Kate schauderte und zog das Fell bis zur Nase hoch. Nein, sie wollte nicht darüber nachdenken, was diese Worte bedeuteten. Es erschien ihr zu ungeheuerlich, zu …

»Ich weiß was du denkst.« Kainah starrte ins Feuer und lächelte. »Unmöglich. Alles unmöglich.«

Kate schnaubte entrüstet. »Mein Vater war ein Mann der Wissenschaft. Er hat mir beigebracht, alles zu hinterfragen.«

»Welchen Grund könnte es sonst geben, dass wir noch leben? Hast du eine Idee?«

»Nein«, gab sie zu. »Aber … ach, ich weiß es doch auch nicht.«

Ihre Gedanken wirbelten durcheinander, bis sie ihre Nase in den dicken Pelz steckte und tief einatmete. Der Geruch half ihr, sich zu beruhigen. Er war merkwürdig weich. Wie eine Mischung aus Kräuterrauch und Honig.

Schließlich ergriff Kainah wieder das Wort: »Eine Macht, die größer ist als unsere Vorstellungskraft, hat mich zu dir geführt. Ich muss meine Aufgabe erfüllen, und du musst deine erfüllen. Deswegen sind wir hier. Und deswegen sind die Kocodjo hier. Für uns alle gibt es kein Zurück mehr.« Er nickte in die Dunkelheit jenseits des Feuers.

Kate folgte seinem Blick, und als ihre Augen die Dunkelheit durchdrangen, gefror ihr das Blut in den Adern. Zwei gestreifte Bestien näherten sich der Höhle und begannen, mit gesenkten Köpfen vor dem Eingang hin- und herzustreunen, die Lefzen vor ihren mächtigen Gebissen zurückgezogen und die Augen glühend vor Angriffslust.

»Keine Angst«, sagte Kainah. »Sie werden uns nichts tun. Diese Höhle betreten sie niemals, ganz egal, was ich anstelle.«

»Es gibt etwas, vor dem sich diese Bestien fürchten?«

»Ja. Und dieses Etwas lebt irgendwo dort hinten in der Schwärze.«

Als Kate erschrocken die Augen aufriss, hob er beschwichtigend die Hände. »Kein Ungeheuer. Nichts dergleichen. Ich habe mehrmals versucht, das Ende der Höhle zu finden, aber sie scheint grenzenlos tief in das Gebirge zu führen. Es gibt gewaltige Hallen mit leuchtenden Flüssen und Seen, schöner als alles, was du dir vorstellen kannst.«

»Leuchtende Seen und Flüsse? Wie ist das möglich?«

»Ich weiß es nicht. Das Licht kommt von vielen kleinen Wesen, die im Wasser leben. Aber darum geht es nicht. Manchmal habe ich in den Gängen einen riesigen, weißen Schatten gesehen. Er ist lautlos und ohne jede Witterung. Der Schutzgeist dieses Ortes. Seine Anwesenheit ist es, die die Kocodjo fürchten. Er wacht über uns.«

»Schutzgeist«, wiederholte Kate nachdenklich. »Daniel hat mir darüber erzählt.«

»Ihr bittet euren Gott um Beistand, wir bitten unsere Ahnen und Schutzgeister.«

Draußen warfen die Bestien die Köpfe in den Nacken und brüllten ihren Zorn hinaus, als wüssten sie, dass Kainah über ihren körperlosen Feind sprach.

»Es macht sie wahnsinnig, dass wir hier sitzen und miteinander reden.« Er zog eine spöttische Grimasse, was die Kocodjo dazu veranlasste, ihre Klauen mit ohrenbetäubendem Wutgeheul in den Fels zu schlagen. »Sie sind wie Menschen. Launisch und stolz. Und einige sind auch furchtbar dumm. Die dummen sind am gefährlichsten. Sie wollen sich nicht wie die anderen in einem fairen Kampf mit mir messen, sondern mir einfach nur wehtun. Sie wollen mich sterben sehen.«

»Sind das dort dumme?«

»Einer von ihnen. Der linke.«

Kate blickte der Bestie in die gelbglimmenden Augen. Die Kreatur heulte zornig auf und kratzte mit einer Pranke über den Boden wie ein wütender Stier.

»Warum bist du ihr erbittertster Feind? Wie fing das alles an?«

Kainah legte die Stirn in Falten. Sie glaubte, er würde schweigen, doch dann sagte er leise: »Soweit meine Erinnerung zurückreicht, bestand mein Leben nur aus zwei Dingen.«

»Verlust«, flüsterte Kate, ohne darüber nachgedacht zu haben. »Und Einsamkeit.«

Kainah nickte. »Mein Stamm weigerte sich von Anfang an, mit Engländern oder Franzosen zu handeln. An einem Wintermorgen, als alle noch schliefen, fiel die Armee über uns her, um uns für unsere Sturheit zu bestrafen. Niemand überlebte. Nur ein Junge, der danach Tag und Nacht die Götter angefleht hat, ihn sterben zu lassen.«

»Du meinst dich selbst?«

Wieder nickte er. Danach schwieg er eine Weile, den Blick auf die hin- und herwandernden Kocodjo gerichtet, ehe er fortfuhr zu erzählen: »Seit jenem Morgen liegt der Schatten des Todes über mir. Er trifft jeden, den ich liebe. Deswegen habe ich aufgehört, zu lieben. Stattdessen tue ich das, wofür man mich bestimmt hat. Die Zahl der Feinde, die durch meine Hand gestorben sind, kann ich nicht mehr zählen. Aber ich erinnere mich an jeden einzelnen Kocodjo.«

In seiner Stimme lag weder Triumph noch Stolz.

»Es ist nicht wahr, dass du nicht mehr liebst«, widersprach Kate. »Was ist mit Sokanon und Kimi?«

»Ich habe Sokanon nie geliebt.«

»Aber du hast sie beschützt, weil sie sonst niemanden hatte. Weil sie eine Ausgestoßene war wie du. Ist das nicht auch Liebe?«

Kainah zog eine abfällige Miene. »Ich fand Sokanon während einer nächtlichen Jagd. Sie war schwer verletzt und sprach viele Monde lang kein Wort. Das, was ihr geschehen war, hatte ihren Verstand gebrochen. Ihr Gesicht war verstümmelt, ihre Kleider zerrissen und blutbesudelt. Als ich sie in das Dorf brachte, waren sich der Häuptling und der Sonnenpriester einig, ein böser Geist sei in die Frau gefahren. Niemand war bereit, sie aufzunehmen, also nahm ich sie mit in mein Zelt.«

»Das war gütig von dir.«

»Gütig?«, höhnte Kainah. »Wenn du das glaubst.«

»Aber du hast ihr das Leben gerettet.«

»Ich wollte eine Frau, die auf mich wartet. Die mit mir das Lager teilt. Die mich wärmt, mein Essen kocht, meine Felle gerbt und meine Kleidung näht. Ich war rechtlos und von einem bösen Geist heimgesucht, kein Vater hätte mir seine Tochter anvertraut. Also nahm ich die einzige Frau, die bereit war, ihr Leben mit mir zu teilen. Sokanon hatte die Wahl zwischen mir und dem sicheren Tod. Sie hat mich nie geliebt. Ebenso wenig, wie ich sie geliebt habe.«

Kate musterte Kainah. Wie hatte Sokanon es fertiggebracht, ihn nicht zu lieben? Er hatte ihr das Leben gerettet und sie in sein Zelt aufgenommen. Rechtlos oder nicht, er war ein Mann, wie ihn sich eine Frau nur wünschen konnte. Furchtlos, stark und schön. An Sokanons Stelle hätte sie sich glücklich geschätzt.

Als Kate sich dieses Gedankens bewusst wurde, schoss das Blut in ihr Gesicht. Sie war schon darin begriffen, ein Gebet zu flüstern, hielt jedoch beim ersten Wort inne. Was hatte es je genützt? Sie war in einer heidnischen Höhle tief im Wald, in Gesellschaft von Bestien und einem Mann, von dem sie nicht wusste, ob er Dämon oder Gesegneter war, umringt von den Symbolen einer fremdartigen Welt und von bemalten Schädeln. In ihr floss nichtmenschliches Blut, und sie begann, sich zu verändern.

Was für ein sonderbares Gefühl, neben Kainah am Feuer zu sitzen, während draußen die Kocodjo ihre Bahnen zogen. Sie waren gemeinsam Sieger über finstere Mächte. Sie waren Verbündete. Oder er war dabei, sie in seine Hölle hinabzuziehen und sie für immer zu verdammen. Oh, sie hatte diese Unwissenheit so satt.

»Was ist mit Kimi?«, wagte sie zu fragen. »Liebst du sie auch nicht?«

Kainah warf ihr einen mürrischen Blick zu. Er schien mehrmals zu einer Antwort anzusetzen, suchte nach Worten und fand sie nicht. Sein Blick wechselte von wütend zu hilflos und wieder zurück, bis er endlich antwortete: »Ja, ich liebe Kimi. Wie könnte ich sie nicht lieben? Noch vor ihrer Geburt hätte ich verschwinden müssen. Es wäre meine Pflicht gewesen. Jetzt ist es zu spät.«

»Zu spät? Wofür zu spät? Was ist falsch daran, Vater zu sein?«

»Daran ist nichts falsch«, fuhr er sie an. »Ich bin es, der falsch ist. Ich liebe Kimi und verurteile sie damit zum Tod.«

»Niemand kann sehen, was die Zukunft bringt. Du hast eine Familie. Du könntest Frieden finden.«

Kainah gab ein abfälliges Schnauben von sich. Er antwortete ihr nicht, verfolgte stattdessen mit scharfem Blick jede Bewegung der Kocodjo, die wie unruhige Pferde im Kreis herumgingen. Sein Körper war reglos wie der Stein. Reglos wie etwas, das wie das Gebirge ganze Äonen in der Stille verbringen konnte.

Als Kate schon glaubte, er würde den Rest der Nacht schweigend dasitzen, hörte sie ihn leise sagen: »Kimi hat mich gerettet. Wenn sie bei mir ist, bin ich nicht der Mann, der den Tod bringt. Ich bin nicht der, von dem man sich am Feuer Schauermärchen erzählt. Oder der, den man nicht wagt anzusehen, weil man Angst hat, von seinem bösen Geist heimgesucht zu werden. Für sie bin ich ihr Vater. Sie vertraut mir, sie liebt mich anstatt mich zu fürchten. Ich beschütze sie und bringe ihr bei, für sich selbst zu sorgen. Als Tochter zweier Ausgestoßener wird sie für immer alleine bleiben, deswegen muss sie wissen, wie man Fährten liest, wie man sich einen Unterschlupf baut und wie man jagt. Ich höre ihr zu, wenn sie von ihren Träumen erzählt, und zeige ihr, wie man sich gegen Feinde wehrt. Selbst wenn mein Fluch ihr nicht den Tod bringt, wird sie ihr Leben in Einsamkeit verbringen. Ich habe sie dazu verdammt, weil mein Begehren stärker war als mein Verstand.«

»Du bist nicht verflucht.«

»Oh doch, das bin ich. Wüsstest du alles von mir, dann würdest du mir glauben.«

»Dann erzähle mir alles. Was ist damals mit dem Jungen geschehen? Warum glaubst du, allen den Tod zu bringen?«

Kainah gab ein spöttisches Zischen von sich. »Reichen dir nicht die Legenden? Darin steckt viel Wahrheit.«

»Du bist also ein Geisterkrieger. Meinetwegen. Wo sind meine Kleider?«

»Du meinst das hauchdünne Nachthemd und das kleine Schultertuch? Hinten, bei Aranck.«

Kate erhob sich und wickelte das Fell fest um ihren Körper. Suchend umkreiste sie den Hengst und fand keine Spur ihrer Kleidung.

»Wo?«, rief sie nach vorne.

»Wenn du sie nicht siehst, liegt er vermutlich drauf.«

Kate stöhnte. Sie befanden sich in einer Höhle, die allein im sichtbaren Bereich die Ausmaße eines kleinen Saales erreichte. Warum lag das Pferd ausgerechnet auf ihrem Nachtkleid? Aranck beobachtete die Kocodjo mit gespitzten Ohren und hatte den Körper angespannt, machte jedoch keinerlei Anstalten aufzustehen. Offenbar vertraute er wie sein Herr auf den Schutzgeist dieses Ortes. Gut, mit einem Büffelfell war sie ohnehin besser bedient. Auch wenn es so groß war, dass sie es wie eine Schleppe hinter sich herzog.

»Wie hast du es geschafft, aus einem Pferd einen Hund zu machen?«

»Was meinst du?«

»Jedes andere Pferd würde fliehen oder wenigstens Angst haben. Außerdem lag es vorhin da wie ein Hund.«

»Wir jagen seit Jahren gemeinsam. Und dass er sich wie ein Hund ausruht, liegt nicht an mir. Er war schon immer seltsam.«

Kate zuckte die Schultern und setzte sich wieder an das Feuer. Ihre Gedanken reisten erneut zu Daniel, und eine Welle aus Übelkeit und Elend stieg in ihrer Kehle auf.

»Es tut mir leid, was passiert ist«, presste sie hervor. »Ich wollte das alles nicht. Das weißt du doch, oder? Du kannst nicht wirklich glauben, dass ich es absichtlich getan habe.«

Warum lag ihr so viel an seiner Vergebung? Warum lechzte sie nach einem Lächeln, nach einer tröstenden Berührung oder auch nur einem verzeihenden Nicken?

»Jemand wollte, dass ich mit euch gehe«, sagte Kainah. »Kimi wurde in das Zelt gestoßen. Dass alles so gekommen ist, war nicht deine Schuld.«

Sie schüttelte den Kopf. »Ich meinte mein Schlafwandeln in den Wald. Daniel ist meinetwegen umgekommen. Das werde ich mir nie verzeihen können.«

»Dann denke daran, dass er dir bereits verziehen hat.«

»Woher willst du das wissen? Er ist nicht mehr hier. Er wird nie wiederkommen.« Kate presste eine Hand auf ihren Mund, um das laute Aufschluchzen zu ersticken. Tränen rannen heiß über ihre Wangen. »Ich habe ihn getötet. Er war alles, was ich hatte. Der einzige Mann, der wirklich mit mir geredet hat.«

»Ich rede mit dir.«

»Ja.« Kate wischte über ihre Augen und sah zu ihm auf. Sein Blick, der nach wie vor die Kocodjo verfolgte, war ernst und konzentriert, sein Körper ohne die winzigste Regung. Und doch sah sie, dass er ganz nah bei ihr war. In seinen Gedanken, in seinen Gefühlen. Hier und jetzt, in diesem Moment.

Sie waren gemeinsam allein.

»Danke!«, murmelte sie in das Fell.

»Dafür musst du mir nicht danken.«

»Es ist für eine Frau nicht selbstverständlich, dass ein Mann sich mit ihr unterhält. Die meisten im Fort glauben, ich sei zu einfältig für ein Gespräch.«

»So wie ich die Bewohner kennengelernt habe, haben sie wohl eher Angst davor, dir nicht einmal bei den einfachsten Themen das Wasser reichen zu können.«

Kate lachte unfreiwillig. Ein Laut, der sich falsch und kratzig anfühlte. »Meistens bin ich froh darum, dass sie mich wie Luft behandeln. Trotzdem ist es … ach was, genug von diesem Gewäsch. Wer würde wollen, dass du das Dorf verlässt?«

»Die Hälfte aller Bewohner«, gab er leise zurück. »Würdest du von hinten ein paar Scheite Holz holen? Das Feuer ist fast heruntergebrannt, und die Nacht ist noch lang.«

Kate nickte und tat, was er verlangt hatte. Offenbar verbrachte er häufiger seine Zeit in dieser Höhle, denn im hinteren Bereich befanden sich ganze Berge an säuberlich aufgestapelten Scheiten.

Als sie das Holz in die Flammen legte, überwältigte sie das Gefühl, hier und jetzt dem Strom ihres Schicksals zu folgen. Welche Kräfte waren in ihrem Leben am Werk? Wohin führte der seltsame Weg, auf den sie gezwungen worden war? Daniel hätte ihr eine Antwort geben können. Vielleicht keine verständliche Antwort, aber wenigstens eine Antwort. Sein Verlust stürzte mit aller Heftigkeit auf sie ein. Sie vermisste seine Stimme, sein wettergegerbtes Gesicht, sein verschmitztes Lächeln. Sie vermisste seine Flüche und sein unflätiges Mundwerk. Sie vermisste die Art, wie seine grobe, rissige Hand ihre Schulter zu tätscheln oder ihren Rücken zu streicheln pflegte. Es war unmöglich, dass sie ihn nie wiedersehen würde. Es konnte nicht sein. Müsste die Welt nicht in ihrem Lauf innehalten? Müsste nicht alles enden, weil Daniel nicht mehr unter ihnen weilte?

»Kimi hat großes Glück.« Kate wusste nicht, warum sie das sagte. Vielleicht redete sie nur, um nicht weinen zu müssen. »Die wenigsten Mädchen haben einen Vater, der ihnen beibringt, stark zu sein.«

Kainah warf ihr einen Blick zu und lächelte. Ein seltener und schöner Anblick, den sie gierig in sich aufsaugte. »Die stärksten Menschen sind fast immer Frauen. Männer verstecken ihre Angst hinter erzwungener Tapferkeit. Sie fliehen nur nicht vor der Gefahr, weil ihre Ehre auf dem Spiel steht. Es gibt keinen Mann, der mutiger und stärker ist als eine Frau, die ihre Familie schützen will. Wir sind in der Schlacht mutig, aber ihr seid es euer ganzes Leben lang. Ihr seid mutig, wenn ihr mit euren Kindern darauf wartet, dass der Krieg endet und eure Männer und Söhne gesund heimkehren. Ihr seid mutig, wenn ihr versucht, in einem harten Winter aus den letzten Resten noch etwas zu kochen, das eure Familie ernährt. Ihr seid mutig, wenn ihr euch dem fügt, was das Schicksal euch aufbürdet, und wenn ihr eure Lasten ein ganzes Leben lang tragt, ohne daran zu zerbrechen.«

Kainah schwieg und blickte überrascht drein, als könnte er nicht glauben, gerade so viele Wörter ausgesprochen zu haben. Kate starrte ihn sprachlos an. Etwas schien sie entzwei zu reißen, trieb ihr abermals die Tränen in die Augen und ließ in ihrem Herzen eine schreckliche Leere aufklaffen.

Als Kainah sie ansah, versuchte sie nicht länger, ihre Traurigkeit zu verstecken. Es spielte keine Rolle mehr. Wenn er nicht sah, was sie fühlte, dann würde er es wittern. Oder es spüren. Ihr Blut floss in seinen Adern, und seines in ihren.

»Hurit zeigte mir, wie wahre Stärke aussieht«, sagte er. »Sie war eine gebrechliche alte Frau, aber um mich zu retten, stellte sie sich gegen den gesamten Stamm. Sie kämpfte allein gegen die Angst und das Misstrauen vieler Menschen, sie trotzte sogar dem Tod und zögerte ihn noch ein paar Jahre hinaus, um für mich da zu sein. Sie brachte sieben Kinder durch lange, harte Winter, überstand viele Kriege, verlor drei ihrer Söhne und pflegte ihren Mann viele Jahre lang, bevor sie ihn gehen lassen musste. Der Mut der Frauen ist still. Sie prahlen nicht damit, so wie wir. Auch du bist sehr mutig.«

»Ich?« Sie wischte mit dem Fell über ihr tränennasses Gesicht. »Sieh mich doch an. So sieht keine mutige Frau aus.«

Plötzlich brach es mit der Gewalt einer Sturmflut aus ihr heraus. Kate glaubte an ihren Tränen zu ersticken, sie hustete und schluchzte, bis ihr schwarz vor Augen wurde. Erschrocken von ihrer Hilflosigkeit krümmte sie sich zusammen, machte sich kleiner und kleiner und hoffte, irgendwann winzig genug zu sein, um nicht mehr wahrgenommen zu werden.

»Ich vermisse sie so sehr!«, platzte es aus ihr heraus. »Vater … Daniel … Margret … meine Mutter. Warum haben sie mich alleingelassen? Was soll ich noch hier?«

Auf einmal war Kainah über ihr, nahm sie bei den Schultern und drückte sie an sich.

»Die Bestien! Sie werden …«

»Schsch! Der Schutzgeist dieser Höhle ist stark. Er wird nicht zulassen, dass sie uns angreifen.«

Kainah hielt ihren schlotternden Körper fest und sprach mit dunklen, fremden Worten zu ihr, die sie umflossen wie ein magischer Strom und ihr Trost spendeten, obwohl sie nicht eines davon verstand. Vielleicht auch gerade deshalb. Denn Worte, die sie nicht verstand, erforderten keine Gegenleistung. Keine Antwort. Sie musste ihnen nur zuhören und ihrem Klang folgen.

Als ihr Schluchzen endlich verstummte, schloss sich ein alles dämpfender Kokon um ihre Sinne. Wie warm sein Körper war. Wie nah. Sie spürte das samtige Hirschleder des Wamses an ihrer Wange und einen Streifen des Pelzes, mit dem es gefüttert war. Ihre Hände wanderten über seinen Rücken und strichen durch sein Haar. Es war weich, so weich. Die aufkochenden Gefühle ließen sie noch heftiger schluchzen.

»Du bist stark.« Kainah beugte sich über ihren Hals und sog ihren Geruch in sich hinein. »Du bist eine der stärksten Frauen, die ich je gesehen habe.«

»Aber ich fühle mich so schwach.«

»Das gehört dazu.« Eine Hand hielt ihren Hinterkopf umfasst. Die andere lag sanft auf ihrer Taille. »Du kämpfst gegen deine Angst. Du trägst die Last vieler Verluste. Was meinst du? Was würde einer der Feiglinge tun, die Numees' Schwanz in Brand gesetzt haben, wenn er jetzt an deiner Stelle wäre? Ich bin mir sicher, er wäre längst in stinkenden Hosen gestorben.«

Wieder entlockte er ihr ein mattes Lachen.

»Williams hat keine Ahnung, wie mutig du bist. Du bist stärker als er. Ein Teil von ihm weiß das und ist deswegen wütend auf dich. Er glaubt, er wäre tapfer, weil er Leben zerstört. In Wahrheit bist du es, weil du Leben rettest. Bei meinem Volk sind Heiler und Heilerinnen hoch geachtet.«

»Ich eine Heilerin? Unsinn. Ich gehe Ebenizer zur Hand. Weiter nichts.«

Kainah schüttelte den Kopf. »Du erlebst den Tod, ohne dass deine Seele Schaden nimmt. Du tust, was nötig ist. Damit bist du sogar stärker als ich.«

Kate befreite sich aus seiner Umarmung und blickte in sein Gesicht. Was redete er nur für Unfug? Sie sollte stärker sein als er, der sich Nacht für Nacht mit Monstern maß? Während sie ihn betrachtete, schärften sich ihre Sinne, bis ihr Körper vor Schmerz pulsierte, und plötzlich sah sie ihn zum ersten Mal so, wie er wirklich war. Sie sah die Dunkelheit, die ihn gefangenhielt. Sie sah die Verzweiflung, die er zu verbergen versuchte. Sie spürte das nicht sichtbare Zittern unter ihren Fingern, das seinen ganzen Körper durchlief, ruhelos und voll quälender Anspannung. Niemals wurde er davon befreit. Nicht einmal im Schlaf, wo sich dieses gestaltlose Ungeheuer in Alpträume verwandelte. Sie sah den Schatten unzähliger Erinnerungen in seinem Blick, einen gewaltigen Abgrund aus Blut und Tod, aber auch Liebe, die wie eine zerbrechliche

Glaskugel inmitten dieser kalten Schwärze schwebte und so schrecklich verletzlich wirkte. Aber dieser Eindruck täuschte. Kate blickte noch tiefer in ihn hinein, und sie wusste, dass diese Liebe stark war. So stark, dass er bereit war, jedes Opfer zu bringen. So viel Seltsames und Unerklärliches war in den letzten Tagen geschehen, dass Kate sich nicht einmal mehr fragte, warum sie dergleichen empfinden konnte. Warum sie plötzlich seine Seele vor sich ausgebreitet sah.

»Als ich hierher kam«, erzählte sie flüsternd, »fand ich es nicht furchtbar. Alles war dreckig, die Matratze hart und das Bettzeug und die Kleider voller Flöhe. Aber ich fühlte mich trotz meiner Trauer zu Hause. Ich fühlte mich richtig.«

Er lächelte matt. »Weil es egal war, ob dein Rock sauber oder fleckig ist? Ob du Blut unter deinen Nägeln hast und nach Tod stinkst, oder nach Veilchen und Rosen duftest?«

»Ja. Aber auch, weil ich spürte, dass hier etwas auf mich wartet.« Wieder schluchzte sie auf. »Es war mein Schicksal, hierherzukommen, aber es war nicht Margrets Schicksal. Ich glaube, sie ist uns nur gefolgt, weil sie meine kleine Schwester war. Immer und überall musste sie mir hinterherlaufen. Ich bin schuld daran, dass sie tot ist. Hätte ich anders entschieden, dann …«

»Alles kommt, wie es bestimmt ist. Du kannst nichts daran ändern. Gib dir nicht die Schuld daran.«

Kate hielt ihn mit zitternden Armen fest und konnte den Blick nicht von ihm wenden, verschlang den Schwung seiner Lippen, sog jedes winzige Kräuseln der weichen Haut in sich auf, von der sie wusste, dass sie süß und scharf zugleich schmeckte, und dass sie ihr Blut durch eine winzige Berührung zum Kochen brachte. Nur ein wenig vorbeugen, und sie würde es wieder fühlen. An ihrer Brust spürte sie den Rhythmus seines Herzens. Er wurde schneller. Immer schneller. Bis er wie unter einem Fieber raste. In demselben unmenschlichen Takt wie ihres.

Kate holte tief Luft, um ihre Gedanken zu beruhigen, doch mit diesem Atemzug sog sie seinen Duft nur noch tiefer in sich hinein. Sie wollte die letzte Kluft überwinden, wollte endlich seine Lippen schmecken und seinen Atem trinken, aber sie war wie erstarrt. Die ganze Welt hielt inne, nichts regte sich. Selbst der Tanz der Flammen schien für die Dauer eines Wimpernschlages zu gefrieren. Ein fühlbares Pulsen durchlief die Dunkelheit, die Höhle schien sich zusammenzuziehen.

Und dann spürte sie die Kocodjo. Sie nahm ihre Präsenz wahr, ohne sie zu sehen. Sie fühlte sie so deutlich wie den Hauch eines kalten Atems auf ihrer Haut. Finster. Unnatürlich. Etwas an diesen Kreaturen war falsch. Sie waren keine Geschöpfe der Natur, keine Wesen des Waldes. Ihre Existenz war einem anderen Ort entsprungen. Einem Ort von unvorstellbarer Fremdartigkeit.

»Ich kann sie fühlen«, flüsterte Kate. »Ich kann die Kreaturen fühlen.«

Kainah schien kaum überrascht. »Es ist eine Folge deiner Veränderung. Du fühlst instinktiv, wenn sie in der Nähe sind. Spürst du auch das Menschliche unter ihrer Haut?«

Kate lauschte den verwirrenden Botschaften ihrer Sinne und erhaschte nebelhafte Gedanken. Sie waren wirr und unverständlich, wie Bruchstücke aus dem Traum eines Fremden. Und diese Gedanken waren voller Hass und Gier.

»Ja«, flüsterte sie. »Die Bestien waren einmal Menschen?«

»Das waren sie«, antwortete Kainah.

»Was ist ihnen geschehen?«

»Ich kenne nur die Legenden. Sie erzählen von einer Schamanin und ihrem Zögling, die beide zu tief in die Abgründe der Geisterwelt geblickt haben. Sie verirrten sich darin, erreichten die Orte absoluter Dunkelheit und kehrten verändert daraus zurück.«

»Verändert?«

»Etwas hatte sich ihrer bemächtigt.«

Kate fröstelte. »Etwas?«, wiederholte sie.

»Was dort draußen herumläuft, sind nur die irdischen Hüllen. Das wirklich Fremdartige lebt darunter. Das, was die Kocodjo laut den Legenden erschaffen hat, ist eine Kreatur aus unseren ältesten Erinnerungen. Eine Kreatur aus einer Zeit vor der Zeit. Aus einer Dunkelheit, die noch ohne Licht existierte. In manchen Nächten nehmen wir einen Tee aus seltenen Kräutern ein, der unseren Geist öffnet und ihn befreit. Wir reisen in unvorstellbare Ferne und betreten Welten, die unser Körper niemals erreichen könnte. Vergangenheit und Zukunft werden gleichgültig, uns sind in diesem Zustand keine Grenzen gesetzt. Manche werden nur zu Tieren, andere mögen es, gestaltlos wie der Wind zu sein. Wieder andere besuchen Zeiten und Welten, die weit jenseits unseres Begreifens liegen und in die sich nur die Mutigsten hineinwagen. Während unserer Reisen befinden wir uns in einem Zustand, in dem wir absolut frei, aber auch angreifbar sind. Jeder weiß, dass man nicht zu tief und zu weit reisen darf. Denn was unser Verstand begreift, ist nur die Oberfläche eines unermesslich tiefen Wassers. Die Abgründe der Geisterwelten sind so finster und bizarr, dass es keine Worte gibt, um sie zu beschreiben. Und ganz an ihrem Boden klafft noch eine weitere Tiefe auf. In ihr hausen Wesen, die älter sind als die Zeit. Niemand kann sagen, wie sie aussehen. Niemand kann sie auch nur ansatzweise begreifen. Aber Geschichten besagen, dass es vor undenklichen Zeiten eine Schamanin und ihr Zögling geschafft haben, ihre Seelen bis an jene Grenze reisen zu lassen. Sie berührten die absolute Finsternis und schafften es, sich wieder von ihr zu befreien. Aber als sie in ihre Welt zurückkehrten, waren sie nicht mehr sie selbst.«

Eiskalte Schauer rieselten über ihre Wirbelsäule. »Was waren sie?«

»Böse und hungrig. Etwas klebte wie Pech an ihren Seelen, das danach lechzte, in eine Welt voller lebendiger Wesen zu gelangen. Dieses Etwas begann, die Schamanin und ihren Zögling zu verändern. Zuerst waren es ihre Seelen, die sich veränderten. Sie wurden zu jähzornigen Tyrannen, die alles Menschliche verloren. Dann begannen auch ihre Körper, immer fremdartiger zu werden. Der Stamm, dem sie angehörten, verehrte seit Urzeiten den Wolf als seinen heiligen Schutzgeist. Oft nutzte man den Kräutertee, um mit seiner Seele zu verschmelzen. Das Wesen bediente sich an dieser Verbundenheit, gab seinen Wirten etwas von einem Wolf und setzte seine Bosheit hinzu, dazu all die Schwärze des uralten Abgrunds, aus dem es stammte.«

»Was geschah dann?«, flüsterte Kate. »Was wurde aus ihnen?«

»Sie töteten in einem Anfall von Raserei ihr ganzes Dorf. Niemand blieb am Leben. Als ihr Bewusstsein wieder zurückkehrte, fühlten sie eine schreckliche Schuld, mit der sie nicht länger leben konnten. Die Schamanin und ihr Zögling versuchten, sich umzubringen, aber das, was in ihnen hauste, ließ es nicht zu. Also zogen sie sich tief in das Gebirge zurück. Dorthin, wo es in alle Himmelsrichtungen über weite Entfernung keine Menschen gab. Einige Jahre lang konnten sie in der Einsamkeit den Hunger unterdrücken und ernährten sich von Eis und Flechten, bis sie kaum noch die Kraft fanden, aufrecht zu stehen. Eines Nachts übernahm die Kreatur erneut ihre Seelen. Sie verwandelte sie in furchtbare Monster, die die Täler heimsuchten und zu töten begannen. Anfangs wahllos, aber nach einiger Zeit begannen sie, nur noch zwei Leben pro Dorf zu fordern. Um ihre Gier zu stillen, legten sie weite Strecken zurück, durchstreiften das ganze Land und suchten sich ihre Opfer, bis ihr Hunger gestillt war und sie wieder in die Berge verschwanden. Jedes Mal kämpften sie viele Monde lang erfolgreich gegen das Böse, bis es erneut unbeherrschbar wurde.«

»Denkst du, die Legende ist wahr?«

»Wer kann das schon sagen? Ich weiß nur, dass sie sich wahr anfühlt. Ich kann es spüren, wenn ich den Kocodjo in die Augen sehe. Das Dunkle aus der Zeit vor der Zeit.«

Kate nickte. »Warum begannen sie, irgendwann nur noch zwei Leben pro Dorf zu nehmen?«

»Vielleicht sind sie nicht gänzlich von der Kreatur beherrscht. Vielleicht ist das die einzige Gnade, zu der sie noch fähig sind. Sie müssen töten, aber ein kleiner Rest ihrer alten Seelen steckt noch in den Monstern, zu denen sie geworden sind. Also zwingen sie sich selbst dazu, ihr Töten einzuschränken, nehmen zwei Opfer und ziehen weiter. Jedenfalls taten sie das bisher.«

»Ist es wahr, dass manche von euch die Kocodjo als heilig verehren?«

»Einige Stämme tun das. Was nicht bedeutet, dass sie sie nicht hassen und fürchten.«

»Das verstehe ich nicht.«

»Wirklich nicht? Wie viele Grausamkeiten geschehen im Namen eures Gottes? Was ertragt ihr für Verluste und Schmerz, ohne dass ihr aufhört, zu ihm zu beten? Die Kocodjo erinnern uns an die Wahrheit hinter dem, was wir für wirklich halten. Sie zeigen uns, was geschieht, wenn wir zu weit gehen. Ein Teil von ihnen ist älter als das Gebirge, sogar älter als die Zeit. Und etwas davon lebt auch in mir. Ich kann es spüren. Es wächst. Es wird stärker.«

Kate schmiegte ihre Wange an seine. Seine Nähe und die Wärme des Feuers machten sie schläfrig, trotz der Bestien, die draußen durch die Dunkelheit streiften. Und trotz der furchterregenden Wahrheit, die in seinen Worten lag. »Dann können sie also Menschen verwandeln.«

»Das schaffen sie so selten, dass es laut den Legenden in all den Äonen ihrer Existenz nur dreimal geschehen ist. Die Schamanin und ihr Zögling zeugten unzählige Kinder, von denen nur eine Handvoll überlebte. Der Fluch in ihrem Blut ließ nur die Stärksten am Leben, und jene, die es schafften, wurden zu ebensolchen Monstern wie ihre Eltern. Die Geschichten erzählen von drei schwarzen Riesenkocodjo. Die Schamanin, ihr Zögling und ihr erster, gemeinsamer Sohn. Alle Kinder, die danach kamen, starben entweder oder wurden zu den kleineren, gestreiften Monstern.«

»Zwei der schwarzen Bestien hast du bereits getötet.«

Kainah nickte.

»Und was ist mit dir?«

»Ich bin einer der Menschen, die nicht durch das Gift gestorben sind. Und du bist einer dieser Menschen. Stelle dir vor, dass es die Kocodjo bereits seit Urzeiten gibt. Die Legenden, die von ihrer Entstehung berichten, gehören zu den ersten, die je an unseren Feuern erzählt wurden. Sie sind so alt wie unser Volk. Und in all diesen Zeiten hat es neben uns nur drei Menschen gegeben, die das Gift der Kocodjo überlebt haben. Auch in uns lebt die Kreatur des uralten Abgrunds.«

»Wir werden zu Ungeheuern?«

»Unter bestimmten Voraussetzungen, wenn man den Legenden glauben will. Die Geschichten besagen, dass ein Mensch nicht nur den Biss eines Kocodjo überleben muss. Er muss zudem das Blut derselben Kreatur in Menschengestalt zu sich nehmen. Erst dann kann die Verwandlung abgeschlossen werden. Geschieht nur eins von beiden, bleibt er ein Mensch. Wenigstens zu großen Teilen.«

»Was hast du in dir?«

»Ich wurde vor langer Zeit von einer Bestie gebissen.«

»Dann können wir beide uns also noch nicht verwandeln?«

»Wenn die Legenden stimmen.«

»Wenn die Legenden stimmen.« Kate schlang ihre Arme noch fester um seinen Körper. Sie wusste nichts zu entgegnen, fühlte sich wie in einem Traum, der so tief war, dass sie niemals mehr daraus erwachen würde. Seine Schilderungen erinnerten an Reverend Marshs grauenhafte Schilderungen der Hölle, in deren feurigen Tiefen vielgestaltige Dämonen, einer furchtbarer als der andere, hilflose Seelen quälten. Die Finsternis dieses Abgrunds klebte an ihrer Seele. Sie war mit Kainahs Blut in sie übergegangen.

»Warum ich?«, flüsterte sie. »Warum hast du mir das angetan?«

Sie spürte, wie sein Körper sich versteifte. »Ihr ward es, die mich zu dem Schwur gezwungen haben. Ich hatte vor, euch gehen zu lassen.«

»Auch Williams?«

»Blutvergießen wird immer mit Blutvergießen beantwortet. Ich habe es schon lange satt. Ja, ich hätte auch Williams gehen lassen. Er wusste, dass er mir ausgeliefert war und dass sein Leben in meiner Hand lag. Diese Erkenntnis in seinen Augen zu sehen, war die einzige Rache, die ich wollte.«

Kate schloss die Augen und seufzte. »Es tut mir leid.«

»Was hättest du denn tun sollen? Von allen Figuren in dieser Geschichte trägst du die geringste Schuld, falls es bei vorbestimmten Schicksalen überhaupt so etwas wie Schuld gibt.«

»Williams wäre an deinem Blut gestorben? Genauso wie Logan oder Daniel oder jeder andere Mensch?«

»Ja.«

»Daniel sagt …« Kate räusperte sich. »Er sagte, unser Ziel im Leben sei vorbestimmt. Nur den Weg dorthin, den bestimmen wir selbst. Ob wir geradeaus gehen oder über Umwege. Ob wir Schritte zurückgehen oder unermüdlich vorwärtsstreben. Das Ziel bleibt dasselbe, weil es unser Schicksal ist.«

»Daniel war ein weiser Mann.«

Mit diesen Worten löste sich Kainah von ihr, stand auf und holte vom irgendwoher aus dem Dunkeln ein Lederband.

»Du willst jagen gehen?«

»Später«, antwortete er nur, setzte sich neben sie, fasste sein Haar geschickt zu einem Zopf zusammen und begann, das Band darumzuwickeln. »Etwas ist anders als sonst. Siehst du? Es ist nur noch einer übrig. Der Dumme.«

Kate blickte nach draußen. Ein einzelner Kocodjo belauerte sie aus gelbglimmenden Augen und hockte wie ein Hund auf seinen Hinterbeinen. »Was ist anders als sonst? Ich verstehe nicht.«

»Ich dachte, ich kenne diese Bestien«, antwortete Kainah. »Aber ich habe noch nie gesehen, dass sie jemanden so anstarren wie dich.«

Kates Magen krampfte sich zusammen. »Was meinst du?«

»Alle Kocodjo, die ich bisher getötet habe, waren männlich. Möglicherweise gibt es kaum weibliche. Oder es gibt sogar nur die Schamanin, wenn man unterstellt, dass die Legenden wahr sind. Ich vermute, du bist seit ewigen Zeiten die erste Frau, die das Gift überlebt hat. Wenn nicht sogar die einzige.«

Kate nahm erst jetzt wahr, dass ihr Mund offen stand. Die glühenden Augen der Bestie wirkten mit einem Mal noch hungriger, ihre aufblitzenden Fänge noch schärfer. Zu der Furcht, die diese Kreaturen in ihr auslösten, gesellte sich nun auch Ekel. Sie glaubte, ein hässliches Verlangen in den Augen des Kocodjo zu erkennen. Sein starrer Blick ging ihr durch Mark und Bein.

»Nicht auch noch diese Kreaturen«, stöhnte sie. »Ich habe es satt, so angesehen zu werden.«

»Ich lasse nicht zu, dass sie dich bekommen.« Fahrig hantierte Kainah mit dem Band herum. Sie spürte seine wütende Angst. Nicht die Angst vor Schmerz und Tod, sondern eine andere. Er hatte Angst um sie. »Ich werde ihn töten. Er ist alleine zurückgeblieben, und die Schlucht ist eng. Es wird schnell gehen.«

»Gib mir das Band.«

Kate rutschte hinter ihn und befreite ihre Arme aus dem Fell. Es glitt bis auf ihre Taille hinunter und entblößte ihre Brüste, doch da Kainah sie nicht sehen konnte, störte sich Kate nicht daran. Er atmete tief ein, als sie das Band aus seinen Fingern zog, es auf den Boden legte und sein Haar mit einer Hand zusammennahm. Dann, als sie begann, mit beiden Händen hindurchzukämmen, erstarrte er unter ihren Berührungen. Kate spürte seinen Genuss und die wohlige Erschöpfung, der er sich mit jeder streichenden Bewegung mehr auslieferte. Schwer und weich glitt sein Haar durch ihre Finger.

Sie roch an den blau schimmernden Strähnen, nahm den Rauch des Feuers wahr, der sich darin verfangen hatte, dazu ein Duft, der an Seifenkraut erinnerte. Natürlich. Seinesgleichen pflegte damit nicht nur das Leder, sondern auch Haut und Haare zu waschen.

Kainah hustete leise, straffte sich und rekelte sich ein paar Mal hin und her. Sie ließ sich Zeit damit, mit ihren Fingern durch sein Haar zu streichen, versunken in dem Gefühl der seidigen Weichheit, des Geruches und der Nähe ihrer Körper. Dann nahm sie das Band, verknotete es einmal am oberen Ende des Zopfes und begann, es so um das Haar zu wickeln, dass es sich immer wieder kreuzte. Zuletzt verknotete sie es ein zweites Mal.

»Fertig. Ist es gut so?«

Hastig zog sie das Fell wieder über ihren Oberkörper und rutschte ein Stück von ihm weg. Ein Gefühl des Bedauerns rumorte in ihrem

Inneren. Es war tröstend gewesen, die Wärme seines Rückens an ihren Brüsten zu spüren und ihm wohlige Schauer zu entlocken.

Kainah wandte sich zu ihr um und sah sie mit großen Augen an.

In diesem Moment explodierte das Feuer.

Ehe etwas sie mit atemberaubender Wucht beiseiteschleuderte, sah sie ein schwarzsilbernes Gebirge aus struppigem Fell und ein blutrotes Maul voll mächtiger Fangzähne, von denen Speichelfäden tropften. Ein lebender Berg schien vor ihre Brust zu stoßen, riss das Fell von ihrem Körper und warf sie quer durch die Höhle. Der Aufprall auf die Felswand raubte ihr die Sinne. Sie fiel zu Boden, hörte ihr ersticktes Husten und fühlte die Blitze rasender Schmerzen im ganzen Körper. Schwärze drückte sie zu Boden, ehe sie sich wieder auseinanderzog wie schmelzendes Pech und Bruchstücke der Wirklichkeit freigab.

Aranck wieherte kreischend, bäumte sich vor der Bestie auf und galoppierte an ihr vorbei in die Nacht hinaus. Die Kreatur kümmerte sich nicht um das Pferd. Ihr hasserfüllter Blick war allein auf Kainah gerichtet, als koste sie den flüchtigen Augenblick aus, während sie sich ausmalte, was ihre Zähne und Klauen anrichten würden.

Mit unfassbarer Schnelligkeit war es ihm gelungen, den Bogen zu spannen. Doch der Pfeil, den er in aller Hast abschoss, schlitzte nur die Stirn der Bestie auf und fiel scheppernd zu Boden. Wie eine Schlange schnappte die Kreatur zu. Kainah rollte sich zur Seite, entwischte ihren zupackenden Kiefern und ergriff das lange Fell an ihrem Hals. Ehe der Kocodjo wusste, wie ihm geschah, saß ihm sein Gegner im Nacken, zückte das lange Messer und rammte es ihm zwischen die Knochenplatten. Das Monster jaulte markerschütternd. Kainah drehte die Klinge herum, stützte sein ganzes Gewicht auf den Knauf und trieb die Klinge bis zum Heft ins Fleisch. Der Kocodjo stieg wie ein Pferd auf die Hinterläufe, taumelte zwei Schritte rückwärts, drehte sich und fiel.

Direkt auf sie zu.

Kate gelang es nicht mehr, sich beiseitezurollen. Sie hörte, wie Kainah ihren Namen rief, dann nahm der stürzende Berg aus Fleisch und Fell alles ein, was sie sah. Eine Hand griff nach ihr und wollte sie beiseitezerren, doch es war zu spät. Mit voller Wucht prallte der Leib der Bestie auf ihren Körper und zermalmte sie vom Brustkorb bis zu den Füßen. Kate fühlte, wie sie in den Felsboden gestampft wurde. Knochen brachen, Haut platzte auf. Der Schmerz war kurz und heftig und endete in warmer Taubheit. Blut füllte ihren Mund, ließ sie husten und würgen und erstickte ihren Atem. In einem Moment der Panik rang sie nach Luft, atmete nur Blut ein und schlug hilflos um sich.

Sie würde sterben … hier und jetzt.

Ein letztes verzweifeltes Röcheln, dann fühlte sie nichts mehr. Nur noch nasse Hitze und die sichere Gewissheit, verloren zu sein. Fern nahm sie wahr, wie Kainah den Leichnam der Bestie von ihr herunterzerrte. Dann war er neben ihr, zog ihren Kopf in seinen Schoß und küsste ihre Stirn.

»Keine Angst. Keine Angst. Du kommst wieder. Du kannst nicht sterben. Ich lasse dich nicht allein.«

Doch Kate starb.

Sie fühlte, wie sie sich aus ihrem Körper löste und davontrieb, ohne Furcht oder Bedauern. Sie vergaß, wer sie war und sie vergaß, dass ihr zerschmetterter Körper in einer Höhle lag, in den Armen eines Mannes, den sie wider allen Regeln liebte. Sie vergaß gar ihren Namen und jeden irdischen Gedanken, bis eine Lawine aus Schmerz sie überrollte und hinab auf die Erde schmetterte.

Kate erwachte schreiend. Ihr Körper brannte, wurde zerfetzt und mit glühenden Eisen traktiert. Ein hässlichen Knacken und Knirschen begleitete ihre Schreie, und ihre Seele, die eben noch frei geflogen war, löste sich in Wahnsinn auf.

»Es ist gleich vorbei.« Hände strichen über ihr Haar, Arme hielten sie umschlungen. »Ich wünschte, ich könnte es für dich ertragen. Halt durch Kate, halt durch.«

Eine Ewigkeit verging, die sie in Qual und Wahnsinn verbrachte. Sie konnte spüren, wie die zerstörten Knochen in ihrem Körper zusammenwuchsen und zerfetzte Organe heilten. Haut schloss sich, neues Fleisch wuchs. In ihrem unerträglichen Schmerz krallte sie ihre Hände in den Körper, der sie stützte, zerrte an allem, was ihr in die Finger kam und weinte ihre Verzweiflung hinaus.

Endlich endete es. Schweißgebadet lag sie in Kainahs Armen. Ihr Körper, wider die Natur vom Tod auferstanden, glühte und prickelte. Sie war kein Mensch mehr. Sie würde niemals wieder einer sein. Der endgültige Beweis war ihre eigene Lebendigkeit. Ihr Atmen, ihr Herzschlag. Tränen liefen über ihre Wangen, während sie haltlos schluchzte und um alles weinte, was sie verloren hatte. Kainah streichelte ihr Haar und hielt sie noch immer fest. Solange, bis das Schluchzen verebbte und eine betäubte Leere zurückließ.

»Siehst du die Zeichnung dort?« Er deutete auf die ihr gegenüberliegende Wand, die das Feuer gerade noch mit seinem Schein erreichte. »Es ist eine Darstellung der Schamanin. Vor langer Zeit war dies ein heiliger Ort meines Volkes.«

Kate blinzelte erschöpft und sah, dass jene Wand mit wunderbaren Malereien verziert war. Inmitten eines Reigens aus allen Tieren, die in diesen Wäldern existierten, sah Kate den Kopf einer Frau, deren Blick zur Seite gerichtet war. Ihre Darstellung war von beeindruckender Kunstfertigkeit. Sie war jung und wunderschön, doch ihre missgestalteten Ohren, die haarig und spitz waren wie die der Monster, verliehen ihr etwas Falsches und Fremdartiges. Im dunklen Haar der Frau waren unzählige Pflanzen verflochten. Farne und Moose, Gräser und Blüten. Schwarze Schatten aus Kohle umrandeten ihre Augen, was sowohl ihre Anmut als auch ihre Fremdartigkeit untermalte.

»Sie sieht aus wie du«, sagte Kainah. »Ihr beide seid stark und wunderschön.«

Kate schnaufte nur. Sie wollte nichts dergleichen hören. »Sagtest du nicht, sie kommen niemals in die Höhle? Warum ist das passiert?«

»Ich weiß es nicht. Bis heute haben sie es niemals gewagt. Vielleicht hat der Hunger ihn wahnsinnig gemacht.«

»Dann gibt es nirgendwo mehr Sicherheit. Das Tageslicht schützt uns nicht, und diese Höhle schützt uns nicht.«

Er beugte sich über sie und küsste ihre Stirn. »Komm, ich bringe dich an einen Ort, an dem du dich waschen und ausruhen kannst.«

Er hob sie samt dem Büffelfell auf seine Arme und trug in die Tiefe des Berges hinein. Immer wieder führte der Weg steil nach unten, sodass es ihr vorkam, als bewegten sie sich in die Eingeweide der Erde hinein.

»Dort unten gibt es warmes Wasser.«

»Warmes Wasser?«, fragte sie ungläubig.

Sie zitterte am ganzen Leib, und je weiter sie ihr Weg in die Finsternis führte, umso schläfriger wurde ihr Geist. Sie fühlte sich sicher in seinen Armen, genoss den geschmeidigen Rhythmus seiner Schritte und ließ sich in die absolute Schwärze fallen. Müde drückte sie ihr Gesicht an seinen Hals, während er sie immer tiefer in das Gebirge trug. Zuerst erkannten ihre Augen nichts, doch nach und nach gelangten ihre Sinne zu ungeahnter Schärfe. Sie erkannte bizarre Formationen, die von der Decke hingen oder aus dem Boden wuchsen. Gewaltige, funkelnde Zähne, Bögen und Zinnen, Türmchen aus Stein und glitzernde Nadeln. Kleine Bäche wanden sich durch dieses Labyrinth, plätscherten und murmelten leise und füllten die stickige Luft mit sonderbaren Gerüchen.

Angesichts dieses unfassbaren Ortes gerieten ihre Sinne in einen Taumel, dessen Kraft und Intensität alles bisher Gespürte übertraf. Nach jedem engen Gang eröffneten sich neue wunderbare Welten, nirgendwo glich eine Form der anderen. Und all das war einem bläulichen Schimmer erfüllt, der von überall und nirgends zu kommen schien. Manchmal verschwand dieser Schimmer auch für kurze Zeit, und dann war nichts zu sehen als undurchdringliche Finsternis, die Kainah nicht im Geringsten zu stören schien. Sicher und gelassen fand er seinen Weg, bis sie in einer gewaltigen Höhle landeten.

Als er vor einem Wasserbecken stehenblieb, das von einem gewaltigen, abgestürzten Steinzapfen aufgestaut worden war, gingen Kate schier die Augen über. Diese Höhle war weit riesiger als die größte Kathedrale, die sie je in ihrem Leben erblickt hatte.

Ihre Decke verlor sich in schwindelerregender Höhe, überall gab es steinerne Bögen, Skulpturen und Pfeiler von unvorstellbarer Größe. Ein weit verzweigter Fluss mäanderte durch diesen Saal tief unter der Erde, bildete hier und da Teiche und wurde durch kleine Wasserfälle gespeist, die aus den Felswänden strömten. Die Luft war stickig, warm und feucht. Kate roch Schwefel, etwas Salziges und Würziges, dazu unbekannte Gerüche, die sie mit nichts vergleichen konnte.

»Wie wunderschön«, flüsterte sie ergriffen.

»Es war einmal ein heiliger Ort. Lange Zeit kamen Menschen meines Volkes hierher, um mit den Geistern der Erde zu reden. Aber seit Hunderten von Monden wagt es niemand mehr.«

»Warum?«

»Sie glauben, der heilige Ort sei von etwas Bösem heimgesucht worden. Er sei beschmutzt.«

Sie sah sich in all der überwältigenden Schönheit um. Hier gab es nichts Böses. Nirgendwo. »Umso besser. Dann gehört all das allein uns.«

Kainah schnaufte missbilligend. »Das hier gehört niemanden. Genauso wenig wie der Himmel irgendjemandem gehört.«

»Es tut mir leid. Du hast recht. Was hat es mit den Schädeln auf sich?«

Sein Blick wurde wieder milder. »Heilige Männer und Frauen wurden damals hier bestattet, als die Höhlen noch als rein galten.« Kainah deutete auf das Becken. »Steige ruhig in das Wasser, es wird dir guttun.«

Kate beäugte den kleinen Teich. Der Grund schien aus nichts außer Stein zu bestehen. »Es ist nicht giftig?«

»Warum sollte es giftig sein?«

»Wenn etwas zu schön ist, um wahr zu sein, dann steckt meistens etwas dahinter.«

»Ein weiser Spruch, aber auf diesen Ort trifft er nicht zu. Geh schon.«

Sie schluckte, hielt das Büffelfell vor ihrer Brust zusammen und blickte zu Kainah auf. »Wo wirst du dich waschen?«

»Dort am Wasserfall.« Er nickte hinter sich. Dampfende Kaskaden rauschten einige Schritte entfernt über eine schwarze Felswand.

»Dieses Licht …«, fragte Kate. »Woher kommt es?«

»Es ist nichts anderes als Mondlicht. Es fällt durch einige Löcher in der Decke. Für Menschen wäre dieses Licht zu schwach, sie würden trotzdem nur Schwärze sehen. Aber unsere Augen sind nicht mehr menschlich.«

»Deswegen verschwindet es manchmal. Wenn Wolken den Mond verdecken.«

»So ist es. Jetzt geh ins Wasser und ruhe dich aus. Du bist hier sicher.«

Als Kainah ging, wartete Kate, bis er beim Wasserfall war. Erst dann ließ sie das Fell von ihrem Körper gleiten und beeilte sich, in das erstaunlich warme, samtige Wasser zu gleiten. Ein Seufzer unendlichen Wohlbehagens entfloh ihr. Was für ein unglaublicher Ort! So unfassbar gewaltig und schön, und doch würde ein Wanderer, der oben auf der Erde entlangging, nichts von diesem Wunder unter seinen Füßen ahnen. Wie flüssiger Honig glitt das Wasser über ihren Körper, doch als sie mit beiden Händen hindurchfuhr und die Tropfen von ihren Fingern rinnen ließ, verhielt es sich nicht anders als Wasser aus einem gewöhnlichen Fluss oder See. Es war flüssig und fühlte sich trotzdem zäh an. Äußerst seltsam.

Kate grübelte halbherzig über unzählige Fragen, tauchte bis zum Kinn unter, schloss die Augen und tastete mit den Füßen über den glitschigen Boden. Etwas schien dort zu wachsen. Sie spürte eine dünne Schicht, wie man sie auch in vielen gewöhnlichen Gewässern fand, und manchmal erhaschte sie die schnellen Bewegungen kleiner, flüchtender Tiere.

Müde lehnte sie sich an den Rand des Beckens und begann, das Blut und den Schweiß von ihrem Körper zu waschen. Was für ein Wunder, dass sie noch lebte. Fassungslos strich Kate über ihre Gliedmaßen, die vor kurzem noch ein Brei aus zerquetschtem Fleisch und gebrochenen Knochen gewesen waren.

Wüsste Reverend Marsh davon, würde er umgehend einen Scheiterhaufen errichten.

Übelkeit stieg in ihr auf, als sie an das Fort dachte.

Was, wenn sie einfach niemals zurückkehrten? Was, wenn sie einfach hier draußen in den Wäldern blieben, jetzt, wo auch sie nicht mehr zu den Menschen gehörte?

Ein Kribbeln floss durch ihren Körper, als sie zu Kainah hinüberblickte. Er hatte ihr den Rücken zugedreht, stützte sich mit beiden Armen an der Felswand ab und ließ das Wasser über seinen Körper rinnen. Blut floss in verzweigten Rinnsalen über seine Haut, verblasste und verschwand, fortgespült von den funkelnden Strömen.

Sie spürte seine Selbstvergessenheit, seine völlige Hingabe an den Genuss des warmen Wassers und an die heilige Kraft dieses Ortes. Kate seufzte auf, als er das Band löste, das sein Haar zusammenhielt, und den Kopf unter die plätschernden Ströme hielt.

Wie wäre es, jetzt bei ihm zu sein? Bei ihm unter dem warmen Wasserfall, an seinen nackten, nassen Körper gepresst?

Sich in dieser flüssigen Hitze zu räkeln, war kaum dazu nütze, das Fieber aus ihren Gedanken zu saugen. Alles glühte, alles prickelte und zog und pochte vor Empfindsamkeit. Obwohl Kainah mehrere Schritte von ihr entfernt war, waren ihre Sinne so grausam, sie jedes Detail seines Körpers wahrnehmen zu lassen.

Lange Haarsträhnen, die auf seiner Haut klebten. Das Spiel von Licht und Schatten, wenn sich seine Muskeln anspannten oder lockerten. Das Funkeln des Wassers auf seiner dunklen Haut. Und dann, als er sich umdrehte und gegen die Felswand sank, die Arme unter den rauschenden Kaskaden ausgebreitet, sah sie das Quälendste überhaupt: die Sinnlichkeit puren Genusses auf seinem Gesicht.

Kate biss sich auf die Zunge, als er die Augen schloss und den Kopf in den Nacken legte, um sich ganz dem Gefühl des warmen Strömens hinzugeben. Zum ersten Mal fand sie Gelegenheit, den vollkommen nackten Körper eines Mannes zu betrachten. Tief unter der Erde, an einem Ort, an dem niemand sie stören würde. Wo, wenn nicht hier, sollte sie sich vollkommen frei fühlen?

Ihr Schicksal war wie eine unaufhaltsame Sturmflut. Egal, was sie tun oder nicht tun würde, es war nicht mehr aufzuhalten.

Kate stieg aus dem Wasser, das wie Honig von ihrer Haut glitt, und ging zu Kainah hinüber. Ihre nackten Füße patschten leise auf dem nassen Felsen. Er öffnete erst die Augen, als sie vor ihm stand, keine Armlänge von ihm entfernt. Der Ausdruck hingebungsvollen Genusses verschwand aus seinem Blick. Wäre der Felsen in seinem Rücken nicht gewesen, wäre er zweifellos vor ihr zurückgewichen.

Kate runzelte verwirrt die Stirn. Seine Reaktion war nicht das, was sie erwartet hatte.

»Tu das nicht«, flüsterte er heiser.

»Willst du es nicht?«

»Ich will es. Mehr, als du dir vorstellen kannst. Aber stelle dir eine Frage.«

»Welche?« Kate starrte auf das Wasser, das in funkelnden Rinnsalen über seine Brust strömte. Sie wollte es mit ihrer Zunge von seiner Haut lecken. Sie wollte es durch ihre Finger strömen lassen, während sie ihn berührte.

»Bist das wirklich du, die vor mir steht? Oder ist es die Kreatur, die durch dein Blut kriecht? Würde die echte Kate ihren nackten Körper und ihre Sehnsüchte so zeigen, wie du sie mir zeigst?«

Sie starrte ihn fassungslos an. Seine Worte rissen etwas von ihrem Bewusstsein und ließen sie erkennen, was sie hier tat. Plötzlich spürte Kate ihre Nacktheit. Sie fühlte sich nicht mehr stark und lustvoll unter seinem Blick, sondern klein und verwundbar. Schnell schlang sie die Arme um ihren Brustkorb und wandte sich ab. Zähe Hitze vernebelte ihre Gedanken. Sie konnte fühlen, wie diese Hitze erneut versuchte, sie zu kontrollieren. Wie sie mit fiebrigen Fingern nach ihr griff. Sie lockte und verführte.

Tu es einfach. Tu, was du willst. Denk nicht nach.

Tu es einfach …

Pochendes, sehnsuchtsvolles Ziehen wuchs in ihren Unterleib und wurde so heftig, dass sie zu zittern begann. Schnell hastete sie zum Büffelfell hinüber, hob es hoch und wickelte sich darin ein. In dem Moment, in dem sie es fest vor ihrer Brust zusammenhielt und tief Atem holte, verschwand das Mondlicht. Die Höhle wurde schwarz. Undurchdringlich schwarz.

Kate stand still da. Die völlige Finsternis beschränkte ihre Sinne auf das, was sie roch, hörte und spürte. Warmer Fels, auf dem sie stand. Ein Aroma nach schwarzer Erde und Schwefel. Wasserrauschen. Glühende Haut, die selbst unter der zarten Berührung des Pelzes vor Empfindsamkeit schmerzte. Verlangen. Scham. Angst. Lust.

Die erdrückende Schwärze und Tiefe des Gebirges.

Als seine nasse Hand ihre Schulter berührte, rang Kate hilflos nach Atem. Sie rührte sich nicht, während seine Finger sich sanft unter das Fell schoben, bis sie es schließlich losließ. Raschelnd fiel es zu Boden. Das weiche Gleiten auf ihrer heißen, überreizten Haut entlockte ihr ein Wimmern. Nackt stand sie vor ihm.

Blind in der Finsternis. Ausgeliefert.

Als seine Arme ihren Oberkörper umfingen und sie sich plötzlich aneinanderschmiegten, Haut an Haut, Rücken an Brust, glaubte sie es nicht ertragen zu können. Wie die beiden Hälften einer Muschel fügten sie sich ineinander. Seine Hand schloss sich um ihre Brust, als wäre die Wölbung ihres Fleisches nur geschaffen worden, um von ihm umschlossen zu werden. Es war, als versinke sie in seinem Körper. Als verschmelze ihre heiße Haut mit seiner. Sanft kneteten seine Finger ihre Brust, während die andere Hand über ihren Bauch glitt. Tiefer und tiefer. Bis sie das schwarze Haar zwischen ihren Beinen teilte und die zarte Haut berührte. Kate stöhnte auf. Nie hatte sie etwas Derartiges empfunden. Es war so überwältigend, so atemberaubend, dass es nur Sünde sein konnte. Feuer raste durch ihren Körper und verbrannte die Zweifel, die in ihr aufbegehrten.

Zu spät ... sie war ohnehin verloren.

Verloren ...

Kate hob ihr rechtes Bein und schlang den Fuß um seine Wade. Seine Hand glitt noch weiter vor, seine Finger zogen langsame Kreise und ließen das heiße Pochen in ihrem Schoß unerträglich werden. Sie wusste, dass ein Wort genügt hätte, um Kainah aufhören zu lassen. Er würde seine Lust um ihretwillen beherrschen, er würde vor ihr zurückweichen und sie nie wieder berühren, wenn sie das von ihm verlangte.

Doch sie wollte es. Mehr, als sie irgendetwas je zuvor gewollt hatte. Vielleicht machte die undurchdringliche Finsternis sie mutig. Vielleicht war es auch das Böse in ihrem Blut, das sie dazu trieb, ihre Hand auf seine zu legen und zuzudrücken. Mehr! Sie wollte mehr.

Kainah hauchte Küsse auf ihre Schläfe, auf ihre Wange und auf ihren Mundwinkel, bis sie sich halb zu ihm umdrehte und sich endlich ihre Lippen fanden. Atemlos keuchte sie auf, als er mit einem Finger in sie eindrang. Langsam und sanft, so sanft, wie er sie zugleich küsste, und so sanft, wie seine Hand ihre Brust streichelte.

»Willst du es?«, raunte er. »Du selbst?«

Ihre Zungen berührten sich. Seine Hand in ihrem Schoß bewegte sich langsam und träge, sein Finger kreiste in ihrem Inneren und schob sich ein winziges Stück weiter in sie hinein.

»Ja«, presste sie hervor. »Ja, ich will es.«

»Für dich breche ich einen heiligen Schwur.« Ihre Zungen berührten sich. Feuchte Hitze pochte zwischen ihren Beinen. »Vielleicht wird es unser Ende sein.«

»Dann soll es so sein.«

Plötzlich packte er sie und drehte sie zu sich herum. Diesmal war sein Kuss nicht mehr sanft. Ein Knurren grollte in seiner Brust, dann umfasste er ihre Schultern und drängte sie rückwärts, bis sie gegen den Felsen stieß. Wasser strömte über ihre glühende Haut. Heiß, so heiß, als wäre es über einem Feuer erhitzt worden. Der Finsternis dampfte. Seine Hände umfassten ihre Schenkel in jenem Moment, in dem Kate sich vom Boden abstieß und ihre Beine um seine Hüften schlang.

Endlich! Endlich!

Es war richtig. Es sollte so sein. Alles andere war gleichgültig.

Hart drückte sich sein Geschlecht gegen ihren Schoß. Sie spürte, wie er ein winziges Stück in sie eindrang, ehe ihr Körper sich verschloss und ein stechender Schmerz durch ihren Unterleib schoss. Mias Worte drängten sich plötzlich durch den Taumel ihrer Lust: »Es ist furchtbar. Er spießt dich auf, rutscht grunzend auf dir herum und dann ist es vorbei. Ich weiß nicht, wie man irgendetwas daran schön finden kann.«

Kainah hielt inne, hielt sie mit beiden Armen fest umschlungen und bedeckte ihren Hals mit Küssen. Mia hatte den Mann, mit dem sie noch vor ihrem achtzehnten Geburtstag verheiratet worden war, nie geliebt. Sie hatte nie erfahren, wie es war, wenn man nach dem Körper des anderen hungerte. Wenn man ihn um jeden Preis wollte, mehr, als es die Vernunft zulassen wollte. Mehr, als der Verstand zu begreifen imstande war.

»Bitte«, keuchte sie. »Bitte.«

Seine Küsse wurden noch behutsamer. Sie zuckte unter seinem Gewicht, hörte das Rauschen des Wassers und spürte die strömende Wärme, die dampfende Nässe und das Zucken seiner Muskeln unter ihren Fingern. Kate warf den Kopf zurück, grub ihre Nägel in seinen Rücken und drückte ihr Becken vor, bis der sich steigernde Schmerz sie aufstöhnen ließ.

Kainah ächzte etwas, das sie nicht verstand, dann presste sie sein Gewicht mit aller Kraft an die wasserüberströmte Felswand. Ein heftiger Stoß, und aus dem Schmerz ging ein Gefühl unbeschreiblicher Befreiung hervor. Sie waren miteinander vereint. So tief vereint, wie ihre Körper es zuließen.

Zitternd hielten sie inne, aneinandergepresst und miteinander verschmolzen. Ihr Schoß dehnte sich und schmiegte sich um sein Fleisch, Kainahs Atem strömte keuchend über ihre Lippen. Alles war anders, als sie es sich vorgestellt hatte. Es war wie eine Besessenheit. Wie Raserei. Wie ein tierhafter Rausch ohne Gedanken und Vernunft.

Die Hitze des Wassers machte sie schwindelig, ließ sie das Gleiten ihres sich vereinenden Fleisches und das Aneinanderreiben der nackten Haut nur umso deutlicher fühlen. Kates Sinne verschlangen die kreisenden und zuckenden Bewegungen ihrer Körper, ihr gemeinsames Stöhnen und Seufzen und Ächzen, das im Herzen des Gebirges widerhallte und sie fortriss wie eine brausende Flut.

So fest drückte er sie an den Fels, dass Schmerzen durch ihren Körper jagten, doch jeder feurige Blitz steigerte ihre Lust nur umso mehr. In einem Anfall verzweifelten Verlangens grub sie ihre Finger in die zuckenden Muskeln seines Rückens, bis sie ihm einen Schmerzenslaut entlockte. Seine Bewegungen wurden grober, außer sich vor Lust stieß er zu und erschütterte wieder und wieder ihren Körper, bis sie gänzlich den Verstand verlor.

Für Momente wurde ihr schwarz vor Augen, spürte sie, wie Kainah sie zum Staubecken hinübertrug. Noch immer war er tief in ihr, hielt sie an seinen Körper gedrückt und schmiegte die Lippen sanft an ihre Kehle.

Die Behutsamkeit, mit der er sie trug und festhielt, erfüllte sie mit staunender Zärtlichkeit. Sie spürte die Einheit ihrer nackten Körper. Haut an Haut. Seele an Seele. Blut in Blut.

Nichts daran war falsch.

So nah bei ihm zu sein, so wunderbar nah in Körper und Geist, erfüllte sie mit vollkommener Zufriedenheit. Die Bestien wurden gleichgültig. Das Fort war weit, weit weg. Selbst die Gedanken an Daniel waren von Freude erfüllt, als wüsste sie, dass für ihn alles gut geworden war.

Selig schlang sie ihre Arme um Kainahs Hals, grub ihre Finger in sein Haar und küsste seine Stirn, während er vorsichtig in das Becken stieg.

Samtig heißes Wasser nahm ihre Körper in sich auf. Fühlte es sich so für ihn an, wenn er in sie eindrang? Nass, warm und wohlig?

Schwerelos glitten sie durch das Wasser, während draußen in der Nacht der Mond wieder zum Vorschein kam und seinen blauen Schimmer in die Dunkelheit ergoss. Ungläubig berührte sie Kainahs Gesicht, das langsam vor ihr in der Schwärze auftauchte. Bedeckt von Wassertropfen, lächelnd und wunderschön.

»Glaubst du mir jetzt?«, fragte er flüsternd.

»Was?«

»Das alles lebt. Sogar Steine und Felsen. Du kannst es spüren. Wie der Berg atmet. Wie sich das ganze Gebirge regt, als wäre es ein gewaltiges Tier.«

Kate schloss die Augen, während er sich mit ihr in den Armen in langsamen Kreisen drehte. Ja, da war ein unmerkliches Pulsieren. Ein uraltes, machtvolles Atmen und eine Regung so langsam, dass sie jenseits menschlicher Wahrnehmung geschah und Jahrmillionen überbrückte. Alles war lebendig und bewegte sich in einem ewigen Kreislauf. Plötzlich fühlte sie sich wie ein ungeborenes Kind im Leib einer Mutter.

Sie ruhten im lebendigen Schoß der Erde.

»Bald wirst du spüren, dass sich auch der Himmel bewegt«, sagte Kainah. »Die Sterne und alle Nebel darin. Alles bewegt sich kreisförmig. Alles geht und kehrt wieder. Wenn du das begreifst, hast du keine Angst mehr vor deinem eigenen Tod. Weil er dich nur wieder mit der

Kraft vereint, die dich geboren hat, und diese Kraft wird dich erneut zur Welt bringen.«

Kainah zog sich aus ihr zurück und setzte sie auf einem Vorsprung ab, der gerade so breit war, dass sie sich darauf abstützen konnte. Dann begann er, ihren Hals mit zarten Küssen zu bedecken.

Kate lehnte sich im Wasser zurück, bettete ihren Kopf auf den Rand und streckte die Arme aus. Sanft waren seine Lippen, glitten federleicht über ihre Kehle, dann über ihre Schultern und wanderten langsam zu ihren Brüsten.

Seufzend wand sie sich hin und her. Ihr Schoß zog sich verlangend zusammen, ihre Hüften drängten sich ihm entgegen. Doch Kainah ließ sich Zeit.

Immer deutlicher spürte sie das Leben in diesem Gebirge, das sie umschloss, bis ein Hauch von Angst über ihren Rücken rieselte. Denn ihr war, als könnte dieses gigantische Wesen sie verschlucken, wie ein Tier aus Fleisch und Blut es tun würde.

Kainahs Zunge berührte die Spitze ihrer rechten Brust. Kates ersticktes Wimmern hallte laut wie ein Schrei in der Höhle wider. Doch er erlöste sie nicht, sondern schloss seine Lippen um die Knospe und sog sie zwischen seine Zähne. Zuerst behutsam, dann fester, bis der Schmerz zwischen ihre Beine schoss und sie haltlos zucken ließ. Sehnsüchtig rieb sie sich an ihm, drängte sich ihm entgegen und krallte ihre Nägel in seine Schultern. Doch er quälte sie weiter, indem er seine Finger boshaft langsam an der Innenseite ihres Oberschenkels emporwandern ließ. Kate entfuhr ein sehr schmutziger und wütender Fluch, der Kainah aufblicken und zufrieden lächeln ließ, wie eine Katze, die mit ihrem Opfer spielt und sich an seinem Zappeln erfreut.

Als seine Finger schließlich zwischen ihre Beine glitten und sie zu liebkosen begannen, glaubte Kate, ihr Herz müsse stehenbleiben. Es raste wie von Sinnen, während ihr Blut kochte und ein gigantischer Zorn in ihr aufstieg, ein Zorn wie der verzehrende Hunger eines Raubtieres, und als sich ihre Blicke für einen kurzen Moment erneut begegneten, glomm Erkenntnis in Kainahs Augen auf.

Sie waren von gleichem Blut. Sie waren Tiere. Durch und durch wild und hungernd nach Befreiung. Als er lächelte, zogen sich seine Lippen über spitze Eckzähne zurück. Weiße und scharfe Fänge.

Unmenschlich.

Er warf sich auf sie, schlang einen Arm um ihre Hüfte und zog sie mit einem wütenden Ruck an sich. In dem schlüpfrigen, weichen Wasser drang er mühelos in sie ein, zog sich wieder zurück und stieß erneut zu, tief und gierig. In schnellen, immer wilderen Bewegungen drängte er sich in ihren Körper, während sie sich ihm entgegenwölbte und ihre Finger in seine Haut grub.

Dann, als das Feuer in ihrem Leib explodierte, sie überrannte und alles in Flammen aufgehen ließ, verlor sie sogar die Beherrschung über ihren Hunger. Etwas riss sie mit sich fort. Entglitt ihrer Kontrolle. Verwandelte sie. Ein Knurren von entfesselter Gier hallte durch die Höhle. Von ihm? Von ihr? Ihr Kopf ruckte vor wie der einer Schlange. Ihre Lippen spürten warme, weiche Haut.

Dann biss sie zu.

Fern vernahm sie ein überraschtes Aufstöhnen. Finger krampften sich an ihrer Hüfte zusammen, und plötzlich war Kainah unter ihr. Wie ein Raubtier kauerte sie über ihm, hielt seine Handgelenke gefangen und stieß erneut auf ihn herab. Wilde Raserei. Besinnungslosigkeit.

Pochende Hitze, der rasende Schlag zweier Herzen.

Rote Schlieren tanzten vor ihren fest zusammengepressten Augen. Sie schmeckte Blut im Mund, und als sie mit der Zunge über ihre Zähne glitt, schnitt sie sich an scharfen Spitzen.

Bestienzähne!

Nein! Nein! Unmöglich!

Aber sie spürte es. Wild und machtvoll und unwiderstehlich. Der Sog war unfassbar stark. Er war gewaltig. Ein kurzer Zweifel, ein Aufblitzen eisigen Schreckens, dann ließ sie sich bereitwillig mitreißen.

Doch Kainah war keine wehrlose Beute.

Die Zähne gefletscht, warf er sie herum, hielt ihren sich windenden Körper mit aller Kraft fest und leckte über ihre Kehle. Ein wildes Grollen vibrierte in seiner Brust, als er erneut in sie eindrang, und plötzlich kämpften sie wie wilde Tiere miteinander.

Wie von Sinnen rollten sie sich im Wasser herum, knurrten, zuckten und stießen, tauchten unter und verschlangen sich mit Küssen, bis ihr Verstand in einem lodernden Inferno unterging.

Jemand packte grob ihr Bein und wickelte etwas darum. Kates Bewusstsein hakte sich in der Schwere ihres Schlafes fest, obwohl dieser jemand so wild an ihr herumfuhrwerkte, dass sie hin- und hergeschüttelt wurde.

Zaghaft tasteten sich ihre Gedanken voran. Ihr Schoß brannte und schmerzte. Jeder Muskel schien zu Stein geworden. In ihrem Kopf hämmerte quälender Schmerz.

Dampfendes, heißes Wasser. Nackte, vor Gier zitternde Körper. Blut. Küsse, Bisse und ihre miteinander vereinten Körper. Zuckend und stoßend wie sich paarende Tiere.

Kate fuhr auf, als hätte jemand einen Eimer Eiswasser über ihr ausgegossen. Augenblicklich fuhr ein Hammer auf ihren Schädel nieder und warf sie wieder auf ihr Lager zurück.

»Was … ist … was haben wir …«

Kainah antwortete nicht. Gekleidet in ein sauberes Hirschlederhemd, über dem er seinen alten Wolfspelz trug, beugte er sich über sie und wickelte einen Streifen dicken Leders um ihren Oberschenkel. Einen zweiten Streifen band er um ihre Wade, einen dritten um ihr Knie. Zuletzt wickelte er einen silbriggrauen Pelz um ihren Fuß, mit den Haaren nach innen. Alles zusammen wurde mit Bändern festgeschnürt, bis ihr Bein zwar steif, aber warm eingepackt war.

Ein langes, weites Hemd aus weichem Leder trug sie bereits, darunter eine Art Unterhose, die, soweit sie das durch schnelles Tasten beurteilen konnte, ebenfalls aus weichem Leder bestand.

Herr im Himmel, was hatten sie nur getan?

Nein, es war kein Traum gewesen, so erschreckend und bizarr ihre Erinnerung auch war. Ein wilder Rausch hatte sie in rasende Bestien verwandelte, hatte sie dazu gebracht, mit orgiastischer Wildheit übereinander herzufallen. Tief im Herzen dieser Höhle. Dort, wo das Gebirge atmete und das Wasser vor Hitze dampfte.

Sie musste Kainah nicht in die Augen blicken, um zu wissen, woran er dachte. Noch immer schmeckte sie den Rausch ihrer Gefühle auf der Zunge. Bittersüß. Fiebrig. Scharf. Wild.

Ruppig wiederholte er die Prozedur an ihrem linken Bein, während sie ihn stumm ansah. Zuletzt nahm er zwei weitere Schnüre, zog sie durch die Löcher, die er in das Büffelfell gebohrt hatte, und hielt ihr das Bündel hin.

»Nimm das als Umhang.«

Als Kate es entgegennahm, stand er auf und drehte ihr den Rücken zu. Vor dem Eingang der Höhle stand Aranck, unverletzt und mit müde gesenktem Kopf. Anscheinend hatten die Bestien kein Interesse an Pferdefleisch.

Zitternd erhob sie sich, zog den Umhang um ihre Schultern und beobachtete Kainah, wie er einige Dinge zusammensuchte und in Beuteln verschnürte, um sie an Arancks Sattel zu binden.

Ihre Beine hielten sie kaum aufrecht, ihr Schoß pochte und glühte. Als Kate unwillkürlich aufstöhnte, warf Kainah ihr einen prüfenden Blick zu.

»Jede Heilung schwächt dich«, sagte er. »Und in deinem Körper waren fast alle Knochen gebrochen.«

»Worauf willst du hinaus?«

»Nur falls du dich wunderst, warum Knochen und Wunden heilen, dir aber trotzdem gerade alles wehtut.« Seine Stimme klang so kühl, als spräche er mit einer Fremden. »Fürs Erste hast du deine Kräfte aufgebraucht.«

Sie starrte ihn sprachlos an, während ihre Gedanken darum zu kreisen begannen, wie er sie in der letzten Nacht berührt hatte. Heilige Mutter Gottes. Oh, bei allen Heiligen! Sie waren wie Tiere gewesen. Wie Bestien.

»Aha«, brummte sie nur.

Jetzt, da eine blasse Sonne vom Himmel schien, waren die Gedanken an ihre Taten verrückt und böse. Schwarz und abscheulich. Nein, nicht abscheulich. Unsinn! Es war so … so unfassbar …

Herr im Himmel!

Kainahs Bewegungen zeugten von mühsam unterdrücktem Zorn, als er einen weiteren Beutel verschnürte. Was war geschehen? Warum benahm er sich, als sei sie eine Fremde? Scheu konnte es wohl kaum sein, denn das, was er mit ihr getan hatte, war nichts Neues für ihn gewesen. Er hatte ihr gleichmütig seine Nacktheit gezeigt, schon an jenem Tag im Zelt. Was war es dann, das ihn so wütend machte?

Wenn diese Nacht eine Probe gewesen war, dann hatte sie endgültig gezeigt, wie es um sie stand. Wo blieb ihre Strafe? Wo blieb der Lohn, den Sünderinnen erhielten? Kein Blitz ging auf sie nieder, keine Dämonenscharen zerrten sie in glühende Abgründe. Und das, obwohl sie ihre Tat nicht einmal bereute. Stattdessen waren ihre Gedanken von Hunger durchtränkt. Hunger nach Kainah und danach, sich erneut mit ihm zu vereinen.

Blinzelnd sah Kate in den milchblauen Himmel hinauf, während sich vor ihr der Schauplatz eines schrecklichen Kampfes ausbreitete.

Blut. Überall. Bedeckt von Raureif. Keine drei Schritte entfernt lag der starre Körper der Bestie. Die stämmigen Beine ragten wie Pfähle in die Höhe, statt Augen klafften nur noch leere Höhlen im Schädel. Offenbar hatten sich die Raben schon im Morgengrauen ihren Anteil geholt.

»Komm«, befahl Kainah und hielt ihr seine Hand entgegen. »Die Sonne sinkt schon wieder.«

Einen naiven Moment lang wünschte sie sich, einfach hierzubleiben. Wenn ihr Menschsein zu Ende ging, was scherte sie dann noch das Fort? Aber dann erinnerte sie sich an Daniels Worte, dass sie der einzige Mensch war, der noch zu Williams durchdringen konnte. Sie musste ihn zur Vernunft bringen, ehe es noch mehr Tote gab. Erst, wenn sie alles in ihrer Macht stehende getan hatte, um zu helfen, würde sie frei sein. Frei zu gehen.

Mit Kainah.

Aber was würde Sokanon dazu sagen? Und was Kimi? Durfte sie sich einfach so in sein Leben drängen? Würde eine weiße Frau nicht eine Gefahr für seinen Stamm darstellen? Was, wenn man sie für eine Gefangene hielt und mit einer Armee anrückte, um sie zurückzuholen? Gab es überhaupt eine gemeinsame Zukunft für sie? Das Schicksal musste einen Weg finden, denn es hatte sie zusammengebracht. Sie vereint in Körper und Seele und Blut.

Vielleicht führte alles darauf hinaus, dass sie beide ihre Menschlichkeit gänzlich verloren und zu Bestien wurden. Sie würden gemeinsam alles hinter sich lassen müssen. Alles, was sie liebten. Alles, was ihnen vertraut war.

Kate legte ihre Hand in seine, doch statt der erhofften liebevollen Berührung packte er nur fest zu und half ihr unsanft auf Arancks Rücken.

Sie wagte es nicht, nach dem Grund seines Zorns zu fragen. Denn das hätte bedeutet, mit ihm über die letzte Nacht zu sprechen.

Unbehaglich rekelte sich Kate im Sattel. Die zügellose Wollust hatte ihren Körper schwer in Mitleidenschaft gezogen. Es war unmöglich, eine Position zu finden, die nicht schmerzte. Hatte sie ihn tatsächlich gebissen? Gebissen, bei allen Heiligen!

Kate lauschte auf ihren Körper. Sie fühlte wunde Haut, gepeinigte Muskeln und einen anderen Schmerz. Scharf und brennend. An ihrer Schulter und an ihrem Oberschenkel. Ein Schmerz wie von Bissen.

»Waren wir noch Menschen?«, brachte sie zaghaft hervor. »Letzte Nacht?«

Er warf ihr einen unergründlichen Blick zu, schwang sich hinter ihr aufs Pferd und trieb es an. Das Knirschen des Schnees unter Arancks Hufen wurde von den hohen Felswänden hin- und hergeworfen und hallte schmerzhaft in ihrem Kopf. Diesmal nahm er keine Trophäe mit.

Kaum hatten sie die Höhle hinter sich gelassen, schwangen sich die Raben erneut vom Himmel herab und stürzten sich auf den Kadaver. Die Fremdartigkeit der Bestie schien sie in keiner Weise abzustoßen. Krächzend begannen sie, ihr das Fell auszureißen, um besser an das Fleisch zu kommen. Aus einem tödlichen Monster wurde Futter für die Vögel.

Als Kate sich gegen Kainah sinken ließ, versteifte er sich kaum merklich. Sie sehnte sich so sehr nach Geborgenheit, dass seine abweisende Kälte ihr die Tränen in ihre Augen trieb. Was hatte sie falsch gemacht? Warum wehrte er sich gegen sie, wenn er doch gestern Nacht ihren Körper verschlungen und sich ihre Seele einverleibt hatte?

In lockerem Galopp ließen sie die Schlucht hinter sich und passierten schwarze Baumstämme, die von einem glänzenden Eispanzer überzogen waren. Alles war so still und leer, als seien sie die einzigen Lebewesen in einer erstarrten Welt. Warm war der Körper in ihrem Rücken, so warm. Sie wollte ihn. Wollte ihn so sehr.

»Hör auf!«, fluchte er barsch.

»Was ist mit dir? Ich verstehe dich nicht.«

Er riss so heftig an den Zügeln, dass das Pferd schlingernd zum Stehen kam. Als sie sich zu Kainah umblickte, verschlug ihr die Verzweiflung in seinem Blick den Atem.

»Was ist los mit dir?«

»Ich hatte eine Nacht lang Hoffnung«, knurrte er. »Das ist los.«

»Ich verstehe nicht.«

»Eine der beiden letzten Bestien erschien mir im Traum. Ich wollte sie töten, aber ich konnte es nicht. Sie legte sich vor mir auf den Boden und ließ zu, dass ich wieder und wieder meine Waffen gegen sie richtete. Aber es gab keine verwundbare Stelle. Nirgends.«

»Deshalb weist du mich zurück? Wegen eines Traumes?«

»Ich weise dich zurück, weil ich es nicht ertrage, dich zu lieben. Alles läuft darauf hinaus, dass ich auch dich verliere. An den Tod oder an die Bestien. In diesem Traum redete der Kocodjo mit mir. Er sagte mir, wir hätten keine Chance. Es gäbe keine Möglichkeit, Wesen zu töten, die so alt sind. Ebenso könnte ich versuchen, den Himmel zum Einsturz zu bringen. Das nächste Mal würden sie gemeinsam zurückkehren, und dann würde alles enden. Für uns gäbe es nur einen Weg: den des Verlierens.«

»Und du glaubst der Kreatur? Es war nur ein Traum. Weiter nichts.«

Kainah bleckte die Zähne. »Das war es nicht. Von Kindheit an lernen wir, Träume und Wahrheit zu unterscheiden. Um unser Schicksal zu kennen, müssen wir auf die Zeichen hören. Diese Bestie war Wirklichkeit. Jedes ihrer Worte war Wirklichkeit. Als ich die beiden schwarzen Kocodjo tötete, war es fast unmöglich, ihren Nacken zu durchstoßen. Ihr Panzer war beinahe zugewachsen. Je älter sie werden, umso unverwundbarer werden sie. Und die, die jetzt noch übrig sind, sind die ältesten von allen. Sie sind die ersten. Die Ursprünge.«

»Dann müssen wir uns verwandeln«, rief Kate. »Als Menschen sind wir schwach, aber als Bestien können wir ihnen die Stirn bieten.«

»Das können wir nicht. Selbst wenn es uns gelingt, diese Körper abzulegen, wären wir immer noch verwundbar. Viel verwundbarer als sie.«

»Ich sollte dir die Geschichte von David und Goliath erzählen.«

»Ich kenne diese Geschichte. Ich kenne viele eurer Geschichten. Aber unsere Gegner sind uralt und mächtig. Es wäre niemals ein fairer Kampf. Man kann sie nicht töten, Kate.« Er schloss die Augen und holte tief Luft. »Ich habe gesehen, was geschieht, wenn wir es zulassen. Wir werden beide sterben.«

»Was hast du gesehen?«, fragte sie flüsternd. »Sag es mir!«

»Ich war im Körper der Bestie, und du hast mir ins Herz geschossen.«

»Kocodjo sterben nicht durch Kugeln.«

»Doch, wenn ihre Knochenplatten noch zu weich sind. Je älter sie werden, umso schwerer wird es, sie zu verwunden. Ich nehme also an, dass ein junger Kocodjo fast so verletzlich ist wie ein gewöhnliches Tier. In meiner Vision sah ich, wie wir beide am Ufer des Flusses starben. Meine Zähne haben dich zerfleischt, Kate. Das war das Letzte, was ich tat, ehe deine Kugel mich tötete. Das ist unser Schicksal, wenn wir das Böse in uns siegen lassen. Wir bringen uns gegenseitig um.«

7

Als das Tor sich öffnete, strömte eine Gruppe Männer heraus, angeführt von Williams. Seamus klatschte in die Hände, Liam winkte ihr zu und Ebenizer hinkte hintendrein, so schnell ihn seine alten Beine trugen. Ungläubig starrte Kate auf die Szenerie, und ihre Augen wurden noch größer, als Numees die Menge teilte und, augenscheinlich gesund und munter, auf Kainah zurannte.

Mit allem hatte sie gerechnet, unzählige Möglichkeiten waren während der zähen, schweigsamen Stunden ihres Rittes in ihrem Kopf herumgespukt. Keine davon hatte sich um einen freundlichen Empfang gedreht. Ihre Augen sahen es, doch ihre Vernunft blieb vorsichtig. Von Weitem schien Williams' Miene erleichtert und freundlich zu sein, doch wer wusste schon, ob dieser Eindruck nicht trog.

Kainah glitt von Arancks Rücken, kurz bevor Numees ihn erreichte, und plötzlich wälzte sich ein Knäuel aus Mensch und Hund im Schnee. Numees winselte, leckte das Gesicht ihres Herrn und schien ihre morschen Knochen vergessen zu haben. Ausgelassen sprang sie umher wie ein Welpe, während ihr frisch verbundener Schwanz hin- und herwedelte.

Die beiden so ausgelassen zu sehen, tat weh. Sie würde ihn niemals aufgeben. Niemals! Es gab einen Weg. Es gab immer einen Weg, wenn man nur den Mut aufbrachte, danach zu suchen. Zugleich schmeckte diese Hoffnung schal und bitter, wie eine giftige Pflanze, die man nur schluckte, um nicht zu verhungern.

»Gepriesen sei der Herr!« Williams schloss sie in seine Arme, kaum dass sie vom Pferd geglitten war. Tränen waren auf seinen Wangen gefroren, in seinem Schnauzbart hingen winzige Eiszapfen. »Ich dachte, ich sehe dich nie wieder. Geht es dir gut? Bist du verletzt? Was ist nur geschehen?«

Kate biss sich auf die Unterlippe, als der Schmerz in ihrer Kehle aufbrach und ihre Augen brennen ließ. Seine Umarmung fühlte sich so echt an. Sie war ganz genauso wie seine Umarmungen früher, und auch seine Freude fühlte sich echt an.

»Es geht mir gut. Kainah hat mich gerettet. Ohne ihn wäre ich längst tot.«

»Ist er dir zu nahe getreten? Hat er dich gut behandelt?«

Eine Spur Zorn vergiftete den Trost der Umarmung. Nach allem, was Kainah für sie getan hatte, galt Williams' erster Gedanke ihrer Unschuld. Als wäre die Reinheit ihres Körpers wichtiger als alles andere.

»Das hat er.« Es tat weh, sich aus Williams' Armen zu befreien, doch Kate ertrug seine Nähe keinen Augenblick länger. Besser, sie beendete die Umarmung, solange sie sich noch echt anfühlte. Als sie ihm in die Augen blickte, erkannte sie darin nur ein verwirrendes Chaos. Jetzt, in diesem Moment, war er der Mann, den sie kannte. Doch in Williams' Seele zu blicken, war wie der heimtückische Schwindel im Angesicht eines Abgrunds.

Kate räusperte sich und trat einen Schritt zurück. »Danke, dass du auf Numees aufgepasst hast.«

»Ich?« Williams schnaubte gutmütig. »Unsinn. Ebenizer hat sich ihrer angenommen und sie verhätschelt wie einen Schoßhund. Siehst du den Verband um seinen Arm? So dankte ihm das Biest seine Fürsorge.«

Der alte Arzt kam herbeigewatschelt und schenkte Kate eine schwache Umarmung. »Ach was. Das war nur ein kleiner Liebesbeweis. Nichts von Bedeutung.«

»Komm, Kind.« Williams schob sie sanft vorwärts. Flüchtig fühlte sie eine Berührung an der Schulter, und als sie den Kopf wandte, war Liam ganz nah an ihrer Seite. Sein Blick war freundlich, doch sie sah den Schatten darin. Unter seiner Erleichterung über ihre Unversehrtheit brodelte die Eifersucht. Egal. Sie empfand nicht die geringste Lust, jetzt oder irgendwann wieder über Liam nachzudenken.

»Du musst dich aufwärmen«, sagte Williams. »Wo ist deine Kleidung geblieben? Du siehst ja aus wie eine Wilde. «

»Ich bin schlafgewandelt«, platzte es aus ihr heraus. »Alles, was ich trug, war ein dünnes Nachtkleid und mein Schultertuch. Kainah hat diese Kleidung für mich gemacht. Er hat mir ein Büffelfell gegeben, damit ich mich bedecken konnte. Es ist nichts geschehen. Er hat mich mit dem größten Respekt behandelt. Das musst du mir glauben.«

»Hat er das?« Williams Blick wandte sich zu Kainah um, der Numees' Kopf zwischen seinen Händen hielt und mit ihr redete, als könnte sie jedes seiner Worte verstehen. »Ist das wirklich wahr?«

»Es ist die Wahrheit.« Kate spürte, wie ihr Gesicht heiß wurde. »Er hat sich nichts zuschulden kommen lassen.«

Erinnerungen geisterten durch ihren Kopf. Sie spürte das Reiben des Wildleders auf ihrer Haut, das Pochen des Blutes in ihren Adern, das Brennen in ihrem Schoß. Würde Williams den Verstand verlieren, wenn er die Wahrheit wüsste? Würde er sie beide erschießen und als Futter für die Bestien an einen der Pfähle binden? Angesichts seines frohen Lächelns fühlte sie das Gewicht ihrer Lüge umso stärker.

»Dann will ich dir glauben, Kind. Der Herr hat meine Gebete erhört, er hat dich gesund zu mir zurückgebracht. Ebenizer, geh zum Koch und sag ihm, er soll sein Bestes geben. Heute haben wir etwas zu feiern.«

Ein energisches Klopfen riss sie aus ihren Gedanken. Verwirrt blickte sie auf.

»Kate?« Williams runzelte die Stirn. »Was ist los mit dir? Geht es dir gut?«

Als sie nicht sofort antwortete, pochten seine Knöchel erneut auf die Tischplatte. »Ich mache mir Sorgen. Du wirkst ... verändert.«

Um ein Haar wäre ihr ein Lachen entkommen.

Verändert.

Wie recht er doch hatte. Die schweren Schichten aus kratzendem Wollstoff schnürten ihr die Luft ab, die züchtig aufgesteckten und unter einer Haube versteckten Haare zogen an ihrer Kopfhaut. Sie fühlte sich wie jener Wolf, den sie einmal auf einem Jahrmarkt gesehen hatte. Eingesperrt in einem Käfig, der kaum groß genug war, um sich darin umzudrehen. Die Muskeln verkümmert, der Geist müde.

Sie war wieder zurück. Wieder dort, wo sie sein sollte. In einem Käfig.

Diesmal war kein Platz am Tisch mehr frei. Ein halbes Dutzend Männer war offenbar in den erlauchten Kreis jener aufgenommen worden, die an der Seite des Captains speisen durften. Sie alle starrten sie an. Die Unbekannten, Logan, Harry, Alfie, Samuel, Ethan, Seamus, Liam und Andrew. So, wie die Menschen damals den sterbenden Wolf beobachtet hatten, ohne den stummen Vorwurf in seinen Augen zu erkennen. Und wenn sie ihn erkannt hätten, hätten sie doch nur darüber gelacht.

Trotz des üppigen Mahles, das der Koch zubereitet hatte, war Kainah im Pferdestall geblieben. Der Gedanke, dass er dort alleine saß und auf die Ankunft der Bestien wartete, machte sie wahnsinnig. In einem unaufhörlichen Strudel kreisten ihre Gedanken um die Kocodjo und suchten nach einer Lösung. Es musste etwas geben. Irgendeine Schwäche.

Wenn sie schon kein Feuer fürchteten, was war dann mit Gift? Konnte man nicht einen Köder damit stopfen und ihn den Kreaturen zum Fraß vorwerfen? Zudem scheuten sie das Tageslicht, möglicherweise würde es den Kampf erleichtern, wenn man sie aus ihrem Versteck trieb, solange es hell war. Aber diese Biester waren schlau. Es würde schwer werden, sie zu einer Dummheit zu verlocken. Abgesehen davon war es zu bezweifeln, dass das Licht ihnen ernsthaft schadete. Vermutlich zogen sie es einfach vor, im Dunkeln zu jagen, weil ihre Körper mit der Nacht verschmolzen.

Ob Williams noch Rattengift besaß? Vielleicht würde es sich als ebenso unwirksam erweisen wie Daniels Pfeilgift, aber ein Versuch konnte nicht schaden.

»Es geht mir gut«, log sie ihrem Onkel mit einem falschen Lächeln ins Gesicht. »Ich bin nur erschöpft.«

»Das glaube ich gern, Kind. Lass es nur ruhig angehen.«

Noch waren seine Augen freundlich. Und das, obwohl sie vor den Augen aller in der Kleidung einer Wilden zurückgekehrt war. Dass er sie dennoch nicht bestraft, ja nicht einmal gerügt hatte, machte ihr Angst.

Immer stärker wurde das Gefühl, gefangen zu sein. Schon als sie vorhin durch das Tor gegangen war, hatte sich das Fort wie eine Falle um sie geschlossen. Es war langsam zugeschnappt, und das Quietschen des Tores war wie das höhnisch langsame Zuschlagen zweier eiserner Kiefer gewesen, die sich um sie schlossen.

Es genügte ein falsches Wort, eine falsche Geste. Sie spürte die boshaften Gedanken der Männer und sah das, was hinter ihren Blicken lag. Während Kate ihren mit Honig gewürzten Kräutertee trank, vermied sie es, irgendjemanden anzublicken.

Eine Nacht allein mit einem Wilden.

Niemand hielt sie mehr für eine achtbare Frau. Dass Williams es tat, konnte nur an seiner zunehmenden Verwirrung liegen.

»Es ist ein Wunder, dass du lebst.« Sanft tätschelte er ihre Schulter. Sein Blick schwamm in Tränen. Er war wie eine Vase aus hauchzartem Venezianerglas, die bei jeder Erschütterung zu zerbrechen drohte. »Ein wahres Wunder. Wie habt ihr das geschafft?«

»Das habe ich bereits erzählt.«

»Ja, nur glauben kann ich es noch nicht. Der Herr muss dich wahrhaft lieben.«

»Der Herr?«, schnaubte Liam. »Wohl eher der Leibhaftige. Sieh sie dir doch an. Ich kenne diesen glasigen Blick. Glaubt hier irgendeiner wirklich, dass er sie nicht angerührt hat?«

Kate stellte ihren Becher ab. Jetzt begann es also. Sie wartete auf die Kugel, die sich in Liams Stirn bohrte. Sie wartete auf eine Drohung, die sich um den Galgen oder um Bestienfutter drehte. Vielleicht erkannte Williams auch die Wahrheit, und ihr ganzes Leben würde sich binnen von Sekunden in einen Scherbenhaufen verwandeln.

Doch nichts dergleichen geschah.

Alles, was Williams von sich gab, war ein leises: »Pass auf, was du sagst.«

Besteck klapperte auf Tellern, jemand schlürfte lautstark seinen Tee.

»Nur noch zwei Kocodjo sind am Leben, sagst du?« Jetzt strich er zärtlich über ihren Rücken, genauso, wie Daniel es oft getan hatte. Ein plötzlicher Schmerz schnürte ihr die Luft zum Atmen ab. Dort, wo der Trapper gesessen hatte, hockte nun ein blonder Mann, dessen Namen sie nicht kannte. Kate fühlte den kindlichen Drang, nach draußen zu laufen und Daniel zu suchen, überall, bis sie ihn gefunden hatte und endlich in seine Arme fallen konnte.

Aber er war fort. Für immer. Es gab nicht einmal ein Grab, an dem sie trauern konnte.

»Ja«, presste sie mit gesenktem Blick hervor. »Aber die beiden letzten sind die Schrecklichsten von allen.«

Ein paar der Männer schluckten hörbar. Seamus stieß einen Schreckenslaut aus.

»Kann Kainah sie töten?«, fragte Williams geradeheraus.

Sie nahm wieder ihren Becher in die Hand und starrte auf den schwappenden Tee darin. »Er kann sie töten«, sagte sie dann. »Und er wird sie töten.«

»Hat er dich wirklich …« Williams räusperte sich. »Hat er dir gegenüber in jeder Hinsicht den nötigen Respekt gezeigt?«

Kate biss sich auf die Zunge. Wieder spürte sie die aufkochenden Gefühle der Männer. Empörung, Neugier, Hass und wilde Gelüste, die die Luft aufheizten und sie ersticken wollten. Herzschläge dröhnten. Hechelnder Atem erfüllte den Raum, Körpergerüche strömten wie fauligsaure Wolken auf sie ein und drehten ihr den Magen um.

»Das hat er.« Kate blickte auf, sah mit festem Blick in die Runde und schob ihren Unterkiefer vor. »In jeder Hinsicht.«

Liam spie angewidert aus. Kein Wort kam über seine Lippen, als er aufstand und den Raum verließ, doch sein Schweigen war eine scharfe Klinge, die wie ein Damoklesschwert über ihrem Kopf schwebte. Blicke durchbohrten sie, und Williams tat nichts weiter, als bedeutungsvoll aus dem Fenster zu blicken. Dorthin, wo leblose Körper an den Pfosten hingen und daran gemahnten, was jedem Unruhestifter widerfahren würde.

»Wenn ich mich entschuldigen dürfte?« Kate stand auf, strich ihre Schürze glatt und blickte noch einmal in die Runde. »Ich fühle mich erschöpft und würde gerne zu Bett gehen.«

»Selbstverständlich.« Williams lächelte milde. »Ich lasse dir einen Bettwärmer und noch etwas Tee bringen.«

»Danke«, würgte sie mühsam hervor, und als ihr Blick auf Andrew fiel, verschlug ihr seine Hässlichkeit den Atem. Etwas in ihm gärte wie ein fauliges Stück Fleisch, das vor Maden wimmelte. In ihm war nichts Gutes mehr, falls es überhaupt jemals in seiner Seele existiert hatte. Er war durch und durch schlecht, stinkend und ekelerregend. Gebe Gott, dass nicht er es war, der Kainahs und ihr Schicksal besiegeln würde.

»Er hat mir mehr als einmal das Leben gerettet«, fügte sie hinzu. »Ohne ihn wäre ich tot. Ich stehe für immer in seiner Schuld.«

»Dann will ich dir glauben. Jetzt geh schlafen, Kind. Du musst dich erholen.«

»Gute Nacht.«

Die Männer brummten unverständliche Worte in ihre Bärte. Keiner von ihnen ließ sich von ihren Beteuerungen blenden. Ahnten sie, was geschehen war, oder war es ihrer Meinung nach schlicht unmöglich, als Frau die Nacht mit einem Wilden zu verbringen, ohne entehrt zu werden?

Wäre sie doch noch immer im Wald. Sie sehnte sich nach seiner schweigenden Weite, nach den Bäumen unter dem Sternenhimmel und der dunklen Tiefe des Gebirges. Vor allem aber sehnte sie sich nach Kainah.

Spät in der Nacht wurde Kate von sonderbaren Geräuschen geweckt. Es war nicht das Hämmern, Sägen und Klopfen der Männer, die nach dem Abendessen damit begonnen hatten, noch mehr angespitzte Pflöcke in den Boden zu rammen und die Palisaden zu verstärken. Stattdessen schien jemand mit aller Kraft auf etwas Weiches einzuhacken, begleitet von leisen Flüchen.

Kainah!

Augenblicklich begann ihr Herz zu klopfen. Die geschäftig arbeitenden Männer hatten es ihr unmöglich gemacht, unbemerkt zum Stall zu schleichen, jetzt bot sich ihr eine andere Möglichkeit, mit ihm zu reden.

Angespannt lauschte sie auf die Stille des Hauses. Für gewöhnliche Ohren arbeitete Kainah leise und heimlich, niemand schien mehr wach zu sein. Ein Blick aus dem Fenster bestätigte ihre Vermutung. Nirgendwo brannte eine Kerze im Fenster. Dunkel und einsam lag das Fort im Licht eines fast vollen Mondes, der wie aufgespießt auf den angespitzten Stämmen der Palisaden hing.

Kälte biss in ihre Haut, als sie das warme Bett verließ und in ihre Stiefel schlüpfte. Nicht einmal der Mantel und die Handschuhe hielten den Frost ab, der sich durch alles hindurchfraß.

Erst Kainahs Anblick ließ sie die Kälte vergessen. Gerade holte er mit dem Messer aus und stach es in den Schädel, der an dem Geländer hing. Mit einem knirschenden Geräusch glitt die Klinge an den Panzerplatten ab. Verbissen wiederholte er die Prozedur, immer wieder und wieder, bis die Klinge des Messers barst und in den Schnee fiel.

Einen wilden Fluch auf den Lippen, packte Kainah die Kiefer der Bestie und bog sie auseinander, bis etwas knackend einrastete oder zerbrach. Als der Unterkiefer des Schädels schlaff heruntersackte, zückte er ein zweites Messer aus seinem Gürtel, steckte seinen Arm samt der Waffe tief in den Schlund des Kocodjo und begann, dort herumzustochern.

Kate schüttelte sich vor Ekel. Dank des Frostes stanken die Schädel nicht, auch floss keinerlei Blut, doch zu sehen, wie Kainah die Überreste seiner Beute bearbeitete, den Arm bis zur Schulter im Maul versenkt, ließ ihre Knie weich werden. Still stand sie da und beobachtete ihn. Bis sie das Schweigen nicht mehr ertrug. »Was ist mit Gift?«, fragte sie. »Dafür müssen wir ihre Panzer nicht durchdringen. Daniels Pfeile haben vielleicht nicht gewirkt, aber es gibt viele andere Möglichkeiten.«

Kainah antwortete nicht. Er blickte nicht einmal auf. Sein Gesicht war zu einer Maske verbissenen Zorns verzogen, während er weiter mit seinem Messer herumfuhrwerkte.

Kates Hoffnung stürzte ab wie ein erschossener Vogel. Wie hatte sie nur denken können, dass er auf eine solche Idee nicht schon selbst gekommen war? In all der Zeit, in der er nur für seinen Kampf gegen diese Bestien gelebt hatte, hatte er zweifellos jedes Register gezogen.

Plötzlich ging ein Ruck durch Kainahs Körper. Er hatte mit aller Kraft zugestochen … und weiches Fleisch gefunden.

Kates Erleichterung darüber währte nur kurz.

Zwei Kocodjo waren übrig. Die größten und stärksten ihrer Art. Wenn die einzig verwundbare Stelle so tief im Rachen der Kreaturen lag, musste er unvermeidbar sein Leben opfern. Verwundete ihn die erste Kreatur, blieb der zweiten genügend Zeit, ihn endgültig zu töten oder eben jenes Ziel zu erreichen, dass sie erreichen wollte.

Kainah zog seinen Arm aus dem Schlund, fuhr herum und funkelte sie wütend an. »Wo ist der Rest des Körpers?«

»Ich weiß es nicht.«

»Frage Williams.«

»Ich …«

Er bleckte die Zähne. »Frage ihn!«

Kate fuhr herum und hastete hinauf zum Arbeitszimmer. Sie erwartete, als Antwort auf ihr Klopfen nichts als Stille zu hören. Vielleicht auch Lallen oder Fluchen. Doch Williams verblüffte sie erneut.

»Herein, es ist offen«, rief seine verschlafene Stimme, und als Kate vorsichtig die Tür öffnete, sah sie ihn an seinem Schreibtisch sitzen, im Sessel zurückgelehnt, die Beine auf der polierten Eichenholzplatte abgelegt. Als er sie sah, ließ er die Bibel, in der er gerade gelesen hatte, in seinen Schoß sinken.

»Warum bist du noch wach?«

Kate versuchte gar nicht erst, ihre Worte abzuwägen. »Kainah hat mich gerufen. Er möchte wissen, wo der Rest der Bestie aufbewahrt wird. Ich meine die große Schwarze.«

Williams hob überrascht eine Augenbraue. »Er hat was?«

»Er sucht nach einer verwundbaren Stelle. Das heißt, er hat eine gefunden. Im Schädel. Aber sie ist so schwer zu erreichen, dass es unmöglich ist, sie auf diese Weise zu töten. Deswegen will er den Rest des Körpers untersuchen.«

Williams nickte, kratzte sich am Bart und legte die Bibel auf die Schreibtischplatte. »Wenn es dazu dient, uns von der teuflischen Plage zu befreien, will ich ihm helfen. Der Kadaver liegt im hintersten Schlachtschuppen. Zusammen mit den anderen.«

Der Gedanke an einen Raum voller monströser Kadaver stellte ihr die Haare auf. »Ihr habt sie alle aufbewahrt? Warum? Es war Zeit genug, sie zu vergraben.«

Williams lächelte, als amüsiere ihn diese Frage. »Ist das nicht offensichtlich? Wenn wir im Frühjahr in den Osten zurückkehren, werden uns die Skelette gutes Geld einbringen. Lege dich wieder hin, Kind. Ich werde mich darum kümmern.«

Kate gehorchte, doch anstatt nach Schlaf zu suchen, setzte sie sich auf die Fensterbank und beobachtete, wie Kainah und Williams gemeinsam in den hintersten Bereich des Forts gingen. Dorthin, wo alle Arbeiten verrichtet wurden, die man ihres Gestankes und ihrer Hässlichkeit wegen gering schätzte.

Es währte lange, bis sie zurückkehrten. Und als sie es taten, sah Kate ihren Gesichtern an, dass die Suche erfolglos gewesen war. Zum ersten Mal wirkten Kainahs Schritte nicht kraftvoll und entschlossen, sondern erschöpft. Die Männer wechselten vor der Veranda ein paar Worte miteinander, ehe sie sich wieder trennten. Sehnsucht und Wut zerfraß ihr Innerstes, als sie sah, wie Kainah mit müde gesenktem Kopf zurück zum Stall ging.

In ihrem Drang, zu ihm zu gehen und ihm beizustehen, kratzte sie mit den Fingernägeln über das Glas, während heiße Tränen über ihre Wangen liefen. Sie musste zu ihm. Koste es, was es wolle.

Doch kaum war sie aufgestanden, glomm Licht in einer der Hütten auf. Drei weitere Kerzen folgten der ersten. Erst jetzt nahm Kate das fahle Schimmern hinter den Bäumen wahr. Bleich und unwirklich kroch es über den Horizont. Die Morgendämmerung.

Eine endlose Zeit des Wartens begann.

Der Frost hielt an, fraß sich bis tief in das Mark des Landes und schien sich bis in alle Ewigkeit darin festkrallen zu wollen. Kate erinnerte sich kaum mehr an die Farben des Sommers. Sie versuchte sich vorzustellen, wie Blumen aussahen und wie sie rochen, wie es sich angefühlt hatte, in der trägen Hitze des Augusts unter den Fliederbüschen ihres Elternhauses zu sitzen und dem Abendgesang der Amseln zuzuhören.

Unaufhörlich arbeiteten die Männer daran, das Fort noch wirksamer zu sichern, bis die angespitzten Pflöcke einen breiten Streifen Land rings um die Palisaden bedeckten, dicht an dicht gesetzt wie auf dem Rücken eines Stachelschweins.

Reverend Marsh beschrieb einige Seiten Papier mit Gebeten und nagelte sie an das Tor, danach befahl er, noch zwei Dutzend weitere Kreuze herzustellen und sie an die Palisaden zu schlagen. Papier und dünne Holzstäbe gegen zwei blutrünstige Bestien. Welch eine jämmerliche Farce.

Die Stille der Tage und Nächte, in denen sich erneut die Schleusen des Himmels auftaten und die Welt mit einer dicken Schicht aus Schnee bedeckten, säte ein giftiges Pilzgeflecht in Kates Seele und lähmte bald jeden klaren Gedanken. Das Leben floss, aber es floss wie gerinnendes Blut. In manchen Momenten glaubte sie, in der Flut ihrer Angst zu ertrinken. Dann lief sie in ihrem Zimmer auf und ab, klammerte sich an die bröckeligen Reste ihres Verstandes und war drauf und dran, trotz der unaufhörlich im Fort umherlaufenden Männer einfach zum Pferdestall zu rennen, um endlich Kainah zu sehen.

Doch sie tat es nicht. Denn was geschehen würde, wenn ein Tropfen Williams' Fass zum Überlaufen brachte, wollte sie nicht herausfinden. Es gab einen Weg! Es gab immer einen Weg!

Unbarmherzig rückte die Nacht der letzten Jagd näher. Kate konnte die Anwesenheit der Bestien dort draußen spüren. Sie warteten. Warteten auf etwas, das sie nicht begriff. Vielleicht rochen sie auch nur die Angst in der Luft und labten sich daran.

Williams verbrachte seine Zeit fast ausschließlich damit, in der Bibel zu lesen. Bald übertraf er in seiner Gottesfurcht selbst Reverend Marsh, was einige Männer dazu brachte, sich mit der gleichen Passion in den Glauben zu flüchten. Andere wurden zunehmend unberechenbar und aufmüpfig, sodass Williams eines Morgens entschied, die alten Toten abzuhängen und als neues Mahnmal zwei der hartnäckigsten Unruhestifter aufzuknüpfen. Eine weitere Phase trügerischen Friedens brach an, in der die Männer ihr selbstgebranntes Gift tranken und sich in ihrer Angst vergruben, die nicht lange stärker sein würde als ihr Hass.

Jede Nacht war erfüllt von lauernder Stille. Es war, als sei die Dunkelheit selbst ein Tier, das auf den Moment des Angriffs wartete.

Viele versuchten, ihre wachsende Panik mit Wut zu bekämpfen. Niemand wagte es, Williams zu nahe zu treten, doch fast jeden Tag kam es unter den gereizten Männern zu Prügeleien. Fast ununterbrochen waren Kate und Ebenizer damit beschäftigt, Wunden zu versorgen. Den Luxus, Schmerzen zu lindern, konnten sie sich schon seit Tagen nicht mehr leisten.

»Lange geht das nicht mehr gut«, orakelte der Arzt, als sie den Kiefer eines Trappers einrenkten. »Wir sitzen auf einem Pulverfass, und die Lunte brennt.«

Kate vollführte einen heftigen Ruck und hörte, wie der Knochen mit lautem Knacken zurück in seine ursprüngliche Lage sprang. Ebenizer hatte Mühe, den schreienden Mann im Zaum zu halten. Wie er da hin- und hergeschleudert wurde, erinnerte er sie an jenen kleinen Affen, den sie einmal zu Weihnachten auf einem Jahrmarkt gesehen hatte. Das Tier war darauf dressiert worden, auf einem Pony zu reiten. Einem sehr störrischen und wilden Pony. Obwohl sie sich müde und elend fühlte, entfloh ihr ein Grinsen. Schlaflosigkeit und klirrende Kälte schienen dieselbe Wirkung zu entfalten wie eine Flasche guter Gin.

»Wir können nichts tun.« Sie trat zurück, stemmte die Fäuste in ihre Hüften und bog sich ein paar Mal hin und her. »Nur unser Bestes geben und die Hoffnung nicht verlieren. Allmächtiger, ich rede schon wie der Reverend.«

»Hast ja recht, Mädchen. Hast recht. Dabei ist es für dich am schlimmsten. Nicht auszudenken, was sie dir …«

»Bitte, Ebenizer.« Kate hob abwehrend eine Hand. »Sei still.«

»Hast ja recht. Hast ja recht.«

Die Schreie des Trappers gingen in weinerliches Jammern über. Aufmunternd tätschelte der Arzt ihm die Schulter und wandte sich seiner Salben- und Tinkturensammlung zu. Kate schluckte schwer. Das wievielte Mal nahm er heute all die leeren Flaschen in Augenschein? Setzten ihm die von Verzweiflung und Todesangst erfüllten Tage und Nächte zu oder begann das Alter, ihn krank zu machen? Eine Flasche nach der anderen nahm er in die Hand und stellte sie kopfschüttelnd wieder zurück.

Leer, leer, leer.

Wie so oft zuvor versuchte Kate, sich eine Rückkehr in ihre alte Welt vorzustellen. Man würde sie, wenn überhaupt, nur mit spitzen Fingern und pikierten Mienen wieder aufnehmen. Sie würde als gebrandmarkte Frau ihr Dasein fristen, besudelt vom Dreck der Wildnis und verderbt von einem unschicklichen Lebenswandel.

Kainah hatte sie für stark gehalten, was bedeutete, dass er ihr wahres Ich nicht kannte. Denn dieses Ich fühlte sich jämmerlich und schwach. Wie ein aus dem Nest gefallener Vogel, der noch nicht einmal Federn besaß.

Mit der letzten Jagd sollte also alles enden. Wie wollte das Schicksal sie dazu bewegen, Kainah zu töten? Konnte es wirklich unausweichlich sein? Nein, sie würde ihm niemals eine Kugel in die Brust jagen. Niemals! Gewiss hatten die Bestien diese Vision nur in seinen Kopf gepflanzt, um ihn zu schwächen. Lieber würde sich selbst opfern, als ihm das Leben zu nehmen.

Kate schloss die Augen und sah sich selbst, wie sie ein neues Leben im Osten begann. Äußerlich gekleidet in Fischbein und Seide, innerlich ein Tier, das mit jedem Atemzug mehr von seiner Menschlichkeit verlor. Ob ihre Freundinnen Mia und Dorothea es wohl wagen würden, sich mit ihr sehen zu lassen? Bilder tauchten vor ihrem inneren Auge auf. Die beiden Mädchen, wie sie vor wonnigem Entsetzen die Augen aufrissen. Gehauchte »Oh's« und »Ah's« kamen über ihre Lippen, ihre Seidenfächer wirbelten hektisch die Luft auf. Vielleicht würde man sich darum reißen, ihr nahezukommen, aus reiner Faszination am Unbekannten. Man würde sie bestaunen und zugleich verabscheuen, sie begaffen wie ein Tier aus fernen Ländern, das die Fantasie beflügelt.

Möglicherweise, und diese Chance war bei realistischer Betrachtung sogar sehr groß, würde man sie auch einfach fallenlassen und der Gosse überantworten.

Als der Trapper schwankend das Behandlungszimmer verließ, legte Ebenizer eine Hand auf ihre Schulter. Wieder dachte Kate an Daniel. Sie vermisste ihn so sehr, dass es körperlich schmerzte.

»Geh nur, Kind. Wenn jetzt noch jemand hierherkommt, soll er zusehen, wo er bleibt. Ich rühre keinen Finger mehr.«

Sie nickte, ging in ihr Zimmer hinauf und setzte sich auf die Fensterbank. Zu ihrer Überraschung sah sie ein schwaches Licht im Pferdestall. Offenbar war Kainah heute Nacht nicht in den Wald hinausgezogen, sondern wartete im Fort auf das, was da kommen mochte. Immer lauter, immer schneller schlug ihr Herz. Drängte, fieberte, begehrte.

Sie spürte das vertraute Brennen ihres Blutes, das das Fieber mit sich brachte. Ihr Körper sehnte sich nach Schlaf, doch ihr Geist war scharf und wach. Unruhe kribbelte in Händen und Füßen, so heftig, dass Kate am ganzen Leib zu zittern begann. Es wurde schlimmer.

Sie spürte die Dunkelheit in ihrer Seele, zäh und heiß wie klebriges Pech. Fremdartig und böse. Verführerisch. Befreiend.

Und je länger sie das Licht im Stall betrachtete, umso stärker wurde ihr Verlangen, Kainah zu sehen. Diesmal arbeitete niemand an den Palisaden, alles lag da wie ausgestorben. Pausierten die Männer nur und würden jeden Augenblick an ihre Arbeit zurückkehren? Nein, nirgendwo brannten mehr Kerzen. Sie hörte keine Stimmen wie sonst. Nichts. Nur wunderbare Stille.

Plötzlich zuckte wie ein Blitz eine Erkenntnis durch ihre Gedanken. Natürlich! Wieder und wieder hatte sie darüber nachgedacht, was Kainah ihr erzählt hat. Warum fiel es ihr erst jetzt wie Schuppen von den Augen, wie alles zusammenhing?

Hastig zog sie Mantel und Stiefel an und verließ das Haus. Alles war wie tot. Nichts regte sich. Als sie das Tor des Pferdestalls aufschob und durch den Spalt schlüpfte, überfiel sie ein heftiger Schwindel. Zu schnell schoss das heiße Blut durch ihre Adern, zu aufgeregt schlug ihr Herz. Sie konnte ihn riechen. Seinen Atem, seine Haut. Heiß und fiebrig und ruhelos.

Als sie Kainah in der Ecke sitzen sah, mit dem Rücken an die Bretterwand gelehnt und ein Buch auf den angezogenen Knien, durchzuckte sie ein Gefühl gewaltigen Verlangens.

Er war wie sie.

Sie war wie er.

In seinem Blick erkannte Kate dasselbe Feuer, das sie Nacht für Nacht verbrannte und um den Schlaf brachte. Sie nahm das feine Zittern seiner Hände wahr, und als sie einatmete, war sein Geruch so intensiv, als berührte sie mit der Nase seine schweißfeuchte Haut.

Neben ihm lag die zusammengerollte Numees und schlief so fest, dass sie nicht einmal das Quietschen des Riegels und das Knarren des Tores wahrgenommen hatte. Das Schnarchen des Hundes klang auf befremdliche Weise menschlich.

Du liest?, wollte sie im nächsten Moment fragen, biss sich jedoch auf die Zunge. Wie töricht! Und doch erstaunte es sie, ihn lesen zu sehen, denn im Fort gab es nur zwei Menschen, die hin und wieder ein Buch in die Hand nahmen. Williams und sie selbst. Kate neigte den Kopf, um den Titel des Werkes zu lesen. Interessant. Eine Enzyklopädie über die europäische Fauna, die gestern noch in der Bibliothek ihres Onkels gestanden hatte.

»Hat er es dir gegeben? Was musstest du tun, damit er es herausrückt?«

Kainah antwortete nicht. Schweigend legte er das Buch beiseite und beobachtete sie, wie sie ihn beobachtete. Hungrig sog Kate seinen Anblick in sich auf. Die Art, wie sein Haar zerzaust über die fadenscheinige, braune Decke fiel, die um seine Schultern lag. Die Art, wie es im Licht der Öllampe schimmerte. Sie sog den weichen Farbton seiner Haut und die Wärme seiner Augen in sich auf, die Sinnlichkeit seiner Schläfrigkeit und das Beben seines Körpers, ausgelöst vom Fieber.

Vor allem aber sah sie seine Lebendigkeit.

Es war klirrend kalt im Stall, und doch trug er unter der dünnen Decke nichts als seine nackte Haut. Statt zu frieren, schien ihm warm zu sein. Ihr beider Fieber wurde immer stärker.

»Kate«, flüsterte er. »Warum tust du das?«

Unter dem Raunen seiner Stimme wurde die Hitze in ihr so stark, dass sie alle Kraft aus ihren Gliedern saugte. Sie wollte zusammensinken und stand doch aufrecht. Sie wollte weinen, und doch hoben sich ihre

Lippen zu einem Lächeln. Es war, als sieche der Mensch in ihr dahin, während das Böse mit jedem Atemzug mehr an Kraft gewann.

Die Schwäche war ihr altes Ich.

Die Stärke jener Kreatur, die sie sein würde.

Bald.

»Du sagtest, du würdest mich töten.« Sie starrte auf seine Hände. Diese wunderschönen Hände, die sie gestreichelt hatten. »Aber das stimmt nicht. Ich habe dein Blut in mir, jetzt fehlt nur noch der Biss des Tieres. Deine Vision hat gezeigt, wie wir beide endgültig zu Bestien werden. Es ist uns bestimmt. Wir werden nicht sterben, Kainah. Ich werde heilen, und du wirst heilen. Woher willst du wissen, dass ein Schuss ins Herz dich töten würde? Du bist doch auch vorher nicht gestorben.«

»Ich habe in der Vision meinen Tod gespürt. Meinen endgültigen Tod.«

»Das muss nichts bedeuteten.«

»Es spielt sowieso keine Rolle. Ehe ich mich verwandeln kann, muss mir dieselbe Bestie, die mich als Tier gebissen hat, ihr Blut in Menschengestalt geben. Und das werde ich nicht zulassen. Niemals. So oder so wird sich die Vision nicht bewahrheiten.«

»Vielleicht ist es schon längst passiert.«

»Wie meinst du das?«

»Ich kann das Tier riechen. Unter deiner Haut. Es ist ganz nah, es hat sich fast befreit. Vielleicht hast du sein oder ihr Blut bekommen, als du nach einem deiner Kämpfe gegen die Kocodjo bewusstlos warst. Du würdest dich nicht mehr daran erinnern, wenn es während deiner Heilung geschah.«

Sie erwartete eine heftige Reaktion, doch Kainah sah sie nur schweigend an. Neben ihm hörte Numees zu schnarchen auf und regte sich schläfrig. Als sie ihren Kopf auf Kainahs Oberschenkel legte, ohne die Augen zu öffnen, strich er behutsam über ihre ergraute Schnauze.

»Es ist dir also bestimmt, in Raserei zu töten«, sagte er langsam, ohne weiter auf ihren Gedanken einzugehen. »Es ist dir bestimmt, dich in Eingeweiden zu wälzen und deinen Verstand zu verlieren? Ist es das, was du willst?«

»Nein«, gab sie zu.

»Warum wünschst du dir dann, zu einer dieser Kreaturen zu werden?«

Kate schüttelte den Kopf. »Ich wünsche es mir nicht. Ich fühle nur, dass es unausweichlich ist. Wir werden unser Denken nicht verlieren. Wir werden immer eine Wahl haben. Vielleicht ist die Verwandlung sogar die einzige Möglichkeit, uns zu retten. Indem wir werden wie sie.«

Kate schloss die Augen und spürte das Fremde in ihrem Körper. Es war machtvoll. Es war verführerisch. Es war ein Versprechen auf Freiheit. Sie öffnete die Augen wieder und fing seinen Blick ein. Viel zu gut erinnerte sie sich daran, wie Kainah geschmeckt und wie er sich angefühlt hatte. Seine Haut unter ihren Fingern und unter ihren Lippen. Sein nasses Haar. Sein Atem, der sich mit ihrem vermischte. Allein der Gedanke an ihre Vereinigung löste einen überwältigenden Schwindel aus. War es das Böse, dessen Wurzeln sich in ihrem Körper ausbreiteten und ihr die Menschlichkeit aussaugten? Kate wankte, und plötzlich waren da seine Arme, die sich um sie schlossen. Sie roch ihn und spürte ihn, ganz nah bei sich. Behutsam drängte er sie zurück, bis ihr Rücken die Wand berührte. Mit seinem gequälten Seufzen wehte warmer Atem über ihre Stirn. Ein Kuss berührte ihre Haut, dicht über der Augenbraue. Ganz sacht.

Wie konnte etwas falsch sein, dass sich so richtig anfühlte? Konnte man denn wider die Natur lieben? War das, was sie in seiner Nähe fühlte, denn wirklich sündhaft? Alles, was sie ausmachte, war ein Werk des Schöpfers. Deshalb musste Verleugnung die wahre Sünde sein.

»Ich wünschte, es wäre so einfach«, hauchte er an ihrer Stirn. »Ich würde mit dir jagen und töten. Ich würde das Blut von deinem Fell lecken, in warmen Höhlen mit dir schlafen und alle menschlichen Gedanken wegwerfen. Wir würden gemeinsam den Tod bringen, und wir würden uns lieben.«

Sein Zeigefinger strich über die Rundung ihres Kiefers. Sie sah das Pulsen der Ader an seinem Hals, und jedem Schlag entströmte ein verlockender Duft. Gierig sog sie ihn in sich hinein. Das Brennen in ihrem Blut wurde so stark, dass Kate schmerzvoll aufstöhnte. Etwas bewegte sich in ihrem Inneren, und dieses Etwas wurde größer. Sie war ein Kokon, in dem sich das Insekt regte. Ein Insekt, bewehrt mit Stacheln und Gift. Bereit, sein Gefängnis zu sprengen.

»Wir wären Tiere. Wir wären Bestien.« Kainah nahm ihr Gesicht in seine Hände und legte seine Lippen sacht auf ihre. »Wir wären verflucht und wir wären frei.«

»Frei«, hauchte sie sehnsüchtig.

»Monströs«, gab er zurück. »Gnadenlos. Hungrig.«

»Dann soll es so sein.« Sie fuhr mit der Zunge über seine Unterlippe und schmeckte das Salz seiner Haut. »Wir gehen den Weg, den wir gehen müssen. Es muss so sein. Ich sehe jetzt endlich klarer.«

Endlich. Ja, endlich.

Endlich küssten sie sich, langsam und sanft.

Sie drückten sich aneinander, ließen ihre Hände behutsam über den Körper des anderen streichen und klammerten sich an verzweifelte Hoffnungen.

»Ich sehe, dass mein ganzes Leben darauf hinausgelaufen ist«, sprach sie zwischen zwei Küssen. »Ich sehe diese ganzen seltsamen Zufälle, die nur dazu dienten, mich hierherzubringen. Ich muss hier sein. Und du musst hier sein.«

Kainah lächelte. Dann sagte er an ihren Lippen: »Du glaubst daran. Du glaubst jedes Wort, was du sagst.«

»Warum erstaunt dich das so?«

»Weil ich verlernt habe, zu hoffen.«

»Denke nach.« Sie ließ ihre Hand durch sein Haar gleiten und spürte, wie es durch ihre Finger glitt. »Alles passt zusammen. Wir müssen selbst zu Bestien werden, um alles zu beenden.«

»Hör auf damit.«

»Warum wehrst du dich dagegen?«

»Weil die Kocodjo mir alles genommen haben. Ich habe gesehen, wie sie mein ganzes Dorf töteten. Jeden Einzelnen. Sie zerfleischten meine Freunde vor meinem Augen. Und weißt du, warum? Meinetwegen. Seit all den Jahren treiben sie ihr Spiel mit mir. Sie messen sich mit mir, verfolgen mich, verhöhnen mich und lassen mich aus irgendeinem Grund am Leben. Ich will nicht sein wie sie. Niemals. Sie sind nichts als Abschaum.«

Kate blickte zu ihm auf, unfähig, ein Wort herauszubringen. Der Schmerz in seinen Augen traf sie mit unerwarteter Wucht.

»Verstehst du das? Ich will diese Biester tot sehen. Nichts weiter. Zwei sind übrig, eines werde ich mitnehmen. Gegen das andere könnt ihr euch vielleicht lange genug wehren. Eure Palisaden sind stark. Verstärkt sie weiter, spitzte noch mehr Pfähle an. Du musst bis zum Frühjahr durchhalten, Kate.«

Wieder küsste er sie, und diesmal schmeckte er nach Wut und Hilflosigkeit. Seine Hand glitt an ihrem Oberkörper herunter, streifte ihre Hüfte und raffte den Stoff des Rockes. Als sie darunterglitt und die heiße Haut ihres Oberschenkels berührte, stahl sich eine Träne aus ihrem Augenwinkel.

»Wir werden beide leben«, hauchte sie. »Ich lasse dich nicht im Stich. Du wirst nicht sterben, hast du verstanden? Schlag dir das aus dem Kopf.«

Sie wollte ihre Beine um seine Hüften schlingen, doch er packte mit beiden Händen zu und drückte sie wieder nach unten. Sein Blick war ernst. Hungrig, aber ohne Leidenschaft, und kalt wie schwarzes Eis. Schließlich senkte er den Kopf, umfasste ihre Schultern und atmete so schwer, als schlösse sich eine unsichtbare Faust um seine Kehle.

»Was ist?« Mit einem Mal wurde sie wütend. Das Etwas in ihrem Inneren dehnte sich aus und presste sich mit mörderischem Druck bis in den letzten Winkel ihres Körpers. Gleich würde sie zerspringen.

»Was ist?«, wiederholte sie.

»Du beherrschst mich.« Seine Stimme war wie eine scharfe Klinge. Noch immer hielt er den Blick gesenkt. »Aber ich lasse mich von niemandem beherrschen. Meine Sinne dürfen sich nur um eines drehen, Kate. Um die Jagd. Wenn ich da draußen bin, darf ich nicht an dich denken. Nicht an deine warme Haut, nicht an deine Lippen. Ich muss ans Töten denken. Nur daran! An nichts anderes.«

»Wie traurig«, antwortete sie nur.

»Traurig?« Jetzt blickte er auf. Das Schwarz seiner Augen glich flüssigem Onyx. Kainah packte so fest zu, dass ihre Schultergelenke knirschten. »Du glaubst daran, dass alles gut wird. Ich tue es nicht. Die letzte Jagd ist nah, und sie wird alles beenden. Mein Fleisch soll bitter schmecken. Es soll den Bestien teuer zu stehen kommen. Sie werden weder dich noch mich bekommen.«

Kate hielt seinem wilden Blick stand, auch wenn es all ihre Kraft erforderte. »Es wird enden. Für die Kocodjo. Nicht für uns.«

Kainah bleckte die Zähne. »Still! Kein Wort mehr. Und jetzt geh! Sofort!«

Kate spürte das Brennen von Tränen. Wenn sie jetzt ging, würde es vorbei sein. Es durfte nicht sein.

Sie würde es nicht ertragen.

»Geh!« Unvermittelt griff er nach ihr und versetzte ihr einen Stoß. Nicht in Richtung Tor, sondern zur Sattelkammer hinüber, wo sich ein zweiter kleiner Hinterausgang befand. »Geh!«

Mit einem Mal kochte eine Wut in ihr auf, die alles andere beiseitewischte und ihr eine solche Kraft verlieh, dass das, was als Schubser gedacht war, Kainah mehrere Schritte zurückstolpern ließ. Blut rauschte in ihren Ohren, machtvoll wie ein Wasserfall.

Als er mit ausgestreckten Armen das Gleichgewicht ausbalancierte und verblüfft die Augen aufriss, fühlte Kate eine Welle hässlichen Triumphs.

»Hör auf damit!«, warf sie ihm entgegen. »Niemand befiehlt mir. Niemand! Ich habe es endgültig satt, dass andere über mein Leben bestimmen! Und ich lasse es nicht zu, dass du einfach in den Tod gehst. Wir finden einen Weg. Gemeinsam. Du wirst mich nicht länger ausschließen.«

Statt zu antworten, verdrehte er die Augen und stieß einen Seufzer aus. Nur einen Augenblick später wurde das Tor geöffnet.

Gunters helles Gesicht leuchtete im Dunkeln. Verzerrt von einem schmutzigen Grinsen.

»Was habe ich gesagt?«, knurrte Kainah. »Geh! Sofort! Warum hörst du nicht auf mich?«

Der Deutsche lupfte in einer spöttischen Geste seine Kappe, als er die Situation erkannte. Genau das hatte er zu finden erhofft. »Dachte ich's mir doch. Eine dreckige Indianerhure, auf frischer Tat ertappt.« Als er das Buch entdeckte, warf er den Kopf zurück und lachte, dass es ihn nur so schüttelte. »Was soll er denn damit? Für den Abort wird er es benutzen, und wenn nicht dafür, dann um sich ein Feuerchen anzuzünden, über dem er die Leber seiner Feinde grillt.«

Gunter schlug sich auf die Schenkel, ehe er die Nase hob und schnupperte. Numees schlief nicht länger, sondern fixierte den Deutschen mit starrem Blick und hochgezogenen Lefzen.

Kainah zischte ihr einen unverständlichen Befehl zu, woraufhin sich die Hündin flach auf den Boden drückte. Unter seiner steinernen Maske spürte Kate das Wilde, das seine scharfen Zähne bleckte. Die Bestie. Sie war ganz nah. So dicht unter der Oberfläche, dass sie jeden Augenblick durch seine Haut brechen würde.

Tu es, flüsterte die Stimme in ihrem Kopf. Tu es, lass es zu.

»Habt ihr's gerade getrieben?«, höhnte Gunter. »Ich kann's riechen. Drüben auf dem Heu vielleicht? Oder gleich hier an der Wand? Hast unser sittsames Töchterlein aus gutem Hause sicher schon ordentlich zugeritten, was?« Gunter trat einen Schritt näher an Kainah heran. Er sah die Gefahr nicht. In seiner Ahnungslosigkeit glaubte er, die Pistole, die er unter seinem Mantel hervorzog, böte ihm Sicherheit. »Ich wüsste zu gerne, wie ihr's treibt. Vermutlich muss sie sich auf alle Viere kauern, damit du sie nehmen kannst wie ein Tier.«

Kainahs Körper spannte sich an. Noch war sein Gesicht reglos und sein Blick von trügerischer Ruhe, doch die Luft wurde drückend und füllte sich mit Bestiengeruch, Zorn und Hunger. Kates Sinne wurden scharf wie Messerklingen. Sie witterte Gunters Blut und die Angst hinter seinem Triumph.

»Williams hält viel auf dich, Rothaut.« Angewidert spuckte der Deutsche aus. »Aber auch nur, weil du ihm seinen feinen Arsch retten sollst. Wenn er erfährt, dass seine kleine Nichte ihre Nächte in deinem Lager verbringt, wird ihm das den Todesstoß versetzen. Stellt euch nur vor, welch ein Aufschrei durch das Fort gehen wird. Williams wird endgültig wahnsinnig werden und den Platz für einen Mann räumen, der mit Macht umzugehen weiß. Gehabt euch wohl, und macht weiter, wo ich euch unterbrochen habe. Solange ihr noch könnt.«

Ihr war klar, was als nächstes geschehen würde. Vor dem Hinterausgang witterte sie plötzlich einen zweiten Mann. Man würde sie einschließen, Williams rufen und sie enttarnen. Ihr Wort würde gegen das seiner engsten Vertrauten stehen.

Kate erinnerte sich nicht einmal daran, dass sie sich bewegt hatte. Ihre Hände schlossen sich plötzlich um Gunters Kehle und warfen ihn gegen die Wand. Doch Gunter war schnell, und seine Überraschung nur kurz. In dem Moment, in dem er fassungslos dastand und begreifen musste, dass eine Frau ihn angegriffen und wie ein Kind beiseitegeschleudert hatte, verzerrte sich sein Gesicht zu einer hässlichen Fratze. Plötzlich war er wieder vor ihr, packte ihr Kleid und zerriss den Stoff mit einem einzigen Ruck. Zugleich richtete er die Pistole auf Kainah, dann zog er sie zu sich heran, küsste sie brutal und spie ihr seinen stinkenden Atem in den Mund.

Blut floss, als Gunters Zähne ihre Lippen aufrissen. Kate rammte ihm das Knie zwischen die Beine, doch der Stoß war zu schwach, um ihm mehr als ein unwilliges Stöhnen zu entlocken. Seine Hand hielt ihren Nacken wie einen Schraubstock umklammert, während sich die ekelhafte Zunge zwischen ihre Lippen presste und an den zusammengebissenen Zähnen entlangglitt.

Sollte er doch bekommen, was er wollte. In seiner Dummheit ließ Gunter seine Zunge vorschnellen, kaum dass sie die Zähne öffnete. Einen Augenblick lang ließ Kate ihm seinen Triumph, ehe sie mit aller Kraft zubiss und spürte, wie das weiche Fleisch riss und Blut in ihren Mund strömte.

Gunter schrie wie am Spieß. Er taumelte zurück, ließ die Pistole fallen und riss die Augen auf, als die Klinge eines Messer in seine Stirn schlug.

Angewidert spie Kate die Zungenspitze aus, während der Deutsche mit aufgerissenen Augen zurücktaumelte. In Strömen floss das Blut aus seinem Mund, der auf- und zuklappte wie bei einem angelandeten Fisch.

Dann geschah alles unfassbar schnell.

Ethan stürmte herein und kam keine zwei Schritte weit, ehe Kainah zupackte und ihm mit einer schnellen Bewegung das Genick brach. Dann war er plötzlich bei Gunter, vollführte die Bewegung ein zweites Mal und tötete auch ihn.

»Geh ins Haus«, zischte er, während der Deutsche in seinen Armen zusammensank. »Pass auf, dass dich niemand sieht.«

Kate starrte auf die beiden Leichname. Alles, was sie fühlte, war eine seltsame Kälte. Und noch etwas. Etwas Hungriges und Böses, das nach dem warmen Geruch des Blutes schnupperte.

»Was machst du mit ihnen?«

»Sie dorthin bringen, wo sie niemand findet.«

Kate presste die Lippen zusammen und nickte. Etwas in Kainahs Blick veränderte sich. Seine Miene wurde plötzlich weich und traurig.

»Ich sehe die Dunkelheit in dir. Sie dürfte noch nicht so stark sein. Es geht zu schnell.«

»Was?«, flüsterte sie atemlos.

»Du siehst den Tod und fühlst nichts dabei.«

Das Knurren, das in ihrer Kehle grollte, klang fremd und beängstigend. »Gunter und Ethan wollten uns verraten. Sie hätten dich aufgehängt, und auf mich hätte ein Leben in der Gosse gewartet. In meiner

Welt ist der einzige Besitz einer Frau ihr guter Ruf. Du hattest keine Wahl.«

»Geh«, wiederholte er. »Und sei vorsichtig.«

Wie im Halbschlaf verließ Kate den Stall, schlich zum Haupthaus und hielt mit beiden Händen ihr zerfetztes Kleid zusammen. Still und menschenleer lag das Fort unter dem Schneefall. Die Flocken fielen so dicht, dass jeder, der zufällig aus dem Fenster blickte, nur einen Schemen sehen konnte.

Oben in ihrem Zimmer verschloss sie die Tür und riss sich das zerfetzte Kleid vom Körper. Als sie in ihrem Bett lag, nackt und zitternd, fühlte sie noch immer nichts. Nichts Menschliches.

Nur das Feuer in ihrem Blut und in ihrem Fleisch. Den Hunger des Bösen in ihrer Seele. Den Druck in ihrem Inneren, der den Kokon zerbrechen wollte. Noch immer roch sie Blut, vermischt mit dem Geruch der metallenen Klinge und durchzogen vom scharfen Aroma der Angst.

Sie lauschte dem Rhythmus ihres Herzens, hörte es schneller schlagen, als ein menschliches Herz jemals schlug. Tränen rannen über ihre Wangen, als sie ihre Hände zu Fäusten zusammenballte und glaubte, das Toben und Glühen ihres Körpers nicht mehr ertragen zu können. Doch dann senkte sich der Schlaf wie eine dunkle Masse auf sie herab.

Endlich. Endlich …

Als Kate das alte, bordeauxrote Kleid ihrer Mutter anzog, fühlte sie sich wie ein Geist. Jeder Gedanke glich einem fernen Nebelstreifen, alle Geschehnisse der letzten Nacht hüllten sich in gnädige Unwirklichkeit. Sie zog eine schwarze Schürze über das Kleid, flocht ihr Haar und steckte es am Hinterkopf auf. Der hohe Kragen schmiegte sich um ihren Hals und vermittelte ein Gefühl von Sicherheit, ebenso die spitzenverzierte Haube, die sie sich um den Kopf band.

Unten im Speiseraum warteten lediglich drei Männer. Seamus, der sich an einem Stück Brot festklammerte und dabei aussah wie eine nervöse Ratte. Ebenizer, der ihr milde zulächelte, und Logan, der grunzend und schmatzend Getreidebrei in sich hineinschaufelte, als wäre dies die letzte Gelegenheit, sich den Bauch zu füllen.

Von draußen erklang das vertraute Geräusch der Sägen, Messer und Hämmer. Noch immer verstärkten die Männer die Palisaden. Wie im

Wahn nagelten sie einen Stamm nach dem anderen fest, in der Hoffnung, dass es nur genug Holz erforderte, um die dämonischen Mächte des Waldes auszusperren.

Vier weitere Monate voller Kälte, Eis und Schnee standen ihnen bevor. Vier Monate, ehe die Männer hoffen konnten, den Weg über die Berge anzutreten. Jener Weg, den Kate niemals gehen würde. Ganz gleich, was geschah.

Wortlos setzte sie sich an den Tisch, goss Wasser in einen Becher, schaufelte Maisbrei in eine Holzschale und brach ein Stück Brot vom Laib.

Niemand sagte ein Wort. Niemand schien bemerkt zu haben, dass Gunter und Ethan fehlten. Den Löffel in der einen Hand, die Schale in der anderen, starrte Kate aus dem Fenster. Was tat Kainah in diesem Augenblick? Wo war er? Was dachte er, was fühlte er?

»Die V-v-v-vorräte gehen z-z-z-zur Neige«, stotterte Seamus. »Wir hätten uns niemals d-d-darauf verlassen dürfen, dass die Kanus uns erreichen. Ein schlimmer F-f-fehler.«

»Ein schlimmer Fehler«, wiederholte Ebenizer. »Denkt nur an all die Festmahle im Sommer. Wir haben so viel gegessen, dass uns schlecht geworden ist. Selbst die Speckesser durften sich die Bäuche vollschlagen. Immer gab es vor dem ersten Schneefall ein großes Tauschfest. Immer tauchten die vollbeladenen Kanus auf. Immer waren unsere Vorratskammern gefüllt. Der Mensch ist so eine dumme Kreatur.«

»Wie lange noch?«, fragte Kate.

Seamus schluckte. »Vielleicht noch z-z-z-wei Wochen.«

»Zwei Wochen? So wenig?«

Der Buchhalter nickte betroffen. »Ja. Es war noch mehr da, aber die Kammer wurde aufgebrochen. Viele Vorräte sind weg. Wenn ich W-w-w-williams das sage, wird er jeden Einzelnen im Fort f-f-f-foltern.«

»Wie viel Trockenfrüchte haben wir noch? Wie viel Sauerkraut?«

Seamus schüttelte betroffen den Kopf.

»Zwieback?«

»Kaum noch welchen.«

»Gläser mit Eingelegtem?«

Der Buchhalter rutschte auf seinem Stuhl hin und her. »Zwei kleine, zwei große.«

»Nur noch vier Gläser? Was ist mit dem Keller?«

»Ein Sack Mehl. Ein halber Sack Schrot.«

Der Raum begann sich zu drehen. Mit beiden Händen klammerte sie sich an der Tischkante fest. »Wir hätten besser haushalten müssen. Wir hätten jemanden abstellen müssen, der die Vorräte bewacht.«

»Das haben wir«, brummte Ebenizer. »Einer wurde niedergeschlagen, der andere bestochen. Wir haben Williams bisher nichts gesagt. Du kannst dir denken, warum.«

»Ich habe selbst viel zu viel … ich hätte nicht … wenn wir nur …«

»Aber es gibt auch eine gute Nachricht«, fügte Ebenizer hinzu. »Kainah hat heute Morgen einen Hirsch mitgebracht. Ein halbverhungertes Vieh, aber es wird uns ein paar Tage mehr Zeit verschaffen.«

»Räuchert das Fleisch«, befahl Kate. »Pökelt es. Wir müssen es aufbewahren. Noch sind wir bei Kräften, aber das wird sich schnell ändern.«

Doch Ebenizer schüttelte den Kopf. »Es ist sowieso nicht genug für alle da. Würden wir es haltbar machen und in unsere Vorratskammer hängen, würden sie es im Handumdrehen stehlen. Besser ist es, den Hirsch zu zerlegen und jeder Gruppe den gleichen Anteil Fleisch zu geben.«

Kate starrte auf den Brei in ihrer Schale. »Die Jäger, finden sie denn gar nichts? «

»Die W-w-w-wälder sind leer«, jammerte Seamus. »Alle T-t-t-tiere sind fort. Williams hat einen schlechten Platz gewählt. V-v-v-viel zu hoch im Gebirge. Er ist dumm. So wie alle d-d-d-dumm sind, die nie auf etwas verzichten mussten. D-d-dumm wie die, deren Bauch immer voll war, und die deswegen d-d-d-denken, es würde nie anders sein.«

»Wir alle waren dumm«, entgegnete Ebenizer. »Wir alle haben darauf vertraut, dass die Kanus kommen.«

»Ist d-d-d-doch alles ganz gleich.« Seamus winkte ab und stand auf. »Wir werden den F-f-f-frühling sowieso nicht mehr erleben. Soviel ist sicher.«

»Was ist mit Kainahs Stamm?«, warf Kate ein. »In den nächsten paar Tagen wird es kaum schneien. Wir könnten versuchen, zu ihnen zu gelangen. Im Fort gibt es genug Dinge, die wir gegen Essen tauschen können.«

»Versuch's, mein Mädchen«, murmelte Ebenizer. »Versuch's nur. Die Wilden kämpfen selbst um ihr Überleben. Frühling, Sommer und Herbst. Das sind die Zeiten zum Tauschen. Aber im Winter hat jeder genug mit sich selbst zu tun. Außerdem hat Kainah für uns schon Vorräte mitgebracht. Nochmal die Hand aufzuhalten, würde ich nicht empfehlen.«

»Sie würden uns etwas geben. Ich habe sie kennengelernt. Es sind freundliche Menschen.«

»Mag sein, aber der Winter kam unerwartet früh. Er brachte mehr Schnee, als ich je zuvor gesehen habe. Selbst für die Wilden ist das eine harte Zeit. Alles, was sie entbehren können, haben sie im Herbst verschenkt oder getauscht. Wenn du mich fragst, grenzt es an ein Wunder, dass sie euch am Leben gelassen haben. Wir sind ihre Feinde. Wir sind die, die plündernd durch dieses Land gezogen sind.«

Kate rieb sich die Schläfen. Sie musste etwas tun. Irgendetwas. Selbst wenn es töricht war. »Ich werde mit Kainah reden.«

»Er ist v-v-verschwunden«, erwiderte Seamus. »Brachte uns den Hirsch und verschwand wieder, noch b-b-b-bevor die Sonne aufging.«

Kate klemmte die Unterlippe zwischen ihre Zähne und stocherte in ihrem Brei herum. Noch wurden Gunter und Ethan nicht vermisst. Hatten die Bestien bereits ihre Körper gefressen? Oder hatte der Schnee sie begraben?

»Seamus! Kate!« Williams' Stimme hallte vom zweiten Stockwerk her durch das Haus. »Ich wünsche in meinem Arbeitszimmer ein Bad zu nehmen. Bringt mir meine Wanne und macht sie voll.«

Seamus blinzelte ungläubig. »Ein Bad? Sagte er gerade, dass er ein Bad will?«

»Ein Bad«, bestätigte Ebenizer. »Und zwar oben in seinem Arbeitszimmer. Nicht etwa im Erdgeschoss, was es viel leichter gemacht hätte.«

»Meint er das ernst? Es gibt Wichtigeres zu tun, als ein Bad zu nehmen.«

»Habt ihr mich gehört?«, brüllte Williams.

»Ja, Sir«, schrie Seamus zurück. »Wir bereiten alles vor.«

Ebenizer schüttelte nur den Kopf und verließ das Zimmer. Was in ihm vorging, war nur allzu klar. Die Fronten gegen ihren Onkel verhärteten sich immer weiter, eine Eskalation würde nicht mehr lange auf sich warten lassen. Es bedurfte nur noch eines Tropfens, um das volle Fass überlaufen zu lassen, und ein heißes Bad zu nehmen, während Dutzende Männer um ihr nacktes Leben fürchteten, mochte sich bestens als Auslöser für eine neue Revolution eignen.

»Wir müssen uns beeilen.« Kate warf einen Blick aus dem Fenster. Das Licht war grau wie Blei, die Tage wurden immer kürzer. »Es wird bald wieder dunkel. Wenn dich jemand fragt, dann sage, dass wir das Wasser für eine Wäsche brauchen. Oder für Ebenizer. Oder denk dir irgendetwas aus. Hauptsache, niemand erfährt, wofür es wirklich ist.«

Seamus nickte schlotternd. Die Angst schnürte ihm den Atem ab und färbte seine Haut knochenbleich. Es gab niemanden, der weniger an diesen Flecken Erde passte als dieser bedauernswerte Tropf.

»Alles wird gut.« Sie berührte ihn sanft an der Schulter. »Daran musst du glauben. Alles ist Schicksal.«

Seamus senkte den Blick und ließ die mageren Schultern hängen. »Daran glaube ich schon lange nicht mehr.«

Mit jedem schweren Eimer, den sie vom Fluss zurück zum Fort schaffte, wuchs ihre Wut gegen Williams, und als das eiskalte Wasser aus dem Gefäß schwappte und ihren Rock durchnässte, entkam ihr ein Fluch, der einem Gossenjungen zur Ehre gereicht hätte. Seamus, der sich neben ihr abmühte, riss die Augen auf.

»Was?«, fauchte Kate. »Es ist undamenhaft? Es schickt sich nicht? Komm mir nicht damit.«

Der Buchhalter schluckte hörbar, verkniff sich aber eine Erwiderung. Ächzend schleppte er den Eimer ins Haus, wo er ihn keuchend am Treppenansatz abstellte. Die Wut verlieh Kate ungeahnte Kräfte, sodass sie ihre schwere Last Stufe für Stufe hinaufhievte, ohne einmal innezuhalten.

Wie konnte sich Williams ausgerechnet jetzt den Luxus eines heißen Bades gönnen? Nur zu gerne hätte sie den Befehl verweigert, aber das Letzte, was dieses Fort gebrauchen konnte, war ein tobsüchtiger Captain, der unweigerlich das schlimmste aller Szenarien heraufbeschwören würde. Noch dazu höhlte ihre ständige Sorge um Kainah sie aus. Jede Nacht konnte seine letzte sein, und sie bezweifelte, dass er sich ihre Worte zu Herzen genommen hatte.

Was zählte schon die Meinung einer Frau? Gar nichts. Sie war dazu da, um überhört zu werden.

Im Arbeitszimmer brannte das Feuer hoch und leckte an dem Kupferkessel, der bereits zur Hälfte gefüllt war. Dampf stieg auf, schmolz die Eisblumen an den Fenstern und sammelte sich unter der Decke. Auf dem Schreibtisch stand eine leere Flasche Gin und eines der kostbaren venezianischen Kristallgläser, in dessen Facetten sich das Licht verfing.

Eine wahre Kostbarkeit.

Dieses Glas war von vollkommener Perfektion. Nicht die kleinsten Einschlüsse waren zu erkennen, selbst dann nicht, wenn man eine Lupe zur Hand nehmen würde. Allein die Venezianer verstanden es, solche Kunstwerke zu erschaffen. Dieses Glas kostete mehr, als Seamus in fünfzehn Jahren Frondienst verdiente. Dem Buchhalter schienen ähnliche Gedanken zu kommen, als er schnaufend in der Tür erschien und das funkelnde Schmuckstück entdeckte.

»Scheint, als will er gar nicht mehr herauskommen.« Griesgrämig nickte er zur Tür hinüber, hinter der Williams' Schlafgemach lag. »Er hat den Riegel vorgeschoben und will niemanden sehen.«

»Warum nicht?«

»Das hat er mir nicht gesagt.«

Ruppig goss Seamus den Inhalt des Eimers in den dampfenden Kessel, stellte ihn wieder ab und schnappte sich den zweiten.

»Das war meiner«, protestierte Kate.

»Ja und?«, brummte Seamus.

»Ich hätte ihn selbst leeren können.«

»Du willst nicht, dass jemand dir hilft. Du willst keine Schwäche zeigen.« Seamus nahm beide Eimer auf und sah sie nachdenklich an. »Ich habe noch nie eine Frau getroffen, die so wenig geweint hat wie du. Eigentlich habe ich dich noch nie weinen sehen. Nicht mal, als deine Schwester gestorben ist. Kannst du überhaupt weinen?«

Kate presste die Lippen aufeinander. »Hör auf mit dem Unsinn.« Dann fiel ihr etwas anderes auf. »Du stotterst nicht mehr.«

»Es verschwindet manchmal.« Seamus ruckte mit dem Kopf wie eine Eule. »Aber nie für lange. Soll ich dir was sagen? Du bist aus dem Holz, auf dem Venedig gebaut wurde. Es trotzt den Gezeiten und den Jahrhunderten. Gott gebe, dass Williams sich bald daran erinnert, einmal genauso gewesen zu sein.«

»Gib mir den Eimer«, bat sie leise.

Seamus zuckte mit den Schultern und gehorchte. Die Dunkelheit der Nacht warf bereits ihre ersten Vorboten über die gefrorene Welt, als Kate zum fünften Mal zum Fluss ging. Ein viel zu kurzer Moment strahlender Helligkeit ging in das unheilvolle Licht der Dämmerung über. Sobald Williams sein Bad beendet hatte, würde das Prozedere des Schleppens von vorne losgehen. Jeder Eimer Wasser, den sie hineingetragen hatten, mussten sie auch wieder hinaustragen. Nicht so weit diesmal, nur bis zur Veranda. Aber mit Schmutzwasser gefüllte Eimer eine lange, enge Treppe hinunterzuschaffen, war alles andere als ein Vergnügen. Und das nur, weil Williams eine irrsinnige Idee in den Kopf geschossen war.

Das Rot der hinter den Gipfeln versinkenden Sonne erinnerte viel zu sehr an Blut. In den wenigen Augenblicken, in denen Frost und Schnee es widerspiegelten, schien alles darin zu ertrinken. Wo mochte Kainah sein? Was tat er? War er in jener Höhle, in der sie Zuflucht gesucht hatten? Oder saß er auf Arancks Rücken und suchte die Wälder nach Bestienspuren ab?

Oh, sie hätte ihn am liebsten vom Pferd gezerrt und windelweich geprügelt. Warum war er nicht bei ihr? Warum halfen sie sich nicht gegenseitig, die Fesseln ihrer Körper sprengen? Sie wusste tief in sich, dass es die einzige Lösung war.

Warum wusste er es nicht?

Als Kate die Augen schloss, sah sie ihn vor sich. Leicht zurückgelehnt, die Zügel in einer Hand, den Bogen in der anderen. Das Haar über seinem Wams aus Wolfsfell bedeckt von Schneeflocken.

Komm zurück, beschwor sie ihn. Komm zu mir zurück!

Am Fluss angekommen, zerbrach sie mit dem Eimer die dünne Eisschicht, die sich erneut über das geschlagene Loch gezogen hatte. Während sie ihr Gefäß füllte und in die Leere des Waldes hinausblickte, verfingen sich träumerische Gedanken in ihrem Geist wie Blätter im Geäst. Unter seinem jungen Äußeren war Kainah uralt. Genauso wie die Berge. Für ihn schien es keine Zweifel zu geben. Kein Zögern. Keine Angst. So wie dieser Wald einfach existierte, existierte auch Kainah. Sie fühlte sich fremd an diesem Ufer. Falsch und störend. Aber würde er hier hocken, würde er dazugehören. Wie die Steine und das Wasser und die Bäume. Er brauchte keine goldenen Kreuze, keine Holzbänke und keine Gebetbücher. Sein Gott lebte überall. Er war allgegenwärtig.

Wenn er ihm doch nur Klugheit einbläuen würde.

Das Knirschen von Schnee unter schnellen Schritten riss sie aus ihren Gedanken. Kate hievte den Eimer aus dem Wasser, stellte ihn ab und wandte sich den näherkommenden Männern zu.

Als Erstes erkannte sie Logans riesenhafte Gestalt. Dann Andrew, der wie eine hämische Ratte neben ihm herschlich. Hinter ihnen gingen Samuel sowie zwei Männern, an deren Namen sie sich nicht erinnerte. Einer besaß Haare so schwarz wie Pech, einer war aschblond. Seamus war nirgendwo zu sehen.

Nach Sekunden des völligen Stillstands begannen ihre Gedanken fieberhaft zu arbeiten. Hatten sich die Männer endgültig gegen Williams aufgelehnt? War ihnen zu Ohren gekommen, dass er sich den Luxus eines heißen Bades gönnen wollte? Hatte man Gunter und Ethan gefunden?

Ihr Herz begann zu rasen.

Die Palisaden waren gute sechzig Schritte entfernt, das Tor stand weit offen. Sie würde es nicht schaffen. Nicht mit den schweren Röcken und den klobigen Stiefeln.

Aber was, wenn sie sie einfach auszog, den Stoff hochraffte und barfuß rannte?

Die Wachen auf den Türmen hatten dem Wald und dem Fluss den Rücken zugedreht. Als gäbe es unter den Männern ein stilles Einvernehmen. Falls das so war, bot das Fort keine Sicherheit mehr. Dann war es dort drinnen gefährlicher als hier draußen.

Kates Blick huschte panisch umher.

Was sollte sie tun?

So lange hatte sie sich vor diesem Augenblick gefürchtet, so lange mit ihm gerechnet. Jetzt, da er gekommen war, traf es sie wie ein unerwarteter Schlag in die Magengrube.

Über den Bergen glühte der tiefrote Widerschein der bereits untergegangenen Sonne. Die Dunkelheit kam schnell. Sie war bereits in die Senken und Täler gesunken und begann, höher zu kriechen.

Kate trat einen Schritt zurück. Eiskaltes Wasser durchnässte das Leder ihrer Stiefel. Als förderte Todesangst ausgerechnet die unscheinbaren Erinnerungen zutage, dachte sie daran, wie Daniel ihr die indianische Methode erklärt hatte, Leder wasserdicht zu machen. Es hatte etwas mit räuchern zu tun. Und mit Fett.

Daniel!, flehte sie in Gedanken. Kainah! Wärt ihr doch nur hier.

Hinter ihr lag still und leer der Wald. Lieber starb sie dort draußen als im Fort, wo Dutzende Männer dafür sorgen würden, dass sie möglichst lange am Leben blieb.

Grauenvolle Gedanken schossen durch ihren Kopf. Der Tod war das Gnädigste, was ihr jetzt noch widerfahren konnte, und diese Erkenntnis brachte eine entsetzliche Traurigkeit mit sich.

Gurgelnd floss das Wasser um ihre Stiefel. Gerade, als Kate sich herumwerfen und loslaufen wollte, blieben die Männer stehen. Sie erkannte eine Spur von Unsicherheit in ihren Blicken. Ein letztes Zögern.

Nur Andrews Miene zeigte nichts als Lust. Lust daran, sie leiden zu sehen. Möglichst schrecklich und möglichst lange.

»Was habt ihr meinem Onkel angetan?« Ihre Stimme klang überraschend fest. »Warum tut ihr das?«

»Noch gar nichts haben wir ihm angetan«, antwortete Samuel. »Aber das wird sich heute Nacht ändern. Er hat uns in diese Hölle gebracht. Er hat uns Lügen aufgetischt. Es wird Zeit, dass ein anderer seinen Platz einnimmt. Einer, der uns lebend hier raus bringt. Wir hatten längst beschlossen, dass Gunter der Beste dafür wäre. Aber seit letzter Nacht sind er und Ethan spurlos verschwunden. Weißt du etwas darüber?«

Die ausgehungerten Körper der Männer bebten, ihre wilden Blicke loderten. Sie waren wie kranke Tiere, die von Tollheit zerfressen wurden.

»Nein.« Es erforderte all ihre Kraft, Samuels Blick standzuhalten. »Ich weiß nichts.«

»Wirklich nicht?«

Kate presste die Lippen aufeinander. Was wussten sie? Hatten Gunter und Ethan ihnen berichtet, was sie zu tun gedachten? Nein, höchstwahrscheinlich nicht. Gunter war wie ein Raubvogel, der eifersüchtig seine Beute bewachte. Sein Plan hatte gewiss beinhaltet, den Ruhm für seine skandalöse Entdeckung höchstselbst einzustreichen und einen kleinen Teil an seinen Kumpan abzugeben.

»Wie wollt ihr überleben?« Vielleicht gelang es ihr, Zeit zu schinden. Vielleicht war Kainah ganz in der Nähe. »Unsere Vorratskammern sind leer, das Wild ist verschwunden.«

»Wir haben immer noch ein paar Pferde«, erwiderte der Schwarzhaarige, während Andrew sich mit der Zunge über die Lippen fuhr. »Die werden uns über den Winter bringen. Williams' Hengst essen wir zuerst.«

»Williams verschont die Pferde nicht ohne Grund. Wollt ihr euch im Frühling zu Fuß bis in den Osten durchschlagen, während ihr alle Lasten auf euren Schultern tragt?«

»Wir werden überleben, bis man uns Hilfe schickt.«

Um ein Haar wäre ihr ein Lachen entflohen. »Hilfe? Was für Hilfe? Unser Schicksal ist ihnen gleichgültig. Wir sind nur ein kleiner Außenposten, dessen Verlust zu verschmerzen ist. Umso mehr, da wir kaum noch Erträge einbringen. Was glaubt ihr, warum man den Posten hier im übernächsten Jahr ganz aufgibt? Im Frühling wird niemand kommen, um nach uns zu sehen. Wir müssen aus eigenen Kräften nach Hause kommen. Zusammenhalt ist unsere einzige Rettung. Dieser Winter ist eine Prüfung, und ihr seid gerade dabei, sie nicht zu bestehen.«

»Reden kann sie wie ihr Onkel«, gurrte Andrew. »Das hübsche Zünglein sollte man ihr herausschneiden. Du hast keine Ahnung vom wahren Leben, genauso wenig wie dein Onkel. Du hast niemals in der Gosse gelebt, niemals madenverseuchtes Brot gegessen oder vor Hunger auf deinem eigenen Fleisch herumgekaut. Zusammenhalt sagst du? Was tut unser Captain, während wir auf nassem, verfaulten Stroh liegen und unsere Knochen unter der Haut zählen können? Er lässt sich von seinen Speichelleckern ein heißes Bad bereiten, säuft die letzte Flasche Gin leer und schläft satt und zufrieden in seinem Daunenbett. Unsere Vorratskammern sind leer, so ist es. Aber hast du schon mal einen Blick in die Schränke deines Onkels geworfen? Er hat dafür gesorgt, dass es ihm an nichts mangelt, während er unsereins für jedes noch so kleine Vergehen aufhängt.« Andrew entblößte schiefe, aber makellos weiße Zähne. »Das vornehme Fleisch werden wir ihm von den Knochen schneiden. Aber zuerst haben die Männer sich eine Belohnung verdient. Nehmt euch Williams' kostbares Täubchen vor. Tobt euch an ihr aus, ehe wir dem Captain zeigen, was man mit Lügnern und Dieben tut. Aber rammelt sie nicht gleich zu Tode, verstanden? Ehe Williams stirbt, soll er dabei zusehen dürfen, wie wir ihr den Rest geben. Einer nach dem anderen. Ich bin gespannt, ob sie die ganze Mannschaft durchhält.«

Ihr Körper wurde taub vor Panik, sie spürte nicht mehr die Kälte des Wassers. Samuel und Logan trugen ihre Flinten bei sich, Letzterer überreichte jetzt Andrew seine Waffe und setzte sich in Bewegung, gefolgt von den anderen.

Würde das Eis des Flusses sie halten? Egal. Sie nahm Schwung und rutschte über die spiegelglatte Fläche. Ein im Eis eingefrorener Stein brachte sie ins Stolpern, und als Kate auf die Knie stürzte, zog sie sich auf allen Vieren weiter, bis es ihr gelang, sich wieder aufzurappeln. Einer der Männer griff nach ihrem Rock. Mit einem heftigen Ruck entriss sie ihm den Stoff, schlitterte über das letzte Stück Eis und rannte in den Wald hinein.

Flüche hallten durch die Stille. Flucht lauter! Flucht so laut ihr könnt. Dann hört er euch und wird euch alle töten!

Wieder rutschte sie aus und krachte schwer auf die rechte Hüfte. Ein vereister Nebenarm des Flusses, der unsichtbar unter dem Schnee gelegen hatte. Glühende Peitschen aus Schmerz zuckten durch ihren Körper. In dem atemlosen Moment, in dem sie auf dem Eis lag und fürchtete, nicht mehr aufstehen zu können, rasten furchtbare Bilder durch ihren Kopf.

Williams' zu Tode gefolterter Körper, aufgespießt auf einem der Pflöcke. Eine Horde dem Wahnsinn verfallener, ausgemergelter Männer, die über sie herfielen, wieder und wieder, bis man ihren Leichnam auf die gleiche Weise entsorgte wie ihren Onkel.

Auf den Pflöcken, die die Bestien fernhalten sollten.

Beinahe hatten die Männer sie erreicht. Schlitternd und fluchend bewegten sie sich über das Eis, das ihr fast zum Verhängnis geworden wäre, während Andrew in einigem Abstand verharrte und Logans Flinte schussbereit hielt. Erst jetzt sah Kate, dass in seinem Gürtel eine weitere, äußerst wirksame Waffe steckte. Daniels Blasrohr.

»Bringt sie in den Pferdestall, wenn ihr sie gefangen habt«, rief Andrew. »Hier draußen wird es zu ungemütlich. Und sollte unser Bestienjäger auftauchen, heißen wir ihn als Ehrengast willkommen.«

»Er wird euch töten«, spie Kate aus. »Euch alle!«

»Das wird er nicht.« Andrews Lächeln war auf ekelerregende Weise sanftmütig. »Ab jetzt wird nach unseren Regeln gespielt.«

Kate stöhnte vor Schmerz, als sie sich aufraffte. Zuerst auf die Knie, dann in eine hockende Stellung. Nichts war gebrochen, und doch raste beißende Qual durch ihre Glieder. Als sie aufsprang, ihre Röcke raffte und weiterlief, wurde ihr schwarz vor Augen.

Sie stolperte, kam wieder zu sich und fing sich im letzten Moment.

Weiter! Schneller!

Aber sie war zu langsam!

Die Männer kamen näher, immer näher. Kate rannte, bis ihr keuchender Atem den ganzen Wald auszufüllen schien und ihre Lungen streikten. Unwichtig! Weiter, nur immer weiter!

Und wenn es nur war, um tot zusammenzubrechen, ehe die Männer sie erreichten. Ihre Lungen brannten, als ein Hustenanfall sie überwältigte. Die Kälte, die sich mit eisenharten Klauen in ihren Brustkorb hackte, drohte sie zu ersticken.

Weiter! Weiter!

Kate nahm kaum mehr etwas wahr. Nur, dass sie einmal abwärts und einmal aufwärts rannte, dass Gestrüpp ihre Haut zerkratzte und Eis in ihren Nacken rieselte. Wohin? Egal.

Erneut wurde ihr schwarz vor Augen, und diesmal knickten die Beine wie Strohhalme unter ihrem Körper weg. Als ihr Kopf auf dem Boden aufschlug, wischte neuer Schmerz die Ohnmacht fort.

Nein! Gib nicht auf. Renn weiter!

Sie hörte ihre Stimmen. Siegessicher und nah. Nein, keine Stimmen, sondern ein gieriges Johlen, das nach Irrsinn klang. Die Männer würden sie nicht ins Fort bringen. Sie würden sich in ihrem Wahnsinn einfach hier auf sie stürzen. Ungeachtet der Nacht und ungeachtet der Kälte.

»Kainah!« Sie wollte seinen Namen schreien, aber ihre Kehle gab nur ein jämmerliches Krächzen her. »Kainah! Hilf mir!«

Mit letzter Kraft kämpfte sie sich durch ein Gestrüpp, dessen harte Zweige ihre Haut zerkratzten. Ein Schritt, noch einer, noch einer. Dann sank sie endgültig in sich zusammen. Lebendig. Nicht tot. Sie würde noch atmen, wenn die Männer kamen.

Und sie kamen schnell.

Ehe grobe Hände sie packten und unter dem Gebüsch vorzerrten, betete sie darum, dass die Kocodjo sie witterten und zu ihr kamen. Doch als die Männer sie wie ein erlegtes Tier durch den Schnee schleiften, wusste sie, dass Gott sie erneut im Stich ließ. Ihr Sterben würde sich über Tage, vielleicht gar über Wochen hinziehen, ehe die Männer sie wie ein kaputtes Spielzeug wegwarfen.

»Sei froh, Mädchen«, grunzte der Schwarzhaarige. »Wir bringen dich ins Warme, ehe die Kocodjo dich finden. Wäre doch ein Jammer, dieses zarte Fleisch zu verschwenden.«

Er zerrte sie brutal auf die Beine, grinste ihr ins Gesicht und warf sie gegen einen Baum. Obwohl ihre Glieder taub und kraftlos waren, blieb sie doch auf den Beinen. Nie hatte Kate sich so allein gefühlt wie in diesem Moment. Dem Schmerz und dem langsamen Sterben ausgeliefert. Schutzlos. Von allem und jedem verlassen.

Wie Wölfe scharrten sich die Männer um sie, während die Hand des Schwarzhaarigen ihre Kehle zudrückte. Nur Andrew fehlte. Vier Fratzen, überwuchert von dreckigen Bärten, schnupperten hechelnd an ihrem Körper. Hände zerrten an dem Kleid, bis der Stoff riss. Kate fand keine Kraft mehr, sich zu wehren. Sie wäre zusammengesunken, hätte der Schwarzhaarige sich nicht an sie gedrückt und sie mit dem Gewicht seines Körpers aufrecht gehalten. Ein paar wuchtige Schläge und Schubser, und seine Konkurrenten gingen auf Abstand.

»Nicht hier!«, blaffte Samuel. »Sollen wir alle als Bestienfutter enden?«

Ihr Peiniger bleckte gelbbraune Zähne. Ein widerwärtiger Gestank strömte aus seinem Mund. »Deinetwegen frieren wir uns hier draußen die Schwänze ab, Mädchen. Deswegen wirst du sie für uns wieder aufwärmen. Wirst schon sehen. Zuerst mit deinem hübschen kleinen Mund, nachdem wir dafür gesorgt haben, dass du nicht mehr beißen kannst. Dann hiermit.«

Seine eiskalte Hand glitt unter ihren Rock und tastete über ihren Oberschenkel. Endlich kam die Wut, und mit ihr neue Kraft. Doch als Kate unter ihm zu zucken begann, antwortete der Schwarzhaarige mit einem brutalen Stoß, der die Borke des Baumes in ihren Rücken und den Atem aus ihren Lungen presste.

Hechelnd begann er, sich an ihr zu reiben. Kate würgte unter dem Gestank seines Bartes, in dem Essensreste vor sich hinfaulten. Als er mit einer Hand ihren Kiefer umfasste und sie zu einem widerwärtigen Kuss zwang, riss sie den Kopf zur Seite und übergab sich in den Schnee.

Die Männer gröhlten vor Lachen.

Kate würgte, bis sie erneut hochgerissen wurde. Der Moment, in dem ihr die Sinne schwanden, währte nur kurz. Sie spürte die Hand des Schwarzhaarigen, wie sie an ihrem nackten Bein emporglitt, bis sie fand, wonach sie suchte. Ein wohliges Grollen dröhnte in der Brust des Mannes, als er zwei Finger zwischen ihre Beine rammte. Seine Hüften zuckten vor und zurück und stießen gegen ihren Oberschenkel, während er grunzte und japste.

»Sieh an. Unser Täubchen ist nicht mehr unversehrt.« Brutal presste er sie gegen den Stamm, während er sich wie besessen an ihr rieb und seine Finger sich in ihrem Schoss bewegten. Kate spürte sein hartes Geschlecht, das gegen ihr Bein drückte. »Wer war der Glückliche? Etwa unser Wilder? Ist die kostbare Nichte unseres Captains nichts weiter als eine unersättliche Indianerhure? Oder hat er sich, als ihr alleine im Wald ward, einfach genommen, was er wollte?«

Trotz der Kälte standen ihm die Schweißperlen auf der Stirn. Seine drei Kumpane gafften mit offenen Mündern und glasigen Augen, während einer nach dem anderem damit begann, selbst Hand an sich zu legen.

»He!«, knurrte Samuel. »Lass mich auch mal ran.«

»Wir müssen zurück«, gab der Aschblonde zu bedenken, während sich seine Hand hektisch in der Hose bewegte. »Es ist fast dunkel.«

Der Schwarzhaarige zog seine Hand aus ihrem Schoß zurück und grunzte enttäuscht. »Was für eine Schande. Hier draußen müsste ich dich nur mit denen dort teilen. Im Fort sind es drei Dutzend. Da wird uns beiden nicht mehr viel Zeit bleiben.«

Etwas in ihr riss bei diesen Worten die Kontrolle an sich. Es geschah so plötzlich und unerwartete, dass sie erst wieder zu sich kam, als ihr Mund voller Blut war.

Der Schwarzhaarige taumelte zurück, eine Hand auf seinen Hals gepresst. Ein heißer, nasser Klumpen lag auf ihrer Zunge. Wie Gunters Zunge, nur größer. Sie spuckte ihn in den Schnee und sah, dass es ein Stück Fleisch war.

Dampfend spritzte das Blut aus dem Hals des Mannes. Ihr Herz dröhnte. Es schlug wie eine gewaltige Trommel, gefährlich und schnell. Blut, überall Blut. Im Schnee, auf ihrer Haut, in ihrem Mund.

Schreie folgten ihr, als sie zu rennen begann. Nicht mehr taumelnd, nicht mehr von Panik erfüllt. Der Wald öffnete sich vor ihr, voll messerscharfer Kontraste und von blauem Licht erfüllt, das vom sternengesprenkelten Himmel zu fließen schien.

Sie rannte, bis jemand sie aus dem Nichts heraus packte.

Noch ehe sie seine Stimme hörte, erkannte sie Kainah an seinem Geruch. Ihre Hände ertasteten den mit Leder umwickelten Zopf auf seinem Rücken, dann das Wolfsfell. Der Ruf, den sie wieder und wieder ausgestoßen hatte, ob laut oder im Stillen, fand endlich sein Echo. Augenblicklich hüllte seine ruhige Stärke sie ein. Endlich! Jetzt konnte ihr nichts mehr geschehen. Als er behutsam seine Hände um ihr Gesicht legte, fühlte sie unendliche Erleichterung.

Kainah und sie waren stark. Stärker, als es ein Mensch je sein konnte.

Auf ihrer Zunge schmeckte sie das Blut des Schwarzhaarigen. Und plötzlich fiel sie auf die Knie und übergab sie sich ein zweites Mal. Hektisch stopfte sie sich mit beiden Händen Schnee in den Mund, spuckte ihn wieder aus und steckte sich neuen hinein. Dann rieb sie sich das Gesicht sauber, bis ihre Haut vor Kälte glühte, und nahm noch einmal einen Mund voll Schnee. Erst, als Kainah sie behutsam auf die Füße zerrte, klärten sich ihre Gedanken wieder.

»Was haben sie dir angetan?« Der Zorn in seinem Blick war gewaltig. »Bist du verletzt?«

»Nein.« Mehr als dieses Wort brachte sie nicht hervor. Die Erinnerung an den stinkenden Atem ihres Peinigers, an den Druck seines ekelerregenden Körpers und die Kälte seiner Finger, die sie besudelten, brach mit aller Macht über sie herein. Plötzlich weinte Kate, und als Kainah sie in seine Arme zog und festhielt, brach es endgültig aus ihr heraus.

»Schschsch …«, flüsterte er ihr zu. »Du bist in Sicherheit. Sie können dir nicht mehr wehtun.«

»Andrew. Er hat das Blasrohr. Er wartet auf dich.«

»Ich weiß.«

Ein sachter Kuss auf ihre Schläfe, dann schob er sie hinter sich und stellte sich den Männern entgegen, die einer nach dem anderen aus der Dunkelheit auftauchten.

Kate spürte das Beben seiner Muskeln. Sein Körper war wie eine Sehne, die bis zum Zerreißen gespannt war. Sie wollte sehen, wie er diese Monster tötete. Wie er sie mühelos vernichtete und seine Äxte mit ihrem Blut tränkte.

Als die vier Gestalten sich ihnen näherten, zog Kainah das lange Messer aus seinem Gürtel.

Der Schwarzhaarige war bereits so schwach, dass er nur noch taumelnd vorwärtskam. Seine Kleidung war in Blut getränkt. Die Zähne gebleckt, schritten die Männer auf sie zu, während Kainah sich kaum merklich duckte.

»Kommt her, wenn ihr sterben wollt«, rief er ihnen zu. »Oder verschwindet und seht uns nie wieder.«

Der Schwarzhaarige lachte. Es war das Letzte, das er tat. Eine schnelle Bewegung, ein Aufblitzen und Sirren. Dann das dumpfe Geräusch eines Aufpralls.

Kainahs Messer drang bis zum Heft in die Stirn des Schwarzhaarigen, trat am Hinterkopf wieder heraus und tötete ihn, noch ehe er in den Schnee sank.

Eine Sekunde später hob Samuel seine Waffe und schoss.

Kate wurde zu Boden gestoßen, Kainah landete neben ihr und stand wieder auf den Beinen, kaum dass sie beide in den Schnee gestürzt waren. In derselben Bewegung, mit der er aufsprang, warf er das kleinere Messer. Ein zweiter dumpfer Aufprall, dem ein gellender Schrei folgte.

Das Messer hatte sich in Samuels rechte Schulter gebohrt und die Sehnen durchtrennt. Seine Flinte fiel zu Boden, während der Arm nutzlos herabbaumelte. Das Schreien schwang sich zu einem irrsinnigen Kreischen empor.

Drei Schritte taumelte Samuel zurück, ehe er, den Knauf des Messers umklammernd, zu Boden ging. Zitternd wie ein angeschossener Vogel hockte er im Schnee, das Gesicht verzerrt zu einer Maske wutentbrannter Qual.

Kainah zog die Äxte von seinem Rücken und duckte sich, die Waffen zum Schlag erhoben. Logan und der Aschblonde streckten ihrerseits die Messer vor und entblößten die Zähne zu einem kampfeslustigen Grinsen.

Kate witterte die Angst, die sie zu verbergen suchten. Es war ein süßer, verführerischer Geruch, der ihren Gestank zu überlagern begann. Mit einem Mal stand sie wieder auf den Beinen. Ihr Körper bebte, während sie dem Herzschlag der Männer lauschte. Dem Rauschen ihres Blutes lauschte.

In diesem Augenblick tauchte Numees wie aus dem Nichts auf und stürzte sich auf den Aschblonden. Das Gewicht des Hundes warf ihn zu Boden, das Messer flog in hohem Bogen in den Schnee. Als Numees ihre Kiefer um seine Kehle schloss, erstarrte der Mann in einer lächerlichen Pose, alle Viere von sich gestreckt.

Logan holte mit dem Messer aus, doch Kainahs Axt schlug es ihm aus der Hand.

»Verschwindet!«, rief er. »Alle drei.«

Numees gab ihr Opfer frei und marschierte einige Schritte zur Seite. Einen Augenblick lang lag der Aschblonde starr im Schnee, als könne er nicht begreifen, dass er noch lebte. Dann sprang er auf, stolperte ein paar Schritte rückwärts und rannte schließlich in die Dunkelheit hinaus. Ihm folgte Samuel, noch immer mit dem Messer in der Schulter.

»Mach schon.« Kainah schwenkte seine Axt in Richtung Logan. »Geh und lass dich von den Bestien töten. Ich kämpfe nicht gegen Feiglinge.«

Der Söldner stieß ein Grollen aus, senkte den Kopf und starrte ihn voller Mordlust an.

»Geh!«, wiederholte Kainah, und diesmal riss Logan die Augen auf, als sähe er sich dem Höllenschlund gegenüber. Wie Aschblonde zuvor stolperte er mehrere Schritte rückwärts, ehe er mit rudernden Armen in der Nacht verschwand.

Kainah wartete, als wolle er sichergehen, dass niemand zurückkehrte. Dann ging er zu dem Toten hinüber, zog das Messer aus seiner Stirn und steckte es zurück in den Gürtel.

Es war vorbei.

Sie würden dem Fort den Rücken kehren. Für immer.

Kainah hockte sich vor Numees und kraulte ihr das Nackenfell. Während die Hündin sich an ihn drückte und die Zuneigung ihres Herrn genoss, sank Kate gegen den nächsten Baum und versuchte, das Geschehene zu begreifen. Zitternd schloss sie die Augen, und als sie sie wieder öffnete, stand Kainah vor ihr.

»Du musst es beherrschen«, sagte er sanft. »Nicht umgekehrt.«

Sie witterte nach dem Geruch seiner Haut. Sah die feinen Härchen und das Pulsieren der Ader. Sie roch seinen mühsam kontrollierten Zorn, und all das Blut, das vergossen worden war.

Da war kein Schrecken. Kein Entsetzen. Nichts, was Menschen angesichts von Tod und Schmerz empfanden. Stattdessen fühlte sie sich wie ein Tier auf der Jagd. Fiebrig, nervös und so lebendig, dass es schmerzte.

»Es ist stark.« Kainah umfasste ihr Gesicht. »Es macht dich gefühllos. Erinnere dich daran, wer du bist.«

»Ich bin …« Sie atmete tief ein. Es war berauschend. Er war berauschend. »Ich kann nicht.«

»Du kannst.«

Kate blickte an ihm vorbei und sah Bäume, die wie kristallene Speere in den schneegrauen Himmel ragten. Sie glaubte das Funkeln jeder einzelnen Schneeflocke zu erkennen, glaubte das Herz jedes Wesens im weiten Umkreis zu hören und alles Lebendige zu riechen. Zugleich brachte sie der Hunger schier um den Verstand. Es war nicht mehr das Blut der Männer, das sie roch. Es war Kainahs Blut. Der Wald löste sich in einem Strudel aus Weiß und Grau auf. Sie sah und spürte nur noch ihn. Ihre Finger wanderten über sein Gesicht, wischten die Blutstropfen von seiner Haut, umfassten seine Kehle.

Heiß schlugen die Adern gegen ihre Haut.

»Kate.« Seine Stimme war nur noch fern. »Lass es nicht zu. Wehre dich dagegen. Beherrsche es.«

Sie blickte in seine Augen und sah darin ein Abbild ihrer eigenen Sehnsüchte. Warum hielt er es noch zurück? Sie mussten sich befreien, um zu überleben. Sie mussten es zulassen.

»Nein. Verstehe doch! Es ist Zeit.« Kate spürte die Spitzen scharfer Fangzähne in ihrem Mund. Zähne so scharf, dass sie in ihr eigenes Fleisch schnitten. »Wir können nichts dagegen tun. Wir können nicht mehr zurück.«

Kainah erwiderte nichts. Diesmal versuchte er nicht, seine Furcht zu verstecken. Er kehrte sie nach außen, schloss Kate in eine zitternde Umarmung und atmete tief aus. Das Fort war verloren, Williams besiegt. Eine Rückkehr war unmöglich. Ihnen blieben nur die Wälder.

»Lass es zu«, flüsterte Kate. »Lass es zu.«

In dem Augenblick, in dem sich ihre Lippen fanden, zerfetzte ein Schuss die Stille.

Dem Donner folgte ein schrilles Jaulen, dann Stille.

Kainah fuhr herum.

Kaum fünf Schritte hinter ihm lag Numees im Schnee. Ihre Läufe zuckten hilflos, während sich unter ihr das Blut ausbreitete.

Kainah gab keinen Laut von sich, als er mit steifen Schritten zu ihr ging und neben ihr in die Knie sackte. Seine bebenden Hände legten sich auf den Körper des Tieres.

Es atmete noch.

In dem Moment, in dem er aufsah und in die Dunkelheit hinausstarrte, krachte ein zweiter Schuss.

Diesmal schlug die Kugel in Kainahs Rücken ein. Er wurde nach vorne geworfen, fing seinen Sturz mit beiden Armen ab und sackte zur Seite. Kate wartete darauf, dass er aufstand, in die Nacht hinausstürmte und den Schützen rasend vor Hass mit bloßen Händen tötete. Doch er lag still da. Sein Blut mischte sich mit dem des sterbenden Hundes.

Kate rannte zu ihm, ging neben ihm in die Knie und presste eine Hand auf das Loch in seinem Rücken. Jetzt sah sie, warum er sich nicht bewegen konnte. Das Entsetzen lähmte jeden klaren Gedanken. Blut floss durch ihre Finger hindurch. Sie hatte gesehen, wie sein Körper schlimme Wunden heilte. Aber was war mit einem durchtrennten Rückgrat? Was mit Beinen, die gefühllos waren?

»Geh!«, hörte sie ihn flüstern. »Schnell!«

Seine Hand klammerte sich in Numees Fell. Der Hund schnaufte noch einmal, verkrampfte sich und lag schließlich still. Kate erwartete, Zorn in Kainahs Blick zu sehen. Aber da war nichts.

Gar nichts. Nur Leere.

»Was soll ich tun?« Hilflose Worte sprudelten aus ihr heraus. Sie strich über seinen Rücken, als könnte sie ihn mit ihren Berührungen heilen. Es durfte nicht sein!

Es durfte nicht sein!

»Sag mir, was ich tun soll!«

»Gar nichts. Verschwinde.«

»Nein! Du wirst heilen. Ich weiß es. Du wirst heilen!«

»Geh endlich.«

Sie sah im Augenwinkel, wie jemand auf sie zukam. Der riesenhaften Gestalt nach konnte es nur Logan sein. »Ich lasse dich nicht allein.«

Als sich der Söldner über sie beugte, fuhr Kate herum und stürzte sich mit einem wilden Schrei auf ihn. Sie riss ihn zu Boden, schlug auf ihn ein und krallte ihre Finger in sein Gesicht. Ein wildes Knurren grollte in ihrer Brust, als sie nach seinem Hals schnappte, doch Logan schien es vorhergesehen zu haben. Ein gewaltiger Faustschlag traf sie gegen die Schläfe und schleuderte sie beiseite. Einen Augenblick lang schwanden ihr die Sinne. Als sie wieder zu sich kam, packte Logan sie bei den Haaren und schleifte sie davon.

Kate schlug wie wild um sich. Der Schmerz ließ grelle Sterne vor ihren Augen explodieren. Sie zappelte, biss und schrie, bis Logan ihr einen zweiten Schlag ins Gesicht verpasste, der ihr die Sinne raubte.

Als sie aus der Schwärze wieder auftauchte, schleifte er sie noch immer wie ein erlegtes Tier hinter sich her. Obwohl der Schmerz in ihrer Kopfhaut ihr die Tränen in die Augen trieb, blieb sie schlaff und reglos, um ihn glauben zu lassen, sie sei noch immer bewusstlos.

Als Logan plötzlich stehenblieb, war ihr Moment gekommen.

Doch ehe Kate dazu kam, seine Hand wegzuschlagen, hörte sie einen Schuss. Warmes Blut spritzte in ihr Gesicht. Logan kippte nach hinten wie ein gefällter Baum, krachte auf ihre Beine und blieb, die Augen fassungslos aufgerissen, reglos liegen.

In seiner Stirn klaffte ein hässliches Loch.

Im nächsten Moment war Williams über ihr. »Es tut mir leid. Es tut mir alles so leid. Bist du verletzt?«

Seamus und zwei Männer zerrten den Leichnam von ihren Beinen, warfen ihn wie einen Sack beiseite und halfen ihr beim Aufstehen. Was in aller Welt war geschehen?

Hatte man ihn nicht … war das Fort nicht …

Egal. Alles egal.

Sie musste zu Kainah, ehe die Bestien ihn fanden!

Kate schlug die Arme, die sie umfassten, rüde beiseite und stolperte in die Richtung, aus der die Spuren kamen. Logan und ihr schlaffer Körper hatten eine deutliche Fährte hinterlassen.

»Bleib hier, Kind. Was machst du denn?« Williams versuchte, nach ihr zu greifen, doch sie entzog sich seinen Armen.

»Er ist verletzt«, fauchte sie. »Wir müssen ihn finden. Schnell!«

Es war ihr gleich, was geschehen würde. Ob er sie bestrafte, einsperrte oder verstieß. Sie musste zu Kainah. Sie musste ihn retten. Aber sie kamen zu spät.

In jenem Moment, in dem sie ihn im Schnee entdeckte, Seite an Seite mit der toten Numees, tauchte ein gewaltiger Schatten zwischen den Bäumen auf. Der schwarze Kocodjo.

Williams und Seamus packten sie an den Armen und rissen sie zurück.

Mit aller Kraft stemmte sie sich gegen die Griffe und schaffte es, sich loszureißen. Doch sie kam keine drei Schritte weit, ehe die Männer sie wieder einfingen.

»Schnell!«, zischte Williams. »Zurück!«

Die Bestie schritt auf Kainah zu. Gemächlich. Siegessicher.

Und dann beugte sie sich über ihn. In dem Moment, in dem der Kocodjo zubiss, verlor Kate die Besinnung.

Von ihrem Fenster aus beobachtete Kate, wie Williams ein Dutzend Männer an ebenso viele Pfähle band. Zuerst schoss er ihnen in die Knie und ließ sie in ihren Fesseln zappeln, ehe er sie mit weiteren Schüssen in die Stirn tötete. Andrew, der nach jedem Schuss die Pistole neu geladen an seinen Herrn zurückreichte, setzte die zufriedene Miene eines Mannes auf, der die Früchte seiner Pläne wachsen sieht.

Er war es gewesen, der die Männer aufgestachelt und angeführt hatte. Und er war es gewesen, dem Williams sein Leben verdankte. Als der wütende Mob in Williams' Arbeitszimmer gestürmt war, hatte er ihn nicht hilflos in der Wanne vorgefunden, sondern umringt von einer Schar Soldaten.

Andrews falsches Spiel hatte Williams gerettet und Kainah den Tod gebracht. Jedes Mal, wenn sie die Augen schloss, sah sie ihn wieder vor sich. Besiegt und entsetzlich hilflos. Unfähig, seinen letzten Kampf zu bestreiten. Er hatte nicht einmal gezuckt, als die Bestie auf ihn zugekommen war.

Er hatte einfach nur gewartet.

Darauf, dass es zu Ende war.

Unten vor der Veranda fielen die letzten beiden Schüsse. Das Aufbegehren der Männer erstickte an der kalten Brutalität, mit der Williams seine Strafe vollzog. Als Samuel als Letzter tot zusammensank und die Schreie endlich verstummten, senkte sich der Blick jedes Einzelnen in stummer Unterwerfung.

Ein weiteres Mal hatte Williams seinen Kopf aus der Schlinge gezogen.

Dank einer listigen Schlange, die es verstand, beide Seiten für sich auszunutzen.

Gunters und Ethans Verschwinden wurde auf die Revolte geschoben, es hieß, beide Männer hätten sich angesichts des drohenden Chaos aus dem Staub gemacht, um ihre eigenen Pläne zu verfolgen. Dazu passte, dass zwei Pferde und einiges an Vorräten verschwunden war. Ohne Frage zwei Details, für die Kainah in jener Nacht noch gesorgt hatte.

Kate beobachtete, wie Williams zurück ins Haus ging. Stufen knarzten unter ruppigen Schritten, dann vernahm sie das endgültige Geräusch, mit dem er seine Tür zuwarf.

Wieder begannen die Tränen zu laufen.

Sie rollte sich auf ihrem Bett zusammen, drückte das Amulett an ihre Brust und weinte, bis sie sich vollkommen ausgehöhlt fühlte. Erinnerungen prasselten auf sie ein und zerstörten jede Schutzmauer, die sie zu errichten versuchte. Sie drangen durch die kurzen Momente betäubten Schlafes und raubten ihr den Atem, wenn sie erwachte.

Zuerst spürte sie Kainahs Berührungen, das Streichen seiner Finger auf ihrer Haut und seine Hände, die sanft ihr Gesicht umfassten. Sie konnte hören, wie er mit ihr sprach, und sie fühlte, wie seine Stimme und seine Nähe alle Angst auslöschte. Aber in jenem Moment, in dem sie seinen Trost spürte, begriff sie zugleich, was sie verloren hatte. Für immer. Wenn es nur schnell gegangen war …

Aber die Kocodjo waren niemals gnädig.

Seamus brachte ihr einen Teller mit Essen und verschwand wieder. Es roch nach Suppe und Gin, sogar nach kostbarem Honig, aber sie rührte nichts an.

Im Gebälk über ihr knarrte das Holz unter dem Frost. Kate starrte die Wand an, verfolgte stundenlang die Maserung des Holzes, bis die Dunkelheit kam.

Als die Schmerzen kamen, klammerte sie sich daran fest, in der Hoffnung, sie würden Gedanken und Erinnerungen vertreiben. Hungrige Tiere schienen sich an ihrem Inneren sattzufressen, ihr Körper glühte vor Fieber.

Gleichgültig.

Kate verweigerte das Essen und das Trinken, bis Williams befahl, es ihr zwangsweise zuzuführen. Als das geschah, war sie bereits zu schwach, um sich gegen die zupackenden Hände zu wehren.

Das Gesicht grau und ausgezehrt, hockte Williams auf ihrer Bettkante und stellte sicher, dass Seamus den gesamten Inhalt der Schale in sie hineinlöffelte. Kate spürte, dass auch sein Leben am seidenen Faden hing. Hitze kochte in seinen Adern und machte seinen Blick glasig, Schweiß lief über seine Haut und verbreitete den Geruch nach Krankheit. Sie sah, wie er im Sitzen schwankte und im Gehen stolperte, so sehr er auch versuchte, sich nichts anmerken zu lassen.

Deshalb hatte er sich das heiße Bad bereiten lassen. Er hatte gehofft, dass die Wärme und ein wenig von Ebenizers letzten Kräutern das Schlimmste verhindern würden.

Tag für Tag und Nacht für Nacht kamen sie zu ihr.

Williams, der zunehmend schwächer wurde. Seamus, Ebenizer und Liam. Obwohl sie sich nicht mehr gegen das Essen wehrte und zweimal täglich heiße Suppe zu sich nahm, schmolz ihr Leben dahin wie tauender Schnee. Bald war sie nur noch für kurze Momente wach.

Und eines Morgens, als sie nur noch unter großen Mühen in die Wirklichkeit zurückkehrte, sah sie, dass neben ihrem Bett ein weiteres Lager errichtet worden war.

Williams lag darauf, in Schweiß gebadet und so ausgemergelt, dass sie auf den ersten Blick glaubte, eine Leiche zu erblicken. Ebenizer kauerte über ihm und jammerte vor sich hin. Er jammerte jedes Mal, wenn Kate für kurze Augenblicke erwachte. Manchmal erkannte sie Seamus und Liam, die dem alten Arzt zur Hand gingen, und einmal hörte sie aus weiter Ferne einen fürchterlichen Streit, wusste jedoch nicht, worum er sich drehte. Es war ihr völlig gleich. Jedes Mal, wenn sie einschlief, rannte sie durch endlos weite Wälder. Sie rannte so schnell, dass sie beinahe flog. Sie war wie der Wind, mächtig und frei, und Kainah war an ihrer Seite.

Sie waren die ersten Geschöpfe auf Gottes Erden, und es gab nichts Böses in den Schatten. Das Gebirge lag ihnen zu Füßen, ihr Atem war der Atem der ganzen Welt.

Auf dem höchsten Gipfel blieben sie stehen, dicht nebeneinander, sodass sie sich gegenseitig wärmten. Sie sogen die schneefunkelnde Luft in sich hinein und blickten auf ihre Welt hinab, während das herrliche Wissen sie durchströmte, dass sie zusammen waren. Zusammen und frei.

Geschriene Worte marterten ihre Ohren.

Seid still!, wollte sie rufen. Lasst mich doch in Ruhe!

Aber die Worte schwirrten hartnäckig wie Mücken um sie herum.

»Gib nicht auf. Ich schwöre, dass ich dich nach Hause bringe! Ich schwöre es bei dem Grab meines Bruders.«

Es war so unendlich schwer, die Augen zu öffnen. Pech schien sie zu verkleben und sich in zähen Strängen auseinanderzuziehen.

»Kämpfe! Kämpfe, verdammt!«

Kate blinzelte. War das Williams' Gesicht, das sich über sie beugte? Schmal und hager wie das eines Toten? Sie erkannte es nicht. Gleichgültig.

Ihre Augen fielen wieder zu. Schon kam die warme Schwärze herbei und zog sie sanft mit sich.

Als die Stimmen erneut zu schreien begannen, glichen sie nur noch dem einschläfernden Rhythmus von Wellen, denen man zusah und dabei immer müder wurde.

»Tu etwas! Es muss doch etwas geben, das du tun kannst!«

»Es gibt nichts. Jetzt hilft nur noch unser Vertrauen in Gott.«

»Gott? Was hat Gott jemals für uns getan? Ich sehe nur Elend, Lügen und Verrat. Warum lässt er all das zu?«

»Vielleicht wird er uns dasselbe fragen. Warum habt ihr all das zugelassen?«

»Sei still. Du palaverst schon wie Daniel.«

»Daniel wusste genau, wovon er redete.«

»Sei verdammt nochmal still. Hilf ihr endlich. Sie stirbt.«

»Ich kann nichts mehr tun.«

Kates Geist flog davon.

Sie flog einer Stimme in der Ferne entgegen, die nach ihr rief. Diese Stimme. Oh, diese wunderschöne Stimme.

»Ich bin hier, Kate. Ich bin nicht tot.«

Endlich! Sie ging in die andere Welt, und Kainah war bei ihr. Sie sah ihn nicht, aber die Dunkelheit war von seinem unverwechselbaren Geruch erfüllt. Sie spürte, wie er sich in der Finsternis über sie beugte, und sein Haar strich über ihre Wangen. Mit den Händen umfasste er ihren Kopf, während seine Daumen ihre Schläfen streichelten.

Endlich!

Sie wollte ihn umarmen, doch ihr Körper bewegte sich nicht. Sie war nicht frei, sie war gefesselt. Etwas in der Dunkelheit schlang sich um sie und wollte sie fortreißen. Weg von ihm.

»Ich werde Medizin holen.« Seine Stimme war so nah. Wenn sie sich nicht bewegte, würde er glauben, sie sei tot. Doch ganz gleich, wie verzweifelt Kate versuchte, sich zu regen, ihr Körper blieb lebloser Stein unter seinen Berührungen. »Halte durch, bis ich zurückkomme. Es wird nicht lange dauern.«

Geh nicht! Ich lebe!

»Keine zwei Tage, dann bin ich wieder bei dir. Versprich mir, dass du es schaffst!«

Nein! Nein! Bleib bei mir!

Seine Küsse schienen ihr die Seele aus dem Fleisch reißen zu wollen. Lebte sie? War sie tot? Warum geschah das alles? Plötzlich war da nur noch erstickende Einsamkeit.

»Geh nicht fort. Geh nicht fort. Geh nicht fort.«

Sie sagte es endlose Male, doch nie kam eine Antwort. Ganze Leben lang schien sie traumlos zu verbringen. Fiebernd und schwebend, steigend und sinkend, mal umwirbelt von Bildern und Gedankenfetzen, die bedeutungslos kamen und gingen, mal zerfetzt von einer Qual, die sie jedes Mal glauben ließ, endgültig in der Hölle gefangen zu sein.

Die Wirklichkeit kehrte nur zögernd zu ihr zurück. Am Anfang waren es Bruchstücke, die ihr fremdartig erschienen. Die Decke des Zimmers, das Holz der Wände. Kerzenschein. Stimmen und Bewegungen. All das tauchte wie ein Trugbild auf, blieb einige Augenblicke lang und verschwand wieder.

Beim nächsten Mal las jemand aus einem Buch vor. Beim dritten Mal nahm sie den Rauchgeruch einer Kerze wahr, die ausgeblasen wurde, und eine Hand streichelte ihr Haar.

Langsam wurden die Empfindungen vertrauter, bis sie schließlich begriff, dass sie in ihrem Bett lag. Sie erinnerte sich an ihren Namen, und daran, weshalb sie hier war. Aber sie erinnerte sich auch an den Tod.

Immer kürzer wurden die Phasen, in denen sie fiebernd in der Zwischenwelt gefangen war. Sie trank kühles Wasser und warme Suppe, auch wenn diese kleinen Anstrengungen fast über ihre Kräfte gingen und sie jedes Mal erschöpft in die Kissen zurückfiel.

Kate sah Ebenizer neben sich auf einem Stuhl sitzen, aber sie brachte kein Wort über ihre Lippen. Dann, als sie am Abend wieder zu sich kam, fand sie sich in einer vertrauten Umarmung wieder. Sie roch ihn. Sie spürte ihn. Und wagte es doch nicht, daran zu glauben.

Es war nichts weiter als ein Traum. Nichts weiter.

Er konnte nicht hier sein, denn er war tot. Der Mann, dessen ruhigen Atem sie an ihrem Brustkorb spürte und dessen Finger ihr Haar streichelten, war längst nicht mehr bei ihr. Und doch war dieses Trugbild so wirklich. Kate schloss die Augen und wünschte sich, dass das hier der Tod wäre. Ein nie endender Traum.

»Alles wird gut«, sagte er zu ihr.

»Hör auf, mit mir zu reden«, murmelte sie schlaftrunken.

»Warum?«

»Weil du nicht wirklich bist.«

Er lachte leise. »Ich bin wirklich. Das hier ist kein Traum.«

»Es muss einer sein.«

»Der Kocodjo hätte mich töten können, aber er tat es auch diesmal nicht.« Kainah hauchte einen Kuss auf ihre Stirn. Dann beugte er sich nach vorne, griff nach etwas und hielt es ihr vor den Mund. Der Geruch nach Suppe stieg ihr in die Nase. Einer guten Suppe mit viel Fett und Fleisch. Allein der Duft machte sie schwindelig vor Hunger. Empfand man im Traum Hunger?

»Hier«, flüsterte er. »Trink.«

Kate blinzelte. Ein dicker, fleischiger Eintopf schwappte in der Schale, und als Kainah ihr einen Löffel reichte und sie den ersten Schluck kostete, entschlüpfte ihr ein Laut der Entzückung. Heilige Mutter Gottes, nie hatte sie etwas Köstlicheres gegessen. Die Brühe schmeckte salzig und nach Kräutern, Fettaugen schwammen darin und Fleischbrocken zergingen auf ihrer Zunge. Sie träumte nicht. Sie lebte.

Und Kainah lebte. Aber wie war das möglich?

Ungläubig starrte sie ihn an und vergaß ihre Suppe.

»Der Kocodjo brachte mich in die Höhle«, erzählte er. »Als ich erwachte, brannte ein Feuer, und darüber kochte eine Suppe. Ich lag unter warmen Fellen, und alle Wunden waren verheilt. Zuerst glaubte ich an einen Traum, aber dann habe ich sie gesehen.«

»Sie?«

»Eine Frau. Ich konnte ihr Gesicht nicht sehen, weil sie im Dunkeln blieb. Aber sie war nackt, und sie roch nach Bestie.«

»Die Schamanin?«

»Ich weiß es nicht. Sie sagte kein Wort. Ich stellte ihr viele Fragen, aber auf keine antwortete sie. Und als ich weglief, um zu dir zu kommen, hielt sie mich nicht auf.«

Kate hob die Hand und berührte sein Gesicht. Vielleicht genügte ein Blinzeln, um ihn wieder verschwinden zu lassen. Noch immer saß das Fieber in ihrem Körper und konnte ihr Dinge vorgaukeln. Das Schicksal war grausam. Vielleicht spielte es nur mit ihren Ängsten und Hoffnungen.

»Ich habe ein paar Vorräte aus meinem Dorf mitgebracht.« Kainah tippte gegen die Schale. »Also trink. Es ist genug da. Williams hat außerdem seine persönliche Vorratskammer leergeräumt. Ohne Kommentar, versteht sich.«

Kate gehorchte. Als die Schale geleert war, stellte er sie wieder zurück, lehnte sich gegen die Wand und schloss sie wieder in seine Arme. Endlich konnte sie weinen. Die Tränen flossen wie ein Sturzbach, und ihr Körper zitterte derart, dass ihre Zähne klapperten. Ja, er war echt. Er lebte!

»Williams«, schluchzte Kate. »Warum erlaubt er dir, mit mir allein zu sein?«

»Er hat es mir nicht erlaubt, er schläft. Das Fieber hat ihn schwer mitgenommen. Seamus und Ebenizer halten vor der Tür Wache und passen auf, dass ich dir keine furchtbaren Dinge antue.«

Immer wieder streichelte sie sein Gesicht, weil sie es nicht begreifen konnte, dass er wirklich bei ihr war. »Was hat er gesagt, nachdem du zurückgekommen bist?«

»Zuerst warf er mir vor, mit dem Teufel im Bunde zu sein. Ihr hattet alle gesehen, wie der Kocodjo über mich hergefallen ist. Als ich ihm erzählte, dass ich fliehen konnte und wie durch ein Wunder unverletzt blieb, ließ er mich zehnmal bei seiner Bibel die Wahrheit schwören und genauso oft sein Kreuz küssen. Als ich nicht in Rauch aufging, war er beruhigt. Du warst so gut wie tot, Kate. Aber als ich neben dir saß und mit dir geredet habe, bist du zurückgekehrt. Williams hätte es trotzdem nie erlaubt, dass wir beide allein in einem Raum sind. Deswegen passen Seamus und Ebenizer auf, dass uns niemand erwischt. Sie riskieren gerade Kopf und Kragen, damit wir ein wenig Zeit für uns haben. Glaubst du jetzt, dass ich wirklich bin?«

»Ja«, flüsterte sie nur.

»Gut. Dann hör mir jetzt einfach nur zu. Ich will dir erzählen, wer ich bin. Ich erzähle dir meine Geschichte.«

8.

Kurz nach meiner Geburt fiel ein Adler tot vom Himmel. Der Sonnenpriester verkündete, das Tier habe seine Seele für mich geopfert, um mir seine Stärke und seine Weitsicht zu schenken. Jeder war glücklich, wenn ich in sein Zelt kam. Ich hatte Freunde, die alles für mich getan hätten, und für die ich alles getan hätte. Meine Kindheit muss kurz gewesen sein, ich erinnere mich nur an wenige Sommer und Winter. Aber es war eine gute Zeit.

Wir lebten in einem Tal an der westlichen Seite des großen Gipfels, der alle anderen überragt, und in den Wäldern um unser Dorf wimmelte es vor Wild. Die Flüsse und Seen waren voller Fische und Biber, niemand musste Not leiden. Aber gerade dieser Reichtum war es, der unser Schicksal besiegelte.

In dem Monat, in dem sich die Espen gelb färben, kamen sechs weiße Fallensteller in unser Dorf. Sie waren krank und hungrig und baten darum, den Winter bei uns verbringen zu dürfen. Im Gegenzug boten sie uns Dinge zum Tausch an, die wir noch nie zuvor gesehen hatten. Viele von uns vergaßen ihre Bedenken, als sie all die unbekannten und geheimnisvollen Waren bestaunten, also stimmten Häuptling und Priester zu, die Fremden bei uns aufzunehmen. Wir erlaubten ihnen, vom Reichtum unserer Jagdgründe zu nehmen, teilten unsere Vorräte mit ihnen und schenkten ihnen unser Wissen über das Land. Es gab in unserem Tal so viele Tiere, dass selbst ein ganzes Volk ihre Zahl kaum hätte verringern können. Zumindest, solange dieses Volk nur nahm, was es brauchte.

Eine Zeitlang lebten wir mit den Fallenstellern friedlich zusammen. Aber dann wuchsen die Berge aus Pelzen, die in den Zelten unserer Gäste lagerten. Es wurden mehr und mehr, niemals bekamen sie genug.

Zugleich gaben uns die Männer nichts von ihrer Beute ab, weder vom Fleisch noch von den Fellen. Immer blieben sie viele Tage in den Wäldern und kehrten mit Pelzen heim, hatten aber nur wenig Fleisch bei sich und nahmen weiterhin von unseren Vorräten.

Eine Gruppe unserer Jäger beschloss daraufhin, die Fallensteller auf ihren Ausflügen heimlich zu verfolgen. Zwei Tagesritte von unserem Dorf entfernt stießen sie auf eine Schlucht, aus der schrecklicher Gestank aufstieg. Ihr Boden war überhäuft mit abgezogenen Kadavern. Eine solche Verschwendung war uns unbegreiflich. Wir wurden wütend und stellten die Fallensteller zur Rede, aber sie wollten nicht hören. Es gäbe genug Tiere, sagten sie. Genug für alle Zeit.

Und so wuchsen die Berge weiter. Immer wieder zogen die Männer aus und kehrten mit reicher Beute heim. Sie nahmen alles, was ihnen in die Fallen und vor die Flinten lief. Mein Volk war nicht länger bereit, den Männern Unterschlupf zu gewähren. Als wir sie aufforderten, zu verschwinden, gehorchten sie nicht. Es kam zum Kampf, in dem zwei Weiße und einer unserer Krieger starben. Die verbliebenen vier Fallensteller verschwanden, aber als das Frühjahr kam, kehrten sie zurück. Nicht alleine, sondern mit Dutzenden von Männern und doppelt so vielen Flinten. Sie sagten, wir würden uns dem Handel verweigern und seien Schuld am Tod zweier Weißer. Es blieb keine Gelegenheit, unsere Version der Geschichte zu erzählen. Mein Dorf zu vernichten, dauerte kaum länger, als eine Krähe braucht, um einmal über das Tal zu fliegen.

Sie machten keinen Unterschied zwischen Kriegern, Kindern oder Frauen. Meiner Mutter schossen sie in den Rücken, als sie gerade mit mir auf dem Arm fliehen wollte. Sie begrub mich unter sich, und am Ende, als alles still wurde, lebte niemand mehr außer mir.

Als der Anführer der Männer mich entdeckte, wollte er mir die Kehle durchschneiden, aber jemand aus seinem Trupp hielt ihn auf. Ich erinnere mich gut an den Mann, der mir das Leben rettete. Er war der größte Mensch, den ich je gesehen hatte. Sein Gesicht war von einer schrecklichen Narbe entstellt, die es in zwei Hälften teilte, und ich weiß noch, wie ich ständig versuchte, mir die frisch geschlagene Wunde vorzustellen. Dieser Mann fesselte mich wie ein gefangenes Tier, warf mich über sein Pferd und brachte mich aus meiner Heimat fort.

Weil ich so oft versuchte zu fliehen, besorgte er in der nächsten Siedlung einen Käfig, in den er mich steckte. So oft betete ich darum, sterben zu dürfen, und als das kalte Wetter und der endlose Regen mich krank machten, glaubte ich, endlich gehen zu können. Stattdessen landete ich auf dem Markt einer großen Stadt, wo mir dieselbe Bedeutung beigemessen wurde wie all den Tieren, die man zum Verkauf anbot. Ich sah Männer, Frauen und Kinder von vielen verschiedenen Stämmen, denen es nicht besser erging als mir. Sie wurden nacheinander abgeführt, aber auf mich, ein krankes Kind, wartete nur der Tod. So glaubte ich wenigstens. Doch dann stand plötzlich ein alter Mann in einem feinen Anzug vor meinem Käfig und befahl, mich freizulassen. Was in den nächsten Tagen geschah, weiß ich kaum mehr. Das Fieber verwirrte meine Gedanken und Sinne. Ich war zu schwach, um irgendetwas zu tun. Ich verlor mich in wirren Träumen und wusste nicht mehr, was wirklich und was meinem Wahn entsprungen war.

Der Mann, der mich mit sich genommen hatte, trug den Namen Jack McMurrow und war ein schottischer Arzt, der zu alt geworden war, um seiner Arbeit nachzugehen. Ebenizer erinnert mich sehr an ihn. Unzählige Länder hatte er bereist, unzählige Skurrilitäten gesammelt und in sein Haus geschafft. Später erfuhr ich, dass der Mann mit der Narbe sein Neffe war und den Auftrag erhalten hatte, ihm ein Eingeborenenkind zu beschaffen. Jack, musst du wissen, hatte es sich in den Kopf gesetzt zu erfahren, ob in jedem Menschen eine lernfähige und kostbare Seele sitzt, die nur einer entsprechenden Erziehung bedarf.

In meinem Fieberwahn sah ich damals große, bunte Vögel auf Stangen sitzen, ich sah ausgestopfte Gottwesen, glänzende Schätze und bizarre Bilder an den Wänden. Es gab tickende und summende Geräte, merkwürdige Stoffe in allen Farben, funkelnde Gläser und Sterne, eingeschlossen in einem Kasten. Als es mir besser ging und all die Dinge nicht mit dem Fieber verschwanden, dachte ich, ich sei gestorben und in einer fremdartigen Welt gefangen.

Jacks Frau Charlotte brachte mir zu essen und umsorgte mich. Sie war es auch, die dafür sorgte, dass die Kette von meinem Fuß abgenommen wurde und ich mich frei bewegen durfte. Ich wusste, dass sie mich liebte. Aber sie liebte mich so, wie man ein verletztes Tier liebt, das man bei sich aufnimmt und gesundpflegt.

Zuerst hasste ich sie, weil sie weiß waren. Ich verabscheute sie, weil sie waren wie die Menschen, die Tod und Verderben über mein Dorf gebracht hatten. Auch diesmal versuchte ich zu fliehen, aber Fenster und Türen waren fest verschlossen. In meinem Zorn begann ich, alles zu zerstören, was mir in die Finger kam. Ich tobte mich in Rage, und Jack wusste sich schließlich nicht anders zu helfen und sperrte mich wieder in den Käfig, aus dem er mich befreit hatte.

Charlotte stritt sich in den nächsten Tagen fürchterlich mit ihm, sie konnte es nicht ertragen, mich eingesperrt zu sehen. Letztlich war es ihre Zuneigung, die mir zum Verhängnis wurde. Ich begann, mich in ihrer Liebe zu verwickeln. Kein Käfig hätte mich wirksamer gefangen halten können, als es die Freundlichkeit dieser Frau tat. Für Jack war ich nur ein weiteres Sammelstück. Etwas Fremdartiges, Aufregendes, das er verstehen wollte. Charlotte dagegen wurde für mich das, was einer Mutter sehr nahekommt. Zuerst tat sie nichts anderes, als in einem Sessel vor dem Käfig zu sitzen und mir etwas vorzulesen. Manchmal sang sie seltsame Lieder, oder sie sah mich einfach nur an und lächelte. Als Nächstes wagte sie es, mir durch die Stäbe über das Haar zu streicheln, und irgendwann, es kann nicht viele Tage gedauert haben, hatte sie mich eingefangen. Ich war so weit, dass ich für ein Lächeln oder eine tröstende Berührung alles getan hätte. Jack verstand es natürlich, das für sich auszunutzen. Er steckte mich in steife, kratzige Kleider, badete mich und befahl seiner Frau, mir die Haare abzuschneiden, um einen ordentlichen Jungen aus mir zu machen. Als ich mich aber mit Händen und Füßen dagegen wehrte, ließ er schließlich Gnade walten. In den folgenden Monaten begann er, mir Dinge beizubringen und füllte ein Buch mit Notizen. Ich nehme an, er hielt darin meine Fortschritte fest, zeichnete auf, wie schnell ich lernte, was mir besonders lag und worin ich trotz aller Mühen kein Talent entwickelte. Er lud Menschen ein, die mich begafften wie einen exotischen Vogel, und jedes Mal befahl er mir, ihnen zu zeigen, was ich gelernt hatte. Sprachen lagen mir besonders, ich lernte innerhalb eines Jahres Englisch und Spanisch und verschlang fast alle Bücher aus der Bibliothek, was Jacks Besucher sehr zu amüsieren schien.

Charlottes Versuche, mir das Geigenspiel beizubringen, scheiterten dagegen kläglich. Ich hasste dieses jaulende Instrument so sehr, dass ich es an der Wand zerschlagen hätte, wäre Jack nicht dazwischen gegangen. Genauso hasste ich das schreckliche Klimpern des Klaviers, aber Charlotte war deswegen nicht zornig. Sie sagte, Musik sei ohnehin Frauensache, und gab es schließlich auf, mich für irgendein Instrument zu erwärmen. Wenn sie mich in die Arme nahm und mir Geschichten vorlas, schenkte sie mir flüchtiges Vergessen. Für sie ertrug ich selbst die Dinge, die mich demütigten. Dinge, die mich zu einem dressierten Tier machten, oder zu einem reinen Gegenstand, der vermessen und erforscht wurde. Jack entdeckte bald mein Talent für Zahlen und kniffllige Rätsel, sodass er begann, mir vor Publikum schwierige Aufgaben zu stellen. Nachdem ich sie erfolgreich gelöst hatte, verkündete er seinen Gästen stolz, in jedem Wilden stecke ein gottgefälliger Mensch, der nur herausgekitzelt werden musste.

Mehrere Jahre vergingen, ich wuchs und veränderte mich, wurde unbequem, stellte Fragen und verweigerte mich immer häufiger Jacks Befehlen. Nicht einmal Charlottes gutes Zureden konnte mich beruhigen. Es war, als wäre die Betäubung, die mich all die Zeit gefangengehalten hatte, endlich von mir gewichen. Ich erinnerte mich plötzlich wieder an jenen Menschen, der ich einmal gewesen war. Ich erinnerte mich an die Wälder, an unser Tal und daran, dass ich frei gewesen war. In mir kochte eine Wut, die mit jedem Tag größer wurde. Charlotte spürte das und warnte Jack, doch ihn interessierte nur das Ziel, das er sich gesteckt hatte. Meine Fähigkeit, schnell zu lernen, beflügelte ihn zu immer schwierigeren Aufgaben. Er sagte, es würde der Tag kommen, an dem ich selbst den angesehensten und gelehrtesten Intellektuellen übertreffen würde. Ich verstand den Sinn hinter so viel Ehrgeiz nicht, und ich sah es nicht ein, Tag für Tag in Jacks düsterem Arbeitszimmer zu sitzen, Aufgaben zu lösen und mit ihm über die unsinnigsten Fragen zu diskutieren. Je unwilliger ich wurde, umso wütender wurde Jack, und nur Charlotte war es zu verdanken, dass es nicht schlimm endete. Sie sorgte dafür, dass ich einen freien Tag in der Woche bekam, an dem ich nichts weiter tat, als durch den riesigen Garten zu streifen und darüber nachzudenken, wer ich wirklich war.

Dann kam schließlich der Abend, an dem Jack besonders angesehene Herrschaften zu sich eingeladen hatte. Stundenlang bläuten er und Charlotte mir ein, was ich zu tun und zu lassen hatte. Ihnen war sehr daran gelegen, dass ich diesmal einen besonders guten Eindruck hinterließ. Das Ehepaar reiste am späten Nachmittag nicht nur mit seinem halben Hofstaat an, sondern auch mit ihren beiden Söhnen. Die Jungen waren ungefähr in meinem Alter und betrachteten das Haus als ihren persönlichen Spielplatz. Wie wichtig Jack der Besuch dieser Familie war, wurde mir erst klar, als sich die beiden Jungen über seine geliebten Papageien hermachten. Sie jagten die Vögel quer durch das Haus und rupften ihnen die Schwanzfedern aus, und Jack tat nichts weiter, als tatenlos dabei zuzusehen. Nach dem Abendessen zerstörten sie eines seiner kostbaren Instrumente, ein Verbrechen, das Jack normalerweise mit dem Rohrstock bestraft hätte. Die Jungen aber ließ er gewähren, während er mit ihrem Vater Pfeife rauchte und nur einmal ihm gegenüber schüchtern anmerkte, ob er wohl die Freundlichkeit besäße, seine Sprösslinge zur Räson zu rufen.

Für mich gab es in den ersten Stunden nur eins zu tun: still an meinem Platz zu bleiben, so lange, bis Jack bereit war, mich vorzuführen. Ich fühlte mich wie ein Möbelstück oder wie eines der ausgestopften Tiere, und je wilder die Jungen durch das Haus tobten, umso größer wurde meine Wut. An diesem Tag begriff ich wirklich, was mit mir geschehen war, und als die beiden Dummköpfe begannen, sich über mich herzumachen, war es vorbei mit meiner Beherrschung. Ich hörte, wie sie über mich redeten, in dem festen Glauben, ich verstünde kein einziges Wort. Sie sagten hässliche Dinge, verspotteten und verhöhnten mich, bis ich es nicht mehr ertrug. Unter Jacks Kostbarkeiten befand sich auch ein Dolch. Ich erinnere mich, nach diesem Dolch gegriffen zu haben, in dem Moment, in dem die Jungen behaupteten, die Frauen unseres Volkes seien ausnahmslos läufige Hündinnen, die ein räudiges Balg nach dem anderen warfen. Als ich wieder bei Sinnen war, steckte die Klinge in der Schulter des älteren Jungen. Der andere lag bewusstlos und mit blutender Lippe am Boden. Mein Sieg verwandelte mich in einen entfesselten Sturm. Ich war ein Tier, das nach langem Schlaf aufgewacht war und begriffen hatte, dass es sich in einem Netz verfangen hatte. Ich war wie von Sinnen, und wäre Charlotte mir in die Quere gekommen, hätte ich mich auch auf sie gestürzt. Beinahe wäre es mir gelungen zu fliehen. Beinahe. Aber der Vater der beiden Jungen war schneller. Er schoss mich einfach nieder, als ich gerade in den Garten rannte, und als ich in meinem Käfig aufwachte, war ich nackt und blutüberströmt. Vor mir stand Jack. Er hielt eine Pistole auf mich gerichtet, während er heulte und schniefte und irgendwelche Entschuldigungen murmelte. Hinter ihm standen die Eltern der Jungen, zusammen mit zwei schwarz gekleideten Männern, die ich noch nie zuvor gesehen hatte. Viele meiner Erinnerungen sind verwaschen, aber diese nicht.

Alles ist noch da, als wäre es gestern geschehen. Ich sah Jacks Tränen, und ich sah, wie der Muskel an seiner Schläfe zuckte. Der Käfig stand an einem Ort, den ich nicht kannte. Überall waren Fässer, Kisten und Unrat, alles war grau und schmutzig. Um mich herum ragten Backsteinmauern in einen grauen Himmel hinauf, und es stank nach Teer.

Jack holte tief Luft, zögerte einen Moment, kniff die Augen zusammen und schoss. Ich spürte, wie die Kugel in meine Stirn schlug. Es fühlte sich an, als zerspringe mein Kopf wie eine überreife Frucht. Ich wurde mit dem Rücken gegen die Stäbe geworfen, dann floss ein heißer Strom über mein Gesicht. Als letztes hörte ich Charlottes Schrei. Sie muss irgendwo gestanden haben, wo ich sie nicht sehen konnte. Aber sie war da gewesen. Sie hatte alles mitangesehen.

Ich starb, noch ehe ich auf dem Boden des Käfigs aufschlug, und dann sah ich aus weiter Ferne, wie die beiden unbekannten Männer meinen Körper in ein Tuch wickelten, ihn hinaus in den Wald brachten und dort entsorgten. Ich fühlte nichts, nur Verwunderung. Alles war leicht und gleichgültig, während ich über allem schwebte und beobachtete, wie mein Blut in den Schnee floss. Danach kam ein Moment absoluter Schwärze. Alles war dunkel. Es gab kein Gefühl und keinen Gedanken.

Das erste, was ich wieder spürte, waren Zähne, die sich in mein Fleisch gruben. Ich konnte die Augen nicht öffnen, spürte nur, wie mich mehrere große Tiere hin- und herzerrten, und dann leckte eine riesige, raue Zunge über meinen Körper. Als die Kreaturen irgendwann verschwanden, spürte ich, dass sie mich zerrissen hatten. Ich konnte nicht mehr lebendig sein und war es doch. Mit diesem Wissen kehrte ich wieder in die Dunkelheit zurück, aber auch diesmal starb ich nicht. Ich erwachte in einem Dorf, in der Obhut eines Paares, das seinen Sohn im letzten Jahr an die Kocodjo verloren hatte. Sie erzählten mir später, ich hätte eines Morgens einfach vor ihrem Zelt gelegen, ganz so, als wäre ich vom Himmel gefallen. Und hier begann mein drittes Leben.

Sie halfen mir zu vergessen, aber ich spürte, dass ich von nun an anders war. Meine Wunden waren spurlos verschwunden, und ich fühlte mich, als wäre ich weder tot noch lebendig. Zwei Jungen schreckte meine seltsame Art nicht ab, sie schlossen sich mir an und wurden gute Freunde. Aber dann begann ich, Dinge zu hören, die sie nicht hörten. Ich roch das Blut in ihren Adern, ich hörte schlagende Herzen und leises Atmen selbst auf große Entfernung, meine Augen durchdrangen die Dunkelheit, ich wurde stärker und schneller.

Ein Junge aus dem Dorf starb, weil er beobachtet hatte, wie ich auf einen steilen Felsen geklettert war. Mir hatte es kaum Mühe bereitet, aber als er es mir gleichtun wollte, stürzte er ab. Zwei andere kamen um, als sie sich unbedingt in einem Schwimmwettkampf mit mir messen wollten. Sie wählten ausgerechnet einen reißenden Fluss, und es kam, wie es kommen musste. Der einzige, der am anderen Ufer ankam, war ich. Ein weiterer Junge fand sein Ende während einer Jagd, weil er sich an meiner Seite zu nahe an die Büffel heranwagte und seine Reaktionen nicht so schnell waren wie meine.

Hatten zuerst nur wenige geglaubt, in mir ruhe ein böser Geist, glaubten es bald viele. Meine Adoptivfamilie und ich wurden zu Ausgestoßenen, nur meine beiden Freunde und eine Handvoll Männer und Frauen hielten zu mir und gaben nichts auf die Gerüchte. Und dann kam das Fieber über unser Dorf. Viele starben, sehr viele. Auch der Mann und die Frau, die mich aufgenommen hatten. Ich hingegen blieb verschont. Bald war überall im Dorf das Flüstern zu hören. Niemand brachte so oft Beute ins Dorf wie ich. Niemand jagte und tötete so wie ich. Selbst in tiefer Dunkelheit, selbst in Schneestürmen und in bitterster Kälte. Sie fürchteten mich mit jedem Tag mehr. Dann, eines Abends, kam es während einer Feier zu einer Prügelei. Einer der jungen Krieger griff mich an und schlug mir ins Gesicht, und als ich mich wehrte, geschah es, dass unser Blut sich vermischte. Wir beide trugen Wunden davon, kaum mehr als Kratzer, aber noch ehe es dem Mann gelang, sich wieder aufzurappeln, begannen diese Wunden schwarz zu werden. Sie wurden größer, zerfraßen sein Fleisch und erstickten seinen Atem, bis zuletzt sein Herz stehenblieb.

Dem Sonnenpriester war klar, dass ich die Schuld daran trug. Er und der Häuptling befahlen, mich an einen Pfahl zu binden und mir weder Essen noch Trinken zu geben. Als meine Freunde versuchten, mir heimlich Suppe zu bringen, wurden sie furchtbar verprügelt. Die Eltern des toten Jungen forderten Rache, also wurde ihnen nach einer kurzen Ratsversammlung das Recht zugesprochen, mit mir zu tun, was immer sie wollten. Mein Urteil wurde im Mond des Jägers gefällt, keine zwei Tage später hallte der Ruf der Kocodjo über die Wälder. Die Eltern des Jungen schafften mich zum Waldrand und banden mich dort erneut fest, wo ich zusammen mit einem alten Mann als Opfer für die Bestien dienen sollte.

Noch am gleichen Abend fielen zwei Kocodjo über das Dorf her. Sie beschränkten sich nicht darauf, die für sie ausgewählten Opfer zu fressen. Stattdessen zerrissen und zerfetzten sie alles, was sie fangen konnten. Menschen, Hunde, Pferde. Ihre Grausamkeit kannte keine Grenzen. Sie töteten meine beiden Freunde vor meinen Augen, schleppten sie noch lebendig zu mir und weideten sie zu meinen Füßen aus, als wüssten sie genau, was die beiden mir bedeuteten. Danach zerriss eine der Bestien meine Fesseln und stellte sich mir gegenüber, wie ein Mensch, der sich aus reiner Kampflust mit einem Gegner messen will. Die Kreatur verhöhnte mich, sie labte sich an meiner Angst und jagte mich quer durch das Dorf, bis ich einem toten Krieger das Messer abnahm und mich ihr entgegenstellte. Die Bewegungen des Kocodjo erschienen mir langsam und plump. Ich wich seinen Angriffen aus und stieß mit dem Messer zu, erwischte aber nur undurchdringliche Knochenplatten. Während wir miteinander kämpften, bemerkte ich, dass der Körper des Biestes tatsächlich wie ein Panzer war. Sein Schutz aus verknöcherter Haut machte ihn steif und schnelle Bewegungen unmöglich, aber ich sah auch, dass der Nacken der Kreatur sich mühelos beugte und streckte. Wenn es eine verwundbare Stelle gab, dann dort.

Ich rannte in den Wald, die beiden Bestien folgten mir. Die Wahrheit ist, dass der Sieg über meinen ersten Kocodjo nichts Ruhmreiches oder Ehrenhaftes an sich hatte. Es war pures Glück. Ich kletterte auf einen Baum, wartete, bis sie angriffen, und sprang auf den Rücken des kleineren Monsters. Während es versuchte, mich abzuschütteln, stach ich mit aller Kraft zu. Wieder und wieder, bis die Klinge endlich zwischen zwei Knochenplatten eindrang. Ich stieß sie so tief hinein, wie ich konnte, bis das Ungeheuer zusammensackte und starb.

Noch ehe es auf dem Boden aufschlug, krachte der zweite Kocodjo gegen mich und schleuderte mich vom Rücken seines sterbenden Gefährten. Er hätte mich getötet, so mühelos wie wir eine Mücke zerquetschen, wäre nicht der Ruf einer dritten Kreatur durch den Wald gehallt. Nie hatte ich etwas Schrecklicheres gehört. Es war ein Schrei von unvorstellbarer Macht und Tiefe, nichts anderes als eine Warnung des Weibchens, das dem zweiten Kocodjo befahl, sich zurückzuziehen. So kam es, dass ich den Pelz und die Klaue einer Bestie erbeutete.

Die Geschichte wiederholte sich an jenem Tag ein zweites Mal. Wieder fand ich mich als einziger Überlebender unter unzähligen Toten wieder. So wie mich damals die Soldaten verschont hatten, verschonten mich diesmal die Bestien.

Mit letzter Kraft schleppte ich mich bis zu unserem Nachbardorf. Hurit war es, die mich fand. Eine alte Frau, die gerade dabei war, Wasser vom Fluss zu holen. In ihrem Zelt fand ich mein viertes Zuhause, und diesmal wurde es zu einer wirklichen Heimat. Ihre Liebe war bedingungslos. Auch diesmal fürchteten sich die Menschen, aber als an den Feuern ihrer Feinde die ersten Legenden von dem lautlosen Schatten erzählt wurden, der selbst die unverwundbaren Bestien besiegte und keine Furcht kannte, der mehr Dämon war als Mensch, lernten sie meine Anwesenheit zu schätzen. Ich wurde zu dem Mann, der das Gift der Kocodjo überlebt hatte. Ich wurde zu dem, der lebte, obwohl er nicht hätte leben dürfen.

Während meiner Zeit bei Hurit geschah das, wovon ich dir bereits erzählt habe. Trapper bestahlen uns und entführten eine unserer Frauen. Nach jener Nacht, in der es mir gelang, sie zu töten und das Mädchen zu befreien, wurde ich zu dem, der ich jetzt bin. Der Handel meines neuen Stammes mit den Weißen, der viele Jahre lang friedlich verlaufen war, wurde nach diesem Vorfall endgültig beendet. Der Häuptling erlaubte es keinem Weißen mehr, in den Jagdgründen des Stammes zu jagen, und wagten sie es doch, wurden sie entweder gefangen genommen oder getötet. Es dauerte zwei Jahre, bis Soldaten kamen, um uns eine Lehre zu erteilen. Ich entdeckte sie auf einem meiner Jagdausflüge, wartete, bis es Nacht wurde, und tötete drei von ihnen. Trotz dieser Warnung zogen sie am nächsten Morgen weiter und stellten in der nächsten Nacht doppelt so viele Wachen auf. Aber als die Sonne aufging, waren die Wachen tot und ihre Skalps in den Bäumen aufgehängt. Niemand hatte etwas gesehen, niemand etwas gehört. Sie begannen, von Geistern zu reden. Von Flüchen und Teufeln und lebenden Schatten. Der Captain schimpfte sie abergläubische Narren und befahl, weiterzuziehen. Mein Dorf lag nur noch zwei Tagesmärsche entfernt, also tötete ich in der dritten Nacht erneut. Diesmal wurde ich tatsächlich zu einem lebenden Schatten. Ich bemalte meine Haut und meine Kleidung mit schwarzer Farbe und ließ zu, dass sie Zeuge wurden, wie ich aus der Nacht auftauchte und drei Männern die Kehle durchschnitt, so schnell, dass sie nicht einmal wussten, wie ihnen geschah. Kaum ging die Sonne auf, war der Captain der Erste, der seine Sachen packte und zurück in den Osten lief.

Nach diesem Vorfall zog sich mein Stamm noch tiefer in die Berge zurück. Entdeckten Späher weiße Jäger, schickten sie mich in der Nacht los, damit ich sie tötete. Angst sollte gesät werden, Legenden sollten weiterverbreitet werden, also überlebte immer einer, manchmal auch zwei, damit sie berichten konnten, was ihnen widerfahren war.

Ich lernte, noch furchterregender aufzutreten, trug Knochen und Schädel und nutzte Farbe, um die Augen meiner Opfer zu täuschen.

Hurit gefiel der Mann nicht, zu dem ich wurde, aber ich war damals einfältig und badete in der Ehre, die mir meine Siege einbrachten. Ich wusste, dass an unzähligen Feuern über mich geflüstert wurde, und dieser Gedanke gefiel mir.

Eines Tages, als bereits der Winter zu spüren war, kamen einige Männer unseres Nachbarstamms zu uns, um zu tauschen. Einer von ihnen hatte einen riesigen Hund bei sich, der sofort das Interesse eines zahnlosen alten Mannes erregte, der hoffte, das Tier gäbe einen zarten Braten ab. Er befahl seiner Frau, den Hund zu kaufen und umgehend zu töten, aber ich kam ihm zuvor. Das Pferd, das ich dem Händler anbot, war um einiges wertvoller als alles, was unsereins für gewöhnlich für einen Hund bezahlt hätte. Niemand machte ihn mir streitig, und noch am selben Tag erhielt Numees ihren Namen. Ich weiß nicht, warum ich sie um jeden Preis haben wollte. Vielleicht verlangte es mich nach einem Gefährten, der mich bedingungslos akzeptierte. Vielleicht hatte ich einfach Mitleid mit ihr oder mir erschien der Gedanke verlockend, sie für die Bestienjagd abzurichten. Vermutlich war es von allem etwas. Fortan begleitete mich Numees auf jede Jagd. Sie wich weder tags noch nachts von meiner Seite, und sie liebte mich selbst dann noch, wenn das Böse in mir die Kontrolle übernahm.

Der dritte Winter, nachdem sie zu mir gekommen war, begann ungewöhnlich hart. Genauso wie dieser Winter. Ich ging fast jeden Tag auf die Jagd, um für Hurit und die anderen erfolglosen Familien Fleisch herbeizuschaffen. Selbst im Schneesturm und in tiefer Nacht wusste ich, wo Beute zu finden war.

Ein weiterer Vorteil meiner Sinne, den jedermann zu schätzen wusste.

Doch diese Jagd war anders als alle anderen. Denn während ich einer Gruppe Hirsche nachspürte, spürte ich plötzlich die Gegenwart des Todes. Zuerst war ich wie erstarrt, dann rannte ich so schnell, wie mich meine Beine trugen. Als ich das Dorf endlich erreichte, hatten die Soldaten bereits die Hälfte aller Bewohner getötet. Hurit lag blutüberströmt auf dem Boden, und der Mann, der ihr Leben auf dem Gewissen hatte, stand noch immer mit bluttriefendem Säbel im Zelt. Ich riss ihm mit bloßen Händen die Kehle heraus.

Nie werde ich Hurits letzten Blick vergessen. Ihr Entsetzen, ihre Angst. Nach all den Jahren, in denen sie für mich wie eine Mutter gewesen war, sah sie als Letztes die Bestie, zu der ich wurde. Vor ihren Augen zerriss ich zwei weitere Soldaten, die ins Zelt stürzten. Mit Zähnen, die scharf und spitz wurden wie die eines Wolfes. Mit Händen, aus denen Krallen wuchsen. Ich tobte mich besinnungslos, und als alles Blut vergossen und alles Leben erloschen war, erwachte ich zum dritten Mal inmitten von Toten. Wieder kam der Fluch über mich. Wieder war ich dazu verdammt, als Einziger zu überleben.

Nur Numees war mir geblieben. Ein Säbelhieb hatte ihr den Schädel aufgeschlitzt, aber ich schaffte es, sie zu heilen. Viele Monde lang wanderten wir durch die Wälder. Wir überquerten das Gebirge und kamen bis zu dem großen Wasser im Westen. Lange Zeit sehnte ich mich nach nichts außer Einsamkeit. Wo ich Menschen witterte, ging ich ihnen aus dem Weg. Aber als ich Sokanons Schmerz spürte, gelang es mir nicht, ihm zu widerstehen. Ich fand sie dem Tode nahe, pflegte sie gesund und suchte um ihretwillen ein Dorf, in dem man sie aufnehmen würde. So kam ich in das Lager am See, das du bereits kennst. Mein ursprünglicher Plan sah es vor, Sokanon ihnen zu überlassen und selbst weiterzuziehen, aber nachdem ich eine Nacht an ihren Feuern verbrachte, spürte ich plötzlich die Last des Alleinseins. Aus einem Tag wurden mehrere Tage. Aus mehreren Tagen die Dauer eines Mondes.

Die Legenden über den lebenden Schatten, über den Geisterkrieger mit dem Gift der Kocodjo in seinen Adern, waren auch bis zu diesem Stamm gedrungen. Es dauerte nicht lange, bis sie begriffen, dass ich dieser Mann war, denn als im Mond des Jägers die Kocodjo kamen, tötete ich sie allesamt. Der Sonnenpriester tobte vor Wut, weil ich es gewagt hatte, heilige Geschöpfe anzurühren. Er drängte den Häuptling, mich zu töten oder zu verbannen, aber der Vorteil, den gefürchteten Geisterkrieger auf seiner Seite zu wissen, erschien ihm wohl verlockender. Ich durfte bleiben, war aber ab sofort rechtlos. Sokanon und ich waren zufrieden damit, am Rande des Dorfes und außerhalb der Gesetze zu leben, denn nichts mit den Entscheidungen des Stammes zu schaffen zu haben, kam uns nur recht. Ich hatte keinerlei Interesse, an Ratssitzungen teilzunehmen oder eine Familie zu gründen. Sokanon war eine gute Partnerin, auch wenn sie immer wieder für mehrere Tage verschwand und mir nie erzählte, was sie tat oder wohin sie ging. Es gab zwischen uns keine Verpflichtungen. Weder kontrollierte ich sie, noch kontrollierte sie mich. Ich jagte für sie und bot ihr den Schutz, nach dem sie sich sehnte. Aber Liebe gab es nie zwischen uns.

Doch dann wurde sie schwanger. Sokanon war vollkommen überrascht, denn sie war sich sicher gewesen, niemals Kinder bekommen zu können. Ich hätte gehen müssen, spätestens, als ihr Bauch runder wurde und unübersehbar war, dass ich Vater werden würde. Doch ich brachte es nicht über mich. Stattdessen begann ich zu hoffen, dass jetzt, an diesem Ort und mit dieser Frau, alles anders werden würde.

Plötzlich eine Tochter zu haben, brachte meine Welt ins Wanken. Ich liebte Kimi vom ersten Augenblick an, wusste aber zugleich, dass ein Kind in meinem Dasein nichts verloren hatte. Ich war der, der den Tod brachte. Nicht das Leben. Und doch konnte ich mich nicht gegen die Liebe wehren, die ich für sie fühlte. Mit einem Mal hasste ich den Mann, der ich geworden war, und ich schwor mir, dem Tod den Rücken zu kehren.

In den ersten Monaten nach Kimis Geburt liebte auch Sokanon sie abgöttisch, doch wie aus heiterem Himmel veränderten sich ihre Gefühle. Sie begann, Kimi zu hassen, und ich wusste nicht, warum. Das Kind war für sie zu einer Last geworden, ich sah ihrem Blick an, dass sie es am liebsten beseitigt hätte. Obwohl Kimi noch hilflos war, begann Sokanon erneut, tage- und nächtelang zu verschwinden. Ihr war es egal, was mit ihrem Kind geschah. Erst, als ich drohte, sie zu verstoßen, begann sie, sich wieder um ihre Tochter zu kümmern. Auch wenn sie nur das Nötigste tat und immer wieder nachts für mehrere Stunden verschwand, wenn sie glaubte, ich würde schlafen.

Alles, was mich noch an Sokanon band, war mein Verantwortungsgefühl. Sobald Kimi groß genug war, um sich auf einem Pferd halten zu können, nahm ich mich ihrer an. Die meiste Zeit verbrachten wir zu dritt. Kimi, Numees und ich. Wir waren glücklich trotz Sokanons zunehmender Kälte. Wir entflohen ihr einfach, indem wir den Sommer im Gebirge verbrachten oder auf einem Kanu den Fluss hinabfuhren, bis wir einen Ort fanden, der uns gefiel. Erst, wenn die Blätter gelb wurden, kehrten wir in das Dorf zurück, damit ich Zeit hatte, genügend Vorräte für den Winter herbeizuschaffen.

Und dann, eines Tages im Sommer, veränderte sich alles.

Eine Gruppe halbtoter Männer und Frauen schleppte sich zu uns und berichtete, ihr Dorf sei von Soldaten niedergemacht worden. Noch in der gleichen Nacht zog ich aus, um die Mörder zu finden. Weit waren sie nicht gekommen, denn sie fühlten sich sicher und reisten langsam. Ich tötete sie lautlos. Einen nach dem anderen. Die beiden Wachen zuerst. Den meisten kam die unverdiente Gnade zu, im Schlaf zu sterben, aber einige begannen doch zu schreien. So kam es schließlich zum Kampf. Wenn man das Gemetzel, das plötzlich losbrach, überhaupt als Kampf bezeichnen kann. Denn nachdem ich die Feuer gelöscht hatte, stolperten die Soldaten hilflos übereinander und durcheinander, schossen ins Nichts und wussten nicht einmal, gegen was sie kämpften. Den Captain hob ich mir bis zum Schluss auf. Mein Messer lag schon an seiner Kehle, als mir klar wurde, dass ich ihn nicht töten durfte.

In dem Moment, in dem wir uns ansahen, wusste ich, dass wir verbunden waren. Etwas wartete auf uns, etwas band unsere Schicksale aneinander. Also ließ ich ihn laufen.

Ich sollte recht behalten mit meinem Gespür, denn es dauerte keine vier Jahre, bis die Geister uns wieder zusammenführten. Williams höchstpersönlich ersetzte den verstorbenen Captain eines Postens, der auf unseren Jagdgründen errichtet worden war. Ich hätte gerne sein Gesicht gesehen, als er erfahren hat, dass sich das Winterlager meines Stammes ganz in der Nähe befand. Zweifellos hat er sich gefragt, warum ich sein Fort niemals angegriffen habe.

Die Antwort ist einfach. In dem Jahr, in dem der Handelsposten errichtet worden war, hat das Fieber fast mein ganzes Dorf ausgerottet. Sokanon und ich wurden verschont, aber Kimi verlor beinahe ihr Leben. Unter anderen Umständen hätten wir euren Posten dem Erdboden gleichgemacht, aber wir waren geschwächt. Die Handvoll Krieger, die die Krankheit verschont hatte, waren längst nicht genug, um in den Kampf zu ziehen. Also beobachteten wir nur.

Im Laufe der Zeit kamen einige Fährtensucher und Trapper, aber nicht so viele, wie wir befürchtet hatten. Manche kehrten in unser Dorf ein und wurden freundlich aufgenommen, aus dem einfachen Grund, weil wir keinen Krieg riskieren konnten. Also handelten wir mit ihnen, aber in so geringem Maße, dass die Trapper schnell das Interesse verloren und weiterzogen. Wir wussten, dass euer Posten schlecht lief. Ihr hattet euch einen denkbar ungeeigneten Platz ausgesucht. Diese Wälder können ein Volk ernähren, dass sich mit dem begnügt, was es braucht. Aber sie bieten nicht genug, um eure Geschäfte über längere Zeit am Laufen zu halten. Das Land selbst übernahm die Aufgabe, euch zu vertreiben. Wir mussten nichts weiter tun, als zu warten. Noch dazu habt ihr den härtesten Winter mitgebracht, den ich je erlebt habe.

Aber genug davon. Jetzt lass mich dir von jenem Tag erzählen, an dem mein Leben eine gänzlich andere Richtung einschlug. Eine Richtung, die ich nie für möglich gehalten hätte.

Als es geschah, befand ich mich gerade mit Numees auf einem Streifzug. Ich witterte Jäger und Hunger. Eine große, fliehende Beute. Schlagende Herzen. Gier und Angst.

Numees grollte, so tief, dass es mehr zu spüren als zu hören war. Mit gespitzten Ohren starrte sie in jene Richtung, aus der die Wölfe und ihre Beute direkt auf uns zukamen. Während ich still im Schnee hockte, wärmte ich mich an ihrem Körper und fürchtete mich vor jenem Tag, an dem sie für immer kalt werden würde.

Niemals hatte sie mich allein gelassen. Nicht für einen Augenblick. Doch an jenem Tag begriff ich, dass unsere gemeinsamen Jagden gezählt waren. Der Tag nahte, an dem sie mich nicht mehr begleiten, sondern im Zelt bleiben würde. Gewärmt von einem guten Feuer und träumend von den alten Zeiten.

Während wir reglos nebeneinander hockten, kamen die jagenden Wölfe immer näher. Ich hörte schon ihre schnellen Sprünge und das Schnaufen ihrer Beute. Zu meiner Rechten öffnete sich ein Tal, in dem der Schnee tief genug lag, um einen Hirsch schnell ermüden zu lassen. Die Wölfe kannten diese Falle und kamen im Winter regelmäßig hierher, also wandte ich mich dem Tal zu, zog einen Pfeil aus meinem Köcher, legte an und wartete. Atemzüge verstrichen wie zähflüssiger Honig.

Mein Herzschlag verlangsamte sich, selbst Numees wurde zu Stein.

Dunkle Flecken tauchten zwischen den Fichten auf. Ein großer und dreizehn kleinere. Verzweifelt versuchte der Wapitibulle, seinen Verfolgern zu entkommen und begriff nicht, dass er den falschesten aller Wege einschlug. Keuchend sprang er den Abhang hinunter, wich vier Wölfen aus, die sich von Süden her näherten und lief auf genau jene Stelle des Tales zu, in der der Wind den Schnee gegen eine steile Anhöhe geweht und meterhoch aufgetürmt hatte. Der Plan der Wölfe ging auf.

Ich wartete, bis das Schicksal des Hirsches gänzlich besiegelt war. Panisch kämpfte er sich durch den Schnee, der ihm mittlerweile bis zur Brust reichte, und verausgabte sich in nutzlosen Sprüngen. Als die ersten Wölfe ihn erreicht hatten und auf seine Kruppe sprangen, stieß er einen schrillen Klageruf aus. Nicht willens aufzugeben, schlug er den Kopf zur Seite und nutzte sein Geweih als furchtbare Waffe, doch als er seinen letzten, gewaltigen Sprung tat, versank er bis zu den Schultern im Schnee. Noch einmal bäumte er sich auf und wandte mir die Stelle zu, unter der sein Herz lag. Mein Pfeil durchbohrte es, beendete sein Leben schnell und verschaffte den Wölfen eine leichte Beute.

Das Leittier blickte als Erstes auf, als ich mich dem Kadaver näherte, hob die Nase in den Wind und wich mit gefletschten Zähnen vor mir zurück. Seine Gefährten schlossen sich ihm an, kniffen die Schwänze ein und duckten sich. Keines der Tiere wagte es, seinen Anspruch geltend zu machen, als ich mich neben den Hirsch kniete und mein Messer zückte. Ich sah die Angst in den gelben Augen der Wölfe, aber es war nicht dieselbe Angst, die die Menschen mir gegenüber zeigen. Trotz ihrer Furcht akzeptierten sie mich als stärkeres Wesen. Als Kreatur, die zum Wald gehörte, so wie sie dazu gehörten, und diesen Respekt gab ich ihnen zurück. Ich zog den Pfeil aus der Brust des Tieres, säuberte die Spitze mit Schnee und steckte ihn zurück in den Köcher. Gerade wollte ich das Messer in den Kadaver stechen, um mir einen der Hinterläufe abzuschneiden, als eine warme Wolke aus Blutgeruch aufstieg und mich umhüllte.

Etwas in mir erwachte. Etwas Vertrautes und Verhasstes, das sich aufbäumte und mit einem plötzlichen Schmerz seine Fesseln sprengte. Ein kurzer, alles auslöschender Schwindel übermannte mich. Nur ein Augenblick schien vergangen, ehe ich wieder zu mir kam, über und über mit Blut besudelt, in den Händen einen Brocken triefenden Fleisches. Der salzige Geschmack erfüllte meine Sinne, überwältigte mich, ließ jede Stärke in mir schmelzen wie Talg im Feuer. Wieder und wieder biss ich in die warme Masse, während die Wölfe noch ein paar Schritte weiter zurückwichen und aus großen Augen zusahen, wie ich mich über ihre Beute hermachte. Ich verschlang das Fleisch, leckte mir das Blut von den Fingern und von den Lippen. Hatte ich die schreckliche Wunde in den Brustkorb des Hirsches gerissen? Mit meinen bloßen Händen? Das Messer lag neben mir, die Ränder der Wunde waren zerfranst. Wie von Klauen zerfetzt.

Genauso war Hurits Mörder gestorben. Er und all die anderen, die es an jenem Tag gewagt hatten, mich anzugreifen. Ich sah sie wieder vor mir, ihre schrecklich zugerichteten Körper. Und dann sah ich Kimi, wie sie vor mir zurückwich, die Augen voller Abscheu.

Etwas in mir pulsierte, und es war nicht mein Herz. Es lag tiefer, ganz tief in meiner Brust. So tief, dass es mehr Seele war als Fleisch.

In diesem Moment nahm ich den Duft einer Frau wahr. Süß und sanft war das Aroma, wie der Geruch der meisten Frauen, aber zugleich auch fremd. Nicht so, wie es sein sollte. Ich nahm eine seltsame Schärfe in dem Geruch wahr, der von dem dreier Männer überlagert wurde.

Zwei von ihnen kannte ich.

Ich stieg den Hang hinauf und versteckte mich hinter einem der Sträucher, die von der Schneelast in eine harsch gefrorene Statue verwandelt worden waren und gute Deckung boten. Die Wölfe ließen sich von den herannahenden Reitern nicht stören. Endlich wieder Herr über ihre Beute, fielen sie über den Wapiti her, rissen Fell und Haut vom Kadaver und gruben ihre Fänge in das Fleisch.

Trotz der Männerkleidung erkannte ich die Frau sofort, denn ihr Geruch tränkte die ganze Luft. Was war es, das sie so anders machte? Diese Schärfe in ihrem Duft war mir völlig unbekannt und fesselte meine Aufmerksamkeit, als wäre darin etwas, das ich wiedererkannte, doch weder hatte ich sie schon einmal gesehen, noch war mir ihre Witterung je zuvor in die Nase gestiegen.

Ihr Gesicht war rund und bleich, fast schon weiß, ihre winzige Nase rot vor Kälte. Selbst die dicke Kleidung konnte nicht darüber hinwegtäuschen, wie mager sie war. Erinnerte ihr Gesicht an eine der rundlichen, kleinen Meisen, war ihr Körper der eines halb verhungerten Rehs.

Neben ihr ritt Williams, der Mann, den ich nicht hatte töten können. Vor ihr erkannte ich Daniel, ein guter Freund der meisten

Stämme und wohlbekannt unter unseresgleichen. Zuletzt ritt ein mir fremder Mann von der Gestalt eines Bären, der jeden seiner Begleiter schmächtig wirken ließ.

Nicht einer davon hätte einen würdigen Gegner abgegeben. Drei Pfeile in ihre Herzen, und die Männer würden das Schicksal des Wapitis teilen und in den Mägen der Wölfe landen. Es würde schnell gehen. So schnell, wie ich brauchte, um dreimal zu blinzeln. Ich dachte darüber nach, sie einfach aus dem Weg zu räumen und die Frau mit mir zu nehmen, um ihr Geheimnis zu ergründen.

Gerade hatte ich den ersten Pfeil gezogen, als ich mich fragte, warum diese Menschen es trotz aller Gefahr wagten, das Fort zu verlassen. Was hatten sie vor? Wohin führte sie ihr Weg? Sobald es dunkel wurde, würde der Kocodjo ihre Spur aufnehmen und sie in Stücke reißen. Vielleicht auch schon früher, wenn ihm der Sinn danach stand, bei Tag zu jagen. Hofften sie etwa darauf, die Kreatur würde sich weiterhin den Palisaden des Forts widmen, anstatt sich leichte Beute zu holen?

Da war Verzweiflung und Bitterkeit im Geruch der Menschen, Wut und Schmerz. Viel zu viel Gestank, vermischt mit einem Hauch von Hoffnung. Hoffnung, die der Frau entströmte und die ihren Geruch in etwas verwandelte, das ich tief in mich hineinsog.

Als ich mich unbewusst regte, fiel ihr Blick für einen kurzen Moment direkt auf mich. Sie besaß helle Augen. Grau vermutlich, groß wie die eines Kindes. Sie konnte nur einen Schatten von mir sehen, kaum eine menschliche Gestalt, und doch hatte ich bei ihrem Blick das merkwürdige Gefühl, enttarnt worden zu sein. Wieder regte sich das Ungeheuer in meinem Inneren. Es verlangte danach, die Männer zu töten, die Frau vom Pferd zu zerren und ihren Geruch direkt von ihrer Haut zu schmecken.

Aber ich ließ die Reiter vorbeiziehen. Als sie das Tal verlassen hatten, kehrte ich zu den Wölfen zurück, trennte einen Hinterlauf des Hirsches ab, lud ihn mir auf die Schulter und ging zu Numees zurück, die schon ungeduldig auf ihren Anteil wartete. Während ich sie mit ein paar Fleischbrocken fütterte, versuchte ich, eine Entscheidung zu treffen.

Verfolgte ich die drei Männer und die Frau, würde es aller Voraussicht nach noch in dieser Nacht zu einem Kampf kommen. Der Kocodjo gierte nach dem Fleisch der Weißen, er würde nicht lange auf sich warten lassen. Ich fühlte das schwere Gewicht der Äxte auf meinem

Rücken und begann, mich nach einer Herausforderung zu sehnen. Nichts war berauschender als der Kampf gegen einen würdigen Gegner. Keine gewöhnliche Jagd, oh nein, denn die erfordert nichts weiter als Schnelligkeit und gute Instinkte. Sondern ein Krieg gegen eine tödliche Kreatur, der mir alles abverlangte.

Die Nacht kam schnell, während ich den Reitern im Laufschritt folgte. Trotz der Dunkelheit ritt die Gruppe weiter, bis zuletzt doch die Erschöpfung siegte und sie ihr Lager unter den Ästen einer großen Fichte aufschlugen. Daniel entfachte ein Feuer, bevor sich jeder Reisende in seine Decken oder Felle einwickelte. Ich versteckte mich hinter einem der Stämme und wartete, bis die Atemgeräusche jedes Einzelnen verrieten, dass sie schliefen. Sogar Daniel, der lange standhaft blieb, nickte irgendwann ein. Aufrecht sitzend, die Flinte über die Schulter gelegt. Wie jämmerlich sie mir vorkamen. Sie waren dem Kocodjo ausgeliefert wie Kitze einem Berglöwen.

Leise schnitt ich einen Zweig voller Nadeln vom Baum, verließ meine Deckung und schlich auf das Lager zu. Je näher ich den Reisenden kam, umso merkwürdiger wurde die Witterung der Frau, bis sie meine Sinne so gefangen nahm, dass es mir höchste Konzentration abverlangte, nebenbei noch auf den Atem der Schlafenden zu achten.

Aus der Richtung des riesigen Mannes wehte mir ein widerlicher, saurer Geruch entgegen, der den Duft der Frau überlagerte und es mir wieder ein wenig leichter machte, mich zu konzentrieren. Dieser Körper hatte schon lange kein Wasser mehr gesehen, geschweige denn wohlriechenden Rauch oder Öle. Williams roch nur wenig besser, allein Daniel und die Frau schienen zu wissen, wie Wasser zu verwenden war.

Eine mir unbekannte Hitze raste durch meinen Körper, als ich mich neben sie kniete und mich über ihr Gesicht beugte. Ihr Atem roch nach der Süße des Schlafes, nach Trockenfleisch, Mais und Quellwasser. Sie hatte sich zwei Decken bis zum Kinn hochgezogen, lag auf der Seite und zitterte kaum merklich. War ihr kalt? Träumte sie schlecht?

Ich beugte mich noch tiefer über sie und roch an ihrer Wange. Ihr Duft berauschte mich und trieb mich dazu, ihn wieder und wieder einzuatmen. Dachte ich, dem rätselhaften Geruch auf die Spur zu kommen, entzog er sich mir wieder, verflüchtigte sich und strömte erneut auf mich ein. Mit jedem Atemzug erschien er mir verlockender und fremdartiger.

Als Daniel grunzend zusammenzuckte und in die Dunkelheit hinausblinzelte, machte ich mich zur Flucht bereit. Aber der Trapper tat nichts weiter, als einmal zu gähnen, sich den Kopf zu kratzen und wieder einzunicken. Der Hüne grummelte im Schlaf vor sich hin, während Williams und die Frau keinen Finger rührten und völlig still blieben. Noch einmal ließ ich mich in ihren Geruch fallen, witterte an ihrem schwarzen Haar, das über das Fell floss, und kehrte zu dem leicht geöffneten Mund zurück, dem kleine Atemwolken entströmten.

Ich spürte, wie ich Gefahr lief, mich darin zu verlieren. Mir war, als kämpfte ich gegen einen stärker und stärker werdenden Sog an, dessen Anziehungskraft mit jedem Herzschlag größer wurde. Ich wurde wütend, weil ich es nicht verstand. Ich wollte die Frau bei den Schultern packen und sie wachschütteln, wollte ihr das Geheimnis entreißen, das meine Sinne durcheinanderbrachte, aber ehe dieser Drang überhand nahm, zog ich mich zurück und verwischte meine Spuren mit dem Zweig.

Die ganze Nacht lang blieb ich in der Nähe und wartete darauf, dass die Bestie zuschlug. Aber nichts geschah. Aus irgendeinem Grund ließ sich der Kocodjo diese leichte Beute entgehen. Warum? Ich hatte gesehen, wie er nächtelang die Palisaden bestürmt hatte. Die Bestie war wie von Sinnen gewesen, und jetzt, wo sich die perfekte Gelegenheit bot, ließ sie sie verstreichen.

Während ich da saß und den Duft der Frau einatmete, wusste ich, dass sie einen Platz in meinem Leben einnehmen würde. Ich wusste es, noch ehe du, Kate, an Williams', Daniels und Logans Seite in mein Zelt getreten bist, und noch ehe mein Blut sich mit deinem vermischte. Aber erst, als du nicht am Gift des Kocodjo gestorben bist, begriff ich, wie eng unsere Wege wirklich miteinander verschlungen waren.

Vielleicht hat Sokanon es ebenfalls gespürt, denn als sie mich am Tag unseres Schwures verabschiedete, lag in ihrer Umarmung dieselbe Leere wie in ihrem Kuss. Ich hätte den Drang verspüren müssen, ihr zum Abschied noch einmal über das Haar zu streicheln, meine Stirn noch einmal an ihre zu lehnen und ihr freundliche Worte zuzuflüstern. Aber da war nur Kälte zwischen uns. Wirklich geliebt habe ich sie nie, aber ich empfand immer etwas wie Zuneigung. Ich fühlte mich für sie verantwortlich, und ich wollte ihr ein guter Gefährte sein. Aber während unseres Abschieds wurde mir die Wahrheit klar. Wir hatten nie zusammengehört. Unsere Wege mussten sich trennen, unsere gemeinsame Zeit war vorüber. Wenn ich bliebe, würde ich erneut den Tod über sie bringen. Ihr ward ein Zeichen, das mir bedeutete, dass ein weiteres Leben sein Ende fand. Deshalb brachte ich es nicht über mich, Kimi noch einmal zu berühren, denn ich wusste, dass ich sie nie wiedersehen würde. Ich wusste es so sicher, wie ich weiß, dass auf den Tag die Nacht folgt. Niemals hätte ich sie lieben dürfen. Jeder Augenblick des Zögerns machte es nur schwerer.

Nicht nur aus diesem Grund war mir übel vor Hass. Wie Williams auf seinem Pferd saß, so selbstgerecht und zufrieden mit seinem gelungenen Plan, verkörperte er alles, was ich verabscheute. Ich schwor mir, euch alle dafür bezahlen lassen. In dem Moment, in dem Daniel sein Messer an Kimis Kehle drückte, hatte ich beschlossen, jeden bis auf dich zu töten. Sobald mein Eid erfüllt war und ich Williams dazu gezwungen hatte, mich freizugeben.

Ich schwor Sokanon, sie auf alle Zeit zu verfluchen, wenn sie nicht begann, für Kimi eine Mutter zu sein. Ich flehte sie an, ihre Tochter zu lieben, und dann verließ ich sie für immer. An jenem Tag, an dem ich die Medizin für dich holte, waren weder Sokanon noch Kimi im Dorf. Man sagte mir, sie seien zusammen in den Wald gegangen, um nach den Fallen zu sehen. Wieder bewies mir das Schicksal, dass es unseren gemeinsamen Weg getrennt hatte. Endgültig. Ich kann nur hoffen, dass es gnädig ist. Tag und Nacht bete ich dafür, dass Kimi und du die Menschen in meinem Leben sein werdet, die von meinem Fluch verschont bleiben.

Kainah schwieg. Dies war der Moment, in dem sie etwas hätte sagen sollen.

Doch Kate brachte kein Wort heraus. Sie schmiegte sich an ihn, hörte seinem Atem zu und malte mit dem Zeigefinger kleine Kreise auf seine Brust.

»Ich weiß nicht, ob es ein Fluch ist«, sagte er nach einer Weile. »Oder einfach nur mein Schicksal. Vielleicht ist beides ein und dasselbe.«

»Es war nicht deine Schuld«, gelang es ihr endlich zu sagen. »Du bist nicht verflucht. Es sind die Menschen. Vor ihnen können wir fliehen. Weißt du nicht mehr, was du gesagt hast? Ich kann nicht sterben. Genauso wenig wie du. Nichts kann uns trennen.«

Kainah antwortete nichts. Sein Griff wurde nur fester, als fürchte er, etwas oder jemand könnte sie ihm entreißen. Und dann taten ihre Hände Dinge, die sie sich in ihrem alten Dasein niemals zu träumen gewagt hätte. Eine glitt unter sein Leinenhemd und strich über seine erhitzte Haut, die andere griff hoch und verschwand in seinem Haar.

»Es wird geschehen«, flüsterte er an ihren Lippen. »Es wird geschehen. Egal, was ich tue. Wir sind nicht unsterblich, Kate. Und ich bin hier, um meinen Schwur zu erfüllen.«

»Du bist meinetwegen hier.« Sie nahm sein Gesicht zwischen ihre Hände und küsste ihn. Lange und zärtlich und traurig, weil sie spürte, wie sein Innerstes verwundbar und nackt vor ihr lag. Sanft legte sie ihre Daumen um die Linie seines Kiefers, drückte seinen Kopf nach hinten gegen die Wand und begann, Küsse auf seinen Hals zu hauchen. »Wir werden leben. Keiner von uns wird sterben. Alles, was uns passiert, ist miteinander verbunden. Weißt du, dass auch mein Vater damals skurrile Dinge gesammelt hat, genauso wie Jack?«

»Was hat das damit zu tun?«

»Nicht viel. Ich sehe nur all die Dinge, die zusammenpassen. Große und kleine Dinge. Als wären unsere Geschichten von Anfang an miteinander verbunden worden. Sogar unsere Namen ähneln sich. Kate und Kainah.«

Er lachte leise und holte tief Atem, als sich ihre Zunge in die weiche Haut seiner Kehle drückte. Genau über dem Pochen der Ader. Sein Geruch wischte alle Angst fort. Zurück blieb das Wissen, dass sie zusammengehörten. »Seamus und Ebenizer sind da draußen. Sie werden jeden Moment hereinkommen.«

»Du hast gesagt, wir gehören nicht mehr in diese Welt.« Tiefer, immer tiefer sog sie seinen Duft in sich hinein und spürte den erwachenden Hunger. »Dann soll es so sein. Ich habe diese Welt so satt. Ich will nicht länger ein Teil von ihr sein.«

Seine Hände rutschten unter ihr Nachthemd, schoben es hoch und entblößten ihren Oberschenkel. Kate biss sich auf die Lippe, als seine Finger ganz sacht über die zarte Haut der Innenseite glitten.

Hitze schoss durch ihre Adern. Ihre Sinne schärften sich, und in ihr gähnte eine gewaltige Leere, die gefüllt werden wollte. Gefüllt von ihm.

»Geh nicht in den Wald«, flehte sie. »Bitte nicht.«

»Ich muss.«

»Du musst gar nichts. Bleib im Fort. Die Palisaden sind stark, sie werden standhalten. Bitte!«

»Der Schwur, Kate. Ich habe ihn schon verletzt, indem ich dich berührt habe. Ihn ganz zu brechen, darf ich nicht riskieren. Ich würde niemals Frieden finden. Nicht im Leben und nicht im Tod.«

»Es sind nur Worte, Kainah. Worte aus dem Mund eines Mannes, der in seinen Leben zu oft gelogen hat.«

»Es bleibt ein Schwur. Ein heiliger Schwur, den ich bei deinem Blut geleistet habe. Ich verlange nicht, dass du es verstehst. Aber ich kann ihn nicht brechen.«

Die Verzweiflung über seine Worte stachelte ihren Hunger nur umso mehr an. Zitternd schob sie ihr Nachthemd hoch, bis ihre Brüste frei lagen. Kainah stöhnte auf, beugte sich vor und küsste ihre harten Spitzen. Allmächtiger, was tat sie hier?

Ganz gleich, wisperte die Stimme in ihr. Ganz gleich. Du brauchst ihn. Du willst ihn.

Ihr Körper und ihre Seele brannten, als sie ihre Hand um seinen Hinterkopf legte und ihn gegen ihre Brust drückte. Kainah vergaß seine Zärtlichkeit und begann, fester zu saugen. So fest, dass sich Begehren kaum mehr von Schmerz unterschied und beides sich höher und höher auftürmte.

Mit einem leisen, gequälten Laut warf er den Kopf in den Nacken. Es war schwer, die Gier niederzuringen, aber sie küsste behutsam die Schweißtropfen von seiner Stirn und beobachtete aus halb geschlossenen Augen, wie das Kerzenlicht seine Haut schimmern ließ. Weich und warm. Wie bronzene Seide. Ungeduldig zerrte sie an seinem Hemd.

»Nicht!« Er fing ihre Hand ein, aber seine Gegenwehr war matt. Als Kate sich nicht beirren ließ und den Stoff höher zog, wurde sein Körper willenlos. Kainah seufzte ihren Namen, als sie das Hemd über seinen Kopf zerrte, es beiseite legte und zitternd ihre Hände auf seine nackte Brust legte. Es gefiel ihr, wie er den Kopf gegen die Wand lehnte, und ihr gefiel die Art, wie er seinem Begehren hilflos ausgeliefert war. Ihr Herz füllte sich mit Liebe und wurde voller und voller, bis Tränen über ihre Wangen liefen. Als sie ihr winziges Ebenbild im Schwarz seiner Augen erblickte, hielt sie plötzlich inne.

Ein Bild schoss durch ihren Kopf. Jack, der seine Waffe auf einen Jungen im Käfig richtete. Jack, der nur einen kurzen Moment zögerte, ehe er tat, was man von ihm verlangt hatte. Ein Kind wie ein tollwütiges Tier zu erschießen.

Kate legte beide Hände auf Kainahs Brust und spürte den Herzschlag darunter. Er war wild und kräftig und voll ungebrochenen Stolzes. Hätte dieses Herz unter all der Last nicht zerbrechen müssen? Aber es schlug immer kräftiger, immer schneller, bis die Hitze seiner Haut ihr fast die Hand verbrannte. Als sie Kainah ins Gesicht blickte, trat Entsetzen in seine Augen. Er verlor kein Wort, schob sie von sich herunter und stand auf. Seine Bewegungen wirkten zittrig und fahrig, als er nach seinem Hemd griff und es überzog. Etwas Schwarzes hatte auf seinem Arm aufgeschimmert. Beinahe wie … Fell. Und war das nicht Gold in seinen Augen? Glimmendes, feuriges Gold, das eine senkrecht geschlitzte Pupille umschloss? Es war ein verschwindend kurzer Eindruck, der ebenso gut von müden Augen und Kerzenlicht hätte hervorgerufen werden können. Und doch roch sie die Bestie in seinem Schweiß.

»Es beginnt«, flüsterte sie atemlos. »Du verwandelst dich.«

»Zieh die Decke über dich«, herrschte er sie an. »Sie kommen.«

Kate gehorchte keinen Augenblick zu früh, denn kaum hatte sie sich bedeckt, flog die Tür ohne Vorwarnung auf. Seamus hastete ins Zimmer, zischte eine Warnung und ließ sich in dem Stuhl nieder, der neben Kates Bett stand. Kaum hatte er die Beine übereinandergeschlagen und eine Miene entspannter Unschuld aufgesetzt, marschierten Williams und Andrew in den Raum.

Kainah nickte beiden zu, wandte sich um und verließ den Raum ohne ein Wort. Williams blickte ihm stirnrunzelnd hinterher, während in Andrews Gesicht herbe Enttäuschung trat. Hatte diese falsche Schlange etwa erneut einen Plan verfolgt, der soeben gescheitert war? Bei dem Gedanken, dass die beiden sie um ein Haar im Bett vorgefunden hätten, halb entblößt und eng umschlungen, wurde ihr übel.

Andrew schnupperte in die Luft. Hunger glomm in seinen Augen, den keine Nahrung würde stillen können.

»Wie geht es dir, Kind?« Williams setzte sich auf die Bettkante und legte seine Hand auf ihre Stirn. »Fühlst du dich besser? Das Fieber ist gesunken, du hast wieder Farbe bekommen.«

»Es geht mir viel besser.« Ihre Miene fühlte sich an wie eine Maske aus porösem Stein. Sie konnte fühlen, wie dieser Stein bröckelte. Mehr und mehr Risse kamen hinzu. Sie konnte nicht mehr lange an diesem Ort bleiben. Er fühlte sich an wie ein Käfig, der immer kleiner wurde. »Ich fühle mich fast wieder gesund. Kainahs Medizin hat geholfen.«

»Medizin?«, ätzte Andrew. »Das glaube ich gerne.«

Williams fuhr zu ihm herum und schnaubte gereizt. »Hör auf damit. Ich vertraue Kainah. Er würde es niemals wagen, seinen heiligen Eid zu brechen.«

»Würde er das wirklich nicht?«

»So töricht kann er nicht sein. Und jetzt lassen wir dich wieder allein, in Ordnung? Du brauchst deinen Schlaf. Ich wollte mich nur vergewissern, dass es dir gut geht.«

»Es geht mir gut. Danke, Onkel.«

»Denkst du, du wirst morgen Abend wieder mit uns speisen können?«

»Gewiss.«

»Schön. Das freut mich.« Williams strich ihr noch einmal über das Haar, stand auf und scheuchte Andrew vor sich her. Als die Tür zufiel, glaubte sie, vor Sehnsucht zerspringen zu müssen. Kainah würde in den Wald gehen, sie wusste es. Er würde solange nach den Kocodjo suchen, bis er sie gefunden hatte. Und dann? Wie sollte er gegen sie bestehen? Selbst, wenn seine Verwandlung tatsächlich eintrat und er zur Bestie wurde, war er immer noch zu schwach. Warum lieferte er sich auf Gedeih und Verderb diesem Schwur aus? Warum stellte er bloße Worte über seine Gefühle? Wenn es einen Gott gab, der Schlechtes und Gutes verteilte, dann musste er blind sein. Blind und boshaft.

Kate setzte sich an das Fenster und wartete, bis die Nacht tief und still war, und während sie ausharrte, fürchtete sie sich in jeder Sekunde davor, dass das Tor des Pferdestalls sich öffnete und eine dunkle Gestalt daraus hervorkam.

Als das Fort endlich wie ausgestorben vor ihr lag und alles Licht erloschen war, wartete Kate noch ein wenig länger, ehe sie ihr Schultertuch umlegte, das Zimmer verließ und auf Strümpfen die Treppe hinuntertappte.

Stufe für Stufe arbeitete sie sich weiter vor, während sie ihr Gewicht auf dem Geländer abstützte. Erst unten an der Tür schlüpfte sie in ein Paar Männerstiefel, das jemand vor dem Kamin stehengelassen hatte, huschte in die Nacht hinaus und schlich von Schatten zu Schatten, für den Fall, dass es doch jemanden gab, der schlaflos aus dem Fenster blickte.

Harsch gefrorener Schnee knirschte unter ihren Schritten. Dann, endlich, war sie am Tor angelangt und schob es vorsichtig auf. Als der Spalt gerade breit genug war, um hindurchzuschlüpfen, quetschte sie sich ins Dunkel hinein, schob die Tür wieder zu und lauschte in die Finsternis hinein. Hinten bei den Heuballen brannte eine einzelne Kerze, die kaum genug Licht verbreitete, um einen kleinen Kreis zu erhellen. Doch ihre Augen passten sich der Schwärze an. Nach und nach erkannte sie mehr, bis sie schließlich jeden einzelnen Strohhalm und jedes Spinnennetz erkannte.

Arancks schwarze Augen blickten sie neugierig an. Der Hengst schnaubte und schüttelte seine Mähne, als wäre er froh, dass sie gekommen war.

»Kainah?«

Es kam keine Antwort, doch sie spürte seinen Blick. Wie ein eiskalter Finger glitt die körperlose Berührung ihren Nacken hinunter. Flucht. Gefahr. Der Geruch nach Bestie war zum Schneiden dick.

»Kainah?«

Ein leises Atmen erklang aus einem der leeren Verschläge, wo der letzte Rest Finsternis noch immer dick wie Pech war. Kate riss die Augen auf, um sie zu durchdringen. Vergeblich. Wieder warf Aranck den Kopf hoch und schnaubte, ein anderes Pferd stampfte ängstlich mit den Hufen.

»Kainah?«, fragte sie ein drittes Mal.

Diesmal kam eine Antwort. Sie war kaum mehr als ein undeutliches Knurren. »Geh!«

»Das werde ich nicht.«

Sie hörte ihn atmen. Die Finsternis regte sich, ballte sich zu einem Körper zusammen und verschmolz wieder mit dem Schatten.

»Geh!«, wiederholte er.

Es gelang ihr noch, den Kopf zu schütteln. Im nächsten Moment packte eine Hand ihre Kehle und warf sie gegen die Wand. Mit einem Mal war er ganz nah. Erstickend nah. Er presste sich gegen sie, spie ihr seinen heißen Atem ins Gesicht und funkelte sie aus Augen an, die in frostigem Gold leuchteten. Geschlitzte Pupillen starrten sie an. Kalt wie die eines Reptils.

»Du wolltest, dass ich es zulasse.« Scharfe Fänge blitzten zwischen seinen Lippen auf. Klauen bohrten sich in ihre Haut, und die Kralle seines Daumens drückte sich fest in jene weiche Stelle ihres Halses, unter der die Schlagader pochte. »Du hast geglaubt, selbst als Bestien hätten wir eine Wahl. Falsch gedacht, Kate. Glaubst du, ich verschone dich, weil der Mensch in mir dich geliebt hat?«

Er roch an ihrem Hals. Sog ihren Geruch in sich hinein. Heiß und nass glitt seine Zunge über die Linie ihres Kiefers, während er noch immer ihren Hals umklammert hielt. Dann roch sie Blut. Seine scharfen Klauen hatten ihre Haut geritzt. Schmerzhaft leckte seine Zunge über den kleinen, brennenden Schnitt.

»Ich fühle den Hunger«, flüsterte er. »Er wird immer größer. Die Bestie will dich töten, Kate. Ihr ist es egal, wer oder was du bist.« Seine freie Hand schob sich unter ihren Rock und umfasste mit festem Griff ihren nackten Schenkel. »Mein Verlangen ist ihr Appetit. Ich habe keine Macht mehr darüber. Ich verliere die Kontrolle. Also geh, solange du noch kannst!«

Sein Atem brachte ihre Haut zum glühen. Sie zitterte, als seine Hand höher wanderte. Hin zu jener Stelle, die trotz ihrer Angst heiß zu pochen begann. Kainah stöhnte vor Schmerz. Sie roch sein Begehren und zugleich seine verzweifelte Angst, als seine Finger zwischen ihre Beine glitten. Ein feuriger Strom zerriss das letzte Seil, an dem sich ihr Verstand festgeklammert hatte. Selbst wenn sie hier und jetzt starb, selbst wenn die Bestie ausbrach und sie zerriss, war es ihr gleich. Wenn Kainah ihr Tod sein sollte, dann hieß sie ihn willkommen.

»Geh!« Seine Stimme war das Grollen eines Tieres. »Geh, ich flehe dich an. Du bist stark. Stoß mir irgendetwas ins Herz. Dort drüben die Forke. Oder ein Messer. Irgendetwas. Sonst … sonst …«

Ein Ruck ging durch seinen Körper, die Muskeln unter ihren Händen schwollen an und wurden steinhart. Er bäumte sich auf, öffnete den Mund und stieß einen Laut aus, der ihr Blut gefrieren ließ. Schweiß lief in Strömen über seine Haut, geschwängert vom brennend scharfen Geruch nach Tier.

»Kate … bitte.«

Seine Finger lösten sich von ihrer Kehle. Doch gerade, als sie glaubte, er habe sie freigegeben, packte er erneut zu. Seine Hände umfassten ihre Taille, hoben sie hoch und drückten sie gegen die Bretterwand.

Krallen zerschlitzten den Stoff ihres Kleides, der auseinanderklaffte und ihre rechte Brust entblößte. Und dann spürte sie Fell auf ihrer nackten Haut. Es wuchs auf seinen Unterarmen, auf seinen Händen und den Schultern. Weich, dicht und pechschwarz. Bestienfell.

Kate zuckte und wand sich, doch es war, als sei sie ein winziger Vogel im Griff einer übermächtigen Hand, die sie brutal gefangen hielt.

»Zu spät.« Seine Worte waren ein heiseres Knurren. »Zu spät, Kate.«

Sein Unterleib rieb sich an ihrem Schoß, bis sie schreien wollte vor Begehren und Angst. Noch mehr Fell wuchs. Wuchs über schwellende, zuckende Muskeln und begann, seinen Hals hinaufzukriechen. Ein Tier war es, das seine Klauen in ihr Fleisch grub, das an ihren Brüsten saugte und mit einem wütenden Ruck in sie eindrang. Ein Tier zerrte an ihrem Kleid, bis es in Fetzen von ihrem Körper hing, nahm sie mit roher Gewalt und spie ihr seinen fiebrigen Atem ins Gesicht.

Kainahs raue Zunge kratzte über ihre Kehle, während seine Hüften so hart zustießen, dass die Bretterwand knirschte und knackte. Ihre Angst wuchs, kroch bis in den letzten Winkel ihrer Seele. Die Grenze zwischen Lust und Tod wurde dünner, immer dünner. Er zuckte und bebte unter ihren Händen, sein Atem ging immer schwerer, bis er in einem furchterregenden Laut endete, der ihre Lust beiseitewischte und nur noch Panik übrigließ. Verzweifelt wand sie sich unter seinem Gewicht und schlug gegen seine Schultern. Sie kratzte über seine Wangen und hinterließ blutige Kratzer, doch alles, was sie tat, steigerte nur die Gier in seinen Augen. Mit wütendem Knurren warf er sie zu Boden und hielt sie mit seinem ganzen Gewicht fest, bis Kate spürte, wie die Bestie in ihr zu erwachen begann. Sie wuchs und kämpfte sich frei, riss an ihrem Gefängnis und trübte ihren Blick.

Spitze Zähne berührten die Haut ihres Halses, Kainahs Zunge leckte über das schweißnasse Fleisch über ihrer Schlagader. Jeden Augenblick würde er zubeißen, würde sie töten, ihr Blut trinken, sie zerreißen. Kate betete darum, dass es schnell gehen würde. Schmerz verging, selbst der Schrecklichste. Sie würde durch ihn ihr Ende finden, vielleicht gar Frieden, falls die angsteinflößenden Geschichten ihres Glaubens nur Lügen waren.

In dem Moment, in dem sie spürte, dass sie die Kontrolle verlor, biss er zu. Sengender Schmerz raste durch ihren Körper. Sie stieß einen Laut aus, der wie der Wutschrei eines gefangenen Raubtieres klang, packte

Kainahs Schulter und stieß ihn mit einer gewaltigen Kraftanstrengung von sich herunter. Er rollte ein Stück von ihr weg, krümmte sich zusammen und schlang die Arme um seinen Oberkörper. Blut floss, als er sich die Klauen ins eigene Fleisch trieb. Sein ganzer Leib zuckte und wand sich, während sich der Rücken mit schwarzem Fell überzog und harte Stacheln aus seiner Haut brachen.

»Kainah!«, flüsterte Kate. »Kainah!«

Als er sah, dass sie auf ihn zutaumelte, wich er mit gefletschten Zähnen vor ihr zurück. Sein Gesicht war nicht mehr menschlich. Es verformte sich vor ihren Augen.

»Verschwinde!«, hörte sie ihn keuchen. »Schnell!«

Kainah rollte sich fest zusammen, so fest es nur ging, doch sein Körper brannte noch immer vor Schmerz. Er war abgeflaut, nur ein wenig. Gerade so weit, dass er nicht mehr das Gefühl hatte, von scharfen Klauen und Zähnen von innen heraus zerrissen zu werden. Was hatte die endgültige Verwandlung aufgehalten? Wirklich sein Wille? Die Kraft seines eigenen Geistes?

Er wagte es kaum zu hoffen.

Erlösendes Ziehen und Prickeln durchzog die tiefen Wunden, die er sich selbst beigebracht hatte. Sein Fleisch heilte schnell. Schneller als je zuvor. Eine gewaltige Kraft durchströmte seine Glieder, seine Sinne schrien vor Empfindsamkeit. Er hörte das Schlagen dutzender Herzen, das Rauschen von Blut, warmes Atmen, zuckende Körper im Schlaf. Schweiß, Angst, Verzweiflung und Krankheit. Er hörte das Knacken und Ächzen der Bäume in der frostigen Nacht, das Murmeln des Flusses unter dem Eis. Kleine Tiere in ihren Höhlen und Löchern, Herzschläge. Wummernd. Fiebrig. Heißes Blut. So viel Blut. Fleisch und Hunger.

Eine entsetzliche Gier tobte in seinen Eingeweiden. Kate hatte keine Ahnung, wie knapp sie dem Tod entronnen war. Bei allen Geistern, beinahe hätte er ihr die Kehle herausgerissen! Er hätte sie getötet, während er zugleich ihren Körper …

Nein! Nein! Nein!

Fieberhaft rieb er mit den Händen über sein Gesicht. Kein Fell mehr. Keine Klauen. War er schon genug Tier gewesen, um sie durch seinen Biss endgültig zu verdammen? Er musste weg hier! Weg! Das Land war endlos, die Wälder voller Trost. Er würde sich in ihnen verlieren und wie der Wind sein. Rastlos und verloren. In der Welt der eisigen Gipfel würde sein Schatten auf niemanden fallen und sein Fluch niemanden treffen.

Aber er konnte Kate nicht allein lassen. Umso weniger, wenn sein Biss ihr Schicksal endgültig besiegelt hatte. Vielleicht hatte sie recht. Vielleicht mussten sie alles Menschliche vergessen und sich dem ausliefern, was unvermeidlich war. Was darin enden würde, dass sie sich gegenseitig in ihrer Raserei töteten.

Erschöpft schleppte er sich zu seinem Lager, zog eine Decke über sich und lieferte sich der bleiernen Müdigkeit aus. So sehr sehnte er sich nach Schlaf, doch die Gnade des Vergessens blieb ihm verwehrt. Stattdessen warf er sich hin und her, verlor sich in seinen Gedanken und Befürchtungen und glaubte, den Verstand zu verlieren.

Dann, tief in der Nacht, klopfte es plötzlich an der Stalltür.

Kainah fuhr hoch und witterte. Nicht Kate. Seamus stand dort draußen und klapperte mit den Zähnen. Was war los? Waren die Bestien endlich gekommen? Endete heute Nacht alles? Er konnte es nur hoffen.

Mit verächtlichem Schnauben stemmte er sich hoch, während das Klopfen energischer wurde. Sollten sie ruhig um ihr Leben fürchten. Feiglinge waren sie allesamt. Dutzende Männer, die wie in die Enge getriebene Rehe vor dem Wolfsrudel zitterten, während sie einen Einzelnen vorschickten, damit er sie beschützte. Jeder Krieger wäre lieber erhobenen Hauptes in den Tod gegangen, anstatt sich hinter Palisaden zu verschanzen und zuzusehen, wie ein Mann gegen den Feind auszog. Doch dann erinnerte er sich an all die Nächte, in denen er von seinesgleichen fortgeschickt worden war, um als lebender Schatten den Tod zu säen. War das wirklich etwas anderes gewesen?

Kainah verzichtete darauf, eines der Hemden überzuziehen. Mit nacktem Oberkörper öffnete er die Tür und sah, wie Seamus erschrocken einen Schritt zurücktaumelte.

»D-d-d-d-d-da!«, presste der Buchhalter hervor und deutete zu Kainahs Erstaunen nicht in Richtung Tor, sondern zum Haupthaus.

»Sprich deutlich, wenn du mich schon um meinen Schlaf bringst! Was meinst du?«

»J-j-j-jemand ist hier. F-f-f-f-für d-d-dich.«

Er kniff misstrauisch die Augen zusammen. »Jemand ist hier, der mich sehen will?«

»Sok-k-k-kanon«, piepste Seamus. »S-s-s-sie sagt, d-d-d-dass …«

»Sokanon?« Zähe Momente lang pumpte sein Herz nicht Blut, sondern Eis durch seine Adern. »Was ist geschehen?«

Seamus verlor die Fassung. Er stammelte und stotterte unverständliche Dinge, bis Kainah mit einem wüsten Fluch herumfuhr, eine Tunika von der Leine nahm und sie sich überstreifte. Er musste Seamus' Geplapper nicht verstehen um zu begreifen, dass etwas nicht stimmte. Sokanon war in das Fort gekommen. Sie hatte sich in große Gefahr gebracht und war den langen Weg hierhergeritten, um in das Lager des Feindes zu kommen.

»Hat sie Kimi dabei?«

»W-w-w-wer?«

»Kimi, meine Tochter.«

»Sie war a-a-a-allein.«

Kainah rannte los. Er spürte das Unheil, das sich über ihm zusammenballte. Der Schatten des Fluchs fiel erneut auf ihn. Schon, als er die Tür des Haupthauses aufriss, witterte er das Blut. Sokanons Blut. Kimis Blut.

»B-b-b-b-bei Ebenizer«, rief Seamus hinter ihm. »Schnell!«

Kainah hastete in den hinteren Teil des Hauses, wo das Behandlungszimmer des Arztes lag. Als er die Tür aufriss, starrte ihm Sokanons bleiches Gesicht entgegen. Ihre Wangen waren blutverschmiert, ihr Haar verfilzt. Ebenizer war gerade dabei, eine Wunde an ihrer Schulter zu nähen. Ihre Augen schwammen in Tränen.

Nein! Bei allen Geistern, nicht Kimi!

Sokanon schluchzte auf. Ein erdrückender Nebel aus Erschöpfung und Verzweiflung umgab sie und verlieh ihr etwas Geisterhaftes. Oder waren es seine Sinne, die im Angesicht einer furchtbaren Nachricht verschwammen?

»Der Kocodjo«, flüsterte Sokanon. »Er hat sie alle getötet. Alle.«

Mit drei Schritten war Kainah bei ihr und griff nach ihren Schultern. Ebenizer stolperte zur Seite und protestierte schwach.

»Kimi! Was ist mit ihr?«

Statt einer Antwort senkte Sokanon den Kopf und gab ein mattes Wimmern von sich.

»Nein!« Kainah zuckte zurück und spürte, wie das Zimmer zu kippen begann. »Nein!«

Noch immer antwortete Sokanon nicht. Sie wagte es nicht, ihn anzublicken. Ihre ausgemergelte Gestalt zitterte und bebte unter lautlosem Weinen.

»Was ist geschehen?«, schrie er sie an. »Sag es mir! Was ist geschehen?«

Wieder schoss brennende Hitze durch seine Adern und brachte sein Herz zum Rasen. Nicht jetzt! Nicht jetzt! Er atmete tief ein, presste die Fäuste gegen seine Schläfen und hörte wie von fern Sokanons Worte: »Er kam vor drei Tagen im frühen Morgengrauen. Ein einzelner, riesiger Kocodjo. Ich überlebte nur, weil ich keinen Schlaf fand und am Fluss war, als ... als er ... « Zischend sog sie die Luft zwischen die Zähne ein, als Ebenizers Nadel zustach. Unaufhaltsam liefen die Tränen über ihre Wangen. »Über unser Zelt hat er sich als Erstes hergemacht. Ich konnte nichts für Kimi tun. Danach holte er sich alle anderen. Ein paar konnten fliehen, aber ich hörte aus dem Wald ihre Schreie. Eine andere Bestie muss auf sie gewartet haben. Also habe ich mich mit dem Blut eines Toten eingeschmiert und bin einfach liegengeblieben. Ich habe mich nicht gerührt, bis sie verschwanden. Dann nahm ich mir ein Pferd und kam zu dir.«

Alle Kraft wich aus seinen Beinen. Er wankte zur Seite, stieß gegen die Wand und ließ sich dagegenfallen. Für Augenblicke verschwand die Welt. Als er wieder zu sich kam, kauerte er auf dem Boden, die Knie angezogen, die Hände über sein Gesicht gelegt. Nässe brannte auf seinen Wangen, Stimmen und Gestalten taumelten um ihn herum und trieben ihn zur Weißglut. Er schlug um sich, schrie irgendetwas und roch plötzlich Kates Duft. Sie war hier. Bei ihm im Raum. Gleichgültig!

»Es tut mir so leid«, wimmerte Sokanon. »Ich habe sie geliebt, das musst du mir glauben. Auch wenn ich es nicht immer zeigen konnte. Ich habe sie geliebt! Und ich liebe dich!«

Kainah hörte sein eigenes, boshaftes Lachen. »Mich lieben?«

Plötzlich war er aufgesprungen, war mit zwei Schritten bei Sokanon und schloss seine Finger um ihre Kehle. »Du bist eine falsche Schlange, Weib. Weder hast du mich geliebt noch deine Tochter. Was spielst du für ein Spiel? Warum lebst du als Einzige noch?«

»Ich weiß es nicht«, heulte Sokanon. »Bitte! So glaube mir doch.«

Kainah blickte in ihre Augen und sah nichts als eine Maske, bestehend aus Täuschungen und Lügen. »Kimi war für dich immer eine

Last«, warf er ihr entgegen. »Bist du jetzt froh, hm? Bist du glücklich, endlich wieder frei zu sein? Ich durfte deinen Hunger stillen, deinen Bauch füllen und dein Bett warmhalten. Aber mehr war nie zwischen uns. Hast du Kimis Körper bestattet und ihre Seele befreit? Warst du wenigstens im Tod für sie da?«

Sokanon zuckte vor ihm zurück. Die erschrockene Überraschung in ihren Augen war keine Maske. Sie war echt. Die Überraschung darüber, dass er sie durchschaut hatte.

»Woher willst du wissen, dass ich dich nie geliebt habe?« Sokanons Blick ging an ihm vorbei und heftete sich voller Hass auf etwas. Ohne sich umzudrehen, wusste er, dass Kate hinter ihm stand. »Etwa, weil sie dein Bett besser wärmt?«

Kainah glaubte, zu ersticken. Er hatte kaum mehr die Kraft aufrecht zu stehen. »Dann liegt Kimi also noch immer dort, wo du sie zurückgelassen hast? Du hast sie alleingelassen? Allein mit den Krähen und den Wölfen?«

Sokanon antwortete nicht. Sie senkte nur den Blick und zog den Kopf zwischen die Schultern. Ein Schrei wie aus scharfen Klingen drückte sich seine Kehle empor. Er spürte, wie Kate nach seiner Schulter griff, doch er entzog sich ihr mit einem Schritt zur Seite.

Atme! Atme weiter!

Stechende Wespen summten in seinem Kopf. Er sah Kimis Gesicht vor sich, klein und zart wie eine Blume. Sie weinte, weil er sie alleinließ. Weil er einfach fortging. Nein, er war nicht besser als Sokanon. War es niemals gewesen.

Das Gift der Bestie schwärte in seinen Adern. Er spürte das Glühen seiner Haut, durch die sich das Fell schob, und als Ebenizer aufkeuchte und sich bekreuzigte, fuhr er herum und rannte aus dem Haus. Sein Geist zog sich in finstere Tiefen zurück und klärte sich erst wieder, als er auf Aranck durch die Nacht stürmte, den beißenden Wind auf seiner Haut und in seinem Haar. Rastlos jagten sie durch die schneehelle Dunkelheit, getrieben von Dämonen. In das Morgengrauen hinein, einen Tag lang, eine Nacht lang. Bis der gefrorene See vor ihnen lag.

Der Gestank des Todes schlug ihm bereits von Weitem entgegen. Seine Sinne witterten Verderben und Fäulnis. So viele waren gestorben, und jeder einzelne Verlust lag in seiner Schuld. Er hatte die Saat des Fluches hierhergetragen, er hatte seine Tochter getötet.

Das graue Zwielicht des Abends warf sein Leichentuch über zerfetzte Zelte und steif gefrorene Leichen. Die Dunkelheit kam schnell, aber sie hatte keine Gnade für ihn übrig, denn seine Sinne erkannten noch immer jedes Detail.

Kein Lachen war zu hören, keine fröhlichen Gespräche. Nirgendwo leuchtete warmes Licht durch bunt bemaltes Leder. Überall lag der Tod. Reifüberzogene Hände reckten sich dem Himmel entgegen, Münder waren aufgerissen, in leeren Bauchhöhlen glitzerte der Frost. Er sah menschliche Gliedmaßen neben toten Hunden und Pferden, flatternde Krähen und zwei magere Wölfe, die einen steifen Körper hin- und herzerrten.

Das abseits stehende Zelt am Waldrand war vollkommen zerstört. Decken, Töpfe und Felle waren weit zerstreut, das Leder blutbefleckt und zerfetzt. Kaum eine Stange stand mehr aufrecht. Kimis Körper lag neben dem Schädel, als hätte die Bestie sagen wollen: Ein Leben für ein Leben.

Den Rest der Nacht und einen Tag lang kauerte er über dem Leichnam seiner Tochter. Die Welt zerfiel zu Schnee und Staub, sein Körper wurde zu einer leeren Hülle. Als der Abend dämmerte, trug er Kimi hinauf auf einen Berg, fällte Bäume und errichtete ein Gestell, auf dem er sie ablegte. Von hier aus ging ihr Blick weit über das Land, ihre Seele würde es leicht haben, mit dem Wind in das Land hinter dem Sonnenuntergang zu gelangen. Im Laufe eines weiteren Tages holte er Decken und Felle aus dem zerstörten Zelt, dazu Kimis kleinen Bogen mitsamt ihrem Köcher und den Pfeilen darin, brachte alles auf den Berg hinauf und richtete ihr Grab her. Zwei weitere Tage verbrachte er betend davor, ehe er schließlich am vierten Abend zu Aranck zurückkehrte, ihm das Grashalfter abstreifte und sich verabschiedete, indem er den Hengst sanft hinter den Ohren kraulte. Das Pferd vermittelte mit einem leisen Schnauben seine Dankbarkeit, kehrte ihm den Rücken zu und mischte sich wieder unter die Herde der übrig gebliebenen Tiere, die am Waldrand im Schnee scharrte.

Es wurde Zeit, alles zu beenden.

Kainah legte seine Waffen nieder, gab sein Leben auf, streifte alles ab. Dann trat er hinaus auf die endlose Fläche des Sees und begann zu rennen. Die beißende Luft brannte in seinem Brustkorb, doch er rannte noch schneller, immer weiter durch das in der Abenddämmerung schimmernde Nichts. Die Bestie verdrängte alles Menschliche, spürte die sich weit öffnende Grenzenlosigkeit der Wälder und verlor sich darin.

Im scharfen, klaren Geruch des Frostes lagen unzählige Botschaften, die er in sich hineinsog, bis er glaubte, den Hauch einer Witterung gefunden zu haben. Nach der weiten Fläche des Sees schien ihn der Wald fast zu erdrücken. Die schwarzen, schneefleckigen Baumstämme erinnerten an die Stäbe eines Käfigs, doch als er eine Zeitlang durch die stille Nacht gehetzt war, über umgestürzte Stämme hinweg, durch Senken und über Hügel, floss süßes Vergessen durch sein Blut. Die Bestie kannte keine Trauer. Sie bestand nur aus Sinnen. Aus Hunger und Zorn.

Die Lust zu töten überwältigte ihn. Als das Fieber kam, riss er sich die Kleidung vom Leib und rannte nackt weiter, bis ihn ein gewaltiger Schmerz zu Boden warf. Fell spross durch seine Haut, Knochen brachen und wuchsen neu zusammen. Stumm vor Qual wälzte er sich im Schnee herum, während der Mensch in ihm endgültig starb.

Blut pulsierte durch lebendige Körper, Herzen dröhnten. Vor seinen geschlossenen Lidern klaffte Fleisch auf und tropfte Geifer von scharfen Zähnen.

Kainah rollte sich zusammen, sehnte sich nach der Kälte des Schnees und fühlte doch nur die Hitze des Fiebers. Lust schoss in seine Lenden und verwandelte dampfendes Fleisch in Kates weichen Körper, der unter ihm zitterte. Zwischen atemlosen Küssen gab sie leise, köstliche Laute von sich, während sie ihren Unterleib an seinem rieb und jedes Mal leise Schreie ausstieß, wenn er sich mit ihr vereinte. Und dann war er es, der unter ihr lag, sich ihr willenlos hingab und seine Verletzlichkeit nicht länger versteckte. Es gab nur noch ihre Küsse, die seinen nackten Körper bedeckten, ihr weiches Haar, das über seine Haut glitt, ihre liebkosenden Finger. Alles, was sie tat, war von solcher Sanftheit, dass ihn ein ganz neuer Schmerz überwältigte. Alles Schreckliche, das er je getan hatte, fiel über ihn her. Kates Schönheit offenbarte ihm seine Hässlichkeit, ihre Sanftheit seine Grausamkeit. Er sah die Bestie vor sich, wie sie riesenhaft und hässlich über Kimis winzigen Körper aufragte, und dann sah er sich selbst, wie er in Kates Armen weinte. Er sah, wie sie ihn festhielt und wiegte, während sie ihm liebevolle Worte ins Ohr flüsterte.

Als all das endete und er im Wald wieder zu sich kam, blickte er fassungslos auf seinen Körper. Er war noch immer ein Mensch. Ein schwacher, zitternder Mensch, der sich im Schnee zusammenkrümmte. Kainah fühlte die Bestie unter seiner Haut, aber sie brach nicht hervor. Stattdessen zog sie sich zurück, bis die Kälte seine Zähne klappern ließ. Erschöpft blinzelte er in den Nachthimmel hinauf. Zwischen schwarzen Wolkenfetzen funkelte das Rückgrat der Nacht.

Und dann hörte er die schweren Schritte.

Der schwarze Kocodjo bewegte sich langsam, setzte eines seiner gewaltigen Beine vor das andere und fixierte ihn aus glimmenden Augen. Kraftlos stemmte sich Kainah auf die Knie, um nicht liegend zu sterben. Nichts konnte er ihm entgegensetzen. Die Hingabe an sein Ende schmeckte süß, ihm war danach, seine Arme auszubreiten und den Tod willkommen zu heißen. Alle, die vor ihm gegangen waren, würden auf ihn warten. So viele Seelen.

Die Fänge des Kocodjo waren ein Versprechen darauf, Kimi wiederzusehen.

Frost betäubte seine nackte Haut, als die Bestie unmittelbar vor ihm verharrte. Er hielt ihrem Blick stand, als sie den Kopf senkte und an seiner Brust schnupperte. Heißer Atem blies in weißen Wolken über seinen Körper, Moschusgeruch schwängerte die Luft.

Doch der Kocodjo biss nicht zu.

Seine Schnauze berührte ihn, öffnete sich und spuckte eine armlange Zunge aus, die schmerzhaft über seine Haut raspelte, als wollte das Biest zuerst kosten, was bald heiß und blutig seinen Schlund füllen würde.

Kainah schloss die Augen. Ja, er würde sterben, noch diese Nacht. Aber nicht kampflos. Er konnte spüren, wie das Fieber zurückkehrte. Kraft floss durch seine Glieder, sein Herz begann zu hämmern. Die Bestie wich zurück, schwang ihren monströsen Schädel hin und her und knurrte, als wolle sie ihm eine Herausforderung entgegenwerfen.

»Warst du es?«, warf Kainah ihr entgegen. »Hast du Kimi getötet? Waren es deine Zähne, die sie zerrissen haben?«

Die Lefzen des Kocodjo zogen sich zu einem höhnischen Grinsen zurück. Und dann, endlich, spürte er es. Überwältigend und berauschend, gewaltig wie eine Flut aus Feuer, die seinen Körper mit unerträglichem Druck füllte und schließlich bersten ließ. Ein kurzer Schmerz, und plötzlich befreite sich alles, was er in all den Jahren niedergezwungen hatte. Er hörte seinen eigenen Schrei. Kein menschlicher Schrei, sondern der Ruf der Bestie. Ein Versprechen auf Rache.

Zorn zerfetzte seinen Verstand, und durch seine Muskeln strömte eine gewaltige Kraft, die die letzte Barriere niederriss und ihn vorwärtsschnellen ließ.

Sein Ansturm war so heftig, dass der Kocodjo von den Beinen gerissen wurde. Alles menschliche Denken verschwand. Er biss und schlug um sich, rollte sich in einem Chaos aus Zähnen und Klauen herum, schlug seine Fänge in schwarzes Fell und spürte eine gewaltige Erschütterung, als er auf undurchdringlichen Knochen stieß. Blut füllte seinen Mund ... nein, seine Schnauze. Schwarzes, stinkendes Bestienblut.

Wieder schnappte er zu, lag plötzlich auf dem Rücken und spürte, wie Klauen seine Flanke aufrissen. Der Schmerz war neue Nahrung für seinen Zorn. Er bäumte sich auf, bekam ein Bein zu packen und biss mit aller Kraft zu. Der Kocodjo jaulte auf. Knochen zerbrach, als er noch einmal nachbiss, seinen Kopf schüttelte und seine Fänge in dampfendes Fleisch grub. Pranken fetzten seine Seite auf, dann schleuderte ihn ein gewaltiger Ruck gegen einen Baumstamm. Aber er ließ nicht los. Seine Kiefer schlossen sich nur umso fester um das Bein seines Feindes. Kimis lebloser Körper stand ihm vor Augen, als er noch einmal mit aller Kraft zerrte, zog und rüttelte, bis die letzten Sehnen rissen.

Mit ohrenbetäubendem Wutgeheul taumelte sein Gegner zurück. Blut schoss aus dem Stumpf seines linken Vorderlaufs und tränkte den Schnee. Doch die Verwundung schwächte ihn nicht. Vielmehr flammte eine Wut in den Augen des Kocodjo auf, die blankem Wahnsinn glich. Plötzlich war die Bestie erneut über ihm, rammte ihren Schädel gegen seine Seite und warf ihn zu Boden. Diesmal erwischten ihre Kiefer seinen Nacken. Die Stacheln bohrten sich in das Fleisch seines Gegners, doch in seiner Raserei störte sich der Kocodjo nicht daran. Zähne drangen in Kainahs Haut, durchstießen die noch weichen Knochenplatten und bohrten sich tief in das Fleisch. Das Gewicht der Bestie drückte ihn zu Boden. Er wehrte sich mit aller Kraft, bäumte sich auf und warf sich herum, doch die Zähne gruben sich wie eiserne Klammern in seinen Hals.

Den Tod vor Augen, spürte er eine neue Welle aus Zorn aufsteigen. Mit einer gewaltigen Anstrengung rollte er sich herum und drückte den Kocodjo gegen einen Felsen. Verzweifelt schlug er mit dem Kopf nach allen Seiten, um ihn abzuschütteln, rammte die Klauen seiner Hinterläufe in den Bauch seines Gegners und schlitzte ihn der Länge nach auf. Die Knochenplatten schützten vor einer tödlichen Verletzung, aber Ströme von Blut ergossen sich in den Schnee und begannen, die Bestie zu schwächen. Noch einmal verstärkte sich ihr Biss und ließ den Knochen zerbröseln, ehe sich die Kiefer für einen kurzen Moment lockerten, um erneut zuzubeißen.

Mit aller Kraft warf er sich herum.

Frei! Er war frei!

Sturmböen heulten in seinen Ohren, als er zu rennen begann. So schnell zu rennen, dass der Wald verschwamm, das die Nacht wie ein Wirbel aus Schatten an ihm vorbeiraste und aller Schmerz verflog. Noch spürte er nicht die Schwäche, aber sie würde kommen. Bald. Blut verklebte sein Fell, der Wind fing sich in offenen Wunden in seinem Nacken.

Brüllend vor Wut stürmte der Kocodjo hinter ihm her. Auf drei Beinen und doch rasend schnell. Warum starb er nicht? Warum brach er nicht zusammen? Ein winziger Überrest Mensch begann in Kainahs Kopf zu flüstern: der See! Bring ihn zum See. Die Stelle unterhalb der Klippen!

Er rannte, bis er glaubte, tot umzufallen, und als die Schwäche ihn übermannen wollte, lief er nur umso schneller. Die Klippen tauchten so plötzlich vor ihm auf, dass er erst im letzten Augenblick die Klauen in die Erde stemmte. Wie eine lebendig gewordene Lawine rutschte sein Bestienkörper vorwärts, zog eine gewaltige Schneise in den Schnee und trieb auf den Abgrund zu. Verzweifelt grub er die Krallen in die Erde, bis sie plötzlich über Stein schabten und fast aus dem Fleisch gerissen wurden, als ein mächtiger Ruck seinen Körper zum Stillstand zwang.

Das Brüllen seines Gegners ließ den Boden erzittern. Jeden Augenblick würde er bei ihm sein und sein Werk vollenden. Kainahs Beine zitterten, als er auf die große Fichte zutaumelte, die dicht am Abgrund stand. Mit aller Kraft warf er sich gegen den Stamm und schlug seine Klauen in die Borke. Tief unten war das Eis über dem Wasser nur eine Handbreit dick. Eine warme Strömung wurde am steilen Rand der Klippen an die Oberfläche geleitet und ließ nicht zu, dass es dicker wurde.

In der Tiefe des Sees lag seine einzige Chance.

Mit zunehmender Verzweiflung warf er sich gegen den Baum, dessen Wurzeln sich nur widerwillig aus dem Erdreich lösten. Knirschend und ächzend neigte sich die Fichte endlich nach vorne. Hinter ihm kam die Bestie trotz ihres fehlenden Beines rasend schnell näher, eine Spur aus Blut hinter sich herziehend, aber immer noch stark und zornig.

Endlich stürzte der Baum. Langsam, unendlich langsam. Nach einem endlos anmutenden Fall schlug er mit einem gewaltigen Krachen auf das Eis und zerbrach es in dicke Schollen. Schwarzes Wasser schwappte empor und leckte am Stamm.

Wasser, das er selbst gleich spüren würde.

Mit letzter Kraft sprang er dem Kocodjo entgegen, der ihn beinahe erreicht hatte. Der Aufprall presste ihm die Luft aus den Lungen. Sofort verkeilten sie sich ineinander, schlugen Zähne und Klauen in den Körper des anderen und rollten auf den Abgrund zu. Als sein Gegner begriff, was geschehen würde, war es bereits zu spät. Vorangetrieben vom Gewicht ihrer Körper, stürzten sie über die Klippe … und fielen. Wind zerrte an seinem Fell. Himmel und See verwirbelten in einem schwindelerregenden Chaos.

Der Aufprall auf die Schollen raubte ihm für kurze Momente die Sinne. Als er spürte, wie die Zähne des Kocodjo sich aus seinem Fleisch lösten, stieß er sich mit aller Kraft von ihm ab und rollte sich herum.

Die Scholle kippte zur Seite, Wasser schloss sich um seinen Körper. Verzweifelt hackte er seine Klauen in das Eis, während keine drei Schritte neben ihm sein Gegner in den schwarzen Fluten versank. Ein letztes Heulen voll ungläubiger Wut, dann besiegelten die schweren Knochenplatten das Schicksal des Kocodjo und zogen ihn unerbittlich unter Wasser. Seine Krallen rutschten an der Scholle ab, einen Augenblick lang wühlten verzweifelt um sich schlagende Pranken das Wasser auf. Dann versank das Biest endgültig.

Der letzte Rest Mensch in Kainah dachte an Kates wunderschönes Gesicht. Im Geiste roch er ihre Haut und schmeckte sie auf seiner Zunge, erinnerte sich an ihre Wärme und an ihre zarte Stimme.

Kämpfe! Kämpfe!

Die Scholle, an der er sich festklammerte, kippte zur Seite weg. Es gelang ihm, seine Klauen in eine andere zu schlagen, doch gerade, als er sich halb aus dem Wasser gezogen hatte und zu hoffen wagte, dem eisigen Grab zu entkommen, brach die Scholle mit lautem Krachen entzwei. Schwärze schloss sich über seinem Kopf. Kälte umfing seinen Körper und zog ihn gnadenlos nach unten. Er kämpfte mit aller Kraft, schlug nach den Eisstücken, die ihm entglitten, sank immer tiefer und spürte, wie ihm der Atem ausging.

Dort, die Felsen!

In einem verzweifelten Aufbäumen seiner Kraft hieb er seine Klauen in den Stein, fand Halt und zog sich nach oben. Stück für Stück. Ihm wurde schwarz vor Augen. Die Schollen drückten sich gegen seinen Rücken, rammten scharfe Kanten in seine Seiten und drohten, ihn vom Felsen abzudrängen. Endlich durchstieß sein Kopf die Wasseroberfläche. Rasselnd füllten sich seine Lungen mit Luft.

Weiter! Weiter!

Erneut hieb er seine Krallen in den Felsen. Zog sich weiter, immer weiter. Das Gewicht seines Körpers wurde unerträglich. Plötzlich gewann der Gedanke, sich einfach aufzugeben, an Verführungskraft. Unerträgliche Schmerzen zerrissen seine verkrampften Muskeln, die Tiefe zog an seinem Körper und flüsterte lockende Versprechen.

Lass los, lass los. Du bist müde.

Zitternd wandte er den Kopf zur Seite. Dicht neben ihm ging das zerborstene Eis in jene endlose Fläche über, die er erst vor kurzem überquert hatte. Im Osten graute die erste Dämmerung und brachte eine glasklare Luft mit sich. Er konnte sogar den fernen Berg sehen, auf dessen Spitze Kimi ihre letzte Ruhe gefunden hatte.

Kämpfe! Nur noch ein Stück!

Er warf sich zur Seite, bekam den Rand der Eisfläche zu packen und zog sich darauf hinauf. Heißes Prickeln erfüllte die Wunden in seinem Nacken. Sie heilten. Neues Fleisch wuchs, neue Knochen entstanden. Keuchend brach er zusammen, während der Wind durch sein Fell wehte und es mit einer Schicht aus Eis überzog.

Kate starrte auf die monströse Klaue, die vor ihr im Schnee lag. Sie ertrug Kainahs Blick nicht, denn seine Augen bestanden aus blankem Eis. Tagelang war er fort gewesen, bis sie geglaubt hatte, ihn endgültig verloren zu haben. Jetzt, da er wieder vor ihr stand, riss die Wunde in ihrer Seele erneut auf.

»Die Klaue der Bestie? Nicht ihr Kopf?« Ein Zittern ging durch Williams' Körper. Er fürchtete sich, weil er die fremdartige Macht in

Kainahs Augen erkannte und wusste, dass er unterlegen war. Selbst in Anwesenheit all seiner Männer und selbst mit einer Flinte auf der Schulter. Sie mochte geladen sein, doch ehe er dazu gekommen wäre, sie anzulegen, hätte Kainah ihm bereits mit bloßen Händen die Kehle herausgerissen.

»Der Rest seines Körpers liegt auf dem Grund des Sees«, antwortete der Jäger. »Unterhalb der Klippen.«

Williams hob eine Augenbraue. »Im See? Dann ist Wasser ihre Schwäche?«

»Die Knochenpanzer machen sie schwer.« Kainahs Stimme war kalt und ohne jedes Gefühl. »Sie sinken wie Steine.«

Williams nickte anerkennend. »Jetzt ist nur noch eine übrig. Wo sind deine Waffen geblieben? Und wo dein Pferd? Hat der Kocodjo es getötet?«

»Nein«, antwortete Kainah. »Ich habe es freigelassen.«

Williams kniff verständnislos die Augen zusammen. »Freigelassen? Warum?«

Der Jäger antwortete nicht. Kates Blick glitt über die dünne Hirschledertunika, die er trug, und über die ebenso dünnen Beinlinge. Beides konnte ihn kaum vor dem beißenden Wind schützen, aber er fror nicht. Ohne seine Haut zu berühren, wusste Kate, dass sie heiß war. Erhitzt vom Blut der Bestie. Er hatte dort draußen seine Menschlichkeit verloren, er hatte sich befreit und war zum Tier geworden. Sie spürte es, denn ein Teil dieser Kreatur beherrschte ihn noch immer.

Er würde niemals wieder ganz Mensch sein – wenn er es denn jemals gewesen war.

Kates Herz krampfte sich zusammen. Gab es denn kein gemeinsames Leben für sie? Nirgendwo? Zu keiner Zeit? Wie sollte sie jemals die Mauer aus Trauer durchdringen, die er um sich herum errichtet hatte? Kainahs Fluch war erneut über ihn hereingebrochen. Er würde niemals wieder lieben wollen. Könnte sie ihn doch nur umarmen. Ihm wenigstens ein wenig Trost bieten, wenn sie ihm schon sonst nicht helfen konnte.

»Es tut mir leid, was geschehen ist«, sagte Williams überraschend milde. »Die Bestien haben von uns allen Opfer gefordert, aber das wird bald vorbei sein. Töte die letzte, dann sollst du frei sein. Ich gebe dir mein Wort.«

»Frei?« Kainah lächelte bitter »Frei wofür? Um zu meiner Familie zurückzukehren?«

»Frei zu tun, was du tun willst«, gab Williams zurück. »Frei, irgendwo neu anzufangen.«

Kainah nickte, doch sein Blick ging ins Leere. Kate konnte seine Gedanken spüren, als hätte er sie laut ausgesprochen: Ich habe zu oft neu angefangen. Immer ist es gleich geendet.

»Mir ist klar«, sagte Williams schließlich, »dass dir der Sinn nicht nach feiern steht. Trotzdem würde ich mich freuen, wenn du uns heute Abend Gesellschaft leistest. Iss und trinke mit uns, wärme dich am Feuer auf. Sieh es als Bitte von mir und meiner Nichte.«

Jetzt wagte sie es doch, aufzublicken. Der Schmerz in Kainahs Augen saugte ihr jede Kraft aus den Gliedern. Sie spürte, wie sich ihre Kehle zusammenzog, doch ehe sich das Schluchzen freikämpfte, ließ ein heftiger Schwindel sie taumeln.

»Was ist mit dir, Kind?« Williams umfasste ihre Schultern und hielt sie aufrecht. »Geht es dir nicht gut?«

Sie brachte nur ein Kopfschütteln zustande.

»Ich werde kommen«, hörte sie Kainah sagen, und als er sich schließlich umdrehte und langsam zum Stall ging, fühlte es sich an wie ein kleiner Tod.

»Los jetzt.« Williams nahm sie unter seine Fittiche und führte sie ins Haus zurück. »Geh in dein Zimmer und ruhe dich aus. Heute wird jemand anders dem Koch zur Hand gehen. Du hast dir in letzter Zeit viel zu viel aufgebürdet. Damit ist jetzt Schluss.«

Kate nickte und ließ zu, dass er sie die Treppe hochführte und zu Bett brachte. Sie war froh, als er nichts weiter sagte und wortlos wieder verschwand, rollte sich unter ihrer Decke zusammen und ließ den Tränen freien Lauf. Die Aussicht darauf, Kainah niemals wiederzusehen, niemals mehr seine Stimme zu hören und seine Blicke in sich aufzusaugen, niemals mehr Kraft aus seiner Stärke schöpfen zu können, brachte sie schier um den Verstand. Genau darauf würde es hinauslaufen. Wenn schon die Bestie sie nicht trennte, dann würde es Kainahs Angst tun. Die Angst davor, auch sie zu verlieren.

Kate wollte aufschreien vor Zorn und zu ihm laufen, doch sie brachte es nicht über sich. Er würde es niemals erlauben, dass sie ihm nahekam. Nicht nach all dem, was geschehen war.

Vielleicht würde sie ihn heute Abend zum letzten Mal erblicken. Über diesen Gedanken weinte sie sich in den Schlaf, und als sie vom Lärm der im Speiseraum versammelten Männer geweckt wurde, krampfte sich vor Angst ihr Magen zusammen.

Ein Teil von ihr wollte hierbleiben und sich im Bett zusammenrollen, der andere hungerte nach Kainahs Anblick. Noch einmal ... ein letztes Mal. Koste es, was es wolle. Als sie aufstand, zitterten ihre Beine wie die eines neugeborenen Kitzes.

Reiß dich zusammen! Jetzt mach schon!

Sie zog ihr bestes Unterkleid aus Seide an, streifte elfenbeinweiße Strümpfe über und wählte ein Kleid aus silbergrauem Samt aus der Truhe ihrer Mutter, von dem sie wusste, dass es gut zu ihrem schwarzen Haar und zu den grauen Augen passte. Zuletzt steckte sie sich das Haar mit silbernen Spangen auf, legte eine schlichte Perlenkette um und warf sich das wollene Schultertuch um.

Als sie in den Speiseraum kam, traten den Männern fast die Augen aus dem Kopf. Mehrere Anwesende murmelte etwas Anerkennendes, Liam blickte gequält drein und Williams' Gesicht verdüsterte sich. Er hasste es zu sehen, wie sich die Aufmerksamkeit seiner Untertanen auf seine Nichte richtete. Er hasste die Tatsache, dass sie sich herausgeputzt hatte, denn die Erinnerung an das Geschehnis im Wald war noch immer frisch. Ahnte er, für wen sie es getan hatte?

Plötzlich kam sie sich schrecklich einfältig und egoistisch vor. Warum hatte sie das getan? Um Kainah zu zeigen, was er verlor, wenn er sie aufgab? Um ihn mit den subtilen Waffen einer Frau noch zusätzlich zu quälen? Sie wollte sich umdrehen und aus dem Zimmer stürmen, doch im gleichen Moment stand Williams auf, zog ihren Stuhl vor und gebot ihr, sich zu setzen.

Als sie sich setzte und ihr Blick auf Kainah fiel, überwältigte sie die Verzweiflung. Wieder saß er ihr genau gegenüber. Seine Haltung wirkte überraschend entspannt, doch in der Art, wie er die Arme vor der Brust verschränkt hatte und die Augen zusammenkniff, erkannte Kate seinen wahren Gemütszustand. Diesmal hatte er seine Kleidung nicht an seine Umgebung angepasst, sondern trug ein aufwendig verziertes Jagdhemd und ein Wams aus geflecktem Hirschfell. Sein Haar war zusammengefasst und mit Leder umwickelt, was vermuten ließ, dass er sich bereits auf die Jagd vorbereitet hatte. Kates Blick fiel auf das Armband aus

Muscheln, das sich um sein Handgelenk schlang. War es Schmuck von seiner Tochter? Trug er ihn, um ihr nahe zu sein?

Wie er sich fühlte, konnte sie kaum ermessen. Womit hatte er all den Tod in seinem Leben verdient? War es denn gerecht, ihm alles zu nehmen, was ihm etwas bedeutete?

All das hier fühlte sich so falsch an. Was feierten sie überhaupt? Dass nur noch eine Bestie am Leben war? Dass sie es überhaupt bis hierher geschafft hatten? Kainahs Dorf war ausgelöscht und seine Tochter getötet worden, und sie saßen hier und machten sich über fetttriefende Maiskolben, saures Bier und dampfenden Brei her.

Sieh mich an!, wollte sie ihm zurufen. Bitte sieh mich an!

Aber sein Blick war starr auf den Tisch gerichtet. Der Teller vor ihm war leer, selbst den Becher mit dem Tee hatte er nicht angerührt. Die Männer kümmerte es nicht. Sie aßen und tranken, bis sie rülpsend und ächzend in ihren Stühlen zurücksanken und sich den prallen Bauch tätschelten. Kate spürte einen Klumpen in ihrer Kehle. Aus all der Not der vergangenen Wochen hatten diese Dummköpfe nichts gelernt. Wenn es so weiterging, würden die wiedergefundenen Vorräte bald erneut aufgebraucht sein.

»Lass mich nicht zurück«, formte sie lautlos mit den Lippen. »Bitte! Lass mich nicht allein.«

Als hätte Kainah sie gehört, warf er ihr endlich einen Blick zu. Seine Miene blieb reglos. Da war keine Wärme in seinen Augen, keine Zuneigung. Er war kalt und leblos wie Eis.

Irgendwo in der Menge sagte jemand ihren Namen. Williams? Seamus? Ebenizer? Egal. Ihr war gleich, was um sie herum geschah. Der Lärm wurde unwirklich und dumpf, ihr Körper gefühllos, während eine bittere Verzweiflung ihr die Luft zum Atmen nahm. Fern nahm Kate wahr, dass sich die Gespräche um Gunter und Ethan drehten, und darum, was aus ihnen geworden war. Williams kündigte an, die beiden aufzuhängen, sollten sie ihm jemals wieder unter die Augen kommen.

Kate starrte ins Leere und aß ein paar Löffel Brei, nur um Williams ständigen Aufforderungen zu entgehen. Belanglos strömte die Feier an ihr vorbei, während der Moment unbarmherzig näherrückte, in dem Kainah verschwinden würde. Vielleicht für immer.

Irgendwann begannen Alfie und Harry, lauthals mit ihren Kämpfen gegen die Wilden zu prahlen. Die Münder triefend vor Fett und

Bier, plauderten sie von Massakern, Hinrichtungen und Vertreibungen, als sei all das nichts weiter als ein amüsanter Zeitvertreib. Liam ließ den Schilderungen Lobreden über die Errungenschaften der Zivilisation folgen, die in diesem gottlosen Land Einzug hielten, und Williams schwadronierte über die barbarischen Eigenarten der Eingeborenen und wie gottgefällig es war, das Land von diesen Teufeleien zu reinigen.

Wut stieg in Kate auf. War es ihnen denn völlig egal, was Kainah widerfahren war? Oder war ihnen ihre boshafte Respektlosigkeit nicht einmal bewusst, betrunken, wie sie waren?

Irgendwann hielt sie das dumme Gerede nicht mehr aus. »Ihr verdankt es einem Wilden«, fauchte sie, »dass ihr überhaupt hier sitzen und euch die Wänste vollstopfen dürft. Kainahs Dorf wurde von den Kocodjo vernichtet, seine Tochter ist tot. Und warum? Weil wir ihn dazu gezwungen haben, uns zu beschützen.«

Alfie hob die Augenbrauen und knabberte an seinem gebratenen Maiskolben. Harry tunkte sein Brot in einen Topf Schmalz und sah aus, als wollte er sagen: Was zum Teufel interessiert mich das?

»Kate hat recht«, ergriff Williams zu ihrer Überraschung das Wort. »Respektiert den Mann, der uns allen das Leben gerettet hat. Immerhin ist er Nacht für Nacht ausgezogen, um gegen die Bestien zu kämpfen, und was habt ihr getan? Ihr habt euch hinter den Palisaden versteckt. Also denkt nach, bevor ihr den Mund aufmacht. Ohne Kainah würden die Krähen längst das Fleisch von unseren Knochen rupfen.«

Der Jäger hob den Blick, als könne er nicht recht begreifen, was er gerade gehört hatte. Wie konnte er bei all dem nur so ruhig bleiben? War ihm denn alles egal? Kate warf Williams einen Blick zu und versuchte, ihn zu durchschauen. Seine Stimme hatte aufrecht geklungen, und trotzdem war etwas an diesen Worten falsch. Als bezwecke er etwas damit.

Als keiner der Männer eine Entschuldigung für nötig hielt, wandte sich Kate an Kainah und ergriff erneut das Wort: »Ich wünschte, du hättest uns alle sterben lassen.«

Jetzt war es vorbei mit Williams' Sanftmütigkeit. »Wie kannst du es wagen? Wünschst du uns allen den Tod?«

»Haben wir es denn anders verdient?«, spielte sie den Ball zurück. »Wir drohten damit, seiner Tochter die Kehle durchzuschneiden. Er hat für uns sein Blut vergossen. Er hat wegen uns seine Familie und sein ganzes Dorf verloren. Und womit dankt ihr es ihm? Mit Spott und Häme. Eure Undankbarkeit widert mich an.«

»Kate!« Unter dem Tisch schloss sich Williams' Hand um ihr Handgelenk und drückte warnend zu. »Entweder du weißt dich zu benehmen, oder du gehst auf dein Zimmer.«

»Du solltest das lose Mundwerk deiner Nichte züchtigen«, brummte Liam mit einer Kälte, die sie von ihm nicht kannte. »Anscheinend weiß sie nicht, wie sich eine Dame zu benehmen hat. Frauen am Tisch, stumm wie ein Fisch.«

Kate wurde übel vor Wut. Sie spürte, wie die fremdartige Macht durch ihr Blut rauschte und ihre Hände zittern ließ. Kainahs Augen kniffen sich argwöhnisch zusammen. Sei vorsichtig!, schien er ihr stumm zu bedeuten. Du verlierst die Kontrolle.

Doch Kate war es gleich.

»Und ihr seid anscheinend zu keinem vernünftigen Gedanken fähig«, rief sie erbost in die Runde. »Wie lange sollen unsere Vorräte reichen, wenn ihr sie genauso verschwendet wie vor unserer Notzeit? Seht euch den Tisch an. Diese Menge Essen hätte für eine ganze Woche gereicht.«

»Sei still, Kate!« Williams' Hand drückte so fest zu, dass sie vor Schmerz die Zähne zusammenbiss. »Ich sage es zum letzten Mal.«

»Ja, sei still«, äffte sie ihn nach. »Ihr Männer mögt es nicht, wenn eine Frau euch eure Dummheit und einfältige Selbstverliebtheit vor Augen führt. Deswegen zieht ihr es vor, uns schweigsam und unterwürfig zu halten.«

Gelächter brandete auf. Während die Männer einander unflätige Bemerkungen zuwarfen und sich gackernd auf die Schenkel schlugen, stand Kate auf, raffte ihr Kleid und stürmte aus dem Speiseraum.

»Es wird Zeit«, rief Williams ihr hinterher, »dass du in den Osten zurückkehrst und endlich das lernst, was einer Frau deines Standes zusteht. Meiner Treu, dein zukünftiger Ehegatte tut mir jetzt schon leid. Das wird ein schönes Stück Arbeit für ihn werden, dich zurechtzustutzen.«

Blind vor Tränen stapfte Kate die Treppe hinauf, schlug die Tür ihres Zimmers zu und kauerte sich auf der Fensterbank zusammen. Schluchzend ließ sie ihrer Qual freien Lauf, presste die Stirn gegen das Bleiglas und schlang die Arme um ihren Oberkörper.

Ihr Schmerz wurde nur umso schlimmer, als sie durch den Tränenschleier eine dunkle, schlanke Gestalt durch den Schnee stapfen sah. Sie wollte das Fenster aufreißen und Kainah irgendetwas zurufen. Etwas, das ihn aufhielt. Doch sie war wie gelähmt. Reglos sah sie zu, wie er im Stall verschwand, das Tor hinter sich zuzog und kurz darauf einige Kerzen anzündete, deren weiches Licht durch die Bretter schimmerte.

»Geh nicht«, beschwor sie ihn. »Bitte geh nicht. Nicht ohne mich.«

Würde er sich erweichen lassen, wenn sie jetzt zu ihm lief? Kate legte eine Hand flach auf eines der Glasrechtecke und wartete mit klopfendem Herzen darauf, dass das Licht im Stall erlosch, sich das Tor öffnete und Kainah heraustrat, um zu seiner letzten Jagd aufzubrechen.

Doch nichts geschah.

Lange blieb Kate auf der Fensterbank sitzen und blickte in die froststarre Nacht hinaus. So lange, bis der Lärm der feiernden Menge verebbte und schließlich verstummte. Betrunkene Männer purzelten die Veranda hinunter und verstreuten sich lallend und kichernd in alle Richtungen. Zwei pinkelten an die Wand des Pferdestalls, ehe sie Arm in Arm zu ihrer Hütte stolperten.

Als sich bleierne Stille auf das Fort herabsenkte, hielt Kate die Ungewissheit nicht mehr aus. Auf bloßen Strümpfen huschte sie aus dem Haus hinaus, weinte heiße Tränen und arbeitete sich Schatten für Schatten zum Stall vor. Ehe sie den Mut aufbrachte, das Tor aufzuschieben, waren ihre Füße halb erfroren. Das Herz donnerte gegen ihren Brustkorb, als sie schließlich eintrat und es kaum wagte aufzublicken. Und als sie es tat, fühlten sich ihre Beine an, als würden sie unter ihrem Körper wegschmelzen. Kainah lag auf dem Rücken, hatte die Arme unter dem Kopf verschränkt und starrte an die Decke.

Als sein Blick sie traf, war er nicht kalt und abweisend. Stattdessen war er gefüllt mit einer Traurigkeit, die ihr tief ins Herz schnitt. Sie sah ihm an, dass er sie am liebsten hinausgeworfen hätte. Nicht, weil er es wollte, sondern weil er alles andere nicht ertrug. Warum bist du gekommen?, fragte sein Blick. Warum machst du es noch schwerer?

Und zugleich schien er sehnlichst auf sie gewartet zu haben. Da war ein Glanz in seinen Augen, der von der Traurigkeit nicht berührt wurde. Und dieser Glanz nahm zu, als er sie stumm betrachtete.

Kate fasste sich ein Herz, ging zu den Kerzen, blies sie aus und kauerte sich neben Kainah. Noch immer sagte er nichts, aber er richtete sich auf und griff nach ihr. Zögernd und langsam, als wolle er ihr Gelegenheit geben, die letzte Möglichkeit zur Flucht zu nutzen.

Kate hielt den Atem an, als er in ihr Haar griff und eine Klammer nach der anderen löste. Dann, als ihre Locken befreit waren, fuhr er behutsam mit den Fingern hindurch. Sie tat es ihm gleich, löste den Knoten des Lederbandes, das seinen Zopf umwickelte, und kämmte mit den Fingern durch sein Haar, als es offen herabfiel. Das sanfte Kitzeln seiner Berührungen auf ihrer Kopfhaut überzog ihren Körper mit Gänsehaut. Sie hatte geglaubt, ihn nie wieder zu spüren, und jetzt verstärkte er ihren Schmerz, indem er sie umso behutsamer streichelte. Ein Teil von ihr wollte aufspringen und flüchten, denn sie wusste, dass es keine gemeinsame Zukunft für sie gab. Der andere schrie danach, die letzten Momente ihrer Nähe auszukosten. Um jeden Preis.

Als Kainah sie in seine Arme zog, fühlte sie sich zugleich lebendig und zu Tode erschöpft. Mutig und starr vor Angst. Verzweifelt und hoffnungsvoll.

»Was wird geschehen?«, flüsterte sie matt. »Was tun wir hier?«

Er antwortete nicht, zog das Wams aus, griff nach seiner Tunika und zog sie sich über den Kopf. Wie betäubt starrte Kate auf das Schimmern seiner nackten Haut. Sie wollte ihn berühren. Mit ihren Fingern, mit ihren Lippen. Mit ihrem nackten Körper. Sie wollte ihn viel zu sehr, als dass ihr Verstand noch irgendeine Macht über sie hätte haben können.

»Ich gehöre dir, Kate.« Er ließ sich auf die Decke zurücksinken und sah aus halb geschlossenen Augen zu ihr auf. »Nimm dir, was du willst.«

Sie schloss die Augen und keuchte auf. Vielleicht blieb ihnen nur noch diese eine Nacht. Eine Nacht für den Rest ihres Lebens. Sie durfte nicht nachdenken. Nicht diesmal. Zitternd stand sie auf und löste die Bänder ihres Kleides. Eines nach dem anderen, bis es raschelnd zu Boden fiel. Kainah sah ihr dabei zu, wie sie die Träger ihres Unterkleides abstreifte und die Seide über ihren Körper hinabfließen ließ, schließlich die Strumpfbänder löste und sich langsam der letzten, dünnen Stoffreste entledigte.

Sein Blick brannte auf ihrer Haut. Nackt kniete sie sich neben ihn und blickte ratlos auf den Schurz und die Beinlinge hinab, bis sie einfach nach dem erstbesten Band griff und es mit zitternden Fingern zu lösen begann. Jeder Schlag ihres Herzens schien ihren ganzen Körper zu erschüttern. Das Fieber ließ sie die Kälte des Stalles nicht fühlen, stattdessen überzog es ihre Haut mit prickelnder Hitze, so als befänden sie sich nicht im Fort, sondern tief im Herzen des Gebirges, wo das Wasser so heiß war, dass es dampfte. Ein Band nach dem anderen knotete sie auf, hielt immer wieder inne und ließ ihre Hand über die weiche Haut seines Bauches gleiten. Kate spürte, wie er schauderte, als sie zarte Küsse auf den Bogen seiner Rippen hauchte. Endlich löste sie den letzten Riemen und konnte alles abstreifen, was ihn noch bedeckte. Ungeduldig schmeckte sie seine Haut mit der Zunge, ließ sie über die Wölbung seiner Brustmuskeln gleiten und berührte zart die dunklen Spitzen.

Kainah stöhnte auf, als ihre Finger seine empfindsamste Stelle streiften. Anstatt zurückzuzucken, berührte sie furchtlos die seidige, dünne Haut und küsste zugleich seinen Hals, strich mit der Zungenspitze über die Linie seines Kiefers und über seine Schläfen. Zuerst streichelten ihre Finger ihn zärtlich, dann ein wenig fester, bis sein Atem zu einem heiseren Keuchen wurde und er den Kopf zurückwarf. Ein Beben ging durch seinen Körper, als sie den Druck ihrer Hand verstärkte, und als Kate begann, sie langsam auf- und abzubewegen, zitterte er am ganzen Leib und gab Laute von sich, die zugleich nach Folter und Verzückung klangen.

Sie genoss die Macht, die sie über ihn besaß. Sie genoss die Art, wie er sich ihr auslieferte und ihr die Kontrolle überließ. Kate zögerte den Moment ihrer Erlösung hinaus, berührte und küsste ihn, bis er sich verzweifelt wand und schließlich nach ihr griff.

Mit beiden Händen packte er ihre Hüften, drückte sie auf seinen Schoß und zwang sie, sich mit ihm zu vereinen. Diesmal blieb der Schmerz aus. Ihr Schoß nahm ihn bereitwillig in sich auf, und als er mit einem lustvollen Zucken tief in sie eindrang, entkam ihrer Kehle ein heiserer Schrei.

Erschrocken hielt Kate inne. Ihre Hände lagen auf seiner Brust, während sich die Muskeln ihres Schoßes eng um ihn zusammenzogen und ihm leise Laute der Qual entlockten.

Alles blieb still.

»Sie sind alle betrunken«, presste er hervor. »Sturzbetrunken.«

Er hatte seine Beherrschung weit schneller verloren als erwartet. Zu groß war sein Hunger nach Vergessen, zu groß seine Sehnsucht nach

Kates sanfter Wärme. Er wollte nicht mehr denken. Nie wieder. Er wollte sich ein für alle Mal in dem Rausch verlieren, in den ihr Körper ihn stürzte.

Verzeih mir, flüsterte er in Gedanken. Verzeih mir …

Seine Hände glitten an ihrer Taille hinauf bis zu ihren Brüsten, umfassten sie und drückten das weiche Fleisch. Diese Frau fühlte sich so gut an. Der Trost, den sie ihm schenkte, machte ihn willenlos. Er wollte nichts mehr fühlen außer ihrem Körper. Ihr nasses, heißes Inneres, das an ihm saugte, den Duft ihres Schweißes und ihre Schenkel, die ihn gefangen hielten. Doch immer wieder drängten sich Bilder durch den Rausch. Bilder eines kleinen Körpers, der hoch über der Welt lag und längst keine Seele mehr besaß. Bilder blutbefleckten Leders, gefrorener Körper und einer riesenhaften, schneeweißen Gestalt, die über ihm aufragte. »Du bist nichts gegen mich«, raunte die Bestie in seinem Kopf. »Gib auf. Ich lasse dir keine Wahl, denn jetzt gehörst du mir. Komme freiwillig, oder sie werden alle beim ersten Sonnenstrahl sterben.«

Mit einem wütenden Aufschrei fuhr er hoch und vertrieb die Gedanken mit einem gierigen Kuss. Trotz seines brennenden Verlangens bewegte er sich langsam, kostete jeden Augenblick aus, wiegte sich vor und zurück und leckte den Schweiß von Kates Hals, während ihre Hände sich in sein Haar krallten. Vielleicht würde die Zeit für sie stehenbleiben. Vielleicht würde es immer Nacht bleiben. Eine Nacht ohne Morgendämmerung, ein Traum ohne Aufwachen.

Als er sie herumwarf und sich auf sie legte, breitete sie ihre Arme aus und gab sich ihm hin. Mit beiden Händen packte er ihre Oberschenkel und drückte sie auseinander, um noch tiefer in sie einzudringen. Kostbare Momente lang verlor er sich in dem Rausch ihrer Vereinigung, spürte, wie sie ihn wieder und wieder in sich aufnahm, ihn mit ihren Beinen umschloss und jeder seiner Bewegungen entgegenkam. Als er sich aus ihr zurückzog und begann, ihren Körper mit Küssen zu bedecken, zuerst den Hals, dann ihre Brüste und ihren Bauch, zitterte Kate am ganzen Leib. So heftig warf sie sich hin und her, dass er besorgt zu ihr aufsah.

»Geht es dir gut? Ist dir kalt?«

»Nein«, keuchte sie. »Nein. Hör nicht auf.«

Einen Moment lang richtete er sich auf und bewunderte die Schönheit ihres Körpers, wie er da vor ihm lag, schweißglänzend, bleich wie

Mondlicht. Das Haar klebte auf ihrer feuchten Haut, und sie zitterte. Sie zitterte wie ein kleiner, verletzlicher Vogel, seufzte und keuchte und bog sich ihm entgegen.

Als er ihre Schenkel umfasste und begann, sie an ihrer geheimsten Stelle zu küssen, schnappte Kate nach Luft und zitterte noch heftiger. Ihr Körper reagierte so stark auf die kleinste Berührung, dass sein Hunger schier unerträglich wurde. Jede Bewegung seiner Zunge entlockte ihr ein hilfloses Wimmern, bis ihre Hände nach unten griffen und sich in sein Haar krallten.

Ihr schweißnasser Leib bäumte sich auf, als er mit der Zungenspitze in sie eindrang, die Hände in seinem Haar packten so fest zu, dass ein scharfer Schmerz durch seine Kopfhaut jagte.

Wimmernd drängte sie sich ihm entgegen, bog ihren Rücken durch und stammelte etwas, das er nicht verstand. Kainah ließ sich Zeit, begann ihren Bauch zu küssen und liebkoste sie mit der Hand zwischen den Beinen. Ihr Duft und ihr Geschmack erfüllten seine Sinne und gaben ihm genau das, was er brauchte: Vergessen. Doch dieses Vergessen war flüchtig. Als Kate mit einem atemlosen Keuchen hochfuhr und ihn bei den Schultern packte, ließ er sich willig von ihr nach unten ziehen. Diesmal drang er langsam in sie ein, bewegte sich vorsichtig und sanft und küsste ihre Stirn. Alles strömte wieder auf ihn ein. Das Wissen, warum sie das hier taten. Die Erinnerung an das, was geschehen war. Die Furcht davor, was geschehen würde.

»Ich habe Angst«, entfuhr es ihm plötzlich.

Kate umarmte ihn fester, entschlossen, ihn nie wieder freizugeben. »Wovor?«, flüsterte sie. »Sag es mir.«

»Vor meiner Hoffnung.«

Kaum waren die Worte ausgesprochen, überwältigte ihn heißer Zorn. Er zog sich aus ihr zurück, klaubte eine der Webdecken vom Heuballen, faltete sie auseinander und breitete sie über ihre Körper. Als er Kate wieder in seine Arme schloss und an sich zog, begannen seine Augen zu brennen. Es fühlte sich so gut an, wie sie sich an ihn schmiegte. Wie ihr Kopf auf seiner Brust lag und ihre Hand seine Schulter umfasste.

»Worauf hoffst du, Kainah?«

»Dass wir zusammenbleiben. Dass wir beide leben.«

Kate richtete sich auf, stützte sich auf den Ellbogen und blickte auf ihn hinab. Die verzweifelte Traurigkeit in ihren Augen schnürte ihm den Atem ab. Er wünschte sich weit fort mit ihr. An einen Ort, der allein ihnen gehörte. All die Jahre hatte er geglaubt, die Höhlen unter dem Gebirge seien ein solch sicherer Ort, doch jetzt wusste er es besser. In Gedanken daran, was sich all die Zeit in der Finsternis verborgen gehalten hatte, sträubten sich die Haare in seinem Nacken.

»Wir können gemeinsam frei sein«, flüsterte Kate. »Es ist möglich. Als du im Wald warst, hast du dich verwandelt, nicht wahr?«

Er brachte nur ein Nicken zustande.

»Wie hat es angefühlt? Konntest du noch immer denken? Hast du dich an mich erinnert?«

Erneut nickte er. Mit grausamer Zärtlichkeit strichen ihre Fingerspitzen über seine Stirn.

»Siehst du? Wir können es beherrschen. Wir sind stärker als die Bestie. Wenn wir uns gemeinsam befreien, können wir den letzten Kocodjo besiegen. Es braucht nur noch einen Biss, damit ich so werde wie du. Den Biss des Tieres.«

»Kate « Er vergrub sein Gesicht in ihrem Haar. Wie lange würde er sich an ihren Geruch erinnern, wenn er fort war? »Ich wünschte, es wäre so einfach.«

»Aber es ist so einfach!«

»Nein, das ist es nicht. Ich habe sie gesehen. Sie hat dort draußen auf mich gewartet.«

»Wer? Die Schamanin?«

»Ja. In Gestalt einer riesigen, schneeweißen Bestie. Weißt du noch, als ich dir von dem Schutzgeist erzählte, der die Höhle bewacht?«

Erkenntnis blitzte in ihren Augen auf. »Sie war es? Die Schamanin?«

»Sie war die ganze Zeit dort. Die Höhlen sind ihr Revier. Ich vermute, dass sich deshalb kein anderer Kocodjo hineingewagt hat. Abgesehen von dem einen, der durchgedreht ist.«

»Aber hättest du sie nicht wittern müssen?«

»Sie verströmt keinen Geruch. Ich habe sie nicht einmal wahrgenommen, als sie direkt hinter mir stand. Sie ist uralt, Kate. Und unglaublich stark. Ich konnte ihre Gedanken spüren. All die Zeit hat sie über mich gewacht, seit jenem Tag, an dem sie mich halbtot im Wald fand.«

»Die großen Tiere«, flüsterte Kate. »Als die Männer dich einfach im Wald zurückgelassen haben.«

»Ja. Es ist ihr Gift, das in meinen Adern fließt.«

»Wenn sie über dich gewacht hat, warum kam es dann zu all den Kämpfen? Warum haben die Kocodjo dich angegriffen?«

»Weil es der Schamanin gefiel, dabei zuzusehen, wie ich stärker und schneller wurde. Sie ließ zu, dass sie sich mit mir maßen, und sorgte zugleich dafür, dass die Kocodjo mich niemals endgültig töteten. Ihre Gefährten spotteten über mich, jeder glaubte, er wäre mir überlegen. Dass ich an den Kämpfen wuchs und es mir immer wieder gelang, einen von ihnen zu töten, spornte sie nur umso mehr an. Die Schamanin ließ die Kocodjo niemals aus den Augen. Trieben sie es zu wild, rief sie sie zurück. Bestand die Gefahr, dass die Bestien mich aus purer Wut auslöschten, griff sie ein. Ihre Gedanken verrieten mir auch noch etwas anderes. Nur starke Gefühle lösen die endgültige Verwandlung aus, man kann sie nicht erzwingen. Deshalb sorgte sie dafür, dass keine der Bestien euch angriff, als ihr unterwegs zu meinem Dorf ward.«

»Weil sie wusste, dass du uns hassen würdest?«

»Sie wartete seit Jahren darauf, dass meine Verwandlung sich endlich vollendet. Ein Bündnis mit einem alten Feind kam ihr da nur recht. Wut, Zorn, Verzweiflung, Trauer, Begehren. All das konnte dafür sorgen, dass der Mensch in mir stirbt.«

»Aber sie konnte nicht ahnen, dass wir dich zu einem Schwur zwingen würden.«

»Nein, das sicher nicht. Wie auch immer, als ihre Gefährten bemerkten, dass du nicht am Gift meines Blutes gestorben bist, waren sie außer Rand und Band. Deshalb griffen sie uns auf dem Rückweg an. Sie waren «, er räusperte sich und suchte nach unverfänglichen Worten, »deinetwegen wie von Sinnen. Niemals überlebte eine Frau das Gift. Die Schamanin ist seit jeher die Einzige. Es kostete sie viel Kraft, ihre Gefährten daran zu hindern, über deinen Geruch nicht völlig den Verstand zu verlieren. Denn sie brauchte dich noch.«

»Um die Bestie zu befreien«, flüsterte Kate. »Um starke Gefühle in dir zu wecken.«

Er nickte und fuhr durch ihre verschwitzten Locken. Warum nur ließ er sich von dieser Frau so gefangen nehmen? Warum quoll sein Herz vor Liebe über, wenn er sie ansah? Das Ding in seiner Brust hätte längst vernarbt sein müssen. Nein, versteinert. So viel Tod, und er hatte nichts daraus gelernt. Es wäre so leicht gewesen, einfach loszulassen und in der Tiefe des Sees zu versinken. Er hätte längst bei Kimi sein und mit ihr an den Feuern seiner Ahnen sitzen können. Stattdessen quälte er sich erneut. Und er quälte sie. Doch obwohl es weh tat, wollte er nirgendwo anders sein als hier. In ihren Armen.

»Sie will nur mich, Kate«, flüsterte er. »Alles andere ist ihr gleich. Ihre Gefährten haben ihr nichts bedeutet, sie war sie schon lange leid. Und wenn du dich verwandelst, Kate, wenn du durch meinen Biss ganz zu einem Kocodjo wirst, dann wird sie kommen und dich töten. Die Schamanin wird dich niemals an ihrer Seite dulden. Sie will mich für sich allein. Deswegen musst du ein Mensch bleiben. Vielleicht kann ich sie besiegen, indem ich ihr gebe, was sie will.«

»Du willst dich ihr ausliefern?«

»Zuerst dachte ich, es wäre besser, ein letztes Mal zu kämpfen. Ich habe immer noch ein Messer und meine Lanze. Aber vorhin wurde mir klar, dass ich nicht sterben will. Ich will bei dir sein, Kate. Der Wunsch ist sogar größer als meine Angst, auch dich zu verlieren. Er ist größer als alles andere. Deswegen werde ich der Schamanin geben, was sie will. Ich will sie in dem Glauben lassen, mich besiegt zu haben. Vielleicht finde ich eine Schwäche. Sie wird sich nicht mehr für das Fort interessieren, sobald ich bei ihr bin. Sie wird sich auch nicht mehr für dich interessieren. Jedenfalls dann nicht, wenn du ein Mensch bleibst.« Er nahm ihr Gesicht zwischen seine Hände und sah sie eindringlich an. »Hör zu, Kate. Wenn ich mich irren sollte und sie euch nicht in Ruhe lässt, dann nimm die Flasche mit dem Öl. Sie gehört dir. Die Augen der Bestie sind schlecht. Wenn du nicht nach Mensch riechst und ganz still bist, wird sie dich nicht finden. Verstecke dich irgendwo, wenn sie kommt, und sei still. Totenstill. Versuche, nicht einmal zu atmen. Ich schwöre dir, dass ich alles versuchen werde, um zu dir zurückzukommen. Alles!«

»Nein.« Sie drückte ihre Stirn gegen seine und begann zu zittern. »Wir werden zusammenbleiben. Wir kämpfen gemeinsam. Ich lasse nicht zu, dass sie dich bekommt.«

»Ich muss zu ihr. Noch heute Nacht. Sie ließ mich nur gehen, weil ich schwor, freiwillig zu ihr zu kommen.«

»Noch heute Nacht?« Tränen schossen in ihre Augen, und plötzlich geschah alles so schnell, dass sein Verstand es kaum begriff. Als seine von Kates Geruch und Geschmack benommenen Sinne die Menschen witterten, war es bereits zu spät. Beide Türen flogen auf. Das Haupttor und der Hinterausgang. Mehrere Männer stürmten herein, bewaffnet mit

Flinten und Knüppeln. Helles Fackellicht blendete ihn, und dann sah er Williams, der mit wütenden Schritten auf sie zustürmte. An seiner Seite klebte Andrew, hob das Blasrohr und schoss einen Pfeil ab. In dem Augenblick, in dem er sich mit Kate in seinen Armen aufrichtete, spürte er einen scharfen Schmerz in seiner Kehle. Feuer schoss durch sein Blut, der Stall begann zu kippen. Alles war vorbei.

Noch ehe die Männer sich um sie geschart hatten, fühlte sie, wie sein Körper erschlaffte. Verzweifelt bedeckte sie sein Gesicht mit Küssen, sank mit ihm gemeinsam zu Boden und begriff, dass sie seine Wärme zum letzten Mal spürte.

»Bitte Gott, nein!«, flüsterte sie atemlos. »Nimm ihn mir nicht!«

Schmerzhaft schloss sich eine Hand um ihren Oberarm. Williams riss sie so heftig auf die Beine, dass ihr Schultergelenk auskugelte. Doch kein körperlicher Schmerz reichte an die Qual heran, die sie überwältigte, als zwei Männer Kainah aus dem Stall zerrten. Sie wusste, was geschehen würde. Und Andrew wusste es ebenfalls. Er lächelte ihr zu, und in seinen Augen lag eine solch widerwärtige Zufriedenheit, dass ihr schlecht wurde.

»Es ist immer noch eine Bestie dort draußen«, hörte Kate jemanden sagen. »Was, wenn sie uns «

»Das ist mir gleich«, brüllte Williams, packte noch fester zu und schleifte sie aus dem Stall. »Ich dulde diesen Verräter keinen Tag länger unter uns. Er wird sterben, so wahr mir Gott helfe!«

Es gelang ihr kaum, die Decke vor ihrem Körper zusammenzuhalten. Williams brachte sie ins Haus, zerrte sie die Treppe hoch und warf sie in ihr Zimmer. Kate stolperte, ging in die Knie und wurde sofort wieder hochgezerrt. Blitze aus Schmerz explodierten vor ihren Augen. Im nächsten Augenblick brannte ihre rechte Wange lichterloh. Williams holte ein zweites Mal aus, und diesmal schlug er so fest zu, dass sie erneut zu Boden ging. Rücksichtslos packte er sie bei den Schultern, zog sie wieder auf die Beine und stieß sie brutal auf das Bett.

»Du wirst dabei zusehen, wie er stirbt«, spie er ihr entgegen. »Damit du es ein für alle Mal begreifst. Und für den Rest des Winters wirst du dieses Zimmer nicht mehr verlassen. Ich werde dir Verstand einbläuen. Fortan tust du, was ich sage, und solltest du es auch nur einmal wagen, den Mund aufzumachen, dann gnade dir Gott!« In Williams' Gesicht trat eine Art von wutentbrannter Häme, die sie noch nie zuvor an ihm gesehen hatte. »Du hast deine Chance verspielt, Kate. Eine Frau wie dich wird kein vernünftiger Mann mehr haben wollen. Also wirst du damit leben müssen, dass ich dich an den Nächstbesten verschachere, den es nicht stört, dass du deine Beine für einen dreckigen Wilden breitgemacht hast. Los, zieh dich an! Ich werde dich holen, wenn es soweit ist.«

Als Williams die Tür hinter sich zuschlug und abschloss, kauerte sie sich zitternd auf dem Bett zusammen. Die Decke lag zerknüllt auf dem Boden, er hatte sie in all ihrer Nacktheit und Verletzlichkeit gesehen. Kein Fieber kroch durch ihr Blut, keine fremdartige Macht war fühlbar. Stattdessen überwältigte sie eine schreckliche Hilflosigkeit. Kate wusste, wie Williams aussah, wenn er getrunken hatte. Seine Wangen überzogen sich mit roten Flecken, seine Augen wurden glasig, seine Hände zitterten. Keines dieser Zeichen hatte sie an ihm gesehen. Seine Trunkenheit war nur vorgetäuscht gewesen. Andrew musste so lange auf Williams eingewirkt haben, bis ihr Onkel sich davon hatte überzeugen lassen, die Gerüchte nachzuprüfen. Und so hatten sie Kate in dem Glauben gelassen, zu betrunken zu sein, um ihr auf die Schliche zu kommen. Sie hatte sich täuschen lassen und alle Vorsicht vergessen. Allmächtiger! Andrew würde sich Zeit lassen. Viel Zeit. Sie musste etwas tun. Aber was?

Zuerst gehorche, flüsterte ihre Vernunft. Dann sieh weiter.

Schließlich konnten sich die Dinge schnell ins Gegenteil verkehren. Sobald Kainah aus der Betäubung erwachte, würde die Bestie die Kontrolle übernehmen, und dann gnade ihnen Gott. Er würde sie alle in Stücke reißen.

Mit zittrigen Beinen stand sie auf, wankte zum Schrank hinüber und wählte das schlichteste ihrer Kleider. Ihre ausgekugelte Schulter schmerzte höllisch, es gelang ihr kaum, sich anzuziehen. Der braune Stoff kratzte auf der verschwitzten Haut, und plötzlich wurde ihr derart übel, dass sie sich an Ort und Stelle übergab. Angeekelt wich sie vor der Pfütze zurück, sackte gegen die Wand und rang nach Luft. Einen Augenblick lang wurde ihr schwarz vor Augen. Neue Übelkeit überwältigte sie, bittere Galle brannte in ihrer Kehle. Irgendwie gelang es ihr trotzdem, Strümpfe und Stiefel anzuziehen, ihren Mantel überzustreifen und wieder auf das Bett zu fallen. Erneut zog sich ihr Magen zusammen, doch es gab nichts mehr, was sie erbrechen konnte. Draußen vor der Tür stand Williams. Sie konnte seinen Atem hören und seinen Gestank riechen. Warum war sie nur so dumm gewesen, auf seine Lüge hereinzufallen? Warum hatte sie ihn nicht durchschaut? Weil ihre Sinne und Gedanken sich allein um Kainah gedreht hatten. Weil sie naiv und unbeherrscht gewesen war.

Zitternd lag sie da und wartete auf das wütende Brüllen der Bestie, die ihren Zorn herausließ, doch es blieb still. Was, wenn es Kainah nicht gelang, sich zu verwandeln? Wenn er ein Mensch blieb, war er Andrew hilflos ausgeliefert. Man würde dafür sorgen, dass er zu keiner Gegenwehr fähig war. Als sie an die Ketten in dem Schuppen dachte und an das getrocknete Blut auf dem Lehmboden, krampfte sich ihr Magen erneut zusammen. Nein, er würde es schaffen. Sein Zorn würde gewaltig sein, er würde seine menschliche Hülle mühelos sprengen. Sie malte sich Andrews Schreie aus, seine entsetzt aufgerissenen Augen, den Gestank seiner Angst.

In diesem Moment hörte sie Schritte, die durch das Haus stapften. Alfie rief Williams' Namen, dann verschwand er wieder, ohne die Treppe heraufgekommen zu sein. Die Tür ihres Zimmers wurde aufgeschlossen, ihr Onkel kam herein und packte sie am Arm. Schmerzen rasten durch ihren Körper. Sie konnte einen Schrei nicht unterdrücken, doch Williams packte nur noch fester zu und zerrte sie hinter sich her. Aus dem Haus hinaus, durch den Schnee zum hintersten Teil des Forts. Als er direkt auf den Schuppen zusteuerte, in dem damals die Männer gefoltert worden waren, gaben Kates Beine nach.

»Komm, verdammt nochmal.« Williams zerrte sie wieder hoch, umklammerte ihren Körper mit festem Griff und schleifte sie weiter. »Du wirst dir das ansehen, so wahr mir Gott helfe. Denn alles ist deine Schuld.«

Krämpfe schüttelten ihren Körper, aber noch immer schwieg die Macht in ihr. Sie sehnte die Stärke herbei, die das Gift in ihr weckte. Sie lechzte nach dem Mut und dem Fieber, das alle Ängste und Zweifel beiseite wischte und sie einfach nur noch handeln ließ. Kate hörte das Klirren von Ketten, höhnisches Gelächter und metallisches Klappern. Stimmen raunten durcheinander. Der ganze Schuppen war voller Menschen, die alle nur nach einem lechzten: den Tod des Mannes mitanzusehen, der ihnen in so vielen Nächten die Haut gerettet hatte.

Als Williams die Schuppentür aufstieß, prallte Kate gegen einen großen, weichen Körper. Harry fuhr zu ihr herum, bleckte die Zähne und wich zur Seite.

»Ab in die vorderste Reihe«, höhnte der Trapper. »Damit du auch einen guten Blick hast.«

Einer nach dem anderen strömte zur Seite, und dann sah sie Kainah, der halb bewusstlos in den Ketten hing, die oben an der Decke befestigt waren. Eine alte, zerschlissene Decke war um seine Hüften gewickelt, sonst trug er nichts am Leib. Als er ihren Geruch wahrnahm, gelang es ihm kaum, den Kopf zu heben.

Tränen schossen ihr in die Augen. Verzweifelt wand sie sich in Williams' Griff, doch er packte ihre ausgekugelte Schulter und drückte so fest zu, dass Kate mit einem Aufschrei in die Knie sackte.

Plötzlich kam Leben in Kainahs Körper. Mit gebleckten Zähnen riss er an den Ketten und knurrte einen unverständlichen Fluch. Kurz glaubte Kate, ein goldenes Aufblitzen in seinen Augen zu sehen.

Verwandel dich!, flehte sie. Bitte! Tu es!

Hinter Kainah tauchte Andrew auf, ein großes Messer mit gezackter Klinge in der Hand. Seine Miene war die einer ausgehungerten Ratte, die sich genüsslich ihrem wehrlosen Opfer näherte. Immer wieder leckte er sich über die Lippen, doch etwas schien ihn zu stören. Ärgerlich musterte er die versammelte Schar.

»Raus mit euch!«, rief Williams. »Alle raus!«

»Was?« Harry schien seinen Ohren nicht zu trauen. »Wie meinst du das? Wir dürfen nicht zusehen?«

»Ich meine es so, wie ich es gesagt habe. Alle raus! Sofort!« Williams zog seine Pistole und zielte auf die Männer. »Ich sage es nicht nochmal. Das hier ist eine Sache zwischen mir, meiner Nichte und Andrew.«

Bewegung kam in die blutgierige Menge. Kate hörte gezischte Flüche, doch die Männer gehorchten. Andrews Lächeln wurde breit und zufrieden, als der letzte gegangen war und die Tür zufiel. Kate hörte verstohlene Schritte, die den Schuppen umkreisten. Hinter jeder Lücke zwischen den Brettern tummelten sich aneinandergedrängte Körper.

»Ich sagte: verschwindet!« Williams zielte mit seiner Waffe auf eine der Lücken. »Sofort! Oder ich schieße einem von euch ins Auge.«

Die Männer knurrten Verwünschungen und zogen sich zurück. Erst jetzt war Andrew zufrieden. Er begann, seine Beute zu umkreisen.

Genüsslich wie ein Raubtier, das Blut geleckt hatte.

»Ist das dein Dank für all die Bestien, die ich dir gebracht habe?« In Kainahs Stimme lag ein tiefer, gefährlicher Klang. Kate spürte, wie nahe das Tier war. Es war kurz davor, auszubrechen. Seine Macht glomm bereits in seinen Augen und entströmte seiner Haut.

»Nein.« Williams drückte erneut ihre Schulter und entlockte ihr einen weiteren Schmerzenslaut. »Es ist der Dank dafür, dass du meine Nichte entehrt hast. Der Schwur beinhaltete nicht nur das Töten der Bestien. Er besagte auch, dass du sie niemals berühren darfst. Du hast ihn gebrochen. Du hast den heiligsten aller Schwüre gebrochen. Deswegen verdienst du nichts anderes als den Tod.«

Das Gold in Kainahs Augen leuchtete hell auf, die Pupillen zogen sich zu senkrechten Schlitzen zusammen. Als er diesmal die Zähne bleckte, blitzten scharfe Fangzähne im Schein der Öllampen auf. Triumph erfüllte Kate, als sie das erste schwarze Schimmern auf seiner Haut entdeckte. Bestienfell! Seine Muskeln zuckten, wölbten sich auf und streckten sich. Scharfer Moschusgeruch erfüllte den Schuppen.

Gleich! Gleich!

Plötzlich trat Andrew hinter Kainah, bekreuzigte sich und rammte ihm das Messer in den Oberarm. Blut schoss hervor, kaum dass er die Klinge herausgezogen hatte. Dampfendes, heißes Blut, das in Strömen zu Boden tropfte, an Kainahs Oberkörper herablief und die Decke tränkte. Kate hatte genug Wunden gesehen, um zu wissen, dass Andrew die perfekte Stelle getroffen hatte. Innerhalb kürzester Zeit verlor ein auf diese Weise Verwundeter so viel Blut, dass er nicht unmittelbar starb, aber stark geschwächt wurde. Kein Laut war zu hören. Kainahs Blick wurde seltsam glasig, als hätte der Schmerz seinen Geist in weite Ferne katapultiert. Ein Beben ging durch seinen Körper, sein Atem wurde schneller. Sonst geschah nichts.

Wieder wurde Kate übel, doch so sehr sie auch würgte, es kam nichts heraus.

Blutgeruch erfüllte den Schuppen. Noch immer floss es in Strömen aus der Wunde und wollte nicht versiegen. Der Schmerz in ihrer Schulter erschien ihr plötzlich bedeutungslos, denn sie sah, dass die Verletzung ihre Wirkung nicht verfehlte. Das Glühen verschwand aus Kainahs Augen, der Bestiengeruch verschwand. Langsam, ganz langsam, verlor seine Haut an Farbe.

Andrew grinste zufrieden, wandte sich zu der kleinen Feuerstelle um und zog einen Eisenstab aus den Flammen. Es war genau jener Stab, den Ebenizer benutzte, um Wunden auszubrennen und Blutungen zu stillen.

Gerade wollte er das glühende Metall auf Kainahs Arm pressen, als sich seine Augen ungläubig weiteten. Kate wusste, dass er soeben Zeuge einer wundersamen Heilung wurde.

»Sieh dir das an«, zischte Andrew. »Schnell!«

Der Griff um ihren Arm löste sich, dann trat Williams an die Seite seines Bluthundes. Kate warf einen Blick auf die Ketten, die Kainah fesselten. Es war unmöglich, sie auf die Schnelle zu lösen. Nur ein Schlüssel konnte sie öffnen, und einen solchen sah sie nirgendwo. Vielleicht trug Andrew ihn in seiner Tasche, vielleicht war er aber auch irgendwo hier versteckt. Selbst, wenn es ihr wie durch ein Wunder gelingen würde, Williams und Andrew zu überwältigen, wurden sie immer noch von gut zwei Dutzend Männern beobachtet.

Ihnen blieb nur eine Chance. Kainah musste seine menschliche Hülle sprengen. Er musste zur Bestie werden. Noch immer waren ihr Onkel und Andrew völlig gefesselt von dem Wunder, das sich ihnen offenbarte.

Sieh mich an!, flehte sie in Gedanken. Komm schon! Sieh mich endlich an!

Ein Zittern ging durch seinen Körper, dann hob sich sein Kopf. Erschrocken sah Kate, wie blass sein Gesicht geworden war. Ein Schleier lag über seinem Blick, als er sie ansah. Er schien sie kaum wahrzunehmen.

»Verwandel dich«, flüsterte sie kaum hörbar. »Nur so können wir fliehen. Bitte!«

Kainah schüttelte kaum merklich den Kopf, während ein unsäglicher Schmerz durch seine Augen huschte. »Ich kann nicht«, formten seine Lippen, und dann wurde seine Miene hart. Als Andrew wieder vor ihn trat, das glühende Eisen noch immer in der Hand, ging sein Blick an ihr vorbei ins Leere.

Williams' Finger schlossen sich wieder um ihre Schulter. Und diesmal drückten sie so fest zu, dass Kate die Luft wegblieb.

»So schweigsam?« Andrews Stimme senkte sich zu einem widerwärtigen Säuseln. »Jemand hat mir mal gesagt, ich könnte sogar den Teufel höchstpersönlich brechen. Sieht so aus, als könnte ich mich jetzt selbst davon überzeugen.«

Langsam, fast zärtlich, setzte er die glühende Spitze des Eisens an Kainahs Hals an und zog sie abwärts. Ein ekelhaftes Zischen ertönte, gefolgt vom Gestank nach verbranntem Fleisch. Kate glaubte, das Brennen in ihrem eigenen Fleisch zu spüren, sie fühlte die sengende Spur, die sich von ihrer Kehle hinunter zur Brust zog, dann über die Rippen und hinunter zum Bauch. Als die Tränen erneut ihre Augen füllten, legte sich ein gnädiger Schleier über ihren Blick, und doch sah sie, wie Andrew einen Ruck vollführte. Noch immer blieb Kainah stumm, doch sie sah ein Zucken durch seinen Körper gehen.

Über ihr erklang ein zufriedenes Schnaufen. »Nur weiter so. Wir haben viel Zeit, du bringst ihn schon noch zum Schreien.«

Ehe Kate wusste, wie ihr geschah, sprang sie auf, schüttelte Williams' Griff ab und stürzte auf Andrew zu. Mit aller Kraft rammte sie ihm beide Hände vor die Brust, schleuderte ihn zurück und stürzte sich auf ihn. Das Eisen flog aus seiner Hand, sie griff danach und presste die noch immer glühende Spitze auf seine Brust.

Ein gellender Schrei ertönte. Hände griffen nach ihren Schultern, glitschig von Blut. Der Gestank nach verbranntem Fleisch wurde zum Schneiden dick. Wie von Sinnen schlug sie auf Andrew ein und rammte ihm ihr Knie in die Leiste, bis Williams sie im Nacken packte, sie hochzerrte und zur Seite schleuderte. Der Aufprall gegen die Bretterwand nahm ihr die Sinne. Kate fühlte, wie sie zu Boden sackte, dann wurde alles schwarz.

Als ihre Sinne sich wieder klärten, blickte sie in Williams' lächelndes Gesicht. Aber es war ein abscheuliches Lächeln. Ein Lächeln voller Bosheit und Wahnsinn.

Sie blinzelte den Schleier von ihren Augen, und was sie sah, ließ sie entsetzt aufkeuchen. Ein gequälter Schrei stieg in ihrer Kehle auf. Sie ertrug es nicht, kniff die Augen vor der grauenvollen Szene zusammen und sah beiseite. Doch Williams packte ihren Kopf und drehte ihn zurück.

»Augen auf!«, herrschte er sie an. »Oder ich werde Andrew sagen, dass er sich noch viel mehr Zeit mit ihm lassen soll.«

Krämpfe schüttelten ihren Körper, als sie gehorchte. Auf ewig würde dieses Bild ihre Träume ausfüllen. Auf ewig würde es sie quälen und sie niemals Frieden finden lassen. Andrew hatte sich nicht nur damit begnügt, sein Messer und das glühende Eisen zu benutzen. Als Kates Blick höher wanderte, über den blutüberströmten Oberkörper und das zerschlagene Gesicht hinweg zu Kainahs Händen, sah sie die Finger, die verkrümmt waren und in unnatürlichen Winkeln abstanden. Sein Kopf hing kraftlos herab, die blutigen Haare verdeckten sein Gesicht. Kate hörte seinen keuchenden Atem, und sie wusste, dass er noch immer bei Bewusstsein war.

»Du hast Zeit bis zum Sonnenuntergang.« Williams' Stimme klang überaus zufrieden. »Sieh zu, dass er dann noch lebt. Ich bin gespannt, ob die Bestie ihn ein weiteres Mal verschont.«

Damit zerrte er Kate auf die Füße und schleifte sie nach draußen. Unvermittelt umringte sie eine Schar aufgeregter Männer.

»Ist er tot?«, fragte Harry.

»Noch lange nicht.« Williams stieß ein hässliches Lachen aus. »Aber was jetzt kommt, ist für die Augen einer Dame wahrlich nicht geeignet.«

Harry warf den Kopf zurück und schnaubte. »Sie ist keine Dame mehr.«

»Trotzdem. Wir wollen doch nicht, dass ihre Seele noch verdorbener wird, als sie es ohnehin schon ist. Komm jetzt. Und ihr hört auf, euch hier herumzudrücken. Geht an die Arbeit. Der Rest der Feierlichkeiten folgt heute Abend.«

Wieder schwanden ihr die Sinne. Sie nahm noch wahr, wie Williams sie fluchend auf seine Arme hob und ins Haus trug, dann war da nichts mehr. Die Schwärze, in die sich ihr Bewusstsein zurückzog, wurde immer wieder von Klingen zerfetzt. Klingen aus Bildern, scharf und tödlich, die sie folterten und quälten. Klaffende Schnitte, die sich nicht mehr schlossen. Verbranntes Fleisch. Gebrochene Finger. Blut, das von seinen Haaren tropfte.

Schwitzend wälzte sich Kate in ihrer Agonie hin und her, weinte und schluchzte und wurde wieder ohnmächtig. Sie sah erneut, wie Kainah in den Ketten hing und sie anblickte, hoffnungslos und erschöpft. Und dann sah sie, wie er den Kopf schüttelte: »Ich kann nicht.«

Im nächsten Traum lagen sie im Stall auf der Decke und berührten einander. Sie küsste und streichelte seine Haut, die plötzlich unter ihren Liebkosungen aufriss, als wären ihre Finger und Lippen scharfe Messer. Kate schmeckte Blut, griff weinend nach seinen Schultern und redete auf ihn ein, doch er schien sie nicht wahrzunehmen. Plötzlich war nur noch das Weiße in seinen Augen zu sehen, und als sie ihn loslassen wollte, um Hilfe zu holen, klebte blutige Haut an ihren Fingern.

Kate erwachte schreiend. Jemand packte sie an beiden Armen, zerrte sie vom Bett hoch und zur Tür hinaus. Williams.

»Nein«, wimmerte sie. Immer wieder. »Nein, nein, nein.«

Doch er reagierte nicht. Unbarmherzig schleifte er sie aus dem Haus hinaus, doch diesmal war sein Ziel nicht der Schuppen. Stattdessen brachte er sie zu einem der Wachtürme. Ihr Körper war zu schwach, um die Leiter zu erklimmen, also befahl Williams einem der Männer, sie hochzutragen.

Taumelnd sank Kate gegen die Brüstung aus grob bearbeiteten Holzbrettern, kaum dass der Soldat sie abgesetzt hatte. Williams war nach wenigen Augenblicken neben ihr, zog sie in seine Arme und zwang sie, sich nach links zu drehen. Das Erste, was Kate sah, waren unzählige Fackeln, die auf den Palisaden brannten und alles in flackerndes, orangefarbenes Licht tauchten. Das Zweite war der leblose Körper, der am Tor hing. Dass er nackt war, war kaum zu erkennen, denn nahezu jedes Stück Haut war von Blut bedeckt. Kate begriff zuerst nicht, auf welche Weise der Körper dort hing. Doch dann, als sie das große Holzkreuz entdeckte, überwältigte die Erkenntnis sie mit voller Wucht. Man hatte dieses Kreuz ans Tor genagelt, und Kainah daran befestigt. Mit Nägeln, die durch seine Handgelenke getrieben worden waren. Ihr Zorn entlud sich in einem erstickten Schrei. Sie wand sich in Williams' Griff, schlug auf seine Brust ein und spie ihm ihren Hass ins Gesicht: »Ihr seid die wahren Bestien. Ihr seid es, die gottlos und verdammt sind. In der Hölle sollt ihr schmoren. Alle miteinander!«

Williams lächelte. Und dann schlug er ihr ins Gesicht. »Sieh hin«, zischte er. »Sieh genau hin.«

Er zerrte Kate herum und packte sie an der ausgekugelten Schulter. Aus dem Wald tauchte eine riesige Gestalt auf, weiß wie der Schnee, durch den sie schritt. Es war der gewaltigste Kocodjo, den sie je erblickt hatte. Seine Bewegungen waren trotz seiner Größe geschmeidig, denn er war nicht plump und gedrungen, sondern von fast anmutiger Statur. Kate sah die Narben, die den ungewöhnlich schmalen Kopf der Bestie bedeckten. Beide Ohren waren verstümmelt, eine weitere große Narbe prangte auf der Flanke.

Ruhig ging die Bestie auf Kainah zu. Als sie vor ihm zum Stehen kam, senkte sie ihren Kopf, schnupperte an seiner Brust und blickte schließlich auf. Hass loderte in den Augen des Kocodjo. Kate glaubte, einen stummen Vorwurf in seinem Blick zu sehen, dann öffnete er sein Maul, nahm behutsam Kainahs rechte Hand zwischen seine Zähne und zog daran. Der Nagel glitt aus dem Holz, kurz darauf der zweite. Williams stieß ein verblüfftes Schnauben aus, als die Bestie Kainahs nach vorne kippenden Körper auffing, ihn sanft zwischen ihre Fänge nahm und sich umdrehte. Dann trug sie ihn vorsichtig davon. Keine Schüsse fielen, während die weiße Bestie im Wald verschwand.

»Seele Christi, heilige mich«, flüsterte Williams hinter ihr. »Leib Christi, rette mich. Blut Christi, tränke mich. Schütze uns vor dem Bösen und mache, dass wir auf ewig davon verschont bleiben.«

Unzählige Male wünschte er sich, tot zu sein. Einfach immer weiter in der tiefen Schwärze verweilen zu können, in der nichts ihn erreichte. Doch ein ums andere Mal riss ihn etwas zurück an die Oberfläche und ließ den Schmerz erneut aufflammen, bis sein Verstand sich im Wahnsinn verlor. Alles schien wieder und wieder von vorne zu beginnen. Jede Empfindung zog ein endloses Echo nach sich, bis er glaubte, für immer in einer Schleife aus Ohnmacht, Wiedererweckung und Qual festzuhängen.

»Was hat er dir angetan?«, wisperte eine vertraute Stimme. »Erinnere dich. Was geschah in dem Schuppen? Begreifst du jetzt, was die Natur des Menschen ist?«

Eine sanfte Berührung an seiner Schulter. Er kannte diesen Geruch. Hasste ihn. Nein, liebte ihn. Oder … hatte ihn irgendwann einmal geliebt. Vor langer Zeit.

»Das Messer in deinem Fleisch«, flüsterte die Stimme an seinem Ohr. »Sein hungriges Lächeln. Er wollte mehr, immer mehr. Er hat es genossen, dich zu zerstören. Und sie hat zugesehen.«

Finger berührten sanft seine wunde Haut. Er spürte den Körper über sich und wollte ihn wegstoßen, konnte aber keinen Finger rühren. Blitze zuckten durch seinen Kopf. Hässliche Erinnerungen. Grausame Erinnerungen. Er wollte nicht … wollte nicht … nie wieder!

»Geh weg.« Dachte er es nur, oder hatte er es ausgesprochen? »Geh weg! Geh weg!«

»Erkennst du mich nicht?« Ein sanfter Kuss. Seine Zärtlichkeit schmeckte bitter. »Sieh mich an.«

Blinzelnd öffnete er die Augen. Flackerndes Licht jagte stechenden Schmerz durch seinen Kopf. Er fühlte das Prickeln der Heilung, überall an seinem Körper. Doch diesmal bedeutete es keine Erlösung. Denn die Erinnerungen blieben. Sie kratzten von innen an seinem Schädel, tobten und stachen und pumpten ihr Gift in ihn hinein.

Neben ihm kauerte Sokanon. Unter der schwarzrot gemusterten Webdecke war ihr Körper nackt. Und als er sie sah, die Narben auf ihrem Gesicht und ihre verkrüppelten Ohren, erkannte er plötzlich ihre wahre Natur. Für einen flüchtigen Augenblick vergaß er selbst die Nacht im Schuppen.

»Du!«, presste er hervor. »Du bist es.«

Sokanon lächelte sanft. »Siehst du es erst jetzt? Ist dir nicht schon am See aufgefallen, dass die Bestie und ich dieselben Narben tragen?«

Kainah schloss die Augen. Das Prickeln seines Fleisches verwandelte sich in ein Übelkeit erregendes Ziehen, das Fieber ließ sein Blut kochen. Andrews Lächeln stand ihm vor Augen. Er fühlte die Ketten an seinen Handgelenken und spürte die kalte Berührung der gezackten Klinge, die seine Haut einen Moment lang zart berührte, ehe sie sie zerschnitt. Dann kehrte seine Erinnerung wieder zu Sokanon zurück, und er begriff, warum sie damals immer wieder verschwunden war. Warum er selbst in den kältesten Winternächten immer wieder aufgewacht und das Lager neben sich leer vorgefunden hatte. Es waren keine Dämonen gewesen, die Sokanon verfolgt und um den Schlaf gebracht hatten. Keine Alpträume von jener schrecklichen Vergangenheit, wegen der er Mitleid mit ihr empfunden hatte. Und er begriff, warum ihre Ohren verstümmelt gewesen waren. Selbst in Menschengestalt hätten sie die Bestie in ihr verraten.

»Ich habe dich vom ersten Moment an geliebt«, raunte Sokanon. »Als ich dich im Wald fand, hättest du tot sein müssen. Aber deine Seele war unglaublich stark. Sie kehrte zurück, und ich wusste, dass wir füreinander bestimmt sind. All das hier …«, sie berührte die Narben, die ihr Gesicht entstellten, »habe ich mir selbst zugefügt. Für dich. Meine menschliche Maske sollte perfekt sein, und sie war es. Oh ja, du hast immer gedacht, ich wäre die geschändete Frau, die sich nach Schutz sehnt. Du dachtest, du hättest über mich gewacht, aber es war umgekehrt. Alles hätte ich für dich getan. Alles. Du warst zu kostbar, um irgendetwas dem Zufall zu überlassen. Jedes Mal, wenn wir uns geliebt haben, habe ich dich der Befreiung näher gebracht.«

Wieder zuckte eine Erinnerung durch Kainahs Geist. Diesmal war es eine alte, ein Bruchstück aus einem anderen Leben. Sokanon, die sich lustvoll hin- und herwarf, ihre Nägel und Zähne in seiner Haut vergrub und sich die Lippen aufbiss, bis sie bluteten. Er spürte wieder ihren Geschmack in seinem Mund. Scharf und süß zugleich. Menschliches Bestienblut.

»Du hast über mich gewacht?«, flüsterte er kraftlos. »Hast du deswegen das ganze Dorf ausgelöscht und meine Freunde töten lassen?«

Sokanon fletschte die Zähne. »Das war nicht ich. Zwei meiner Gefährten drehten durch vor Eifersucht. Sie hassten dich, weil du mir wichtiger warst als alles andere. Was sie getan haben, taten sie ohne mein Wissen. Als ich begriff, was sie tun wollten, bin ich ihnen sofort gefolgt. Aber ich kam zu spät. Der Kocodjo, den ich zurückgerufen habe, hat teuer für seine Tat bezahlt. Ich riss ihm an Ort und Stelle die Kehle heraus. Und ich war so stolz auf dich, so stolz.« Sie küsste zart seine Stirn. »Obwohl du noch nicht einmal ein Mann warst, hast du einen von ihnen getötet. Du hast gezeigt, dass ich mich nicht in dir getäuscht habe. So lange habe ich darauf gewartet, dass du endlich der wirst, der du schon immer sein solltest. Mein Gefährte. Ein starker, mächtiger Gott, dazu geboren, gefürchtet und angebetet zu werden. Nicht gierig und dumm wie mein Gefährte und meine Kinder. Sondern wahrhaft auserwählt. Wahrhaft stark.«

Bittere Galle stieg in seiner Kehle auf. »Du warst es«, flüsterte er kraftlos. »Du hast Kimi in das Zelt gestoßen.«

»Ich habe es getan, um dich zu befreien. Du solltest hassen, du solltest verabscheuen. So sehr, dass der Mensch in dir endlich stirbt und die Bestie freigibt. Aber ich habe deine Stärke unterschätzt. Du hast der Verlockung widerstanden. Immer wieder und wieder. Irgendwann begriff ich, dass nur eines helfen würde: dich ein für alle Mal von den Menschen zu trennen. Dir alles zu nehmen, was dich quälte.«

»Kimi.« Eine lodernde Wut ließ ihn hochfahren. Seine Hände schlossen sich um Sokanons Kehle, doch er fand nicht die Kraft zuzudrücken. Grinsende Schädel glotzten ihn aus Felslöchern an, verflüssigten sich und zerrannen vor seinen Augen.

»Du hast sie … du hast sie alle …« Er kippte zur Seite und wurde von ihren Armen aufgegangen. »Du hast deine eigene Tochter getötet.«

»Nicht ich.« Hasserfüllt spürte er ihre Hand, die über sein Haar strich. »Mein Erstgeborener hat es getan.«

»Aber diesmal wusstest du davon, oder nicht?«

Sokanon runzelte die Stirn. »Kimi war ohnehin dem Tod geweiht. Ich habe in all den Jahrtausenden unzählige Kinder geboren. Alle, die sich nicht innerhalb der ersten Monate verwandelten, wurden nicht älter als zehn Jahre. Ihr Tod war langsam und grausam. Das Gift hat sie von innen heraus aufgefressen. Sie waren zu schwach, um es zu ertragen. So, wie Kimi zu schwach war. Was glaubst du, warum ich sie nicht mehr lieben konnte, als ich begriff, dass sie es nicht schaffen würde? Es tut mir leid um das Dorf. Es lag nie in meiner Absicht, den Kindern meiner Ahnen mehr Schaden als nötig zuzufügen. Sie haben uns in all der Zeit verehrt und gefürchtet, sie haben uns Opfer gebracht und uns zu Göttern erhoben. Aber die Fesseln deines menschlichen Lebens waren zu stark. Ich musste sie endgültig zerschneiden. Ich musste dich befreien. Dass das ganze Dorf stirbt, lag nie in meiner Absicht. Ich hätte es selbst tun müssen, aber ich brachte es nicht über mich. Also gab ich ihm den Befehl, das Kind schnell und schmerzlos zu töten. Und was tut dieser nichtsnutzige Dummkopf? Gerät in einen Blutrausch und macht alles nieder, was ihm vor die Schnauze läuft. Es ist gut, dass du ihn getötet hast. Tausend Leben zu leben, hat seinen Verstand aufgefressen.«

»Du gabst ihm den Befehl, Kimi zu töten? Deine eigene Tochter?« Angewidert stieß er Sokanon beiseite und krümmte sich zusammen. »Was bist du für ein Monster?«

»Wenn du so lange gelebt hast wie ich, dann begreifst du, dass ein menschliches Leben nichts ist. Unzählige Seelen gehen und kehren zurück, sterben und werden wiedergeboren. Dir bedeutet ein einzelnes Leben nur so viel, weil du bisher nur ein Leben gelebt hast. Glaubst du, ich habe Kimi vernichtet? Oh nein. Sie wird zurückkehren, und sie wird neu beginnen. Ein besseres Leben. Ein Leben ohne den Fluch. Das hier …«, sie legte ihre Hand auf seine Schulter, »ist nur eine Hülle. Weint das Insekt um den Kokon, wenn es ihn verlässt?«

»Verschwinde!« Er schlug nach ihr und spürte, wie sie zurücktaumelte. Doch Sokanon lachte nur. Alles stürmte auf ihn ein. All der Tod, den er gesehen und selbst gebracht hatte. All das Leid. Die endlose

Nacht im Schuppen, während der er sich trotz der Schmerzen nicht einmal halb so hilflos gefühlt hatte wie in Kates Armen. Kainah spürte, wie der letzte Rest Verstand in seinem Kopf verglühte. Ein gewaltiger Schrei brannte in seiner Kehle.

»Vergiss sie«, flüsterte Sokanons Stimme in seinem Kopf. »Die weißen Menschen sind schlecht. Sie sind grausam. Du hast ihnen das Leben gerettet, und wie haben sie es dir gedankt? Erinnere dich! Er hat deinen Körper zerstört, er hat deine Seele zerstört. Erinnere dich an seine Lust, an seine Freude. Er hat gelacht, als du dem Tode nahe warst. Er hat dich erniedrigt. Er hat dir jede Würde genommen.« Ein Nagel kratzte über seine Haut und zog die frisch verheilten Narben nach. »Immer wieder hat er es getan. Immer wieder. Erinnere dich. Erinnere dich an alles. Glaubst du, sie hat dich wirklich geliebt? Nein, sie hat alles mitangesehen, und sie hat dir nicht geholfen.«

Ein unmenschlicher Schrei hallte durch die Höhle. Sein eigener Schrei. Verzweifelt wehrte er sich gegen den Ansturm der Bilder und Gefühle, doch sie rissen ihn mit sich fort wie ein reißender Strom und schleuderten ihn in einen Abgrund aus Folter und Hoffnungslosigkeit, bis seine Seele endgültig zersplitterte.

Schwere Ketten an seinen Handgelenken. Das Gewicht seines Körpers, das die Gelenke aus den Schultern riss. Andrews Hecheln und die Spitze des Messers, die sich in sein Fleisch bohrte und dann, so schrecklich langsam, abwärts gezogen wurde. Tiefer, immer tiefer. Wieder, immer wieder. Bis es keinen Stolz und keine Würde mehr gab.

»Sie hat dir nicht geholfen«, flüsterte Sokanon, und ihre Stimme war wie Gift, das durch seine Gedanken kroch. »Sie hat zugesehen. Einfach nur zugesehen. Eine Frau wie sie hat nur Verachtung für dich übrig. Sieh die Wahrheit, Kainah. Sie hat dich nur benutzt. So wie dich alle benutzt haben. Erinnere dich! Diese Menschen bedeuten nur Schmerz. Sie töten, sie vernichten. Und wenn sie vorgeben, dich zu lieben, dann tun sie es nur, um dir noch mehr weh zu tun.«

»Nein«, hörte er sich keuchen. »Nein! Nicht Kate!«

»Oh doch, gerade Kate.«

Ihr Gesicht tauchte vor ihm auf, und der Blick aus grauen Augen schmerzte schlimmer als das glühende Eisen, das sich in seinen Körper bohrte. Sie zerriss sein Herz. Sie machte ihn hilflos und saugte ihm die Kraft aus.

»Erinnere dich«, zischte die Stimme höhnisch. »Sie und der Schmerz sind eins. Sie gehören zusammen. Ohne Kate gäbe es keine Folter. Ohne Kate gäbe es keinen Fluch. Alles begann mit ihr. Erinnere dich! Und alles wird mit ihr enden. Aller Schmerz, alles Leid. Befreie dich. Lass los.«

Die Stimme flüsterte Kates Namen immer wieder und wieder, und mit jedem Flüstern zog sich eine Klinge aus glühendem Schmerz durch sein Fleisch. Alles geschah erneut. Alles wiederholte sich. Es würde niemals aufhören. Ihr Name und der Schmerz verschmolzen miteinander, bis der Zorn in seinem Inneren so gewaltig wurde, dass er seinen Körper sprengte.

»Töte den Mann, der dich gebrochen hat«, raunte die Stimme. »Und töte sie. Beende es. Ein für alle Mal. Ich werde dich befreien, ich schenke dir Vergessen. Die Weißen haben den Tod verdient. Sie alle. Vergieße ihr Blut, wie sie deines vergossen haben. Aber vergiss nicht, dass du noch verwundbar bist. Ein Schuss aus nächster Nähe kann dich töten. Erst das Alter macht deine Haut hart wie Stein. Ich liebe dich, hörst du? Ich allein und niemand sonst!«

Als die Bestie hervorbrach, sah er Andrews Gesicht vor sich. Gierig lächelnd, lüstern und blutbespritzt. Das Monster leckte über die Klinge seines Messers, schloss genüsslich die Augen und stach erneut zu. Sein Verstand löste sich in einem brennenden Inferno auf. Er spürte noch, wie er durch den Wald rannte, wahnsinnig vor Zorn und Rachedurst, dann war da nichts mehr. Nur noch die Bestie.

Schüsse weckten sie aus ihrem alptraumgeschwängerten Schlaf. Etwas krachte ohrenbetäubend. Sie hörte Schreie, dann einen berstenden Knall und ein hasserfülltes Brüllen. Noch ehe Kates benommene Sinne die Geräusche einordnen konnten, sickerte die Erkenntnis durch ihre Eingeweide und ließ ihren Körper aus dem Bett hochfahren.

Kocodjo!

Hastig wankte sie zum Fenster und öffnete es. Bewaffnete Männer stürmten zu den Wachtürmen, während Williams mitten auf dem Platz stand und Befehle brüllte. Der Regen, der zusammen mit der Wärme vor wenigen Tagen gekommen war, hatte sich zu einem Unwetter verstärkt. Rauschende Kaskaden stürzten vom Himmel und verwandelten das Fort in einen See aus Schlamm.

Diesmal würden die Palisaden nicht halten. Kate hörte bereits die Stämme unter dem Ansturm zweier riesiger Körper bersten.

Kainah und die Schamanin.

Er lebte! Und er war gekommen, um Rache zu nehmen. Würde er sie wiedererkennen? Würde die Bestie in ihm sie verschonen? Und was war mit der Schamanin?

»Sie wird dich niemals an ihrer Seite dulden«, schossen Kainahs Worte durch ihren Kopf. »Sie wird kommen und dich töten.«

Starr blickte Kate nach draußen. Heute Nacht würde es enden. Auf die eine oder andere Weise. Sie konnte bereits den Tod spüren, der über das Fort herfallen würde, und es war ein grausamer Tod, der niemanden verschonen würde. Vielleicht nicht einmal sie.

Einer der Wachtürme zersplitterte unter einem gewaltigen Ansturm, menschliche Körper flogen wie Lumpenbündel durch die Nacht. Gellende Schreie mischten sich mit triumphierendem Knurren, dann schlug ein riesiger, schwarzer Kocodjo seine Klauen in das Holz, zog sich an den Ruinen des Wachturms empor und sprang ins Innere des Forts.

Geschmeidig landete die Bestie im Schlamm, hob den Kopf und witterte. Es war vorbei. Der unwirkliche Anblick der Kreatur, die so mühelos die wochenlang verstärkten Palisaden überwunden hatte und nun mitten unter ihnen stand, ließ Kate in sich zusammensinken. Der Kocodjo war fast so groß wie die weiße Bestie und von der gleichen, schlanken Gestalt. Als er sich auf das Haupthaus zubewegte, waren seine Bewegungen von einer kraftvollen Anmut.

»Kainah«, flüsterte sie.

Kam er wegen ihr? Hatte er sie gewittert? Seine Lefzen schoben sich über lange Fangzähne, dann sprang die weiße Bestie auf den zerstörten Wachturm, stieß sich ab und landete mit einem gewaltigen Satz neben ihm im Schlamm. Von irgendwoher fielen Schüsse. Kate sah, wie die Kugeln in die Haut der Kocodjo schlugen, doch sie entlockten ihnen nicht einmal ein Zucken.

Ihre Köpfe ruckten in die Richtung, aus der die Schüsse gefallen waren, dann stürmten sie los. Die Männer, die sich hinter einem Gatter versteckt hatten, ließen ihre Flinten fallen und stürmten kopflos davon, nur um nach wenigen Schritten von den Bestien eingeholt zu werden. Zähne schnappten zu, Klauen gruben sich in zappelnde Körper. Im

Blutrausch fetzten die Kocodjo ihre Opfer in kleine Stücke, warfen ihre Köpfe in den Nacken und stießen einen heulenden, grauenvollen Laut aus, in dem blanker Hass lag.

Die zappelnde und jammernde Menge, die versuchte, sich durch das Tor der Kirche zu quetschen, erregte als nächstes die Aufmerksamkeit der Kocodjo. Die Zähne gefletscht, galoppierten sie auf die Männer zu und rannten mitten in sie hinein. Wände zerbarsten wie unter der Druckwelle einer mächtigen Explosion. Kate sah Körper durch die Luft fliegen. Einer davon trug den schwarzen Mantel des Reverends, segelte in hohem Bogen durch die Luft und krachte auf die angespitzten Stämme der Palisaden, wo er wie ein aufgespießtes Insekt hängenblieb. Binnen weniger Atemzüge hatten die Kocodjo die Kirche in einen Haufen zersplitterten Holzes verwandelt. In ihrer Raserei zerfetzten sie alles, was ihnen vor die Schnauzen und unter die Krallen geriet, zerschmetterten gar das große Holzkreuz mit mehreren Prankenhieben und rissen die Kirchenbänke aus den Dielen.

Einige Männer hatten inzwischen das Tor geöffnet und rannten in den Wald hinaus. Sie entgingen vorerst dem Tod, denn die Bestien wandten sich zwei Soldaten zu, die ihnen in ihrer kopflosen Flucht zu nahe gekommen waren, packten sie mit ihnen Zähnen und schleuderten sie gegen die Wand des Pferdestalls. Den Unglücklichen gelang es kaum, sich benommen aufzurichten, als die Kocodjo erneut über sie herfielen und ihre Körper mit zwei kraftvollen Bissen halbierten. Die weiße und die schwarze Bestie agierten mit einer schrecklichen Gleichförmigkeit, als wären ihre Gedanken miteinander verbunden und fungierten wie ein einziger Geist.

Einer der Knechte, ein Junge von kaum fünfzehn Jahren, riss die Tür einer Hütte auf und schlug sie hinter sich zu, doch der weiße Kocodjo hatte ihn entdeckt und griff an. Mit wenigen Galoppsprüngen hatte er das Gebäude erreicht und rannte es einfach nieder. Die Holzwand splitterte, als bestünde sie aus dünnem Glas. Blitzschnell hatte die Bestie den zappelnden Körper geschnappt, ihn unter den Brettern hervorgezerrt und zwischen ihren Kiefern zermalmt.

Plötzlich sprang der schwarze Kocodjo auf die Veranda des Haupthauses und warf sich gegen die Tür. Kate erstarrte. Sollte sie fliehen? Aber wohin? Niemals würde sie es bis zum Tor schaffen, und sich zu bewaffnen war ebenso sinnlos.

Es war Kainah, der die Tür aus den Angeln riss und dicke Eichenplanken zerbersten ließ. Kainah, der sie geküsst und liebkost und für sie sein Leben riskiert hatte. Irgendwo in dieser rasenden Kreatur steckte noch immer seine Seele.

Panisches Kreischen zerfetzte ihre Ohren. Sie sah, wie Seamus aus dem Haus rannte, die weiße Bestie zu seiner Rechten entdeckte und mit rudernden Armen nach links taumelte.

Kurz darauf folgten Liam, Harry und Alfie. Verzweifelt versuchten sie, im Laufen ihre Flinten neu zu laden, doch ehe sie dazu kamen, fiel die weiße Bestie über sie her. Ein paar Schläge mit ihren Pranken, und die drei Männer wurden zu Boden geschleudert. In ihrer Todesangst zappelten sie wie panische Kinder im Schlamm und versuchten rückwärts zu kriechen, doch der Kocodjo fiel wie eine Naturgewalt über sie her und tötete einen nach dem anderen. Regen vermischte sich mit Strömen von Blut. Zuerst starb Liam, dann die beiden Trapper. Ihr Geschrei schien nicht enden zu wollen, während die Bestie in ihrer Raserei immer wieder zuschnappte, ihre Zähne in die zuckenden Körper versenkte und sie zerfetzte. Nur Seamus kam mit dem Leben davon und rannte in den Wald hinaus.

Die Dielen unter Kates Füßen erzitterten unter mehreren gewaltigen Schlägen. Der Schwarze kämpfte sich knurrend und polternd die Treppe hoch und schien den Geräuschen nach zu urteilen die Wände des engen Ganges wie Papier einzureißen. Kate drehte sich zur Tür um und drückte sich gegen die Fensterbank. Gleich würde sie wissen, ob Kainah sie erkannte.

Ob er sie verschonen oder zerfleischen würde.

Doch anstatt sich Zugang zu ihrem Zimmer zu verschaffen, stapfte er daran vorbei und hielt auf Williams' Arbeitszimmer zu. Ein weiterer Schlag ertönte, dann hörte sie verzweifelte Schreie.

Ihr Onkel. Andrew.

Ohrenbetäubendes Brüllen zerfetzte ihre Ohren. Etwas wurde mit gewaltiger Wucht gegen eine Wand geschleudert, eine hohe Stimme kreischte. Kate erkannte diesen Klang. Sie hatte ihn schon einmal gehört, als sie das glühende Eisen in Andrews Brust gerammt hatte.

Hektische Schritte polterten an ihrem Zimmer vorbei. Jemand heulte auf und krachte schwer zu Boden, vermutlich, weil die Treppe zerstört war.

Mit donnernden Galoppsprüngen setzte die schwarze Bestie den beiden Männern hinterher. Kate lehnte sich wieder aus dem Fenster und sah, wie Williams und Andrew aus dem Haus stolperten und wie die Männer zuvor versuchten, in panischer Hast ihre Flinten zu laden. Williams gab es als Erster auf, drehte sich zur Veranda um und hielt in einem letzten verzweifelten Versuch der Gegenwehr das Bajonett vor sich.

Als Andrew den weißen Kocodjo hinter sich entdeckte, taumelte er heulend zurück und prallte gegen Williams. Auf der Veranda tauchte die schwarze Bestie auf, die Zähne gefletscht, die Augen glimmend vor Wut. Beide Männer saßen in der Falle. Mit einem beiläufigen Schlag schleuderte der Schwarze Williams die Flinte aus der Hand, schnappte zu und schloss die Kiefer um dessen Körper. Ein kurzes, heftiges Schütteln, und es war vorbei. Leblos fiel ihr Onkel in den Matsch, Augen und Mund weit aufgerissen. Blut floss aus seinem Rumpf und färbte die Pfützen rot.

Andrew ließ seine Flinte fallen. Während die Bestien ihn umkreisten, wimmerte und heulte er in einem fort. Der schwarze Kocodjo senkte den Kopf und stieß ein abfälliges Schnauben aus, betrachtete sein Opfer noch einige Momente lang voller Genugtuung und schnappte plötzlich zu. Ein Biss, ein schneller Ruck, und Andrew glotzte mit schreckgeweiteten Augen auf den Stumpf, an dem eben noch sein Arm gehangen hatte. Blut schoss in dampfenden Fontänen aus der Wunde.

Angewidert spuckte der schwarze Kocodjo das Stück Fleisch aus, rammte Andrew den Kopf vor die Brust und trieb ihn auf die weiße Bestie zu. Eine schattenschnelle Bewegung, und der zweite Arm landete im Matsch. Andrew sackte in die Knie. Wie er dort kauerte, zitternd und heulend und so furchtbar verstümmelt, regte sich Mitleid in ihr.

»Beendet es«, flüsterte sie. »Bitte.«

Der Kopf des Schwarzen zuckte vor. Kate hörte das Krachen, als seine Kiefer Andrews Körper zermalmten. Dreimal biss er zu, ehe er den schlaffen Körper mit einem solchen Schwung beiseiteschleuderte, dass er quer über den Platz flog und krachend gegen die Wand des Pferdestalls prallte.

Kate schlug eine Hand vor ihren Mund. Ein Schrei entschlüpfte ihrer Kehle, und die Köpfe beider Bestien fuhren zu ihr herum. Drei Herzschläge erschütterten ihren Körper, ehe die Kreaturen sich in Bewegung setzten. Zuerst die weiße, mit gefletschten Zähnen und flammendem Blick, dann die schwarze.

Als Kate hörte, wie beide das Haus stürmten, begriff sie, dass die Kocodjo kamen, um sie zu töten. Sie hörte, wie ihre Krallen das Holz zerfetzten, und wie das, was von der Treppe übrig war, unter ihren schweren Körpern krachte und knirschte.

Regen durchnässte sie innerhalb eines Atemzugs, als sie aus dem Fenster kletterte, einen furchtsamen Moment lang zögerte und sich schließlich in die Tiefe fallen ließ.

Ein Moment des Fallens, dann eine schmerzhafte Erschütterung. Der Länge nach landete Kate im Matsch, rappelte sich auf, raffte ihr durchnässtes Kleid und rannte blindlings in den strömenden Regen hinein. Doch schon nach wenigen Schritten hörte sie den schweren Aufschlag eines Körpers hinter sich. Dann das Geräusch mächtiger Galoppsprünge. Etwas rammte gegen sie und stieß sie zu Boden, und noch ehe Kate schreien konnte, schlossen sich die Kiefer der weißen Bestie um ihren Leib.

Doch sie biss nicht zu.

Geifer tropfte in zähen Fäden auf sie nieder, als der Kocodjo sie fortschleppte. Hin zu dem Schuppen, in dem Kainah gefoltert worden war. Kurz davor ließ die Bestie sie los, schlug mit einem mühelosen Hieb ihrer Pranke die Tür samt der halben Wand ein, hob Kate wieder hoch und warf sie mit brutalem Schwung ins Innere des Schuppens hinein.

Beißender Blutgeruch schlug ihr entgegen, als sie auf dem Boden aufschlug. Sie fühlte es unter ihren Fingern, fühlte, wie es den Lehm getränkt hatte, roch es, schmeckte es auf ihrer Zunge. Verzweiflung. Schmerzen. Leid.

Tränen strömten über ihre Wangen. Sie wusste, warum die weiße Bestie sie hierhergebracht hatte. Und sie wusste, noch ehe sie sich umdrehte, dass der schwarze Kocodjo hinter ihr stand.

Kainah …

Kate wandte sich zu ihm um. Still und reglos stand er neben der Weißen und blickte auf die Ketten, die von der Decke hingen und noch immer von seinem Blut verklebt waren. Als er witternd die Luft in sich hineinsog, ging ein Schauer durch seinen riesigen Körper. Zorn flammte in seinen Augen auf, dann tat er einen Schritt auf sie zu. Die weiße Bestie gab ein leises Knurren von sich.

Töte sie, schien ihr Blick zu sagen. Töte sie!

Der Schwarze kam noch näher. Kate versuchte, Kainah in dieser Kreatur wiederzuerkennen, doch nichts Menschliches lag mehr in diesem Blick. Da war nichts Vertrautes, kein Wiedererkennen. Nur Zorn und Hunger und eine verzweifelte Form von Wahnsinn, die alle Vernunft verbrannt hatte.

Draußen schlugen irgendwo Flammen auf. Ihr flackernder, orangefarbener Schein fing sich in seinen spitzen Fangzähnen und in den kalten Augen, deren geschlitzte Pupillen sie hasserfüllt anstarrten.

Noch ein Schritt, noch einer. Plötzlich ragte er über ihr auf, legte eine Pranke auf ihren Oberkörper und beugte sich zu ihr hinab. Beißender Atem schlug ihr ins Gesicht. Sie spürte den mörderischen Druck der Krallen, die sich immer fester in ihren Brustkorb bohrten. Mit jedem Grollen und Hecheln strömte sengende Hitze über ihr Gesicht, und als sie wusste, dass sie sterben würde, tat sie das, wonach sie sich selbst jetzt noch sehnte.

Ihn noch einmal zu berühren.

Langsam hob sie eine Hand, legte sie auf die Stirn der Bestie und strich über das nachtschwarze Fell.

»Tu es«, flüsterte sie. »Wenn ich sterben muss, dann will ich durch dich sterben.«

Die Pupillen in den goldenen Augen zogen sich zu hauchdünnen Schlitzen zusammen. Sie stellte sich vor, das weiche Fell, das ihre Finger teilten, wäre sein Haar. Sie stellte sich vor, es wäre sein Atem, den sie spürte, und sein Herzschlag, den sie hörte.

»Tu es endlich! Töte mich!«

Der Kocodjo fletschte die Zähne, riss sein Maul auf … und warf sich herum. Mit einem markerschütternden Schrei stürzte er sich auf die weiße Bestie, die zu überrascht war, um schnell zu reagieren. Ein hässlichen Knacken ertönte, als sich die Kiefer des Schwarzen um ihre Kehle schlossen und zubissen. Blut schoss aus ihrem Hals hervor, als sie sich gurgelnd aufbäumte und ihrerseits zuschnappte. Ihre Zähne rissen tiefe Wunden in den Hals des Schwarzen, dessen Knochenplatten noch zu weich waren, um ihn vor einem solchen Angriff zu schützen. Doch gerade diese Tatsache machte ihn schneller und beweglicher. Es gelang ihm, die Weiße abzuschütteln, und im nächsten Moment rollten sich beide Kocodjo in einem knurrenden und geifernden Knäuel auf dem

Boden hin und her, krachten gegen die Wand und brachten sie zum Einsturz.

Mit einem Mal geriet der gesamte Schuppen ins Wanken. Balken ächzten und stöhnten, dann begann alles zu kippen. Im letzten Moment sprang Kate auf und taumelte rückwärts, ehe das Dach des Schuppens in sich zusammenkrachte und die kämpfenden Kocodjo unter sich begrub. Doch die riesigen Kreaturen ließen sich dadurch nicht stören. Bretter, Balken und Schindeln flogen in alle Richtungen davon, während sie wutentbrannt miteinander kämpften, schnappten und schlugen und bissen, ihre Köpfe wie Rammböcke benutzten und sich gegenseitig hin- und herwarfen.

Als der Schwarze nach einem wuchtigen Schlag in die Seite das Gleichgewicht verlor, erwischte die Weiße seinen Hinterlauf und zermalmte den Knochen zwischen ihren Kiefern, als bestünde er aus Glas.

Kate schrie auf. Die Kreatur warf ihr einen boshaften Blick zu und biss erneut zu, bekam den Nacken ihres Gegners zu packen und schüttelte ihren Kopf, bis ein hörbares Krachen ertönte. Als die Beine des Schwarzen nachgaben und er zur Seite sackte, glaubte Kate, ihr Herz müsse zerreißen.

Triumphierend warf der weiße Kocodjo seinen Kopf zurück, stieß einen heulenden Schrei aus und fuhr zu ihr herum. Dann, so schnell, dass Kate es nicht einmal kommen sah, war die Bestie über ihr und rammte sie zu Boden. Diesmal würde es enden. Diesmal gab es niemanden mehr, der sie rettete.

Der Schädel des Monsters zuckte vor, Geifer tropfte auf ihr Gesicht. Die Kiefer schlossen sich bereits mit mörderischem Druck um ihren Oberkörper, als etwas die Kreatur zur Seite riss und sie zu Boden schleuderte. Kate stöhnte auf vor Schmerz. Sie spürte, wie sich die Fänge durch den heftigen Ruck in ihr Fleisch gruben und es aufrissen, dann war sie plötzlich frei.

Hustend rollte sie sich herum und stemmte sich auf die Knie. Keine fünf Schritte vor ihr lag die Weiße auf dem Rücken und zappelte, während sich die Zähne des Schwarzen um ihre Kehle schlossen. Diesmal drangen seine Fänge noch tiefer ein, gruben sich mit aller Kraft in ihr Fleisch. Blut schoss hervor, während er wütend rüttelte und zerrte. Die Kiefer der Weißen öffneten sich zu einem letzten Gurgeln. Ihre Beine strampelten verzweifelt, dann erschlaffte ihr Körper.

Mit einem menschlich klingenden Stöhnen löste der Schwarze seine Zähne aus ihrer Kehle, wankte ein Stück zur Seite und sackte in sich zusammen. Noch einmal hob sich sein Kopf mit letzter Kraft. Suchend ging der Blick der Bestie hin und her, fand Kate und blieb auf ihr ruhen.

Endlich sah sie ihn! Den Menschen in den Augen des Tieres. Die Wärme des Wiedererkennens. Die Vertrautheit. Als sie auf ihn zu taumelte, wollten ihre Beine sie kaum tragen.

»Es muss enden!«, zischte eine Stimme hinter ihr. »Für immer.«

Kate fuhr herum.

Williams!

Blut tränkte seinen Mantel, verschmierte sein Gesicht und tropfte von seinen Händen. Sein Blick war glasig, seine Haut grau, doch die Hand, die die Pistole umschloss, vollkommen ruhig. Was, wenn er Kainah damit schaden konnte, wenn er aus solch geringer Entfernung schoss?

Ohne nachzudenken griff Kate zu. Ihre blutigen Finger rutschten an der Waffe ab, Williams stieß sie beiseite und versetzte ihr mit dem Ellbogen einen Schlag in die Rippen. Unbeirrt griff sie erneut zu, bekam die Pistole zu packen und entwand sie seinen Händen. Hass loderte in Williams' Augen auf. Mit einer Schnelligkeit, die seine Schwäche Lügen strafte, stürzte er sich auf sie, brachte sie mit einem Tritt zu Fall und versetzte ihr einen Faustschlag gegen die Schläfe. Im nächsten Moment umklammerte er sie von hinten, schloss seine Hände um ihre zusammen und zwang sie, die Waffe auf Kainah zu richten. Benommen vom Schlag, reichte ihre Kraft nicht aus, um sich gegen Williams' Griff zu wehren. Er zwang ihre Arme höher, noch höher, und als die Mündung der Waffe auf Kainahs Brust zielte, pressten sich seine Finger fest zusammen.

»Er ist nicht unverwundbar«, zischte Williams. »Noch nicht. Ich habe gesehen, wie ein paar Kugeln seine Haut durchdrungen haben. Ich nehme an, sein Panzer ist noch weich. Was glaubst du, Kate? Wird er sterben, wenn du ihm aus nächster Nähe ins Herz schießt?«

Ein Schuss donnerte.

Die Kugel durchschlug die Haut des Kocodjo und drang in sein Fleisch. Ein Ruck ging durch den großen Körper, die Vorderpranken wühlten mit einem ohnmächtigen Zucken den Schlamm auf. Dann lag er still.

Ein Schrei besinnungsloser Wut löste sich aus ihrer Kehle. Plötzlich begann das Blut in ihren Adern lichterloh zu brennen. Ihr Blick trübte sich, während eine wilde Macht hervorbrach und alles beiseitedrängte. Alles, bis auf den Zorn.

Sie schüttelte Williams' Griff ab, schleuderte die Pistole beiseite und packte seinen Kopf mit beiden Händen. Ein müheloser Ruck, und sein Genick brach wie ein trockener Zweig.

Einen Moment lang starrte Kate in die Augen des Toten. Während er langsam zur Seite sackte, verglühte das Leben darin wie eine vom Wind gelöschte Flamme. Plötzlich waren sie nur noch leere Spiegel, die nichts mehr zeigten. Nur endgültige Leere.

Als Kate aufsah, entdeckte sie die weiße Bestie. Blutüberströmt, aufrecht stehend und mit glühendem Zorn im Blick. Neben ihr lag der reglose Körper des Schwarzen. Nur noch matt hob und senkte sich sein Brustkorb, während sein Leben in den Schnee floss.

Träge wie eine Kreatur aus einem Alptraum begann sich die Weiße zu bewegen. Schwankend setzte sie einen Schritt vor den anderen.

Der Fluss! Das Wasser!

Kate warf sich herum und rannte.

Sie achtete nicht auf das Donnern der schweren Sprünge, das hinter ihr erklang. Die neue Kraft in ihrem Blut trieb sie vorwärts, ließ sie schneller laufen als je zuvor, und als sie das Tor hinter sich ließ und die wilden Strudel des Flusses sah, flammte ein überwältigender Zorn in ihr auf.

»Du willst mich?«, schrie sie der Bestie zu. »Dann komm. Hier bin ich, du hässliches Miststück.«

Dicht am Ufer fuhr sie herum und wartete. Geifernd galoppierte die Weiße auf sie zu, den Schlund aufgerissen, die Augen glühend vor Wahn. Erst als sie sie fast erreicht hatte, warf Kate sich herum und sprang in die wirbelnden Fluten. Kiefer schnappten dicht hinter ihr mit einem schrecklichen Krachen zusammen. Heulend setzte die Bestie ihr nach, bekam ihr Bein zu packen und riss sie zurück. Doch die reißenden Fluten waren stärker. Während Kate mit aller Kraft strampelte, fühlte sie, wie der Körper der Weißen zur Seite gerissen wurde. Die Bestie verlor den Halt, und plötzlich war da nur noch Wasser.

Eisiges, strömendes, schäumendes Wasser, das sie in die Tiefe zog und einen Augenblick später wieder emporschleuderte. Steine schrammten über ihren Rücken, alles drehte sich in einem irrsinnigen Strudel. In ihrer Panik rang Kate nach Atem … und sog brennendes Wasser in ihre Lunge.

Ihr wurde schwarz vor Augen. Die Fluten wirbelten sie wieder in die Höhe, rammten ihren Körper gegen einen Felsen und rissen sie wieder in die Tiefe. Jedes Gefühl wich aus ihrem Körper.

Und dann, als ein Strudel sie erneut gegen das Ufer trieb und ihr Rücken über scharfe Steine schrammte, packte etwas ihren Arm und riss sie zur Seite.

Die Schamanin!

Mit letzter Kraft schlug Kate um sich. Sie spürte Fell, mächtige Pranken und Klauen. Unerbittlich zerrte die Kreatur sie aus dem Wasser, ehe sie neben ihr zusammenbrach und reglos liegenblieb. Würgend rollte Kate zur Seite und hustete, bis sie sich übergab. Schwall um Schwall schoss das Wasser aus ihrem Mund, bis ihre Lungen endlich wieder Luft aufnahmen. Keuchend krümmte sie sich zusammen, spürte Schnee unter ihren Händen und blickte auf.

Eine finstere Schlucht. Riesige Felsbrocken und die kahlen Skelette zweier abgestorbener Fichten. Der beißende Frost schien sich in diesem unzugänglichen Winkel verfangen zu haben, denn hier lag der Schnee noch immer hoch und bedeckte alles mit einer weichen, schneeweißen Schicht.

Schneeweiß wie das Fell der Schamanin.

Zu Tode erschöpft, wandte Kate sich um. Und erstarrte. Vor ihr lag der schwarze Kocodjo. Triefend nass, blutend und kaum mehr lebendig. Noch immer floss das Blut aus dem Loch über seinem Herzen.

Kate kroch auf allen Vieren zu ihm. Er musste sich ins Wasser gestürzt haben, um sie zu retten. Nur so konnte er in diese Schlucht gekommen sein. Er war ihr nachgesprungen, obwohl er wusste, dass der Fluss seinen Tod bedeuten konnte. Wie hatte er es geschafft? Schwer verwundet und schwach, wie er war.

Wie nur?

Sein Wille, sie zu retten, musste stärker als alles andere gewesen sein. Sogar stärker als der Tod. Schluchzend grub Kate ihre Finger in das schwarze Fell. Einen Moment lang öffneten sich die Augen des Kocodjo. Der goldene Schimmer darin wärmte einen flüchtigen Augenblick ihr Herz, ehe er für immer verschwand.

»Nein!« Sie presste ihre Stirn gegen seine. »Du kannst nicht sterben. Du bist immer wiedergekommen. Du kommst auch jetzt wieder. Kämpfe! Hast du gehört?«

Ein Schauer lief durch den riesigen Körper. Aus der Brust des Kocodjo drang ein fast menschliches Seufzen, und mit einem Mal öffneten sich die Kiefer, schnappten zu und schlossen sich um ihren Arm.

Kate spürte nicht einmal Schmerz. Nur das warme Fließen ihres Blutes, das sich mit seinem vereinte und in den Schnee tropfte. Müde sank sie über ihm zusammen. Das Auf und Ab seines Brustkorbs wurde schwächer, sein Herzschlag war kaum mehr hörbar.

Still und heimlich ging der Regen in Schnee über. Und während Kate in die tanzenden Flocken hinaufsah, überwältigte sie mit einem Mal ein tiefer, wunderbarer Frieden.

Du kannst loslassen, schien eine Stimme von irgendwoher zu flüstern. Endlich kannst du loslassen. Es ist so einfach.

Unter ihr stieß der Kocodjo einen rasselnden Atemzug aus, während sich sein Körper verkrampfte. Zu Tode erschöpft hob Kate ihre freie Hand und legte sie auf seine Stirn. Ein Gefühl trauriger, überwältigender Liebe ließ alles andere verblassen. Liebe für die Kreatur, mit der ihr Schicksal verflochten war. Im Leben, im Tod. Und darüber hinaus.

»Ich bin bei dir«, flüsterte sie ihm zu. »Ich werde immer bei dir sein.«

Ihre Lider schlossen sich unter dem fallenden Schnee. Der Atem der Bestie verstummte. In ihrer Brust hörte das Herz auf zu schlagen.

EPILOG

Koko schnaubte empört, als Mingan sie anrempelte.

»Du machst mir keine Angst«, fauchte sie. »Ich bin nicht wie die anderen Mädchen.«

»Natürlich«, gab Mingan in stolzem Ton zurück, »immerhin bist du meine Freundin und keine andere. Niemand außer uns wagt es, hier heraufzukommen. Nur wir beide sind so mutig, Koko.«

Sie lächelte ihn glückselig an. Ein oder zwei Sommer noch, dann würden endlich alle wissen, zu wem sie gehörte. Obwohl die meisten es sowieso schon wussten, bei all der Zeit, die sie miteinander verbrachten. Bäuchlings lag sie an Mingans Seite am Rand der Klippe und betrachtete den Jungen, der bald ihr Mann werden würde. Wäre es doch nur schon so weit!

»Mingan«, flüsterte sie zärtlich.

»Koko«, raunte er ebenso sanft zurück, und dann klebte sein Blick wieder an jenem seltsamen Licht, das fern am Horizont leuchtete. Schon wieder war es heller geworden. Und größer. Es sah aus, als würde es langsam auf sie zukriechen. Mit jedem Tag und jeder Nacht kam es näher.

»Ich werde der Erste sein, der das dort von nahem sieht«, prahlte Mingan. »Ich werde euch erzählen, ob es wirklich Flammen sind, die immer größer werden. Oder Pilze aus Licht, die überall ihre Köpfe herausrecken. Keeno sagt, dass es etwas Böses ist, und dass wir unser Tal verlassen müssen, wenn das Licht noch näher kommt.«

»Aber Matunaagd sagt, dass es ein gutes Zeichen ist«, widersprach Koko. »Es ist das Feuer der Götter, und es ist genauso gut wie das Licht der Sonne. Sie sagt, wenn es bei uns ist, wird eine wunderbare Zeit beginnen.«

»Was auch immer es ist, ich finde es heraus.«

Gebannt starrten sie auf das ferne Flimmern, das kaum Ähnlichkeit mit dem Flackern eines Feuers besaß. Viel eher bestand es aus unzähligen goldenen Funken, die sich ausdehnten wie ein lebendiges Wesen. Als säßen dort hinten Unmengen von Feuerfliegen, deren Zahl immer größer wurde. Manchmal lösten sich einzelne Funken aus diesem Lichtgewächs und flogen über den Himmel, wobei sie immerzu blinkten und ein lautes Dröhnen von sich gaben. Hin und wieder kamen diese fliegenden Funken auch von ganz woanders her, weshalb die Weisen des Dorfes der Meinung waren, es müsse noch andere Götterflammen dort draußen geben.

»Früher wanderte unser Volk durch das ganze Land«, knurrte Mingan. »Wir kannten keine Grenzen, wir folgten den Sternen und den Tieren und gingen, wohin es uns beliebte. Warum hat das aufgehört? Warum sind wir hier eingesperrt?«

»Du weißt genau, warum.«

»Die Kocodjo.« Mingan ballte kampflustig die Fäuste. Wenn er so aussah wie jetzt, ließ Ärger meistens nicht lange auf sich warten. »Sie lassen uns nicht aus dem Tal hinaus.«

»Und sie lassen niemanden hinein. Denke an all die Geschichten. Weißt du noch, wie Matunaagd uns von ihren Vorfahren erzählte? Bleiche Menschen kamen und hackten sie in Stücke. Selbst die Kinder und die Greise. In unserem Tal sind wir sicher, deswegen sind wir noch am Leben.«

»In unserem Tal sind wir gefangen.« Mingan stand auf und streckte sich unternehmenslustig. »Davon habe ich endgültig genug. Ich will sehen, was dort draußen ist. Ich will wie meine Vorfahren wandern und neue Dinge sehen, anstatt in Höhlen zu hausen und mich zu verstecken.«

»Was willst du tun?« Koko wurde heiß und kalt vor Schrecken. »Du willst doch nicht etwa …«

»Ich gehe zum Wasserfall.« Mingan stemmte entschlossen die Fäuste in die Hüften. »Bleib ruhig hier und hab weiter Angst. Ich werde dir nach meiner Rückkehr erzählen, was es mit dem Feuer der Götter auf sich hat.«

»Nein!« Ehe sie aufgesprungen war, hatte Mingan bereits damit begonnen, den steilen Abhang hinunterzuklettern. Sie folgte ihm dichtauf, doch so schnell und geschickt sie sich auch bewegte, ihr Freund war immer ein wenig schneller. Koko bekam ihn einfach nicht zu fassen, und so tat sie das Einzige, was ihr übrigblieb: ihm zu folgen.

»Komm zurück! Sie werden dich zerreißen!«

»Ich habe keine Angst!« Er stieß sich von der Felswand ab und landete federnd auf dem Waldboden. »Wenn du auch keine hast, dann komm mit.«

Koko landete dicht neben ihm, doch ehe sie nach ihm greifen konnte, rannte er schon in den Wald hinein. Ihr wurde angst und bange. Es gab viele Geschichten über jene Furchtlosen, die es gewagt hatten, den Pfad hinter dem Wasserfall zu beschreiten. Den Pfad, der aus dem Tal hinaus- und in die fremde Welt hineinführte. Niemand war zurückgekehrt.

So erzählte man es sich wenigstens. Tatsächlich kannte Koko niemanden, der es versucht hatte, denn sie waren glücklich in ihrem Tal. Hier hatten sie alles, was sie brauchten, und niemand musste einen Überfall befürchten.

»Ich wusste es.« Endlich wartete Mingan auf sie und ergriff mit stolzem Lächeln ihre Hand. »Du bist die Mutigste von allen.«

»Sie werden uns fressen«, gab Koko zurück. »Bestimmt wird man uns nie wiedersehen.«

»Unsinn. Die Kocodjo beschützen uns. Warum sollten sie uns dann auf einmal fressen?«

Mingan hatte recht, und doch nagte die Furcht an ihren Eingeweiden. Zugleich fühlte es sich aufregend an, gemeinsam mit dem Jungen, den sie liebte, ein Abenteuer zu suchen.

»Du brauchst keine Angst haben, Koko. All die furchtbaren Märchen dienen nur dazu, uns zu erschrecken. Die Kocodjo haben nie einen von uns getötet. Sie sperren uns ein und bewachen den Pfad, aber sie haben uns niemals etwas angetan.«

»Ich weiß.« Zitternd sah sie sich um. Ihr war, als sei die Dunkelheit selbst ein lauschendes, hungriges Tier. »Ich weiß ja. Aber trotzdem …«

Ihr wurde übel, als sie dem Wasserfall immer näher kamen und das Donnern der gewaltigen Kaskaden die Nacht erfüllte. Dann, als die Bäume vor der himmelhohen Felswand zurückwichen, wäre sie fast stehengeblieben vor Angst. So mächtig rauschte das Wasser von den Klippen, dass der Boden unter ihren Füßen bebte. Koko starrte auf den schwarzen Strom des Flusses, der geheimnisvoll im Mondschein schimmerte.

»Du willst es wirklich tun?«, flüsterte sie. »Wirklich?«

»Oh ja.« Mit hoch erhobenem Kopf und vorgerecktem Kinn ging Mingan weiter, hielt ihre Hand fest umfangen und ließ seinen wachen Blick schweifen. Ja, sie gehörten zusammen. Ihn allein konnte sie lieben und niemanden sonst.

Dort hinter der fließenden Mauer aus Wasser lag der Pfad, der tief in den Berg hineinführte. Und dahinter wartete das weite, unbekannte Land. War es voller Feinde, wie die Alten sagten? Oder warteten tatsächlich Wunder über Wunder auf jene, die mutig genug waren, sie zu suchen?

Schritt für Schritt folgten sie dem Flussufer. Nirgendwo regte sich etwas.

»Es kann nicht richtig sein, dass wir uns ewig verstecken«, sagte Mingan. »Hab Mut, Koko. Ich lasse nicht zu, dass dir etwas geschieht. Willst du nicht auch mehr sehen als dieses kleine Tal?«

»Ja«, antwortete sie flüsternd, aber das Donnern des Wasserfalls verschluckte ihre Worte einfach. Fast hatten sie es geschafft. Schon erkannte sie die Höhle hinter den schäumenden Fluten.

In diesem Augenblick erklang eine dunkle Stimme aus dem Dunkel neben ihnen. »Bleibt stehen!«

Hand in Hand erstarrten sie. Koko hielt den Atem an. Zwischen den Bäumen tauchten zwei Menschen auf und kamen direkt auf sie zu. Einer davon leuchtete weiß wie frisch gefallener Schnee. Es war eine Frau. Schlank war sie und wunderschön. Ihre Augen waren so hell, dass sie im Dunkeln leuchteten. Silbergrau wie das Wasser des Flusses im Winter. Der Mann an ihrer Seite schien einer vom Volk zu sein. Seine Haut war dunkel, so wie Koko es kannte, und sein Haar ebenso lang und schwarz wie das der Frau.

»Mingan!«, flüsterte sie. »Mingan, was ist das?«

»Schsch«, raunte er zurück. »Bleib ganz still.«

Sie rührten sich nicht, während die beiden Geister auf sie zukamen. Ihre Körper gefroren zu starrem Eis, nicht einmal Mingan wagte es, auch nur einen Schritt zu tun.

Als das Paar schließlich vor ihnen stand, öffnete Koko voller Staunen den Mund. Vor ihr stand der schönste Mann, denn sie je erblickt hatte. Etwas Furchteinflößendes und Wildes ging von ihm aus, als wäre er ein Berglöwe in Gestalt eines Menschen, und jede seiner anmutigen Bewegungen bestärkte Koko in dem Gedanken, dass er kein Mensch sein konnte.

Mingans Blick wiederum hing an dem weiblichen Geist fest, dessen Haut so weiß war, dass es in den Augen wehtat. Vor Staunen vergaß er sogar, ihre Hand weiter festzuhalten.

»Verlasst das Tal nicht«, sprach der männliche Geist, und im Gegensatz zu seinem wilden Äußeren war seine Stimme wohlklingend und sanft. »Die Welt dort draußen ist euer Feind.«

»Wer seid ihr?« flüsterte Mingan. »Seid ihr Geister? Wenn ja, gute oder böse?«

»Wir sind keine Geister«, erwiderte die zarte Stimme der bleichen Frau. »Wir sind genauso lebendig wie ihr.«

»Aber was seid ihr dann?«

Der Mann wich ein wenig zurück und begann, sich zu verändern. Koko stockte der Atem. Für einen Moment war es so, als überwältige sie der Schwindel, als kippe und zerfließe die Welt in der Hitze einer Macht, die kein Wort beschreiben konnte, und während die Dunkelheit sich noch wand und zitterte wie ein lebendiges Wesen, zerschmolz die Gestalt des Mannes zu dem Körper einer Bestie.

Koko starrte auf das dichte, lange Fell, auf die mächtigen Pranken und die scharfen Stachel im Nacken der Kreatur. Golden leuchtende Augen sahen sie an, ohne Zorn und ohne Hunger, und dann ließ sich der Kocodjo am Ufer nieder, legte den Kopf auf seine ausgestreckten Vorderpranken und grollte wie eine riesige Raubkatze. Der weibliche Geist ging zu ihm hin, kniete sich neben ihm nieder und schmiegte sich an seinen furchteinflößenden Leib. Vor dem schwarzen Fell leuchtete der Körper der Frau sogar noch heller.

Koko öffnete staunend den Mund. Welch ein schönes Bild!

Nein, sie hatte keine Angst mehr. Der Anblick berührte sie tief im Herzen, als ahnte sie eine große Traurigkeit, die in den beiden Wesen ruhte und Hand in Hand mit einem Glück ging, dass nur Liebende empfanden.

Zärtlich teilten die schlanken Finger der Frau den Pelz des Kocodjo.

»Ich war einst ein Mensch«, sagte sie. »Das war vor langer, langer Zeit.«

Mingans Augen wurden tellergroß. »Ihr seid die Kocodjo?«

»Ja.«

»Wie alt seid ihr? Stimmt es, dass ihr unsterblich seid?«

»Viele Menschenleben sind verstrichen, seit wir uns verwandelt haben. Immer blieben wir in eurer Nähe, und als die Welt vom Krieg überschwemmt wurde, führten wir euch hierher.«

»Ihr habt uns in dieses Tal gebracht? Warum?«

»Weil es notwendig war.« Sie neigte den Kopf und lächelte. »Komm her, Mingan. Gib mir deine Hand.«

Kaum waren diese Worte geflüstert, leistete er ihrer Bitte Folge. Obwohl die Hand der Geistfrau von kostbarer Zartheit war und durchscheinend wie geschliffener Bergkristall, wusste Koko, dass diese Finger mühelos Knochen brechen konnten. Behutsam drehte die Geistfrau Mingans Hand um, sodass die Innenfläche nach oben zeigte, streichelte mit dem Daumennagel über seine Haut und drückte unvermittelt zu. Mingan zischte leise. Als die Geistfrau seine Hand hob und zart den blutenden Schnitt ableckte, begann er zu zittern. Sie sah seinen schweren Atem und verspürte eine heiße Welle der Eifersucht, als er plötzlich mit einem scharfen Keuchen nach Luft schnappte und der Frau seine Hand entriss. Die Ränder der winzigen Schnittes wurden schwarz, die Wunde begann zu schwären, doch gerade als Koko begann, um das Leben ihres Freundes zu fürchten, verschwand die gespenstische Farbe und schloss sich der Schnitt.

»Wie ...« Mingan ächzte ungläubig. »Wie ist das möglich?«

»Es ist möglich«, flüsterte die Geistfrau, »weil ihr die seid, auf die wir gewartet haben. Menschen, die die Stärke in sich tragen, alles zu verändern. Wir spürten es bereits, als ihr geboren wurdet.«

»Ihr habt auf uns gewartet?«, flüsterte Koko. »Was wollt ihr von uns?«

»Die Welt der blassen Menschen rückt näher«, erwiderte die Geistfrau. »Es kommen Zeiten, in denen wir gemeinsam stark sein müssen. Menschen und Kocodjo. Ihr und wir. Wir müssen gemeinsam weiterziehen, in ein neues Land und in eine neue Zeit. Helft uns, die Angst zu besiegen. Erzählt den Menschen von uns. Berichtet von dem, was wir euch gesagt haben, und davon, dass wir euch nichts Böses wollen.«

»Ihr wollt zu uns kommen? So wie am Anbeginn der Zeit?«

»Ja. Wie in den alten Legenden.«

Koko blickte auf den riesigen, still daliegenden Kocodjo, der sie aus goldenen Augen betrachtete. »Aber was sollen wir ihnen sagen?«

»Nur das, was geschehen ist. Ihr seid die Brücke in eine neue Zeit.« Die Frau erhob sich, und der Kocodjo folgte ihrer fließenden Bewegung. »All die Jahrhunderte waren wir euch nahe. Wir verfolgten den Lauf der Zeit, wie ihr dem Fließen des Stromes zuseht. Wir sahen euch kommen und gehen, sahen so viele Geburten und Tode. Ihr beide seid ein Zeichen. Als ihr geboren wurdet, wussten wir, dass eine große Veränderung bevorsteht. Eure Aufgabe wird noch größer sein, als es unsere war.«

Mingan lächelte auf seltsame Weise. Als wäre ihm plötzlich klar geworden, dass sein Leben auf diese eine Nacht hinausgelaufen war.

»Wir sehen uns wieder«, sagte die Geistfrau. »Sehr bald schon.«

Sie lächelte noch einmal, legte ihre Hand in den Nacken des Kocodjo und wandte sich um. Mensch und Bestie verschmolzen lautlos mit dem Nebel des Waldes und wurden wieder zu Geistern. Zu Legenden, so alt wie die Erinnerung ihres Volkes.

Als Koko Mingans Hand nahm und in den Himmel hinaufblickte, begann es zu schneien. Weiche Flocken landeten auf ihrem Gesicht und schmolzen auf ihrer Haut.

Sie fielen kalt und lautlos.

»Es wird ein harter Winter«, sagte Mingan. »Ich kann es spüren. Hast du Angst?«

Koko lächelte. »Nicht, solange du bei mir bist.«

~ Ende ~

BEGRIFFSERKLÄRUNGEN:

Walrat:
Fett- und wachshaltige Substanz aus dem Kopf des Pottwals; die vorzügliche Eignung von Walrat zur Herstellung feiner Kerzen sowie als Schmierstoff machte den Pottwal zu einem bevorzugten Objekt des industriellen Walfangs.

Ambra:
Graue, wachsartige Substanz aus dem Verdauungstrakt von Pottwalen, die früher zur Herstellung hochwertiger Parfums verwendet wurde.

Zibeth:
Sekret aus den Drüsen der Zibetkatze, früher eine Zutat für schwere, orientalische Düfte.

Verbrämt:
Altertümliche Bezeichnung für gesäumt/umrandet.

Pemmikan:
Eine nahrhafte und haltbare Mischung aus zerstoßenem Trockenfleisch und Fett, die den Indianern in erster Linie als Reiseproviant und Notration diente.

Bleiglasfenster:
Seit dem Hochmittelalter verbreitete Fenster, bei welchen die einzelnen Glasstücke durch H-förmige Bleiruten verbunden wurden.

Hundsfott/Hundfötte:
Altes Schimpfwort für Feiglinge bzw. niederträchtige Menschen

Speckesser:
Die rangniedrigsten und am schlechtesten bezahlten Arbeiter im Handelsposten. Ihre Nahrung bestand lediglich aus Speck, trockenem Brot und Erbsensuppe, was zu ihrem Namen führte.

Danksagung:

An dieser Stelle muss ich eine Lobeshymne für meine Testleser von Leserunden.de loswerden. Danke für eure unermüdlichen Anstrengungen, für unsere gemeinsame Reise, eurer feines Gespür und eure unfehlbaren Nasen, was Fehler aller Art angeht. Sollten sich noch welche in diesem Buch befinden, liegt das am nachträglichen Erweitern und Ergänzen des Textes meinerseits. Ihr habt grandiose Arbeit geleistet.

Ein ganz besonderes Danke geht an meinen Lebensgefährten, besten Freund und Muserich, John Akhen. Es gibt nichts Schöneres, als gemeinsam mit dem Partner, den man liebt, kreativ zu sein und sich gegenseitig zu inspirieren. Wenn ihr hören wollt, was er an Klängen erschafft, findet ihr hier seine Seite: http://akhen.fourfour.com/home.

Natürlich danke ich auch Astrid vom Drachenmond Verlag, die mir niemals die kreativen Flügel stutzt, sondern mich im Gegenteil dazu ermuntert, noch höher zu fliegen.

Ich danke Andrea für ihr Engagement (Webseite: www.andreac.de) und den Schaffern des Filmes »Ginger Snaps III: Der Anfang« für die Inspiration zu diesem Buch.

Alles, was wir sind, sind Geschichten im Wind.

Eure Britta

„Geschichten aus den Tiefen der nordischen See erzählen von einer todkranken Schriftstellerin, die sich an die einsame Küste Nordirlands zurückzieht. Von einem geheimnisvollen Fremden mit dem Blut des Meeres in den Adern, der dazu bestimmt ist, für die Liebe das größte aller Opfer zu bringen. Sie erzählen die Geschichte eines weißen Narwals, und die einer Liebe, so tief wie der Ozean.“

Dieser Klappentext steht auf dem Buch, das Kjell von seiner sterbenden Mutter geschenkt bekommt. Es ist ihr Vermächtnis. Ihr letztes Geschenk an ihn. Kjell flüchtet sich in die Welt des Buches, und beginnt bald zu spüren, wie Fiktion und Wirklichkeit verschmelzen. Die fantastischen Fäden des Romans verweben sich mit seinem Leben, Kapitel für Kapitel erkennt er, wer er wirklich ist – und wie sehr das unglaubliche Mysterium, das sich ihm langsam zwischen den Zeilen offenbart, sein Leben verändern wird. Das Meer verbirgt viele Geheimnisse, aber das Größte lebt in ihm selbst.

Maris Sehnsucht nach dem Meer wächst von Tag zu Tag.
Immer wieder träumt sie sich in eine Welt voller Wunder und Freiheit,
bis sie in einer eisigen Winternacht erkennt, welche
Geheimnisse der Ozean tatsächlich verbirgt.

Man sagt, es gäbe Seehunde,
die ihre Tiergestalt ablegen und zu Menschen werden.
Man sagt, sie seien ebenso kaltherzig wie verführerisch.

Nur ein Märchen für kalte Winterabende?

Während Mari die Wahrheit hinter einer uralten Legende aufdeckt,
entspinnt sich eine Liebesgeschichte, wie
sie magischer nicht sein könnte.

Doch die Gier eines gnadenlosen Feindes droht alles zu zerstören.

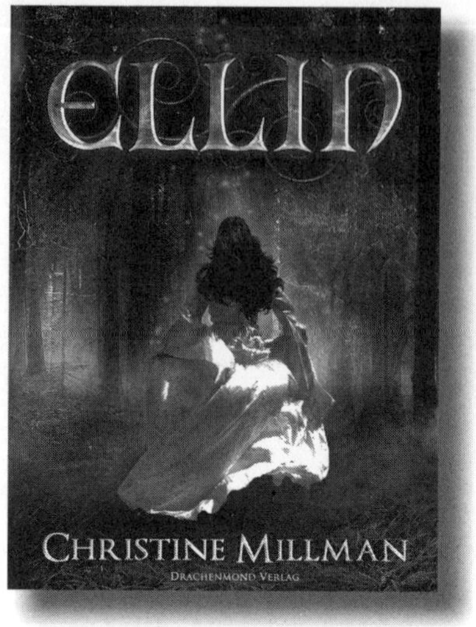

Seit Ellin als Einzige aus ihrer Familie einen räuberischen Überfall überlebt hat, muss sie ihren Lebensunterhalt als Leibdienerin des grausamen Lord Wolfhards bestreiten.

Als Ellin sich ihm verweigert, prügelt er sie beinahe zu Tode.

Getrieben von einem unbändigen Überlebenswillen gelingt ihr die Flucht in die Wildnis, wo sie auf Kylian und seine Gefährten trifft, die sie aufnehmen und gesund pflegen. Doch ihre Retter sind mehr, als sie vorgeben zu sein, und auch Ellin hütet ein Geheimnis, das nur Lord Wolfhard kennt und das sie alle in Gefahr bringt.

Christine Millman
Ellin
ISBN: 978-3-931989-83-5
390 Seiten, Softcover, €14,90

1606: Durch eine Seuche zur Waise geworden, gelangt die 17-jährige Emilia in die Dienste der Gräfin Elisabeth Bathory, der mächtigsten Frau Ungarns.
Emilia ist glücklich über die Möglichkeit ihrer Berufung zur Gewandschneiderin folgen zu können, doch schon bald überschatten Todesfälle und Misshandlungen das Leben am Hof.
Obwohl Emilia in der Gunst der Gräfin steht, die ihre Fähigkeiten schätzt und ihr vertraut, erkennt sie eine dunkle Seite an ihrer neuen Dienstherrin.
Als sie sich in Istvan verliebt, der ebenfalls schicksalshaft mit Elisabeth verbunden ist, spitzen sich die Ereignisse dramatisch zu und Emilia gerät in einen lebensgefährlichen Strudel aus seelischen Abgründen und politischen Ränkespielen.

Tereza Vanek
Im Dienst der Gräfin
ISBN: 978-3-931989-81-1
420 Seiten, Softcover, €14,90

Gezähmte Gefühle.
Eine Welt ohne Krankheit und Kummer.
Kein Leid und keine Leidenschaft.

Einmal wöchentlich bekommt jeder in "Neustadt" seine Glücksinjektion. Trotzdem ist die siebzehnjährige Pi nicht so glücklich wie alle anderen. Stimmt etwas nicht mit ihr? Oder warum darf sie nicht mit Lucky zusammen sein, ihrem besten Freund?
Anders zu sein ist gefährlich, denn hinter dem Zaun, der "Neustadt" umgibt, liegt die Wildnis. Dort herrschen noch Krankheit und Gewalt – und dorthin werden alle verbannt, die aus der Reihe tanzen.
Dann geschieht etwas Unfassbares: Die Glücksdroge versagt.
Und plötzlich steht Pi vor der Entscheidung ihres Lebens:
Liebe oder Freiheit?